AMANTE REVELADO

J.R. WARD

São Paulo
2010

UNIVERSO DOS LIVROS

Título original
Lover Revelead

Diretor-Editorial
Luis Matos

Tradução
Carolina Caires Coelho

Preparação e Revisão
Felipe Vieira

Assistente-Editorial
Noele Rossi
Talita Gnidarchichi

Arte
Fabiana Pedrozo
Stephanie Lin

Capa
Zuleika Iamashita

Dados Internacionais de Catalogação na Publicação (CIP)
(Câmara Brasileira do Livro, SP, Brasil)

W259a Ward, J. R.

Amante Revelado / J. R. Ward ; [tradução de Carolina Caires Coelho]. – São Paulo : Universo dos Livros, 2010.
496 p. – (Irmandade da Adaga Negra)

Tradução de: Lover Revealed.

ISBN 978-85-7930-160-5

1. Vampiros. 2. Ficção. I. Título. II. Série

CDD 813.6

Universo dos Livros Editora Ltda.
Rua Haddock Lobo, 347 • 12º andar • Cerqueira César
CEP 01414-001 • São Paulo • SP
Telefone: (11) 3217-2603 • Fax: (11) 3217-2616
www.universodoslivros.com.br
e-mail: editor@universodoslivros.com.br
Siga-nos no Twitter: @univdoslivros

Dedicado a: *Você.*
Cara, você me conquistou logo de primeira.
Mas então veio o seu olhar estilo Humphrey Bogart...
Muito amor a você.

AGRADECIMENTOS

Com imensa gratidão aos leitores
da Irmandade da Adaga Negra
e um alô para os Cellies...
e aí, como estamos?

Muito obrigada a Karen Solem, Kara Cesare, Claire Zion, Kara Welsh.

Obrigada, Cap'n Bunny, mais conhecido como a fera cor-de-rosa e PythAngie, o Pitbull Mod... é sério, Dorine e Angie, vocês cuidam muito de mim.

Obrigada ao quarteto: muitos abraços...
Não sei o que faria sem vocês.

A DLB: Lembre-se de que a mamãe ama você. Sempre.
A NTM: O que mais amo a respeito do nosso lugar é... você. Tenho muita sorte por conhecê-lo.

Como sempre, agradeço ao meu Comitê Executivo:
Sue Grafton, Dra. Jéssica Andersen, Betsey Vaughan. E muito respeito à incomparável Suzanne Brockmann.

Com amor a minha família e a meus amigos escritores.

Glossário de termos e nomes próprios

As Escolhidas: Vampiras educadas para servirem à Virgem Escriba. São consideradas membros da aristocracia, embora sejam voltadas mais para as coisas espirituais do que temporais. Têm pouca, ou nenhuma, interação com os machos, mas podem acasalar com guerreiros a fim de reproduzir sua espécie, segundo a orientação da Virgem Escriba. Têm a capacidade de predizer o futuro. No passado, eram utilizadas para satisfazer a necessidade de sangue de membros solteiros da Irmandade, mas tal prática foi abandonada pelos Irmãos.

Cio: Período fértil das vampiras. Em geral, dura dois dias e é acompanhado por intenso desejo sexual. Ocorre pela primeira vez aproximadamente cinco anos após a transição da fêmea e, a partir daí, uma vez a cada dez anos. Todos os machos respondem em certa medida se estiverem por perto de uma fêmea no cio. Pode ser uma época perigosa, com conflitos e lutas entre os machos, especialmente se a fêmea não tiver companheiro.

Conthendha: Conflito entre dois machos que competem pelo direito de ser o companheiro de uma fêmea.

Dhono: Termo de respeito usado por uma fêmea sexualmente submissa ao se referir a seu dominador.

Dhunhd: Inferno.

Doggen: Membro da classe servil no mundo dos vampiros. Os doggens seguem antigas e conservadoras tradições de servir aos seus superiores, obedecendo a códigos formais no comportamento e no vestir. Podem sair durante o dia, mas envelhecem relativamente rápido. Sua expectativa de vida é de aproximadamente quinhentos anos.

Ehnclausuramento: *Status* conferido pelo rei a uma fêmea da aristocracia em resposta a uma petição de seus familiares. Subjuga uma fêmea à autoridade de um responsável único, o *tuhtor*, geralmente o macho mais velho da casa. Seu *tuhtor*, então, tem o direito legal de determinar todos os aspectos de sua vida, restringindo, segundo sua vontade, toda e qualquer interação dela com o mundo.

Escravo de sangue: Vampiro macho ou fêmea que foi subjugado para satisfazer a necessidade de sangue de outros vampiros. A prática de manter escravos de sangue caiu em desuso, mas não é ilegal.

Fade: Reino atemporal onde os mortos se reúnem com seus entes queridos por toda a eternidade.

Glymera: A nata da aristocracia.

Hellren: Vampiro macho que tem uma companheira. Os machos podem ter mais de uma fêmea.

Inthocada: Uma virgem.

Irmandade da Adaga Negra: Guerreiros vampiros altamente treinados para proteger a sua espécie contra a Sociedade Redutora. Resultado de cruzamentos seletivos dentro da raça, os membros da Irmandade possuem imensa força física e mental, assim como a capacidade de se recuperar de ferimentos rapidamente. Não é constituída majoritariamente por irmãos de sangue. São iniciados na Irmandade por indicação de seus membros. Agressivos, autossuficientes e reservados por natureza, vivem apartados dos vampiros civis e têm pouco contato com membros das outras classes, a não ser quando precisam se alimentar. Tema para lendas, são reverenciados no mundo dos vampiros. Só podem ser mortos por ferimentos muito graves como tiros ou uma punhalada no coração.

Lídher: Pessoa com poder e influência.

Leelan: Termo carinhoso, que pode ser traduzido aproximadamente por "muito amada".

Mahmen: Mãe. Usado afetuosamente e também como designativo.

Mhis: O disfarce de um determinado ambiente físico; a criação de um campo de ilusão.

Nalla/nallum: Um termo carinhoso que significa "amada" ou "amado".

Ômega: Figura mística e maligna que almeja a extinção dos vampiros devido a um ressentimento contra a Virgem Escriba. Existe em um reino atemporal e possui grandes poderes, entre os quais, no entanto, não se encontra a capacidade de criar.

Perdição: Refere-se a uma fraqueza crítica em um indivíduo. Tal fraqueza pode ser interna, como um vício, ou externa, como uma paixão.

Primeira Família: O rei e a rainha dos vampiros, e os seus filhos.

Princeps: O nível mais elevado da aristocracia dos vampiros, só suplantado pelos membros da Primeira Família ou pelas Escolhidas da Virgem Escriba. O título é hereditário, não pode ser outorgado. Eles formam o Conselho dos *Princeps*.

Redutor: Membro da Sociedade Redutora. Humano sem alma empenhado na exterminação dos vampiros. Os *redutores* só morrem se forem apunhalados no peito; do contrário, vivem eternamente, sem envelhecer. Não comem nem bebem e são impotentes. Com o tempo, seus cabelos, a pele e os olhos perdem a pigmentação. Cheiram a talco de bebê. Depois de iniciados na sociedade por Ômega, conservam uma urna de cerâmica onde seu coração foi depositado após ter sido removido.

Rìhgido: Termo que se refere à potência do órgão sexual masculino. A tradução literal seria algo aproximado de "digno de penetrar uma fêmea".

Rytho: Forma ritual de lavar a honra, oferecida pelo ofensor ao ofendido. Se aceito, o ofendido escolhe uma arma e ataca o ofensor, que se apresenta perante ele desprotegido.

Shellan: Vampira que tem um companheiro. Em geral, as fêmeas não têm mais de um macho devido à natureza fortemente territorial dos machos.

Sympatho: Espécie dentro da raça vampírica, caracterizada pela capacidade e desejo de manipular emoções nos outros (com o propósito de troca de energia), entre outras peculiaridades. Historicamente, foram discriminados e, em certas épocas, caçados pelos vampiros. Estão quase extintos.

Sociedade Redutora: Ordem de assassinos constituída por Ômega com o propósito de erradicar a espécie dos vampiros.

Tahlly: Termo carinhoso que pode ser livremente traduzido como "querida".

Transição: Momento crítico na vida dos vampiros, quando ele ou ela se transformam em adultos. A partir daí, precisam beber sangue do sexo oposto para sobreviver e não suportam a luz do dia. Geralmente, ocorre por volta dos vinte e cinco anos. Alguns vampiros não sobrevivem à transição, sobretudo os machos. Antes da mudança, os vampiros são fisicamente frágeis, inaptos ou indiferentes para o sexo, e incapazes de se desmaterializar.

Trahyner: Termo usado entre macho em sinal de respeito e afeição. Pode ser traduzido como "querido amigo".

Tuhtor: Guardião de um indivíduo. Há vários graus de *tuhtores*, sendo que o mais poderoso é aquele responsável por uma fêmea *ehnclausurada*.

Tumba: Cripta sagrada da Irmandade da Adaga Negra. Usada como local de cerimônias e como depósito das urnas dos *redutores*. Entre as cerimônias ali realizadas, estão as iniciações, funerais e ações disciplinadoras contra os Irmãos. O acesso a ela é vedado, exceto aos membros da Irmandade, à Virgem Escriba ou aos candidatos à iniciação.

Vampiro: Membro de uma espécie à parte do *Homo sapiens*. Os vampiros precisam beber sangue do sexo oposto para sobreviver. O sangue humano os mantêm vivos, mas sua força não dura muito tempo. Após sua transição, que geralmente ocorre aos vinte e cinco anos, são incapazes de sair à luz do dia e devem se alimentar na veia regularmente. Os vampiros não podem "converter" os humanos por meio de uma mordida ou transferência de sangue, embora, ainda que raramente, sejam capazes de procriar com a outra espécie. Podem se desmaterializar por meio da vontade, mas precisam estar calmos e concentrados para consegui-lo, e não podem levar consigo nada pesado. São capazes de apagar as lembranças das pessoas, desde que recentes. Alguns vampiros são capazes de ler a mente. Sua expectativa de vida ultrapassa os mil anos, sendo que, em certos casos, vai além disso.

Viajante: Um indivíduo que morreu e voltou vivo do Fade. Inspiram grande respeito e são reverenciados por sua façanha.

Vihngador: Agente de uma retaliação mortal executada tipicamente por um macho que tenha algum laço amoroso com a vítima.

Virgem Escriba: Força mística conselheira do rei, guardiã dos registros vampíricos e dispensadora de privilégios. Existe em um reino atemporal e possui grandes poderes. Capaz de um único ato de criação, que usou para trazer os vampiros à existência.

PRÓLOGO

Vinte meses depois...

Oh... que agonia. Aquele treinamento iria matá-lo. É claro que queria entrar para a Irmandade, ou, pelo menos, ser um de seus soldados, mas como alguém podia sobreviver àquilo?

Quando o horário finalmente terminou, o novo candidato pré-transição curvou-se um pouco, aliviado porque a aula de luta livre havia acabado. Mas não se atreveu a mostrar outro sinal de fraqueza além desse.

Como todos os aprendizes, sentia pavor e um profundo respeito pelo professor, um enorme guerreiro coberto de cicatrizes, um membro perfeito da Irmandade da Adaga Negra. Abundavam os boatos sobre o macho: que comia os *redutores* depois de trucidá-los; que assassinava mulheres por esporte; que tinha aquelas cicatrizes só por gostar da dor...

Que matava os recrutas que cometiam erros.

– Para o chuveiro – disse o guerreiro, sua voz grave enchendo o ginásio. – O ônibus já vem pegá-los. Começaremos amanhã, às quatro em ponto. Então, durmam bem esta noite.

N.E.: Este capítulo foi originalmente publicado como epílogo de *Amante Desperto*, volume 3 da Saga, e se passa tempos depois da história que será narrada neste volume.

O aprendiz saiu correndo com os outros e ficou grato por chegar ao chuveiro. *Deus...* Pelo menos, os demais alunos estavam tão aliviados e doloridos quanto ele. Àquela altura, estavam como gado, parados sob a ducha, mal conseguindo piscar, estúpidos de esgotamento.

Graças à boa Virgem não teria de voltar para aqueles malditos colchonetes azuis por dezesseis horas.

Só que, quando foi vestir suas roupas civis, deu-se conta de que se esquecera do casaco de moletom. Encolheu-se e saiu em disparada até o ginásio. O aprendiz parou de repente.

O professor ainda estava lá, sem camiseta e treinando num saco de areia, as argolas dos mamilos cintilavam enquanto girava em torno de seu alvo. *Pela Virgem do Fade...* Tinha as marcas de um escravo de sangue, e cicatrizes cortavam suas costas. Mas, cara, como se movia! Força, agilidade e potência incríveis. Letais. Muito letais. Decididamente letais.

O aprendiz sabia que deveria ir embora, mas era incapaz de desviar os olhos daquele espetáculo. Nunca vira algo se mover tão rápido ou golpear tão forte quanto os punhos do macho. Obviamente, os rumores sobre o instrutor eram todos verdadeiros. Era uma máquina de matar.

Com um estalido metálico, a porta do outro lado do ginásio se abriu, e o som do choro de um recém-nascido ecoou pelo teto. O guerreiro se deteve no meio de um soco e virou-se quando uma linda fêmea, levando nos braços um bebê envolto em um cobertor cor-de-rosa, aproximou-se dele. A expressão em seu rosto se tornou suave, e ele praticamente se derreteu.

– Lamento incomodá-lo – disse a fêmea, mais alto do que o choro da criança. – Mas ela quer o papai.

O guerreiro beijou a fêmea enquanto tomava o pequenino bebê nos enormes braços, embalando o recém-nascido contra o peito nu. O bebê ergueu as mãozinhas e rodeou-lhe o pescoço; então, acomodou-se contra sua pele, acalmando-se instantaneamente.

O guerreiro se virou e olhou através dos colchonetes, dando com o aprendiz. Disse-lhe sem se alterar:

– O ônibus logo estará aí, filho. É melhor se apressar.

Então, piscou o olho para ele e se virou, enlaçando a cintura da fêmea, atraindo-a para si, beijando-a outra vez na boca.

O recruta olhou as costas do guerreiro e notou o que os ferozes movimentos de antes o impediram de ver. Sobre algumas de suas cicatrizes havia dois nomes, no Antigo Idioma, sobre a sua pele, um em cima do outro.

Bella... E *Nalla*.

CAPÍTULO 1

– E se eu lhe dissesse que tenho uma fantasia?

Butch O'Neal baixou o copo de uísque e olhou para a loura que falara com ele. Destacava-se no cenário da área VIP do ZeroSum, vestida com tiras de couro branco envernizado, um misto de Barbie e Megan Fox. Era difícil dizer se era uma das profissionais do clube ou não. O Reverendo só lidava com material de primeira, mas era possível que ela fosse modelo da *Ford* ou da *Elite*.

A mulher apoiou as mãos sobre a superfície de mármore da mesa e inclinou-se para ele. Seios perfeitos, os melhores que o dinheiro podia comprar. E seu sorriso era radiante, uma promessa de atos realizados de joelhos. Paga ou não, ali estava uma mulher cheia de vitamina D e curtindo isso.

– E então, meu querido? – a voz dela se elevou sobre a hipnótica batida techno. – O que me diz de transformar meu sonho em realidade?

Ele sorriu indiferente. Com toda certeza, ela faria alguém muito feliz naquela noite. Provavelmente, vários. Contudo, ele não seria mais um.

– Sinto muito, mas terá de cantar em outra freguesia.

A total falta de reação da loura determinou sua condição de profissional. Com um sorriso vazio, rebolou até a mesa seguinte e pôs em ação a mesma abordagem.

Butch inclinou a cabeça para trás e engoliu o que restava de seu uísque Lagavulin no copo. Seu próximo movimento foi gesticular para chamar a atenção de uma garçonete. Ela nem precisou se aproximar, apenas assentiu com a cabeça e correu até o bar para lhe trazer outro.

Como eram quase três da madrugada, o restante do trio chegaria em meia hora. Vishous e Rhage estavam caçando *redutores*, aqueles filhos da mãe bastardos que buscavam aniquilar a espécie deles, mas, provavelmente, os dois vampiros apareceriam ali desapontados. A guerra secreta entre seus semelhantes e a Sociedade Redutora esfriou em janeiro e fevereiro, com poucos matadores em circulação. O que significava boa notícia para a população civil de vampiros. E motivo de preocupação para a Irmandade da Adaga Negra.

– Olá, tira – a voz grave e masculina veio diretamente de trás da cabeça de Butch.

Butch sorriu. Aquele som sempre o fazia pensar em neblina noturna, do tipo que esconde o que vai matar você. Ainda bem que ele gostava do lado sombrio.

– Boa noite, Reverendo – disse, sem se virar.

– Sabia que você iria dispensar a garota.

– Lê mentes?

– Às vezes.

Butch olhou por cima do ombro. O Reverendo ocultava-se entre as sombras, olhos cor de ametista brilhando, corte moicano rente ao crânio. Seu terno negro era bonito: Valentino. Butch tinha um igual. Embora, no caso do Reverendo, o rico traje houvesse sido comprado com seu próprio dinheiro. O Reverendo, aliás Rehvenge, irmão da *shellan* de Z., Bella, era dono do ZeroSum e levava uma percentagem de tudo que rolava por lá. Caramba, com toda a depravação à venda naquele clube noturno, dava para imaginar a montanha de dinheiro que levantava todas as noites.

– Que nada, na verdade, ela não faz seu gênero – o Reverendo sentou-se à mesa de Butch, alisando o perfeito nó da gravata Versace. – E eu sei a razão que o levou a recusá-la.

– Ah, é?

– Você não curte louras.

Não, não mais.

– Talvez eu simplesmente não tenha curtido essa garota.

– Sei o que quer.

Como o novo uísque de Butch acabara de chegar, ele arrebatou o copo rapidamente.

– Sabe?

– É meu trabalho. Confie em mim.

– Sem querer ofender, mas, nessa questão, prefiro que não.

– Direi a você o que faremos, tira – o Reverendo se inclinou, aproximando-se dele, e cheirava muito bem. Afinal, o perfume Cool Water de Davidoff era antigo, mas ótimo.

– Ajudarei-o, mesmo assim.

Butch pousou a mão sobre o musculoso ombro do macho:

– Só estou interessado em *bartenders*, amigo. Os bons samaritanos me dão alergia.

– Às vezes, só o oposto funciona.

– Então, estamos sem sorte – Butch indicou com a cabeça a multidão seminua retorcendo-se, movidos a *ecstasy* e cocaína. – Todos parecem iguais por aqui.

Engraçado: durante seus anos no Departamento de Polícia de Caldwell, o ZeroSum havia sido um enigma para ele. Todo mundo sabia que o lugar era um antro de drogas e sexo. Mas ninguém no DPC tinha sido capaz de reunir evidências suficientes para obter uma ordem de busca... embora fosse possível, em qualquer noite da semana que se fosse lá, constatar dúzias de infrações, a maioria ocorrendo em conjunto.

Mas agora que Butch andava com a Irmandade, sabia o motivo. O Reverendo tinha muitos truques na manga quando se tratava de mudar a percepção que as pessoas tinham de eventos e circunstâncias. Como vampiro, podia limpar a memória de qualquer humano, manipular as câmeras de segurança e se desmaterializar a seu bel-prazer. Aquele cara e o negócio que controlava constituíam um alvo móvel, sem sair do lugar.

– Diga-me uma coisa – disse Butch –, como faz para que sua aristocrática família não saiba desse pequeno negócio noturno que dirige?

O Reverendo sorriu de maneira que apenas as pontas de suas presas ficaram à mostra.

– Diga-me uma coisa, como é que um humano conseguiu se tornar tão íntimo da Irmandade?

Butch inclinou o copo em deferência.

– Às vezes, o destino nos leva por caminhos realmente inacreditáveis.

– Sem dúvida, humano. Sem dúvida alguma – quando o celular de Butch tocou, o Reverendo se levantou. – Mandarei uma coisa para você.

– A não ser que seja uísque, não quero, cara.

– Vai retirar o que disse.

– Duvido – Butch pegou seu telefone e o abriu. – O que aconteceu, V.? Onde você está?

Vishous bufava como um cavalo de corridas, e, ao fundo, dava para ouvir o barulho do vento contra o carro a toda velocidade.

– Tira, estamos com sérios problemas.

Butch sentiu a adrenalina correndo em suas veias, acendendo-o como uma árvore de Natal.

– Onde você está?

– Longe do centro da cidade, temos uma emergência nos subúrbios. Os malditos assassinos começaram a caçar civis em suas residências.

Butch se pôs de pé num pulo.

– Estou indo praí...

– Uma ova que está. Fique aí. Só liguei para que não pensasse que estávamos mortos, por não chegarmos. Até mais tarde.

Desligou.

Butch voltou a se afundar no assento. Na mesa próxima à dele, um grupo de pessoas irrompeu em sonoras e alegres gargalhadas: alguma piada compartilhada as fizera soar como um bando de pássaros em revoada.

Butch olhou para o seu copo. Seis meses antes, não tinha coisa alguma em sua vida. Nem mulher. Nem familiares próximos. Nem um lar para chamar de seu. E o trabalho como detetive da divisão de homicídios estava acabando com ele. Então, foi demitido por brutalidade policial. Uniu-se à Irmandade por uma bizarra sucessão de eventos. Conheceu a única mulher que o deixou de quatro. E também passou por uma total renovação no guarda-roupa.

Pelo menos, essa última mudança fora para melhor e permanecera assim.

No princípio, as novidades serviram para mascarar a realidade, mas, nos últimos tempos, vinha notando que, apesar das diferenças, estava exatamente onde sempre estivera: nem um pouco mais vivo do que quando apodrecia em sua antiga vida. Ainda olhava as coisas acontecendo de fora, sem participar.

Entornando seu uísque, pensou em Marissa e naqueles louros cabelos que lhe batiam na cintura. Na sua pele pálida. Nos olhos azuis-claros. E nas presas.

Sim, nada de louras para ele. Não conseguia sentir-se remotamente atraído sexualmente por outra loura.

Ah, que inferno, que se dane esse papo de cabeleireiro. A verdade era que nenhuma mulher naquele clube ou na face da Terra chegava aos pés de Marissa. Era pura como um cristal que reflete a luz, e a vida ao redor dela melhorava, animava-se, iluminada por sua graça.

Droga. Que idiota ele era.

Só que, cara, ela era tão adorável. Pelo curto tempo em que Marissa pareceu atraída por ele, teve esperanças de que os dois poderiam dar certo. Mas logo ela desapareceu. O que, é obvio, provou que ela era inteligente. Não tinha muito a oferecer a uma mulher como ela e não apenas por ser um mero humano. Encontrava-se entre dois mundos, sem pertencer, de fato, a nenhum deles: debatia-se nas águas à margem da Irmandade, impossibilitado de combater lado a lado com os Irmãos, limitado por sua condição; incapaz de voltar para o mundo dos humanos porque sabia demais. E a única maneira de sair desse árido meio-termo era com uma etiqueta de necrotério amarrada ao dedão do pé.

O que não fazia dele propriamente um bom candidato em sites de relacionamento, não é?

Outra onda de risadas agitou os participantes da mesa vizinha, e Butch os olhou. No centro do grupo havia um franzino rapaz louro, vestindo um terno alinhado. Parecia ter uns quinze anos, mas, no último mês, havia sido um assíduo frequentador da área VIP, esbanjando dinheiro a rodo.

Obviamente, compensava suas deficiências físicas com a carteira recheada. Um exemplo vivo das maravilhas que o dinheiro pode fazer pela aparência.

Butch terminou o uísque, chamou a garçonete, e ficou olhando para o fundo do copo. Droga. Mesmo após quatro doses duplas, sequer sentia-se levemente embriagado, o que indicava o seu elevado grau de tolerância ao álcool. Claro, pois agora já era um alcoólatra graduado, não mais um calouro.

E como tal constatação não o incomodou, compreendeu que havia deixado de se debater nas águas. Agora, estava afundando.

Bem, ninguém podia acusá-lo de não estar se esforçando para se divertir naquela noite.

– O Reverendo disse que você precisa de uma amiga.

Butch nem se deu ao trabalho de olhar para a mulher.

– Não, obrigado.

– Por que não me olha primeiro?

– Diga ao seu chefe que agradeço sua... – Butch ergueu a vista e calou-se de repente.

Reconheceu a mulher no ato. E nem poderia ser de outra forma: a chefe de segurança do ZeroSum certamente era inesquecível. Devia medir, fácil, fácil, um metro e oitenta de altura. Trazia o cabelo negro como carvão num corte masculino. Os olhos eram de um cinza escuro semelhante ao cano de uma espingarda. A camiseta que usava revelava a parte superior do corpo de uma atleta, toda músculos e veias, nada de gordura. Passava a impressão de ser boa de briga e curtir isso. Distraído, olhou-lhe as mãos. Dedos longos e fortes. Do tipo que podiam machucar.

Que inferno... gostaria de ser machucado. Naquela noite, gostaria que a parte do corpo a lhe doer fosse o exterior, para variar.

A mulher sorriu ligeiramente, como se soubesse o que estava pensando, e ele vislumbrou o brilho de presas. Ah... então, não era uma mulher. Era uma fêmea. Uma vampira.

O Reverendo tinha razão, aquele filho da mãe. Aquela iria funcionar, porque era tudo que Marissa não era. E porque era o tipo de sexo anônimo que Butch tinha tido durante toda sua vida adulta. E porque era justamente o tipo de dor que estava procurando sem saber.

Quando deslizou a mão para o interior de seu terno Ralph Laurent Black Label, a fêmea fez que não com a cabeça.

– Não faço isso por dinheiro. Jamais. Considere como um favor a um amigo.

– Nem a conheço.

– Não é você o amigo a que me refiro.

Butch olhou por cima do ombro dela e viu Rehvenge observando-o do outro lado da área VIP. O macho lhe lançou um sorriso, satisfeito consigo mesmo, e depois desapareceu dentro de seu escritório particular.

– Ele é um bom amigo – murmurou a fêmea.

– Oh, não diga. Como se chama?

– Isso não é importante – estendeu-lhe a mão. – Venha, Butch, aliás Brian, de sobrenome O'Neal. Venha comigo. Esqueça por um momento o que quer que seja que o faz beber essas doses de Lagavulin. Prometo-lhe que toda essa autodestruição estará lhe esperando quando voltar.

Cara, realmente não estava com ânimo de averiguar o quanto ela sabia sobre ele.

– Por que não me diz seu primeiro nome?

– Esta noite pode me chamar de Symphathy. Que tal?

Examinou-a da cabeça aos pés. Usava calça de couro. Não se admirou. – Por acaso tem duas cabeças, Symphathy?

Ela riu, um som grave e alto.

– Não, e tampouco sou um travesti. O seu não é o único sexo que pode ser forte.

Encarou fixamente aqueles olhos cor de ferro fundido. Depois, desviou a vista para os banheiros privativos. Meu Deus... aquilo lhe era tão familiar. Uma rapidinha com uma estranha, um embate sem sentido entre dois corpos. Era àquilo, praticamente, que se resumia sua vida sexual até onde sua memória podia alcançar... só que não se lembrava de ter sentido antes aquela espécie de desespero doentio.

Não importava. Por acaso pretendia permanecer celibatário até bater as botas com seu fígado corroído? Só porque uma fêmea da qual não era digno não o queria?

Olhou para baixo, para suas calças. Seu corpo estava a fim. Pelo menos, essa parte da equação estava correta.

Butch se levantou da mesa, o peito frio como o chão no inverno.

– Vamos.

Com um belo acorde de violinos, a orquestra de câmara iniciou uma valsa e Marissa observou a cintilante multidão aglomerar-se no salão de baile. Ao seu redor, machos e fêmeas se juntavam, mãos unidas, corpos próximos, olhos nos olhos. A mescla de dezenas de essências de vinculação carregava o ar como uma intensa fragrância.

Respirou pela boca, tentando não inalar muito daquilo.

Entretanto, tal cuidado provou ser inútil, visto como as coisas funcionavam. Embora a aristocracia se orgulhasse de suas boas maneiras e estilo, a *glymera* estava, afinal de contas, sujeita às verdades biológicas da raça: quando os machos se vinculavam, seu sentimento de posse tinha um aroma. Quando as fêmeas aceitavam seus parceiros, levavam essa obscura fragrância em sua pele com orgulho.

Ou, pelo menos, Marissa presumia que era com orgulho.

Dos cento e vinte e cinco vampiros no salão de seu irmão, era a única fêmea sem companheiro. Havia um grupo de machos sem companheira, mas jamais a convidariam para dançar. Para aqueles *princeps*, era melhor permanecerem fora da dança ou conduzirem suas mães ou irmãs à pista de baile do que se aproximarem de Marissa.

Não, era eternamente indesejável, e, quando um casal passou rodopiando bem diante dela, baixou a vista por educação. A última coisa que precisava era que tropeçassem um no outro, enquanto evitavam olhá-la nos olhos.

Enquanto franzia o rosto, não fazia ideia da razão de sua posição de perpétua espectadora lhe parecer especialmente penosa naquela noite. Pelo amor de Deus, nenhum membro da *glymera* ousara olhá-la nos olhos durante quatrocentos anos e já estava acostumada a isso. No princípio, havia sido a desprezada *shellan* do Rei Cego. Agora, era sua desprezada ex-*shellan*, trocada por sua amada rainha mestiça.

Talvez, finalmente estivesse cansada de ser deixada de fora.

Com as mãos trêmulas e os lábios apertados, recolheu a pesada saia do vestido e dirigiu-se para a grande arcada do salão de baile. A salvação estava ali fora, e foi com alívio que abriu a porta da sala de toalete das senhoras. A atmosfera que a saudou cheirava a flores e perfume, e naquele abraço invisível havia... apenas silêncio.

Graças à Virgem Escriba.

A tensão diminuiu um pouco enquanto entrava e olhava ao redor. Sempre tinha pensado naqueles aposentos particulares da mansão de seu irmão como vestiários luxuosos para debutantes. Decorados com motivos da Rússia czarista, a sala de estar vermelho-sangue e o toucador estavam equipados com dez penteadeiras iguais, providas de tudo que uma fêmea precisaria para retocar sua aparência. Nos fundos, havia as cabines dos lavatórios individuais, decoradas cada qual segundo um ovo Fabergé diferente, pertencentes à extensa coleção de seu irmão.

Perfeitamente feminino. Perfeitamente adorável.

Parada em meio a tudo aquilo, queria gritar.

Em vez disso, mordeu os lábios e se inclinou para examinar o cabelo em um dos espelhos. A cabeleira loura, que lhe chegava à cintura quando solta, estava arrumada com a precisão de um relojoeiro no alto da cabeça, e o coque se mantinha firme. Mesmo após várias horas, tudo estava em seu lugar, os fios de pérolas entrelaçados às madeixas por sua *doggen* encontravam-se exatamente onde estavam no início do baile.

Por outro lado, sua posição de mera espectadora não tinha muito como desafiar seu penteado à Maria Antonieta.

Mas seu colar estava desalinhado novamente. Ajeitou o colar de pérolas de várias voltas de maneira que a última, uma pérola negra de vinte e três milímetros, apontasse diretamente para o pequeno decote que tinha.

O vestido cinza-pombo era um clássico Balmain, que havia adquirido em Manhattan, nos anos 1940. Os sapatos, de Stuart Weitzman, eram novos em folha, embora ninguém pudesse vê-los, escondidos pelo traje longo. O colar, os brincos e braceletes eram da Tiffany, como sempre. Quando seu pai descobriu o grande Louis Comfort no final dos anos de 1800, toda a família se tornou clientela fiel da companhia, e permanecia assim.

Essa era a marca registrada da aristocracia, não? Tradição e qualidade em todas as coisas, novidades e defeitos sendo recebidos com olhares de desaprovação.

Endireitou-se e se afastou até que pôde se ver de corpo inteiro do outro lado da sala. A imagem que a olhava de volta era irônica: seu reflexo era de absoluta perfeição feminina, uma beleza improvável que parecia esculpida, não natural. Alto e esbelto, seu corpo formava ângulos delicados, e seu rosto era absolutamente sublime, uma irretocável combinação de lábios, olhos, maçãs do rosto e nariz. A pele que cobria tudo isso era como mármore. Os olhos, de um azul prateado. O sangue que lhe corria nas veias, um dos mais puros da espécie.

Mesmo assim, ali estava ela. A fêmea desprezada. Deixada para trás. Indesejada, defeituosa, uma solteirona virgem que nem um guerreiro de raça pura como Wrath tinha podido suportar sexualmente sequer *uma vez*, nem mesmo para livrá-la de ser uma *inthocada*. Como fora repudiada, ficaria para sempre sem companheiro, embora tivesse estado com Wrath o que lhe pareceu uma eternidade. Era preciso ser tomada para ser considerada *shellan* de um macho.

A ruptura deles fora e não fora uma surpresa para todos. Apesar de Wrath declarar que ela o tinha deixado, a *glymera* sabia a verdade. Mantivera-se intacta por séculos, sem jamais ser marcada pela essência da vinculação, sem jamais ter passado um dia a sós com ele. Além do mais, nenhuma fêmea teria deixado Wrath voluntariamente. Ele era o Rei Cego, o último vampiro de raça pura do planeta, um grande guerreiro e um membro da Irmandade da Adaga Negra. Ninguém estava acima dele.

A conclusão da aristocracia? Algo tinha de estar errado com ela, algo que estivesse oculto sob suas roupas, e essa deficiência era provavelmente de natureza sexual. Por que outra razão um guerreiro de sangue quente não havia sentido qualquer impulso erótico por ela?

Respirou fundo. De novo. E de novo.

O aroma das flores recém-cortadas invadiu suas narinas, aquela doçura avassaladora assumindo o controle, substituindo o ar... até que só a fragrância chegava aos seus pulmões. Pareceu-lhe que a garganta fechava, como se tentasse resistir àquele assalto, e puxou o colar. Apertado... sentia-se tão sufocada com ele em seu pescoço. E pesado... como se mãos a estrangulassem... Abriu a boca para respirar, mas de nada adiantou. Seus pulmões estavam obstruídos com o cheiro das flores, tomados por ele... estava sufocando, afogando-se, embora não estivesse na água...

Com as pernas fraquejando, caminhou para a porta, mas não podia enfrentar os casais que dançavam, aquelas pessoas que definiam quem era ao relegá-la ao ostracismo. Não, não podia deixar que a vissem... perceberiam como estava alterada. Veriam como aquilo era penoso para ela. E, então, a desprezariam ainda mais.

Seus olhos percorreram a sala de toalete das senhoras, saltando de objeto em objeto, ricocheteando pelos espelhos. Freneticamente, tentou... o quê? Aonde poderia... ir? Para o quarto, o andar de cima... Tinha que... Oh, Deus... *não conseguia respirar*. Morreria ali, naquele instante, sua garganta estava se fechando como um punho.

Havers... seu irmão... precisava chegar até ele. Era médico... Poderia ajudá-la... mas, o aniversário dele seria arruinado. *Arruinado*... por causa dela. Tudo se arruinava por causa dela... Tudo era culpa sua... Tudo. Toda a desgraça que carregava era culpa sua... Graças a Deus que seus pais haviam morrido há séculos para não testemunhar o que... ela era...

Ia vomitar. Definitivamente, ia vomitar.

Com mãos trêmulas e pernas bambas, cambaleou até um dos banheiros e fechou-se dentro dele. Antes de chegar ao vaso sanitário, esbarrou na pia e aproveitou para abrir a torneira, o barulho da água disfarçaria os sons de sua áspera respiração no caso de alguém entrar. Depois, caiu de joelhos e inclinou-se sobre o vaso.

Sentia ânsia, sobrevinham-lhe espasmos secos, e de sua garganta nada saía além de ar. O suor brotava de sua testa, sob os braços e entre os seios. A cabeça girava, a boca aberta lutava por ar, enquanto lhe ocorriam pensamentos de que estava morrendo e não havia alguém para socorrê-la, que arruinaria a festa de seu irmão, de ser uma coisa abominável... pensamentos que mais pareciam um enxame de abelhas... abelhas em sua cabeça, zumbindo, picando... causando-lhe a morte... pensamentos como abelhas...

Marissa começou a chorar, não porque achasse que iria morrer, mas porque sabia que isso não aconteceria.

Deus, os ataques de pânico haviam sido brutais naqueles últimos meses, sua ansiedade, um perseguidor sem forma sólida, cuja persistência não se esgotava nunca. E cada vez que tinha uma recaída, a experiência era uma nova e horrível revelação.

Pondo a cabeça entre as mãos, soluçou roucamente, as lágrimas escorrendo por seu rosto e empapando as pérolas e diamantes do pescoço. Era tão sozinha. Prisioneira num belo, rico e luxuoso pesadelo, onde o bicho-papão usava *smoking* e os abutres se precipitavam com asas de seda e cetim para lhe bicar os olhos.

Inspirando fundo, tentou controlar sua respiração. *Calma... fique calma. Você está bem. Já passou por isso.*

Após um instante, olhou para o vaso. Era de ouro maciço e suas lágrimas faziam com que a superfície da água ondeasse como se ali brilhasse a luz do sol. Abruptamente, deu-se conta de que o piso duro machucava seus joelhos. E que o espartilho lhe beliscava as costelas. E que sua pele estava pegajosa.

Levantou a cabeça e olhou ao redor. Bem, quem diria. Havia escolhido a sua cabine favorita para desmoronar, aquela que era inspirada no ovo Lírios do Vale. Ao sentar-se sobre o vaso, viu-se rodeada de paredes cor-de-rosa pintadas a mão com brilhantes trepadeiras verdes e pequeninas flores brancas. O piso, a bancada e a pia eram de mármore rosa raiado de branco e creme. Os candelabros eram de ouro.

Muito lindo. Na verdade, o cenário perfeito para um ataque de ansiedade. Pois, ultimamente, o pânico combinava com tudo, não é? Tal como a cor negra, caía bem em quase todas as ocasiões.

Marissa se obrigou a levantar-se, fechou a torneira e desabou na pequena cadeira forrada de seda que havia no canto. Seu vestido se esparramou em volta dela, como se fosse um animal se espreguiçando, agora que todo o drama havia passado.

Olhou seu reflexo no espelho. Tinha o rosto manchado e o nariz vermelho. A maquiagem estava destruída. O cabelo, terrivelmente bagunçado.

Certo. Então era aquele o estado de seu íntimo; não era de admirar que a *glymera* a desprezasse. De alguma forma, sabiam que aquela era a verdadeira Marissa.

Deus... talvez fosse por isso que Butch não a quisera...

Oh, que inferno. Não. A última coisa que precisava era pensar nele naquele momento. O que tinha de fazer era endireitar-se o melhor que pudesse e correr para o seu quarto. Claro que não era de bom tom se esconder, mas, devido à sua aparência, não tinha outro remédio.

Justo quando começava a ajeitar o cabelo, escutou a porta da sala de toalete se abrir, a música de câmara se elevando para, logo depois, silenciar-se, quando a porta voltou a se fechar.

Que maravilha. Agora estava presa. Mas, talvez, fosse apenas uma fêmea, então, não teria de se preocupar por estar escutando às escondidas.

– Não posso acreditar que manchei minha estola, Sanima.

Ok. Agora, além de covarde, era bisbilhoteira.

– Quase não se percebe – disse Sanima. – Embora, graças à Virgem, você tenha notado antes que alguém mais o fizesse. Vamos entrar aqui e passar um pouco de água.

Marissa obrigou-se a se concentrar. *Não se preocupe com elas, apenas arrume o cabelo. E, por amor à Virgem, dê um jeito nesse rímel. Está parecendo um guaxinim.*

Pegou uma toalha e umedeceu-a silenciosamente, enquanto as duas fêmeas entravam na cabine em frente. Obviamente, haviam deixado a porta aberta, pois o som de suas vozes não baixou.

– Mas, e se alguém reparou?

– Shh... tire a estola... Oh, meu Deus – escutou-se uma risada suave. – Seu pescoço.

A voz da fêmea mais jovem baixou até se tornar um sussurro abafado.

– Foi Marlus. Desde que nos unimos no mês passado, tem estado...

Agora a risada era compartilhada.

– Ele a procura frequentemente durante o dia? – o tom reservado de Sanima não escondia seu deleite.

– Oh, sim. Quando disse que queria que nossos quartos fossem conectados, não entendi por quê. Agora, entendo. Ele é... insaciável. E ele... não deseja só se alimentar.

Marissa se deteve com o pano embaixo do olho. Apenas uma vez havia conhecido a fome de um macho por ela. Um beijo, apenas um... do qual guardava a lembrança como um tesouro. Iria morrer virgem, e aquele breve contato de bocas seria toda a sua experiência de natureza sexual.

Butch O'Neal. Butch a beijara com... *Pare.*

Passou a se ocupar do outro lado do rosto.

– Que maravilha, estar recém-unida. Embora não deva deixar que ninguém veja essas marcas. Sua pele está machucada.

– Por isso me apressei a vir aqui. E se alguém me dissesse para retirar a estola por eu ter derramado vinho nela? – isso foi dito com o tipo de horror que normalmente se reserva aos acidentes que envolvam facas.

Embora, conhecendo a *glymera*, Marissa pudesse entender muito bem o porquê de evitar chamar sua atenção.

Deixando a toalha de lado, tentou voltar a arrumar o cabelo... e desistiu de tentar não pensar em Butch.

Deus, teria adorado precisar ocultar as marcas de seus dentes dos olhos da *glymera*. Teria adorado manter aquele delicioso segredo de que, por baixo dos civilizados vestidos que usava, seu corpo conhecia-lhe o sexo cru. E teria adorado levar o cheiro de seu vínculo com ela na pele, enfatizando-o, como faziam as fêmeas unidas, escolhendo o perfeito perfume que o complementasse.

Mas nada disso iria ocorrer. Por um lado, conforme ouvira falar, os humanos não se vinculavam. E, mesmo se o fizessem, na última vez que o tinha visto, Butch O'Neal se afastara; então, já não estava interessado nela. Provavelmente porque tinha sabido de suas deficiências. Como era íntimo da Irmandade, sem dúvida estaria por dentro agora de todo tipo de coisas a seu respeito.

– Há alguém aí? – disse Sanima, em tom incisivo.

Marissa praguejou baixinho, percebendo que devia ter suspirado alto. Deixando de lado o cabelo e o rosto, abriu a porta. Quando saiu, ambas as fêmeas baixaram os olhos, o que, naquela circunstância, foi uma boa coisa. Seu cabelo parecia um desastre de trem.

– Não se preocupem. Nada direi – murmurou. Porque não se podia falar de sexo em lugares públicos. Na realidade, tampouco em lugares privados.

As duas fizeram uma reverência respeitosa e não responderam enquanto Marissa saía.

Assim que deixou a sala de toalete, sentiu que mais olhares a evitavam, desviavam-se dela... Especialmente os daqueles machos sem companheiras que fumavam em um canto.

Antes de dar as costas ao baile, percebeu o olhar de Havers através da multidão. Saudou-a com a cabeça e sorriu-lhe tristemente, como se soubesse que ela não suportava ficar nem um momento mais.

Meu querido irmão, pensou. Sempre a apoiara, nunca havia demonstrado qualquer indício de que se envergonhava dela. Poderia amá-lo só por terem os mesmos pais; mas o adorava, acima de tudo, por sua lealdade.

Com um último olhar para a *glymera* em toda a sua glória, foi para o seu quarto. Após um rápido banho, trocou de roupa, colocando um vestido longo mais simples e sapatos de salto baixo. Depois, desceu as escadas do fundo da mansão.

Podia lidar com o fato de não ser desejada, de ser casta. Se esse era o destino que a Virgem Escriba tinha escolhido para ela, que assim fosse. Havia vidas muito mais difíceis do que a dela, e lamentar-se sobre o que lhe faltava, considerando tudo que tinha, era enfadonho e egoísta.

O que não podia suportar era não ter um propósito. Ainda bem que ocupava um lugar no Conselho dos *Princeps*, e que sua posição estava assegurada devido à sua linhagem. Entretanto, havia outra forma de deixar uma indelével marca em seu mundo.

Enquanto digitava um código e destrancava a porta de aço, invejou os casais que dançavam no outro extremo da mansão e provavelmente sempre o faria. Só que não era esse o seu destino.

Tinha outros caminhos a trilhar.

Capítulo 2

Butch deixou o ZeroSum às três e quarenta e cinco da madrugada e, embora o Escalade estivesse estacionado nos fundos, caminhou na direção contrária. Precisava de ar. Deus... precisava de ar.

Em meados de março ainda era inverno, pelo menos no norte do estado de Nova York, e a noite estava fria como um frigorífico. Enquanto andava sozinho pela Rua Trade, a respiração saía-lhe da boca em baforadas brancas, dispersando-se sobre seu ombro. O frio e a solidão lhe convinham: sentia-se quente e saturado, ainda que tivesse deixado para trás a aglomeração de pessoas suadas do clube noturno.

Enquanto avançava, seus Ferragamos calcavam com força a calçada, as solas esmagando o sal e a areia na pequena faixa de concreto por entre bancos de neve suja. Ao fundo, o som abafado de música saía dos outros bares da Rua Trade, embora estivessem perto da hora de fechar.

Quando se aproximou do bar McGrider's, levantou as lapelas e acelerou o passo. Evitava o bar de blues porque era o ponto de encontro do pessoal da polícia e não queria vê-los. Até onde seus antigos colegas do departamento de polícia sabiam, ele estava desaparecido, e era assim que queria manter as coisas.

O bar Screamer's vinha a seguir, com seu rap hardcore habitual, transformando todo o maldito edifício num gigantesco e pulsante amplificador. Quando alcançou a outra extremidade da fachada do estabelecimento, deteve-se e esquadrinhou o beco que pegava toda a lateral do clube.

Tudo começara ali. Sua estranha viagem ao seio do mundo dos vampiros havia iniciado bem ali, no último mês de julho, com o caso que ele investigara de uma bomba colocada num carro, naquele lugar: um BMW que foi pelos ares. Um homem carbonizado.

Nenhuma evidência material exceto um par de estrelas de arremesso, daquelas utilizadas nas artes marciais. Um ataque muito profissional, o tipo de coisa que envia uma mensagem, e imediatamente após o incidente os corpos das prostitutas começaram a aparecer nos becos. As gargantas cortadas. Doses altíssimas de heroína no sangue. Mais armas de artes marciais por perto.

Ele e seu parceiro, José de la Cruz, estavam convencidos de que a explosão do carro tinha a ver com uma disputa territorial entre cafetões e que o assassinato das prostitutas fora o troco, mas logo descobriu que a história era outra. Darius, um membro da Irmandade da Adaga Negra, fora apanhado de surpresa pelos inimigos de sua raça, os *redutores*. E os assassinatos daquelas mulheres eram uma estratégia por parte da Sociedade Redutora para capturar vampiros civis e interrogá-los.

Cara, no passado jamais teria suposto que vampiros existissem. Muito menos que dirigissem BMWs de noventa mil dólares. Ou que tivessem inimigos sofisticados.

Butch desceu o beco, em direção ao exato local em que o carro havia ido pelos ares. Ainda havia um anel de fuligem negra na parede do edifício, resultante do calor da bomba, e ele estendeu a mão, pondo as pontas dos dedos sobre os frios tijolos.

Tudo começara ali.

Uma rajada de vento apanhou-o sob o casaco, levantando a fina caxemira, chegando até o elegante terno. Deixando cair a mão, olhou para suas roupas. O casaco era um Missoni, de quase cinco mil dólares. O terno por baixo, um RL Black Label de aproximadamente três mil dólares. Os sapatos que, em comparação, até que não eram tão caros, custavam meros setecentos dólares. As abotoaduras Cartier estavam na categoria de cinco dígitos. O relógio era um Patek Philippe. Vinte e cinco mil dólares.

As duas Glocks 40 milímetros nos coldres peitorais valiam dois mil dólares cada.

Assim sendo, estava trajando o equivalente a... caramba, cerca de quarenta e quatro mil dólares gastos nas melhores lojas. E isso não era mais que a ponta do iceberg. Tinha dois closets repletos de itens como aqueles no complexo... e nada fora comprado com seu próprio dinheiro. Tudo tinha sido adquirido com a grana da Irmandade.

Droga... vestia roupa que não era dele. Vivia numa casa, comia e assistia TV de tela de plasma que não eram suas. Bebia uísque escocês pelo qual não pagava. Dirigia um belo carro do qual não era o dono. E o que fazia em troca? Na verdade, não muito. Toda vez que entravam em ação, eles o mantinham de fora...

Passos ecoaram no fim do beco, toc, toc, aproximando-se. E havia mais de um par de pés.

Butch escondeu-se nas sombras, desabotoando o casaco e o paletó do terno, a fim de deixar as armas ao alcance, se precisasse. Não tinha intenção de se meter em negócios alheios, mas não era do tipo que ficava parado se um inocente estivesse apanhando.

O tira nele ainda não estava morto, pelo visto.

Como o beco tinha uma única saída, os sujeitos teriam de passar por ele. Não desejando ficar no meio de um fogo cruzado, aproximou-se de uma caçamba de lixo e esperou para ver o que aconteceria.

Um jovem passou correndo por ele, o terror estampado no rosto e o corpo tremendo de pânico. E depois... o que já esperava. Os canalhas que o perseguiam tinham os cabelos desbotados. Grandes como casas. E cheiravam a talco de bebê.

Redutores. Caçando um civil.

Butch sacou uma de suas Glocks, digitou rapidamente o número de telefone de V., e saiu em perseguição. Enquanto corria, a chamada caiu na caixa postal; então, simplesmente enfiou o celular de volta no bolso.

Quando os alcançou, os três estavam no fundo do beco, o que era péssimo. Agora que os assassinos tinham encurralado o civil, moviam-se preguiçosamente, aproximando-se, retrocedendo, sorrindo, jogando. O civil tremia, com os olhos tão arregalados que a parte branca brilhava na escuridão.

Butch apontou sua arma.

– Ei, lourinhos, que tal erguerem as mãos?

Os *redutores* pararam e olharam para ele. Cara, era como ser apanhado por faróis, presumindo que você fosse um cervo e o que viesse em sua direção fosse uma jamanta. Aqueles mortos-vivos filhos da mãe eram uma mistura de força bruta e movimentos calculados – uma perigosa combinação, especialmente em dose dupla.

– Isso não é da sua conta – disse o da esquerda.

– Sim, isso é o que o meu companheiro de quarto vive me dizendo. Mas, sabe de uma coisa? Pra dizer a verdade, eu não aceito conselhos muito bem.

Tinha de admitir: os *redutores* eram espertos. Um deles se concentrou nele. O outro se aproximou do civil, que parecia estar muito assustado para ser capaz de se desmaterializar.

Isso vai se transformar rapidamente em uma situação com refém, pensou Butch.

– Por que não dá o fora? – disse o filho da mãe da direita. – Para o seu próprio bem.

– Provavelmente, para mim, mas não para ele – Butch indicou com a cabeça o civil.

Uma corrente de ar gelada atravessou o beco, agitando páginas espalhadas de um jornal e sacos plásticos vazios. O nariz de Butch formigou e ele sacudiu a cabeça, detestando o cheiro.

– Sabe – disse ele –, esse lance de talco de bebê... como vocês *redutores* conseguem aguentar?

Os pálidos olhos dos assassinos o mediram de alto a baixo, como se não pudessem entender como ele conhecia tal palavra. E, então, ambos se lançaram à ação. O *redutor* próximo ao civil aplicou-lhe uma chave de pescoço, e prendeu o vampiro contra o peito, transformando em realidade a potencial situação com refém. Ao mesmo tempo, o outro investiu contra Butch, movendo-se rápido como um piscar de olhos.

Entretanto, no íntimo, Butch não estava nervoso. Posicionou tranquilamente o cano da Glock e disparou, acertando o filho da mãe bem no meio do peito. No instante em que a bala o penetrou, o inimigo soltou um urro selvagem e caiu por terra como um saco de areia, imobilizado.

O que não era a resposta habitual de um *redutor* ao ser baleado. Geralmente, eles podiam repelir as balas, mas Butch levava algo especial em seu pente, graças à Irmandade.

– Que diabos... – o assassino da direita murmurou.

– Surpresa, otário. Consegui um pouco de chumbo de primeira.

O *redutor* voltou bruscamente à realidade e ergueu o civil pela cintura com um braço, usando o vampiro como escudo.

Butch mirou-os. *Maldição. Não há ângulo para um tiro. Não mesmo.*

– Largue-o.

Um cano de revólver surgiu debaixo da axila do civil.

Butch mergulhou em um batente de porta pouco profundo na parede quando a primeira bala ricocheteou no asfalto. Assim que se abrigou, um segundo tiro atravessou-lhe a coxa.

Droga, bem-vindo ao pega-pra-capar. Sentia como se tivesse um prego em brasa enfiado na perna, o lugar em que se refugiara lhe oferecia tanta cobertura como um poste, e o *redutor* estava se colocando em uma posição melhor para atirar.

Butch apanhou uma garrafa de cerveja vazia e atirou-a através do beco. Quando a cabeça do *redutor* elevou-se sobre o ombro do civil para localizar o som, Butch meteu quatro tiros precisos num semicírculo em torno dos dois. O vampiro, aterrorizado tal como esperava, transformou-se em um peso instável. Quando caiu livre do braço do matador, Butch acertou uma bala no ombro do *redutor*, fazendo o filho da mãe rodopiar e aterrissar de cara no chão.

Um belo tiro, mas o morto-vivo ainda se movia, e não tinha a menor dúvida de que logo se levantaria. Aquelas balas especiais eram boas, mas o atordoamento não durava para sempre e ajudaria muito se, em lugar do braço, houvesse acertado o peito.

Para piorar, mais problemas.

Agora que o vampiro civil estava livre, havia recuperado o fôlego e começava a gritar.

Butch mancou até ele, praguejando pela dor em sua perna. Pelo amor de Deus, aquele macho fazia alvoroço suficiente para atrair toda a força policial até Manhattan.

Butch pôs-se cara a cara com ele, olhando-o firme.

– Preciso que pare de gritar, entendeu? Escute-me. Pare-De-Gritar. Agora! – o vampiro balbuciou; depois, calou-se, como se houvesse acabado a gasolina do motor em sua garganta. – Bom. Há duas coisas que preciso de você. Primeiro, quero que se acalme, para que possa se desmaterializar. Entende o que estou dizendo? Respire lenta e profundamente... isso. Muito bem. Agora, quero que feche os olhos. Vamos, feche-os.

– Como sabe...?

– Conversar não é opção para você neste momento. Feche bem os olhos. E continue respirando. Tudo vai ficar bem se conseguir sair deste beco.

Quando o rapaz apertou fortemente as trêmulas mãos contra os olhos, Butch foi até onde estava o segundo matador, deitado de bruços no chão. A coisa tinha sangue negro escorrendo do ombro, e de sua boca saíam pequenos gemidos.

Butch agarrou um punhado do cabelo do *redutor*, ergueu-lhe a cabeça do asfalto, e encostou o cano da pistola em sua nuca. Apertou o gatilho. Quando a metade superior do rosto do filho da mãe se vaporizou, os braços e as pernas da coisa se contorceram. Caiu imóvel.

Mas o trabalho não estava terminado. Os dois matadores tinham de ser apunhalados no peito para que morressem de verdade. E Butch não tinha coisa alguma afiada e reluzente com ele.

Tirou o telefone do bolso e teclou a discagem rápida outra vez, enquanto rolava o assassino com o pé. Enquanto o celular de V. começava a tocar, Butch revirou os bolsos do *redutor*. Encontrou um BlackBerry e também uma carteira...

– Que droga – murmurou Butch. O assassino havia acionado o celular; obviamente, pedindo ajuda. E a linha aberta, os sons de respiração pesada e casacos esvoaçando eram um sinal alto e claro de que a cavalaria estava chegando.

Butch deu uma olhada no vampiro, enquanto o celular de V. continuava chamando.

– Como estamos indo? Bem, ao que parece. Realmente tranquilo e controlado.

V., atenda o maldito telefone. V...

O vampiro deixou cair as mãos, e seus olhos desceram até o matador, cuja testa estava agora espalhada pela parede de tijolos à direita.

– Oh... meu Deus...

Butch se levantou, interceptando-lhe a visão.

– Não pense nisso.

A mão do civil ergueu-se e apontou para baixo.

– E você... levou um tiro.

– Sim, não se preocupe comigo: preciso que se acalme e desapareça, meu camarada – *neste exato minuto, caramba.*

Justamente quando a ligação caía novamente na caixa postal de V., chegou-lhe o som de botas batendo contra o chão, aproximando-se pelo beco. Butch guardou o celular no bolso e soltou o pente de balas da Glock. Enquanto encaixava um novo com um golpe, perdeu a paciência com a demora do vampiro.

– Desmaterialize-se! Desmaterialize-se *já.*

– Mas... mas...

– *Já!* Dê o fora daqui ou volta para casa num caixão.

– Por que está fazendo isso? É apenas humano...

– Estou *tão* farto de escutar isso. *Fora!*

O vampiro fechou os olhos, murmurou uma palavra no Antigo Idioma, e desapareceu.

Enquanto o som das passadas dos assassinos se fazia mais forte, Butch olhou ao redor para se refugiar, consciente de que seu sapato esquerdo estava ensopado com seu próprio sangue. O batente pouco profundo era sua única opção. Praguejando outra vez, protegeu-se e olhou o que vinha em sua direção.

– Oh, droga... – *meu Deus do céu...* eram seis.

Vishous sabia o que estava prestes a acontecer, e não era algo de que precisasse tomar parte. Quando um flash de luz branca transformou a noite em dia, virou-se, afundando suas botas de combate no chão. E nem havia razão para olhar para trás quando o violento rugido da besta ecoou na noite. V. conhecia a rotina: Rhage havia se transformado, a criatura estava à solta, e os *redutores* contra os quais estavam lutando iriam virar almoço. Mais ou menos o de sempre...

exceto pelo cenário: o campo de futebol americano da Escola Secundária de Caldwell.

Vão, Buldogues! Vão!

V. subiu vigorosamente pela arquibancada do lado do time da casa, até chegar ao topo. Lá embaixo, na linha de cinquenta jardas, a besta agarrou um *redutor*, atirou a coisa para o alto, e apanhou o morto-vivo entre os dentes.

Vishous deu uma olhada ao redor. A lua não saíra, o que era ótimo, mas havia umas vinte e cinco malditas casas ao redor da escola secundária. E os humanos dentro daqueles blocos de dois andares, ranchos e casas no estilo colonial acabavam de acordar com o clarão semelhante a uma explosão nuclear.

V. praguejou e arrancou a luva de piloto que cobria sua mão direita. Quando moveu o braço, a incandescência do centro de sua palma iluminou as tatuagens que cobriam das pontas dos dedos até o pulso por ambos os lados. Fixando a vista no campo, V. se concentrou nas batidas de seu coração, sentindo suas veias pulsarem, pulsarem, pulsarem...

Ondas amortecidas emanaram de sua palma, como ondas de calor se elevando do asfalto. Bem no instante em que luzes se acendiam nas varandas, que portas eram abertas e pais de família colocavam as cabeças para fora de seus castelos, a cortina de ilusão do *mhis* foi empregada: a visão e os sons da luta no campo foram substituídos pela ilusão, nada especial, de que tudo estava bem, exatamente como deveria ser.

Da arquibancada, V. usou sua visão noturna para observar os machos humanos olharem ao redor e acenarem uns para os outros. Quando um deles sorriu e encolheu os ombros, V. pôde imaginar o que conversavam:

– Ei, Bob, você também viu aquilo?

– Sim, Gary. Um clarão. Enorme.

– Deveríamos chamar a polícia?

– Parece estar tudo bem.

– Sim. Que estranho. Escute, você, Marilyn e as crianças têm algum compromisso no próximo sábado? Poderíamos dar uma volta no shopping, quem sabe comermos uma pizza depois?

– *Ótima ideia. Falarei com Sue. Boa noite.*

– *Boa noite.*

Enquanto as portas se fechavam e aqueles homens sem dúvida arrastavam os pés até a geladeira para um lanchinho noturno, Vishous manteve a ilusão.

A besta não brincou em serviço. E quase raspou o prato. Quando terminou a refeição, o escamoso dragão olhou ao redor e, quando localizou V. no topo da arquibancada, soltou um grunhido que terminou num bufo.

– Já acabou, grandão? – gritou V. para baixo. – Para sua informação, o poste do gol lá adiante poderia lhe servir de palito de dentes.

Outro bufo. Então, a criatura se deitou e, em seu lugar, Rhage apareceu nu sobre o chão empapado de sangue negro. Assim que a mudança foi completada, V. desceu correndo a arquibancada e disparou através do campo.

– Irmão? – gemeu Rhage enquanto tremia na neve.

– Sim, Hollywood, sou eu. Vou levar você para Mary, em casa.

– Não foi tão ruim como costumava ser.

– Que bom.

V. tirou rapidamente a jaqueta de couro e a estendeu sobre o peito de Rhage; então, tirou o celular do bolso. Tinha duas chamadas perdidas de Butch. Usou a discagem rápida para ligar de volta. Quando não houve resposta, V. telefonou para o Buraco e ouviu a caixa postal.

Que inferno... Phury estava com Havers, ajustando a prótese outra vez. Wrath não podia dirigir devido à cegueira. Tohrment sumira há meses. Restava... Zsadist.

Depois de cem anos lidando com aquele macho, era difícil não soltar um palavrão enquanto fazia a chamada. Decididamente, Z. não fazia o gênero bote salva-vidas: estava mais para os tubarões na água. Mas qual era sua opção? Além disso, o Irmão melhorou um pouco depois que se vinculou.

– Fala – a resposta chegou cortante.

– Hollywood liberou seu Godzilla interior outra vez. Preciso de um carro.

– Onde estão?

– Weston Road. No campo de futebol da Escola Secundária de Caldwell.

– Estarei aí em dez minutos. Primeiros-socorros?

– Não precisa, ambos estamos intactos.

– Entendido. Aguenta aí.

A ligação foi finalizada e V. olhou para o celular. A ideia de que pudesse contar com aquele aterrador filho da mãe era uma surpresa. Jamais teria adivinhado tal coisa... não que andasse prevendo coisas ultimamente.

V. pôs a mão boa sobre o ombro de Rhage e ergueu a vista para o céu. Um infinito, impenetrável universo pairava acima dele, acima de todos eles, e, pela primeira vez, a imensidão o aterrorizou. Também, era a primeira vez em sua vida que voava sem uma rede de proteção.

Perdera suas visões. Aqueles *insights* do futuro, aquela coisa toda, as transmissões invasivas do que viria pela frente, aquelas fotos sem data que sempre lhe haviam dado nos nervos, simplesmente tinham desaparecido. E também as intrusões nos pensamentos alheios.

Sempre quis estar sozinho em sua cabeça. Como era irônico que achasse o silêncio ensurdecedor.

– V.? Tudo bem?

Olhou para Rhage. A perfeita beleza loura do Irmão ainda ofuscava, mesmo com todo aquele sangue dos *redutores* espalhado pelo rosto.

– Nossa carona já está vindo. Logo estará em casa com a sua Mary.

Rhage começou a gemer baixinho e V. se solidarizou. Pobre coitado. Maldições nunca são fáceis de suportar.

Dez minutos mais tarde, Zsadist chegou ao campo de futebol no BMW de seu irmão gêmeo, abrindo caminho por um banco de neve sujo, deixando uma trilha de lama. Enquanto o M5 atravessava a neve, V. sabia que eles emporcalhariam o banco de couro traseiro, mas, por outro lado, Fritz, o supermordomo, sabia tirar manchas como ninguém.

Zsadist saiu do carro e contornou o capô. Após arrastar-se um século meio morto de fome por opção própria, pesava agora uns bons 130 quilos distribuídos por quase dois metros de altura. A cicatriz em seu rosto continuava chamando atenção, assim como as faixas tatuadas de escravo de sangue, mas, graças à sua *shellan*, Bella, seus olhos já não eram poços negros de ódio. Na maior parte do tempo.

Sem dizer coisa alguma, os dois carregaram Rhage nos braços até o carro e deram um jeito de acomodar seu gigantesco corpo no banco traseiro.

– Vai fazer "puf" e desaparecer para voltar para casa? – disse Z., enquanto sentava atrás do volante.

– Sim, mas tenho de limpar a cena – o que significava utilizar sua mão para queimar o sangue dos *redutores* salpicado por toda parte.

– Quer que o espere?

– Não, leve o nosso garotão para casa. Mary deve estar louca de preocupação.

Zsadist explorou as redondezas com um movimento rápido de cabeça.

– Vou esperar.

– Z., está tudo bem. Não ficarei aqui por muito tempo.

Aquele lábio destruído se ergueu com um grunhido.

– Se não estiver no complexo quando chegar lá, volto aqui.

O BMW partiu, os pneus traseiros levantando muita lama e neve.

Caramba, Z. realmente havia se tornado um apoio e tanto.

Dez minutos mais tarde, V. se desmaterializou rumo ao complexo, justo quando Zsadist chegava lá com Rhage. Enquanto Z. levava Hollywood para dentro, Vishous olhou ao redor, para os carros estacionados no pátio.

Onde diabos estava o Escalade? Butch já deveria ter voltado.

V. tirou o celular do bolso e teclou a discagem rápida. Quando caiu na caixa postal, disse:

– Ei, companheiro, estou em casa. Onde você está, tira?

Como os dois se ligavam constantemente, sabia que Butch verificaria logo o celular. Droga, talvez ele estivesse se dando bem, finalmente. Já estava mesmo na hora do infeliz filho da mãe deixar de lado a obsessão por Marissa e conseguir um pequeno alívio sexual.

E por falar em alívio... V. avaliou a luz no céu. Calculou que tinha, aproximadamente, uma hora e meia de escuridão, e cara, estava nervoso pra caramba. Alguma coisa acontecera naquela noite, sentia algo ruim no ar, mas, sem suas visões, não sabia o que era. E aquele branco o estava deixando maluco.

Pegou o celular outra vez e digitou um número. Quando deixou de tocar, não esperou pelo alô.

– Prepare-se para mim agora. Use o que comprei para você. Seu cabelo deve estar preso e seu pescoço, livre.

Esperou para ouvir as três únicas palavras que lhe interessavam, e elas chegaram rapidamente. Uma voz feminina disse:

– Sim, meu *dhono*.

V. desligou e se desmaterializou.

CAPÍTULO 3

Ultimamente, o ZeroSum estava indo muito bem, pensou Rehvenge, enquanto observava as contas. O fluxo de dinheiro era grande. Havia um aumento nas apostas. A clientela crescia. Santo Deus, era dono daquele clube há quanto tempo? Cinco? Seis anos? E, finalmente, estava entrando dinheiro suficiente para que pudesse respirar tranquilo.

Claro que era desprezível ganhar dinheiro com sexo, drogas, bebida e jogatina. Mas precisava sustentar sua *mahmen* e, até pouco tempo atrás, sua irmã, Bella. E também pagar a chantagem que sofria.

Segredos podem ser muito caros para se manter.

Rehv ergueu a vista quando a porta do escritório se abriu. Quando sua chefe de segurança entrou, pôde farejar que o cheiro de O'Neal permanecia nela, e sorriu de leve. Gostava de ter razão.

– Obrigado por cuidar de Butch.

Os olhos cinzentos de Xhex eram diretos como sempre.

– Não teria feito se não o houvesse desejado.

– E não teria pedido isso a você se não soubesse disso. Então, que problemas tivemos?

Sentou-se do outro lado da mesa, o corpo poderoso tão duro como o mármore no qual Rehvenge apoiava os cotovelos.

– Sexo forçado dentro do banheiro masculino. Cuidei disso. A mulher vai apresentar queixa.

– O cara ainda saiu andando depois que você acabou com ele?

– Sim, mas está usando um novo par de brincos, se é que me entende. Também encontrei dois menores no estabelecimento e os pus para fora. E um dos seguranças estava recebendo subornos na fila, então, o despedi.

– Algo mais?

– Tivemos outra overdose.

– Droga. Mas não com nosso produto, certo?

– Não. Coisa de fora – tirou um pequeno saco de celofane do bolso traseiro de suas calças de couro e jogou-o sobre a mesa. – Consegui surrupiar isso antes que os paramédicos chegassem. Vou contratar um pessoal extra para combater essa situação.

– Muito bem. Quando colocar as mãos nesse *freelancer*, traga-o para mim. Quero me encarregar dele pessoalmente.

– Farei isso.

– Algo mais que eu deva saber?

No silêncio que se seguiu, Xhex se inclinou para frente e entrelaçou as mãos. Seu corpo era todo músculos firmes, nada além de ângulos duros, a não ser por seus empinados e pequeninos seios. Era deliciosamente andrógina, embora sendo, pelo que tinha ouvido, uma fêmea completa.

O tira deveria sentir-se um felizardo, pensou. Xhex não praticava sexo com frequência, e quando o fazia era porque achava que o cara valia a pena.

Também não era de perder tempo. Geralmente.

– O que foi, Xhex?

– Quero saber uma coisa.

Rehv se recostou na cadeira.

– Isso me deixará aborrecido?

– Sim. Está procurando uma companheira?

Quando seus olhos de ametista começaram a brilhar, baixou a cabeça e a encarou com a testa franzida.

– Quem disse isso? E quero o nome.

– Dedução, não fofoca. De acordo com os registros do GPS, seu Bentley tem estado próximo ao Havers um bocado, nos últimos tempos. Acontece que sei que Marissa está disponível. É bonita. Complicada. Mas você nunca gostou da *glymera*. Está pensando em se unir a ela?

– Não mesmo – mentiu.

– Que bom – quando os olhos de Xhex se fixaram nele, ficou óbvio que sabia a verdade. – Porque seria uma loucura de sua parte tentar. Ela descobriria tudo sobre você... e não me refiro ao que acontece aqui. Pelo amor de Deus, ela é membro do Conselho dos *Princeps*. Se souber que é um *sympatho*, nós dois estaríamos perdidos.

Rehv se levantou e apanhou a bengala.

– A Irmandade já sabe a meu respeito.

– Como? – Xhex murmurou sem fôlego.

Pensou na conversa tensa que teve com o Irmão Phury, e decidiu mantê-la em segredo.

– Simplesmente sabem. E agora que minha irmã está unida a um Irmão, sou um membro dessa droga de família. Assim sendo, mesmo que o Conselho dos *Princeps* ficasse sabendo, os guerreiros os manteriam sob controle.

Que pena que seu chantagista não obedecesse às regras dos Normais. Os *sympathos*, percebia na carne, podiam ser inimigos muito perigosos. Não era de admirar que sua espécie fosse odiada.

– Tem certeza disso?

– Bella morreria se me enviassem a uma daquelas colônias. Pensa que seu *hellren* suportaria que a perturbassem dessa forma, especialmente agora que está *grávida*? Z. é um filho da mãe mal-encarado muito protetor com ela. Por isso, tenho certeza, sim.

– Ela alguma vez suspeitou de você?

– Não. E embora Zsadist saiba, não irá dizer à sua companheira. De modo algum colocaria Bella nessa situação. Pela lei, se alguém descobrir um *sympatho* deve denunciar imediatamente, ou será condenado.

Rehv contornou a mesa, apoiando-se na bengala, agora que Xhex era a única por perto. A dopamina que injetava em si mesmo regularmente mantinha sob controle a pior parte dos impulsos dos *sympathos*, o que lhe possibilitava passar-se por um Normal. Não sabia ao certo como Xhex fazia para contorná-los. Nem se queria mesmo saber. Mas o fato era que sem seu sentido de tato, precisava usar a bengala ou poderia cair. Afinal de contas, a percepção de profundidade só acontece quando se pode sentir os pés e as pernas.

– Não se preocupe – disse ele. – Ninguém sabe o que somos. E continuará assim.

Os olhos cinzentos se ergueram para olhá-lo.

– Você a está alimentando, Rehv – não era uma pergunta. Exigia saber. – Está alimentando Marissa?

– Isso é assunto meu, não é da sua conta.

Ela se levantou de um pulo.

– Maldito... Tínhamos combinado. Há vinte e cinco anos, quando eu tive aquele pequeno problema, combinamos. Não teríamos companheiros. Não alimentaríamos os Normais. Que *diabos* você está fazendo?

– Estou no comando e esta conversa terminou – consultou o relógio. – E pelo que sei, é hora de fechar e precisa de um descanso. Os seguranças podem fechar.

Olhou-o por um instante.

– Não, vou terminar meu trabalho...

– Estou mandando você ir para casa, não estou sendo gentil. Vejo você amanhã à noite.

– Com todo respeito, Rehvenge, vá para o inferno.

Dirigiu-se para a porta com passadas firmes, movendo-se como a matadora que era. Enquanto a olhava partir, deu-se conta de que seus guarda-costas eram fichinha se comparados ao que ela era capaz de fazer.

– Xhex – disse –, talvez estivéssemos equivocados a respeito de não termos companheiros.

Ela lhe lançou um olhar carrancudo por cima do ombro, que queria dizer "por acaso você é idiota?".

– Você se droga duas vezes por dia. Acha que Marissa não acabaria percebendo? E quanto ao fato de você ter de procurar o irmão dela, o bom doutor, para conseguir o neuromodulador de que depende? Além disso, o que diria uma aristocrata como ela a respeito de tudo... isso? – indicou o escritório em volta com o braço estendido. – Não estávamos equivocados. Você simplesmente está se esquecendo de todos os porquês envolvidos.

A porta se fechou atrás dela e Rehv olhou para baixo, para seu corpo entorpecido. Imaginou Marissa, tão pura e linda, tão diferente das outras fêmeas que conhecia, tão diferente de Xhex... de quem se alimentava.

Desejava Marissa; àquela altura, estava meio apaixonado por ela. E o macho nele queria reclamar o que lhe pertencia, mesmo que as drogas o fizessem impotente. Só que, com toda certeza, não iria machucar o objeto de seu amor, mesmo que suas partes sombrias se revelassem... Certo?

Pensou em Marissa, com seus adoráveis vestidos de alta-costura, tão corretamente vestida, tão refinada, tão... limpa. A *glymera* estava equivocada a respeito dela. Não era defeituosa; era perfeita.

Sorriu, seu corpo se animando com um calor que somente podia se apagar por meio de fortes orgasmos. Aproximava-se aquele momento do mês, então, logo o chamaria. Sim, precisaria dele outra vez... em breve. Como seu sangue estava diluído, ela tinha de se alimentar com uma frequência maior, e fazia quase três semanas desde a última vez.

Iria chamá-lo dentro de poucos dias. E ele mal podia esperar para servi-la.

V. retornou para o complexo da Irmandade em cima da hora, restando apenas alguns minutos antes do amanhecer. Materializou-se fora da casa da guarda, diante da porta da frente. Esperara que aquele tipo de sexo o tirasse daquele estado de ansiedade, mas não, estava mais nervoso do que nunca.

Atravessou o vestíbulo do Buraco, desarmando-se pelo caminho, completamente tenso e *muito* a fim de tomar um banho, para se livrar do cheiro da fêmea. Deveria estar faminto; em vez disso, tudo o que desejava era uns goles de vodca Grey Goose.

– Butch, meu camarada! – gritou ele.

Silêncio.

V. caminhou pelo corredor até o quarto do tira.

– Já está dormindo?

Abriu a porta. A enorme cama estava vazia. Será que o tira estava na casa principal?

V. correu pelo Buraco e espiou pela porta do vestíbulo. Um olhar rápido nos carros estacionados no pátio e seu coração disparou no peito. Nada do Escalade. Logo, Butch não estava no complexo.

Com o sol despontando ao leste, a claridade do dia fez com que seus olhos ardessem; então, entrou novamente e foi sentar-se diante de seus computadores.

Carregando as coordenadas do Escalade, viu que o veículo se encontrava estacionado atrás do Screamer's.

O que era bom. Pelo menos, Butch não estava amarrado em volta de uma árvore...

V. congelou. Lentamente, colocou a mão no bolso traseiro de suas calças de couro, com um horrível pressentimento se apoderando dele, quente e pinicante como uma alergia. Abrindo o celular, acessou sua caixa postal. A primeira mensagem que apareceu foi uma chamada perdida do número de Butch.

Enquanto surgia no visor a segunda mensagem, as persianas de aço do Buraco começaram a baixar. Era dia.

V. franziu a testa. No correio de voz só havia um chiado. Mas, então, um estrondo fez com que afastasse o celular do ouvido.

Depois, a voz de Butch, firme, alta: "Desmaterialize-se! Desmaterialize-se *já*!".

Um macho assustado: "Mas... mas...".

"*Já!* Dê o fora daqui...", sons abafados ao fundo.

"Por que está fazendo isso? É apenas humano..."

"Estou *tão* farto de escutar isso. *Fora!*"

Houve um ruído metálico, uma arma sendo recarregada.

A voz de Butch: "Oh, droga...".

Então, foi um pandemônio. Disparos, grunhidos, pancadas surdas.

V. saltou de trás da mesa tão rápido que derrubou a cadeira. Só para se dar conta de que estava preso em casa pela luz do dia.

Capítulo 4

A primeira coisa que ocorreu a Butch quando voltou a si foi que alguém deveria fechar a torneira. Aquele pinga-pinga era irritante.

Então, abriu uma pálpebra e se deu conta de que era o seu próprio sangue a origem do som. *Oh... que maravilha.* Tinha sido moído de pancada e agora estava vazando.

Aquele fora um longo e péssimo dia. Por quantas horas o haviam interrogado? Doze? Pareciam mil.

Tentou respirar fundo, mas, como tinha algumas costelas quebradas, só o que conseguiu foi falta de ar e mais dor. Cara, por cortesia de seus captores, tudo lhe doía infernalmente, mas, pelo menos, o *redutor* havia fechado a ferida da bala.

Só para poder interrogá-lo por mais tempo.

A única coisa boa de todo aquele pesadelo era que nada a respeito da Irmandade havia saído de seus lábios. Nem uma só palavra, mesmo quando o assassino havia trabalhado em suas unhas e entre as pernas. Butch iria morrer logo, mas, pelo menos, quando chegasse ao céu, poderia encarar São Pedro com a consciência limpa de que não era um traidor.

Ou será que morrera e aquilo era o inferno? Então, era isso? Por sua conduta na Terra, podia muito bem ter acabado como hóspede do capeta. Mas, seu torturador não deveria ter chifres, como todo demônio que se preza?

Ok, seu delírio estava beirando um desenho animado das antigas.

Abriu os olhos um pouco mais, concluindo que já era hora de tentar separar a realidade das maluquices que rondavam seu cérebro. Tinha a sensação de que, provavelmente, aquele seria seu último momento consciente; assim sendo, era melhor aproveitá-lo.

Sua visão estava borrada. As mãos... os pés... sim, acorrentados. Encontrava-se estendido sobre algo duro, uma mesa. O lugar estava... escuro. O cheiro de mofo significava que talvez estivesse em um porão... uma solitária e fraca lâmpada revelava... sim, o kit de ferramentas de tortura. Afastou a vista da coleção de peças afiadas, estremecendo.

Que som era aquele? Um leve bramido. Tornando-se mais forte. E mais forte.

Assim que parou, uma porta se abriu no andar de cima e Butch ouviu um homem dizer com voz abafada:

– Mestre.

Uma resposta em tom baixo. Inaudível. Depois, uma conversa, acompanhada de passadas de um lado para o outro, que faziam com que o pó caísse das frestas por entre as pranchas de madeira do piso. Finalmente, outra porta foi aberta, e os degraus perto dele começaram a ranger.

Butch começou a suar frio e fechou as pálpebras. Através dos olhos entrecerrados, espiou para ver o que se aproximava.

O primeiro era o *redutor* que o torturara, o cara do verão anterior, da Academia de Artes Marciais de Caldwell – chamado Joseph Xavier, se Butch bem lembrava. O outro estava coberto da cabeça aos pés por uma brilhante túnica branca, rosto e mãos completamente ocultos. Parecia algum tipo de monge ou sacerdote.

Só que ali embaixo não havia um homem de Deus, com toda certeza. Quando Butch absorveu a vibração daquela figura, perdeu o fôlego, repugnado. Não importa o que estivesse escondido por baixo da túnica, emanava maldade, do tipo que motiva assassinos em série, estupradores, criminosos e pessoas que gostam de bater nos filhos: o ódio e a crueldade em seu mais alto grau, em sua forma sólida.

O nível de medo de Butch atingiu o teto. Podia suportar ser espancado; a dor era terrível, mas havia um ponto final definido, determinado por seu coração deixando de pulsar. Mas o que se escondia debaixo da túnica guardava sofrimentos misteriosos de dimensões bíblicas. E como ele sabia disso? Seu corpo inteiro estava se rebelando, seus instintos em disparada dizendo-lhe que fugisse, que se salvasse... que *rezasse*.

Palavras lhe ocorreram, atravessaram sua mente. *O Senhor é meu pastor, nada me faltará...*

O capuz da figura de túnica virou-se para Butch com a mesma agilidade e rapidez com que uma coruja movimenta a cabeça.

Butch fechou os olhos com força e concentrou-se no salmo 23. Mais rápido... precisava recitar mentalmente as palavras, mais rápido. *Deitar-me faz em verdes pastos; Guia-me mansamente às águas tranquilas... Refrigera a minha alma; Guia-me pelas veredas da justiça por amor do seu nome...*

– Esse é o homem? – a voz que reverberou pelo porão fez com que Butch se confundisse, perdesse o ritmo: era ressoante e ecoava, como que saída de um filme de ficção científica, com uma distorção sobrenatural.

– Sua arma estava carregada com balas da Irmandade.

Volte para o salmo. E complete-o rápido. *Ainda que eu andasse pelo vale da sombra da morte, não temeria mal algum...*

– Sei que está acordado, humano – a voz reverberante disparou dentro do ouvido de Butch. – Olhe para mim e conheça o mestre de seu captor.

Butch abriu os olhos, virou a cabeça e engoliu em seco compulsivamente. O rosto que o encarava era escuridão condensada, uma sombra viva.

Ômega.

O Mal sorriu de leve.

– Então, sabe o que sou, certo? – endireitou-se. – Não lhe disse coisa alguma, não é, *Redutor Principal*?

– Ainda não terminei.

– Ah, então, isso é um não. E trabalhou bem nele, visto que está semimorto. Sim, posso sentir a morte rondando-o. Tão próxima – Ômega se inclinou outra vez e aspirou o ar sobre o corpo de Butch. – Sim, dentro de uma hora. Talvez menos.

– Durará o tanto quanto eu queira que dure.

– Não, não o fará – Ômega começou a rodear a mesa e Butch seguiu seus movimentos, o terror cada vez maior, consolidando-se na força centrífuga das passadas do Mal. Girando, girando, girando... Butch batia os dentes de tão trêmulo.

O estremecimento acabou no segundo em que Ômega se deteve do outro lado da mesa. Mãos espectrais se elevaram, seguraram o capuz da túnica branca, e o retiraram. No alto, a fraca lâmpada piscou, como se sua luz estivesse sendo absorvida pela forma escura.

– Deixe-o partir – disse Ômega, sua voz como uma onda, filtrada e amplificada pelo ar. – Deixe-o no bosque. Diga aos outros que fiquem longe dele.

O quê?, pensou Butch.

– O quê? – disse o *Redutor Principal*.

– Entre as fraquezas da Irmandade está uma lealdade paralisante, não é? Sim, uma fidelidade paralisante. Reclamam o que é deles. É o lado animal que possuem – Ômega estendeu a mão. – Uma faca, por favor. O que tenho em mente é que façamos este humano nos ser útil.

– Acabou de dizer que ele está morrendo.

– Mas eu lhe darei um pouco de vida. E também um presente. *Faca.*

Os olhos de Butch se arregalaram enquanto uma faca de caça de vinte centímetros trocava de mãos.

Ômega apoiou uma das mãos na mesa, a lâmina sobre a ponta de um dos dedos, e forçou-a para baixo. Houve um rangido, como se uma cenoura houvesse sido cortada.

Ômega se inclinou sobre Butch.

– Onde esconder, onde esconder...

Quando a faca foi erguida e pairou sobre o abdômen de Butch, ele gritou. E ele ainda gritava quando um corte raso foi feito em sua barriga. Então, Ômega recolheu a pequena parte de si mesmo, o dedo negro.

Butch lutou, debatendo-se contra as correntes. O horror fez com que seus olhos se arregalassem de tal forma que a pressão em seus nervos óticos o cegou.

Ômega inseriu a ponta de seu dedo na ferida de Butch, e depois se inclinou, soprando sobre o corte fresco. A pele se fechou, a carne se uniu. Imediatamente, Butch sentiu a podridão em seu interior, sentiu o mal serpenteando por dentro, deslocando-se. Ergueu a cabeça. A pele ao redor do corte já estava ficando acinzentada.

As lágrimas brotavam-lhe dos olhos. Escorriam por sua face.

– Solte-o.

O *Redutor Principal* abriu os cadeados, mas quando soltou as correntes, Butch se deu conta de que não conseguia se mover. Estava paralisado.

– Eu o levarei – disse Ômega. – Ele sobreviverá e encontrará seu caminho de volta para a Irmandade.

– Eles perceberão sua presença.

– Talvez, mas não deixarão de acolhê-lo.

– O humano contará a eles.

– Não, porque não se lembrará de mim – o rosto de Ômega se inclinou para Butch. – Não se recordará de coisa alguma.

Quando seus olhos se encontraram, Butch pôde sentir a afinidade entre eles, pôde sentir o vínculo, a semelhança. Chorou pela violação que havia sofrido, mas mais pela Irmandade. Eles o receberiam. Tentariam ajudá-lo no que pudessem.

E certo como o mal nele, terminaria traindo-os.

Salvo se Vishous ou os Irmãos não o encontrassem. Como poderiam? E, nu como estava, certamente morreria de frio.

Ômega estendeu a mão e colheu as lágrimas de uma das bochechas de Butch. O brilho da umidade tornava-se iridescente contra aqueles dedos negros e translúcidos, e Butch queria de volta o que havia saído de si. Em vão. Levando a mão à boca, o Mal saboreou a dor e o medo de Butch, lambendo... chupando.

O desespero confundiu a memória de Butch, mas a fé que acreditava ter abandonado acudiu-lhe com outro verso do salmo: *Certamente que a bondade e a misericórdia me seguirão todos os dias de minha vida, e habitarei na casa do Senhor por longos dias.*

Mas isso já não era possível agora, era? Tinha o mal dentro dele, embaixo da pele.

Ômega sorriu, embora Butch não compreendesse como sabia disso.

– É uma pena que não tenhamos mais tempo, já que sua condição é frágil. Mas haverá oportunidades para nós dois, futuramente. O que reclamo como meu sempre retorna para mim. Agora, durma.

E como se um interruptor houvesse sido desligado, Butch apagou.

– Responda à maldita pergunta, Vishous.

V. desviou a vista de seu rei justo quando os sinos do relógio no canto do escritório começaram a soar. Parou na quarta batida, o que significava que eram quatro da tarde. A Irmandade estivera reunida na central de comando de Wrath o dia todo, rondando pelo requintado salão estilo Luis XIV, saturando o delicado ar do lugar com sua fúria.

– Vishous – grunhiu Wrath –, estou esperando. Como sabe onde encontrar o tira? E por que não mencionou isso antes?

Porque sabia que iria criar problemas, e disso a Irmandade já estava abarrotada.

Enquanto V. tratava de pensar no que poderia dizer, olhou para os Irmãos. Phury estava no sofá azul-claro em frente ao fogo, o corpanzil contrastando com a delicadeza da mobília, o cabelo multicolorido já crescido, agora ultrapassando a linha do queixo. Z. estava atrás de seu irmão gêmeo, apoiado na cornija da lareira, os olhos novamente negros por estar enfurecido. Rhage estava perto da porta, o belo rosto tomado por uma horrível expressão, os ombros crispados como se a besta dentro de si estivesse tão aborrecida quanto ele.

E Wrath. Por trás da elegante mesa, o Rei Cego era uma ameaça palpável, com seu cruel semblante endurecido e os frágeis olhos escondidos por óculos escuros de armação grossa e negra. Seus poderosos antebraços, que ostentavam na parte interna tatuagens indicativas de sua linhagem de sangue puro, encontravam-se apoiados sobre um livro de ocorrências folheado a ouro.

O fato de Tohr não estar com o grupo era uma ferida aberta para todos eles.

– V.? Responda à pergunta ou juro por Deus que lhe arranco a resposta à força.

– Simplesmente sei como encontrá-lo.

– O que está escondendo?

V. foi até o bar e serviu-se de dois dedos de vodca Grey Goose, que bebeu de um gole. Engoliu em seco algumas vezes e, então, as palavras lhe saíram da boca.

– Alimentei-o.

Um coro de suspiros profundos ecoou pelo salão. Enquanto Wrath se levantava, olhando-o com incredulidade, V. se serviu de outra dose de Grey Goose.

– Você fez o *quê*? – a última palavra foi berrada.

– Fiz com que bebesse de mim.

– Vishous... – Wrath contornou a mesa, pisando firme com suas botas de combate. O rei se aproximou até ficarem cara a cara. – Ele é um macho. Ele é *humano*. Que diabos estava pensando?

Mais vodca. Definitivamente era o momento para mais Goose.

V. virou a dose de uma vez e se serviu da quarta.

– Com meu sangue nele, posso encontrá-lo, e foi por isso que fiz com que bebesse. Eu vi... que deveria fazê-lo. Então, foi o que fiz, e voltaria a fazer.

Wrath se virou e caminhou de um lado para o outro pelo salão, de punhos cerrados. Enquanto o chefe caminhava para aliviar a frustração, o resto da Irmandade o olhava com curiosidade.

– Fiz o que tinha de fazer – falou V., entornando a vodca de uma vez.

Wrath se deteve perto de uma das janelas que iam do chão ao teto. Estava vedada para passar o dia, não entrava luz alguma.

– Bebeu de sua veia?

– Não.

Uns dois Irmãos pigarrearam, como se lhe exigissem franqueza.

V. praguejou e serviu-se de mais bebida.

– Ah, pelo amor de Deus, não é dessa forma com ele. Dei-lhe um pouco em um copo. Não sabia o que estava bebendo.

– Que droga, V. – murmurou Wrath –, você poderia tê-lo matado fazendo isso...

– Foi há três meses. Ele sobreviveu, então, não há dano...

A voz de Wrath soou forte como um golpe de ar.

– Violou a lei! Alimentando um *humano*? Caramba! O que supõe que eu deva fazer a respeito disso?

– Se quiser me entregar à Virgem Escriba, tudo bem. Mas vamos deixar uma coisa bem clara: primeiro, encontrarei Butch e o trarei para casa, vivo ou morto.

Wrath ergueu os óculos escuros e esfregou os olhos, um hábito que tinha desenvolvido ultimamente quando estava cansado do lance de ser rei.

– Se foi interrogado, pode ser que tenha falado. Poderíamos estar em perigo.

V. olhou para o seu copo e balançou lentamente a cabeça.

– Ele morreria antes de nos entregar. Eu lhe garanto – engoliu a vodca e sentiu-a deslizar pela garganta. – Meu camarada é valente assim.

Capítulo 5

Rehvenge não lhe parecera nem um pouco surpreso quando o chamou, pensou Marissa. Também, pudera: ele sempre tivera a misteriosa capacidade de ler seus pensamentos.

Colocando a capa negra, saiu pela parte de trás da mansão de seu irmão. Acabava de anoitecer, e ela estremeceu, embora não devido ao frio. Era pelo horrível sonho que tivera de dia. Nele, havia voado através da paisagem, passando sobre um lago congelado com pinheiros na margem mais distante, ultrapassado um círculo de árvores, até que diminuiu a velocidade e olhou para baixo. No chão coberto de neve, encolhido e sangrando, viu... *Butch*.

A vontade de telefonar para a Irmandade persistia tanto quanto as imagens do pesadelo. Só que se sentiria uma tola quando os guerreiros retornassem a ligação aborrecidos, apenas para lhe dizer que ele estava perfeitamente bem... Provavelmente, pensariam que o estava perseguindo. Mas, Deus... aquela visão de Butch sangrando sobre a terra coberta de branco, aquela imagem dele, indefeso na posição fetal, assombrava-a.

Contudo, fora apenas um sonho. Não passara de... um sonho.

Fechando os olhos, obrigou-se a adotar um semblante de calma e se desmaterializou para o centro da cidade, até o terraço de um apartamento de cobertura a uns trinta andares do chão. Logo que tomou forma, Rehvenge abriu uma das seis portas corrediças de vidro.

Imediatamente, franziu a testa.

– Você está nervosa.

Enquanto se aproximava dele, forçou um sorriso.

– Sabe que sempre estou um pouquinho desconfortável.

Apontou a bengala de ouro cinzelado para ela:

– Não, isso é diferente.

Deus, nunca tinha conhecido alguém tão sintonizado com suas emoções.

– Vou ficar bem.

Enquanto ele a tomava pelo cotovelo, conduzindo-a para dentro, Marissa foi envolvida por um calor tropical. Rehv sempre mantinha a temperatura alta assim, e nunca tirava seu longo casaco de pele até que chegassem ao sofá. Não fazia ideia de como ele suportava tal calor, mas parecia necessitá-lo.

Fechou a porta corrediça.

– Marissa, quero saber o que está acontecendo.

– Nada, mesmo.

Com um movimento rápido, ela se livrou da capa e pendurou-a em uma cadeira cromada, estofada em negro. Três dos lados da cobertura consistiam de folhas de vidro, possibilitando uma vista panorâmica das duas metades de Caldwell, incluindo as brilhantes luzes do centro da cidade, a escura curva do rio Hudson, e as estrelas sobre tudo isso. Ao contrário da cintilante paisagem, a decoração do apartamento era minimalista, uma elegância feita de ébano e bege... bem ao estilo do próprio Rehv, com seu moicano negro, a pele dourada e as roupas perfeitas.

Em outras circunstâncias, teria adorado o apartamento de cobertura.

Em outras circunstâncias, teria adorado o próprio Rehvenge.

Os olhos cor de violeta de Rehv se estreitaram, enquanto se apoiava sobre a bengala e caminhava até ela. Era um macho enorme, com a constituição digna de um membro da Irmandade, quase ameaçador, o belo rosto carrancudo.

– Não minta para mim.

Ela sorriu ligeiramente. Os machos tendiam a ser muito protetores, e, embora os dois não formassem um par, não se surpreendeu que ele estivesse disposto a enfrentar qualquer parada pelo bem dela.

– Tive um sonho perturbador esta manhã e ainda não consegui tirá-lo da cabeça. É só isso.

Enquanto Rehv a estudava, Marissa teve a estranha sensação de que ele vasculhava suas emoções, examinando como se interligavam em seu íntimo.

– Dê-me sua mão – disse ele.

Estendeu-a sem hesitar. Ele sempre observava as formalidades da *glymera*, e ainda não a cumprimentara como ditavam os costumes. Só que, quando suas palmas se encontraram, ele não lhe roçou os nós dos dedos com os lábios. Pôs o polegar sobre seu pulso e pressionou um pouco. Depois, com mais força. De repente, como se houvesse aberto algum tipo de dreno, seus sentimentos de temor e preocupação desceram-lhe pelo braço até ele, como que extraídos por seu contato.

– Rehvenge? – sussurrou debilmente.

No instante em que a soltou, as emoções voltaram, como se a torneira se fechasse.

– Não tem condições de ficar comigo esta noite.

Ela corou e esfregou a pele onde ele a tocara.

– É claro que o farei. Já é... hora.

Para dar início aos procedimentos, foi até o sofá de couro negro que usavam habitualmente e ficou ali parada. Após um momento, Rehvenge caminhou até ela e tirou o casaco de pele, estendendo-o sobre o sofá para que pudessem sentar-se sobre ele. Depois, desabotoou o paletó de seu terno negro e o tirou também. Então, foi a vez da fina camisa de seda, tão alva, que ele abriu revelando o musculoso torso sem pelos. Seus peitorais eram tatuados, duas estrelas vermelhas de cinco pontas, e havia mais desenhos sobre o abdômen trabalhado.

Enquanto ele se acomodava no sofá, seus músculos se flexionaram. Quando ergueu a vista para ela, seu límpido olhar de ametista foi tão convidativo quanto o sinal que fez com o dedo indicativo para que se aproximasse.

– Venha aqui, *tahlly*. Tenho o que precisa.

Ela levantou a saia do vestido e subiu por entre as pernas dele. Rehv sempre insistia em que bebesse de sua garganta, mas das três vezes que fizeram aquilo, ele nunca ficara excitado. O que era tanto um alívio como um lembrete. Wrath também jamais tivera uma ereção enquanto estava perto dela.

Enquanto olhava para baixo, para a aveludada pele que recobria aquela gloriosa masculinidade que era Rehv, a fome moderada que sentira nos últimos dias bateu-lhe forte. Pôs as palmas sobre seus peitorais e curvou-se sobre ele, observando-o enquanto o macho fechava os olhos, inclinava o queixo para um lado e percorria-lhe os braços com as mãos. Um suave grunhido escapou dos lábios dele, algo que sempre ocorria antes de mordê-lo. Se a situação fosse outra, diria que era devido à expectativa, mas sabia que isso não era verdade. O corpo dele sempre estava flácido, e não podia acreditar que gostasse tanto de ser usado.

Abriu a boca, sentindo que as presas se alongavam. Inclinando-se sobre Rehv, ela...

A imagem de Butch na neve a congelou, e precisou sacudir a cabeça para voltar a se concentrar na garganta de Rehv e na fome que sentia.

Alimente-se, disse a si mesma. *Tome o que ele oferece.*

Tentou novamente, somente para se deter com a boca no pescoço de Rehv. Ao vê-la fechar os olhos com força, pela frustração, ele colocou a mão embaixo de seu queixo e ergueu-lhe a cabeça.

– Quem é ele, *tahlly*? – Rehv acariciou-lhe o lábio inferior com o polegar. – Quem é esse macho que você ama, mas que não a alimenta? E me sentirei completamente insultado se não me contar.

– Oh, Rehvenge... não é alguém que você conheça.

– É um tolo.

– Não. A tola sou eu.

Com um inesperado arrebatamento, Rehv puxou-a para beijá-la, sobressaltando-a de tal maneira que Marissa abriu a boca, surpresa, e com um impulso erótico, a língua dele introduziu-se pelo espaço. Beijou-a habilmente, com suaves movimentos e sutis penetrações. Ela não se excitou, mas pôde avaliar que tipo de amante Rehv seria: dominador, poderoso... completo.

Quando empurrou o peito do macho, ele permitiu que rompesse o contato.

Enquanto Rehv se deixava cair para trás, aqueles olhos cor de ametista brilhavam, emanando uma linda luz violeta que se derramava para dentro dela. Embora não pudesse sentir-lhe uma ereção, o tremor que convulsionava aquele grande e musculoso corpo lhe dizia que se tratava de um macho que tinha sexo em mente e no sangue... e que desejava penetrá-la.

– Parece tão surpresa – disse ele, num tom arrastado.

Considerando a maneira como a maioria dos machos a olhava, estava mesmo.

– Isso foi algo inesperado. Especialmente por eu achar que não pudesse...

– Sou capaz de me unir a uma fêmea – baixou as pálpebras e, por um momento, pareceu assustador. – Sob certas circunstâncias.

Do nada, uma imagem chocante atravessou o cérebro de Marissa: ela nua sobre uma cama forrada com um cobertor de pele, Rehv também nu e com uma ereção total, abrindo-lhe as pernas com os quadris. No interior de suas coxas, viu uma marca de mordida, como se ele houvesse se alimentado da veia ali.

Quando ela respirou fundo e cobriu os olhos com as mãos, a visão desapareceu e Rehv murmurou:

– Minhas desculpas, *tahlly*. Temo que minhas fantasias sejam muito explícitas. Mas, não se preocupe, podemos fazer com que permaneçam apenas em minha mente.

– Santo Deus, Rehvenge, nunca suspeitei. E talvez, se as coisas fossem diferentes...

– Nada mais justo – ele a encarou e balançou a cabeça. – Eu realmente gostaria de conhecer esse seu macho.

– Esse é o problema. Não é meu.

– Então, como disse, é um tolo – Rehv tocou-lhe os cabelos. – E, não importa quão faminta esteja, teremos de fazer isso em outro momento, *tahlly*. Esse seu coraçãozinho não vai permitir que seja esta noite.

Marissa afastou-se dele e ficou de pé, desviando a vista para as janelas, para a cintilante cidade. Perguntou-se onde estaria Butch e o que estaria fazendo; voltou a olhar para Rehv e quis saber por que diabos não se sentia atraída por ele. Era bonito como um guerreiro – potente, decidido, forte... especialmente naquele momento, com seu maciço corpo esparramado no sofá, sobre o casaco de pele, as pernas abertas num descarado convite sexual.

– Quem me dera desejar você, Rehv.

Ele riu secamente.

– Engraçado, sei exatamente o que você quer dizer.

V. disparou através do vestíbulo da mansão e deteve-se no pátio. Amparado pelas paredes de pedra da construção, enviou sua mente para a noite, como um radar procurando um sinal.

– *Não* sairá nessa empreitada sozinho – grunhiu Rhage em seu ouvido. – Encontre o lugar onde o estão mantendo preso e nos chame.

Como V. não respondeu, foi agarrado pela nuca e sacudido como uma boneca de pano. Apesar de ter quase dois metros de altura.

Rhage ficou cara a cara com ele, com uma expressão que não deixava dúvida de que estava falando *muito sério*.

– Vishous, estamos entendidos?

– Sim, tanto faz – empurrou da frente o macho, só para constatar que não estavam sozinhos. O resto da Irmandade estava esperando, armada e furiosa, em ponto de bala. Só que... em meio a toda aquela agressividade, olhavam para ele com preocupação. E como aquela preocupação o deixava louco, deu-lhes as costas.

V. organizou sua mente e lançou-a pela noite, tentando encontrar o pequeno eco de si mesmo dentro de Butch. Penetrando a escuridão, vasculhou campos e montanhas, lagos congelados e cursos d'água... longe... longe... longe...

Oh, meu Deus.

Butch estava vivo. Ou quase. E encontrava-se em algum lugar a nordeste dali. A vinte, talvez vinte e cinco quilômetros de distância.

Quando V. sacou sua Glock, uma mão de ferro o segurou pelo braço. Rhage o agarrava com firmeza, novamente.

– Você *não* cuidará desses *redutores* sozinho.

– Certo.

– Prometa! – Rhage insistiu com violência. Como se soubesse muito bem o que V. pretendia: encarregar-se de quem quer que fosse que estivesse com Butch e chamar os outros somente para que o ajudassem com a limpeza.

Só que aquilo era pessoal, não tinha a ver apenas com a guerra entre os vampiros e a Sociedade Redutora. Aqueles mortos-vivos filhos da mãe haviam capturado o seu... bem, não sabia especificamente... o que Butch significava para ele. Mas era algo mais intenso do que qualquer coisa que sentira em muito tempo.

– Vishous...

– Chamarei vocês quando eu achar que devo! – V. se desmaterializou, livre da sujeição do Irmão.

Viajando em um turbilhão de moléculas, materializou-se em um bosque às margens de um lago congelado, na zona rural de Caldwell. Calculou seu reaparecimento a uns cem metros do local onde captara o sinal de Butch, aproximando-se agachado e preparado para lutar.

O que era um bom plano, porque, caramba, podia sentir *redutores* em toda parte...

V. franziu a testa e prendeu a respiração. Movendo-se lentamente, girou em semicírculo, empregando na busca os olhos e ouvidos, não seus instintos. Não havia matadores por ali. *Nada* havia nos arredores. Sequer uma choupana ou uma cabana de caça...

Súbito, estremeceu. Não: havia algo naquele bosque, sim, senhor... Alguma coisa enorme, um sinal condensado de maldade, um mal que o arrepiava.

Ômega.

Ao virar a cabeça na direção da repugnante concentração, uma fria rajada de vento atingiu-lhe diretamente o rosto, como se a Mãe Natureza o alertasse a ir na direção contrária.

Uma ova. Tinha de tirar seu companheiro dali.

V. correu para o que podia sentir de Butch, as botas de combate esmagando a neve dura. Lá no alto, a lua cheia resplandecia no céu sem nuvens, mas a presença do mal era tão intensa que V. poderia encontrar o caminho mesmo às cegas. E droga, Butch estava perto dessa escuridão.

Cinquenta metros adiante, V. avistou coiotes. Rodeavam alguma coisa no chão, rosnando, não de fome, mas como se a matilha estivesse sendo ameaçada.

E aquilo que chamou sua atenção era de tal magnitude que sequer perceberam a aproximação de V. Para afugentá-los, ele apontou a arma para o alto e deu dois tiros. Os coiotes se dispersaram e...

V. parou de repente. Enquanto olhava o que estava estendido no chão, não conseguia engolir. O que era bom, já que tinha a boca seca.

Butch jazia de lado na neve, nu, espancado, coberto de sangue, o rosto inchado e arroxeado. Tinha a coxa enfaixada, e, qualquer que fosse o ferimento, havia sangrado e manchado a gaze que o cobria. Entretanto, o horror não estava em nada daquilo. O mal rondava o tira... cercava-o por todos os lados... droga: *ele* era a escuridão que V. havia rastreado.

Oh, doce virgem do Fade.

Vishous examinou rapidamente as redondezas; depois, caiu de joelhos e pousou a mão enluvada suavemente sobre o amigo. Quando um doloroso choque lhe subiu pelo braço, os instintos de V. lhe disseram que se afastasse, porque aquilo que tocara devia ser evitado a todo custo. *O Mal.*

– Butch, sou eu. Butch?

Com um gemido, o policial estremeceu, um raio de esperança brilhando em seu rosto machucado, como se houvesse levantado a cabeça para o sol. Mas, logo a expressão se desfez.

Santo Deus, os olhos do homem haviam se congelado fechados, pois estivera chorando, e as lágrimas não tinham ido longe naquele frio.

– Não se preocupe, tira. Eu vou... – *fazer o quê?* O homem estava prestes a morrer ali, mas que diabos lhe haviam feito? Estava saturado pela escuridão.

Butch abriu a boca. Os ásperos sons que lhe saíram poderiam ter sido palavras, mas indistintas.

– Tira, não diga nada. Eu cuidarei de você...

Butch negou com a cabeça e começou a se mover. Com patética fraqueza, esticou os braços e agarrou-se ao solo, tentando arrastar seu corpo macerado através da neve. Afastando-se de V.

– Butch, sou eu...

– Não... – o tira tornou-se frenético, tentando se arrastar para longe. – Infectado... não sei como... infectado... não pode... me levar. Não sei por quê...

V. usou a voz como uma bofetada, adotando um tom agudo e alto.

– Butch! Pare!

O policial se deteve, ou porque estivesse obedecendo ao comando, ou porque sua energia havia se esgotado.

– Que diabos fizeram com você, meu camarada? – V. tirou uma manta isotérmica do casaco e a colocou em volta de seu companheiro de quarto.

– Infectado – Butch rolou penosamente sobre as costas e afastou a manta prateada para baixo, deixando cair a mão sem força sobre a barriga.

– In... fectado.

– Que diabos...

No ventre do policial havia um círculo negro do tamanho de um punho, semelhante a um hematoma, porém com bordas perfeitamente definidas. Em seu centro, parecia haver... uma cicatriz cirúrgica.

– Droga – haviam colocado algo nele.

– Mate-me – a voz de Butch era um arrepiante grunhido. – Mate-me agora. Infectado. Algo... dentro. Crescendo...

V. sentou-se sobre os calcanhares e passou as mãos pelo cabelo, desesperado. Forçando as emoções para um segundo plano, pôs a mente para trabalhar e rezou para que sua matéria cinzenta avantajada encontrasse uma solução. Momentos depois, a conclusão a que chegara era drástica, mas lógica, e deixou-o concentrado a ponto de se acalmar. Desembainhou uma das adagas negras com a mão perfeitamente firme e se inclinou sobre o companheiro de quarto.

O que não deveria estar ali precisava ser removido. E devido à sua malignidade, a extração tinha de ser feita ali, em território neutro, e não no complexo da Irmandade ou na clínica de Havers. Além disso, a morte estava rondando o tira, e quanto antes fosse descontaminado, melhor.

– Butch, companheiro, quero que respire fundo, e depois aguente firme.

– Cuidado, guerreiro.

V. se virou, atônito. Bem atrás dele, flutuando sobre a terra, estava a Virgem Escriba. Como sempre, era puro poder, sua veste negra imóvel, apesar do vento, o rosto oculto, a voz límpida como o ar da noite.

Vishous abriu a boca, mas ela o interrompeu.

– Antes que ultrapasse os seus limites e ouse me indagar, eu lhe digo: não, não posso ajudá-lo diretamente. Essa é uma situação da qual devo me manter afastada. Entretanto, ouça. Seria sábio desvelar a maldição que abomina. Lidar com o que está dentro do humano deixará você mais próximo da morte do que jamais esteve. E ninguém mais pode remover o que ali está, exceto você – sorriu de leve, como se lesse os pensamentos de Vishous. – Sim, o momento atual é parte da razão pela qual você sonhou com ele no princípio. Mas, há ainda outro motivo, que você irá conhecer oportunamente.

– Ele sobreviverá?

– Mãos à obra, guerreiro – disse-lhe com severidade. – Fará mais por ele agindo do que me ofendendo.

V. inclinou-se sobre Butch, com movimentos rápidos, deslizando a faca sobre o ventre do policial. Um gemido escapou dos lábios rachados do homem, quando o corte foi produzido.

– Santo Deus – havia algo negro alojado em sua carne.

A voz da Virgem Escriba soava mais próxima agora, como se ela estivesse bem sobre o ombro de Vishous.

– Desenluve a sua mão, guerreiro, e aja com rapidez. Isso se espalha rápido.

V. voltou a embainhar a adaga em seu peito e arrancou a luva. Estendeu a mão, mas logo se deteve.

– Espere, não posso tocar ninguém com isso.

– A infecção proporcionará proteção ao humano. Agora, faça o que tem de fazer, guerreiro, e ao tocar a coisa, visualize o branco brilho de sua palma estendendo-se por você, como se toda a sua pele virasse luz.

Vishous esticou a mão, enquanto se imaginava rodeado de uma pura e radiante incandescência. No momento em que fez contato com a peça negra, seu corpo estremeceu e saltou. A coisa, fosse o que fosse, desintegrou-se com um chiado e um estouro, mas, droga, ele estava passando mal.

– Respire – disse a Virgem Escriba. – Apenas respire enquanto se recupera.

Vishous titubeou e se apoiou no chão, sentindo a cabeça pesada e náusea.

– Acho que vou...

Sim, vomitou. E enquanto as golfadas se repetiam, sentiu os braços serem aliviados de seu peso. A Virgem Escriba o sustentava enquanto vomitava e, quando terminou, recostou-se nela. Por um instante, chegou a pensar que ela lhe acariciava o cabelo.

Então, do nada, seu celular apareceu em sua mão boa, e a voz dela soou alta em seu ouvido.

– Agora, vá, leve o humano, e creia que a morada do mal está na alma, não no corpo. E você deve mandar trazer a urna de um de seus inimigos. Traga-a para este local e use sua mão sobre ela. Faça-o sem demora.

V. assentiu. Receber um conselho não solicitado da Virgem Escriba não era coisa de se ignorar.

– E, guerreiro, mantenha o seu escudo de luz ao redor desse humano. Mais que isso, use sua mão para curá-lo. Ainda corre risco de morrer, a não ser que luz suficiente penetre-lhe o corpo e o coração.

V. sentiu o poder da Virgem Escriba desvanecendo-se, à medida que era tomado novamente pela náusea. Enquanto lutava com os efeitos resultantes do contato com aquela coisa, pensou: caramba, se sentia-se mal daquele jeito, imagine só como estaria o Butch...

Quando o celular que tinha na mão tocou, deu-se conta de que já fazia algum tempo que estava deitado de costas na neve.

Alô? – disse ele, um tanto grogue.

– *Onde você está? O que está acontecendo?* – escutar a voz grave de Rhage aos berros foi um alívio.

– Estou com ele. Ele está... – V. olhou para a massa sanguinolenta que era seu companheiro de quarto. – Deus, preciso que me peguem. Que droga, Rhage... – V. levou a mão aos olhos e começou a tremer. – Rhage... o que fizeram com ele...

O tom da voz do Irmão no outro lado da linha suavizou-se instantaneamente, como se soubesse que V. estava fora de si.

– Ok, apenas se acalme. Diga-me onde está.

– Num bosque... Não sei... – Santo Deus, seu cérebro estava em total curto-circuito. – Pode me localizar com o GPS?

Uma voz ao fundo, provavelmente a de Phury, gritou:

– Localizei-o!

– Tudo bem, V., achamos você e já estamos indo...

– Não, o lugar está contaminado – quando Rhage começou a bombardeá-lo com *perguntas*, V. o cortou. – Um carro. Precisamos de um carro. Vou ter de transportá-lo para longe daqui. Não quero que ninguém mais venha pra cá.

Houve uma longa pausa.

– Tudo bem. Ande em direção ao norte, irmão. A menos de um quilômetro você encontrará a Rota 22. Estaremos lá, esperando por você.

– Chame... – teve de limpar a garganta e enxugar os olhos. – Chame Havers. Diga-lhe que levaremos um caso de urgência. E diga-lhe que precisamos de uma quarentena.

– Meu Deus... que diabos fizeram com ele?

– Rápido, Rhage... Espere! Traga uma urna de *redutor*.

– Por quê?

– Não tenho tempo para explicar. Apenas certifique-se de trazer uma.

V. meteu o telefone no bolso, cobriu novamente a brilhante mão com a luva, e foi até Butch. Depois de assegurar-se de que a manta isotérmica estava em seu lugar, tomou o policial nos braços e ergueu do chão aquele peso morto. Butch chiou de dor.

– Esta vai ser uma viagem difícil – disse V. –, mas preciso tirar você daqui.

Só que, então, V. franziu a testa e olhou o chão. Butch já não sangrava tanto, mas, droga, o que fazer com o rastro que deixariam na neve? Se acontecesse de um *redutor* voltar, poderia apanhá-los enquanto estivessem a caminho.

Súbito, nuvens de tempestade cobriram o céu e começou a nevar pesado.

Caramba... a Virgem Escriba era boa.

Enquanto V. partia em meio ao que agora era quase uma nevasca, imaginou um escudo de luz branca em torno de si e do homem em seus braços.

– Você veio!

Marissa sorriu enquanto fechava a porta do alegre quarto sem janelas de um paciente. O leito hospitalar era ocupado por uma pequena e frágil fêmea de sete anos. Ao seu lado, parecendo apenas um pouco maior do que ela, porém ainda mais vulnerável, estava sua mãe.

– Prometi a você ontem à noite que voltaria a visitá-la, não foi?

Quando a criança sorriu, revelou um buraco negro onde faltava um dente da frente.

– E veio mesmo. E você é tão bonita.

– Assim como você – Marissa sentou-se na cama e tomou a mão da menina. – Como você está?

– *Mahmen* e eu estivemos assistindo *Dora, a Exploradora*!

A mãe sorriu de leve, mas a expressão não chegou a alterar muito seu rosto cansado nem os olhos. Desde que a menina havia sido internada, três dias antes, a mãe parecia estar entorpecida, no piloto automático. Bem, exceto quando se sobressaltava toda vez que alguém entrava no quarto.

– *Mahmen* disse que só podemos ficar aqui por pouco tempo. É verdade?

A mãe abriu a boca, mas Marissa respondeu:

– Não precisa se preocupar a respeito de ir embora. Primeiro devemos curar a sua perna.

Não eram civis abastadas, provavelmente não poderiam pagar por nada daquilo, mas Havers nunca se negara a ninguém. E não lhes apressaria a saída.

– *Mahmen* diz que minha perna está ruim. É verdade?

– Não por muito tempo – Marissa olhou para as cobertas. Havers iria operar a fratura exposta a qualquer momento. Com sorte, se recuperaria corretamente.

– *Mahmen* disse que ficarei na sala de cirurgia por uma hora. Pode ser por menos tempo?

– Meu irmão a manterá lá somente o tempo necessário.

Havers iria substituir a tíbia por uma prótese de titânio, o que era preferível a perder o membro, mas, ainda assim, a menina teria um caminho duro pela frente. Precisaria de mais operações à medida que fosse crescendo e, a julgar pelos exaustos olhos da mãe, a fêmea sabia que aquilo era só o começo.

– Não estou com medo – a menina abraçou o velho tigre de pelúcia com mais força. – Mastimon irá comigo. A enfermeira disse que podia.

– Mastimon protegerá você. Ele é feroz, exatamente como um tigre deve ser.

– Disse a ele que não comesse ninguém.

– Muito inteligente de sua parte – Marissa meteu a mão no bolso de seu vestido rosa claro e puxou de lá um estojo de couro. – Tenho algo para você.

– Um presente?

– Sim – Marissa girou o estojo para que ficasse de frente para a menina e o abriu. Em seu interior, havia uma placa do tamanho de um pires, e o precioso objeto era tão polido que mais parecia um espelho, cintilante como o sol.

– Que bonito – murmurou a menina.

– Essa é a minha placa dos desejos – Marissa a tirou do estojo e virou. – Vê minha inicial no verso?

A menina espremeu os olhos.

– Sim. E olhe! Há uma letra igual a que inicia o meu nome.

– Pedi que adicionassem a sua. Quero presenteá-la com isso.

Lá do seu canto, a mãe emitiu baixinho uma exclamação de surpresa. Sem dúvida tinha noção de quanto valia todo aquele ouro.

– Sério? – disse a menina.

– Estenda as mãos – Marissa pôs o disco de ouro nas palmas da menina.

– Oh, como é pesado.

– Sabe como funcionam as placas dos desejos? – como a menina negou com a cabeça, Marissa pegou uma tira de pergaminho e uma caneta-tinteiro. – Pense em um desejo e eu o escreverei. Enquanto estiver dormindo, a Virgem Escriba virá e o lerá.

– Se ela não me conceder o desejo, significa que sou má?

– Oh, não. Significa apenas que ela tem algo melhor planejado para você. Então, do que gostaria? Pode ser qualquer coisa. Sorvete quando acordar. Mais *Dora*?

A pequena fêmea franziu a testa, concentrada.

– Quero que minha *mahmen* pare de chorar. Ela finge que não, mas desde que... caí da escada, está triste.

Marissa engoliu em seco, sabendo muito bem que a menina não quebrara a perna daquela forma.

– Acho que isso está bom. Escreverei aqui.

Usando os intrincados caracteres do Antigo Idioma, escreveu com tinta vermelha: *Sem intenção de ofender, ficaria muito grata pela felicidade de minha* mahmen.

– Pronto. Que tal?

– Perfeito!

– Agora, dobramos e deixamos aqui. Talvez a Virgem Escriba lhe responda enquanto estiver na sala de cirurgia.

A menina abraçou o tigre com mais força.

– Eu gostaria disso.

Quando a enfermeira entrou, Marissa se levantou. Num rompante de excitação, sentiu o impulso quase violento de proteger a criança, de defendê-la do que lhe havia ocorrido no lar, e do que estava prestes a acontecer na sala de cirurgia.

Em vez disso, Marissa olhou para a mãe.

– Dará tudo certo.

Quando se aproximou e pousou-lhe a mão no ombro magro, a mãe estremeceu e agarrou com força a mão de Marissa.

– Diga-me que ele não pode entrar aqui – disse a fêmea, baixinho. – Se nos encontrar, vai nos matar.

Marissa sussurrou:

– Ninguém pode entrar pelo elevador sem se identificar diante de uma câmera. As duas estão a salvo. Juro.

Quando a fêmea balançou a cabeça concordando, Marissa se retirou, para que pudessem sedar a menina.

Fora do quarto da paciente, inclinou-se contra a parede do corredor e sentiu seu íntimo convulsionado pela fúria. O fato de que elas estivessem suportando a dor causada pelo temperamento violento de um macho era suficiente para que desejasse tomar aulas de tiro.

E Deus, não podia imaginar-se deixando aquela fêmea e sua filha desamparadas no mundo, porque com toda certeza aquele *hellren* as encontraria quando deixassem a clínica. Embora a maioria dos machos colocasse suas companheiras acima de si mesmos, sempre houve entre a raça uma minoria abusiva, e a realidade da violência doméstica era feia e seus efeitos tinham longo alcance.

Uma porta se fechando à sua esquerda fez com que levantasse a cabeça, e Marissa viu Havers caminhando pelo corredor, concentrado no histórico de um paciente. Estranho... seus sapatos estavam cobertos com pequenas botas plásticas amarelas, do tipo que sempre usava com um traje isolante.

– Estava no laboratório novamente, meu irmão?

Ergueu os olhos rapidamente e ajeitou os óculos sobre o nariz. Sua elegante gravata borboleta vermelha estava torta.

– Como disse?

Ela sorriu e indicou-lhe os pés com a cabeça.

– O laboratório.

– Ah... sim. Estava – agachou-se para tirar a proteção dos mocassins, amassando o plástico amarelo entre as mãos. – Marissa, você se incomodaria de voltar para casa? Convidei o *lihder* do Conselho dos *Princeps* e outros sete membros para jantar na próxima segunda-feira. O menu deve ser perfeito; falaria com Karolyn pessoalmente, mas preciso ir para a sala de cirurgia.

– Pois não – só que, então, Marissa franziu a testa, dando-se conta de que seu irmão estava quieto como uma estátua. – Está tudo bem?

– Sim, obrigado. Agora, vá. Faça isso... sim, por favor, vá.

Sentiu-se tentada a interrogá-lo, mas não queria atrasá-lo para a operação da menina, então, beijou-o na bochecha, endireitou-lhe a gravata, e se foi. Embora, ao alcançar as portas duplas que davam para a área da recepção, algo fez com que olhasse para trás.

Havers estava jogando os protetores plásticos que usara nos pés dentro de um contêiner de material de risco biológico, com o rosto tenso. Com um profundo suspiro, tomou coragem, e depois abriu a porta que dava para a antessala do centro cirúrgico.

Ah, pensou, então, era isso. Estava preocupado com a operação da jovem. E quem poderia culpá-lo?

Marissa se virou para as portas... e foi aí que escutou as botas.

Congelou. Somente um tipo de macho fazia aquele estrondo ao se aproximar.

Girando sobre si mesma, viu Vishous caminhando a passos largos pelo corredor, com a cabeça morena baixa, e, atrás dele, Phury e Rhage, presenças silenciosas tão ameaçadoras quanto ele. Os três estavam carregados de armas e preocupação, e Vishous tinha sangue seco sobre as calças de couro e o casaco. Mas, o que estariam fazendo no laboratório de Havers? Pois, na verdade, aquela era a única dependência que havia ali atrás.

Os Irmãos não perceberam sua presença até que praticamente a atropelaram. Detiveram-se em conjunto, afastando os olhos dela, sem dúvida porque já não estava nas graças de Wrath.

Querida Virgem, de perto é que se via como estavam mal. Indispostos, embora não doentes, se é que isso fazia algum sentido.

– Há algo que possa fazer por vocês? – perguntou-lhes.

– Está tudo bem – disse Vishous, com voz firme. – Desculpe-nos.

O sonho... Butch estendido na neve...

– Há alguém ferido? É... Butch...

Vishous simplesmente a ignorou e passou por ela, abrindo as portas que davam para a recepção com um murro. Os outros dois lhe sorriram amarelo, e depois fizeram o mesmo.

Seguindo-os de longe, observou-os passarem pela ilha da enfermagem, em direção ao elevador. Enquanto esperavam que abrisse as portas, Rhage pôs a mão no ombro de Vishous, que parecia tremer.

Aquilo foi o suficiente para que se acendesse o sinal de alarme, e assim que as portas do elevador se fecharam, Marissa se dirigiu à ala da clínica da qual tinham saído aqueles três. Movendo-se rapidamente, passou pelo grande e fortemente iluminado laboratório, e depois checou cada um dos seis antigos quartos para pacientes. Estavam vazios.

O que faziam os Irmãos ali? Será que apenas haviam ido falar com Havers?

Por instinto, dirigiu-se ao escritório da frente, entrou no computador e examinou as admissões. Nenhum dos Irmãos dera entrada, nem Butch, mas isso não queria dizer coisa alguma.

Os guerreiros nunca eram registrados no sistema, e imaginava que seria da mesma forma se Butch tivesse sido internado. O que queria era saber quantos dos trinta e cinco leitos haviam sido ocupados.

Obteve a informação e fez um rápido circuito, verificando cada quarto. Tudo estava em ordem. Nada fora do comum. Butch não tinha sido admitido... a não ser que estivesse em um dos outros quartos da casa principal. Às vezes, os pacientes VIPs ficavam ali.

Marissa ergueu a saia e dirigiu-se rapidamente para a escada dos fundos.

Butch se enroscou sobre si mesmo, embora não tivesse frio, baseado na teoria de que se conseguisse dobrar bastante os joelhos, aliviaria um pouco a dor que sentia no ventre.

Até parece. O carvão em brasa que lhe espetava as entranhas não se impressionou com esse plano.

Abriu as pálpebras inchadas e, depois de respirar fundo e piscar várias vezes, chegou às seguintes conclusões: não estava morto. Estava em um hospital. E um troço que sem dúvida o mantinha vivo estava sendo injetado em seu braço.

Ao rolar o corpo cuidadosamente, deu-se conta de outra coisa. Seu corpo havia sido usado como um saco de areia de boxe. Ah... e seu estômago estava péssimo, como se sua última refeição houvesse sido um rosbife estragado.

Que diabos havia acontecido com ele?

Apenas uma vaga série de *insights* passava por sua mente: Vishous o encontrando no bosque. Seus instintos lhe gritando que o Irmão deveria deixá-lo ali para que morresse. Depois, uma faca entrando em ação... alguma coisa sobre a mão de V., aquela coisa brilhante usada para lhe tirar um maligno pedaço de...

Butch virou-se de lado, nauseado só de lembrar. O mal tinha estado em seu ventre. Pura e concentrada maldade, e aquele negro horror havia se espalhado.

Com as mãos trêmulas, agarrou o avental hospitalar que usava e o levantou.

– Oh... Meu Deus...

Havia uma mancha na pele do abdômen, como um chamuscado deixado por um fogo abafado. Desesperado, vasculhou seu atordoado cérebro, tentando recordar como aquela cicatriz fora parar ali, e o que a tinha ocasionado, mas nada conseguiu.

Então, como bom detetive que havia sido, tratou de examinar a cena... que naquele caso, era o próprio corpo. Erguendo a mão, viu que suas unhas estavam destruídas, como se uma lima ou pequenos pregos houvessem sido martelados sob elas. Uma profunda inalação lhe disse que tinha costelas quebradas. E a julgar pelos olhos inchados, imaginava que seu rosto havia aparado um monte de murros.

Fora torturado. Recentemente.

Revirando sua mente outra vez, buscou lembranças, tentando voltar ao último lugar em que estivera. ZeroSum. ZeroSum com... oh, Deus... aquela fêmea. No banheiro. Sexo pra valer e sem preocupações. Depois havia saído e... *redutores*. Lutara com aqueles *redutores*. Tinha sido atingido e depois...

Nesse ponto, suas lembranças chegaram ao fim dos trilhos. Despencaram num abismo de *hã, o quê?*

Teria delatado a Irmandade? Traíra-os? Havia entregado os entes mais próximos e queridos que tinha?

E que diabos lhe haviam feito na barriga? Deus, sentia-se como se corresse lodo em suas veias, graças ao que fora infectado ali.

Recostando-se pesadamente, pôs-se a respirar pela boca durante um tempo. E descobriu que não conseguia ter paz.

Como se seu cérebro se recusasse a deixar de trabalhar, ou talvez, por pura exibição, a coisa lhe enviava imagens aleatórias de seu passado distante. Aniversários com seu pai fulminando-o com os olhos, e a mãe tensa, fumando como uma chaminé. Natais em que seus irmãos e irmãs recebiam presentes e ele não.

Noites tórridas de verão, que ventilador algum poderia aliviar, seu pai usando o calor como desculpa para beber. As cervejas baratas levando seu pai a servir de despertador à base de pancadas especialmente para Butch.

Lembranças enterradas há muitos anos retornavam, todas elas visitantes indesejadas. Viu seus irmãos e irmãs, felizes, gritando, brincando na viçosa grama verde. E recordou como havia desejado estar entre eles, em vez de ser a ovelha negra que nunca se encaixava.

E depois... oh, Deus, não... aquela lembrança, não.

Tarde demais. Viu a si mesmo com os doze anos que tinha então, magro e desgrenhado, de pé no meio-fio em frente à casa da família O'Neal, em South Boston. Fora numa tarde clara e bonita de outono que tinha observado sua irmã Janie entrar num Chevette vermelho, que tinha um arco-íris na lateral. Com dolorosa exatidão, recordou-se de como ela lhe acenou pela janela enquanto o carro arrancava.

Agora que a porta para o pesadelo fora aberta, não pôde deter o show de horrores. Lembrou-se de que naquela mesma noite a polícia batera na porta, e os joelhos de sua mãe fraquejaram quando terminaram de falar com ela. Lembrou-se de que os policiais o interrogaram, porque tinha sido a última pessoa a ver Janie com vida. Ouviu a versão mais jovem de si mesmo contar aos policiais que não havia reconhecido os rapazes e que tinha querido dizer à sua irmã que não entrasse no carro.

Mais nítido do que tudo, viu os olhos de sua mãe ardendo com tamanha dor que nem tinha lágrimas.

Depois, avançou no tempo cerca de vinte e poucos anos. Meu Deus... quando fora a última vez em que havia falado com um de seus pais? Ou com seus irmãos e irmãs? Há cinco anos? Provavelmente. Cara, a família sentira-se tão aliviada quando ele se mudou para longe e começou a deixar de visitá-los nas datas festivas.

Sim, em volta da mesa de Natal, todos os outros faziam parte do tecido familiar dos O'Neal: ele era a mancha. Por fim, parou por completo de visitá-los, deixando-lhes apenas números de telefone para que pudessem localizá-lo, números que eles nunca discaram.

Então, se ele morresse agora nem iriam ficar sabendo, ou não? Sem dúvida Vishous sabia tudo sobre o clã O'Neal, desde os números de seguro social até os extratos bancários, mas Butch nunca havia falado sobre eles. Será que a Irmandade ligaria para avisá-los? O que diriam a eles?

Butch deu uma olhada em si mesmo e percebeu que a probabilidade de não sair daquele quarto andando era grande. Seu corpo se parecia um bocado com aqueles que tinha visto quando trabalhava na divisão de homicídios, do tipo que investigava, desovados nos bosques. Onde mais? Justamente onde havia sido encontrado. Descartado. Usado. Deixado para morrer.

Assim como Janie.

Exatamente como Janie.

Fechando os olhos, flutuou para longe da dor em seu corpo. E de fora daquele mar de agonia, teve uma visão de Marissa na noite em que a conhecera. A imagem era tão vívida, que quase pôde sentir-lhe o perfume de oceano, e viu exatamente como havia sido: o vestido amarelo muito leve que usava... como levava o cabelo, solto pelos ombros... a sala de estar cor de limão em que haviam estado juntos.

Para ele, Marissa era a mulher inesquecível, a que nunca tinha tido e nunca teria, mas que, anda assim, fora a que lhe tocara a alma.

Cara, estava tão condenadamente cansado.

Abriu os olhos e pôs-se em ação antes mesmo de tomar consciência do que estava fazendo. Alcançando a parte interna de seu antebraço, desprendeu da pele o esparadrapo transparente do local em que recebia a medicação intravenosa. Deslizar a agulha para tirá-la da veia foi mais fácil do que pensara; mas, também, todo o resto lhe doía tanto, que remover aquela pequena peça era como uma gota no oceano.

Se tivesse mais forças, buscaria algo mais objetivo para acabar consigo mesmo. Mas o tempo... o tempo era a arma que iria usar, porque era disso que dispunha. E levando-se em consideração como se sentia mal, não iria demorar muito. Dava para ouvir, praticamente, os suspiros finais de seus órgãos moribundos.

Fechando os olhos, distanciou-se de tudo, vagamente consciente de que os alarmes tinham começado a soar na maquinaria que estava atrás da cama. Para um lutador por natureza, a facilidade com que se entregou foi uma surpresa, mas logo uma forte onda de esgotamento o atingiu. Soube, instintivamente, que aquele não era o esgotamento do sonho, mas sim o da morte, e se alegrou que ela lhe sobreviesse tão rapidamente.

À deriva, livre de tudo, imaginou que estava no limiar de um longo e ofuscante corredor, no final do qual havia uma porta. Marissa estava parada diante do portal e, enquanto sorria para ele, abria caminho para um quarto branco cheio de luz.

Sua alma encheu-se de alívio quando ele respirou fundo e pôs-se a caminhar para frente. Gostava de pensar que iria para o céu, apesar de todas as coisas ruins que havia feito; então, aquilo fazia sentido.

Não teria sido o paraíso sem ela.

CAPÍTULO 6

Vishous ficou no estacionamento da clínica, enquanto Rhage e Phury saíam na Mercedes negra. Estavam indo até o beco atrás do Screamer's pegar o celular de Butch, e, depois, buscar o Escalade no estacionamento do ZeroSum, antes de voltarem para casa.

Nem precisou ser dito que V. não sairia à caça naquela noite. Ainda restavam vestígios do mal que manuseara em seu organismo, fazendo-o sentir-se debilitado. Mas, acima de tudo, ver Butch espancado brutalmente e quase morto o devastara por dentro. Tinha a sensação de que uma parte de si mesmo estava fora de esquadro, que alguma válvula interior se abrira e segmentos seus estavam escapando de seu íntimo.

Na realidade, fazia já algum tempo que tinha essa sensação, desde que suas visões o tinham abandonado. Mas o horror que vivenciara naquela noite a tornara muito pior.

Privacidade. Precisava ficar sozinho. Só que não podia suportar a ideia de voltar para o Buraco. O silêncio ali, o sofá agora vazio em que Butch sempre se sentava, a insuportável noção de que algo estava faltando, seria intolerável.

Então, dirigiu-se ao seu esconderijo, materializando-se novamente a trinta andares de altura, no terraço de seu apartamento de cobertura no Commodore. O vento uivante caía bem, beliscando-o através da roupa, fazendo-o sentir algo além daquele buraco aberto no peito.

Foi até a beirada do terraço. Apoiando os braços sobre a sacada, do alto do arranha-céu espiou as ruas lá embaixo. Viu os carros. Gente entrando e saindo da portaria. Alguém se inclinando contra um táxi, pagando o motorista. Tão normal. Tão perfeitamente normal...

Enquanto isso, ele estava li em cima, morrendo.

Butch não iria sobreviver. Ômega tinha estado dentro dele; essa era a única explicação para o que fizeram com ele. E embora o mal houvesse sido removido, a infecção era mais do que mortal e o dano estava feito.

V. esfregou o rosto. Que diabos iria fazer sem aquele filho da mãe esperto, de fala dura e bebedor de uísque? De algum modo, aquele rude camarada tirava a aspereza de sua vida, talvez porque funcionasse exatamente como uma lixa: inclemente, perseverante, contra a corrente, fazendo com que tudo ficasse mais liso, mais fácil.

V. se afastou do abismo de noventa metros de altura. Dirigindo-se até a porta, tirou uma chave dourada do bolso e a colocou na fechadura. A cobertura por trás daquela porta era seu espaço particular, para seus... assuntos privados. O perfume da fêmea que tinha tomado na noite anterior persistia na escuridão.

Ao seu comando, velas negras se acenderam. As paredes, o teto e o chão eram negros, e aquele vazio cromático absorvia a luz, sugando-a, engolindo-a. A única peça de mobília era uma cama *king size*, que também estava coberta por lençóis de cetim negro. Mas não passava muito tempo no colchão.

Contava mesmo com a prancha de tortura. A prancha dura e suas correias de contenção. E ele também usava as coisas que se encontravam penduradas ao lado da peça: correias de couro, varas, mordaças de bola, coleiras com espinhos, chicotes... e sempre as máscaras. Necessitava do anonimato das fêmeas para possuí-las, cobrir-lhes o rosto enquanto atava seus corpos. Não queria conhecê-las mais do que os instrumentos para seus exercícios pervertidos.

Droga, era um depravado em questões de sexo e sabia disso, mas, depois de experimentar muitas coisas, finalmente encontrara o que funcionava com ele. E felizmente havia fêmeas que gostavam do que fazia com elas, ansiavam por aquilo da mesma maneira que ele ansiava a liberação que obtinha quando as dominava sozinhas ou em duplas.

Só que... naquela noite, ao olhar seu material, sua perversão o fez sentir-se sujo. Talvez porque nunca ia ali, a não ser que estivesse preparado para usar o que tinha; então, nunca dera uma olhada no lugar com a cabeça fria.

O toque do celular o sobressaltou. Ao verificar o número, gelou. Havers.

– Ele morreu?

O tom de voz de Havers era profissional e delicado. O que queria dizer que a vida de Butch estava por um fio.

– Ele teve uma parada, senhor. Arrancou a medicação intravenosa e seus sinais vitais despencaram. Conseguimos reanimá-lo, mas não sei quanto tempo sobreviverá.

– Podem contê-lo, para não fazer novamente?

– Fizemos isso. Mas quero que esteja preparado. Ele é apenas humano...

– Não, ele *não* é.

– Oh... é claro, senhor, mas não quis dizer isso num tom...

– Droga. Olhe, vou voltar. Quero ficar com ele.

– Preferiria que não o fizesse. Ele se agita cada vez que alguém entra no quarto e isso não ajuda. Nesse momento, encontra-se estabilizado, e o mais confortável possível.

– Não quero que morra sozinho.

Houve uma pausa.

– Senhor, todos morremos sozinhos. Mesmo que estivesse no quarto com ele, ainda assim partiria para o Fade... sozinho. Ele precisa de tranquilidade, para que seu corpo responda, reviva. Estamos fazendo por ele tudo que podemos.

V. cobriu os olhos com a mão. Com uma voz estrangulada, que não reconheceu, disse:

– Eu não... não quero perdê-lo. Eu, ah... sim, não sei o que faria se ele... – V. tossiu um pouco. – Droga.

– Cuidarei dele como o senhor mesmo cuidaria. Dê-lhe um dia para se estabilizar.

– Então, até o anoitecer de amanhã. E me ligue se o estado dele piorar.

V. desligou o telefone e se pegou olhando fixamente para uma das velas acesas. Sobre o torso de cera negra, a pequena cabeça de luz se contorcia com as correntes de ar do aposento.

A chama o fez pensar. O brilhante amarelo era... bem, lembrava um pouco a cor de uma cabeleira loura, não?

Tirou o celular do bolso, decidindo que Havers estava equivocado sobre a questão de Butch não poder receber visitas. Dependia apenas de quem fosse o visitante.

Enquanto digitava o número, ressentia-se da única opção que tinha. E sabia que o que estava fazendo provavelmente não era justo. Também era provável que causasse uma confusão infernal. Mas, quando seu melhor amigo está flertando com a morte sobre a própria sepultura, passa-se solenemente por cima de uma porção de coisas.

– Senhora?

Marissa ergueu a vista da escrivaninha do irmão. Tinha o plano com a disposição de lugares para o jantar dos *Princeps* diante dela, mas não conseguia se concentrar. Toda aquela busca na clínica e na casa resultara em nada. Enquanto isso, seus sentidos lhe gritavam que algo estava errado.

Forçou um sorriso para a *doggen* parada na porta.

– Sim, Karolyn?

A criada fez uma reverência.

– Uma chamada para a senhora. Na linha um.

– Obrigada – a *doggen* inclinou a cabeça respeitosamente e retirou-se, enquanto Marissa levantava o fone. – Alô?

– Ele está no quarto ao lado do laboratório do seu irmão.

– Vishous? – pôs-se de pé num pulo. – O quê...?

– Atravesse a porta em que se lê “Manutenção”. Há um painel à direita, empurre-o para abrir. Certifique-se de usar um traje contra risco biológico antes de entrar para vê-lo...

Butch... Santo Deus. *Butch.*

– O que hou...?

– Você escutou? Coloque o traje e fique com ele.

– O que acon...?

– Um acidente de carro. Vá. Agora. Ele está morrendo.

Marissa largou o telefone e saiu correndo do escritório de Havers, quase atropelando Karolyn no corredor.

– Senhora! O que aconteceu?

Marissa atravessou a sala de jantar em disparada, empurrou a porta da copa, e entrou a toda na cozinha. Ao alcançar a escada dos fundos, perdeu um dos sapatos de salto alto, então, sacudiu o outro pé fora e continuou correndo apenas de meias de seda. No final da escada, introduziu o código de segurança para abrir a entrada da clínica e irrompeu dentro da sala de espera do pronto-socorro.

As enfermeiras a chamaram pelo nome, mas ela as ignorou enquanto corria para o corredor do laboratório. Lá chegando, encontrou a porta indicada como "Manutenção" e escancarou-a.

Ofegante, olhou ao redor... nada. Só esfregões, baldes vazios e aventais. Mas Vishous havia dito...

Espere. Havia leves marcas no piso, um pequeno rastro de desgaste que sugeria o abrir e fechar de uma porta oculta. Afastou os aventais e encontrou um painel plano. Forçando com as unhas, abriu-o e franziu a testa. Era uma espécie de quarto de monitoração, debilmente iluminado, equipado com um conjunto de computadores e medidores de sinais vitais de última geração. Inclinando-se sobre o brilho azul de uma das telas, viu um leito hospitalar. Sobre ele, um homem com tubos, fios e cateteres presos a ele. *Butch.*

Passou por entre os trajes amarelos contra risco biológico e máscaras penduradas perto da porta e entrou no quarto, passando pela câmara eclusa de vácuo, que se abriu com um chiado.

– Virgem do Fade... – levou a mão à garganta.

Definitivamente, ele estava morrendo. Podia sentir. Mas havia algo mais... algo assustador, algo que colocava seu instinto de sobrevivência em alerta, como se estivesse diante de um agressor armado. Seu corpo gritava para que corresse, que saísse dali, que se salvasse.

Mas seu coração a levou à cabeceira da cama.

– Oh... Meu Deus.

O avental hospitalar deixava os braços e as pernas descobertos, revelando marcas roxas por todos os lados. E seu rosto... Santo Deus, estava terrivelmente machucado.

Quando ele emitiu um gemido gutural, esticou-se para segurar-lhe a mão... Oh, não, ali também. Os dedos estavam inchados nas pontas, a pele arroxeada, e lhe faltavam algumas unhas.

Queria tocá-lo, mas não havia lugar onde pudesse fazê-lo.

– Butch?

O corpo dele estremeceu ao som de sua voz, e Butch abriu os olhos. Bem, apenas um.

Quando focou nela, o fantasma de um sorriso apareceu em seus lábios.

– Você voltou. Acabo de... vê-la na porta – a voz era fraca, um pequeno eco do tom grave que normalmente tinha. – Eu a vi, e depois... perdi... você... Mas está aqui novamente.

Sentou-se cuidadosamente na beirada da cama e se perguntou com que enfermeira a teria confundido.

– Butch...

– Onde está... o vestido amarelo? – as palavras saíam-lhe com dificuldade, a boca não se movia muito, como se sua mandíbula estivesse quebrada. – Estava tão linda... com aquele vestido amarelo...

Definitivamente uma enfermeira. Aqueles trajes pendurados perto da porta eram amare... *droga*. Não vestira um, não é? Que inferno, se o sistema imunológico dele estivesse comprometido, precisava protegê-lo.

– Butch, vou sair e pegar um...

– Não... não me deixe... não vá... – começou a contorcer as mãos contra as faixas de couro que o imobilizavam. – Por favor... por Deus... não me deixe...

– Tudo bem, voltarei em seguida.

– Não... Mulher que amo... vestido amarelo... *não me deixe...*

Sem saber o que fazer, inclinou-se e apoiou delicadamente a palma da mão sobre o rosto de Butch.

– Não o deixarei.

Ele apertou a bochecha contra a mão de Marissa, os lábios rachados roçando-lhe a pele enquanto sussurrava.

– Prometa-me.

– Eu...

A câmara de vácuo se abriu com um chiado e Marissa olhou por cima do ombro.

Havers irrompeu no quarto como se houvesse sido torpedeado para dentro. E apesar da máscara amarela que usava, o horror em seu olhar foi tão óbvio como um grito.

– *Marissa!* – cambaleou dentro do traje protetor que vestia, a voz frenética e abafada. – Doce Virgem do Fade, o que você está... *deveria ter colocado um traje isolante!*

Butch começou a se debater na cama, e ela acariciou-lhe o antebraço de leve.

– Shh... Estou aqui – quando ele se acalmou um pouco, disse: – Colocarei um agora mesmo...

– Você não tem ideia... Oh, Deus! – todo o corpo de Havers tremia. – Agora está comprometida. Pode estar contaminada.

– Contaminada? – baixou os olhos para Butch.

– Certamente o sentiu quando entrou! – Havers começou a atropelar as palavras, mas ela não prestou atenção em nenhuma.

Enquanto seu irmão prosseguia com aquilo, suas prioridades se delinearam com firmeza. Não importava se Butch não fazia ideia de quem era ela. Se a confusão de identidade o mantinha vivo e lutando, era isso que importava.

– Marissa, está me ouvindo? Está contami...

Ela olhou por cima do ombro.

– Bem, se estou contaminada, então, parece que ficarei aqui com ele, não é?

Capítulo 7

John Matthew postou-se diante de seu alvo e apertou o punho de sua espada. No outro extremo do ginásio, para além de um oceano de colchonetes azuis, havia três sacos de areia pendurados na parte inferior da arquibancada suspensa. Enquanto se concentrava, em sua mente, o do meio se transformou em um *redutor*. Imaginou o cabelo branco, os olhos desbotados e a pele leitosa que assombravam seus sonhos, e avançou correndo, os pés descalços pisando firme o plástico duro dos colchonetes.

Seu pequeno corpo não tinha velocidade nem força, mas sua vontade era enorme. E em algum momento, talvez já no próximo ano, o restante dele se tornaria tão poderoso quanto seu ódio.

Ele mal-podia-esperar. Para que sua transição acontecesse.

Erguendo a espada sobre a cabeça, abriu a boca para entoar um grito de guerra. Nada saiu, pois era mudo, mas imaginava que estava fazendo um bocado de barulho.

Porque, pelo que sabia, os *redutores* haviam matado os seus pais. Tohr e Wellsie o tinham acolhido, haviam-lhe dito o que de fato era, tinham-lhe dado o único amor que conhecera. Quando aqueles assassinos filhos da mãe a mataram e Tohr desapareceu, nada restara a John além de sua sede de vingança... vingança por eles e por outra vida inocente que fora tirada em janeiro último.

John se aproximou do saco de areia a toda, com o braço erguido acima do ombro. No último instante, agachou-se formando uma bola, rolou pelos colchonetes, e, então, levantou-se rapidamente com a espada, atingindo o saco de areia de baixo. Se estivesse num cenário real de combate, a lâmina teria se cravado nas vísceras do *redutor*. Fundo.

Torceu o punho da espada.

Depois, pôs-se de pé num salto e girou em círculo, imaginando que o morto-vivo caía de joelhos, segurando o buraco no abdômen. Apunhalou o saco de areia na parte superior, imaginando-se enterrando a lâmina na nuca do...

– John?

Virou-se, ofegante.

A fêmea que se aproximava fez com que tremesse... e não só porque lhe dera um baita susto. Era Beth Randall, a rainha mestiça, a fêmea que também era sua irmã, como indicava o teste sanguíneo. Estranhamente, sempre que ela estava por perto, sua mente saía de férias, seu cérebro deixava de funcionar, mas, pelo menos, já não desmaiava. O que havia sido sua primeira reação quando a conheceu.

Beth caminhou pelos colchonetes, uma fêmea alta e magra, vestida com jeans e um suéter de gola rolê branco, o cabelo escuro exatamente da mesma cor que o seu. Enquanto se aproximava, pôde farejar nela o cheiro da vinculação de Wrath, o perfume obscuro e característico de seu *hellren*. John suspeitava que a marcação acompanhava o ato sexual, já que a fragrância sempre era mais forte na primeira refeição, quando vinham do quarto.

– John, gostaria de se juntar a nós, para a última refeição da noite, na mansão?

Preciso ficar e praticar, respondeu-lhe, utilizando a Linguagem de Sinais Americana. Todo mundo na casa havia aprendido a LSA, e essa concessão à sua debilidade, à sua falta de voz, chateava-o. Desejou que não tivessem de lhe fazer concessões. Desejou ser normal.

– Gostamos de sua companhia. E você passa muito tempo aqui.

Praticar é importante.

Ela olhou a espada na mão dele.

– Outras coisas também são.

Como ele continuou encarando-a, os olhos azuis de Beth vagaram pelo ginásio, como se estivesse tentando encontrar um argumento atraente.

– Por favor, John, estamos... Eu estou preocupada com você.

Houve época, uns três meses atrás, em que teria adorado ouvir tais palavras pronunciadas por ela. Por qualquer um. Entretanto, não mais. Não queria sua preocupação. Queria que saísse de seu caminho.

Como ele sacudiu a cabeça negativamente, a rainha respirou fundo.

– Está bem. Deixarei mais comida no escritório, ok? Por favor... coma.

Ele inclinou a cabeça uma vez, e quando Beth ergueu a mão como se fosse tocá-lo, afastou-se. Sem dizer palavra alguma, ela se virou e fez o caminho de volta pelos colchonetes azuis.

Quando a porta se fechou atrás dela, John correu novamente para a parte mais afastada do ginásio e agachou-se para começar a correr. Ao arrancar uma vez mais, brandiu alto a lâmina, o mais puro ódio impulsionando seus braços e pernas.

O Sr. X pôs-se em ação ao meio-dia, entrando na garagem da casa que era o seu refúgio, e entrou na anônima van, que lhe permitia passar despercebido no trânsito humano de Caldwell.

Não tinha interesse algum em sua tarefa, mas quando se é um *Redutor Principal* e seu mestre dá uma ordem, não há remédio senão obedecer. Era isso ou o castigo, algo pelo que o Sr. X já havia passado uma vez e não gostaria de repetir: ser demitido por Ômega era quase tão divertido como comer uma salada de arame farpado.

O fato de o Sr. X estar de volta à "vida" e novamente à ativa ainda era um choque para ele. Mas parecia que o mestre havia se cansado do entra-e-sai de *Redutores Principais* e queria fixar um. Como o Sr. X evidentemente havia sido o melhor deles nos últimos cinquenta ou sessenta anos, tinha sido chamado ao serviço para outra rodada.

Reciclado do inferno.

Assim sendo, estava saindo para trabalhar. Enquanto girava a chave na ignição e o anêmico motor do veículo tossia para ligar, sentia-se absolutamente sem inspiração, não mais o líder que havia sido. Mas era difícil sentir-se motivado numa situação como aquela, totalmente perdida. Ômega iria se enfurecer novamente e descontar em seu número um. Era inevitável.

Sob o brilhante sol de meio-dia, o Sr. X deixou o fresco e alegre bairro, passando pelas casas construídas no final da década de 1990, que mais pareciam saídas do jogo Banco Imobiliário. Compartilhavam uma arquitetura banal, sem nada de verdadeiramente marcante que as distinguisse umas das outras, variações baratas do mesmo ar bucólico. Muitas varandas frontais parecidas. Um bocado de venezianas de plástico. Um monte de decoração festiva, sendo que o tema atual era a Páscoa.

O perfeito esconderijo para um *redutor*: um labirinto povoado por mães suburbanas dedicadas e pais estressados de classe média.

O Sr. X seguiu pela Avenida Lily para chegar à Rota 22, detendo-se num sinal de PARE antes de pegar a estrada. Usando o rastreador GPS, obteve uma localização aproximada do lugar no bosque que Ômega lhe mandara visitar. A duração da viagem seria de 12 minutos, o que era bom. O mestre estava muito impaciente, ávido para ver se seu plano com o cavalo de Troia humano tinha funcionado, ansioso para saber se a Irmandade levara o amiguinho deles para casa.

O Sr. X pensou no homem, tinha certeza de que se conheceram antes. Mas, mesmo que se perguntasse sobre onde e quando, nada disso importava naquele momento. E tampouco tinha importado quando o Sr. X trabalhara naquele filho da mãe valente.

Sim, aquele tinha sido um cara durão. Nem uma só palavra a respeito da Irmandade havia saído da boca do homem, a despeito do que lhe foi feito. O Sr. X ficou impressionado. Um cara como aquele teria sido uma ótima aquisição para a Sociedade Redutora, se tivessem podido cooptá-lo.

Ou talvez isso já tivesse ocorrido. Talvez o humano fosse um deles, àquela altura.

Um pouco mais tarde, o Sr. X estacionou o veículo no acostamento da Rota 22 e se embrenhou no bosque. Caíra neve na noite anterior, numa tormenta inusitada em março, e ela se empilhava nos ramos dos pinheiros, como se as árvores estivessem usando ombreiras de proteção para jogar futebol americano entre elas. Na verdade, uma visão bastante bonita. Para quem se interessasse pela natureza e esse tipo de baboseira.

Quanto mais fundo adentrava o bosque, menos necessitava do rastreador, porque podia sentir a essência do mestre, tão forte como se o próprio Ômega estivesse ali adiante. Talvez o humano não tivesse sido recolhido pelos Irmãos...

Bem, quem sabe.

Quando o Sr. X emergiu em uma clareira, viu um círculo chamuscado no chão. O calor que tinha ardido ali fora suficientemente forte para derreter a neve e transformar a terra em lama por algum tempo, e o solo agora voltava a congelar e mostrava os contornos da explosão. Tudo ao redor estava impregnado pela presença de Ômega, como, no verão, o fedor do lixo permanece muito tempo depois que o caminhão da limpeza urbana já o recolheu.

Aspirou pelo nariz. Sim, também havia algo humano na mistura.

Caramba, haviam matado o cara. A Irmandade tinha exterminado aquele humano. Interessante. Só que... por que Ômega não sabia que o homem estava morto? Talvez o que ficara dentro dele não fora suficiente para voltar para o mestre, ao morrer?

Ômega não iria gostar daquele relatório. Era alérgico ao fracasso. Aquilo o irritava. E sua irritação resultava em coisas ruins para os *Redutores Principais*.

O Sr. X se ajoelhou sobre a terra esturricada e invejou o humano. Filho da mãe sortudo. Quando um *redutor* morria, o que o esperava do outro lado era um interminável sofrimento líquido, um horrendo banho que equivalia à visão do inferno para um cristão multiplicada por mil: depois que os assassinos eram destruídos, retornavam às veias do corpo de Ômega, circulando em uma maligna corrente de outros *redutores* mortos, transformando-se no próprio sangue que o mestre injetava nos recrutas da Sociedade. E para os assassinos que formavam esse sórdido caldo não havia fim para o cortante frio, nem para a fome enlouquecedora, nem para a esmagadora pressão, porque permaneciam conscientes. Por toda a eternidade.

O Sr. X estremeceu. Ateu quando vivo, nunca pensara que a morte pudesse ser mais do que um sono eterno. Agora, como *redutor*, sabia exatamente o que o esperava quando o mestre perdesse a paciência e o "despedisse" outra vez.

Entretanto, havia esperança. O Sr. X encontrara uma pequena brecha, caso as peças se encaixassem.

Por um golpe de sorte, talvez houvesse encontrado uma saída para escapar do mundo de Ômega.

Capítulo 8

Butch levou três longos dias para acordar do coma e recuperar a consciência, assim como uma boia, emergindo das profundezas do nada e quicando na superfície do lago de luzes e sons da realidade. Aos poucos, pôde somar dois mais dois e entender que estava olhando para uma parede branca diante dele e escutando uns leves "bips" ao fundo.

Um quarto de hospital. Certo. As ataduras que imobilizavam seus braços e pernas haviam sumido.

Só por diversão, rolou para deitar de costas e experimentou levantar a cabeça e os ombros da cama. Manteve-se nessa posição porque gostava da sensação de sentir o quarto girando ao seu redor. Distraía-o um pouco de seu enorme repertório de incômodos e dores.

Cara, tinha tido uns sonhos estranhos e maravilhosos. Marissa ao seu lado, cuidando dele. Acariciando-lhe o braço, o cabelo, o rosto. Sussurrando que ficasse com ela. A voz de Marissa foi o que fez com que continuasse preso ao corpo, o que o manteve afastado da luz branca, que qualquer idiota que tenha assistido *Poltergeist* saberia que era o outro mundo. Por ela, de alguma forma conseguiu ficar, e a julgar pelo firme e forte batimento cardíaco, sabia que iria sobreviver.

Só que, é claro, os sonhos tinham sido uma enganação. Ela não estava ali e agora estava preso em seu próprio corpo até ser derrubado definitivamente.

Que lástima ter de prosseguir respirando.

Olhou para o suporte do soro. Depois, para a bolsa conectada a um cateter.

Então, avistou o que parecia ser um banheiro. Chuveiro. Oh, Deus, daria seu testículo esquerdo por uma ducha.

Enquanto deslizava as pernas para um lado, deu-se conta de que o que estava prestes a fazer era uma asneira. Mas disse a si mesmo, enquanto pendurava a bolsa do cateter perto da medicação intravenosa, que, pelo menos, o quarto quase parara de rodar.

Respirou fundo algumas vezes e apoiou-se no suporte de soro para utilizá-lo como bengala.

Seus pés alcançaram o chão frio. Descarregou o peso sobre as pernas.

Os joelhos cederam imediatamente.

Enquanto voltava a largar-se sobre a cama, soube que não iria conseguir chegar até o banheiro. Perdendo as esperanças de se lavar com água quente, virou-se e pôs-se a olhar o chuveiro com cobiça...

Butch perdeu o fôlego como se houvesse levado uma pancada na nuca: Marissa estava dormindo no chão em um canto do quarto, enroscada sobre si mesma, deitada de lado. Sua cabeça estava apoiada sobre uma almofada e o belo vestido de chiffon azul-claro cobria-lhe as pernas. O cabelo – aquela incrível cascata loura, aquela epopeia de ondas suaves – esparramava-se em torno dela.

Santo Deus. Havia mesmo ficado com ele. Então, era verdade que o salvara.

Seu corpo ganhou novo alento enquanto se punha de pé e cambaleava pelo piso de linóleo. Queria ajoelhar-se, mas sabia que, se o fizesse, cairia; então, contentou-se a ficar ao lado dela.

Por que estava aqui? A última coisa de que se lembrava era que Marissa não queria nada com ele. Diabos, no último setembro havia se negado a recebê-lo, quando fora procurá-la com esperança de... tudo.

– Marissa? – sua voz soou péssima e ele pigarreou. – Marissa, acorde.

Suas pálpebras se abriram e ela se levantou de repente. Aqueles olhos de água-marinha o encararam:

– Você vai cair!

Justo quando o corpo de Butch oscilou para trás e seus calcanhares vacilaram, Marissa ergueu-se de um salto e o segurou. Apesar do corpo esbelto, sustentou-lhe o peso com facilidade, fazendo com que se lembrasse de que não era humana, e que, provavelmente, deveria ser mais forte do que ele.

Enquanto Marissa o ajudava a se acomodar na cama e o cobria com os lençóis, o fato de estar fraco como uma criança e de que ela o tratasse como uma feriu seu orgulho.

– Por que está aqui? – perguntou num tom desagradável, ditado por seu embaraço.

Quando ela evitou olhá-lo de frente, soube que também se sentia desconfortável com a situação.

– Vishous me disse que estava ferido.

Ah, assim, fora V. que a fizera se sentir culpada a ponto de forçá-la a bancar a Madre Teresa para ele. Aquele filho da mãe sabia que Butch virava um bobo-alegre quando ela estava perto e que o som de sua voz conseguiria exatamente o que conseguiu: trazê-lo de volta. Mas ser a relutante corda de um bote salva-vidas era uma posição muito ingrata para ela.

Butch gemeu baixinho enquanto se acomodava. Também pelo golpe que seu orgulho estava levando.

– Como se sente? – perguntou ela.

– Melhor – relativamente. Bem poderia ter sido atropelado por um ônibus e, ainda assim, estar melhor do que ficara depois do que o *redutor* lhe tinha feito. – Por isso, não tem necessidade de ficar.

A mão de Marissa largou o lençol e ela suspirou lentamente, os seios se elevando debaixo do caro corpete do vestido. Enquanto abraçava a si mesma, seu corpo se curvou elegantemente.

Butch desviou o olhar, envergonhado porque parte dele queria se aproveitar da piedade dela e mantê-la ao seu lado.

– Marissa, se quiser, pode ir agora.

– Na verdade, não posso.

Franziu a testa e voltou a olhá-la.

– Por que não?

Ela empalideceu, mas, depois, ergueu o queixo.

– Você está em...

Ouviu-se um chiado e um alienígena adentrou o quarto, uma figura vestida com um traje amarelo e máscara de oxigênio. O rosto por trás do artefato era feminino, mas as feições, indistintas.

Butch olhou Marissa horrorizado.

– Por que *diabos* não está usando um desses trajes? – não sabia que tipo de infecção tinha, mas, se era suficientemente perigosa para que a equipe médica estivesse usando um traje isolante, concluía que era letal.

Marissa se encolheu, fazendo-o sentir-se um grosseirão.

– Eu... simplesmente não estou.

– Senhor? – interrompeu gentilmente a enfermeira. – Gostaria de colher uma amostra de sangue, se não for incômodo.

Butch estendeu o antebraço enquanto continuava encarando Marissa.

– Você deveria estar usando um desses quando entrou, não é? *Não é?*

– Sim.

– Inferno – disse ele, bruscamente. – Por que você não...?

Quando a enfermeira o espetou na dobra interna do cotovelo, a energia abandonou Butch como se a enfermeira houvesse espetado um balão de ar com aquela agulha.

Sentiu-se tonto, e sua cabeça caiu para trás contra o travesseiro. Mas ainda estava aborrecido.

– Deveria usar um desses trajes.

Marissa não respondeu, somente continuou a andar pelo quarto.

No silêncio que se seguiu, ele olhou o pequeno frasco que estava conectado à sua veia. Enquanto a enfermeira o substituía por outro vazio, não pôde deixar de reparar que seu sangue estava mais escuro do que o habitual. Muito mais escuro.

– Santo Deus... que diabos está saindo de mim?

– Está melhor do que antes. Muito melhor – a enfermeira sorriu através da máscara.

– Então, de que cor estava antes? – resmungou, pensando que o fluido parecia lodo.

Quando a enfermeira terminou, colocou-lhe um termômetro embaixo da língua e conferiu os equipamentos atrás da cama.

– Trarei comida para você.

– Ela já comeu? – murmurou ele.

– Mantenha a boca fechada – houve um “bip” e a enfermeira tirou o termômetro coberto de plástico dos lábios dele. – Muito melhor. Agora me diga: há algo que eu possa fazer por você?

Pensou em Marissa arriscando a vida por um sentimento de culpa.

– Sim, quero que ela saia daqui.

Marissa escutou tais palavras e parou de andar. Encostando-se na parede, olhou para baixo, examinando a si mesma, e surpreendeu-se ao se dar conta de que seu vestido ainda lhe caía bem, pois se sentia da metade de seu tamanho normal. Pequena. Insubstancial.

Quando a enfermeira se foi, os olhos cor de avelã de Butch se incendiaram.

– Quanto tempo tem de ficar?

– Até que Havers me diga que posso sair.

– Está doente?

Sacudiu a cabeça negativamente.

– Do que estão me tratando?

– Dos ferimentos que sofreu no acidente de carro. Foram severos.

– Acidente de carro? – ele pareceu confuso e, então, indicou com a cabeça o soro que lhe estava sendo injetado, como se quisesse mudar de assunto. – O que há ali dentro?

Ela cruzou os braços sobre os seios e recitou os antibióticos, os nutrientes, os analgésicos e os anticoagulantes que lhe estavam administrando.

– E Vishous também vem ajudá-lo.

Marissa pensou no Irmão, naqueles desconcertantes olhos brilhantes, nas tatuagens em suas têmporas... e em sua patente aversão por ela. Era o único que entrava no quarto sem usar o traje protetor e o via duas vezes ao dia, no início e no final da noite.

– V. tem vindo me visitar?

– Ele põe a mão sobre sua barriga. Isso o acalma – a primeira vez em que o guerreiro retirou as cobertas de Butch e levantou-lhe o avental hospitalar, ela ficou sem fala não só pela visão íntima, mas também pela autoridade que emanava do Irmão. Mas, depois, ela ficou muda por outra razão. A ferida no ventre de Butch era assustadora... e, então, Vishous também a apavorou. Tirou a luva que sempre o vira usar, revelando a mão brilhante e coberta de tatuagens, da palma ao dorso.

Ficara aterrada com o que poderia acontecer depois, mas Vishous só estendera a mão um palmo acima da barriga de Butch. Mesmo em coma, Butch havia suspirado asperamente, demonstrando alívio.

Depois disso, Vishous havia ajeitado o avental em Butch e puxado de volta os lençóis para cobri-lo, e se virou para ela. Disse-lhe que fechasse os olhos e, embora o temesse, obedeceu. Quase que imediatamente foi tomada por uma profunda sensação de paz, como se fosse banhada por uma calmante luz branca. Fazia isso todas as vezes, antes de ir embora, e Marissa sabia que ele a estava protegendo. Embora não pudesse imaginar a razão disso, visto que claramente a desprezava.

Voltou a se concentrar em Butch e pensou em seus ferimentos.

– Não esteve envolvido num acidente de carro, não é?

Ele fechou os olhos.

– Estou muito cansado.

Como ele a excluiu dessa forma, Marissa sentou-se no chão frio e envolveu os joelhos com os braços. Havers quis levar-lhe coisas, como uma cama de armar ou uma poltrona confortável, mas ela teve medo de que os sinais vitais de Butch voltassem a despencar, a equipe médica não conseguisse espaço suficiente para colocar o equipamento necessário ao lado da cama com rapidez. Seu irmão teve de admitir que ela estava certa.

Após só Deus sabe quantos dias daquilo, suas costas estavam doloridas e suas pálpebras pareciam lixa, mas não havia se sentido cansada enquanto lutava para manter Butch com vida. Deus, sequer tinha notado o tempo passar, sempre se surpreendia quando as enfermeiras lhe levavam a comida, ou quando Havers passava em visita. Ou quando Vishous chegava.

Até o momento, não se sentia doente. Bem, sentira-se doente antes que Vishous passasse lá pela primeira vez. Mas, depois que ele começara a fazer o que quer que fosse que fazia com aquela mão, ficara bem.

Marissa ergueu os olhos para o leito. Ainda estava curiosa sobre o que levara Vishous a enviá-la àquele quarto. Certamente a mão daquele guerreiro estava fazendo um bem muito maior a Butch do que a presença dela ali.

Enquanto os equipamentos apitavam baixinho e o ar condicionado soprava do teto, seus olhos vagaram sobre o corpo em repouso de Butch. Quando pensou no que havia debaixo das mantas, corou.

Agora, sabia como era cada parte daquele corpo.

A pele que lhe recobria os músculos era lisa, e ele tinha uma tatuagem negra no final das costas... uma série de linhas agrupadas de quatro em quatro cortadas por outra em ângulo. Vinte e cinco ao todo, se não se enganara na contagem. Algumas tinham desbotado, parecendo mais antigas. Perguntava-se o que significariam.

Em relação à parte frontal, a pelagem escura sobre os peitorais havia sido uma surpresa, já que não fazia ideia de que os humanos não fossem desprovidos de pelos no corpo como a sua espécie. Entretanto, não tinha muito cabelo no peito, e eles se estreitavam em seguida, tornando-se uma linha fina abaixo do umbigo.

E depois... Estava envergonhada de si mesma, mas espiara-lhe o membro. O pelo naquela região era escuro e muito denso, e no centro havia um grosso caule de carne quase da grossura de seu pulso. Por baixo daquilo havia pesados e potentes testículos.

Era o primeiro macho que havia visto despido e os nus de História da Arte simplesmente não correspondiam à realidade. Sua constituição era bela e perfeita. Fascinante.

Tombou a cabeça para trás e olhou o teto. Fora muito errado invadir-lhe a privacidade? E o que dizer do fato de que seu corpo estremecia só de lembrar?

Deus, quanto tempo faltaria agora para que pudesse sair dali?

Distraidamente, correu os dedos pelo tecido delicado de seu vestido e inclinou a cabeça para poder olhar o chiffon azul-claro. A adorável criação de Narciso Rodriguez seria extremamente confortável, não fosse o espartilho, que sempre usava porque era o adequado, e que realmente estava começando a incomodá-la muito. Entretanto, queria estar bonita para Butch, embora ele não se importasse, e não por causa de sua enfermidade. Simplesmente, já não se sentia atraído por ela. Tampouco a queria por perto.

Ainda assim, continuaria bem vestida quando lhe trouxessem mudas de roupa limpa.

Que pena que o que usasse ali dentro tivesse de ir para o incinerador. Que pena ter de queimar todos aqueles vestidos.

Capítulo 9

Aquele filho da mãe de cabelo desbotado estava de volta, pensou Van Dean enquanto olhava pela forte tela de arame.

Pela terceira semana consecutiva ele vinha a Caldwell para a luta clandestina. Destacava-se como um letreiro de neon entre a empolgada multidão que cercava a jaula de combate, embora Van não soubesse exatamente a razão.

Ao sentir o contato de um joelho em suas costas, voltou a se concentrar no que estava fazendo. Afastando o punho nu, estalou-o com um golpe no rosto de seu oponente. O sangue espirrou do nariz do sujeito, numa chuva de respingos vermelhos que atingiram o colchonete antes mesmo que o próprio corpo o fizesse.

Van pôs-se de pé e olhou o cara, enquanto gotas de seu suor pingavam no abdômen do adversário. Não havia um árbitro que impedisse Van de esmurrá-lo ainda mais na cabeça. Não havia regras que o proibissem de chutar-lhe os rins até que o cretino necessitasse de hemodiálise para o resto da vida. E se notasse uma contração sequer daquele tapete humano ali estendido, Van não pensaria duas vezes.

Matar com as próprias mãos era o que sua parte especial queria fazer, o que ansiava fazer. Van sempre fora diferente, não apenas de seus oponentes, como de todos outros que já conhecera: sua alma não era a de um mero lutador, mas a de um guerreiro romano. Desejaria ter vivido naqueles tempos em que se estripava o oponente quando ele caía aos seus pés... para, depois, ir à casa dele violentar-lhe a esposa e matar seus filhos. E, por último, roubar-lhe os bens e queimar o que restasse até destruir tudo.

Mas vivia aqui e agora. E, ultimamente, existia outro complicador. O corpo que continha aquela parte especial começava a envelhecer. Seu ombro o estava matando, assim como os joelhos, embora se assegurasse de que ninguém soubesse disso, dentro ou fora da jaula de luta.

Estendendo o braço para o lado, ouviu um estalo e disfarçou uma careta de dor. Enquanto isso, a multidão formada por cerca de cinquenta pessoas rugia e sacudia o alambrado de três metros de altura. Meu Deus, os fãs o adoravam. Gritavam seu nome. Queriam continuar a vê-lo em ação.

No entanto, eram completamente irrelevantes para sua parte especial.

Em meio à algazarra do público, encontrou o olhar fixo do homem de cabelo branco. Maldição, aqueles olhos eram sinistros. Vazios. Sem o brilho da vida. E o cara tampouco demonstrava animação.

Não importava.

Van chutou seu oponente com o pé descalço. O homem gemeu, mas não abriu os olhos. Fim do combate.

Os cinquenta e tantos homens em torno da jaula foram à loucura, gritando em tom de aprovação.

Van escalou a grade e impulsionou seu corpo de noventa quilos por sobre o topo. Ao aterrissar, a multidão rugiu mais forte, mas recuou, dando-lhe passagem. Na semana anterior, quando um deles cruzou seu caminho, o infeliz acabou cuspindo um dente.

A "arena" de combate, por assim dizer, ficava em um estacionamento subterrâneo abandonado, cujo dono arranjava as lutas e controlava as apostas. O lugar estava caindo aos pedaços, Van e seus adversários não passavam de galos de briga humanos. Entretanto, o pagamento era bom, e até aquele momento não houvera batidas policiais – embora constituíssem motivo constante de preocupação. Em meio ao sangue e às apostas, contudo, os distintivos do Departamento de Polícia de Caldwell não entravam em cena: afinal, aquilo era uma espécie de "clube privado só para membros" – se alguém desse com a língua nos dentes sobre ele, era calado. Literalmente. O dono tinha meia dúzia de brutamontes que mantinham tudo nos eixos.

Van se aproximou do homem da grana, apanhou seus quinhentos dólares e a jaqueta, e se dirigiu para a caminhonete. A camiseta Hanes estava manchada de sangue, mas ele não ligava. O que o preocupava eram suas articulações doloridas. E o ombro esquerdo.

Droga. Era como se, semana após semana, custasse-lhe cada vez mais satisfazer sua parte especial e derrubar seus oponentes. Mesmo assim, lá estava ele, firme e forte. E olhe que, aos trinta e nove anos, poderia ser considerado um vovô no mundo da luta.

– Por que parou?

Quando estava prestes a entrar na caminhonete, Van olhou o reflexo no vidro da janela do lado do motorista. Não se surpreendeu ao constatar que o homem de cabelo branco o seguira.

– Não atendo fãs, companheiro.

– Não sou um fã.

Encararam-se pela superfície plana do vidro.

– Então, por que sempre assiste às minhas lutas?

– Porque tenho uma proposta para você.

– Não quero um empresário.

– Também não sou isso.

Van espiou por cima do ombro. O homem era grande e movia-se como um lutador, com os ombros direitos e os braços soltos. As mãos eram grandes e fortes, do tipo que, fechadas em punho, mais pareceriam bolas de boliche.

Hum, então era essa a questão.

– Se quiser entrar na arena comigo, combine com ele – indicou o homem da grana.

– Também não se trata disso.

Van se virou, impaciente com aquele inútil joguinho de adivinhação.

– Então, o que quer?

– Primeiro, preciso saber por que parou.

– O cara já estava na lona.

Uma expressão de aborrecimento atravessou o rosto do homem.

– E daí?

– Quer saber de uma coisa? Está começando a me encher o saco.

– Ótimo. Procuro um homem exatamente com o seu perfil.

Oh, aquilo sim diminuía as possibilidades. Um cara de rosto comum, nariz quebrado, corte de cabelo militar. Fala sério.

– Tem um monte de caras por aí como eu.

Bem, exceto por sua mão direita.

– Diga-me uma coisa – o cara perguntou: – seu apêndice foi removido?

Van estreitou os olhos e voltou a colocar as chaves da caminhonete de volta no bolso.

– Uma das duas coisas está prestes a acontecer e você terá de escolher. Ou você cai fora e eu continuo o meu caminho, ou continua aí com essa conversa mole e o tempo vai fechar. Você que sabe.

O homem pálido se aproximou. Que coisa, ele tinha um cheiro esquisito. Parecido com... talco de bebê?

– Não me ameace, *garoto* – a voz era grave e o corpo por trás das palavras estava pronto para entrar em ação.

Ora, ora, quem diria. Um adversário de verdade.

Van aproximou o rosto ainda mais.

– Então, vá direto ao maldito assunto.

– Ainda tem o apêndice?

– Não mais.

O homem sorriu e recuou, deixando a postura ameaçadora.

– Quero lhe oferecer um trabalho.

– Já tenho um. E isso aqui.

– Na construção civil. E derrubar estranhos por dinheiro.

– Ambos trabalhos honestos. E há quanto tempo exatamente você anda xeretando os meus assuntos?

– Tempo suficiente – o homem estendeu-lhe a mão. – Joseph Xavier.

Van ignorou-a.

– Não estou interessado em conhecê-lo, Joe.

– É Sr. Xavier para você, filho. E com certeza não se importará em escutar minha proposta.

Van inclinou a cabeça para o lado.

– Sabe de uma coisa? Eu e uma prostituta temos muito em comum. Gosto de arrancar grana de otários. Então, por que não passa pra cá uma nota de cem dólares, Joe, e depois conversamos sobre a sua proposta?

Como o homem apenas continuou a encará-lo, Van foi invadido por uma inesperada sensação de medo. Cara, tinha algo de errado com aquele homem.

A voz do filho da mãe soou ainda mais grave quando disse:

– Em primeiro lugar, diga meu nome apropriadamente, filho.

Não importava. Por cem dólares, bateria um papo até mesmo com uma aberração como aquela.

– Xavier.

– É *Sr.* Xavier – o homem sorriu como um predador, mostrando os dentes e nenhuma alegria. – Diga, filho.

Por um impulso desconhecido, Van abriu a boca.

Justo antes de deixar as palavras saírem, teve uma vívida lembrança de quando tinha dezesseis anos e dera um mergulho no rio Hudson. Durante o salto, avistara uma rocha maciça embaixo d'água, com a qual iria se chocar, e sabia que não havia como mudar de curso. De fato, sua cabeça havia batido como se a colisão tivesse sido predestinada, como se houvesse uma corda invisível ao redor de seu pescoço e a rocha fosse seu miserável destino. Mas não havia sido uma coisa ruim; pelo menos, não naquele momento. Logo após o barulho do impacto, houve uma fluida, doce e contente calma, como se o destino houvesse sido realizado. E ele soube instintivamente que aquela sensação era o prenúncio da morte.

Engraçado, tinha agora aquela mesma desorientação espacial. E a mesma sensação de que aquele homem com a pele branca como papel era como a morte: inevitável e determinado pelo destino – e vinha especialmente ao seu encontro.

– Sr. Xavier – sussurrou Van.

Quando a nota de cem dólares apareceu diante dele, estendeu a mão com quatro dedos e a apanhou.

Embora soubesse que, mesmo sem o dinheiro, teria escutado o que o homem tinha a dizer.

Horas mais tarde, Butch virou-se na cama e a primeira coisa que fez foi procurar Marissa.

Encontrou-a sentada no canto do quarto, com um livro aberto ao seu lado. Entretanto, os olhos dela não estavam nas páginas. Contemplava distraidamente o piso claro de linóleo, seguindo com um dedo longo e perfeito o padrão estampado.

Parecia tão dolorosamente triste e bela que Butch teve vontade de chorar. Deus, a ideia de que pudesse tê-la infectado ou colocado em perigo de qualquer espécie fez com que desejasse cortar a própria garganta.

– Gostaria que não tivesse entrado aqui – disse ele, com voz apertada. Diante da expressão surpresa e contrariada de Marissa, ele repensou a escolha das palavras. – O que quero dizer é...

– Sei o que quer dizer – a voz dela endureceu. – Está com fome?

– Sim – esforçou-se para endireitar o corpo. – Mas do que eu realmente gostaria é um banho.

Ela se levantou, erguendo-se como uma névoa, tão graciosa que o fez perder o fôlego, enquanto caminhava em sua direção. Cara, aquele vestido azul-claro era exatamente da cor dos olhos dela.

– Deixe-me ajudá-lo a ir até o banheiro.

– Não, posso ir sozinho.

Ela cruzou os braços sobre o peito.

– Se tentar ir ao banheiro sozinho, cairá e se machucará.

– Então, chame uma enfermeira. Não quero que me toque.

Ela o encarou durante um momento. Depois, seus olhos piscaram uma vez. Duas.

– Pode me dar licença um instante? – disse ela, sem alterar a voz. – Preciso usar a pia. Pode chamar a enfermeira apertando o botão vermelho no controle remoto que está ali.

Marissa entrou no banheiro e fechou a porta. A água começou a correr.

Butch buscou pelo pequeno botão, mas parou ao perceber que o som do forte jorro da torneira continuava por trás da porta. O som era ininterrupto, não o de alguém lavando as mãos ou o rosto, ou enchendo um copo.

E prosseguia, sem cessar.

Com um gemido, arrastou-se para fora da cama e se levantou, apoiando-se no suporte de soro até que a coisa tremeu pelo esforço em mantê-lo ereto. Pôs um pé diante do outro até chegar à porta do banheiro. Encostou o ouvido na madeira. Tudo que conseguiu ouvir foi a água.

Por alguma razão, bateu suavemente. Depois, bateu de novo. Tentou mais uma vez e, depois, girou a maçaneta, mesmo que fosse terrivelmente embaraçoso para ambos se ela estivesse usando o sanitário...

Quando abriu a porta, viu Marissa sentada no vaso. Mas o tampo estava baixado.

E ela chorava. Tremendo e soluçando.

– Oh... meu Deus, Marissa.

Ela soltou um gritinho agudo, como se ele fosse a última coisa no planeta que quisesse ver.

– Saia daqui!

Ele avançou rapidamente e caiu de joelhos diante dela.

– Marissa...

Escondendo o rosto entre as mãos, ela disparou:

– Gostaria de um pouco de privacidade, se não se importar.

Ele foi até a torneira e fechou-a. Depois que a pia se esvaziou com um leve gorgolejo, o som da água jorrando foi substituído pela respiração ofegante de Marissa, que agora podia ser ouvida.

– Está tudo bem – disse ele. – Sairá em breve. Logo poderá sair...

– Cale-se! – ela baixou as mãos o suficiente para encará-lo. – Apenas volte para a cama e chame a enfermeira, caso ainda não o tenha feito.

Butch sentou-se sobre os calcanhares, um tanto zonzo, mas decidido.

– Sinto muito que esteja presa comigo.

– *Aposto* que sim.

Ele franziu a testa.

– Marissa...

O som da câmara de vácuo sendo aberta o interrompeu.

– Tira? – a voz de V. soou livremente, sinal de que não usava o traje de proteção.

– Fique onde está – gritou Butch. Marissa não precisava de mais um espectador.

– Onde você está, tira? Há algo errado?

Butch quis se levantar. Realmente quis. Mas, quando se agarrou ao suporte de soro e fez força para se erguer, seu corpo cedeu como se fosse de borracha. Marissa tentou segurá-lo, mas ele escorregou de seus braços, acabando estatelado no piso do banheiro, com o rosto junto à base do vaso sanitário. Vagamente, pôde ouvir a voz ansiosa de Marissa, clamando por ajuda. Então, o cavanhaque de V. apareceu em seu campo de visão.

Butch olhou seu companheiro de quarto... e, droga, sua vista embaçou com as lágrimas de felicidade, tão feliz estava por ver aquele filho da mãe. O rosto de Vishous estava exatamente igual; os pelos escuros ao redor da boca, exatamente onde deveriam estar; as tatuagens na têmpora, inalteradas; aquelas íris luminosas como diamantes ainda brilhavam do mesmo jeito. Familiar, tão familiar. Lar e família embrulhados em um único e vampírico pacote.

Entretanto, Butch não permitiu que as lágrimas rolassem. Pelo amor de Deus, como se já não bastasse estar completamente indefeso ao lado do vaso sanitário! Debulhar-se em lágrimas seria a pá de cal em seu orgulho.

Piscando ferozmente, disse:

– Onde está o seu maldito equipamento de proteção, cara? Você sabe, o traje amarelo.

V. sorriu, os olhos um tanto úmidos demais, como se ele também estivesse emocionado.

– Não se preocupe, estou protegido. Então, presumo que esteja de volta, não?

– E pronto para botar pra quebrar.

– Sério?

– Sem dúvida. Estou pensando em virar empreiteiro. Por isso queria ver como esse banheiro foi construído. Um excelente trabalho de assentamento de ladrilhos. Você deveria dar uma conferida.

– Que tal eu levar você de volta para a cama?

– Depois eu quero verificar o encanamento da pia.

Por trás do calmo sorriso zombeteiro de V. estavam patentes o respeito e a afeição que sentia.

– Pelo menos, deixe-me ajudá-lo.

– Não, posso fazer isso sozinho – com um gemido, Butch tentou ficar de pé, mas, então, largou-se novamente sobre o piso. Percebeu que erguer a cabeça era esforço demais. No entanto, se o deixassem ali tentando tempo suficiente... uma semana, talvez dez dias?

– Vamos, tira. Desista logo, cara, e deixe-me ajudá-lo.

De repente, Butch sentiu-se muito cansado para contrariar. Totalmente sem forças, tinha consciência de que Marissa o olhava fixo e pensou que dificilmente poderia parecer mais vulnerável. Droga, a única coisa boa era que, pelo menos, não estava com o traseiro de fora, já que não estava sentindo uma brisa fria no local.

O que significava que o avental do hospital não se abrira. Graças a Deus.

Então, os grossos braços de V. enfiaram-se por baixo de Butch e ele foi erguido com facilidade. Enquanto avançavam, negou-se a deixar a cabeça descansar no ombro do amigo, ainda que mantê-la erguida lhe custasse um enorme esforço. Ao chegar à cama, seu corpo inteiro tremia e o quarto começou a girar.

Antes que V. se endireitasse, Butch agarrou-o pelo braço e sussurrou:

– Preciso falar com você. A sós.

– O que aconteceu? – respondeu V., no mesmo tom.

Butch espiou Marissa, que zanzava no canto do quarto.

Ruborizando-se, ela lançou um olhar para o banheiro, e, em seguida, pegou duas grandes sacolas de papel.

– Acho que vou tomar uma ducha. Vocês me dão licença? – não esperou pela resposta, simplesmente desapareceu dentro do banheiro.

Quando a porta se fechou, V. sentou-se na beirada da cama.

– Pode falar.

– Que tipo de perigo ela está correndo?

– Tenho cuidado dela e há três dias, parece estar bem. Provavelmente, logo poderá partir. Estamos todos quase convencidos de que já não há infecção alguma em andamento.

– A que ela foi exposta? A que fui exposto?

– Sabe que esteve nas mãos dos *redutores*, certo?

Butch ergueu uma de suas mãos destruídas.

– E eu aqui pensando que havia estado num spa de embelezamento.

– Engraçadinho. Esteve lá aproximadamente um dia...

Súbito, Butch agarrou o braço de V.

– Não me dobrei. Não importa o que me fizeram, não disse uma só palavra sobre a Irmandade. Eu *juro.*

V. pôs a mão sobre a de Butch e apertou-a.

– Sei que não, amigo. Sei que não.

– Que bom.

Quando ambos se soltaram, os olhos de V. deslocaram-se para as pontas dos dedos de Butch, como se imaginasse o que lhe tinham feito.

– Do que se lembra?

– Só os sentimentos. A dor e o... terror. Pânico. O orgulho... o orgulho é a prova de que não os delatei, é como sei que eles não me dobraram.

V. assentiu com a cabeça e tirou uma cigarrilha enrolada à mão do bolso. Antes de acendê-la, entretanto, olhou para o fornecimento de oxigênio, praguejou, e voltou a guardá-la.

– Escute, companheiro, preciso lhe perguntar... você está bem psicologicamente? Quero dizer, depois de passar por algo assim...

– Estou bem. Sempre fui muito palerma para ter estresse pós-traumático ou algo do gênero, e, além disso, não tenho de fato lembrança alguma do que aconteceu. Desde que Marissa consiga sair bem daqui, ficarei ok – esfregou o rosto, sentindo a coceira do crescimento da barba, e depois deixou cair o braço. Quando a mão aterrissou em seu abdômen, pensou na ferida negra. – Você faz alguma ideia do que me fizeram?

Quando V. sacudiu a cabeça, Butch praguejou. Já que o cara mais parecia um link ambulante do Google, o fato de ele não saber era mau sinal.

– Mas estou trabalhando nisso, tira. Encontrarei uma resposta para você, prometo-lhe – o Irmão indicou com a cabeça o ventre de Butch. – Então, como está a barriga?

– Não sei. Estive muito ocupado estando em coma para me preocupar com o meu tanquinho.

– Você se importaria se eu desse uma olhada?

Butch encolheu os ombros e empurrou as mantas para baixo. Quando V. levantou o avental hospitalar, ambos olharam para o ventre de Butch. A pele em torno da ferida não estava com bom aspecto, toda cinzenta e enrugada.

– Isso dói? – perguntou V.

– Desgraçadamente. Sinto... frio ali. Como se houvesse gelo seco em minhas entranhas.

– Deixe-me fazer uma coisa?

– O quê?

– Só um pequeno ritual de cura, que venho aplicando em você.

– Claro – só que quando V. ergueu a mão "proibida" e começou a tirar a luva, Butch se encolheu. – O que vai fazer com essa coisa?

– Confia em mim, não?

Butch bufou e riu.

– Da última vez em que você me disse isso terminei tomando um coquetel de vampiro, lembra?

– E foi o que o salvou. Foi assim que o encontrei.

Então, fora essa *a razão* daquilo.

– Bem, então, vá em frente com o tal ritual e essa mão aí.

Mesmo assim, quando V. aproximou dele a luminosa mão, Butch estremeceu.

– Fica frio, tira. Isso não vai doer.

– Vi você torrar uma casa com essa filha da mãe.

– É verdade. Mas aquela cena de *Firestarter*[1] não vai acontecer aqui.

A mão tatuada e brilhante de V. pairou sobre a ferida, e Butch deixou escapar um áspero gemido de alívio. Era como se água limpa e morna se derramasse no machucado, depois fluindo sobre ele, através dele. Limpando-o.

Butch revirou os olhos.

– Oh... meu Deus... isso é bom.

Relaxou tão profundamente que parecia flutuar, sem dor, mergulhando numa espécie de sonolência. Deixou seu corpo ir, deixou-se levar.

Podia, de fato, sentir a cura, como se o processo regenerativo de seu corpo estivesse a toda velocidade. Enquanto os segundos transcorriam, enquanto os minutos passavam, enquanto o tempo se perdia no

---

[1]Filme baseado em um romance de Stephen King, com Drew Barrymore (N.T.).

infinito, sentia como se dias inteiros de descanso, boa alimentação e paz de espírito se sucedessem, fazendo-o saltar do estado lamentável em que se encontrava para a milagrosa condição de curado.

Marissa jogou a cabeça para trás e pôs-se bem debaixo do chuveiro, deixando a água escorrer pelo corpo. Sentia-se abalada e ressentida, especialmente depois de assistir Vishous carregando Butch para a cama. Os dois eram tão íntimos, o vínculo entre eles tão patente na maneira como se encararam olhos nos olhos.

Depois de muito tempo, saiu, secou-se ligeiramente com a toalha, usou o secador nos cabelos. Ao procurar uma muda de roupa de baixo, bateu os olhos no espartilho e pensou que de jeito nenhum vestiria aquilo. Guardou-o de novo na sacola, incapaz, naquele momento, de aguentar a pressão do suporte metálico em suas costelas.

Quando colocou o vestido cor de pêssego sobre os seios nus, sentiu-se estranha, mas já esperava por isso. Pelo menos durante certo tempo. Além disso, quem saberia?

Dobrou o Rodriguez azul-claro e o enfiou numa sacola para material biológico de risco, junto com a roupa de baixo usada. Então, preparou-se, abriu a porta e saiu do banheiro.

Butch estava deitado na cama, o avental hospitalar erguido sobre o peito, as cobertas afastadas até os quadris. A mão luminosa de Vishous pairava a menos de dez centímetros acima da ferida enegrecida.

No silêncio entre os dois machos, ela era uma intrusa. Sem ter aonde ir.

– Está dormindo – murmurou V.

Ela clareou a garganta, mas não pôde pensar em coisa alguma para dizer. Depois de um longo silêncio, finalmente sussurrou:

– Diga-me... a família dele sabe o que aconteceu?

– Sim. Na Irmandade todos sabem.

– Não, quero dizer... a família humana.

– São irrelevantes.

– Mas não deveriam ser...

V. ergueu a vista, impaciente, os olhos brilhantes duros e um pouco malévolos. Por alguma razão, ocorreu a ela, naquele exato momento, que ele deveria estar completamente armado, com as adagas negras cruzadas no peito musculoso.

Pensando bem, a expressão hostil combinava com as armas.

– A família de Butch não se importa com ele – a voz de V. soou estridente, como se a explicação não fosse da conta dela e só a estivesse fornecendo para calá-la. – Assim, eles são irrelevantes. Agora, venha aqui. Ele precisa de você perto dele.

A contradição entre o rosto do Irmão e a ordem para que se aproximasse de Butch confundiu-a. Do mesmo modo que a constatação de que a imposição daquela mão luminosa operava maravilhas.

– Ele certamente não precisa de mim, nem me quer aqui – murmurou. E se perguntou outra vez por que diabos V. a tinha chamado três noites antes.

– Está preocupado com você. Por isso quer que vá.

Ela corou.

– Está enganado, guerreiro.

– Nunca me engano – como um *flash*, aquelas íris brancas circuladas de azul-marinho se ergueram até o rosto de Marissa. Eram tão frias que ela recuou, mas Vishous sacudiu a cabeça negativamente.

– Venha, toque-o. Deixe-o sentir você. Precisa saber que está aqui.

Ela franziu a testa, pensando que o Irmão estava louco. Mas caminhou até o outro extremo da cama e estendeu a mão para acariciar o cabelo de Butch. No mesmo instante, ele voltou o rosto na direção dela.

– Viu? – Vishous voltou a contemplar a ferida. – Deseja você ardentemente.

Quem me dera, pensou.

– Sério?

Retesou-se.

– Por favor, não leia a minha mente. É grosseiro.

– Não fiz isso. Você falou em voz alta.

A mão de Marissa vacilou no cabelo de Butch.

– Oh. Sinto muito.

Ficaram em silêncio, ambos concentrados em Butch. Então, Vishous disse em um tom duro:

– Por que o repeliu, Marissa? Quando a procurou no outono passado, por que o rechaçou?

Ela franziu a testa.

– Ele nunca me procurou.

– Sim, procurou.

– Como disse?

– Você ouviu.

Enquanto se olhavam, ocorreu a Marissa que, apesar de Vishous ser verdadeiramente assustador, ele não era um mentiroso.

– Quando? Quando ele veio me procurar?

– Após Wrath ser baleado, Butch esperou algumas semanas. Depois, foi à sua casa. Quando voltou, disse que você o dispensou sem ao menos falar com ele pessoalmente. Cara, isso foi uma jogada muito fria da sua parte. Sabia o que ele sentia por você, mas o despachou por meio de um criado. *Maravilha!*

– Não... nunca fiz isso... Ele não me procurou, ele... Ninguém me disse que ele...

– Ah, *poupe-me*.

– *Não* empregue esse tom comigo, guerreiro – embora Vishous a fulminasse com os olhos, Marissa estava muito zangada para se preocupar com quem ou o que ele era. – No final do verão passado eu estava de cama com gripe, por ter alimentado Wrath excessivamente e depois trabalhar na clínica. Quando não tive notícias de Butch, presumi que ele não estava disposto a prosseguir nossa história. Como eu... não tive muita sorte com machos, precisei de um tempo para conseguir tomar coragem e me aproximar dele. Quando o fiz, há três meses, aqui na clínica, ele deixou claro que não queria me ver. Então, faça-me o favor de *não* me culpar por algo que *não* fiz.

Houve um longo silêncio e, depois, Vishous a pegou totalmente de surpresa.

Na verdade, chegou mesmo a sorrir um pouco para ela.

– Bem, quem diria.

Aturdida, baixou o olhar para Butch e continuou acariciando-lhe o cabelo.

– Juro que se na ocasião eu houvesse sabido que era ele à porta, teria saído da cama, nem que fosse me arrastando, para abri-la eu mesma.

Em voz baixa, Vishous murmurou:

– Mandou bem, fêmea. Muito... bem.

No silêncio que se seguiu, ela pensou nos acontecimentos do verão anterior. A convalescença por que tinha passado não fora somente pela gripe. Ficara chocada com o atentado contra a vida de Wrath por parte de seu irmão – pelo fato de que Havers, que sempre havia sido alguém dedicado a curar, calmo e equilibrado, tivesse traído o rei entregando sua localização a um *redutor*. Sem dúvida Havers fizera aquilo como retaliação, devido ao modo como ela fora trocada pela rainha, mas isso de modo algum desculpava suas ações.

Querida Virgem do Fade, Butch havia tentado vê-la, mas por que não lhe disseram?

– Eu nunca soube que veio me procurar – murmurou, alisando o cabelo dele para trás.

Vishous retirou a mão, e puxou as cobertas bruscamente para cima.

– Feche os olhos, Marissa. É a sua vez.

Ela ergueu a vista.

– Eu não sabia.

– Acredito em você. Agora, feche-os.

Depois de curá-la, V. se dirigiu para a porta, os ombros largos acompanhando a ginga do corpo.

Ao chegar à porta da câmara de vácuo, olhou por cima do ombro.

– Não pense que sou o único responsável pela recuperação de Butch. Você é a luz dele, Marissa. Nunca se esqueça disso – os olhos do Irmão se estreitaram. – E tenha isto sempre em mente: se algum dia magoá-lo de propósito, considerarei você minha inimiga.

John Matthew sentou-se em uma sala de aula que nada ficava devendo à Escola Secundária de Caldwell. Havia sete mesas longas de frente para a lousa, e seis delas estavam ocupadas por duplas de aprendizes.

John sentava-se sozinho nos fundos. Que era justamente como havia sido também no colégio.

Entretanto, a diferença entre essas aulas e as matérias que havia cursado no colégio era que agora tomava notas caprichadas e olhava atentamente o quadro-negro como se nele estivesse passando uma maratona de *Duro de matar*.

Por outro lado, geometria não era ensinada ali.

Naquela tarde, o professor era Zsadist, andando de um lado para o outro, falando sobre a composição química dos explosivos plásticos C4. O Irmão usava um de seus característicos pulôveres negros de gola rolê e calças folgadas de nylon. Com aquela cicatriz no rosto, aparentava mesmo ter feito o que comentavam: assassinado mulheres, profanado *redutores*, atacado até os próprios Irmãos sem ser provocado.

Mas, por incrível que pareça, era um professor extraordinário.

– Agora, quanto aos detonadores – disse –, pessoalmente, prefiro os de controle remoto.

Enquanto John virava uma nova página em seu caderno, Z. fazia o esboço de um mecanismo 3D na lousa, uma espécie de caixa com intrincados circuitos. Sempre que o Irmão desenhava, fazia-o com tantos detalhes e tamanho realismo que quase se podia tocar a coisa com a mão.

No momento em que houve uma pausa, John checou o relógio. Mais quinze minutos, e seria hora de fazer um lanche rápido e ir para o ginásio. Mal podia esperar.

Quando começara o treinamento, havia odiado o adestramento nas diversas artes marciais. Agora, adorava-o. Ainda era o último da classe em termos de habilidades técnicas, mas, ultimamente, compensava muito essa deficiência com a fúria. E sua agressividade ocasionara uma reestruturação na dinâmica social.

Quando tudo começara, três meses antes, seus companheiros de classe o ridicularizavam. Acusavam-no de puxar o saco dos Irmãos. Zombavam de sua marca de nascença porque se parecia com a cicatriz em forma de estrela que os membros da Irmandade tinham no peito. Agora, os outros caras já o aceitavam. Bem, todos menos Lash, que ainda mexia com ele, colocava-o na berlinda, humilhava-o.

Não que John se preocupasse. Podia estar naquela turma como o resto dos aprendizes; podia, tecnicamente, viver no complexo com os Irmãos; podia, teoricamente, estar vinculado à Irmandade pelo sangue de seu pai, mas, desde que perdera Tohr e Wellsie, no que concernia a ele, era independente. Não se sentia ligado a quem quer que fosse.

Assim sendo, as outras pessoas naquela sala de aula não significavam coisa alguma para ele.

Fixou o olhar na nuca de Lash. Ele usava o cabelo comprido e louro preso num rabo de cavalo que caía suavemente sobre uma jaqueta assinada por algum estilista famoso. E como John sabia sobre o estilista? Porque Lash sempre anunciava a todos a marca do que estava vestindo quando entrava na classe.

Também mencionara naquela noite que seu novo relógio era um Rolex.

John estreitou os olhos, saboreando a expectativa do combate que os dois travariam no ginásio. Como se pudesse pressenti-lo, Lash se virou, fazendo o brinco de brilhante faiscar. Seus lábios se contraíram num sorrisinho sarcástico, e depois, lançaram um beijo a John.

– John? – a voz de Zsadist soou dura como um martelo. – Tente me demonstrar um pouco de respeito aqui!

Quando John corou e olhou para frente, Zsadist prosseguiu, apontando o quadro-negro com um longo dedo indicador.

– Uma vez que um mecanismo como este é armado, pode ser acionado por vários meios, sendo a frequência sonora a mais comum. Pode ser ativado por um telefone celular, um computador, ou um sinal de rádio.

Zsadist começou a desenhar outra vez, deslizando o giz de forma estridente.

– Aqui temos outro tipo de detonador – Zsadist afastou-se para mostrar. – Esse é típico dos carros-bomba. A caixa de ação é conectada ao sistema elétrico do carro. Quando a bomba está armada, no momento em que o carro é ligado, *tique, tique, bum*!

A mão de John de repente apertou a caneta e ele começou a piscar com rapidez, sentindo-se zonzo.

O aprendiz ruivo chamado Blaylock perguntou:

– Explode imediatamente após a ignição?

– Há uma demora de alguns segundos. Cabe ressaltar que, uma vez que a instalação elétrica do carro foi desviada, o motor não ligará. O motorista girará a chave e ouvirá somente uma série de estalos.

O cérebro de John começou a piscar numa rápida sequência.

Chuva... chuva negra no para-brisa de um carro.

Uma mão segurando uma chave, avançando até alcançar a base do volante.

O motor sendo ligado, mas não pegando. Uma sensação de pavor, de que alguém estava perdido. Depois, uma luz brilhante...

John caiu da cadeira e bateu no chão, mas não tinha consciência de estar tendo uma convulsão: ocupado demais com o que zunia em sua cabeça, não sentia coisa alguma fisicamente.

Alguém estava perdido! Alguém... ficara para trás. Ele havia deixado alguém para trás...

Capítulo 10

Prestes a amanhecer, enquanto as venezianas de aço baixavam por todo o salão de bilhar da mansão, Vishous deu uma mordida no sanduíche de rosbife do Arby's. Pareceu-lhe estar mastigando um pedaço da lista telefônica, embora não por culpa dos ingredientes.

Com a batida suave das bolas de bilhar, ergueu a vista. Beth, a rainha, ainda endireitava o corpo depois de se debruçar sobre o feltro da mesa.

– Bela tacada – disse Rhage, enquanto se recostava contra uma parede forrada de seda.

– Anos de prática – ela rodeou a mesa, calculando a próxima tacada. Quando se curvou outra vez e segurou o taco com a mão esquerda, o Rubi Saturnino da Rainha cintilou em seu dedo médio.

V. limpou a boca com um guardanapo de papel.

– Ela vai lhe dar uma surra outra vez, Hollywood.

– Provavelmente.

Só que não teve oportunidade. Wrath cruzou a porta, visivelmente contrariado. Seus longos cabelos negros, que lhe batiam agora quase na altura do traseiro coberto de couro, esvoaçaram atrás dele, e, depois, assentaram-se sobre as costas musculosas.

Beth baixou o taco.

– Como está John?

– Quem sabe... – Wrath se inclinou e beijou-a na boca, passando em seguida para ambos os lados do pescoço, sobre as veias. – Não quer consultar Havers, recusa-se a se aproximar da clínica. O garoto está dormido no escritório de Tohr agora, completamente esgotado.

– Qual foi o detonador do ataque dessa vez?

– Z. estava dando uma aula sobre explosivos. O garoto simplesmente enlouqueceu e acabou no chão. A mesma coisa que aconteceu antes, quando ele a viu pela primeira vez.

Beth rodeou a cintura de Wrath com os braços e apoiou-se no corpo de seu *hellren*. Os cabelos negros dos dois se misturaram, o dele liso, o dela ondulado. Caramba, o de Wrath estava tão longo agora... Pelo visto, deixara-o crescer tanto por causa de Beth, que gostava assim.

V. limpou a boca outra vez. *Estranho como os machos eram capazes de fazer cada coisa pelas fêmeas...*

Beth balançou a cabeça.

– Queria que John viesse para cá, ficasse conosco na mansão. Do jeito que está, dormindo naquela poltrona, no escritório... passa muito tempo sozinho e já não come bem. Além disso, Mary diz que ele não fala em absoluto sobre o que aconteceu com Tohr e Wellsie. Simplesmente se nega a desabafar.

– Pouco me importa se ele fala ou não, desde que vá ao maldito médico – os óculos escuros de Wrath posaram em V. – E como está o nosso outro paciente? Meu Deus, acho que estamos precisando de um médico residente por aqui.

V. estendeu a mão para a sacola do Arby's e tirou de lá um segundo sanduíche.

– O tira está se curando. Creio que em um dia ou dois terá alta.

– Quero saber que diabos fizeram com ele. A Virgem Escriba não me diz coisa alguma a respeito. Muda como uma pedra.

– Dei início à pesquisa ontem. Comecei com as Crônicas – que eram dezoito volumes, no Antigo Idioma, sobre a história dos vampiros. Verdadeiros soníferos. As malditas coisas eram quase tão divertidas como ler o inventário de uma loja de ferragens. – Se não encontrar nada, há alguns outros lugares onde procurar. A Tradição Oral que foi compilada em compêndios, esse tipo de coisa. É altamente improvável que em nossos vinte mil anos no planeta algo como isso não tenha ocorrido antes. Vou passar o dia de hoje trabalhando nisso.

Porque, como sempre, não dormiria. Passara-se uma semana desde que dormira pela última vez, e não havia razão para pensar que as coisas seriam diferentes aquela noite.

Droga... ficar acordado oito dias seguidos não era bom para sua atividade cerebral. Sem sonhar regularmente, um estado psicótico poderia facilmente instalar-se e reorganizar os seus circuitos. Era de admirar que suas faculdades mentais ainda se mantivessem intactas.

– V.? – chamou Wrath.

– Desculpe-me. O que disse?

– Você está bem?

Vishous deu uma mordida em seu rosbife e mastigou.

– Sim, estou bem. Muito bem.

Quando a noite caiu, umas doze horas mais tarde, Van Dean estacionou sua caminhonete embaixo de uma árvore, numa ruazinha agradável e tranquila.

Não gostava daquela situação.

Em si, a casa do outro lado do gramado bem aparado não aparentava qualquer risco, era apenas mais uma em estilo colonial daquele bairro. O problema era o número de carros estacionados no caminho da entrada. Quatro ao todo.

O combinado era que se encontraria com Xavier a sós.

Van estudou o lugar do interior de sua caminhonete. As persianas estavam todas fechadas. Só duas luzes estavam acesas no interior. A da varanda estava apagada.

Mas havia bastante coisa em jogo. Aceitar aquele trabalho significava poder largar a construção civil, reduzindo o desgaste de seu corpo. E poderia ganhar o dobro do que conseguia agora, de modo que poderia economizar para viver quando já não pudesse lutar.

Saiu do veículo e se aproximou da varanda da frente. O capacho com trepadeiras pintadas no qual plantou as botas era realmente pavoroso.

A porta se abriu antes que tocasse a campainha. Lá estava Xavier, do outro lado, todo grande e desbotado.

– Está atrasado.

– E você disse que nos encontraríamos a sós.

– Preocupado por não poder dar conta de mais companhia?

– Depende de que tipo seja.

Xavier deu um passo à direita.

– Por que não entra e descobre?

Van permaneceu no capacho.

– Só para que saiba, disse a meu irmão que vinha aqui. Endereço e tudo mais.

– Que irmão, o mais velho ou o mais moço? – Xavier sorriu quando Van estreitou os olhos. – Sim, sabemos deles. Como você disse, endereços e tudo mais.

Van colocou a mão no bolso do casaco. A nove milímetros deslizou para sua palma como se estivesse voltando para casa.

O dinheiro, pense no dinheiro.

Após um momento, disse:

– Vamos ao que interessa ou ficaremos aqui jogando conversa fora?

– Não sou eu que estou no lado errado da porta, filho.

Van entrou, sem tirar os olhos de Xavier. Lá dentro, o lugar estava frio, como se a calefação estivesse desligada, ou talvez a casa estivesse abandonada. A ausência de mobília sugeria a última opção.

Quando Xavier enfiou a mão no bolso traseiro, Van se retesou. E o que apareceu foi, de fato, uma arma, de certo modo: dez notas de cem dólares estalando de novas.

– Então, temos um acordo? – perguntou Xavier.

Van olhou ao redor. Depois, pegou o dinheiro e o guardou.

– Sim.

– Que bom. Você começa esta noite – Xavier virou-se e caminhou para os fundos da casa.

Van o seguiu, permanecendo alerta. Especialmente quando desceram ao porão e viu mais seis caras iguais a Xavier parados ao pé da escada. Todos os homens eram altos, de cabelo muito claro, e cheiravam como uma senhora idosa.

– Parece que você também tem alguns irmãos – disse Van casualmente.

– Não são meus irmãos. E não use essa palavra por aqui – Xavier percorreu com a vista os valentões. – Serão seus aprendizes.

Locomovendo-se sem auxílio, mas vigiado por uma enfermeira que usava um traje de proteção, Butch voltou para a cama, depois de tomar seu primeiro banho e barbear-se ali. A medicação intravenosa terminara, haviam levado embora o suporte do soro, e ele conseguira fazer uma boa refeição. Também dormira profundamente onze das últimas doze horas.

Cara... começava a se sentir humano outra vez, e a velocidade com que estava se recuperando, a seu ver, era um presente divino.

– Muito bem, senhor – disse a enfermeira.

– Rumo às Olimpíadas – puxou ele mesmo os lençóis sobre si.

Depois que a enfermeira saiu, olhou fixamente para Marissa. Estava sentada sobre a cama de armar que ele insistira que trouxessem para ela, e sua cabeça se inclinava sobre o bordado que fazia. Desde que Butch despertara, aproximadamente uma hora antes, ela vinha agindo de forma um pouco estranha, como se estivesse querendo dizer alguma coisa e não tivesse coragem.

Os olhos do tira foram da loura cabeça para as mãos delicadas, e depois para o vestido cor de pêssego que se esparramava pela cama improvisada... e, então, ele deixou seu olhar pousar no corpete do vestido. Havia delicados botões perolados que desciam por toda a parte da frente. Uma centena deles, foi o que lhe pareceu.

Butch mexeu as pernas, irrequieto. E se apanhou perguntando a si mesmo quanto tempo levaria para soltar cada uma daquelas pérolas.

Seu corpo se agitou, o sangue acumulou entre as pernas, provocando-lhe uma ereção.

Bem, quem diria. *Realmente* estava melhorando.

E cara, que filho da mãe ele era.

Desviou a vista de Marissa e fechou os olhos.

O problema era que, com as pálpebras fechadas, tudo o que via era a si mesmo beijando-a na varanda do segundo andar da casa de Darius, no verão anterior. Oh, droga, uma recordação tão nítida quanto uma foto. Estava sentado, com Marissa entre as pernas dele, e sua língua penetrara-lhe a boca. Tinham terminado no chão quando ele quebrou a cadeira...

– Butch?

Abriu os olhos, sobressaltado. Marissa estava bem diante dele, com o rosto no mesmo nível. Em pânico, baixou o olhar para se assegurar de que as cobertas escondiam o que acontecia entre suas coxas.

– Sim? – disse com uma voz tão rouca que teve de repetir. Meu Deus, seu tom de voz sempre fora rouco, suas palavras soavam perpetuamente um pouco ásperas, mas se havia uma coisa que piorava isso com toda certeza era pensar em tirar a roupa. Especialmente com ela.

Enquanto os olhos de Marissa esquadrinhavam-lhe o rosto, temeu que visse tudo, lesse diretamente seu coração. Onde a obsessão por ela era mais forte.

– Marissa, acho melhor eu dormir agora, sabe? Para descansar e tudo mais.

– Vishous disse que você veio me procurar. Depois que atiraram no Wrath.

Butch fechou as pálpebras com força outra vez. Seu primeiro pensamento foi que iria arrastar seu miserável traseiro da cama, encontrar seu companheiro de quarto, e socar o cara. Que droga, V. ...

– Não me avisaram – disse. Como ele a olhou e franziu a testa, Marissa balançou a cabeça. – Não soube que tinha vindo até que Vishous me contou isso ontem à noite. A quem viu quando veio? O que aconteceu?

Ela não sabia?

– Eu, ah, uma *doggen* abriu a porta. Depois que ela subiu, disse que você não estava podendo receber visitas e que me telefonaria depois. Como nunca o fez... eu não iria ficar perseguindo você ou algo parecido.

Bem, certo... perseguira-a um pouco. Só que ela nunca soube, ainda bem. A menos que, é claro, V., aquele idiota com língua solta, tivesse contado a ela isso também. *Filho da mãe.*

– Butch, adoeci e precisei de algum tempo para me recuperar. Mas queria ver você. Por isso pedi que telefonasse quando me encontrei com você em dezembro. Quando você disse que não, pensei... bem, que tinha perdido o interesse.

Queria vê-lo? Havia dito isso?

– Butch, eu queria ver você.

Sim, dissera. Duas vezes.

Aquilo sim fazia um cara melhorar.

– Que droga – ele suspirou, encarando-a. – Faz ideia de quantas vezes passei com o carro em frente à sua casa?

– Fez isso?

– Literalmente todas as noites. Fui patético – que diabo, ainda era.

– Mas você queria que eu saísse deste quarto. Zangou-se por eu ficar aqui.

– Estava pu... hã... zangado porque não vestira um traje de proteção. E assumi que havia sido obrigada a ficar presa aqui – com a mão trêmula, tocou uma mecha do cabelo de Marissa. Meu Deus, era tão macio. – Vishous pode ser muito persuasivo. E eu não queria que a compaixão ou a piedade a fizessem estar em um lugar que não desejava.

– Queria estar aqui. *Quero* estar aqui – agarrou a mão dele e apertou-a.

No silêncio do tipo "oh, meu Deus, deve ser Natal" que se seguiu, ele se empenhou em reordenar os seis meses anteriores, para alcançar aquela realidade que de certa forma haviam perdido. Ele a queria. Ela o queria. Aquilo era mesmo verdade?

Sentia que era. Sentia-se bem. Sentia-se...

Deixou que palavras descuidadas e desesperadas voassem.

– Sou patético quando se trata de você, Marissa. Sim, completamente fod... hã... realmente patético. Quando se trata de você.

Marissa ergueu os pálidos olhos azuis.

– Eu... também. Por você.

Butch sequer teve consciência de estar dando o grande passo. Mas, em um segundo, estavam separados pelo ar. No outro, pousava a boca na dela. Como ela se assustou, Butch recuou.

– Sinto muito...

– Não... eu... eu simplesmente estou surpresa – disse, com os olhos nos lábios dele. – Eu quero que você...

– Ok – inclinou a cabeça para um lado e roçou-lhe a boca. – Chegue mais perto.

Tocando-lhe o braço, aproximou-a suavemente da cama e depois a puxou para cima, de forma que ficasse sobre ele. Seu peso era pouco mais que ar quente e ele adorou aquilo, especialmente porque foi envolvido por aquela cabeleira loura. Segurando-lhe o rosto com ambas as mãos, ele a olhou fixamente.

Quando os lábios dela se apartaram em um doce sorriso somente para ele, viu as pontas de suas presas. Oh, meu Deus, precisava entrar nela, tinha de penetrá-la de algum modo, por isso, inclinou-se para cima e o fez com a língua. Ela gemeu enquanto Butch lambia o interior de sua boca e depois se beijaram profundamente, enquanto ele enterrava as mãos em seu cabelo, embalando-lhe a nuca. Abriu as pernas para que o corpo dela se encaixasse no espaço entre elas, aumentando a pressão no local onde ele estava duro, grosso e ardente.

Do nada, uma pergunta atravessou-lhe a mente, uma que não tinha o direito de formular, uma que o desnorteou e fez com que perdesse o ritmo. Afastou-se dela.

– Butch, o que aconteceu?

Acariciou-lhe a boca com o polegar, perguntando-se se tinha tido um macho. Nos nove meses desde que a tinha beijado antes, será que ela tivera um amante? Talvez mais que um?

– Butch?

– Nada – respondeu, mesmo que um feroz sentimento de possessividade lhe arrebentasse o peito por dentro.

Voltou a tomar-lhe a boca, e agora a beijava com uma noção de propriedade a qual não tinha qualquer direito, pressionando-lhe com a mão o quadril contra sua ereção. Sentia a urgente necessidade de reclamá-la para si, de modo que todo e qualquer macho soubesse que aquela fêmea tinha dono. O que era loucura.

Súbito, ela se afastou. Enquanto farejava o ar, parecia confusa.

– Os machos humanos se vinculam?

– Ah... emocionalmente, sim.

– Não... estou falando de marcação – enterrou o rosto no pescoço de Butch, cheirou e depois começou a esfregar o nariz contra a pele dele.

Ele a agarrou pelos quadris, perguntando-se quão longe iria a coisa. Não estava certo de ter forças para o sexo, embora estivesse completamente ereto. E não queria forçar a barra. Mas, cara, estava doido para tê-la.

– Eu adoro o seu cheiro, Butch.

– Provavelmente, é o sabonete que acabei de usar – enquanto as presas dela subiam por seu pescoço, arranhando-o, ele gemia:

– Oh, droga... não... pare...

Capítulo 11

Vishous chegou à clínica e foi direto para o quarto de quarentena. Ninguém na ilha de enfermagem questionou-lhe o direito de ir entrando assim, e, enquanto percorria o corredor, a equipe médica afastava-se aos tropeções de seu caminho.

Espertos. Estava armado até os dentes e muito nervoso.

O dia havia sido um total desperdício. Não encontrara coisa alguma nas Crônicas que se aproximasse do que haviam feito com Butch. Tampouco na Tradição Oral. Para piorar, estava prevendo coisas futuras, partes dos destinos das pessoas se realinhando, mas não conseguia ver nada do que seus instintos lhe diziam que estava acontecendo. Era como assistir a uma peça de teatro com a cortina baixada: de vez em quando via o pano de veludo se mexer quando um corpo roçava nela, ou escutava vozes indistintas, ou a luz se movia por baixo da bainha franjada. Mas não conhecia os detalhes, suas células cinzentas disparavam em branco.

Avançou com passadas rápidas deixando para trás o laboratório de Havers e entrou no armário da manutenção. Ao passar pela porta oculta, encontrou a antessala vazia, os computadores e monitores operando sua vigilância sozinhos.

V. engoliu em seco.

Na tela acesa mais próxima, viu Marissa deitada na cama por cima de Butch. Os braços do tira a rodeavam, seus joelhos nus estavam totalmente afastados para acomodar o corpo da fêmea, enquanto ondulavam um contra o outro. V. não conseguia ver-lhes os rostos, mas era óbvio que suas bocas estavam fundidas e suas línguas entrelaçadas.

V. esfregou a mandíbula, vagamente consciente de que debaixo de suas armas e roupa de couro, sua pele havia se tornado quente. Meu Deus... droga... agora a palma de Butch deslizava lentamente pelas costas de Marissa, mergulhando sob o abundante cabelo louro, encontrando e acariciando a parte posterior de seu pescoço.

O cara estava loucamente excitado, mas era tão delicado com ela. Tão meigo.

V. pensou no sexo que tinha tido na noite em que levaram Butch. Nem um pouco delicado. Precisamente o objetivo de ambas as partes envolvidas.

Butch trocou de posição e girou sobre Marissa, fazendo menção de montá-la. Ao fazê-lo, o avental hospitalar se abriu, as costuras se rasgaram revelando suas fortes costas e a poderosa parte inferior de seu corpo. A tatuagem na base de sua coluna se flexionou quando empurrou os quadris entre suas saias, tentando abrir caminho. E enquanto esfregava contra ela o que sem dúvida era uma ereção dura como uma rocha, as mãos longas e elegantes de Marissa serpentearam ao redor e se cravaram em seu traseiro nu.

Quando o marcou com as unhas, a cabeça de Butch se elevou, sem dúvida deixando escapar um gemido.

Jesus, V. até pôde ouvir o som... Sim... pôde ouvi-lo. E do nada um sentimento de desejo relampejou em seu interior. *Droga*. O que desejava exatamente naquela cena?

A cabeça de Butch enterrou-se no pescoço de Marissa, e seus quadris começaram a avançar e retroceder, e repetir o movimento. Sua coluna ondulou e os pesados ombros se encolhiam e afrouxavam encontrando um ritmo que fez V. piscar realmente rápido. Depois, seus olhos tornaram-se vidrados.

Marissa arqueou o corpo, queixo elevado, boca aberta. Meu Deus, que beleza ficava ela embaixo de seu macho, cabelo esparramado sobre os travesseiros, parte enredado nos grossos bíceps de Butch. Perdida de paixão, em seu vibrante vestido cor de pêssego, era o próprio raiar do sol, o amanhecer, uma promessa de calor, e Butch desfrutava do que tinha a sorte de tocar.

A porta da antessala se abriu e V. se virou, tapando o monitor com o corpo.

Havers pôs o prontuário de Butch em uma estante e estendeu a mão para pegar um traje de proteção.

– Boa noite, senhor. Veio curá-lo outra vez, certo?

– Sim... – a voz de V. falhou e ele limpou a garganta. – Mas agora não é uma boa hora.

Havers se deteve, com o traje nas mãos.

– Ele está descansando?

Não mesmo.

– Sim. Então, você e eu agora vamos deixá-lo em paz.

As sobrancelhas do doutor se levantaram por trás dos óculos de grau.

– Como disse?

V. apanhou o prontuário, empurrou-o para o doutor e, depois, pegou o traje e o pendurou de novo.

– Mais tarde, doutor.

– T-tenho de examiná-lo. Acho que ele já pode ter alta.

– Maravilha. Agora, vamos.

Havers abriu a boca para discutir e V. se aborreceu com a conversação. Pondo a mão no ombro do médico, olhou o macho nos olhos e forçou-o a aceitar.

– Sim... – murmurou Havers. – Mais tarde. A-amanhã?

– Sim, amanhã está ótimo.

Enquanto V. praticamente arrastava o irmão de Marissa pelo braço até o corredor, tudo em que podia pensar era nas imagens da tela. Tão errado de sua parte ficar espiando.

Tão errado de sua parte... desejar.

Marissa estava ardendo de excitação.

Butch... Meu Deus, Butch. Sentia-o pesado em cima dela e grande, tão grande que suas pernas estavam totalmente escancaradas por baixo do vestido para acomodá-lo. E a maneira como se movia... o ritmo de seus quadris a deixava louca.

Quando Butch finalmente interrompeu o beijo, respirava com dificuldade e seus olhos castanhos estavam cheios de apetite sexual, uma fome absolutamente masculina. Ela talvez devesse sentir-se aflita por não ter a mínima ideia do que estava fazendo. Em vez disso, sentia-se poderosa.

Como o silêncio se prolongava, disse:

– Butch? – embora não estivesse muito certa do que lhe perguntar.

– Oh... meu anjo – com um ligeiro roçar, a mão de Butch desceu do pescoço de Marissa até seus ombros. Deteve-se ao chegar no início do vestido, claramente pedindo permissão para tirá-lo.

O que a esfriou num instante. Seus seios pareciam-lhe bastante normais, mas nunca havia visto os de outras fêmeas para comparar. E não poderia suportar ver a repugnância com que outros machos de sua espécie a tinham olhado. Não no rosto de Butch, em especial estando nua. Tal aversão já tinha sido difícil de suportar estando completamente vestida e partindo de machos para os quais não dava a mínima.

– Está bem – disse Butch, retirando a mão. – Não quero pressioná-la.

Beijou-a ligeiramente e rolou para o lado, arrastando um lençol sobre os quadris enquanto ficava de costas. Cobriu os olhos com o antebraço, e seu peito arfava como se houvesse corrido.

Marissa baixou a vista para o vestido e se deu conta de que agarrava o tecido com tanta força que os nós dos dedos estavam brancos.

– Butch?

O homem baixou o braço e girou a cabeça sobre o travesseiro. Seu rosto ainda estava machucado em alguns pontos, ainda tinha um olho roxo. Ela notou que o nariz estava quebrado, mas não era coisa recente. Mesmo assim, ela o achava belo.

– O que foi, meu anjo?

– Você... teve muitas amantes?

Ele franziu a testa. Suspirou. E parecia não querer responder.

– Sim, tive.

Marissa perdeu o fôlego ao imaginá-lo beijando outras fêmeas, despindo-as, deitando-se com elas. Poderia apostar que a vasta maioria de suas amantes não era composta por virgenzinhas bobas.

Meu Deus, sentiu que iria vomitar.

– Outra razão para que tenha sido bom pararmos – disse ele.

– Como assim?

– Não que eu esteja dizendo que iríamos tão longe, mas precisaríamos de uma camisinha.

Bem, pelo menos, aquilo Marissa sabia o que era.

– Mas, por quê? Não estou no período fértil.

A longa pausa não inspirou confiança. E tampouco a maneira com que ele praguejou baixinho.

– Nem sempre fui cuidadoso.

– Com o quê?

– Sexo. Tive... muito sexo com gente que talvez não estivesse saudável. E o fiz desprotegido – corou como que envergonhado, a cor subindo-lhe pelo pescoço e instalando-se em seu rosto. – Então, sim, precisaria de uma camisinha com você. Não faço a mínima ideia do que posso ter.

– Por que não foi mais cuidadoso com você mesmo?

– Simplesmente porque eu estava pouco me fu... quer dizer... – estendeu a mão e segurou-lhe uma mecha do cabelo. Quando o levou aos lábios e o beijou, murmurou: – Agora desejaria ser um maldito virgem.

– Não posso pegar vírus humanos.

– Não estive apenas com humanos, Marissa.

Ela gelou. Por alguma razão, se fossem fêmeas da espécie dele, mulheres, não se importava tanto. Mas, outra vampira?

– Quem? – perguntou ansiosa.

– De qualquer jeito, não acredito que a conheça – deixou cair a mecha de cabelo e voltou a colocar o braço sobre os olhos. – Deus, gostaria de poder desfazer isso. Desfazer um montão de coisas.

Oh... meu Deus.

– Aconteceu recentemente, não foi?

– Sim.

– A... amava-a?

Franziu a testa e olhou-a.

– Deus, não. Sequer a conhecia... Oh, droga, soa pior ainda, não?

– Tomou-a em sua cama? Dormiu ao lado dela depois? – *por que diabos estava fazendo aquelas perguntas?* Era como cutucar uma ferida com uma faca.

– Não, estava em uma boate – uma expressão alarmada estampou-se no rosto de Marissa, porque Butch soltou outro palavrão. – Marissa, minha vida não é bonita. A forma como me conheceu, estando com a Irmandade, usando roupas elegantes... Não é a maneira como vivia antes. Na realidade não é quem eu sou.

– Quem é, então?

– Ninguém que você conheceria em circunstâncias normais. Mesmo se eu fosse um vampiro, nossos caminhos jamais teriam se cruzado. Sou da classe operária – diante da confusão de Marissa, Butch disse: – Da classe mais baixa.

Seu tom era desprovido de emoção, como se estivesse recitando sua altura ou peso.

– Não penso em você como de classe baixa, Butch.

– Como eu disse, na realidade não me conhece.

– Quando estou deitada perto de você assim, quando sinto seu cheiro, quando ouço sua voz, sei tudo o que importa – Marissa o olhou em toda extensão. – É o macho que desejo para companheiro. É isso que você é.

Uma fragrância misteriosa e picante exalou da pele de Butch em uma rajada, o tipo de coisa que, fosse ele um vampiro, Marissa reconheceria como o marcador de seu vínculo. Ao aspirá-lo, a resposta dela foi intensa.

Com dedos trêmulos, buscou o primeiro dos pequeninos botões do vestido.

Butch segurou-lhe ambas as mãos nas dele.

– Não se force, Marissa. Há coisas que quero de você, mas não tenho pressa.

– Mas eu quero. Quero estar com você – afastou-o e começou a trabalhar nos botões, embora não chegasse muito longe pelo tanto que tremia. – Acho que terá de fazê-lo.

A respiração de Butch transformou-se num silvo erótico.

– Está certa?

– Sim – como ele hesitou, Marissa indicou-lhe o corpete com um movimento de cabeça. – Por favor, tire isso.

Em lenta sucessão, liberou cada um dos botões de pérola, com dedos machucados, mas firmes, o vestido abrindo-se aos poucos enquanto prosseguia. Sem o espartilho, a pele nua de Marissa se revelou no profundo V que se formou.

Quando chegou ao último botão, o corpo inteiro da fêmea pôs-se a tremer.

– Marissa, você não está à vontade com isso.

– É só que... nenhum macho me viu nua antes.

Butch ficou imóvel.

– Você ainda é...

– *Inthocada* – disse, odiando a palavra.

Agora era o corpo de Butch que tremia e aquela fragrância intensa fluía dele com mais força.

– Não teria importado se não fosse. Preciso que saiba disso.

Ela sorriu de leve.

– Eu sei. Agora poderia... – quando as mãos de Butch subiram, sussurrou-lhe: – Só lhe peço que seja gentil, está bem?

Butch franziu a testa.

– Amarei o que vir porque é você – como evitava olhá-lo nos olhos, Butch se inclinou para frente. – Marissa, para mim você é bela.

Impaciente consigo mesma, Marissa afastou o vestido e descobriu os seios. Fechando os olhos, percebeu que não conseguia respirar.

– Marissa. Você é linda.

Enchendo-se de coragem, abriu as pálpebras. Mas ele não estava olhando o que lhe tinha sido revelado.

– Mas ainda não me olhou, certo?

– Não preciso fazê-lo.

Lágrimas brotaram-lhe no canto dos olhos.

– Por favor... olhe.

Os olhos de Butch deslizaram para baixo e ele inalou bruscamente por entre os dentes, o chiado atravessando o quarto. Oh, que inferno, ela sabia que havia algo errado...

– Meu Deus, você é perfeita – num sutil movimento, a língua de Butch umedeceu o lábio inferior. – Posso tocá-la?

Sem forças, apenas fez que sim com a cabeça, e a mão dele deslizou sob o decote, passou com suavidade por suas costelas e acariciou a lateral do seio, com a delicadeza de um suspiro. Marissa estremeceu àquele contato e depois se acalmou. Pelo menos até ele roçar-lhe o mamilo com o polegar.

Então, ela arqueou o corpo involuntariamente.

– Você é... muito perfeita – disse Butch com voz rouca. – Estou ofuscado com tamanha beleza.

A cabeça de Butch baixou, seus lábios encontraram a pele do pescoço, depois beijaram todo caminho até o seio. *O mamilo enrijeceu, esticando-se para... sim, sua boca. Oh... Deus, sim... sua boca.*

Butch olhou fixamente Marissa nos olhos ao segurar-lhe a pontinha do seio, empurrando-a por entre os lábios. Sugou-a ligeiramente antes de soltá-la e soprar-lhe sobre a pele umedecida. Marissa sentiu uma onda de calor entre as pernas.

– Você está bem? – disse ele. – Isso está bom para você?

– Não sabia que... eram sensíveis assim.

– Não? – roçou-lhe o mamilo outra vez com os lábios. – Mas, certamente você já tocou esse lindo ponto. Não? Nunca?

Ela não conseguia pensar com clareza.

– As fêmeas de minha classe... são ensinadas que não devem... fazer tais coisas. A menos que estejamos com um companheiro e mesmo assim... – meu Deus, do que falavam?

– Ah... bem, estou aqui agora, não? – pôs a língua para fora e lambeu-lhe o mamilo. – Sim, estou aqui agora. Então, dê-me sua mão, Marissa – quando o fez, beijou-lhe a palma. – Deixe-me demonstrar o que a perfeição provoca.

Tomou-lhe o dedo na boca e o chupou, depois o liberou e o aproximou do mamilo túrgido. Descreveu círculos ao redor da ponta, tocando-a por meio da própria mão.

Ela deixou cair a cabeça para trás, mas manteve os olhos nos dele.

– É tão...

– Suave e intenso ao mesmo tempo, não é? – baixou a boca, cobrindo o mamilo e a ponta do dedo, um calor suave e úmido. – Está gostando?

– Sim... querida Virgem do Fade, *sim*.

A mão dele foi para o outro seio e brincou com o mamilo, depois massageou o volume arredondado abaixo dele. Parecia um gigante sobre ela, com o avental hospitalar escorregando de seus poderosos ombros, os fortes braços sustentando o peso do corpo. Ao mudar de lado para se ocupar do outro mamilo, seu cabelo escuro roçou a pele pálida, suave e sedosa de Marissa.

Envolvida naquele calor e num crescente desassossego, ela não percebeu que sua saia começava a se mover... até que já estava na altura das coxas.

Como endureceu o corpo, Butch lhe perguntou contra o seio:

– Você me deixaria ir um pouco mais longe? Se eu jurar parar no momento que deseje?

– Hum... sim.

A palma da mão dele deslizou sobre o joelho nu da fêmea, e ela estremeceu, mas, quando Butch recomeçou a trabalhar em seu seio, esqueceu-se do medo. Com círculos lentos e preguiçosos, a mão foi subindo até se meter por entre as coxas dela...

De repente, Marissa sentiu que algo se derramava para fora dela. Entrando em pânico, fechou as pernas com força e o afastou.

– O que foi, meu anjo?

Corando a valer, ela murmurou:

– Sinto algo... diferente...

– Onde? Aqui embaixo? – acariciou-lhe ligeiramente a parte interior da coxa.

Quando assentiu, Butch sorriu lenta e sensualmente.

– É mesmo? – beijou-a, demorando-se com a boca colada à dela. – Quer me dizer o que é? – enquanto ela se tornava ainda mais vermelha, a mão dele continuou a carícia. – Que tipo de diferença?

– Estou... – não podia dizê-lo.

A boca de Butch mudou de posição e postou-se ao lado do ouvido dela.

– Está molhada? – quando ela confirmou, ele soltou um grunhido profundo, gutural. – Que bom... molhada é justamente como quero você.

– É? Por quê...?

Com um movimento suave e rápido, tocou-lhe a calcinha entre as pernas, e ambos saltaram com tal contato.

– Oh... meu Deus – gemeu Butch, a cabeça caindo sobre o ombro de Marissa. – Está tão pronta para mim agora. Está *tão* aqui comigo agora.

A ereção de Butch pulsava enquanto mantinha a mão no cetim quente e úmido que cobria o sexo de Marissa. Sabia que se afastasse a calcinha, mergulharia em cheio em todo aquele mel, mas não queria chocá-la.

Curvando os dedos ao redor dela, esfregou a base da palma contra o topo de sua fenda vaginal, bem no ponto em que ela sentiria mais intensamente. Enquanto ela ofegava, seus quadris empurraram para frente, e, depois, acompanharam-lhe o vagaroso ritmo. O que, naturalmente, levou-a à loucura. Para manter o controle, girou os quadris de modo que sua barriga comprimisse a ereção, achatando-a contra o colchão.

– Butch, eu preciso... de alguma coisa... eu...

– Querida, alguma vez... – ah, diabos, era lógico que ela nunca tinha se dado prazer. Se até ficara surpresa com a sensibilidade dos mamilos.

– O quê?

– Deixa pra lá – Butch parou de fazer o que estava fazendo e passou a acariciar-lhe a calcinha, simplesmente correndo as pontas dos dedos sobre ela. – Vou cuidar de você. Confie em mim, Marissa.

Beijou-a na boca, sugando-lhe os lábios, deixando-a tonta. Depois, escorregou a mão por baixo da borda de cetim sobre o seu sexo...

– Ai... *caramba!* – Butch disse baixinho, esperando que ela estivesse atordoada demais para distinguir sua exclamação.

Ela tentou recuar.

– O que está errado comigo?

– Calma, calma – segurou-a no lugar apoiando uma coxa sobre suas pernas. E depois se preocupou em ter gozado... devido à sensação de "decolagem" que acabava de percorrer seu membro. – Querida, nada está errado. É só que você é... oh, Deus, é tão lisa aqui embaixo – moveu a mão, os dedos escorregando por entre as dobras do sexo de Marissa... Santo Deus, era tão macia. Estava tão lubrificada. Tão ardente.

Estava perdido naquela carne lisa quando o aturdimento da fêmea chegou-lhe através da bruma.

– Você não tem um só pelo – disse Butch.

– Isso é ruim?

Riu.

– É lindo. É excitante para mim.

"Excitante"? Melhor seria dizer "explosivo". Tudo que queria era enfiar-se embaixo da saia dela, lambê-la e chupá-la, mas, decididamente, seria ir muito longe.

E droga, podia ser coisa digna de um homem das cavernas, mas a ideia de ser o único a colocar a mão ali era muito erótica.

– Que tal essa sensação? – perguntou ele, apimentando um pouco as coisas.

– Meu Deus... *Butch* – ela arqueou-se violentamente na cama, com a cabeça inclinada para trás de modo que seu pescoço se curvava de forma encantadora.

Os olhos do tira se fixaram em sua garganta, e o instinto mais estranho lhe ocorreu: desejou mordê-la. E sua boca se abriu como se se preparasse para fazer exatamente isso.

Praguejando, reprimiu o estranho impulso.

– Butch... Está *doendo*.

– Eu sei, meu anjo. Vou cuidar disso – tomou-lhe o seio na boca e começou a tocá-la fortemente, imprimindo um ritmo às carícias, tendo o cuidado de permanecer do lado de fora para que ela não atingisse o clímax.

No final das contas, descobriu que quem precisava ser contido era ele próprio. A fricção, o contato com ela e o cheiro de sexo oprimiram-lhe de tal forma que ele se apanhou pressionando-a sem pensar, empurrando os quadris no colchão, no ritmo de sua mão. Quando desabou a cabeça entre os seios de Marissa, porque já não conseguia mantê-la erguida, soube que tinha de interromper a massagem em sua ereção. Precisava prestar atenção a ela.

Butch ergueu a vista. Marissa tinha os olhos arregalados e um pouco assustados. Estava à beira do orgasmo e muito intranquila com isso.

– Calma, meu amor, está tudo bem – mas, não parou com os movimentos entre as pernas dela.

– O que está acontecendo comigo?

Aproximou a boca do ouvido de Marissa.

– Está a ponto de gozar. Apenas sinta. Estou bem aqui, com você. Agarre-se a mim.

As mãos da fêmea se cravaram nos braços dele e quando suas unhas lhe tiraram sangue, sorriu, pensando que aquilo era perfeito.

Os quadris de Marissa se elevaram pronunciadamente.

– *Butch...*

– Isso. Goze para mim.

– Não posso... Não posso... – Marissa sacudiu a cabeça para frente e para trás, presa entre o que seu corpo desejava e o que sua mente não conseguia assimilar. Iria perder o momento, a não ser que ele fizesse alguma coisa, e rápido.

Sem ao menos pensar ou saber como aquilo ajudaria, enterrou o rosto na garganta da fêmea e mordeu-a, bem em cima da jugular. Funcionou. Ela gritou-lhe o nome e começou a se contorcer, agitando os quadris, flexionando o corpo ao longo de toda a coluna. Com profunda satisfação, Butch ajudou-a a passar pelas ondas do orgasmo, falando com ela durante todo o tempo... embora só Deus soubesse o que estava dizendo.

Quando Marissa se acalmou, ele levantou a cabeça de seu pescoço. Por entre os lábios dela, Butch viu a ponta das presas e foi sacudido por um desejo irresistível contra o qual não pôde lutar. Meteu a língua dentro de sua boca e lambeu as afiadas pontas, sentindo-as raspar-lhe a carne. Queria as presas sobre a pele... queria que ela o sugasse, saciasse a fome com ele, que vivesse dele.

Forçou-se a parar e, ao fazê-lo, sentiu um vazio imenso. Estava frustrado por necessidades insatisfeitas, e não eram todas de fundo sexual. Precisava de... coisas dela, coisas que não compreendia.

Marissa abriu os olhos.

– Eu não sabia que... era assim.

– Você gostou?

O sorriso que iluminou o rosto de Marissa fez com que ele esquecesse até o próprio nome.

– Oh, sim.

Beijou-a suavemente e, depois, puxou-lhe a saia de volta ao lugar, fechou os botões do vestido, embrulhando de novo o presente que era aquele corpo. Aninhando-a na dobra de seu braço, sentiu-se bem, confortável. Ela já estava quase adormecendo, e Butch sentiu-se tão contente ao vê-la assim. Parecia a coisa mais apropriada a fazer, permanecer acordado enquanto ela descansava, velar por ela.

Embora, por alguma razão, desejasse ter uma arma.

– Não consigo manter os olhos abertos – disse Marissa.

– Nem procure fazê-lo.

Acariciou-lhe uma mecha do cabelo e pensou que, apesar do fato de que em cerca de dez minutos iria ter o pior caso de testículo roxo que já se teve notícia, tudo estava bem em seu mundo.

Butch O'Neal, pensou ele, *você encontrou a sua mulher.*

Capítulo 12

– Parece tanto com o avô.

Joyce O'Neal Rafferty se inclinou sobre o berço e ajeitou o cobertor sobre o filho de três meses. Aquela discussão já durava desde que o bebê nascera, e estava cansada dela. Era claro que seu filho se parecia com o avô materno.

– Não, é igualzinho a você.

Quando Joyce sentiu os braços do marido rodeando-lhe a cintura, lutou contra o impulso de se afastar. Ele não parecia se importar com o peso do bebê, mas isso a deixava por demais ansiosa.

Esperando que ele desviasse a atenção para outra coisa qualquer, disse:

– Então, no próximo domingo você pode escolher: ou cuidar de Sean sozinho ou ir buscar a mamãe. O que quer fazer?

Deixou de abraçá-la.

– Por que o seu pai não pode pegá-la na casa de repouso?

– Você conhece o papai. Não consegue lidar com ela muito bem, sobretudo ao volante. Ela ficará agitada, ele se frustrará com ela, e teremos uma confusão no batizado quando chegarem lá.

Mike suspirou.

– Acho que é melhor você se ocupar de sua mãe. Sean e eu ficaremos bem. Talvez uma de suas irmãs possa vir conosco...

– Sim, possivelmente Colleen.

Ficaram um momento em silêncio, olhando Sean respirar.

Então, Mike disse:

– Vai convidá-lo?

Ela desejou soltar um palavrão. Na família O'Neal só havia um "ele". Brian. Butch. "Ele". Dos seis filhos que Eddie e Odell O'Neal haviam tido, dois deles se perderam. Janie tinha sido assassinada, e Butch praticamente desaparecera depois de se formar no colégio. O que havia sido uma bênção, ao passo que o caso de Janie fora uma maldição.

– Não virá.

– De qualquer forma, deveria convidá-lo.

– Se aparecer, mamãe ficará ainda mais instável.

A rápida escalada da demência de Odell fazia com que às vezes pensasse que Butch estava morto, e que por isso não estava ali. Sua outra opção para aguentar a perda era inventar histórias loucas sobre ele. Como que agora ele estaria concorrendo à prefeitura de Nova York. Ou que estudava Medicina. Ou que não era filho de seu pai e por isso Eddie não podia suportá-lo. Tudo bobagem. As duas primeiras por razões óbvias e a terceira porque, embora fosse certo que Eddie nunca gostara de Butch, não era porque fosse um filho bastardo. Eddie nunca gostara particularmente de nenhum dos filhos.

– De qualquer forma, deveria convidá-lo, Joyce. Esta é a família dele.

– Na verdade, não.

A última vez em que tinha falado com o irmão havia sido... Deus, em sua festa de casamento, cinco anos antes? E, desde então, ninguém ali o tinha visto ou sabido muito dele. Correra na família a notícia de que seu pai recebera uma mensagem de Butch em... agosto? Sim, no final do verão. Havia dado um número de telefone com o qual poderiam localizá-lo, mas isso era tudo.

Sean emitiu um pequeno assovio pelo nariz.

– Joyce?

– Ora, vamos, não aparecerá se o convidarmos.

– Então, você teria o mérito de havê-lo convidado, e não teria de lidar com ele. Ou, quem sabe, ele poderia até surpreendê-la.

– Mike, não vou telefonar para ele. Quem precisa de mais drama nesta família? – como se sua mãe estar ficando louca *e* com mal de Alzheimer não fossem problemas suficientes.

Fez um grande alarde ao consultar o relógio.

– Ei, está na hora do *CSI*?

Com determinação, empurrou o marido para fora do quarto do bebê, distraindo-o de coisas que não eram da conta dele.

Marissa não estava certa de que horas eram quando despertou, mas sabia que não dormira muito tempo. Ao abrir os olhos, sorriu. Butch estava dormindo abraçado às suas costas, com uma grossa coxa entre as pernas dela, a mão em torno de um de seus seios, a cabeça enterrada em seu pescoço.

Quando girou lentamente e pôs-se a olhá-lo de frente, seus olhos desceram pelo corpo dele. O lençol com que havia se coberto antes havia deslizado, e embaixo do fino avental hospitalar algo grosso descansava em seus quadris. Meu Deus... uma ereção. Estava excitado.

– O que está olhando, meu amor? – a voz de Butch soou ainda mais grave.

Ela estremeceu e ergueu a vista.

– Não sabia que estava acordado.

– Não dormi um minuto sequer. Estou há horas olhando você – recolocou o lençol no lugar e sorriu. – Como você está?

– Bem.

– Quer que a gente dê uma pausa...

– Butch – de que modo, exatamente, ela iria colocar a questão? – Os homens fazem o que me fez, certo? Quero dizer, a noite passada, quando estava me tocando.

Ele corou e puxou o lençol.

– Sim, fazemos. Mas não precisa se preocupar com isso.

– Por quê?

– Simplesmente não precisa fazer isso.

– Você me deixaria olhar você? – indicou-lhe os quadris dele com a cabeça. – Ali embaixo?

Ele tossiu um pouco.

– Quer fazer isso?

– Sim. Deus, sim... quero tocar você ali.

Soltando baixinho uma exclamação de surpresa, ele murmurou:

– O que acontecerá poderá chocá-la.

– Foi chocante quando sua mão esteve entre as minhas pernas. É disso que está falando? Desse tipo tão agradável de choque?

– Sim – seus quadris se moveram, como se girassem na base de sua coluna. – Meu Deus... Marissa.

– Quero você nu – sentou-se sobre os joelhos e estendeu as mãos para o avental dele. – Eu quero despir você.

Ele segurou-lhe as mãos fortemente.

– Eu, ah... Marissa, tem alguma ideia do que acontece quando um homem goza? Porque com toda certeza é isso o que vai acontecer se começar a me tocar. E não vai demorar muito.

– Quero descobrir. Com você.

Ele fechou os olhos. Respirou bem fundo.

– Santo Deus.

Erguendo o torso da cama, inclinou-se para frente, a fim de que pudesse deslizar as duas metades do avental pelos braços. Então, deixou-se cair de volta sobre o colchão e seu corpo foi revelado: o grosso pescoço encaixado naqueles ombros largos... os peitorais de aço coberto de pelos... o abdômen definido... e...

Ela afastou o lençol. Bom Deus, seu sexo era...

– Está tão... enorme.

Butch soltou uma gargalhada.

– Você sabe como elogiar.

– Eu olhei antes... não sabia que ficava...

Marissa simplesmente não conseguia desviar o olhar da ereção que descansava contra o ventre de Butch. O membro duro era da cor de seus lábios, e surpreendentemente belo, a graciosa fenda na volumosa cabeça, o corpo perfeitamente arredondado e muito grosso na base. E as bolas gêmeas logo abaixo eram pesadas, descaradas, viris.

Será que os humanos os tinham maiores do que os de sua espécie?

– Como você gosta de ser tocado?

– Se for você, de qualquer forma.

– Não, mostre-me.

Ele apertou os olhos um instante, e seu peito se expandiu. Quando abriu as pálpebras, seus lábios se apartaram e, lentamente, deslizou a mão pelo peito e o ventre. Movendo uma perna para o lado, tomou o membro em sua palma, rodeando aquela carne de um rosado escuro, sua máscula mão suficientemente grande para acomodar a coisa. Com movimentos lentos e fluidos, acariciou sua ereção, da base à ponta, percorrendo todo o membro.

– Algo assim – disse roucamente, continuando. – Meu Deus, olhando para você... poderia gozar agora mesmo.

– Não – ela afastou o braço dele do caminho e a ereção chicoteou o ventre de Butch. – Quero fazê-lo chegar ao clímax.

Quando Marissa o segurou, ele gemeu e todo o seu corpo ondulou.

Butch estava ardendo de desejo. Estava duro. Era macio. Era tão grosso que Marissa não conseguiu fechar a mão por completo ao redor de seu membro.

A princípio hesitante, seguiu-lhe o exemplo, correndo a mão de cima a baixo, maravilhando-se pela maneira como a pele acetinada deslizava sobre o miolo pétreo.

Quando Butch cerrou os dentes, ela parou.

– Está tudo certo?

– Sim... minha nossa... – recuou o queixo, as veias de seu pescoço pareciam querer explodir. – Mais.

Marissa colocou a outra mão sobre ele, sobrepondo as palmas, movendo-as ao mesmo tempo. Butch escancarou a boca, revirando os olhos, seu corpo inteiro coberto de suor.

– Está gostando, Butch?

– Já estou quase lá – apertou a mandíbula e respirou através dos dentes. Mas, então, agarrou-lhe as mãos, detendo-a. – Espere! Ainda não...

Sua ereção pulsou, estremecendo nas mãos deles. Uma gota cristalina apareceu na ponta.

Respirou fundo, entrecortadamente.

– Demore um pouco. Faça-me trabalhar por isso. Quanto mais me provocar, melhor será o final.

Usando sua respiração e os espasmos do corpo como guia, ela aprendeu os picos e vales de sua resposta erótica, percebeu quando ele estava se aproximando do clímax e como deixá-lo por um fio de distância do gozo erótico.

Deus, havia poder no sexo e, naquele momento, ela o detinha por completo. Butch estava indefeso, vulnerável... justamente como ela havia estado na noite anterior. *Ela estava adorando aquilo.*

– Por favor... meu anjo... – amava aquela respiração entrecortada e rouca. Amava os músculos retesados do pescoço dele. Amava o poder que desfrutava quando o sujeitava entre as mãos.

O que a fez pensar. Largou-o e concentrou-se nos testículos, deslizando a mão sob seu volume, segurando-os. Com uma maldição, ele retorceu os lençóis com os punhos fechados até que os nós dos dedos ficaram brancos.

Ela continuou até que Butch já não aguentasse mais, todo coberto de suor e tremente. Então, Marissa baixou a cabeça e pressionou a boca contra a dele. Butch a tragou, agarrando-lhe o pescoço e segurando-a contra seus lábios, murmurando, beijando-a, penetrando-a com a língua.

– Agora? – disse ela, no meio do beijo.

– *Agora.*

Tomando-lhe o membro na mão, moveu a palma cada vez mais rápido, até que o rosto dele se contorceu em uma bela máscara de agonia e seu corpo ficou teso como um cabo.

– *Marissa...* – sem coordenação, apanhou o avental hospitalar e o colocou sobre os quadris, ocultando o membro da vista de Marissa. Então, ela o sentiu dar uma sacudida e tremer e algo quente e espesso saiu dele em espasmos, cobrindo-lhe a mão. Instintivamente, ela soube não perder o ritmo até que tudo estivesse terminado.

Quando os olhos de Butch finalmente se abriram, tinha a vista turva. Estava saciado. Tomado por uma cálida veneração.

– Não quero largar você – disse ela.

– Então, não largue. Nunca mais.

Seu membro estava amolecendo na mão dela, deixando a forma de duro bastão que assumira antes. Beijando-o, Marissa retirou a mão que estava sob o avental hospitalar e baixou a vista, curiosa para ver o que tinha saído dele.

– Não sabia que seria negro – murmurou ela, com um pequeno sorriso.

O horror invadiu o rosto de Butch.

– *Oh, meu Deus!*

Havers desceu o corredor em direção ao quarto de quarentena.

No caminho, parou para examinar a pequena fêmea que operara dias antes. Estava sarando adequadamente, mas, enviá-la junto com a mãe de volta ao mundo o preocupava. Aquele *hellren* era violento e havia uma grande chance de que acabassem retornando à clínica. No entanto, o que podia fazer? Não havia condições de deixá-las ali indefinidamente. Precisava do leito.

Continuou avançando, passou em seu laboratório, acenou para uma enfermeira que estava processando várias amostras. Quando chegou à porta do armário de manutenção, hesitou.

Odiava que Marissa estivesse trancada ali com aquele humano.

Mas o mais importante era que não tinha sido contaminada. De acordo com o exame que lhe tinham feito no dia anterior, estava bem; assim sendo, seu pequeno erro de julgamento, evidentemente, não iria custar-lhe a vida.

E, quanto ao humano, teria alta. Sua última amostra de sangue apresentara resultado bastante próximo do normal, e estava se fortalecendo a uma velocidade incrível, por isso, era hora de afastá-lo de Marissa. Havers já havia telefonado para a Irmandade, e lhes dissera que fossem buscar o homem.

Butch O'Neal era perigoso, e não só pela questão da contaminação. Aquele humano desejava Marissa... Estava estampado em seus olhos. E isso era inadmissível.

Havers sacudiu a cabeça, pensando que havia tentado separá-los no outono. No princípio, achara que Marissa iria descartar o humano, o que seria bom. Mas, quando ficou claro, durante a enfermidade dela, que não o esquecera, Havers teve que intervir.

Deus, havia esperado que ela um dia encontrasse um companheiro adequado, mas certamente não um humano grosseirão e inferior a ela. Precisava de alguém respeitável, embora fosse muito provável que isso não aconteceria tão cedo, devido à opinião da *glymera* sobre ela.

Mas, quem sabe... Bem, estava ciente da maneira como Rehvenge a olhava. Talvez aquilo pudesse dar certo. Rehv pertencia a uma linhagem muito boa por ambos os lados. Um tanto... rude, mas apropriado aos olhos da sociedade.

Talvez devesse encorajar o par? Afinal de contas, era intacta, tão pura como no dia em que nascera. E Rehvenge tinha dinheiro, muito, embora ninguém soubesse como o ganhava. E, o mais importante: não se importava com a opinião da *glymera*.

Sim, pensou Havers. Aquele seria um bom partido para Marissa. O melhor que ela poderia esperar.

Abriu a porta do armário, sentindo-se um pouco melhor. Aquele humano estava prestes a deixar a clínica, e ninguém precisava saber que os dois haviam ficado trancados juntos durante dias. Seu pessoal era abençoadamente discreto.

Deus, nem queria imaginar o que a *glymera* faria a Marissa se soubesse que ela havia ficado em contato tão estreito com um macho humano. Sua reputação, já tão manchada, simplesmente não poderia aguentar mais controvérsia; aliás, tampouco Havers. Estava farto do fracasso social de Marissa.

Amava-a, mas chegara ao limite.

Marissa sequer podia imaginar a razão de Butch a estar arrastando para o banheiro com tamanha rapidez.

– Butch! O que está fazendo?

Abriu a torneira, colocou-lhe as mãos debaixo d'água, e apanhou o sabonete. Enquanto a lavava, o pânico estampado no rosto de Butch lhe arregalava os olhos e estreitava a boca.

– *Que diabos está acontecendo aqui!?*

Marissa e Butch viraram-se para a porta. Havers estava ali sem o traje de proteção... Mais furioso do que ela jamais o vira.

– Havers...

Seu irmão a interrompeu lançando-se para frente e arrastando-a do banheiro.

– Pare... ai! Havers, está me machucando!

O que aconteceu depois foi muito rápido para que ela pudesse acompanhar.

De repente, Havers simplesmente... sumira. Num minuto, o irmão a puxava pelo braço enquanto ela se debatia; no outro, Butch esmagava a cara dele contra a parede.

A voz de Butch soou num tom desagradável e perigoso.

– Não me importa se é irmão dela. Não a trate dessa forma. *Jamais* – pressionou o antebraço contra a nuca de Havers para enfatizar o que estava dizendo.

– Butch, solte-o...

– Estamos entendidos? – Butch pareceu rugir tais palavras. Quando o irmão de Marissa gemeu e concordou, Butch o largou, foi até a cama e calmamente enrolou um lençol sobre os quadris. Como se não houvesse acabado de ameaçar um vampiro.

Enquanto isso, Havers, aos tropeções, apoiou-se na borda da cama com os olhos desvairados, enquanto ajeitava os óculos e fulminava Marissa com os olhos.

– Quero que deixe este quarto. *Agora*.

– Não.

A mandíbula de Havers se afrouxou.

– Como disse?

– Ficarei com Butch.

– De jeito nenhum!

No Antigo Idioma, ela disse:

– *Se ele me aceitar, ficarei ao lado dele como sua* shellan.

Havers a olhou como se ela o tivesse esbofeteado: surpreso e aborrecido.

– *E eu a proibiria de fazer isso. Não tem noção de honra?*

Butch cortou a resposta dela.

– Na verdade, deveria ir, Marissa.

Ela e Havers olharam para ele.

– Butch? – ela disse.

Aquele rosto severo que ela adorava suavizou-se por um momento, mas depois ficou carrancudo.

– Se ele a está liberando para sair, deveria ir.

E não voltar, dizia sua expressão.

Ela olhou para o irmão, com o coração apertado.

– Deixe-nos a sós – como Havers balançou a cabeça, ela gritou: – *Saia daqui!*

Há ocasiões em que a histeria feminina capta a atenção de todos, e aquela era uma delas. Butch ficou quieto e Havers pareceu espantado.

Então, os olhos do irmão de Marissa voltaram-se para Butch e se estreitaram.

– A Irmandade está vindo buscá-lo, humano. Liguei para eles e disse que já pode ir para casa – Havers jogou o prontuário de Butch sobre a cama, como se estivesse deixando de lado toda a situação. – Não volte aqui outra vez. Nunca.

Quando o irmão se foi, Marissa olhou fixamente para Butch, mas antes que alguma palavra pudesse sair de sua garganta apertada, ele falou:

– Meu anjo, por favor, entenda. Não estou bem. Ainda há algo dentro de mim.

– Não tenho medo de você.

– Mas eu tenho.

Ela cruzou os braços em volta do ventre.

– O que vai acontecer se eu sair agora? Entre mim e você?

Péssima pergunta, pensou ela, no silêncio que se estabeleceu entre eles.

– Butch...

– Preciso descobrir o que fizeram comigo – baixou a vista e tocou com o dedo a ferida negra próxima ao umbigo. – Preciso saber o que está dentro de mim. Quero ficar com você, mas não assim. Não nas condições em que estou agora.

– Estive com você por quatro dias e estou bem. Por que parar...

– Vá, Marissa – sua voz soava perturbada e triste. Exatamente como os seus olhos. – Tão logo seja possível, irei buscar você.

Uma ova que o fará, pensou ela.

Querida Virgem do Fade, aquilo era uma repetição do que vivera com Wrath, não? Ela esperando, sempre esperando, enquanto algum macho com coisa melhor a fazer andava pelo mundo.

Já tinha suportado isso por trezentos anos.

– Não vou fazer isso – murmurou. Com mais força, disse: – Não vou voltar a esperar. Nem mesmo por você. Quase a metade de minha vida já passou e eu a desperdicei sentada em casa esperando por um macho. Já não posso mais fazer isso... não importa quanto... você seja importante para mim.

– Você também é importante para mim. É por isso que estou lhe dizendo para ir embora. Estou protegendo você.

– Está... "me protegendo" – ela o olhou de alto a baixo, sabendo perfeitamente que só conseguira dominar Havers porque Butch contara com o elemento surpresa a seu favor e o macho em questão era um civil. Se seu irmão fosse um lutador, Butch teria sido colocado em seu lugar. – Está me *protegendo*? Meu Deus, posso levantar você acima de minha cabeça com um só braço, Butch. Não há nada que possa fazer fisicamente que eu não possa fazer melhor. Portanto, não me faça favores.

Aquilo, é obvio, era a pior coisa que poderia dizer.

Os olhos de Butch se desviaram dela, ele cruzou os braços sobre o peito, os lábios se estreitaram numa linha.

Oh, Deus.

– Butch, não quis dizer que seja fraco...

– Estou muito contente de que tenha me lembrado.

Oh, Deus.

– De quê?

O sorriso tenso de Butch foi apavorante.

– Estou na base da pirâmide em dois aspectos. No social e no evolutivo – indicou a porta com a cabeça. – Então... sim, vá, agora. E tem toda a razão. Não me espere.

Marissa fez menção de estender as mãos para ele, mas o olhar frio e vazio de Butch a deteve. Que inferno, estragara tudo.

Não, disse a si mesma. Não havia coisa alguma para estragar. Não, se ele a afastaria dos aspectos feios de sua vida. Não, se iria partir e deixá-la, para, quem sabe, um dia num remoto futuro voltar. Ou nem isso.

Marissa dirigiu-se para a porta e teve de olhá-lo uma vez mais. Sua imagem com aquele lençol enrolado nos quadris, o peito nu, machucados ainda espalhados pelo corpo... era uma coisa que desejaria poder esquecer.

Saiu dali, e a câmara de vácuo fechou-se com um chiado.

Maldição, pensou Butch quando desabou no chão. Então, ser esfolado vivo era assim.

Esfregando a mandíbula, deixou-se ficar por ali, com o olhar vazio, sentindo-se perdido, embora soubesse exatamente em que quarto estava, sozinho com os restos do mal dentro dele.

– Butch, meu camarada.

Levantou a cabeça com o susto. Vishous encontrava-se parado ali no quarto, e o Irmão estava vestido para lutar: uma máquina de matar enorme e perigosa, trajando couro. O terno Valentino protegido por um invólucro impermeável que trazia pendurado em sua mão enluvada parecia totalmente em desarmonia com o todo; tão estranho como um mordomo preparando uma AK-47.

– Caramba, Havers deve estar louco para lhe dar alta. Você está com uma aparência horrível.

– Tive um dia péssimo, só isso – e haveria muitos outros; portanto, deveria habituar-se a eles.

– Onde está Marissa?

– Foi embora.

– Foi embora?

– Não me faça repetir.

– Oh. Que inferno – Vishous respirou fundo e jogou o terno sobre a cama. – Bem, trouxe-lhe umas roupas e um novo celular...

– Ainda está em mim, V. Posso sentir. Posso... sentir o gosto.

Os olhos diamantinos de V. avaliaram-no rapidamente. Depois, ele se aproximou e estendeu a mão para Butch.

– O restante de você está sarando bem. Curando rápido.

Butch agarrou a palma de seu companheiro de quarto e pôs-se de pé.

– Talvez, estando livre daqui, possamos resolver juntos esse mistério. A menos que já tenha descoberto...

– Nada ainda. Mas não perdi a esperança.

– Isso nos une.

Butch abriu o invólucro, deixou cair o lençol e vestiu uma cueca. Depois, enfiou as pernas em um par de calças negras folgadas e colocou uma camisa de seda.

Aquele traje de rua fazia sentir-se como uma fraude, porque, na verdade, era um paciente, uma aberração, um pesadelo. Santo Deus... o que tinha saído dele quando gozara? E Marissa... pelo menos, ele a limpara o mais rápido possível.

– Seus exames estão bons – disse V., depois de ler o prontuário que Havers havia jogado sobre o leito. – Tudo parece ter voltado ao normal.

– Ejaculei há dez minutos, e a coisa saiu preta. Então, *não* está tudo normal.

Essa ligeira e singela observação foi recebida com silêncio. Caramba, se houvesse acertado um murro na cara de V., não o teria chocado tanto.

– Oh, Deus – murmurou Butch, enfiando o pé no mocassim Gucci e apanhando o casaco negro de caxemira. – Vamos embora daqui.

Quando se dirigiam para a porta, Butch olhou por cima do ombro, para a cama. Os lençóis ainda conservavam o desalinho em que Marissa e ele os deixaram.

Soltou um palavrão e saiu para a antessala de monitoramento. Então, V. tomou a dianteira, indicando o caminho através de um pequeno armário cheio de produtos de limpeza. Do lado de fora, desceram um corredor, passaram por um laboratório e entraram na clínica em si, na parte onde estavam localizados os quartos dos pacientes. Enquanto caminhava, foi espiando em cada um até que parou.

Através da porta, viu Marissa sentada na extremidade de um leito, o vestido cor de pêssego esparramado à sua volta. Segurava a mão de uma menininha e falava em voz baixa, enquanto uma fêmea mais velha, provavelmente a mãe da criança, olhava do canto.

Quem ergueu os olhos foi a mãe. Ao ver Butch e V., retraiu-se, fechando mais o casaco e baixando os olhos para o chão.

O policial engoliu em seco e continuou seu caminho.

Estavam perto dos elevadores, aguardando, quando ele disse:

– V.?

– Sim?

– Embora não tenha nada de concreto, faz alguma ideia do que me fizeram, não é? – não olhou seu companheiro de quarto. V. também não o encarou.

– Talvez. Mas não estamos sozinhos aqui.

Um sinal eletrônico soou e as portas se abriram. Entraram em silêncio.

Quando saíram da mansão para a noite lá fora, Butch disse:

– Sangrei negro durante um tempo, sabe?

– Anotaram em seu prontuário que a cor voltou ao normal.

Butch agarrou o braço de V. e forçou o macho a se virar.

– Agora sou parte *redutor*?

Eis a questão. Cartas na mesa. Seu maior medo, a razão para se afastar de Marissa, o inferno com o qual tinha de aprender a conviver.

V. o olhou fixamente nos olhos.

– Não.

– Como podemos saber?

– Porque rejeito tal conclusão.

Butch soltou-lhe o braço.

– É perigoso enfiar a cabeça na areia, vampiro. Eu bem que poderia ser seu inimigo agora.

– Conversa. Fiada.

– Vishous, eu poderia...

V. o agarrou pelas lapelas e puxou-o com força para si. O Irmão tremia da cabeça aos pés, olhos brilhando como cristais na noite.

– *Você não é meu inimigo.*

Exasperado, Butch agarrou os poderosos ombros de V., amassando a jaqueta de couro em seus punhos fechados.

– Como podemos ter certeza?

V. arreganhou as presas e silvou, unindo as sobrancelhas negras com força. Butch enfrentou-o, esperando, rezando, preparado para que começassem a se esmurrar. Estava doido para bater e apanhar; queria a ambos cobertos de sangue.

Por longos momentos, ficaram ali engalfinhados, músculos retesados, suor brotando, no limite.

Então, a voz de V. soou no espaço entre seus rostos, quase sem fôlego:

– Você é meu único amigo. Nunca meu inimigo.

Não se poderia dizer quem abraçou quem primeiro, mas a ânsia de surrar um ao outro diluiu-se, restando apenas o laço entre eles. Permaneceram abraçados fortemente por algum tempo, no vento frio. Quando se separaram, foi de maneira desajeitada e envergonhada.

Após alguns pigarros de ambas as partes, V. tirou do bolso uma cigarrilha enrolada à mão e acendeu-a. Quando exalou, disse:

– Você não é um *redutor*, tira. O coração é retirado quando isso acontece. O seu ainda bate.

– Talvez tenha sido um trabalho parcial? Algo que foi interrompido?

– A isso já não posso responder. Vasculhei os registros da raça, buscando uma pista, qualquer coisa. Como nada encontrei na primeira investida, recomecei a ler as Crônicas novamente. Diabos, estou até investigando no mundo humano, pesquisando material esotérico na Internet – V. exalou outra nuvem de tabaco turco. – Eu encontrarei. De um jeito ou de outro, acharei uma resposta.

– Tentou ver o que estar por vir?

– Quer dizer, o futuro?

– Sim.

– É claro que sim – V. deixou cair o cigarro, amassou-o com a bota de combate, depois se agachou e pegou a bituca. Enquanto a metia no bolso traseiro, disse: – Mas continuo sem receber nada. Droga... preciso de um drinque.

– Eu também. ZeroSum?

– Tem certeza de que está pronto para isso?

– Nem um pouco.

– Muito bem, então: ZeroSum.

Caminharam até o Escalade e entraram, Butch se alojou no banco do carona. Depois de colocar o cinto de segurança, pôs a mão sobre a barriga. Doía-lhe enormemente, porque se movimentara muito, mas a dor não importava. Na realidade, nada parecia ter importância.

Acabavam de deixar o estacionamento de Havers, quando V. disse:

– A propósito: ligaram ontem para você na linha geral. Tarde da noite. Um cara chamado Mikey Rafferty.

Butch franziu a testa. Por que um de seus cunhados telefonaria para ele, em especial aquele? De todos seus irmãos e irmãs, Joyce era a que menos gostava dele... o que era bastante significativo, considerando como se sentiam os outros. Será que o seu pai finalmente teria sofrido o ataque de coração que o espreitara por tantos anos?

– O que ele disse?

– Batizado de um bebê. Queria avisá-lo para que possa comparecer se tiver vontade. É neste domingo.

Butch olhou pela janela. Outro bebê. Bem, o primeiro de Joyce, mas era o neto número... Quantos foram? Sete? Não... oito.

Enquanto rodavam em silêncio, dirigindo-se para o núcleo urbano, os faróis dos carros na direção contrária surgiam e desapareciam. Passaram por residências. Depois, lojas. E edifícios de escritórios construídos na virada do século. Butch pensou em todas as pessoas que passavam suas vidas em Caldwell.

– Alguma vez quis filhos, V.?

– Não. Não me interessa.

– Antigamente, eu queria.

– Já não quer?

– É algo que não vai acontecer para mim, mas não importa. Já há muitos O'Neals neste mundo. Muitos.

Quinze minutos mais tarde, estavam no centro da cidade e estacionados atrás do ZeroSum, mas Butch sentiu dificuldade em sair do Escalade. A familiaridade daquilo tudo – o carro, seu companheiro de quarto, o bar habitual – perturbava-o. Porque, ainda que fosse o mesmo, havia mudado.

Frustrado, cauteloso, inclinou-se para frente e tirou um gorro dos Red Sox do porta-luvas. Após colocá-lo, abriu a porta, dizendo a si mesmo que estava sendo melodramático e que nada havia de extraordinário naquilo.

No momento em que saiu do veículo, congelou.

– Butch? O que aconteceu, cara?

Bem, essa era a grande questão. Seu corpo parecia ter se convertido numa espécie de diapasão. Energia vibrava através dele... arrastando-o... Virou-se e começou a caminhar pela Rua Dez, movendo-se rápido. Simplesmente precisava descobrir o que era aquilo, aquele ímã, aquele sinal familiar.

– Butch? Aonde vai, tira?

Quando V. o agarrou pelo braço, Butch se soltou e pôs-se a correr, sentindo-se como se estivesse na extremidade de uma corda e alguém a puxasse.

Tinha vaga consciência de que V. corria ao seu lado e falava ao celular.

– Rhage? Estou com um problema aqui. Na Rua Dez. Não, é Butch.

Butch começou a correr a toda velocidade, o casaco de caxemira flutuando atrás dele. Quando o corpanzil de Rhage se materializou em seu caminho de repente, Butch desviou-se para passar por ele.

Rhage meteu-se novamente em seu caminho.

– Butch, aonde está indo?

Quando o Irmão o agarrou, Butch empurrou Rhage para trás com tanta força que ele se chocou contra a parede de tijolos de um edifício.

– Não me toque!

Quase duzentos metros depois, encontrou o que o chamava: três *redutores* saíam de um beco.

Butch parou. Os assassinos pararam. E, então, houve um horrível momento de comunhão, que levou lágrimas aos olhos de Butch, quando reconheceu neles o que estava em seu interior.

– Você é um novo recruta? – perguntou um deles.

– É claro que é – disse outro. – E você perdeu o registro desta noite, idiota.

Não... Não... Oh, Deus, não...

Num movimento sincronizado, os três assassinos olharam por cima de seu ombro: provavelmente, V. e Rhage dobrando a esquina. Os *redutores* se prepararam para lutar, assumindo posição de combate, erguendo as mãos.

Butch deu um passo em direção ao trio. Depois outro.

– Butch – a voz sofrida atrás dele era de Vishous. – Deus... *não.*

Capítulo 13

John remexeu o corpo pequeno e fechou os olhos de novo. Recostado em uma poltrona surrada, feia e de cor verde-abacate, sentia o cheiro de Tohr a cada respiração: o pesadelo de decoração era o objeto favorito do Irmão e a "*poltrona non grata*" de Wellsie. Tohr passava horas ali, exilado em seu escritório no centro de treinamento, realizando trabalho administrativo enquanto John estudava.

John vinha usando aquilo como cama desde as mortes.

Irritado, girou o corpo de modo que as pernas ficassem sobre um dos braços e a cabeça e os ombros se recostassem na parte de cima da poltrona. Fechou os olhos com ainda mais força e pediu descanso. O problema era que o sangue estava correndo por suas veias e sua cabeça, repleta de preocupações, um monte de nadas urgentes.

Deus, a aula terminara duas horas antes e ele havia treinado mais do que os outros, ficando ali quando todos saíram. Além disso, havia uma semana que não conseguia dormir direito. Qualquer um pensaria que ele apagaria como uma lâmpada ao toque do interruptor.

Talvez ainda estivesse agitado por causa de Lash. Aquele filho da mãe o havia irritado com a história de ter desmaiado na frente da sala toda no dia anterior. Cara, como John detestava aquele cretino. De verdade. Aquele idiota arrogante, riquinho e abusado.

– Abra os olhos, garoto, sei que está acordado.

John desviou totalmente o corpo e quase caiu no chão. Ao ficar em pé novamente, viu Zsadist na porta do escritório, usando aquele uniforme de gola rolê justo e calças largas.

A expressão no rosto do guerreiro era tão firme quanto seu corpo.

– Preste atenção, porque não vou repetir.

John segurou os braços da poltrona. Já fazia ideia do que se tratava.

– Não querer ir ao Havers, tudo bem. Mas pare com essa bobagem. Está pulando refeições, está com cara de que não dorme há dias, e sua atitude está começando a me dar nos nervos.

Sim, aquilo em nada se assemelhava aos sermões de pais ou professores aos quais John já havia sido submetido. E ele não estava aceitando bem as críticas: a frustração o oprimia.

Z. apontou o dedo indicador para o outro lado da sala.

– Pare de ficar no pé de Lash, entendeu? Deixe o cara em paz. E, de agora em diante, suba até a casa para comer.

John franziu a testa e então procurou por seu bloco de notas, para se certificar de que Z. compreendesse o que ele queria dizer.

– Não precisa responder, garoto. Não estou interessado – quando John começou a perder a paciência, Z. sorriu, revelando as monstruosas presas. – E você sabe muito bem que não deve chegar perto de mim, não é?

John desviou o olhar, certo de que o Irmão era capaz de parti-lo em dois sem muito esforço. E sentiu-se muito ressentido com esse fato.

– Essa besteira com Lash acabou, entendeu? *Não* me faça me envolver. Nenhum dos dois vai gostar do resultado. Confirme para que eu saiba que compreendeu.

John assentiu, sentindo-se envergonhado. Zangado. Exausto.

Engasgado com toda a agressividade dentro dele, suspirou e esfregou os olhos. Caramba, sempre tinha sido muito calmo em toda sua vida, talvez até tímido. Por que tudo fazia com que perdesse o controle ultimamente?

– Está se aproximando da transição, é por isso.

John levantou a cabeça lentamente. Já havia escutado isso, certo?

Estou?, perguntou.

– Sim. Por isso é essencial que você aprenda a se controlar. Se conseguir passar pela transição, vai sair dessa com um corpo capaz de coisas que o deixarão surpreso. Estou falando sobre força física. Do tipo bruto. Do tipo que pode matar. Acha que tem problemas agora? Espere até ter de lidar com aquele peso. Precisa aprender a se controlar *agora*.

Zsadist virou-se, então parou e olhou para trás. A luz iluminou a cicatriz de seu rosto e distorceu seu lábio superior.

– Mais uma coisa. Precisa conversar com alguém? Sobre... os problemas?

Tá bom, então, pensou John. Só por cima de seu cadáver ele voltaria a Havers para se consultar com o terapeuta.

Por isso se recusara a ser examinado. Da última vez em que estivera ali, o médico o fizera passar por uma sessão de terapia na qual ele não queria estar, e não tinha a menor intenção de passar por tudo aquilo de novo. Com os acontecimentos recentes, não queria voltar ao passado, por isso só retornaria à clínica se estivesse morrendo.

– John? Quer conversar com alguém? – quando balançou a cabeça negando, Z. estreitou os olhos. – Tudo bem, mas entendeu o recado a respeito de você e Lash, não é?

John olhou para baixo e assentiu.

– Ótimo. Agora, vá para a casa. Fritz fez o jantar e vou cuidar para que coma. E você *vai* comer. Precisa estar forte para a transição.

Butch aproximou-se dos assassinos, que não se sentiram nem um pouco ameaçados por ele. No máximo, estavam aborrecidos, como se ele não estivesse fazendo direito seu trabalho.

– Atrás de você, imbecil – disse o homem do meio. – Seu alvo está bem atrás de você. Dois Irmãos.

Butch deu a volta nos *redutores*, analisando-os instintivamente. Sentiu que o mais alto havia sido introduzido há mais ou menos um ano: ainda possuía alguns traços humanos, mas Butch não sabia explicar como percebia isso. Os outros dois eram mais antigos na Sociedade e tinha certeza disso não apenas porque seus cabelos e pele eram mais claros.

Ele parou quando chegou atrás dos três e olhou fixamente para V. e Rhage diante deles... que pareciam ter acabado de ver um amigo morrer em seus braços.

Butch sabia exatamente quando os *redutores* atacariam e mesmo assim avançou com os Irmãos. Quando Rhage e V. se colocaram em posição de combate, Butch segurou o assassino pelo pescoço e o jogou no chão.

O *redutor* gritou e Butch pulou em cima dele, apesar de saber que ainda não estava bom para lutar. Como já era esperado, ele foi atirado dali e o *redutor* assumiu o controle, sentando-se sobre ele, sufocando-o. O filho da mãe era muito forte e estava furioso, como um lutador de sumô raivoso.

Enquanto Butch lutava para não ter sua cabeça arrancada, viu um raio de luz e ouviu um barulho. E mais um. Rhage e V. obviamente estavam barbarizando, Butch podia ouvir o estraçalhar de corpos. Graças a Deus.

Mas o show de horrores estava apenas começando.

Butch olhou profundamente nos olhos do morto-vivo pela primeira vez e de repente algo aconteceu; eles ficaram parados como se barras de ferro os envolvessem. Enquanto o assassino ficava totalmente imóvel, Butch sentiu o grande desejo de... bem, não sabia exatamente o quê. Mas seu instinto foi forte o bastante para fazê-lo abrir os lábios para respirar.

E foi então que a respiração começou. Antes de ter ideia do que estava fazendo, seus pulmões começaram a se encher de modo constante.

– Não... – o assassino disse, tremendo.

Algo passou entre seus lábios, uma nuvem escura saindo da boca do *redutor*, entrando na de Butch...

A conexão foi interrompida com um ataque brutal vindo por cima. Vishous agarrou o assassino e liberou o morto-vivo, jogando de cabeça a coisa contra uma construção. Antes que o desgraçado conseguisse se recuperar, V. caiu em cima dele, com a adaga negra cortando o ar.

Quando o brilho sumiu, os braços de Butch caíram e permaneceram imóveis contra o asfalto.

Então, ele rolou para o lado e se encolheu, com os braços contra a barriga. Suas entranhas o consumiam, sentia-se muito nauseado, um terrível eco daquilo com que havia lutado quando ficara tão doente.

Dois pares de coturnos surgiram em sua frente, mas não conseguiu olhar para cima e ver algum dos Irmãos. Não sabia o que havia feito ou o que havia acontecido. Só sabia que ele e os *redutores* eram parecidos.

A voz de V. era tão fina quanto a pele de Butch.

– Você está bem?

Butch apertou os olhos e balançou a cabeça.

– Acho que é melhor... você me tirar daqui. E não se atreva a me levar para casa.

Vishous destrancou sua cobertura e arrastou Butch para dentro enquanto Rhage mantinha a porta aberta. Os três haviam entrado no elevador de cargas na parte de trás da construção, o que fazia sentido. O tira era um peso morto, parecia ser mais pesado do que realmente era, como se a força da gravidade o tivesse selecionado para conferir atenção especial.

Eles deitaram o tira na cama e ele se virou para o lado, recolhendo os joelhos, até que ficassem contra seu peito.

Fez-se um longo silêncio, durante o qual Butch parecia ter desmaiado.

Como se estivesse tomado pela ansiedade, Rhage começou a caminhar de um lado para o outro e, droga, depois de tudo aquilo, V. também estava nervoso. Puxou o ar com dificuldade.

Hollywood pigarreou.

– Então, V... é aqui que você traz as fêmeas, hein? – o Irmão se aproximou e apontou para correntes presas a uma parede preta. – Ouvimos histórias, é claro. Pelo visto, são verdadeiras.

– Pense o que quiser – V. foi até seu bar e encheu um copo de vodca Grey Goose. – Precisamos ir às casas dos *redutores* hoje à noite.

Rhage assentiu em direção à cama.

– E ele?

Por um milagre, o tira ergueu a cabeça.

– Não vou a lugar algum agora. Podem ter certeza disso.

V. estreitou os olhos para seu colega de quarto. O rosto de Butch, que normalmente ficava vermelho como o de um irlandês quando ele se esforçava, agora estava totalmente sem cor. E ele tinha um odor... levemente adocicado. Como talco de bebê.

Jesus Cristo. Era como se estar perto daqueles assassinos houvesse feito brotar alguma coisa nele – algo de Ômega.

– V.? – a voz de Rhage parecia tranquila. Próxima. – Quer ficar aqui? Ou talvez levá-lo de volta a Havers?

– Estou bem – Butch resmungou.

Uma grande mentira, V. pensou.

Ele bebeu a vodca e olhou para Rhage.

– Vou com você. Voltaremos e traremos comida, certo, tira?

– Não. Nada de comida. E não voltem hoje à noite. Apenas me tranquem aqui para que eu não saia e me deixem.

Droga.

– Se você se enforcar no banheiro, juro que matarei você de novo, está ouvindo, tira?

Ele arregalou os olhos castanhos.

– Estou mais interessado em saber o que foi feito em mim mais do que quero me safar. Por isso, não se preocupe.

Butch fechou os olhos de novo e, depois de um momento, Vishous e Rhage saíram em direção à varanda. Quando V. trancou as portas, percebeu que estava mais preocupado em manter Butch do lado de dentro do que em protegê-lo.

– Aonde vamos? – perguntou a Rhage. Apesar de ele geralmente ser o dono dos planos.

– A primeira carteira tem um endereço na rua Wichita, 459, apartamento C4.

– Vamos lá.

Capítulo 14

Quando Marissa abriu a porta de seu quarto, sentiu-se uma intrusa em seu próprio espaço: uma estranha sem forças, magoada, perdida...

Meus Deus, como o quarto era bonito, pensou, olhando ao redor. Havia uma cama com cobertura, espreguiçadeira e, escrivaninhas e criados-mudos antigos. Tudo tão feminino, exceto a arte nas paredes. Sua coleção de xilogravuras de Albrecht Dürer não combinava com o restante da decoração, cujas linhas e contornos definidos pareciam mais adequados a um quarto masculino, com coisas masculinas.

Mas as pinturas lhe tocavam.

Quando se aproximou para ver uma delas, pensou distraidamente que Havers nunca as aprovara. Ele acreditava que os quadros de Maxfield Parrish, com suas cenas românticas e oníricas, eram mais apropriados para uma fêmea da aristocracia.

Nunca tiveram a mesma opinião a respeito de arte, certo? De qualquer forma, seu irmão havia lhe comprado as xilogravuras, pois ficara encantada com elas.

Forçando-se a entrar em ação, Marissa fechou a porta e foi para o chuveiro. Tinha pouco tempo antes da reunião agendada com o Conselho dos *Princeps* naquela noite, e Havers sempre gostava de chegar cedo.

Ao entrar sob a água, pensou em como a vida era estranha. Quando esteve com Butch naquele quarto, esquecera-se totalmente do

Conselho, da *glymera* e... de tudo. Mas, agora, ele não estava mais ali e as coisas haviam voltado ao normal.

Um trágico retorno.

Depois de secar os cabelos, vestiu um Yves St. Laurent dos anos 1960, foi em direção ao armário de joias e escolheu um conjunto bonito de diamantes. As pedras ao redor de seu pescoço eram desconfortáveis e geladas, os brincos pesavam em suas orelhas, a pulseira em seu braço parecia uma algema. Ao olhar as pedras preciosas e brilhantes, pensou que as mulheres na aristocracia não passavam de vitrine para ostentar a riqueza da família.

Principalmente nas reuniões do Conselho dos *Princeps*.

Descendo as escadas, temeu ver Havers, mas pensou que seria bom acabar logo com aquilo. Como ele não estava no escritório, seguiu para a cozinha, pensando que o irmão podia estar comendo alguma coisa antes de partirem. Enquanto passava pela copa, viu Karolyn saindo pela porta para o porão. A *doggen* carregava uma grande pilha de caixas de papelão amassadas.

– Espere, deixe-me ajudá-la – disse Marissa, apressando-se.

– Não, obrigada... senhora – a empregada corou e desviou o olhar, mas as *doggens* eram assim mesmo. Detestavam aceitar ajuda das pessoas a quem serviam.

Marissa sorriu de modo gentil.

– Você deve estar guardando os livros da biblioteca para que possam pintá-la. Oh! Lembrei-me de que estou atrasada, mas precisamos conversar sobre o cardápio do jantar de amanhã.

Karolyn fez uma reverência.

– Perdoe-me, mas o mestre disse que a festa com o *princeps-lídher* foi cancelada.

– Quando disse isso?

– Agora mesmo, antes de ir para o Conselho.

– Ele já foi? – talvez seu irmão tivesse pensado que ela queria descansar. – Então, é melhor eu me apressar... Karolyn, você está bem? Não me parece bem.

A *doggen* fez uma reverência tão profunda que as caixas tocaram o chão.

– Estou bem, senhora. Obrigada.

Marissa correu para a área externa e se desmaterializou na casa em estilo Tudor do atual *lídher* do Conselho. Quando bateu na porta, torceu para que Havers estivesse mais calmo. Conseguia compreender a raiva do irmão, levando em conta o que presenciara, mas ele não tinha com o que se preocupar. Butch não estava em sua vida.

Deus, sentia vontade de vomitar sempre que pensava nisso.

Uma *doggen* a recebeu e a levou à biblioteca. Ao entrar na reunião, nenhuma das dezenove pessoas sentadas à mesa lustrada percebeu sua presença. O que não era novidade. A única diferença era que seu irmão não ergueu os olhos. Também não havia um assento reservado a ela à sua direita. E ele também não se levantou para acomodá-la em sua cadeira.

Havers não estava mais calmo. Nem um pouco.

Bem, de qualquer modo, conversaria com ele depois da reunião. Acalmaria-o. Consolaria-o, mesmo que isso a matasse, pois necessitava do apoio dele naquele momento.

Sentou-se na ponta mais distante da mesa, no meio de três cadeiras vazias. Quando o último homem entrou na reunião, Havers ficou tenso ao ver que todos os assentos estavam tomados, exceto aqueles vizinhos à sua irmã. Depois de uma embaraçante pausa, um *doggen* irrompeu com mais uma cadeira e os *princeps* se ajeitaram em outro lugar.

O *lídher*, um homem de cabelos claros de excelente linhagem, remexeu alguns papéis, bateu a ponta de uma caneta dourada em cima da mesa e pigarreou.

– Senhores, dando prosseguimento à nossa reunião, discutiremos a pauta que todos vocês receberam. Um dos membros do conselho fez uma eloquente apelação ao rei, que acredito ser necessário analisarmos com extrema atenção – ele ergueu uma folha de papel cor creme e leu: – "Em face do brutal assassinato da *Princeps* Wellesandra, companheira do guerreiro da Adaga Negra Tohrment, filho de Hharm, e filha de sangue do *Princeps* Relix, e em face do sequestro da *Princeps* Bella, companheira do guerreiro da Adaga Negra Zsadist, filho de Ahgony, e filha de sangue do *Princeps* Rempoon e irmã de sangue do *Princeps* Rehvenge, e em face das numerosas mortes de homens da *glymera* que foram levados em sua juventude pela Sociedade Redutora, ficou evidente que o perigo claro e presente que as espécies enfrentam aumentou ultimamente. Assim, este conselho busca trazer de volta a prática do *ehnclausuramento* de todas as fêmeas sem companheiro da aristocracia, para que as linhagens da raça possam ser preservadas. Além disso, por ser tarefa deste conselho salvaguardar todos os membros da espécie, eu, respeitosamente, procuro estender a prática a todos os níveis de classe".

O *lídher* olhou para cima:

– Pela prática do Conselho dos *Princeps*, uniremos a ação à decisão.

Sinais de alerta soaram na mente de Marissa enquanto olhava pela sala. Dos vinte e um membros do conselho presentes, seis eram mulheres, mas ela era a única a quem aquilo se aplicava. Apesar de ter sido *shellan* de Wrath, ele nunca a tomara, por isso, era classificada como sem companheiro.

Enquanto todos chegavam a um consenso na biblioteca, Marissa olhou para o irmão. Havers passaria a ter total controle sobre ela. Esperto da parte dele, não?

Se ele fosse seu *tuhtor*, ela não poderia sair de casa sem permissão. Não poderia continuar no Conselho, a menos que ele concordasse. Não poderia fazer nada nem ir a lugar algum, porque ele a manteria como sua propriedade, a seu proveito e vontade.

E não havia esperança de que Wrath recusasse a recomendação, caso o Conselho dos *Princeps* aprovasse a ideia. Pela situação com os *redutores* como estava, não haveria motivo para um veto, e apesar de ninguém poder derrubar Wrath pela lei, uma falta de confiança em sua liderança poderia levar a uma disputa civil. Era a última coisa de que a raça precisava.

Pelo menos Rehvenge não fazia parte da reunião, então, não podiam fazer coisa alguma naquela noite. As leis de procedimento do Conselho dos *Princeps* estabeleciam que apenas representantes das seis famílias originais podiam votar, mas o Conselho todo tinha de estar presente para que houvesse votação. Assim, apesar de estarem em jogo as linhagens, sem Rehv presente, nenhuma decisão seria tomada naquele momento.

Enquanto o Conselho discutia a proposta com entusiasmo, Marissa balançou a cabeça. Como Havers podia ter criado aquele problema? E tudo aquilo por nada, porque ela e Butch O'Neal eram... nada. Droga, ela tinha de conversar com o irmão e pedir-lhe que recusasse aquela proposta ridícula. Sim, Wellesandra havia sido morta e isso era muito trágico, mas forçar todas as fêmeas a viver à sombra era um retrocesso.

Um retiro a uma época sombria, quando as fêmeas eram totalmente invisíveis e não passavam de objetos.

Desolada, veio-lhe à mente com clareza a imagem daquela mãe e sua jovem filha com a perna quebrada, na clínica. Sim, não se tratava apenas de uma situação repressiva, como também perigosa, se o *hellren* errado estivesse no controle do lar. Legalmente, não havia recurso algum contra o *tuhtor* de uma fêmea *ehnclausurada*. Se fosse discreto, poderia fazer o que quisesse com ela.

Van Dean estava em pé no porão de outra casa em outra parte de Caldwell, com o apito na boca enquanto observava os movimentos dos homens de cabelos claros em sua frente. Os seis "alunos" estavam em fila, com os joelhos flexionados, os punhos em riste. Atacavam o ar na frente deles com grande velocidade, alternando esquerda e direita, mudando os ombros corretamente. O ar estava pesado com o aroma adocicado, mas Van nem se importava mais com isso.

Apitou duas vezes. Unidos, os seis ergueram as duas mãos como se segurassem a cabeça de um homem como se fosse uma bola de basquete, e deram golpes de joelho diversas vezes. Van apitou mais uma vez e eles mudaram de pernas.

Detestava admitir, pois significava que estava ultrapassado, mas treinar homens para luta era muito mais fácil do que ir ao ringue. E estava gostando dessa mudança.

Além disso, era um bom professor, evidentemente. Apesar desses membros de gangue aprenderem rápido e baterem forte, Van ainda assim tinha muito para ensinar.

E certamente eram membros de gangue. Vestidos iguais. Com a mesma cor de cabelo. Carregando as mesmas armas. Só não era tão óbvio o que eles pretendiam. Aqueles garotos tinham a concentração de soldados: nem sinal das bobagens que a maioria dos valentões de rua escondiam com coragem e balas. Que inferno, se não conhecesse bem a situação, teria pensado que eram do governo: havia esquadrões deles. Tinham equipamento top de linha. Eram poderosos. E numerosos. Estava ali há apenas uma semana e já tinha ministrado cinco aulas por dia, cada uma com rapazes diferentes. Caramba, esse era apenas o segundo turno com aquele grupo de homens.

Mas por que os federais usariam alguém como ele para ensinar?

Van apitou longamente, fazendo com que todos parassem.

– Por hoje é só.

Os homens saíram de suas posições e foram buscar suas mochilas. Não disseram nada. Não interagiam uns com os outros. Não agiam como "machões", atitude considerada normal entre homens quando estão em grupo.

Enquanto saíam, Van foi buscar sua mochila e pegou a garrafa d'água. Bebendo um pouco do líquido, pensou que agora teria de atravessar a cidade. Dentro de uma hora pegaria um voo. Não havia tempo para comer, mas não estava faminto mesmo.

Vestiu a jaqueta de novo, subiu correndo a escada do porão e passou rapidamente pela casa. Vazia. Nenhum móvel. Nenhum alimento. Nada. E todos os outros lugares estavam exatamente iguais. Casas que, do lado de fora, pareciam totalmente normais.

Estranhíssimo.

Saiu pela frente, verificou se havia trancado a porta, e caminhou em direção a sua caminhonete. Os locais onde se encontravam mudavam todos os dias e acreditava que sempre seria dessa forma. Todo dia, às sete da manhã, recebia um telefonema com um endereço, e aguardava quando chegava ao local, os homens se alternavam, as aulas com variados tipos de lutas marciais durando duas horas cada. Os horários eram cumpridos à risca.

Talvez fossem práticas paramilitares.

– Boa noite, filho.

Van ficou imóvel, e então olhou sobre o capô de sua caminhonete. Uma *minivan* estava estacionada do outro lado da rua, e Xavier encostado no veículo de modo casual.

– E aí? – Van perguntou.

– Está fazendo um bom trabalho com os homens – o sorriso raso de Xavier combinava com seus olhos sem brilho.

– Obrigado. Estou partindo agora.

– Ainda não – Van sentiu sua pele arrepiar quando o cara saiu de perto do carro e atravessou a rua. – Olhe, filho, estive pensando que talvez queira se envolver mais conosco.

Envolver-se mais, como assim?

– Não estou interessado em crimes. Desculpe-me.

– Por que acha que cometemos crimes?

– Pare com isso, Xavier – o cara odiava não ouvir o "Sr." acompanhado de seu nome, por isso Van o fazia com frequência. – Já fui preso uma vez, foi bem chato.

– Sim, aquele lance de roubo de carros no qual você se meteu. Aposto que seu irmão tinha muito a dizer sobre isso, não é? Oh... não estou falando sobre aquele com quem roubou o carro. Refiro-me ao certinho da família. Richard, não?

Van franziu a testa.

– Quer saber? Não meta minha família no meio, que eu fico de bico calado e não denuncio para a polícia essas casas que você utiliza para treinamento. Tenho certeza de que os policiais adorariam saber disso tudo. Não precisaria pedir duas vezes.

Xavier demonstrou uma vaga reação. *Na mosca*, pensou Van.

Então, o homem apenas sorriu.

– E *eu* vou dizer uma coisa para *você*. Posso lhe dar algo que ninguém pode.

– É mesmo?

– Sem dúvida.

Van balançou a cabeça, sem se deixar impressionar.

– Não acha cedo demais para me fazer esse convite? E se eu não for de confiança?

– Você será.

– Sua confiança em mim é tocante. Mas a resposta é não. Sinto muito.

Ele esperou uma discussão. Mas só recebeu um balanço de cabeça.

– Como quiser – Xavier virou-se e caminhou de volta para a *minivan*.

Estranho, pensou Van enquanto voltava para sua caminhonete. Definitivamente, aqueles caras eram esquisitos.

Mas pelo menos pagavam em dia. E bem.

Do outro lado da cidade, Vishous apareceu no gramado lateral de um prédio residencial bem cuidado. Rhage estava logo atrás dele, materializado em carne e osso nas sombras.

Droga, pensou V. Desejou ter tempo para fumar antes de ter entrado ali. Precisava de um cigarro. Precisava... de alguma coisa.

– V., meu Irmão, você está bem?

– Sim. Ótimo. Vamos lá.

Depois de mexer um pouco com o sistema de travas, eles entraram pela porta da frente. A lateral do local tinha cheiro de purificador de ar, um odor artificial de laranja que tomou suas narinas como se fosse cheiro de tinta.

Dispensaram o elevador, que estava em uso, e foram pelas escadas. Quando chegaram ao segundo andar, passaram pelos apartamentos C1, C2 e C3. V. manteve a mão dentro da jaqueta, em cima de sua Glock, mesmo tendo a impressão de que o pior que poderiam encontrar seria um zelador. O local estava arrumado e muito bem preservado: buquês de flores artificiais pendiam nas portas, e em frente a elas, no chão, capachos de boas-vindas bordados recepcionavam do lado de fora de cada apartamento. Quadros inspiradores com pinturas de paisagens cor-de-rosa e pêssego se alternavam com imagens de cachorrinhos de pelos desgrenhados e gatinhos com carinhas confusas.

– Cara – disse Rhage –, alguém exagerou na decoração fofa.

– Demais.

V. parou em frente à porta na qual se lia "C4" e mexeu nas travas.

– O que estão fazendo?

Ambos viraram-se.

Meu Deus, era uma das malditas *Supergatas*:[1] com pouco mais de um metro de altura e uma peruca de cabelos brancos, a senhora estava envolvida em um roupão grosso, como se estivesse vestindo a roupa de cama.

---

[1] *As supergatas* foi uma série de TV norte-americana que girava em torno de quatro senhoras com mais de 60 anos, divorciadas ou viúvas, que compartilhavam a mesma casa. A *sitcom* foi ao ar de 1985 a 1992. (N.R.)

O problema era que tinha os olhos de um pit bull.

– Meus jovens, fiz-lhes uma pergunta.

Rhage assumiu a situação, o que era bom. Ele tinha mais charme.

– Senhora, estamos apenas visitando um amigo.

– Vocês conhecem o neto de Dottie?

– Ah, sim, senhora. Conhecemos.

– É, logo imaginei que sim – evidentemente, não se tratava de um elogio. – Acredito que ele deveria se mudar, na verdade. Dottie morreu quatro meses atrás e ele não se encaixa mais aqui.

E nem vocês, aqueles olhos pareciam dizer.

– Oh, ele vai se mudar – Rhage sorriu com simpatia, mantendo os lábios unidos. – Já se mudou, na verdade. Esta noite.

V. interrompeu:

– Com licença, volto já.

Quando Rhage lançou a ele um olhar do tipo "não ouse me deixar aqui", V. entrou e fechou a porta na cara do Irmão. Se Rhage não conseguisse lidar com aquela situação, poderia simplesmente apagar as lembranças dela, ainda que fosse um último recurso. Às vezes, os seres humanos mais velhos não lidavam bem com a "limpeza", pois seus cérebros não eram maleáveis o suficiente para suportar a invasão.

Então, sim, Hollywood e a vizinha de Dottie teriam de se entender enquanto V. analisava o local.

Fazendo uma careta, olhou ao redor. Cara, tudo ali cheirava a *redutor*. Um odor nauseante de tão doce. Como Butch.

Droga. Nem pense nisso.

Forçou-se a se concentrar no apartamento. Diferente das moradias da maioria dos *redutores*, aquela era mobiliada, mas quem o fizera obviamente havia sido o último morador. E Dottie gostava de estampas florais, paninhos de crochê e bibelôs de gatinhos. Ela combinava *bem* com aquele prédio.

Eram grandes as chances de os *redutores* terem lido a respeito de sua morte no jornal e tomado sua identidade. Inferno, poderia ser inclusive seu neto, que havia se apossado do apartamento após ser introduzido na Sociedade.

V. atravessou a cozinha, sem ficar surpreso por não haver comida nos armários nem na geladeira. Enquanto se dirigia para outra parte do apartamento, pensou como era curioso o fato de os assassinos não pernoitarem onde se escondiam. Inferno, a maioria morria com a identidade verdadeira. Apesar de que, com isso, incentivassem os conflitos...

Opa.

V. aproximou-se de uma mesa cor-de-rosa e branca na qual um laptop Dell Inspiron 8600 estava aberto e funcionando. Passou o dedo sobre o mouse e deu uma fuçada rápida. Arquivos codificados. Tudo protegido por senhas. Blá, blá, blá...

Apesar de os *redutores* serem muito relaxados em relação a seus esconderijos, com a segurança de seus computadores eram firmes. A maioria dos assassinos tinha um computador em casa, e a Sociedade Redutora aplicava muitas das mesmas proteções e códigos que V. utilizava no complexo. Então, basicamente, seus sistemas eram impenetráveis.

Ainda bem que ele não conhecia o significado de *impenetrável.*

Fechou o Dell e desconectou o cabo de força do laptop e da tomada. Colocou o cabo dentro do bolso, cerrou o zíper de sua jaqueta e manteve o laptop bem perto do peito. Em seguida, vasculhou melhor o apartamento. No quarto, parecia que uma bomba de decoração exagerada havia explodido, espalhando flores e babados em cima do colchão, das janelas e das paredes.

E lá estava. Sobre uma mesinha ao lado da cama, próxima ao telefone, uma edição de quatro meses atrás da *Reader's Digest* e uma série de frascos de pílulas laranja: uma urna de cerâmica do tamanho de um jarro de leite.

Abriu o telefone e ligou para Rhage. Quando o Irmão atendeu, V. disse:

– Estou indo nessa. Peguei um laptop e a urna.

Desligou, pegou a urna de cerâmica e a pressionou contra o sólido laptop. Então, desmaterializou-se até o Buraco, pensando em como era útil o fato de os seres humanos não colocarem aço em suas paredes.

Capítulo 15

Enquanto o Sr. X observava Van se afastar, sabia que a pergunta havia sido feita cedo demais. Deveria ter esperado até que o cara estivesse mais viciado na onda de poder que ele mostrava ao treinar os assassinos.

Mas o tempo estava passando.

Não que ele estivesse preocupado com o fato de a brecha estar se fechando. A profecia não dizia nada a respeito daquilo. Mas Ômega havia ficado irado, e com razão, na última vez que o Sr. X o encontrou. Não havia recebido bem as notícias de que o humano contaminado tinha sido morto pelos Irmãos naquela clareira na floresta. As apostas estavam aumentando, e não a favor de X.

De repente, o centro de seu peito começou a esquentar e ele sentiu uma batida no local que um dia havia sido ocupado por seu coração. O pulsar rítmico o fez praguejar. Por falar no Mal, o mestre o estava chamando.

O Sr. X entrou na *minivan*, ligou o motor e dirigiu por sete minutos para o outro lado da cidade, em direção a uma casa velha em um bairro perigoso. O local ainda cheirava o desinfetante que fora usado ali até seu antigo dono ser morto por um colega. Graças à toxicidade duradoura, a Sociedade tinha conseguido um desconto.

O Sr. X estacionou na garagem e esperou a porta se fechar lentamente, com direito a um rangido, antes de sair. Depois de desligar o alarme que havia instalado, foi para o quarto dos fundos.

Enquanto prosseguia, sua pele começava a se irritar e a coçar, como se estivesse com alergia no corpo todo. Quanto mais demorava a responder ao mestre, pior ficava. E a intensidade da coceira o estava enlouquecendo, a necessidade de se esfregar inteiro era forte.

Ajoelhando-se e abaixando a cabeça, não queria se aproximar de Ômega. O mestre tinha uma intuição muito forte e agora o Sr. X tinha objetivos próprios, e não da Sociedade. O problema era que o *Redutor Principal* não era apenas chamado, ele era intimado a comparecer. Era essa a questão.

Assim que Vishous entrou no Buraco, notou um silêncio e o odiou. Felizmente, menos de quinze minutos depois de abrir o laptop daquele *redutor* em sua mesa, ouviu uma batida na porta. Olhou para um monitor, e então abriu as travas com a mente.

Rhage entrou mastigando alguma coisa, com a mão dentro de um saquinho plástico.

– Está tendo sorte com o produto do Sr. Dell?

– O que está comendo?

– O resto do bolo de banana da Sra. Woolly. Está uma delícia. Quer um pouco?

V. revirou os olhos e voltou-se para o laptop de novo.

– Não, mas você podia me trazer uma garrafa de vodca e um copo da cozinha.

– Tudo bem – Rhage fez o favor e então se recostou na parede. – Encontrou alguma coisa?

– Ainda não.

Quando o silêncio se prolongou, V. percebeu que aquela visita do Irmão escondia mais do que apenas um interesse no laptop.

E, para confirmar, Rhage disse:

– Olha só, meu Irmão...

– Não estou muito a fim de companhia agora.

– Eu sei. Por isso me mandaram vir.

V. olhou por cima do computador.

– Quem? – perguntou, mas já sabia.

– A Irmandade está preocupada com você. Está ficando muito esquisito, V. misterioso pra caramba, e não adianta negar. Todo mundo está percebendo.

– Oh, sei, e então Wrath mandou você vir dar uma de detetive pra cima de mim?

– Ordem direta. Mas eu já estava vindo pra cá, mesmo.

V. esfregou os olhos.

– Estou bem.

– Tudo bem se não estiver.

Não, realmente não estava.

– Se não se importa, gostaria de cuidar deste computador.

– Você vai se juntar a nós para a última refeição?

– Sim, claro – Até parece.

V. remexeu o mouse e continuou analisando os sistemas de arquivos do computador. Enquanto observava a tela, distraidamente percebeu que seu olho direito, aquele que tinha tatuagens em volta, começou a pular, como se a pálpebra estivesse encolhendo.

De repente, Rhage bateu os dois grandes punhos sobre a mesa e se inclinou.

– Você vai por bem ou por mal.

Quando Vishous olhou para o Irmão, reparou que ele apenas o encarava de volta, alto e estonteantemente lindo.

Ok, então eles ficariam apenas olhando um para o outro? *Bem, vá se ferrar*, pensou V.

Mas seria Vishous quem perderia. Momentos depois, ele olhou para o laptop, tentando fingir que estava checando alguma coisa.

– Você precisa se afastar, está bem? Butch é meu colega de quarto, então é claro que faria qualquer coisa por ele. Mas não é nada de mais...

– Phury nos contou. Sobre suas visões se esgotarem.

– *Deus* – V. saltou de sua cadeira, empurrou Rhage e deu a meia-volta. – Aquele filho da...

– Se serve de consolo, Wrath não lhe deu escolha.

– Então, o rei arrancou isso dele?

– Para com isso, V. Quando tive problemas, você me ajudou. Agora não é diferente.

– É, sim.

– Porque é você.

– Exato – cara, V. simplesmente não conseguia falar sobre essa bobagem. Ele, que falava dezesseis idiomas, estava sem palavras para o medo enorme que sentia em relação ao futuro: o de Butch. O dele. O da raça toda. Suas visões a respeito do que estava para acontecer já o haviam deixado zangado, mas também eram um estranho conforto. Apesar de não gostar do que estava a caminho, pelo menos não havia se surpreendido.

Rhage apoiou a mão em seu ombro, e ele deu um pulo.

– Está na hora da última refeição, Vishous. Apareça ou venho buscá-lo, entendeu?

– Sim, entendi. Agora, suma daqui.

Assim que Rhage saiu, V. voltou ao laptop e se sentou. Mas em vez de voltar à terra da Tecnologia da Informação, ligou para o novo número de Butch.

A voz do policial surgiu grave.

– Oi, V.

– Oi – V. segurou o telefone entre o ouvido e o ombro e serviu um pouco de vodca no copo. Enquanto o líquido entrava em contato com o vidro, ouviu-se um som abafado na linha, como se Butch estivesse se ajeitando na cama ou, talvez, tirando a jaqueta.

Eles ficaram em silêncio por muito tempo, nada além de uma conexão aberta.

E então, V. perguntou:

– Você queria estar com eles? Sente que deveria ficar com os *redutores*?

– Não sei – inspiração profunda, expiração comprida e lenta. – Não vou negar. Reconheci aqueles desgraçados. Eu os senti. Mas quando olhei nos olhos daquele assassino, quis destruí-lo.

V. ergueu o copo. Ao engolir, a vodca queimou sua garganta da maneira mais suave possível.

– Como você está se sentindo?

– Não tão bem. Um pouco desanimado. Como se estivesse meio perdido – mais silêncio. – Foi com isso que você sonhou? Lá no início, quando disse que eu tinha de fazer parte da Irmandade... você sonhou comigo e com Ômega?

– Não. Vi outra coisa.

Apesar de tudo que estava acontecendo, ele não conseguia enxergar um caminho para o que a visão lhe mostrara, em muitos aspectos: havia visto ele próprio, nu, abraçado a Butch, os dois bem alto no céu, envolvidos pelo vento frio.

Deus, ele estava *maluco. Maluco e pervertido.*

– Olha, aparecerei aí quando o sol se por e vou agitar um pouco as coisas.

– Ótimo. Isso sempre ajuda – Butch pigarreou. – Mas, V., não posso ficar sentado aqui esperando por isso. Quero partir para o ataque. O que acha de a gente pegar alguns *redutores*, arregaçá-los, e fazer com que falem um pouco, pra variar.

– Barra pesada, tira.

– Viu o que fizeram comigo? Acha que estou preocupado com a maldita Convenção de Genebra?

– Deixe-me conversar antes com Wrath.

– Rápido.

– Hoje.

– Combinado – fez-se mais um longo silêncio. – Então... você não tem TV neste lugar?

– A TV de tela plana está na parede à esquerda da cama. O controle... não sei onde deixei. Não costumo... bom, não ligo muito para a televisão quando estou aí.

– V., cara, o que é isso que rola aqui?

– Acho que já está bem claro, não é?

Ele riu um pouco.

– Pelo visto, era disso que Phury estava falando, né?

– Quando disse o quê?

– Que você estava envolvido com coisas depravadas.

V. de repente teve uma visão de Butch em cima de Marissa, o corpo masculino em movimento enquanto ela segurava as nádegas dele com as belas mãos.

Então, viu Butch erguer a cabeça e ouviu em sua mente o gemido erótico e rouco que saía dos lábios de seu colega de quarto.

Odiando a si mesmo, Vishous virou uma dose de vodca e rapidamente se serviu de mais uma.

– Minha vida sexual é particular, Butch. Assim como... meus interesses incomuns.

– Tudo bem. Só diz respeito a você mesmo. Mas tenho uma pergunta.

– Qual?

– Quando as fêmeas amarram você, pintam suas unhas do pé e tudo? Ou só fazem a maquiagem?

Enquanto V. ria alto, o tira perguntou:

– Espera aí... elas fazem cócegas em suas axilas com uma pena, não é?

– Engraçadinho.

– Ei, só estou curioso – o riso de Butch sumiu. – Mas você as machuca? Quero dizer...

Mais vodca.

– Tudo com permissão. E não ultrapasso os limites.

– Ainda bem. É pesado para mim, católico como sou, mas... se é combinado, tudo bem, cada um na sua.

V. remexeu a vodca em seu copo.

– Tira, posso perguntar uma coisa?

– O que é justo é justo.

– Você a ama?

Depois de um tempo, Butch murmurou:

– Sim, estou ferrado, mas amo.

Quando o protetor de tela surgiu, V. colocou a ponta do dedo sobre o botão do mouse e interrompeu o encanamento 3D que começou a se formar.

– Como se sente?

Butch fez um barulho como se estivesse se arrumando e ficou imóvel como uma tábua.

– Droga, bem agora.

V. brincou com o cursor, fazendo com que dançasse pela tela.

– Sabe... gosto dela com você. Pra mim, vocês dois dão certo.

– Exceto pelo fato de que sou um operário humano que pode muito bem ser parte *redutor*, diria que concordo com você.

– Você não está se tornando um...

– Puxei um pouco daquele assassino para dentro de mim esta noite. Quando inspirei. Acho que foi por isso que fiquei com o cheiro dele depois. Não por lutarmos, mas porque um pouco do mal estava – *está* – dentro de mim de novo.

V. soltou um palavrão, esperando que não fosse verdade.

– Vamos descobrir isso, tira. Não vou deixá-lo sem respostas.

Desligaram o telefone pouco depois e V. ficou olhando para o laptop, enquanto fazia círculos com o cursor. Manteve a movimentação com o dedo até deixar se surpreender com o tempo que estava perdendo.

Quando levou as mãos para trás da cabeça, percebeu que o cursor havia ido parar em cima da Lixeira. Lixeira... Reciclagem... *reprocessar para usar de novo*.

O que havia entre Butch e o lance da inspiração? Pensando sobre isso agora, V. percebeu que, quando tirou o *redutor* de cima do tira, teve a certeza de que estava quebrando algum tipo de conexão entre eles.

Sem se deixar abater, pegou seu Goose e o copo e dirigiu-se ao sofás. Quando sentou-se, bebeu mais um pouco e olhou para a garrafa de Lag que estava sobre a mesa de centro.

V. inclinou-se para a frente e pegou o uísque. Desrosqueando a tampa, levou a garrafa aos lábios e tomou um gole. Depois, encostou o Lag na borda de seu copo de vodca e despejou. Com os olhos baixos, observou a combinação, os dois se misturando, vodca e uísque diluídos, isentos de sua essência pura, mas mais fortes.

V. levou a mistura aos lábios, jogou a cabeça para trás e engoliu tudo. E então, recostou-se no sofá.

Estava cansado... cansado demais... can...

O sono veio com tamanha rapidez que pareceu uma pancada na cabeça. Mas os olhos não permaneceram fechados por muito tempo. O Sonho, como ele estava começando a chamá-lo, fez com que acordasse minutos depois com sua violência característica: despertou com um grito, uma sensação ruim invadindo seu peito, como se alguém estivesse abrindo suas costelas. Seu coração saiu do compasso, depois começou a bater com força, o suor brotando-lhe em bicas.

Abrindo a camisa, olhou para o próprio corpo.

Tudo estava em seu devido lugar, sem ferida alguma aberta à vista. Mas as sensações persistiam, a terrível pressão de ter levado um tiro, a impressão horrível de que a morte havia chegado.

Respirou com dificuldade. E entendeu que não podia mais ficar parado.

Deixou a vodca onde estava e se aproximou da mesa, determinado a mexer no laptop.

Quando o Conselho dos *Princeps* terminou, Marissa estava esgotada. O que fazia sentido, já que estava quase amanhecendo. Muito se discutiu a respeito da proposta de *ehnclausuramento*, nada negativo, tudo voltado à ameaça dos *redutores*. Obviamente, quando o voto fosse dado, não apenas passaria, mas se Wrath não fizesse um pronunciamento, o Conselho veria aquilo como prova de que o rei não estava comprometido com a raça.

E isso era algo que os detratores de Wrath queriam muito ver acontecer. Trezentos anos depois de ele passar o trono havia deixado um gosto amargo na boca de algumas pessoas da aristocracia, e elas estavam atrás dele.

Desesperada para ir embora, Marissa esperou muito tempo na porta da biblioteca, mas Havers continuava conversando com os outros. Por fim, saiu e se desmaterializou para voltar para casa, pensando que, se necessário, acamparia do lado de fora do quarto do irmão, para poder conversar com ele.

Ao entrar pela porta da frente da mansão, não chamou Karolyn como de costume, foi diretamente para cima, para seu quarto. Abrindo a porta, ela...

– *Oh... meu Deus* – seu quarto era... uma cidade-fantasma.

O armário estava aberto e vazio, nem cabides havia. A cama estava sem lençol, os travesseiros tinham sumido, assim como os cobertores. Todos os quadros estavam no chão. E caixas de papelão estavam empilhadas ao lado de todas as malas Louis Vuitton que possuía.

– O que... – sua voz desvaneceu ao entrar no banheiro. Os armários estavam todos vazios.

Quando saiu do banheiro, Havers estava em pé ao lado da cama.

– O que é isso? – disse ela, indicando as bagagens.

– Você deve deixar esta casa.

A princípio, só conseguiu olhar para ele sem nada fazer.

– Mas eu moro aqui!

Ele pegou a carteira, retirou um maço grosso de notas e as espalhou sobre a mesa.

– Pegue isto. E vá embora.

– Tudo isso por causa de Butch? – perguntou. – E como isso vai funcionar com a proposta de *ehnclausuramento* que você apresentou ao Conselho? Os *tuhtores* precisam ficar próximos de seus...

– Eu não propus nada. E quanto àquele humano... – ele balançou a cabeça. – A vida é sua. E ver você com um macho humano com quem havia acabado de praticar um ato sexual... – a voz de Havers falhou e ele pigarreou. – Agora, vá. Viva como quiser. Mas não vou ficar aqui sentado vendo você se destruir.

– Havers, isso é ridículo...

– Não posso proteger você de você mesma.

– Havers, Butch não é...

– Ameacei a vida do rei para vingar sua honra! – o som da voz dele ressoou nas paredes. – Para encontrá-la com um humano do sexo masculino. E-eu não posso mais tê-la perto de mim. Não confio nessa raiva que você me desperta. Traz à tona atos de grande violência. Isso... – estremeceu e se virou. – Já disse aos *doggen* que devem levá-la aonde quiser, mas, depois disso, eles retornarão para esta casa. Você vai precisar encontrar outra.

Ela ficou completamente sem reação.

– Ainda sou membro do Conselho dos *Princeps*. Você ainda terá de me encontrar lá.

– Não, pois não preciso mais proteger você. E você presume que continuará no Conselho, mas tenho minhas dúvidas. Wrath não terá motivos para negar a proposta de *ehnclausuramento*. Você vai ficar sem parceiro e eu não atuarei como seu *tuhtor*, por isso, não terá alguém para lhe dar permissão para que fique livre. Nem mesmo sua linhagem está acima da lei.

Marissa ficou boquiaberta. Santo Deus... ela seria uma pária social. Praticamente... uma ninguém.

– Como pode fazer isso comigo?

Ele virou o rosto.

– Estou cansado de mim mesmo. Cansado de lutar contra a vontade de protegê-la das escolhas que faz...

– Escolhas! Vivendo como fêmea na aristocracia, não tenho opções!

– Não é verdade. Poderia ser uma companheira adequada para Wrath.

– Ele não me quis! Sabia disso, viu com seus próprios olhos! Por isso queria que ele morresse!

– Mas agora, pensando nisso, me pergunto: por que ele não sentiu nada por você? Talvez você não tenha se esforçado o suficiente para chamar a atenção dele.

Marissa sentiu uma onda de fúria. E a emoção ficou maior quando seu irmão disse:

– Quanto às escolhas, você poderia ter ficado fora do quarto de hospital daquele humano. Escolheu entrar. E escolheu... poderia... não ter se deitado com ele.

– Então, é disso que se trata? Pelo amor de Deus, ainda sou virgem.

– Está mentindo.

As palavras fizeram com que ela se afastasse de suas emoções. Quando o momento passou, a clareza veio e, pela primeira vez, viu seu irmão como era realmente: uma mente brilhante, dedicado a seus pacientes, carinhoso com sua falecida *shellan*... e totalmente inflexível. Um homem da ciência e da ordem que gostava de regras, de previsibilidade e que tinha uma visão precisa da vida.

E, obviamente, ele estava disposto a proteger aquela visão do mundo às custas do futuro dela... de sua felicidade... dela mesma.

– Você está totalmente certo – disse com uma calma estranha. – Preciso ir.

Olhou para as caixas que estavam repletas de roupas que havia vestido e as coisas que tinha comprado. Então, seus olhos novamente voltaram-se para o irmão. Ele estava fazendo a mesma coisa, encarando-lhe como se avaliasse a vida que ela estava levando.

– Deixarei que você fique com os Dürer, é claro – ele disse.

– É claro – murmurou. – Adeus, irmão.

– Agora, sou Havers pra você. Não mais irmão. Nunca mais.

Ele abaixou a cabeça e saiu do quarto.

No silêncio que se seguiu, sentiu vontade de se jogar no colchão e chorar. Mas não havia tempo. Tinha, talvez, uma hora antes que amanhecesse.

Virgem, para onde iria?

Capítulo 16

Quando o Sr. X voltou, após encontrar-se com Ômega do outro lado, sentiu azia. O que parecia lógico, pois tinha comido o pão que o diabo amassou.

O mestre tinha sido firme a respeito de muitas coisas. Queria mais *redutores*, mais vampiros sangrando, mais progresso, mais... mais... Só que o problema era que, independentemente do que recebesse, sempre estaria insatisfeito. Talvez fosse sua sina.

Tudo bem. O cálculo do erro do Sr. X estava no quadro-negro, a equação matemática de sua destruição bem traçada com giz. A incógnita nessa equação era o tempo. Quanto tempo demoraria até que Ômega ficasse insatisfeito e o Sr. X chamado novamente para a eternidade?

As coisas precisavam acontecer com mais rapidez com Van. O cara precisava ser iniciado o mais rápido possível.

O Sr. X caminhou até seu laptop e ligou seu Dell. Sentado ao lado da mancha marrom seca deixada por uma poça de sangue, procurou nos Pergaminhos e encontrou o trecho relevante. As linhas da profecia o acalmaram:

> *Haverá alguém que será o fim do mestre,*
> *Um guerreiro da era moderna encontrado no sétimo do vigésimo primeiro,*[1]

[1] Sétimo ano do século XXI. *Lover Revealed* foi publicado em 2007. (N.R.)

E será reconhecido pelos números que carrega:
Percebe um a mais do que a bússola indica,
Embora só consiga apontar quatro pontos com a direita,
Três vidas tem,
Dois sinais na frente,
E com um único olho negro, em uma fonte[2] *ele nascerá e morrerá.*

O Sr. X se recostou contra a parede, estalou o pescoço e olhou ao redor. O cheiro ácido do laboratório, a sujeira do local, o odor de atos escusos cometidos sem remorso, eram como uma festa na qual ele não queria estar, mas da qual não conseguia sair. Assim como a Sociedade Redutora.

Mas tudo ficaria bem. Pelo menos, ele havia localizado a saída dos *redutores*.

Deus, fora muito estranho o modo como havia encontrado Van Dean. X havia ido aos clubes de luta clandestina à procura de novos recrutas, e Van se destacou imediatamente. Havia algo de especial nele, algo que o tornava superior a seus oponentes. E, ao ver o cara se mover naquela primeira noite, o Sr. X pensou ter encontrado um importante membro para a Sociedade... até perceber que ele não tinha um dedo.

Ele não gostava de levar à Sociedade pessoas com defeitos físicos.

Mas quanto mais via Van lutar, mais se convencia de que a ausência de um dedo mínimo não era impedimento. E então, algumas noites depois, viu a tatuagem. Van sempre lutava vestindo uma camiseta, mas em determinado momento, a camiseta subiu-lhe até o peitoral. Nas costas, com tinta preta, viu um olho entre os ombros.

Aquilo levara o Sr. X a ler os Pergaminhos. A profecia estava dentro do texto do manual da Sociedade Redutora, um parágrafo quase esquecido no meio das regras de iniciação. Felizmente, quando o Sr. X se tornara o *Redutor Principal* pela primeira vez, lera os trechos de modo suficientemente minucioso para se lembrar de que o maldito estava bem ali.

---

[2] "Well", em inglês.

Assim como com o restante dos Pergaminhos, que haviam sido traduzidos para o inglês nos anos 1930, o palavreado da profecia era abstrato. Mas, se você não tivesse um dos dedos da mão direita, então teria apenas quatro pontos a fazer. As "três vidas" eram a infância, a fase adulta e, finalmente, a "vida" na Sociedade. E de acordo com os lutadores, Van era da casa, nascido na cidade de Caldwell, também conhecida como "the Well" (a fonte).

Mas havia mais. A intuição do rapaz também era aguçada. Observá-lo naquele ringue de luta era o necessário para saber que norte, sul, leste e oeste constituíam apenas parte do que ele percebia: ele tinha um talento raro de prever o movimento de seu oponente. Era um dom que o tornava único.

Mas a principal prova, no entanto, era a remoção do apêndice. A palavra *sinal* poderia ser compreendida de muitas maneiras, mas geralmente se referia à cicatriz. E todo mundo tem um umbigo, portanto, se seu apêndice também foi removido, você teria duas cicatrizes na "frente", certo?

Além disso, era o ano certo para encontrá-lo.

O Sr. X pegou o telefone celular e ligou para um de seus subordinados.

Enquanto aguardava chamar, pensou que precisava de Van Dean, o guerreiro moderno, aquele desgraçado de quatro dedos, mais do que qualquer outra pessoa que tivesse conhecido em sua vida. Ou depois de sua morte.

Quando Marissa se materializou na frente da mansão cinza, levou a mão à garganta e inclinou a cabeça. Caramba, tantas paredes erguidas, barreiras inteiras reunidas para a proteção. E tantos vidros blindados, com os painéis em forma de losango parecidos com barras. E havia também o muro de seis metros de altura ao redor do pátio e da propriedade. E todas as câmeras de segurança. E os portões.

Tão seguro. Tão frio.

O local era exatamente como ela esperava que fosse, uma fortaleza, não uma casa. E era cercada por uma proteção que, antigamente, era chamada de *mhis*, de modo que, a menos que você tivesse de estar ali, seu cérebro não conseguiria processar a localização bem o suficiente para que você se encontrasse. Droga, o único motivo que fizera com que ela tivesse ido à Irmandade era porque Wrath fazia parte dela. Depois de trezentos anos vivendo de seu sangue puro, já tinha tanto dele dentro de si que era capaz de encontrá-lo em qualquer lugar. Mesmo através do *mhis*.

Ao observar a montanha diante dela, olhou para cima e em seguida para trás. A leste, a luz do dia estava surgindo, e fez com que seus olhos ardessem. Estava quase na hora.

Com a mão ainda no pescoço, aproximou-se de duas portas grandes de bronze. Não havia campainha nem tranca na porta, por isso, tentou de um lado. Conseguiu abrir, o que a assustou – pelo menos enquanto ficou no vestíbulo. Ah, então era ali que as pessoas eram revistadas.

Colocou o rosto diante de uma câmera e esperou. Sem dúvida, um alarme havia disparado quando ela entreabriu a primeira porta, para que alguém aparecesse e permitisse que ela entrasse... ou a recusasse. De qualquer modo, já estava pronta para o plano B. Sair correndo.

Rehvenge era a outra pessoa a quem ela poderia ter recorrido, mas ele era complicado. Sua *mahmen* era uma conselheira espiritual muito importante para a *glymera* e certamente sentiria-se ofendida com a presença de Marissa.

Com uma oração à Virgem Escriba, alisou os cabelos com as mãos. Talvez estivesse enganada, mas acreditava que Wrath não a recusaria estando tão perto do amanhecer. Por tudo o que haviam passado juntos, acreditava que ele poderia ceder-lhe um dia de abrigo. E ele era um macho de honra.

Pelo menos Butch não vivia na Irmandade, até onde sabia. Ele havia permanecido em outro lugar durante o verão e acreditava que continuava lá. Esperava que sim.

As portas pesadas de madeira diante dela se abriram, e Fritz, o mordomo, mostrou-se surpreso ao vê-la.

– Senhora? – o velho *doggen* fez uma reverência. – Está... sendo aguardada?

– Não, não estou. – naquele momento, estava bem longe de ser *aguardada* por quem quer que fosse. – Eu, ah...

– Fritz, quem é? – perguntou uma voz feminina.

Conforme os passos foram se aproximando, Marissa uniu as mãos e abaixou a cabeça.

Oh, Deus. Beth, a rainha. Teria sido muito melhor ver Wrath primeiro. E agora ela só conseguia pensar que aquilo não daria certo.

Com certeza sua majestade permitiria que ela usasse o telefone para ligar para Rehvenge, certo? Meu Deus, será que ela tinha tempo para telefonar?

As portas se abriram ainda mais.

– Quem é... *Marissa*?

Marissa manteve os olhos fixos no chão e fez uma reverência, como era de hábito.

– Minha rainha.

– Fritz, pode nos dar licença? – um momento depois, Beth perguntou: – Gostaria de entrar?

Marissa hesitou e então atravessou a porta. De soslaio, conseguia ver as cores e perceber as presenças, mas não conseguiu levantar a cabeça para olhar para tudo.

– Como você nos encontrou? – Beth perguntou.

– O... sangue de seu *hellren* continua dentro de mim. Eu... eu o estou procurando para pedir um favor. Poderia conversar com Wrath, se não for ofensa?

Marissa ficou chocada quando sua mão foi segurada.

– O que houve?

Quando olhou para a rainha, levou um susto. Beth estava realmente preocupada, assustada. Era surpreendente ser recebida com qualquer tipo de emoção, principalmente por parte daquela fêmea que, sem dúvida, queria expulsá-la dali.

– Marissa, converse comigo.

Não sabia por onde começar.

– Eu estou... ah, precisando de um lugar para ficar. Não tenho para onde ir. Fiquei sem casa. Estou...

– Espere, acalme-se. Acalme-se. O que houve?

Marissa respirou profundamente e resumiu a história, evitando mencionar Butch.

As palavras saíam de sua boca como uma cascata, derramando-se no brilhante piso de mosaicos, manchando a beleza sob seus pés. A vergonha do relato fez com que sua garganta ardesse.

– Então, você vai ficar conosco – disse Beth quando Marissa terminou.

– Por apenas uma noite.

– Pelo tempo que precisar – Beth apertou a mão de Marissa. – Pelo tempo... que precisar.

Enquanto Marissa fechava os olhos e tentava não chorar, ouviu uma batida e passos fortes descendo escada abaixo.

E então, a voz grossa de Wrath tomou o saguão de três andares.

– O que diabos está havendo?

– Marissa vai morar conosco.

Enquanto Marissa se curvava em outra reverência, sentiu-se totalmente despojada de sua dignidade, vulnerável como se estivesse nua. Era aterrorizante não ter nada e entregar-se à mercê dos outros.

– Marissa, olhe para mim.

O tom severo de Wrath era muito familiar, aquele que sempre usara com ela, aquele que a fazia tremer havia três séculos. Desesperada, olhou para a porta aberta do vestíbulo, apesar de, agora, estar oficialmente sem tempo.

As portas de madeira se fecharam como se o rei houvesse ordenado.

– Marissa, fale.

– Afaste-se, Wrath – disse a rainha. – Ela já passou por muitas coisas esta noite. Havers a expulsou.

– *O quê?* Por quê?

Beth contou a história rapidamente, e ouvir tudo de novo da boca de uma outra pessoa apenas fez com que a humilhação de Marissa fosse maior. Com a visão turva, esforçou-se para não se descontrolar.

E a batalha foi perdida quando Wrath disse:

– Meu Deus, aquele imbecil. É claro que ela fica aqui.

Com a mão trêmula, secou os olhos, segurando as lágrimas e fazendo-as desaparecerem entre seus dedos.

– Marissa? Olhe para mim.

Ela ergueu a cabeça. Meu Deus. Wrath era o mesmo, o rosto cruel demais para ser bonito, aqueles óculos que escondiam boa parte de seu rosto tornando-o ainda mais intimidador. Notou que os cabelos dele estavam bem mais compridos, quase nas costas, do que quando ela o conhecera.

– Fico feliz que tenha nos procurado.

Ela limpou a garganta.

– Agradeceria se pudesse permanecer por um tempo aqui.

– Onde estão suas coisas?

– Guardadas na minha casa... ou melhor, na casa de meu irmão... quero dizer, na casa de Havers. Voltei do Conselho dos *Princeps* e tudo o que tenho está dentro de caixas. Mas podem ficar lá até que eu descubra...

– Fritz! – quando o *doggen* chegou correndo, Wrath disse: – Vá à casa de Havers e pegue as coisas dela. Leve a van e mais alguém para ajudá-lo.

Fritz fez uma reverência e partiu, movendo-se mais depressa do que se pensaria possível para um velho *doggen*.

Marissa procurou o que dizer:

– Eu... eu...

– Vou levá-la ao seu quarto – disse Beth. – Parece que você está à beira de um colapso.

A rainha guiou Marissa pela grande escadaria e, enquanto caminhavam, olhou para trás.

Wrath parecia totalmente impiedoso, muito sério.

Ela teve de parar.

– Tem certeza? – perguntou a ele.

Seu semblante tornou-se ainda mais severo.

– Aquele seu irmão gosta de me irritar.

– Não quero ser inconveniente...

Wrath a interrompeu.

– Isso tudo tem a ver com Butch, certo? V. me contou que você procurou o tira e o chamou. Deixe-me adivinhar... Havers não gostou de saber que você se aproximou demais de nosso humano, não é?

Marissa só assentiu.

– Como eu disse, seu irmão me irrita muito. Butch é nosso garoto mesmo que não faça parte da Irmandade e quem se importa com ele importa para nós. Então, por mim, você pode morar aqui pelo resto de sua amaldiçoada vida – Wrath dirigiu-se ao pé da escadaria. – Maldito Havers. Maldito *imbecil*. Vou encontrar V., e avisá-lo que você está aqui. Butch não está, mas V. saberá onde encontrá-lo.

– Oh, você não precisa...

Wrath não parou, nem mesmo hesitou, lembrando a ela que não se deve dizer ao rei o que fazer. Mesmo tratando-se de um pedido para que não se preocupasse com alguma coisa.

– Bem – murmurou Beth –, pelo menos ele não está armado agora.

– Fico surpresa por ele se importar tanto.

– Como assim? É um absurdo. Expulsar você logo ao amanhecer. Bem, vamos lá, vou acomodá-la.

Marissa resistiu à delicada condução da fêmea.

– Você me recebe de modo tão gracioso. Como pode ser tão...

– Marissa – os olhos escuros de Beth estavam sérios –, você salvou o homem que amo. Quando foi baleado e meu sangue não conseguiu ser forte o bastante, você o manteve vivo com seu pulso. Por isso, deixemos as coisas bem claras. Não existe absolutamente coisa alguma que eu não faria por você.

Conforme amanheceu e a luz penetrou na cobertura, Butch acordou totalmente excitado, remexendo o quadril, enrolado nos lençóis de cetim. Coberto de suor, sua pele extremamente sensível, a ereção pulsando.

Grogue, confuso, sem saber o que era realidade e o que ele esperava que fosse real, levou a mão à cintura. Abriu o cinto. Procurou dentro da calça e da cueca.

Imagens de Marissa vieram-lhe à mente, parte fantasias nas quais ele gloriosamente se perdera, parte lembranças de como era estar com ela. Entrou no ritmo com a mão, sem saber se era exatamente ele mesmo quem estava fazendo as carícias... Talvez fosse ela... Deus, como desejava que fosse ela.

Fechou os olhos e arqueou as costas. *Oh, sim. É tão bom.*

Então, acordou.

Ao perceber o que estava fazendo, ficou indócil. Irritado consigo mesmo e também com o que estava acontecendo, manipulou seu sexo com vontade até praguejar, ejaculando. Nem dava para chamar aquilo de orgasmo. Era como se seu membro xingasse em voz alta.

Apreensivo, parou e olhou para a mão.

E então, suspirou aliviado. Pelo menos alguma coisa estava de volta ao normal.

Depois de tirar a calça e se limpar com a cueca, entrou no banheiro e abriu o chuveiro. Embaixo d'água, só conseguia pensar em Marissa. Sentia falta de sua fome intensa, um tipo de desejo doloroso que fazia com que se lembrasse de quando havia deixado de fumar, um ano antes.

E, droga, não havia adesivos antinicotina para aquilo.

Quando saiu do banho, com uma toalha enrolada no quadril, seu celular novo estava tocando. Procurando entre os travesseiros, encontrou o aparelho.

– Pode falar, V. – disse. Caramba, sua voz de manhã era sempre esquisita, e daquela vez não foi diferente. Parecia o motor de um carro que não quer pegar.

Ótimo, já eram duas coisas normais a seu favor.

– Marissa está morando aqui.

– *O quê?* – apoiou-se no colchão. – De que está falando?

– Havers a expulsou.

– Por minha causa?

– Aham.

– *Aquele desgraçado...*

– Ela está aqui no complexo, por isso, não se preocupe com a segurança dela. Mas está muito assustada – fez-se longo silêncio. – Tira? Você está aí, cara?

– Estou – Butch se deitou na cama. Sentiu que os músculos das coxas tremiam com a vontade de se aproximar dela.

– Então, como disse, ela está bem. Quer que eu a leve até você hoje à noite?

Butch ergueu a mão até os olhos. Virava uma fera só de pensar que alguém poderia tê-la ferido. A ponto de tornar-se violento.

– Butch? Alô?

Quando Marissa se deitou em uma cama, puxou os cobertores até o pescoço e desejou não estar nua. O problema era que estava sem suas roupas.

Meu Deus, ainda que ninguém fosse perturbá-la ali, estar nua parecia... errado. Escandaloso, ainda que ninguém soubesse.

Olhou ao redor. O quarto onde havia sido acomodada era lindo, com azulejos azul-delfínio, a cena de uma moça e seu cavaleiro ajoelhado repetida nas paredes, as cortinas, as roupas de cama e a cadeira.

Não era exatamente o que ela queria ver. Os dois amantes franceses tomavam sua mente, algo mais audível do que visual, destacando aquilo que ela não tinha com Butch. Que nunca teria com Butch.

Resolveu o problema apagando a luz e fechando os olhos. E a versão ocular de tampões de ouvido funcionou muito bem.

Doce Virgem, que confusão. E ainda por cima perguntava-se como as coisas podiam ficar piores. Fritz e dois outros *doggens* haviam ido à casa de seu irmão – aliás, à casa de *Havers* – e ela já esperava que não voltassem com coisa alguma. Talvez ele simplesmente decidisse dar cabo de suas coisas rapidamente. Como havia feito com ela.

Deitada no escuro, pensou no caos que estava sua vida, tentando ver o que ainda podia aproveitar e o que precisava abrir mão, por ser irrecuperável. Só encontrou uma imundície deprimente, um amontoado de lembranças infelizes que não dava norte algum. Não fazia a menor ideia do que queria fazer ou para onde ir.

E nada fazia sentido. Havia esperado e desejado, por três séculos, que um macho a notasse. Três séculos tentando se adequar à *glymera*. Três séculos tentando, desesperadamente, ser a irmã de alguém, a parceira de alguém. Todas aquelas expectativas externas tinham sido as leis da física que comandavam sua vida, mais penetrantes e incisivas do que a gravidade.

Mas o que a tentativa de alcançá-la lhe fizera? Órfã, sem parceiro, abandonada.

Certo, ali estava a primeira regra para o resto de seus dias: não mais procuraria por definições fora de si. Podia não ter ideia de quem era, mas era melhor estar perdida e à procura do que ser rotulada por outra pessoa.

O telefone tocou ao lado da cama e ela se sobressaltou. Depois de cinco toques, atendeu porque a ligação insistia.

– Alô?

– Senhora? – um *doggen*. – Ligação de nosso mestre Butch. Irá aceitá-la?

Oh, excelente. Então, ele já sabia.

– Senhora?

– Ah... sim, vou atender.

– Muito bem. Passarei a ligação. Por favor, aguarde.

Ouviu-se um clique e, então, a voz grossa esperada.

– Marissa? Você está bem?

Não muito, pensou ela, mas não era problema dele.

– Sim, obrigada. Beth e Wrath têm sido muito generosos comigo.

– Escute, quero vê-la.

– Quer mesmo? Então devo imaginar que todos os seus problemas desapareceram como mágica? Você deve estar feliz por ter voltado ao normal. Parabéns.

Ele praguejou.

– Estou preocupado com você.

– Muito gentil, mas...

– Marissa...

– ... não devemos me expor ao risco, certo?

– Escute, eu só...

– Então, é melhor você ficar longe, para eu não me ferir...

– *Caramba*, Marissa. Que se dane tudo isso!

Fechou os olhos, irada com o mundo, com ele, com seu irmão e consigo mesma. E com o fato de Butch estar ficando irritado também, aquela conversa era como uma granada prestes a explodir.

Com a voz baixa, disse:

– Fico feliz por ter se preocupado comigo, mas estou bem.

– Droga...

– Sim, acredito que dissemos tudo. Adeus, Butch.

Ao desligar o telefone, percebeu que seu corpo todo tremia.

O telefone tocou de novo imediatamente e ela olhou para o criado-mudo. Num ímpeto, esticou o braço e arrancou o fio da tomada.

Remexendo o corpo entre os lençóis, encolheu-se, deitada de lado. Não conseguiria dormir de forma alguma, mas fechou os olhos mesmo assim.

Enquanto pensava no escuro, irritada, chegou a uma conclusão. Ainda que tudo estivesse... bem, uma *droga*, para usar a palavra de Butch... pelo menos, ainda podia dizer que estar irritada era muito melhor do que ter um ataque de pânico.

Vinte minutos depois, com seu gorro dos Sox enterrado na cabeça e um par de óculos escuros, Butch caminhou até um Honda Accord verde-escuro, ano 2003. Olhou para a esquerda e para a direita. Não havia ninguém na rua. Não havia janelas nos prédios. Nenhum carro passava na Rua Nove.

Inclinando-se para a frente, pegou uma pedra do chão e abriu um buraco na janela do motorista. Quando o alarme soou, afastou-se do sedã e se embrenhou nas sombras. Ninguém apareceu. O alarme parou.

Não roubava um carro desde os dezesseis anos, quando era um delinquente juvenil em South Boston, mas estava de volta à ativa. Aproximou-se calmamente do veículo, abriu a porta e entrou. O que houve em seguida ocorreu de modo rápido e eficiente, provando que o crime, assim como seu sotaque, era algo que ele nunca perderia. Remexeu embaixo do painel. Encontrou os fios. Uniu os dois certos e... *vroom*.

Butch afastou o restante do vidro estilhaçado com o antebraço e partiu tranquilamente. Suas pernas estavam bem próximas ao peito, então procurou por uma alavanca embaixo do banco e a puxou até deslizar para trás o máximo que conseguiu. Com um braço apoiado na janela, como se estivesse apenas deixando o ar daquele início de dia primaveril entrar, recostou-se casualmente.

Quando chegou à placa de pare no fim da rua, ligou a seta e parou completamente o carro. Respeitar as regras de trânsito com um veículo roubado e sem carteira de motorista era essencial. Depois de virar à esquerda e descer a Rua Nove, sentiu pena da pessoa a quem havia acabado de lesar – ter o carro roubado não era nada divertido. Ao parar no primeiro sinal vermelho, abriu o porta-luvas. O carro estava registrado no nome de uma moça chamada Sally Forrester. Rua Barnstable, número 1.247.

Prometeu devolver o Honda a ela assim que possível e ainda deixaria no carro algumas centenas de dólares para cobrir o transtorno e o vidro arrebentado.

E por falar em coisas arrebentadas... virou o espelho retrovisor em direção ao próprio rosto. Caramba, estava um bagaço. Precisava fazer a barba e seu rosto ainda estava todo marcado pela surra. Praguejando, ajeitou o espelho para que não tivesse de ficar olhando para sua cara feia.

Infelizmente, ainda tinha uma ideia clara do que estava fazendo.

Saindo da cidade no Accord de Sally Forrester, com o rosto todo marcado, teve um momento de percepção da própria realidade que não o deixou muito feliz. Sempre havia cruzado a linha entre o bom e o mau, sempre estava disposto a desobedecer às regras para acomodar suas vontades. Havia desmascarado suspeitos. Fingia-se de cego de vez em quando se, com isso, conseguisse informações sobre um caso. Havia usado drogas mesmo depois de ter entrado para a polícia – pelo menos até se livrar de seu vício em cocaína.

Apenas pessoas de índole ruim aceitam suborno ou favores sexuais no trabalho.

Então, sim, pelo jeito aquelas duas coisas o tornavam um herói.

E o que estava fazendo agora? Indo atrás de uma fêmea cuja vida já estava muito complicada. Só para poder aumentar os problemas dela.

Mas não pôde se controlar. Depois de telefonar para Marissa sem sucesso diversas vezes, não conseguiu deixar de fazer aquela viagem. Se antes estava obcecado, agora parecia possuído por ela. Só precisava ver se estava bem e... diabos, pensou que talvez pudesse se explicar um pouco para ela.

No entanto, havia algo de bom. Por fora, parecia estar normal. No abrigo de V., havia feito um corte em si mesmo no braço porque, apesar de a habilidade com a mão estar ótima, precisava conferir seu sangue: vermelho. Ainda bem.

Respirou profundamente e franziu a testa. Levou as narinas ao bíceps e inspirou de novo. Que inferno era aquilo? Mesmo com o vento dentro do carro, mesmo através de suas roupas, conseguia sentir o cheiro de alguma coisa e, não, não era o talco de bebê, que, felizmente, desaparecera. Agora, havia outra coisa exalando dele.

Caramba. Ultimamente, seu corpo parecia descontrolado. Mas, pelo menos, gostava daquele odor apimentado...

Opa. Não podia ser... Não, não era. Não podia ser. Certo?

Absolutamente. Pegou o telefone e apertou o botão de discagem rápida. Assim que ouviu o "alô" de V., disse:

– Prepare-se, estou chegando.

Escutou um barulho e a inspiração, como se Vishous estivesse se endireitando.

– Não me surpreende. Mas como vai entrar aqui?

– Com o Honda de Sally Forrester.

– De quem?

– Sei lá. Eu roubei. Olha, não estou fazendo nada de estranho – sim, claro. – Bem, nada de estranho como *redutor*. Só preciso ver Marissa.

Fez-se uma longa pausa.

– Vou deixá-lo passar pelo portão. Inferno, o *mhis* mantém aqueles assassinos longe da propriedade por setenta anos, por isso não acho que poderão achá-lo aqui. E não acredito que você está vindo atrás de nós. A menos que eu esteja ficando louco.

– Claro que não.

Butch ajeitou o gorro e enquanto passava o braço diante do nariz, cheirou-o de novo.

– Ah, V. ... tem uma coisa esquisita acontecendo comigo.

– O quê?

– Estou cheirando a colônia masculina.

– Bom pra você. As fêmeas gostam disso.

– Vishous, estou cheirando a Obsession, mas não passei perfume algum, entende?

Mais um longo silêncio do outro lado.

– Os humanos não se vinculam.

– Puxa, é mesmo? Pode dizer isso ao meu sistema nervoso central e às minhas glândulas sudoríparas? Com certeza eles gostariam de saber.

– Notou isso depois que vocês estiveram juntos no quarto do hospital?

– Tem piorado desde então, mas acho que senti algo parecido da outra vez.

– Quando?

– Eu a vi entrar em um carro com um macho.

– Há quanto tempo?

– Três meses. Peguei uma Glock quando vi.

Silêncio.

– Butch, os humanos não se vinculam como nós.

– Eu sei.

Mais silêncio. E então:

– Há uma chance de você ter sido adotado?

– Não. E não há presas em minha família, se é o que quer saber. V., cara, bebi um pouco de você. Tem certeza de que não me tornei...

– A genética é a única maneira. Aquela história da transformação por meio da mordida não passa de uma lenda idiota. Olha, vou liberar sua entrada e poderemos conversar depois que você a vir. Ah, e saiba que Wrath não se opõe em estudar os *redutores* para descobrir o que aconteceu com você. Mas não quer que você se envolva.

Butch segurou o volante com força.

– Droga. Passei horas tentando ter o direito de retribuir, V. Eu *sangrei* pelo direito de derrubar aqueles desgraçados e conseguir as respostas.

– Wrath...

– É um cara bacana, mas não é meu rei. Então, ele pode ficar tranquilo.

– Ele só quer proteger você.

– Diga a ele que não preciso desse favor.

V. resmungou uma ou duas frases no Antigo Idioma e depois murmurou:

– Tudo bem.

– Obrigado.

– Só mais uma coisa, tira. Marissa é convidada da Irmandade. Se ela não quiser ver você, iremos expulsá-lo, combinado?

– Se ela não quiser me ver, vou embora sozinho. Juro.

Capítulo 17

Quando Marissa ouviu uma batida na porta, abriu os olhos e checou as horas. Dez da manhã e ainda não havia dormido. Deus, estava exausta.

Mas podia ser Fritz com novidades.

– Sim?

A porta se abriu e ela viu uma grande sombra com um gorro.

Sentou-se, segurando o lençol sobre os seios nus.

– Butch?

– Oi – ele tirou o gorro, amassando-o com uma mão, remexendo em seu cabelo com a outra.

Ela acendeu uma vela.

– O que está fazendo aqui?

– Ah... queria ter certeza de que você estava bem pessoalmente. Além disso, seu telefone... – ele ergueu as sobrancelhas como se tivesse visto o fio que ela havia puxado da parede. – Hum, sim... seu telefone não está funcionando. Você se incomoda se eu entrar um pouco?

Enquanto respirava profundamente, só conseguiu sentir o cheiro dele, com o perfume entrando por suas narinas e se espalhando por todo seu corpo.

Maldito, pensou. Maldito irresistível.

– Marissa, não vou perturbá-la, prometo. E sei que está irritada. Mas podemos apenas conversar?

– Tudo bem – disse ela, balançando a cabeça. – Mas não pense que vamos resolver alguma coisa.

Quando ele deu um passo adiante, ela percebeu que aquela tinha sido uma má ideia. Se queria conversar, ela deveria encontrá-lo no andar de baixo. Afinal, ele era muito macho. E ela estava muito nua. E eles estavam naquele momento... sim, trancados dentro de um quarto.

Ótima ideia. Excelente trabalho. Talvez agora ela devesse pular de uma janela.

Butch recostou-se na porta que havia fechado.

– Em primeiro lugar, você está bem aqui?

– Sim, estou – caramba, aquilo era esquisito. – Butch...

– Sinto muito se estou sufocando você – seu rosto marcado se contorceu em uma careta. – Não acho que não possa cuidar de si mesma. Estou totalmente assustado comigo mesmo e não consigo tolerar sequer imaginar que possa se ferir.

Marissa olhou para ele. Aquilo era simplesmente terrível. Se continuasse assim, todas aquelas desculpas terminariam por amolecê-la.

– Butch...

– Espere, por favor... apenas me escute. Escute o que tenho a dizer e vou embora – ele inspirou lentamente, com o peito grande se expandindo embaixo de sua camisa preta e fina. – Mantê-la longe de mim parece ser a única maneira de garantir sua segurança. Mas isso porque eu sou perigoso, não porque você é fraca. Sei que você não precisa ser protegida ou de algum tipo de guardião.

Durante o longo silêncio que se instalou em seguida, ela o analisou.

– Então prove, Butch. Conte-me o que realmente aconteceu com você. Não houve acidente de carro algum, certo?

Ele esfregou os olhos.

– Fui atacado por *redutores* – quando ela se mostrou assustada, ele completou rapidamente: – Não foi nada demais. É sério...

Marissa ergueu a mão.

– Pare. Ou me conta tudo, ou nada. Não quero meias-verdades. É ruim para nós dois.

Ele praguejou. E esfregou os olhos mais um pouco.

– Butch, fale comigo ou saia.

– Tudo bem... tudo bem – olhou para ela com os olhos castanhos. – Pelo que me lembro, fui interrogado por doze horas.

Ela segurou os lençóis com força suficiente para adormecer os dedos.

– Interrogado... como?

– Não me lembro de muita coisa, mas, pelo estrago, posso dizer que foi o de costume.

– Como assim... o de costume?

– Choques elétricos, socos, coisas nas unhas... – parou, mas ela teve certeza de que a lista era mais longa.

Ela sentiu a garganta queimar.

– Oh... Deus...

– Não pense nisso. Acabou. Já passou.

Santa Virgem, como ele podia dizer aquilo?

– Por que... – ela pigarreou. Pensou que, querendo a história toda, era melhor mostrar que sabia lidar com as coisas. – Então, por que ficou em quarentena?

– Eles colocaram algo dentro de mim – abriu os botões de baixo da camisa de seda e mostrou a cicatriz em seu ventre. – V. me encontrou abandonado para morrer na floresta e tirou o que colocaram, mas agora estou meio... conectado aos *redutores* – como mostrou-se tensa, ele soltou a camisa. – Sim, os assassinos, Marissa. Aqueles que estão tentando exterminar sua raça. Por isso, acredite quando digo que quando quero saber o que aconteceu comigo não se trata de um momento de descobrimento, uma busca interior, nada dessas bobagens. Seus inimigos mexeram em meu corpo. Colocaram algo dentro de mim.

– Você... é um deles?

– Não quero ser. E não quero machucar você nem ninguém. Mas, veja, esse é o problema. Tem muita coisa que eu não sei.

– Butch, deixe-me ajudá-lo.

Ele soltou um palavrão.

– Mas e se...

– Não existem possibilidades – ela respirou profundamente. – Não vou mentir. Estou assustada. Mas não quero dar as costas a isso e você é um tolo por tentar me fazer agir de tal forma.

Ele balançou a cabeça, com respeito no olhar.

– Você sempre foi tão corajosa assim?

– Não. Mas parece que, por você, acho que sou. Vai me deixar entender?

– Quero fazer isso. Sinto que preciso fazer – mas demorou um pouco para que atravessasse o quarto. – Tudo bem se eu me sentar ao seu lado?

Quando ela assentiu e se moveu para o lado, abrindo-lhe espaço, ele se sentou na cama, afundando o colchão, fazendo com que o corpo dela escorregasse para perto do dele. Ele olhou para ela durante muito tempo antes de segurar-lhe a mão. Deus, a palma da mão dele era tão quente e grande.

Ele se inclinou e raspou os lábios nos dedos dela, movendo-os de um lado a outro.

– Quero me deitar ao seu lado. Não para fazer sexo. Nada disso. Só...

– Sim.

Quando ele se levantou, ela ergueu os lençóis, mas ele negou com um movimento de cabeça.

– Fico por cima.

Ele tirou o casaco e se espreguiçou ao lado dela. Puxou-a para mais perto. Beijou o topo de sua cabeça.

– Você parece bastante cansada – disse, à luz da vela.

– Estou bastante cansada.

– Então, pode dormir, que eu cuido de você.

Ajeitou-se ainda mais próxima ao corpo dele e expirou. Era tão bom apenas recostar a cabeça em seu peito e sentir o calor e o cheiro dele. Butch acariciou-lhe as costas lentamente, e ela adormeceu com tanta rapidez que não percebeu o que tinha acontecido, e só se deu conta quando sentiu a cama se mexer e acordou.

– Butch?

– Preciso conversar com Vishous – beijou a parte de trás da mão dela. – Continue descansando. Você está pálida e não gosto disso.

Ela sorriu suavemente.

– Pare de cuidar de mim.

– Foi só uma sugestão – ele esboçou um sorriso. – O que acha de nos encontrarmos antes da primeira refeição? Espero por você lá embaixo, na biblioteca.

Ela assentiu, ele se inclinou e passou as pontas dos dedos no rosto dela. Então, olhou para seus lábios e repentinamente o cheiro que exalava ficou mais forte.

Seus olhares se encontraram.

Demorou apenas um segundo para que ela sentisse o desejo lhe percorrer as veias, uma vontade forte e que queimava. Com vontade própria, passou os olhos do rosto para o pescoço dele, e suas presas começaram a latejar, enquanto ia se entregando ao puro instinto: queria perfurar aquela veia grossa. Queria alimentar-se dele. E queria fazer isso enquanto ele fizesse sexo com seu corpo.

Desejo de sangue.

Deus, era por isso que estava tão cansada. Não conseguira se alimentar de Rehvenge na noite anterior, e havia enfrentado todo o estresse com o fato de Butch estar mal, seguido por sua partida. Sem contar a confusão com Havers.

Não que os motivos importassem naquele momento. Só sabia que estava faminta.

Seus lábios se abriram e ela começou a ir para a frente...

Mas o que aconteceria se bebesse o sangue dele?

Bem, fácil dizer. Ela o secaria ao tentar se satisfazer, pois o sangue humano dele era muito fraco. Poderia matá-lo.

Mas, Deus, seria tão bom.

Interrompeu seu desejo e, num ato de controle, colocou os braços embaixo do lençol.

– Vejo-o à noite.

Quando Butch se endireitou, seu olhar ficou mais intenso. Levou as mãos à parte da frente do corpo, como se escondesse uma ereção. O que, naturalmente, fez com que ela sentisse ainda mais vontade de agarrá-lo.

– Cuide-se, Marissa – disse num tom baixo e triste.

Ele estava na porta quando ela o chamou:

– Butch?

– Sim?

– Não acho que você seja fraco.

Ele franziu a testa como se tentasse entender o que a fizera dizer aquilo.

– Nem eu. Durma bem, minha linda. Nos veremos em breve.

Quando ficou sozinha, esperou que o desejo passasse, o que aconteceu e lhe deu certa esperança. Com todos aqueles acontecimentos, adoraria deixar de lado a alimentação por enquanto. Aproximar-se tanto de Rehvenge simplesmente parecia errado.

Capítulo 18

Van dirigiu até o centro da cidade conforme anoitecia em Caldwell. Depois de sair da estrada, pegou um trecho precário que levava ao rio, atravessando com sua caminhonete pela extensão de terra repleta de buracos embaixo da grande ponte da cidade. Parando em frente a uma torre de alta tensão na qual lia-se, pintado com spray laranja, "F8", saiu e olhou ao redor.

Lá em cima, o tráfego era intenso, com trovões ecoando e veículos buzinando de vez em quando. Ali embaixo, no nível do rio, o Hudson estava quase tão cheio quanto o movimento na ponte. Aquele havia sido o primeiro dia com o calor da primavera, e a água fluía rapidamente com a neve derretida.

O caminho cinza-escuro parecia asfalto líquido. E tinha cheiro de terra.

Observou a área, atento. Cara, sozinho embaixo da ponte não era um lugar bom para se estar. Principalmente ao anoitecer.

Droga, ele não deveria ter ido ali. Virou-se para a caminhonete.

Xavier apareceu em meio às sombras.

– Fico feliz que tenha vindo, filho.

Van controlou a surpresa que sentiu. Caramba, o cara parecia um fantasma.

– Não podíamos ter feito isso por telefone? – bem, não tinha sido incisivo o suficiente. – Tenho um monte de coisas a fazer.

– Preciso de sua ajuda num assunto.

– Já disse que não estou interessado.

Xavier deu um sorrisinho.

– Sim, você disse.

O barulho dos pneus no chão batido chamou a atenção de Van e ele olhou para a esquerda. A *minivan* dourada estacionou ao lado dele.

De olho em Xavier, Van colocou a mão em seu bolso e deslizou o dedo no gatilho de sua nove milímetros.

– Tenho algo na parte de trás para você, filho. Vá em frente. Abra – uma pausa. – Está com medo, Van?

– Vá se danar – caminhou até lá, pronto para sacar sua arma. Mas quando puxou a porta para trás, tudo que pôde fazer foi recuar. Seu irmão, Richard, estava amarrado com uma corda de náilon, e tinha a boca e os olhos cobertos com fita.

– *Jesus, Rich*... – quando esticou o braço, ouviu uma arma ser engatilhada e olhou para o motorista da *minivan*. O filho da mãe de cabelos claros que estava ao volante apontou o que parecia ser uma Smith & Wesson 40 bem em direção ao rosto de Van.

– Gostaria que repensasse meu convite – disse Xavier.

Dirigindo o Honda de Sally Forrester, Butch praguejou ao entrar à esquerda em um semáforo e ver um carro de patrulha da polícia de Caldwell estacionado diante do Stewart's, na esquina da Framingham com a Hollis. Diabos. Dirigir por aí um carro roubado com dois mil dólares em dinheiro não fazia um cara se sentir tranquilo.

O bom era que ele tinha reforço. V. estava bem atrás dele, no Escalade, e os dois seguiam para o endereço da Barnstable.

Nove minutos e meio depois, Butch encontrou a casa de Sally. Depois de desligar os faróis e estacionar o Accord, rompeu a conexão dos fios para desligar o motor. A casa estava escura, por isso, caminhou até a porta da frente, enfiou o envelope com o dinheiro pela abertura da correspondência e atravessou a rua para chegar ao Escalade. Não estava preocupado com a possibilidade de ser visto naquela rua sossegada. Se alguém perguntasse alguma coisa, V. faria com que se esquecesse.

Estava entrando no veículo, mas parou, com uma sensação estranha percorrendo-lhe o corpo.

Sem qualquer motivo aparente, seu corpo começou a "tocar" – era assim que conseguia descrever a sensação. Como se existisse um telefone celular dentro de seu peito.

Descer a rua... descer a rua. Tinha de descer a rua.

Oh, Deus... havia *redutores* ali.

– O que foi, tira?

– Sinto a presença deles. Estão por perto.

– Vamos lá, então – Vishous saiu do veículo e ambos fecharam as portas. Quando V. pressionou o botão do alarme, os faróis do Escalade piscaram uma vez. – Vá em frente, tira. Veremos aonde vai nos levar.

Butch começou a andar. E então, passou a correr.

Juntos, correram pelas sombras calmas do local, mantendo-se afastados dos focos de luz das lâmpadas das varandas e dos postes de rua. Cortaram caminho pelo quintal de uma casa. Contornaram e saltaram poças. Esgueiraram-se pelo portão de uma garagem.

A vizinhança ficou mais escura. Cães latiam assustados. Um carro passou com os faróis desligados, tocando uma batida de rap. Passaram por uma casa abandonada, seguida por um terreno baldio. Até, finalmente, encontrarem um sobrado mal cuidado, dos anos 1970, rodeado por uma cerca de madeira de quase três metros de altura.

– É aqui – disse Butch, olhando em volta à procura de um portão.

– Dê-me sua perna, tira.

Quando Butch segurou a parte de cima da cerca e encaixou o joelho, V. lançou-o por cima dela como jornal sendo entregado de manhã. Aterrissou agachado.

Lá estavam. Três *redutores*. Dois deles arrastavam um macho pelos braços para fora da casa.

Butch descontrolou-se. Estava furioso pelo que haviam feito com ele, frustrado pelo medo que sentia por Marissa, encurralado por sua natureza humana... e aqueles assassinos tornaram-se alvo de sua ira.

Mas V. materializou-se ao seu lado e pôs a mão em seu ombro. Quando Butch se virou para mandar o Irmão para o inferno, Vishous disse em voz baixa:

– Você pode se acertar com eles. Mas fique quieto. Estão sempre à espreita e sem Rhage por perto preciso lutar sozinho, entendeu? Por isso, não posso criar *mhis* algum. Não conseguirei disfarçar isso aqui.

Butch olhou para seu colega de quarto, percebendo que aquela era a primeira vez que tinha recebido permissão para lutar.

– Por que está me dando passe livre agora?

– Precisamos ter certeza de qual lado você está – disse V., pegando uma adaga. – E é assim que saberemos. Então, pego os dois que estão com o civil e você acerta o outro.

Butch assentiu uma vez, e então deu um passo à frente, ciente do poderoso rugido entre suas orelhas e dentro de seu corpo. Quando direcionou-se ao *redutor* que estava prestes a se movimentar pela casa, a coisa se virou como se houvesse pressentido sua aproximação.

O desgraçado apenas se mostrou incomodado quando Butch correu em sua direção

– Já estava na hora de mandarem reforços – o assassino desviou-se. – Há duas fêmeas ali dentro. A loira é bem rápida, por isso quero que ela...

Butch atacou o *redutor* por trás e se prendeu a ele, segurando a cabeça e os ombros do maldito. Era como montar em um cavalo de rodeio. O assassino começou a se mover e a girar, agarrando as pernas e os braços de Butch. Como não obteve sucesso, a coisa chocou os dois contra a parede da casa com força suficiente para amassar a parede de alumínio.

Butch ficou encurralado, com o antebraço apertando o pescoço do *redutor*, e a outra mão segurando seu pulso, puxando-o para trás. Para prender com mais firmeza, envolveu o quadril do assassino com as pernas, cruzou-as na altura dos tornozelos e apertou-o com as coxas.

Demorou um pouco, mas a asfixia e o cansaço, por fim, derrubaram o morto-vivo.

Mas, que diabos, quando os joelhos do *redutor* começaram a sacudir, Butch sentiu-se como uma bolinha de *pinball*. Ele havia sido lançado contra o lado de fora da casa, depois na porta, e agora estavam no corredor, sendo lançado de um lado ao outro no espaço limitado. Seu cérebro chacoalhava na cabeça e sentia seus órgãos internos revirarem como ovos mexidos, mas, droga, não se daria por vencido. Quanto mais tempo conseguisse manter o *redutor* ocupado, mais chances as fêmeas teriam de escapar...

Que inferno, hora da montanha-russa. O mundo girou e Butch chocou-se primeiro com o chão, o *redutor* caindo sobre ele.

Não era um bom lugar para se estar. Agora, era o único que não conseguia respirar.

Esticou a perna, apoiou-se na parede e saiu de baixo, torcendo o tronco do *redutor*. Infelizmente, o desgraçado também foi rápido, e os dois começaram a rolar de um lado para o outro em cima do carpete laranja e sujo. Por fim, Butch perdeu a força.

Com pouco esforço, o assassino ficou em cima dele, de modo que ficaram cara a cara, e então colocou-o em posição de submissão, imobilizando-o.

Ok... agora seria um ótimo momento para V. aparecer.

Mas quando o *redutor* olhou para baixo e seus olhos encontraram os de Butch, tudo ficou mais lento. Até parar. Parado. Morto.

Algo os unia, como a ação de um torno, mas apenas com a troca de olhares e, desta vez, Butch estava no controle, apesar de ainda permanecer embaixo do desgraçado. O *redutor* ficou paralisado e Butch seguiu seus instintos.

O que fez foi abrir a boca e começar a inspirar lentamente.

Mas não estava puxando ar. Estava inspirando o assassino. Absorvendo-o. Consumindo-o. Foi como antes, no beco, mas agora ninguém interromperia o processo. Butch apenas continuou inspirando, e uma sombra negra saiu dos olhos, nariz e boca do *redutor*, entrando em Butch.

Sentia-se um balão enchendo-se com fumaça. Sentia-se assumindo o manto do inimigo.

Quando terminou, o corpo do assassino simplesmente se desintegrou em cinzas, com a névoa fina de partículas acinzentadas caindo sobre o rosto, peito e pernas de Butch.

– Caramba.

Desesperado, Butch olhou ao redor. V. estava recostado na porta da frente, segurando-se ao batente como se a casa fosse a única coisa que o estivesse mantendo em pé.

– Oh, Deus – Butch rolou para o lado, esfregando o rosto no carpete áspero. Estava enojado, e sua garganta queimava como se ele tivesse bebido muito uísque. Mas o pior era que o mal estava dentro dele de novo, correndo por suas veias.

Respirando pelo nariz, sentiu o cheiro de talco de bebê. E sabia que vinha dele, não dos restos do *redutor*.

– V. ... – disse desesperado –, o que acabei de fazer?

– Não sei, tira, não faço a menor ideia.

Vinte minutos depois, V. entrou com o colega de quarto no Escalade e acionou todas as travas. Apertando as teclas do celular e levando o telefone ao ouvido, olhou para Butch. O tira parecia muito mal no banco do passageiro, como se estivesse com ânsia e começando a ficar gripado ao mesmo tempo. E cheirava a talco de bebê, como se estivesse exalando aquele odor por todos os poros.

Enquanto aguardava chamar, Vishous ligou o motor do veículo, engatou a primeira marcha e lembrou-se de Butch fazendo aquela coisa esquisita com aquele *redutor*. Repetindo o que o tira havia dito, *Meu Deus do Céu*.

Cara... aquela sucção era uma baita arma. Mas as complicações eram muitas.

V. olhou-o novamente. E percebeu que era para se certificar de que Butch não estava olhando para ele como um *redutor* o faria.

Droga.

– Wrath? – disse V. quando atenderam à ligação. – Olha só, eu... droga... nosso garoto acabou de consumir um *redutor*. Não... não foi o Rhage. Foi Butch. Sim, *Butch*. O quê? Não, eu o vi... consumir a coisa. Não sei como, mas o *redutor* desapareceu. Não, nada de facas. Ele inalou a maldita coisa. Olha, só por questões de segurança, vou levá-lo à minha casa e deixá-lo dormir. Depois vou para o complexo, ok? Certo... Não, não faço a menor ideia de como fez isso, mas conto os detalhes quando chegar aí. Isso. Certo. Aham. Ai, pelo amor de... *sim*, estou bem e pare de me perguntar isso. Até mais.

Quando desligou e colocou o telefone no painel, ouviu a voz de Butch, fraca e rouca.

– Fico feliz por não estar me levando para casa.

– Mas gostaria de levá-lo – V. apanhou uma cigarrilha e a acendeu, tragando com força. Ao soltar a fumaça, trincou uma das janelas. – Jesus Cristo, tira, como sabia que podia fazer isso?

– Não sabia – Butch tossiu um pouco, como se sua garganta o estivesse perturbando. – Quero uma de suas adagas.

V. franziu a testa e olhou para seu colega de quarto.

– Pra quê?

– Apenas dê para mim – ao perceber a hesitação de V., Butch balançou a cabeça com desânimo. – Não vou atrás de você com isso. Juro por minha mãe.

Pararam em um semáforo fechado e V. soltou o cinto de segurança para que conseguisse tirar uma de suas lâminas do coldre peitoral. Entregou a arma a Butch pelo cabo, e então fitou a estrada à sua frente. Quando olhou de volta, Butch havia levantado a manga da camisa e estava cortando a si mesmo na parte interna do antebraço. Ambos observaram o que estava saindo.

– O sangue está preto de novo.

– Bem... não é de se surpreender.

– Estou com o cheiro deles, também.

– É – cara, V. não gostava do modo como o tira estava concentrado naquela adaga. – Por que não me devolve a adaga, parceiro?

Butch entregou a arma e V. limpou a lâmina negra em sua roupa de couro antes de embainhar a arma.

Butch cruzou os braços.

– Não quero chegar perto de Marissa quando estiver assim, ok?

– Sem problemas. Vou cuidar de tudo.

– V.?

– O que foi?

– Prefiro morrer a feri-lo.

O olhar de V. percorreu o espaço entre eles. O rosto do tira estava sério, assim como seus olhos castanhos, as palavras não eram uma simples expressão de seus pensamentos, mas uma promessa: Butch O'Neal estava preparado para sair do jogo se as coisas ficassem críticas. E ele era totalmente capaz de realizar a tarefa.

V. tragou a cigarrilha mais uma vez e tentou não se aproximar ainda mais do humano.

– Espero que não chegue a isso.

Por favor, Deus, faça com que não cheguemos a isso.

Capítulo 19

Marissa deu outra volta ao redor da biblioteca da Irmandade e retornou à janela que dava vista para a varanda e a piscina.

O dia devia ter sido quente, pensou. Havia partes na neve que haviam derretido, revelando manchas pretas ou terra marrom no gramado...

Oh, quem diabos se importava com a maldita paisagem...

Butch havia saído depois da primeira refeição, dizendo que tinha uma tarefa rápida a realizar. Sem problema. Beleza. Tranquilo. Mas aquilo fora há duas horas.

Virou-se quando alguém entrou na sala.

– *Butch*... oh... é você.

Vishous estava na entrada, um guerreiro forte emoldurado por extravagantes folhas douradas ao seu redor.

Santa Virgem do Fade... seu rosto sequer demonstrava expressão alguma, o tipo de cara que se faz quando se tem notícias ruins para dar.

– Diga-me que está vivo – disse ela. – Salve minha vida agora mesmo e diga-me que ele está vivo.

– Está.

Suas pernas pareciam fraquejar e segurou-se em uma das estantes que tomavam a parede toda.

– Mas ele não vem, certo?

– Não.

Enquanto se olhavam, ela percebeu, distraidamente, que ele vestia uma camisa branca com calça de couro preta: uma Turnbull and Asser de botões. Reconheceu o modelo. Era o que Butch usava.

Marissa passou um braço diante do corpo, assustada com Vishous, apesar de ele estar do outro lado da sala. Parecia um macho muito perigoso – e não por causa das tatuagens na têmpora, nem pelo cavanhaque negro ou o corpo assustador. O Irmão era frio por dentro, e alguém tão distante como ele era capaz de fazer qualquer coisa.

– Onde ele está? – ela perguntou.

– Está bem.

– Então, por que não está aqui?

– Foi só uma briga rápida.

Uma... *briga... rápida*. Sentiu-se fraca de novo ao lembrar-se de estar ao lado de Butch em um leito. Viu-o deitado sobre lençóis de hospital, surrado, quase morrendo. Contaminado por algo maligno.

– Quero vê-lo.

– Não está aqui.

– Está na clínica de meu irmão?

– Não.

– E não irá me dizer onde ele está, certo?

– Em breve, irá lhe telefonar.

– Foi alguma coisa com os *redutores*? – Vishous não disse nada, apenas continuou olhando para ela, o que fez com que o coração de Marissa acelerasse. Seria aguentar demais se Butch estivesse envolvido naquela guerra. Muita coisa já havia sido feita a ele. – Droga, diga-me se foi alguma coisa com os assassinos, seu cretino.

Ele continuou em silêncio, o que, obviamente, respondia à pergunta. E sugeria que Vishous não se importava que ela se irritasse com ele.

Marissa segurou seus saiotes e caminhou até o guerreiro. Em frente a ele, teve de olhar para cima para encará-lo. Meu Deus, aqueles olhos... aqueles olhos brancos e diamantinos com um círculo azul-escuro ao redor das íris. Frios. Muito frios.

Tentou esconder seu temor da melhor maneira, mas ele percebeu. Notou-o pelos ombros.

– Está com medo de mim, Marissa? – perguntou. – O que, exatamente, você acha que eu faria com você?

Ela ignorou aquela pergunta.

– Não quero que Butch lute.

Ele ergueu uma das sobrancelhas negras.

– Não é decisão sua.

– É perigoso demais para ele.

– Depois de hoje, não tenho mais tanta certeza.

O sorriso incisivo do Irmão fez com que ela desse um passo para trás, mas a raiva a impediu de recuar totalmente.

– Você se lembra daquela cama de hospital? Viu o que fizeram com ele da última vez. Pensei que se importasse com ele.

– Se ele for uma peça importante e estiver afim, será usado.

– Não gosto da Irmandade neste momento – disse ela. – Nem de você.

Começou a caminhar para passar por ele, mas ele a agarrou com a mão, segurando seu braço e puxando-a para si, detendo-a sem machucá-la. Olhou para seu rosto, pescoço e percorreu seu corpo com os olhos.

E foi quando ela viu o fogo nele. O calor vulcânico. O inferno interior que estava reprimido por todo aquele autocontrole glacial.

– Solte-me – sussurrou com o coração aos pulos.

– Não estou surpreso – respondeu silenciosamente... como uma faca afiada pousada sobre a mesa.

– C-com o quê?

– Você é uma fêmea de valor. Por isso não deve gostar de mim – aqueles olhos brilhantes a analisaram de perto. – Sabe, você é o que há de melhor na espécie, não é?

– Não... não, não sou...

– É, sim – a voz de Vishous ficou cada vez mais baixa, suave, até não saber se realmente escutava a voz dele ou se estava em sua mente. – Butch é uma boa escolha para você, fêmea. Cuidará bem de você, se você deixar. Vai deixar, Marissa? Permitirá que ele... tome conta de você?

Enquanto aqueles olhos de diamante a hipnotizavam, sentiu o polegar dele sobre seu pulso, de um lado a outro. Sua frequência cardíaca de repente diminuiu.

– Responda minha pergunta, Marissa.

Ela oscilou.

– O que... o que perguntou?

– Deixará que ele seja seu companheiro? – Vishous inclinou-se para frente e encostou a boca na orelha dela. – Permitirá que ele a possua?

– Sim... – ela suspirou, ciente de que falavam sobre sexo, mas envolvida demais naquele momento para não responder. – Vou deixá-lo possuir-me.

Aquela mão forte afrouxou; depois, passou a acariciar-lhe o braço, movendo-se sobre a pele dela carinhosamente, com vigor. Ele baixou a vista, para ver onde a estava tocando, com uma expressão de total concentração.

– Ótimo. Muito bom. Vocês dois combinam muito bem. Constituem uma tremenda inspiração.

O macho virou-se e foi embora.

Desorientada, chocada, ela foi até a porta da biblioteca e viu Vishous subir as escadas, suas coxas grossas movimentando-o sem dificuldade.

De repente, parou e olhou para ela. Marissa levou a mão ao pescoço.

O sorriso de Vishous era sombrio como a palidez de seus olhos.

– Qual é, Marissa. Pensou mesmo que eu ia beijá-la?

Ela se assustou. Era exatamente aquilo que havia pensado...

Vishous fez um movimento de cabeça.

– Você é a fêmea de Butch e, independentemente de ficarem ou não juntos, sempre será a fêmea dele para mim – e voltou a caminhar. – Além disso, você não faz meu tipo. Tem a pele macia demais.

V. entrou no escritório de Wrath e fechou as portas duplas, pensando que aquela conversa com Marissa tinha sido muito esquisita, de diversas maneiras. Deus, não lia os pensamentos de alguém havia semanas, mas conseguira ler os dela com clareza. Ou talvez apenas estivesse tentando adivinhar. Diabos, é mais provável que tivesse sido isso. Pelos olhos arregalados dela, estava convencida de que ele a beijaria.

Errado. O motivo pelo qual havia encarado-a fixamente era porque ela o fascinava, não porque o atraía. Queria entender o que tinha de tão especial que fazia Butch querer deitar-se com ela com tanto carinho e amor. Seria algo em sua pele? Seus ossos? Sua beleza? Como ela conseguia?

Como levava Butch a um patamar onde o sexo era comunhão?

V. esfregou o centro de seu peito, ciente de uma dolorosa solidão.

– Olá? Meu Irmão? – Wrath inclinou-se sobre a mesa, apoiando-se nos braços e mãos fortes. – Está aqui para falar ou para brincar de estátua?

– É... desculpe-me. Estava distraído.

Vishous contou novamente sobre a briga, especialmente a parte final, quando viu um *redutor* desaparecer do nada, graças a seu colega de quarto.

– Meu Deus... – disse Wrath.

V. foi até a lareira e atirou a ponta de sua cigarrilha às chamas.

– Nunca vi nada parecido.

– Ele está bem?

– Não sei. Eu o levaria a Havers para que fosse examinado, mas não há como voltarmos à clínica com o tira. Neste momento, está na minha casa com o celular. Telefonará se as coisas ficarem estranhas e eu pensarei no que fazer.

Wrath franziu a testa.

– Como pode ter certeza de que os *redutores* não conseguirão localizá-lo?

– Vá por mim. De qualquer forma, ele é o único que foi atrás deles. Parece que sentiu o cheiro deles, alguma coisa assim. Quando aproxima-se deles, parecem reconhecê-lo, mas é sempre ele quem primeiro tem contato.

Wrath baixou a vista, olhando a pilha de folhas sobre a mesa.

– Não gosto de saber que ele está por aí sozinho. Não gosto nem um pouco.

Fez-se uma longa pausa e então V. disse:

– Posso buscá-lo. Trazê-lo para cá.

Wrath tirou os óculos. Ao esfregar os olhos, o anel do rei, aquele pesado diamante negro, brilhou em seu dedo médio.

– Temos fêmeas aqui. E uma delas está grávida.

– Posso ficar de olho nele. Ele pode ficar no Buraco. Posso fechar o acesso ao túnel.

– Diabos – voltou a colocar os óculos. – Vá buscá-lo. Traga nosso garoto para cá.

Para Van, a parte mais assustadora em sua introdução na Sociedade Redutora não foi a conversão física, nem Ômega nem a natureza involuntária daquilo tudo. Não que toda essa droga não fosse aterrorizante. E como era. Jesus Cristo... saber que o mal existia e que vagava por aí e... fazia coisas com pessoas? Sim, era um belo alerta, e não no bom sentido.

Mas não a parte mais assustadora.

Resmungando, Van levantou do colchão no qual estava deitado sabia Deus havia quanto tempo. Olhando para seu corpo, esticou o braço e depois o recolheu.

Não, a parte mais assustadora era o fato de que quando finalmente parou de vomitar e tentou se controlar para respirar, não se lembrava do motivo por antes não querer entrar para a Sociedade. Pois o poder retornara a seu corpo; o vigor de seus vinte e poucos anos novamente dominava seu interior. Graças a Ômega, voltara a ser quem era, não mais uma sombra fraca do que já havia sido. Sim, os meios tinham sido uma mistura de terror com incredulidade. Mas o final... fora glorioso.

Flexionou o bíceps de novo, sentindo os músculos e os ossos, adorando tudo aquilo.

– Está sorrindo – disse Xavier ao entrar na sala.

Van olhou para cima.

– Sinto-me ótimo. Realmente... muito... bem.

Os olhos de Xavier estavam distantes.

– Não permita que isso lhe suba à cabeça. E escute bem: quero que fique perto de mim. Nunca vá a lugar algum sem mim. Combinado?

– Sim, claro – Van tirou as pernas da cama. Mal conseguia esperar para correr e ver qual era a sensação.

Ao ficar em pé, a expressão de Xavier foi esquisita. Frustração?

– O que foi? – perguntou Van.

– Sua introdução foi tão... comum.

Comum? Ter o coração arrancado e o sangue trocado por algo que parecia piche não parecia muito comum para ele. E, fala sério, Van não estava interessado naqueles comentários. Pelo que sabia, um novo mundo abrira-se para ele. Havia renascido.

– Sinto muito em desapontá-lo – disse.

– Não estou desapontado. Ainda – Xavier olhou seu relógio. – Vista-se. Sairemos em cinco minutos.

Van entrou no banheiro e ficou em pé diante do vaso sanitário, e então percebeu que não queria fazer suas necessidades. Também não sentia sede nem fome.

Bem, aquilo era estranho. Parecia ir contra as leis da natureza deixar de seguir a rotina matinal.

Inclinando-se para frente, olhou seu reflexo no espelho acima da pia. Seus traços eram os mesmos, mas os olhos estavam diferentes.

Sem saber o que fazer, esfregou o rosto com a palma da mão para ter certeza de que ainda era feito de carne e osso. Ao sentir o crânio em sua cabeça através da pele fina, pensou em Richard.

Que estava em casa com a esposa e os dois filhos naquele momento. A salvo.

Van não teria contato com sua família. Nunca mais. Mas a vida de seu irmão parecia uma troca justa. Os pais eram importantes.

Além disso, analisou tudo o que havia conquistado por aquele sacrifício. Sua parte especial estava de volta.

– Pronto para partir? – Xavier perguntou do corredor.

Van hesitou. Cara, o que quer que fosse que se apossara dele era muito mais sombrio e profundo do que uma mera vida criminosa. Ele era um agente do mal agora, certo?

E isso devia tê-lo deixado mais incomodado.

Mas, na verdade, gostava daquele poder, pronto para se aproveitar dele.

– Sim, estou.

Van sorriu para seu reflexo, sentindo que seu destino especial tinha se realizado. E era exatamente quem precisava ser.

Capítulo 20

Na noite seguinte, Marissa estava saindo do banho quando escutou as cortinas sendo abertas.

Puxa, estava cansada, mas também o dia tinha sido muito agitado. Muito.

Mas o lado bom era que, pelo menos, todas as coisas que havia planejado fazer mantiveram Butch longe de seus pensamentos. Bem, pelo menos em parte. Certo, às vezes parava de pensar nele.

O fato de ele ter sido ferido por um *redutor* de novo era apenas parte de sua preocupação. Queria saber onde ele estava e quem estava cuidando dele. Não era seu irmão, obviamente. Mas, Butch tinha mais alguém?

Será que ele tinha passado o dia com outra fêmea, recebendo seus cuidados?

Sim, Marissa havia conversado com ele na noite anterior e ele dissera todas as coisas certas: garantira que estava bem. Não havia mentido para esconder o fato de ter lutado com um *redutor*. Havia sido sincero quando disse que só a veria quando se sentisse melhor. E também avisara que a encontraria na primeira refeição aquela noite.

Pensou que se ele tivesse mentido, era porque estava perturbado, e por isso não o culpava. Mas apenas quando desligou o telefone percebeu que não tinha feito muitas perguntas.

Com raiva de suas inseguranças, caminhou até o cesto de roupas sujas e enfiou a toalha nele. Quando se endireitou, ficou tão tonta que tropeçou com os pés descalços e largou o corpo no sofá. Se não fizesse aquilo, poderia cair.

Por favor, aquela necessidade de se alimentar precisava passar. *Por favor.*

Respirou profundamente até ficar com a mente mais centrada, e então ficou em pé lentamente e caminhou até a pia. Ao encher as mãos em conchas com água fria e lavar o rosto, pensou que precisava procurar Rehvenge. Mas não naquela noite. Naquela noite, precisava estar com Butch. Precisava vê-lo de perto e ter a certeza de que estava bem. E precisava conversar com ele. Ele era mais importante, não o corpo dela.

Quando se sentiu mais firme, pôs seu vestido YSL. Caramba, realmente, passara a detestar usar aquilo. Lembrava-a de coisas muito ruins, como se o ocorrido com seu irmão fosse um cheiro ruim que havia permeado o tecido do vestido.

A batida que estava esperando ocorreu precisamente às seis horas. Fritz estava do outro lado da porta, sorrindo enquanto fazia uma reverência.

– Boa noite, senhora.

– Boa noite. Trouxe os papéis?

– Como pediu.

Pegou a pasta que ele segurava e caminhou até a escrivaninha, onde folheou os documentos e os assinou em diversas linhas. Ao fechar a capa da pasta, pousou a mão sobre ela.

– Isso terminou com muita rapidez.

– Temos bons advogados, não é?

Suspirou profundamente e devolveu o documento do advogado e os papéis de locação para Fritz. Então, foi até o criado-mudo e pegou a pulseira da coleção de diamantes que ainda usava quando havia chegado à Irmandade. Ao entregar a corrente brilhante ao *doggen*, pensou rapidamente que seu pai lhe dera aquele conjunto havia mais de cem anos.

Ele nunca imaginaria como seria usado. Graças à Virgem Escriba.

O mordomo franziu a testa.

– O mestre não aprova.

– Eu sei, mas o Wrath já tem sido gentil demais comigo – os diamantes brilhavam pendurados nos dedos dela.

– Fritz? Pegue a pulseira.

– O mestre não aprova isso.

– Ele não é meu *tuhtor*. Por isso, não é da conta dele.

– Ele é o rei. Tudo é da conta dele – mas Fritz pegou a joia.

Ao se virar, o *doggen* a olhava tão assustado, que ela disse:

– Obrigada por trazer algumas de minhas peças íntimas e por lavar meu vestido. Você é muito atencioso.

Ele ficou um pouco mais feliz com o elogio.

– Talvez a senhora queira que eu retire alguns de seus vestidos de seus baús?

Ela olhou para seu St. Laurent e balançou a cabeça.

– Não ficarei aqui por muito tempo. Melhor deixá-los guardados.

– Como quiser, senhora.

– Obrigada, Fritz.

Ele fez uma pausa.

– Gostaria de dizer que coloquei rosas frescas na biblioteca para seu encontro de hoje à noite com nosso mestre Butch. Ele pediu para que eu trouxesse algumas para seu deleite. E disse que deviam ser tão lindas e douradas como o seu cabelo.

Marissa fechou os olhos.

– Obrigada, Fritz.

Butch enxaguou a lâmina de barbear, bateu-a no canto da pia e fechou a torneira. De acordo com o espelho, o barbear não tinha ajudado muito; na verdade, apenas mostrava seus hematomas, que estavam ficando amarelados. Droga. Queria estar bonito para Marissa, principalmente porque a noite passada tinha sido uma grande confusão.

Ao encarar seu reflexo, olhou para o dente da frente, aquele que tinha uma pontinha lascada. Droga... se quisesse ter uma aparência à altura dela, precisaria de cirurgia plástica, desintoxicação e mais um monte de gorros.

Não importava. Tinha mais coisas com as quais se preocupar quisesse encontrá-la em dez minutos. Ela estava péssima ao telefone na noite anterior, e parecia que a distância entre eles estava voltando a se estabelecer. Mas pelo menos havia aceitado vê-lo.

O que fez com que se preocupasse. Abaixou e pegou uma faca da beira da pia branca. Esticando o braço, ele...

– Tira, você vai ficar cheio de buracos se continuar assim.

Butch olhou no espelho. Atrás dele, V. estava recostado na maçaneta, com um copo de vodca Goose e uma cigarrilha na mão. Havia cheiro de tabaco turco no ar, forte e másculo.

– Vamos lá, V. Eu preciso ter certeza. Sei que sua mão faz milagres, mas... – passou a lâmina pela pele, depois fechou os olhos, receoso do que poderia aparecer.

– Está vermelho, Butch. Você está bem.

Olhou para o sangue escorrendo.

– Como pode ter certeza?

– Você não tem mais cheiro de *redutor*, como ontem à noite – V. entrou no banheiro. – E em segundo lugar...

Antes de Butch se dar conta, V. segurou seu braço, inclinou-se e lambeu o corte, fechando-o com rapidez.

Butch se afastou do colega de quarto.

– Meu Deus, V.! E se esse sangue estiver contaminado!

– Estou bem. Apenas... – com um salto, Vishous pulou para trás, contra uma parede, com os olhos virando e o corpo em convulsões.

– *Meu Deus...!* – Butch gritou, assustado.

Mas V. parou de se debater e calmamente tomou um gole.

– Você está bem, tira. O gosto é ótimo. Bem, muito bom para um ser humano, o que não é bem do que eu gosto, sabe?

Butch deu um salto e acertou um soco no amigo. E quando o Irmão o xingou, Butch desferiu-lhe mais um.

V. arregalou os olhos e passou a mão na parte atingida.

– *Caramba,* tira!

– Aguente. Você merece.

Butch passou pelo Irmão e caminhou na direção de seu armário. Enquanto tentava decidir o que vestir, começou a amassar as roupas, empurrando-as ao redor dos cabides.

Parou. Fechou os olhos.

– Que droga é essa, V.? Ontem à noite eu estava sangrando preto. Agora, não mais. Por acaso meu corpo é um tipo de triturador de *redutores*?

V. se sentou na cama, recostando-se contra a cabeceira, descansando o copo em cima de sua coxa, na calça de couro.

– Talvez, não sei.

Cara, estava muito cansado de se sentir perdido.

– Pensei que você soubesse de tudo.

– Não é justo, Butch.

– Droga... você tem razão. Sinto muito.

– Podemos pular a parte das desculpas e acertar você, então?

Enquanto os dois riam, Butch forçou-se a pegar um terno e acabou jogando um Zegna azul e preto na cama, ao lado de V. Depois, segurou as gravatas.

– Eu vi Ômega, não foi? Aquela coisa em mim era parte dele. Ele colocou parte dele em mim.

– Sim. É o que acho.

De repente, Butch sentiu a necessidade de ir à igreja rezar por sua salvação.

– Não tenho como voltar ao normal, não é mesmo?

– Provavelmente não.

Butch analisou sua coleção de gravatas, mostrando-se surpreso com as cores e as opções. Enquanto continuava sem decidir, por algum motivo pensou em sua família em South Boston.

Eles sim erm normais... e nunca mudavam. Para o clã dos O'Neal, houve um acontecimento principal, e aquela tragédia havia mudado o planejamento da família. Quando as coisas se acalmaram, a bagunça já estava feita: depois de Jane ser estuprada e assassinada quando tinha quinze anos, todos haviam se mantido em seus lugares. E ele era o estranho perdido.

Para interromper seus pensamentos, Butch pegou um par de sapatos Ferragamo cor de sangue do armário.

– O que você vai fazer esta noite, vampiro?

– Supostamente é meu dia livre.

– Bom.

– Não, isso é ruim. Você sabe que eu detesto não lutar, não é?

– Você é muito durão.

– Aham.

Butch olhou para trás.

– Preciso lembrar você sobre hoje à tarde?

V. olhou para o copo.

– Não faço ideia do que aconteceu.

– Você acordou gritando tanto que pensei que tivesse levado um tiro. Com o que estava sonhando?

– Nada.

– Não tente me enganar. É irritante.

V. remexeu a vodca. Engoliu.

– Foi só um sonho.

– Que mentira. Vivo com você há nove meses, camarada. Você dorme feito uma pedra, quando dorme.

– Deixa pra lá.

Butch largou a toalha, vestiu uma cueca boxer preta e tirou uma camisa branca de botões do armário.

– Você devia contar ao Wrath sobre o que está acontecendo.

– Acho melhor não falarmos sobre isso.

Butch vestiu a camisa, abotoou e tirou uma calça risca de giz do cabide.

– Só estou dizendo...

– Pode parar, tira.

– Caramba, você é um idiota. Olha, estou aqui se quiser conversar, ok?

– Não prenda sua respiração. Mas... agradeço – V. pigarreou. – A propósito, peguei emprestada uma de suas camisas ontem à noite.

– Tudo bem. O que me chateia é quando você pega minhas meias.

– Não queria ver sua namorada em roupas de luta. Por isso fiz isso.

– Ela me disse que você conversou com ela. Acho que a deixou nervosa.

V. disse algo que parecia com "Eu deveria".

Butch olhou para ele.

– O que disse?

– Nada – V. levantou da cama e foi em direção à porta. – Olha, vou para o meu apartamento esta noite. Ficar aqui sozinho enquanto todo mundo trabalha me deixa mal. Se precisar de mim, pode ir me procurar na cobertura.

– V. – quando seu colega de quarto parou e olhou para trás, Butch disse: – Obrigado.

– Pelo quê?

Butch ergueu o braço.

– Você sabe.

V. deu de ombros.

– Pensei que assim você fosse se sentir melhor com ela.

John atravessou o túnel subterrâneo, com os passos ecoando, fazendo com que se sentisse muito solitário, como ele realmente era.

Bem, estava acompanhado apenas por sua raiva. Ela sempre fazia companhia a ele agora, próxima à sua pele, cobrindo-o como se fosse sua pele também. Cara, mal podia esperar até que as aulas começassem à noite para poder extravasar um pouco daquele sentimento. Estava ansioso, irritado e não conseguia parar quieto.

Mas talvez, em parte, aquilo se devesse ao fato de que ele, ao seguir em direção à casa principal, não conseguia parar de pensar na primeira vez que havia atravessado aquele caminho com Tohr. Estava muito nervoso naquela vez, e estar ao lado do macho o havia deixado calmo.

Feliz droga de aniversário, John pensou.

Exatamente três meses antes foi quando tudo tinha dado errado. Três meses antes, o assassinato de Wellsie e Sarelle e o desaparecimento de Tohr tinham sido vistos como previsões ruins das cartas de tarô. Pá! Pá! Pá!

E o resultado tinha sido um inferno. Durante algumas semanas depois da tragédia, John pensou que Tohr voltaria. Esperou, torceu e rezou. Mas... nada. Nada de comunicação, nenhum telefonema... nada.

Tohr estava morto. Só podia estar.

Quando John subiu os degraus que levavam para dentro da mansão, não conseguiu passar pela porta secreta que dava para o saguão. Não estava interessado em comer. Não queria ver ninguém. Não queria se sentar à mesa. Mas certamente Zsadist iria atrás dele. O Irmão o havia arrastado para dentro da casa principal para que fizesse as refeições nos últimos dias. E isso envergonhava e era irritante para os dois.

John forçou-se a subir os degraus e entrar na mansão. Para ele, a cor ofuscante do saguão era uma afronta a seus sentidos, não mais um banquete para os olhos, e seguiu para a sala de jantar com a vista colada ao chão. Ao passar embaixo do grande arco, viu que a mesa estava posta, mas ainda não tinha sido ocupada. E sentiu o cheiro de carneiro assado – a refeição favorita de Wrath.

O estômago de John roncou de fome, mas não se entregaria. Ultimamente, por mais faminto que estivesse, no instante em que a comida descia para dentro de seu estômago, mesmo que fosse alguma comida especialmente preparada para o perído de pré-transição, sentia cólicas. E ainda tinha de comer mais para a mudança? Ah, sim, claro.

Quando ouviu passos leves e apressados, virou a cabeça. Alguém corria pela varanda no segundo andar.

E então ouviu risos vindos de cima. Risos gloriosamente femininos.

Saiu do caminho e olhou para a escadaria.

Bella apareceu acima, sem fôlego, sorrindo, com um robe de cetim preto nas mãos. Ao diminuir o ritmo no início da escada, olhou para trás, com o cabelo preto balançando como se fosse uma crina.

A batida que ouviu depois foi pesada e distante, aumentando até parecer pedras no chão. Obviamente, era o que ela estava esperando. Ela riu, apertou ainda mais o robe e desceu a escada, com os pés descalços nos degraus como se estivesse flutuando. No fim da escada, pousou sobre o chão de mosaico do saguão e saiu assim que Zsadist apareceu no corredor do segundo andar.

O Irmão a viu e foi direto para a varanda, segurando o corrimão, jogando as pernas por cima e escorregando rapidamente. Partiu para a frente, mergulhando perfeitamente, exceto pelo fato de não estar na água, mas a dois andares acima do chão duro.

O grito de socorro de John saiu como uma rajada de ar muda e contida...

E foi interrompido quando Zsadist se desmaterializou no mergulho. Tomou forma seis metros à frente de Bella, que observou o show com muita euforia.

Enquanto isso, o coração de John pulava por causa do choque... e então bateu depressa por outro motivo.

Bella sorriu para seu companheiro, com a respiração ainda difícil, as mãos segurando o robe, com os olhos intensos, convidativos. E Zsadist partiu para frente para responder ao chamado, parecendo cada vez maior enquanto caminhava até ela. O odor do Irmão encheu o saguão, juntamente com seu rugido lento, parecido com o de um leão. O macho era um perfeito animal naquele momento... um animal no cio.

– Você gosta de ser perseguida, *nalla* – Z. disse com a voz tão grave que estava distorcida.

O sorriso de Bella ficou ainda mais largo quando ela recuou em um canto.

– Talvez.

– Então, continue correndo – as palavras saíram pesadas e até John sentiu a ameaça erótica nelas.

Bella partiu, dando a volta em seu parceiro, indo para a sala de sinuca. Z. foi atrás como se ela fosse uma presa, correndo ao redor, olhando para os cabelos soltos e o corpo gracioso da fêmea. Ao mostrar os dentes, os caninos brancos ficaram mais longos, saindo de seus lábios. E não foram a única reação que teve à sua *shellan*.

Na parte inferior de seu corpo, à vista por baixo da calça de couro, havia uma ereção do tamanho de um tronco de árvore.

Z. olhou rapidamente para John e voltou para a caça, desaparecendo na sala, com aquele grunhido cada vez mais alto. Pelas portas abertas, ouviu-se um gemido de prazer, um grito de mulher e então... nada.

Ele a havia pegado.

John colocou a mão na parede, mantendo um interesse do qual não havia se dado conta. Enquanto pensava no que eles estavam fazendo, seu corpo ficou estranhamente relaxado e um pouco mole. Como se, talvez, alguma coisa estivesse despertando.

Quando Zsadist saiu um momento depois, segurava Bella nos braços, seus cabelos pretos caídos por seus ombros, entregando-se à força dele. Ela mantinha os olhos no rosto de Z. enquanto ele olhava para onde estava indo, com a mão dela acariciando seu peito, seus lábios esboçando um sorriso contido.

Havia uma marca de mordida em seu pescoço, que não estava ali antes, e a satisfação que Bella demonstrava enquanto olhava para o rosto faminto de seu *hellren* era curiosa. John sabia instintivamente que Zsadist terminaria duas coisas no andar de cima: o acasalamento e a refeição. O Irmão entraria na garganta e entre as pernas dela. Provavelmente ao mesmo tempo.

Puxa, John queria aquele tipo de conexão.

Mas, e seu passado? Mesmo que passasse por aquela transição, como conseguiria ficar tão à vontade e confiante com uma fêmea? Machos de verdade não tinham passado pelo que ele passou, não haviam sido forçados com uma ponta de faca a uma hedionda submissão.

Que droga, era só olhar para Zsadist. Tão forte, tão poderoso. As fêmeas gostavam daquele tipo de coisa, não de fracotes como John. E não havia como negar. Independentemente do tamanho que o corpo de John assumisse, ele sempre seria um fracote, marcado eternamente pelo que tinha sido feito com ele.

Virou-se e caminhou até a mesa da sala de jantar, sentando-se sozinho no meio das louças, talheres, cristais e velas.

Mas não havia problemas em ficar sozinho.

Sozinho, estava seguro.

Capítulo 21

Enquanto Fritz subiu as escadas para chamar Marissa, Butch esperou na biblioteca e pensou em como o *doggen* era um bom homem. Quando pediu um favor, o senhor mostrou-se animado para atender ao pedido. Apesar de ter sido um pedido muito estranho.

Quando o cheiro da brisa do mar entrou na sala, o corpo de Butch reagiu de modo instantâneo e muito saliente. Ao se virar, verificou se seu blazer estava no lugar.

Oh, meu Deus, estava maravilhosa naquele vestido azul-petróleo.

– Oi, linda.

– Olá, Butch – a voz de Marissa estava contida, e sua mão, com a qual alisava os cabelos, estava incerta. – Você parece... bem.

– Sim, estou bem – graças ao toque de cura de V.

Fez-se longo silêncio. E então, ele disse:

– Posso cumprimentá-la adequadamente?

Quando ela assentiu, ele se aproximou e segurou sua mão. Ao se inclinar para beijá-la, sentiu a palma fria como gelo. Estaria nervosa? Ou doente?

Ele franziu a testa.

– Marissa, quer se sentar por um minuto antes de entrarmos para jantar?

– Sim, por favor.

Guiou-a até um sofá coberto por seda e percebeu que ela não estava muito firme quando puxou o tecido de sua roupa para se sentar com ele.

Ele inclinou a cabeça.

– O que houve? – como ela não respondeu no mesmo instante, ele prosseguiu. – Marissa... você está pensando em alguma coisa, não está?

Ela fez uma pausa estranha.

– Não quero que você lute com a Irmandade.

Então era aquele o problema.

– Marissa, a noite passada foi inesperada. Eu não costumo lutar. É verdade.

– Mas V. disse que se você estivesse disposto, iriam usá-lo.

Caramba. Aquilo foi uma surpresa para ele. Até onde sabia, o ocorrido da noite anterior tinha sido para testar sua lealdade, não para colocá-lo no campo como uma coisa comum.

– Olha, os Irmãos passaram os últimos nove meses me deixando de *fora* de lutas. Não vou me envolver com os *redutores*. Não é pra mim.

Ela ficou menos tensa.

– Acontece que não aguento nem mesmo pensar em vê-lo machucado como antes.

– Não se preocupe com isso. A Irmandade cuida de suas coisas. Tem pouco a ver comigo – ele prendeu uma mecha de cabelo atrás da orelha dela. – Tem mais alguma coisa que queira discutir, linda?

– Tenho uma pergunta.

– Pode perguntar qualquer coisa.

– Não sei onde você vive.

– Aqui, eu vivo aqui – ao vê-la confusa, ele fez um gesto de cabeça em direção às portas abertas da biblioteca. – Do outro lado do pátio, na casa da guarda. Vivo com V.

– Oh... então onde você estava ontem à noite?

– Bem ali. Mas fiquei quieto.

Ela franziu a testa. E então perguntou:

– Você tem outras fêmeas?

Como se alguém pudesse ser comparada a ela.

– Não! Por que está perguntando?

– Não nos deitamos e você é um macho com claras... necessidades. Mesmo agora, seu corpo tem mudado, está mais duro, maior.

Droga. Ele havia tentado esconder a ereção, de verdade.

– Marissa...

– Com certeza você precisa ser aliviado com regularidade. Seu corpo está *ríhgido.*

Aquilo não parecia bom.

– O quê?

– Potente e forte. Digno de penetrar no corpo de uma fêmea.

Butch fechou os olhos, pensando que o Sr. Digno estava se animando naquele momento.

– Marissa, não tem mais ninguém além de você. Como poderia haver?

– Os machos de minha espécie podem ter mais de uma parceira. Não sei se os humanos...

– Eu não. Não com você. Não consigo me imaginar com outra mulher. Você pode se imaginar com outra pessoa?

No momento de hesitação que veio depois, um arrepio percorreu-lhe a espinha, passando por suas nádegas e subindo até a base de seu crânio. E, enquanto ele se sobressaltava, ela mexia na saia extravagante. Caramba, ela também estava corando.

– Não quero estar com outra pessoa – ela disse.

– O que você não está me contando, Marissa?

– Existe uma pessoa que eu estou... próxima.

O cérebro de Butch entrou em colapso, como se as terminações nervosas tivessem sido desligadas e não mais houvesse maneiras de raciocinar.

– O quanto, "próxima"?

– Não é um romance, Butch, eu juro. Ele é um amigo, mas é macho, e é por isso que estou contando – ela levou a mão ao rosto dele. – É você quem eu quero.

Olhando dentro dos olhos dela, não conseguiu duvidar de que dizia a verdade. Mas, droga, parecia que tinha sido enganado. O que era ridículo e egoísta... oh, Deus... não conseguia imaginá-la com outra pessoa...

Pode parar com isso, O'Neal. Volte com o seu traseiro pra realidade, cara. Agora mesmo.

– Ótimo – ele disse. – Quero ser a pessoa certa pra você. A única.

Deixando de lado toda a bobagem do ciúme, ele beijou a mão dela... e ficou alarmado com os tremores.

Ele acariciou seus dedos frios entre suas palmas.

– Por que está tremendo? Está irritada ou doente? Precisa de um médico?

Ela dispensou a preocupação dele de modo nada gracioso.

– Posso cuidar disso. Não se preocupe.

Claro que se preocupava. Afinal, ela estava totalmente fraca, com os olhos dilatados, os movimentos descoordenados. Doente, de fato, doente.

– Posso levá-la para cima, linda? Isso vai me matar por não vê-la, mas você não parece estar bem para o jantar. E posso levar algo a você.

Ela soltou os ombros.

– Eu acho que... sim, isso seria o melhor.

Ela se levantou e ficou sem forças. Enquanto ele a segurava, xingou o irmão dela. Se precisasse de ajuda médica, a quem eles recorreriam?

– Venha, querida. Apoie-se em mim.

Devagar, levou-a para o segundo andar, passando pelo quarto de Rhage e Mary, depois pelo de Phury e continuaram, até chegarem à suíte de canto destinada a ela.

Marissa colocou a mão em cima da maçaneta de bronze.

– Sinto muito, Butch. Queria ficar com você esta noite, pensei que tivesse mais forças.

– Posso, por favor, chamar um médico?

Os olhos dela estavam atordoados, mas estranhamente assustados quando ela o olhou.

– Não é nada que não possa fazer sozinha. E ficarei bem logo.

– Caramba... agora quero cuidar de você igual nos livros que você lê.

Ela sorriu.

– Não é necessário, lembra?

– Conta se eu fizer isso apenas para me tranquilizar?

– Sim.

Enquanto se olhavam, um pensamento lhe ocorreu em seu cérebro de ervilha. Ele amava aquela mulher. Amava-a demais.

E queria que ela soubesse.

Assim, acariciou seu rosto com o polegar, e sentiu muito por não ter o dom com as palavras. Queria dizer algo inteligente e carinhoso, para começar bem. Mas não sabia o quê.

Por isso, disse com sua típica falta de delicadeza:

– Amo você.

Os olhos de Marissa se arregalaram.

Oh, droga. Havia falado demais, cedo demais...

Ela o abraçou e se segurou com força a ele, enterrando a cabeça em seu peito. Quando ele a abraçou e se preparou para começar a troca de carinhos, ouviu vozes no corredor. Abrindo a porta, carregou-a para dentro do quarto, acreditando que precisavam de um pouco de privacidade.

Enquanto a levava para a cama e a ajudava a se deitar, pensou em muitas palavras melosas, pronto para aumentar o romantismo. Mas antes que pudesse dizer qualquer coisa, ela agarrou a mão dele e apertou com tanta força, que seus ossos se dobraram.

– Também amo você, Butch.

Aquelas palavras fizeram com que ele se esquecesse de como respirar.

Totalmente sem forças, ele se ajoelhou ao lado da cama e sorriu.

– Por que quer fazer isso, linda? Pensei que fosse uma fêmea esperta.

Ela riu levemente.

– Você sabe por quê.

– Tem pena de mim?

– Porque é um macho de valor.

Ele pigarreou.

– Nem tanto.

– Por que diz isso?

Bem, vejamos. Havia sido despedido da polícia por quebrar o nariz de um suspeito. Havia se relacionado basicamente com protistutas e vagabundas. Havia atirado e matado outros homens. E também teve aquele probleminha com cocaína e álcool que enchia a paciência. Oh, e ele havia dito que havia se tornado meio suicida desde o assassinato de sua irmã tantos anos antes?

Sim, ele valia alguma coisa. Mas apenas uma ida ao lixão.

Butch abriu a boca, prestes a contar seus podres, mas controlou-se. *Cala a boca, O'Neal. A moça diz que ama você e ela é mais do que você merece. Não estrague tudo com o seu passado negro. Comece do zero, aqui e agora, com ela.*

Ele passou o polegar pelo rosto perfeito dela.

– Quero beijar você. Você sente como me deixa?

Ela hesitou e ele não a culpou por isso. Da última vez em que estiveram juntos, o problema tinha sido grande, pois de seu corpo estava saindo aquela coisa nojenta e o Irmão dela chegou, de repente. Além disso, estava claro que ela estava cansada naquele momento.

Ele se afastou.

– Sinto muito...

– Não é que eu não queira ficar com você. Eu quero.

– Você não precisa explicar. E fico feliz de estar perto de você, mesmo que não possa... – *estar dentro de você*. – Mesmo que... mesmo que não façamos amor.

– Estou me segurando porque tenho medo de machucar você.

Butch forçou-se a sorrir, pensando que mesmo que ela o estraçalhasse, ainda assim tudo estaria perfeito para ele.

– Não me importo se me ferir.

– Mas eu me importo.

Ele começou a se levantar.

– Isso é muito doce da sua parte. Agora, veja, trarei um pouco de...

– Espere – os olhos dela brilharam à meia-luz. – Oh... por Deus, Butch... Beije-me.

Ele hesitou. E então voltou a se ajoelhar.

– Tomarei cuidado, prometo.

Inclinando-se para ela, pousou os lábios sobre os dela, roçando-os. Deus, era macia. Quente. Droga... queria possuí-la. Mas não forçaria a situação.

Mas, naquele momento, ela apertou seus ombros e disse:

– Mais.

Rezando para se controlar, acariciou os lábios dela de novo, e então tentou se afastar. Ela o seguiu, mantendo as bocas unidas... e antes que ele conseguisse se controlar, correu a língua por seu lábio inferior.

Suspirando de modo sensual, ela se abriu e ele teve de entrar, não podia recusar a oportunidade de encaixar-se nela.

Enquanto ela tentava se aproximar mais, ele ergueu o peito, apertando o corpo contra o dela. E não foi uma ideia muito boa. A maneira com que os seios dela absorveram o peso dele deu início a um incêndio dentro de seu corpo, fazendo com que ele se lembrasse de como um homem podia ficar desesperado quando se deitava com uma mulher.

– Linda, é melhor pararmos – porque mais um minuto e ele estaria sobre ela, com o vestido erguido até a cintura de Marissa.

– Não – ela escorregou as mãos por baixo do blazer e o tirou. – Ainda não.

– Marissa, estou enlouquecendo aqui. Rapidamente. E você não está se sentindo bem...

– Beije-me – ela enterrou as unhas nos ombros dele, e o contato sobre a camisa fina fez com que ele sentisse ondas deliciosas de calor.

Ele gemeu e a beijou com mais intensidade e sem nenhuma delicadeza.

Mais uma vez, uma ideia ruim. Quanto mais intensidade aplicava no beijo, mais forte ela o beijava, até suas línguas estarem duelando e todos os músculos dele estarem pedindo para que ele a tomasse.

– Preciso tocar você – ele gemeu, mudando sua posição na cama, passando a perna por cima das dela. Segurou o quadril, e levou a mão ao seu peito, um pouco abaixo dos seios.

Droga. Estava enlouquecendo naquele momento.

– Faça isso – disse enquanto o beijava. – Toque-me.

Ela arqueou o corpo, e ele aceitou o que oferecia, segurando seu seio, acariciando-o através do forro de seda de seu vestido. Suspirando, ela levou a mão para cima da dele, segurando-o firme contra ela.

– Butch...

– Oh, deixe-me ver você, linda. Posso? – antes que pudesse responder, ele prendeu sua língua, mas a maneira com que ela recebeu o beijo foi a resposta. Ele a sentou e começou a abrir os botões da parte de trás de seu vestido. Suas mãos estavam desajeitadas, mas, como num milagre, conseguiu, o cetim se abriu.

Mas havia muitas camadas para atravessar. Droga, a pele dela... precisava chegar à pele dela.

Impaciente, excitado, obcecado, tirou a parte da frente do vestido dela, e então puxou as alças de modo que a seda clara se reunisse ao redor de sua cintura. O corpete branco que foi revelado foi uma excitante surpresa e Butch correu as mãos por ele, sentindo a estrutura dos ossos e o calor do corpo dela por debaixo da peça. Até que não conseguiu mais se conter e estraçalhou a peça.

Quando seus seios foram expostos, ela jogou a cabeça para trás, com o elegante contorno de seu pescoço e ombros diante dele. Olhando em seu rosto, Butch inclinou-se para ela e pegou um dos mamilos com a boca, sugando. Aquilo era o paraíso, não conseguiria se controlar, ela era muito *quente*. Estava ofegante como um cachorro, já extremamente excitado, e eles ainda sequer haviam tirado a roupa.

Mas ela estava bem ali com ele, suspirando, quente, com desejo, com as pernas incontidas sob a saia. Cara, aquela situação estava saindo do controle, uma combustão prestes a ocorrer a qualquer momento. E ele não conseguia parar.

– Posso tirar esta peça? – droga, estava sem voz. – Este vestido... e tudo?

– Sim... – a resposta foi um gemido urgente.

Infelizmente, o vestido era muito bem feito e ele não tinha paciência de continuar abrindo todos os botões de trás. Terminou por puxar a saia longa até o quadril dela e tirou uma calcinha branca e fina, que desceu pelas pernas compridas e macias de Marissa. Então, correu as mãos pela parte de dentro das coxas, separando-as.

Ela ficou tensa e ele parou.

– Se quer que eu pare, pararei num segundo. Mas só quero tocá-la de novo. E talvez... olhar para você – ela franziu a testa e ele começou a descer a saia. – Tudo bem...

– Não estou dizendo não. É só que... oh, Deus... e se eu não for atraente ali?

Caramba, não conseguia entender por que ela se preocuparia com aquilo.

– Não é possível, eu já sei que você é perfeita. Eu senti, lembra?

Ela respirou profundamente.

– Marissa, eu adorei sentir você, de verdade. E tenho uma bela imagem sua na minha mente, só quero conhecer a realidade.

Depois de um momento, ela assentiu.

– Tudo bem... continue.

Entreolhando-se, ele colocou a mão entre as coxas dela e então... oh, sim, aquela parte secreta e macia dela. Tão lisa e quente que ele levou os lábios a seu ouvido.

– Você é tão linda aqui – ela remexeu o quadril enquanto ele a acariciava, seus dedos suaves e escorregadios em razão da lubrificação dela. – Mmm, sim... eu quero entrar em você. Quero colocar meu... – a palavra *pau* seria um tanto pesada, mas era nisso que ele estava pensando – ... quero entrar em você, linda. Bem aqui. Quero ser cercado por tudo isso, quero ser segurado por você. Acredita quando digo que você é bonita? Marissa? Diga o que quero ouvir.

– Sim... – quando ele entrou um pouco mais fundo, ela estremeceu. – Deus... sim.

– Quer que eu penetre em você algum dia?

– Sim.

– Quer que eu preencha você?

– Sim.

– Ótimo, porque é o que quero – mordiscou-lhe a orelha. – Quero ir fundo dentro de você e senti-la me apertando quando atingir o ápice também. Mmm... esfregue-se contra a minha mão, quero sentir você se mexer por mim. Oh, nossa... isso é bom. Isso... faça por mim... *isso*...

Ele precisava parar de falar. Porque se ela acertasse a direção, ele explodiria.

Não importava mais.

– Marissa, abra as pernas para mim. Abra-as bastante. E não pare o que está fazendo.

Quando ela o obedeceu, lenta e discretamente ele moveu-se para trás e olhou para o corpo dela. Do outro lado do tecido azul, suas coxas brancas estavam separadas, a mão dele desaparecendo entre elas, e ela mexia o quadril num ritmo que fazia com que seu pênis se enrijecesse na calça.

Beijando o seio mais próximo, lentamente afastou uma das pernas ainda mais. Depois, colocou a saia para o lado, levantou a cabeça e tirou a mão. Abaixo de sua barriga lisa, passando pela abertura de seu umbigo, além da pele perfeitamente clara do seu triângulo pélvico, viu sua graciosa fenda.

Seu corpo todo estremeceu.

– Tão perfeito – ele sussurrou. – Tão... linda.

Enfeitiçado, ele foi até a cama e olhou para ela. Rosada, brilhante, delicada. E mantinha contato com seu cheiro, com a mente repleta de ideias que surgiam sem parar.

– Oh, meu Deus...

– O que foi? – ela fechou as pernas.

– Nada – ele pressionou os lábios no alto de sua coxa e acariciou suas pernas, tentando abri-las delicadamente. – Nunca vi algo tão lindo.

Caramba, *lindo* era pouco. Lambeu os lábios, sua língua desesperada por muito mais ação.

Com a voz baixa, ele disse:

– Meu Deus, linda. Quero sentir seu sabor agora mesmo.

– Sentir meu sabor?

Ele corou ao vê-la confusa.

– Eu há... quero beijá-la.

Ela sorriu e se sentou, segurando o rosto dele com as duas mãos. Mas quando tentou aproximá-lo dela, ele balançou a cabeça.

– Não em sua boca dessa vez – ela franziu a testa, ele voltou a mão para o meio de suas pernas.

– Aqui.

Ela arregalou tanto os olhos que ele teve vontade de dizer um palavrão. *Que maneira de deixá-la relaxada, O'Neal.*

– Por que... – ela pigarreou. – Por que quer fazer isso?

Santo Deus, será que ela nunca tinha ouvido falar em... bem, claro que não. Os aristocratas provavelmente faziam sexo de maneira muito educada, no estilo papai-e-mamãe, e ainda que tivessem conhecimento sobre sexo oral, certamente *nunca* falariam sobre isso com as filhas. Por isso ela estava chocada.

– Por que, Butch?

– Ah... porque se eu fizer direitinho, você vai gostar. E... é, eu também.

Ele percorreu o olhar pelo corpo dela. Caramba, seria muito bom. Fazer sexo oral em uma mulher nunca tinha sido algo que sentisse *necessidade* de fazer. Mas com ela era diferente. Ele desejava. Queria muito. Quando pensava em fazer amor com ela com a boca, sentia seu corpo todo se excitar.

– Só quero muito sentir o seu gosto.

Ela relaxou um pouco as pernas.

– Vai... devagar?

Caramba, ela permitiria? Ele começou a estremecer.

– Sim, querida. Vou fazer você se sentir bem. Prometo.

Ele desceu ainda mais pelo colchão, mantendo-se do outro lado dela de modo que não se sentisse sufocada. Ao se aproximar de seu sexo, seu corpo fugiu ainda mais do controle e a parte de baixo de suas costas ficou tensa, como se estivesse próximo ao orgasmo.

Cara, tinha de fazer lentamente. Para os dois.

– Adoro seu cheiro, Marissa – ele beijou o umbigo, depois o quadril, descendo a cada centímetro de pele clara. Mais baixo... mais baixo... até finalmente pressionar a boca fechada em cima de sua abertura.

O que foi ótimo para ele. O problema é que ela ficou totalmente tensa. E deu um salto quando ele pousou a mão na parte de fora de sua coxa.

Ele se moveu para trás um pouco e roçou os lábios em cima da barriga dela.

– Sou muito sortudo.

– P- Por quê?

– Como você se sentiria se alguém confiasse em você dessa forma? Se confiasse a você algo tão pessoal? – ele soprou em seu umbigo e ela riu um pouco, como se um vento quente lhe fizesse cócegas. – Você me deixa honrado, sabia? De verdade.

Acalmou-a com palavras e beijos que duraram um pouco mais, tornando-se cada vez mais lentos. Quando ela estava pronta, ele passou a mão pelo lado de dentro de sua perna, segurou sua coxa por trás do joelho e delicadamente as separou um pouco para si. Beijou a abertura delicadamente, muitas vezes. Até a tensão desaparecer.

Então, ele abaixou o queixo, abriu a boca e a lambeu. Ela suspirou e se sentou.

– Butch...? – chamou-o, como se estivesse verificando se ele sabia o que tinha feito.

– Eu não disse? – ele se inclinou para a frente e suavemente contornou a carne rosada com a língua. – É como se fosse um beijo de língua, linda.

Ao repetir os toques lentos, ela jogou a cabeça para trás, e as pontas dos seios se voltaram para cima enquanto sua espinha se alongava. Perfeito. Era assim que ele queria que ficasse. Sem se preocupar por vergonha ou qualquer coisa do tipo, apenas aproveitando a sensação de alguém a amando como ela merecia.

Com um sorriso, ele continuou, aumentando a intensidade aos poucos até conseguir sentir bem seu gosto.

Ele revirou os olhos ao engolir. Ela tinha um gosto maravilhoso, diferente de qualquer um que já houvesse sentido. Gosto de mar, melão maduro e mel, tudo junto, um coquetel que chegava a emocionar de tão perfeito. Mais... ele precisava de mais. Mas, caramba, precisava se controlar antes de continuar. Queria deliciar-se ali, mas ela ainda não estava pronta para aquela gula toda.

Quando ele parou para respirar, ela levantou a cabeça.

– Terminou?

– Não, estou longe disso – caramba, ele adorava aquele olhar sensual dela. – Por que não relaxa e me deixa fazer as coisas? Estamos apenas começando aqui.

Ela relaxou um pouco, então, ele olhou para seu sexo, o brilho da carne macia, pensando que veria aquela região muito mais brilhante quando terminasse. Beijou-a de novo, depois lambeu, esticando a língua e fazendo um delineado lento e forte. Depois, mexeu a boca de um lado a outro, continuando, e ouviu quando ela gemeu. Com leve pressão, abriu suas coxas mais e aumentou a intensidade, sugando de modo rítmico.

Quando ela começou a se debater, um zumbido soou em sua cabeça, o estridente aviso de perigo, a parte civilizada dele intuiu que as coisas estavam prestes a ir com uma rapidez meteórica. Mas não podia parar, principalmente depois que ela agarrou os lençóis e arqueou as costas como se estivesse prestes a gozar a qualquer minuto.

– Gosta? – ele passou a língua pela abertura, detendo-se na parte mais sensível. – Gosta disso? Gosta de sentir minha língua em você? Ou talvez goste disto... – ele a sugou e ela gritou. – Oh, sim. Deus, meus lábios estão cobertos com seu mel... sinta meus lábios, sinta a mim...

Pegou a mão dela e a levou à sua boca, mexendo os dedos para frente e para trás, lambendo-os. Ela o observou com olhos arregalados, ofegante, os mamilos rígidos. Ele estava indo com mais força e sabia disso, mas ela estava acompanhando.

Mordeu a palma da mão dela.

– Diga que você quer isto. Diga que me quer.

– Eu... – ela remexeu o corpo na cama.

– *Diga que me quer* – ele a pressionou com mais força. Caramba, não sabia por que precisava tanto escutar aquilo dela, mas precisava. – *Diga.*

– Eu quero você – ela disse.

De repente, um desejo perigoso e louco o dominou e ele perdeu o controle. Gemendo forte, apoiou as mãos na lateral das pernas dela, abriu-as mais e literalmente mergulhou no meio. Ao sentir sua carne, penetrando-a com a língua, encontrando um ritmo com o rosto, percebeu um som na sala, um rosnado.

Ele? Não podia ser. Era o som de... um animal.

A princípio, Marissa ficara chocada com a atitude. Com a crueza. A proximidade pecaminosa, a vulnerabilidade assustadora. Mas logo nada daquilo importou. A língua quente de Butch era tão sensual que ela mal conseguia aguentar a sensação escorregadia dela – e também não queria pensar que ele podia parar o que estava fazendo. Então, ele começou a sugá-la, chupando e dizendo coisas que faziam com que ela se excitasse a ponto de quase sentir dor.

Mas aquilo não era nada comparado a quando ele deixou acontecer. Com uma onda de desejo, suas mãos pesadas a seguraram, junto com seus lábios, sua língua e seu rosto todo sobre ela... Deus, aquele som que saía dele, aquele ronronado gutural, forte.

Ela atingiu o orgasmo de modo selvagem, a sensação mais bela e descontrolada que já tinha sentido, com seu corpo arqueado com as ondas de prazer...

Mas, no ápice, a energia mudou, transformou-se, detonou-se.

O desejo por sangue surgiu com a corrente sexual entre eles, e então fez com que ela sentisse muita fome. A fome tomou conta de seu ser civilizado, acabando com tudo, menos com a necessidade que sentiu de buscar o pescoço dele, e ela mostrou as presas, pronta para atacá-lo por trás, acertando sua jugular e bebendo com vigor...

Ela ia matá-lo.

Gritou e esforçou-se para se soltar.

– Oh, meu Deus... não!

– O que foi?

Pegando impulso pelos ombros de Butch, afastou seu corpo do dele, caindo pela lateral da cama, no chão. Quando ele a procurou, confuso, ela correu pelo tapete para o canto oposto, com o vestido sendo arrastado, a parte de cima pendurada em sua cintura. Quando não encontrou mais espaço para continuar se movendo, ela se encolheu em posição fetal e manteve-se ali. Enquanto seu corpo tremia sem controle, a dor em sua barriga vinha em ondas, dobrando de intensidade sempre que voltava.

Butch foi atrás dela, em pânico.

– *Marissa...?*

– Não!

Parou onde estava. Seu rosto demonstrava surpresa, palidez.

– Sinto muito... minha nossa...

– *Você precisa ir embora* – sua voz ficou embargada e saiu de modo gutural.

– Santo Deus... sinto muito... sinto muito mesmo. Não quis assustá-la...

Ela tentou controlar sua respiração para que pudesse acalmá-lo, mas perdeu a luta. Estava ofegante, chorando. Suas presas pulsavam. Sua garganta estava seca. Só conseguia pensar em se aconchegar ao peito dele. Em puxá-lo para o chão. Em cravar os dentes em seu pescoço.

Meu Deus, o sangue. Butch teria um gosto bom. Tão bom, que ela não conseguia imaginar-se cansando dele.

Ele tentou se aproximar dela de novo.

– Não queria que as coisas chegassem a esse ponto...

Ela ficou em pé, abriu a boca e gritou com ele.

– Saia daqui! Pelo amor de Deus, saia! Ou vou machucá-lo!

Ela correu para o banheiro e se fechou. Depois de trancar a porta, parou no chão de mármore e olhou para seu reflexo horrível no espelho. Seu cabelo estava todo despenteado, o vestido amassado, as presas brancas e compridas em sua boca.

Fora de controle. Sem dignidade. *Defeituosa.*

Pegou a primeira coisa que viu, um castiçal pesado de vidro e o atirou contra o espelho. Ao ver seu reflexo despedaçado, observou com lágrimas amargas a si mesma desmoronar.

Capítulo 22

Butch se lançou à porta do banheiro e tentou abri-la pela maçaneta até quase cortar a mão. Do outro lado, escutou Marissa chorando. E então, o barulho de algo se quebrando.

Bateu com o ombro na porta de madeira.

– Marissa!

Investiu contra a porta com o corpo de novo, então parou e escutou. Sentiu medo quando não ouviu mais nada do outro lado.

– Marissa?

– Vá embora – o desespero em sua voz fez com que os olhos dele ardessem. – Simplesmente... vá.

Ele colocou a mão na madeira que os separava.

– Sinto muito.

– Vá embora... apenas vá. Oh, meu Deus, você precisa sair.

– Marissa...

– *Só vou sair quando você for embora. Vá!*

Sentindo-se num pesadelo, pegou o blazer e saiu do quarto, tonto, sem conseguir andar direito, com os joelhos trêmulos. No corredor, jogou-se contra a parede e bateu a cabeça no gesso.

Fechando os olhos, só conseguia vê-la encostada num canto, com o corpo trêmulo e desprotegido em posição de defesa, seu vestido solto nos seios nus, como se tivesse sido arrancado dela.

Droga. Era um imbecil. Ela era uma virgem adorável e ele a tratara como uma vagabunda, impondo-se com força e intensidade porque não tinha sido capaz de se controlar. Cristo, por mais quente que fosse, não estava acostumada às coisas que um homem queria fazer durante o sexo. Ou ao que acontecia quando os instintos masculinos tomavam conta da situação. E, apesar de *saber* de tudo isso, mantivera-a presa à cama pelas coxas, prendendo-a enquanto a devorava com a língua, pelo amor de Deus.

Butch bateu a nuca na parede de novo. Santo Deus, ela havia ficado tão assustada, a ponto de mostrar as presas como se tivesse de se proteger dele.

Xingando, partiu escada abaixo, tentando deixar para trás seu desprezo por si mesmo, sabendo que não havia maneira de fazer aquilo.

Quando chegou ao saguão, alguém gritou:

– Butch? Ei, Butch! Você está bem?

Correu para fora da casa, entrou no Escalade e ligou o motor. Só queria pedir desculpas até perder a voz, mas, naquele momento, ele era a última pessoa que ela esperava ver no mundo. E ele compreendia.

Direcionou o veículo para o centro da cidade, seguindo diretamente para a casa de V.

Quando estacionou e subiu pelo elevador do arranha-céu, estava prestes a ter um ataque de nervos. Abriu a porta do apartamento de V. ...

Droga!

Ao brilho de velas negras, Vishous estava inclinado com a cabeça baixa, suas pernas movendo-se para frente e para trás dentro da calça de couro, seus ombros e braços nus flexionados com força. Embaixo dele, uma fêmea, presa à mesa pelos pulsos e tornozelos, com o corpo envolvido em couro, exceto pelos bicos dos seios. V. a penetrava bem fundo. Apesar de ela estar usando máscara e uma mordaça de bola, Butch teve certeza de que ela estava prestes a ter um orgasmo. Emitia sons abafados, implorando por mais, apesar de as lágrimas escorrerem pelo couro de seu rosto.

Quando V. levantou a cabeça, seus olhos brilhavam e suas presas estavam tão compridas quanto... bem, podemos dizer que o ferimento seria profundo.

– Foi mal – Butch disse e saiu da cobertura.

Voltou assustado para o Escalade e não conseguiu pensar em lugar algum aonde pudesse ir ao entrar no veículo. Simplesmente ficou sentado diante do volante, com o carro ligado, mão na marcha... pensando em Vishous se alimentando.

Os olhos brilhantes. As presas compridas. O sexo.

Butch pensou em como Marissa estava despreocupada com sua própria fraqueza. E ouviu a voz dela em sua mente. *Posso cuidar disso.* Depois, *não quero machucar você.*

E se Marissa precisasse se alimentar? E se esse tivesse sido o motivo que fez com que ela o mandasse embora? Era uma vampira, afinal. Ou ele achava que aquelas belas presas eram apenas decoração?

Encostou a cabeça no volante. Cara, aquilo era tão pouco atraente. Não tinha de procurar por outras explicações. Além disso, por que ela simplesmente não perguntara se podia tomar um pouco dele? Teria recebido permissão num segundo. Talvez em menos de um segundo.

Inferno, só de pensar naquilo fez com que ficasse excitado. Pensar que ela pudesse se alojar em seu pescoço e sugar era excitante, como poucas coisas que tinha pensado antes. Imaginou Marissa nua, em cima de seu corpo, com o rosto voltado para sua garganta...

Cuidado, O'Neal. Você não está pensando direito.

Mas havia ficado excitada, certo? Ele havia sentido. Na verdade, quando ele intensificou, aparentemente aquela lubrificação aumentou mais ainda. Mas por que ela simplesmente não havia dito a ele o que havia de errado?

Talvez ela não quisesse sugar seu sangue. Talvez tenha pensado que, por ele ser humano, não conseguiria aguentar.

Talvez, por ser humano, realmente ele não conseguisse.

Pois é, dane-se. Preferiria morrer alimentando-a a saber que outro homem estava cuidando de sua mulher. Só de pensar nos lábios de Marissa no pescoço de outra pessoa, seus seios contra o peito de outro homem, seu cheiro no nariz de outro cara... só de pensar nela bebendo o sangue de outra pessoa...

Minha.

A palavra retumbou em sua mente. E percebeu que havia enfiado a mão dentro do casaco, sobre o gatilho de sua Glock.

Pisando no acelerador, partiu para o ZeroSum, sabendo que o próximo passo seria se acalmar e colocar a cabeça no lugar. Ciúme homicida em relação a um vampiro macho não era algo que queria colocar em sua lista.

Quando seu celular começou a tocar dentro do bolso, segurou o aparelho.

– Alô?

A voz de V. estava baixa.

– Sinto muito por você ter visto aquilo. Não pensei que você viria...

– V., o que acontece quando um vampiro não se alimenta?

Fez-se uma pausa.

– Nada de bom. Você fica cansado, muito cansado. E a fome faz doer. Pense numa intoxicação alimentar. Ondas de dor em seu ventre. Se você deixar a fome aumentar demais, torna-se um animal. É perigoso.

– Já ouvi histórias sobre Zsadist, antes de ele se unir a Bella. Alimentava-se de humanos, certo? E sei que as mulheres não morriam. Eu as via no clube de novo depois que ele as usava.

– Está pensando em sua garota?

– Estou.

– Olha, quer beber uma?

– Mais de uma.

– Eu encontro você.

Quando Butch entrou no estacionamento do ZeroSum, V. estava esperando do lado de fora do clube, fumando uma cigarrilha. Butch saiu do veículo e acionou o alarme.

– Tira.

– V. – Butch pigarreou e tentou não pensar em seu colega se alimentando e fazendo sexo. Não conseguiu. Só conseguia pensar em Vishous em cima daquela fêmea, dominando-a, penetrando-a, seu corpo em movimento.

Cara, precisaria reajustar sua definição de *hardcore*, graças àquela cena.

V. tragou forte a cigarrilha, depois a apagou com a sola de sua bota e enfiou a ponta dentro do bolso de trás.

– Está pronto para entrar?

– Claro.

Os seguranças permitiram que passassem pela fila de espera e eles atravessaram em meio à multidão agitada, suada e excitada da seção VIP. Poucos instantes depois, e sem que tivessem pedido, uma garçonete trouxe um uísque Lagavulin duplo e uma vodca Grey Goose.

O telefone de V. tocou e ele começou a conversar, então Butch olhou ao redor – e disse um palavrão, ficando tenso. No canto, escondida nas sombras, viu aquela mulher alta e musculosa. E a chefe de segurança de Rehvenge estava de olho nele, com o olhar intenso, como se quisesse repetir a ação que realizaram no banheiro.

Não ia rolar.

Butch olhou para seu copo quando V. desligou seu telefone.

– Era o Fritz. Mensagem de Marissa para você.

Butch levantou a cabeça.

– O que ela disse?

– Que está bem. Disse que precisa ficar tranquila esta noite, mas que estará bem amanhã. Disse que você não deve se preocupar e que... ah, que ama você e que você não fez nada de errado ao fazer o que fez. – ele pigarreou. – E aí, o que você fez? Ou não pode me contar?

– Não vou contar – Butch ingeriu o líquido e levantou o copo vazio. A garçonete se aproximou imediatamente.

Quando ela saiu para buscar mais bebida, olhou para as próprias mãos. E sentiu que V. o encarava.

– Butch, ela vai precisar de mais do que você pode dar a ela.

– Zsadist sobreviveu...

– Z. se alimentava de muitos humanos diferentes. Você é só um. O problema é que seu sangue é fraco demais e ela vai sugá-lo rapidinho porque vai precisar se alimentar com mais frequência – V. respirou profundamente. – Olha, ela pode me usar se você quiser. Você pode até estar junto para saber o que vai rolar. Não precisa ter sexo no meio.

Butch inclinou a cabeça e olhou para a jugular de seu colega de quarto. Então, imaginou Marissa naquele pescoço grosso, os dois juntos. Interligados.

– V., sabe que amo você como se fosse meu irmão, não sabe?

– Sei.

– Alimente Marissa e eu quebro seu pescoço.

V. esboçou um sorriso, que logo se fez completo. Um sorriso tão amplo que ele precisou cobrir as presas com a parte de trás da mão, que estava de luva.

– Tudo bem, cara. E sem problemas. Nunca deixei ninguém me sugar.

Butch franziu a testa.

– Nunca?

– Não. Sou virgem nas veias. Pra mim, é horrível pensar que uma fêmea possa se alimentar de mim.

– Por quê?

– Não curto – Butch abriu a boca e V. ergueu a mão. – Certo. Só saiba que estou aqui se por acaso mudar de ideia e resolver me usar.

Não vai rolar. Butch pensou. *Nunca*.

Suspirando profundamente, agradeceu a Deus pela mensagem de Marissa. E estava certo: ela o havia expulsado porque precisava se alimentar. Tinha de ser isso. Cara, sentiu vontade de voltar pra casa, mas queria respeitar a vontade dela e não agir como um maníaco. Além disso, na noite do dia seguinte, se o problema fosse sangue... bem, tinha algo para ela.

Alimentaria-se dele.

Quando a garçonete voltou com mais uísque, Rehvenge apareceu na mesa com ela. O corpanzil do macho bloqueou a vista para a multidão, e assim Butch não conseguia mais ver a segurança do cara. E assim podia ficar mais aliviado.

– Meus funcionários estão sendo bons no atendimento? – Rehv perguntou.

Butch assentiu.

– Muito bons.

– É assim que eu gosto – o Reverendo sentou-se, com os olhos cor de ametista analisando a seção VIP. Estava bonito, com terno e camisa de seda pretos, seu moicano uma faixa negra que atravessava a cabeça até o fim de seu crânio. – Quero contar novidades.

– Vai se casar? – Butch perguntou. – Onde? No cemitério?

– Não, na galeria de tiro – o Reverendo abriu o blazer e mostrou a parte de trás de uma arma calibre 40.

– Que bela arminha você tem aí, vampiro.

– Enfia a arminha...

V. interrompeu:

– Vocês ficam com briguinhas. Detesto esse pingue-pongue. Qual é a novidade?

Rehv olhou para Butch.

– Ele tem ótimas habilidades no trato com pessoas, não?

– Experimente morar com ele.

O Reverendo sorriu e logo voltou a ficar sério. Enquanto falava, sua boca mal se mexia e as palavras não se prolongavam.

– O Conselho dos *Princeps* se reuniu anteontem à noite. A questão discutida foi o *ehnclausuramento* de todas as fêmeas sem parceiros. O *lídher* quer que seja passada uma recomendação, submetida a Wrath o mais rápido possível.

V. assoviou baixinho.

– Uma prisão.

– Exatamente. Estão usando o sequestro de minha irmã e a morte de Wellesandra como os motivos. E isso é forte, como deveria ser – o Reverendo olhou nos olhos de V. – Diga a seu chefe. A *glymera* está irritada com as perdas de civis em todos os lados da cidade. Essa atitude é o aviso deles para Wrath e estão sendo muito sérios passando-a adiante. O *lídher* está me pressionando porque eles não podem votar a menos que todos os membros do conselho estejam na sala, e eu não costumo aparecer. Posso adiar a reunião por um tempo, mas não para sempre – naquele momento, um telefone celular tocou dentro do blazer do Reverendo e ele o pegou. – Olha só, Bella está me ligando. Ei, minha irmã... – os olhos do macho brilharam e ele mudou a posição de seu corpo. – *Tahlly*?

Butch franziu a testa, tendo a impressão de que quem estava na linha era uma fêmea e não a irmã; de repente, o corpo de Rehvenge começou a exalar calor.

Cara, era difícil imaginar que tipo de mulher se meteria com uma figura como o Reverendo. Mas V. estava fazendo sexo, então havia mulheres capazes de fazer isso por aí.

– Espere, *tahlly* – Rehv franziu a testa e ficou em pé. – Vejo vocês mais tarde, cavalheiros. E eu pago a bebida hoje à noite.

– Obrigado por nos avisar – V. disse.

– Eu sou um baita cidadão, não sou? – Rehv foi para sua sala e se trancou lá.

Butch balançou a cabeça.

– Quer dizer que o Reverendo encontrou uma qualquer, hein?

V. resmungou.

– Pobre fêmea.

– Realmente – Butch ficou tenso ao olhar para longe. Aquela fêmea durona, de corte de cabelo masculino, continuava olhando para ele das sombras.

– Você a traçou, tira? – V. perguntou baixinho.

– Quem? – rebateu rapidamente.

– Sabe bem sobre quem estou perguntando.

– Não é da sua conta, amigo.

Enquanto Marissa esperava pelo retorno da voz de Rehvenge na linha, tentou imaginar onde ele estava. Havia um som na linha – música, vozes. Uma festa?

O barulho foi interrompido abruptamente, como se ele tivesse fechado uma porta.

– *Tahlly*, onde você está? Ou Havers bloqueou mesmo seus telefones?

– Não estou em casa.

Silêncio. Então:

– Está onde acho que está? Com a Irmandade?

– Como sabe?

Ele murmurou algo, e então disse:

– Só existe um número no mundo que este telefone não consegue detectar e é de onde minha irmã me telefona. O código que aparece aqui é o mesmo que o dela. O que está acontecendo?

Ela analisou a situação, dizendo a ele apenas que havia discutido com Havers e que precisou ficar em algum lugar.

Rehv disse um palavrão.

– Você deveria ter ligado para mim primeiro. Quero cuidar de você.

– É complicado. Sua mãe...

– Não se preocupe com ela – a voz de Rehv parecia um ronronado. – Venha ficar comigo, *tahlly*. Só precisa se materializar na cobertura e vou buscá-la.

– Obrigada, mas não. Ficarei aqui tempo suficiente para me ajeitar em outro lugar.

– Ajeitar em outro lugar... pra quê? O problema com seu irmão é *permanente*!

– Vai ficar tudo bem. Escute, Rehvenge, eu... preciso de você. Preciso tentar de novo... – ela segurou a cabeça com a mão. Detestava ter de usá-lo, mas a quem mais poderia recorrer? E Butch... Deus, Butch... tinha a sensação de que o estava traindo. Mas teria outra opção?

Rehvenge resmungou.

– Quando, *tahlly*? Quando você me quer?

– Agora.

– Apenas vá para... droga, tenho que encontrar o *lídher* dos *Princeps*. E depois preciso fazer algumas tarefas do trabalho.

Ela segurou o telefone. Esperar era ruim.

– Amanhã, então?

– Quando anoitecer. A menos que queira ficar em minha casa. Assim teríamos... o dia inteiro.

– Nos encontraremos amanhã cedo.

– Mal posso esperar, *tahlly*.

Quando desligou, espreguiçou-se na cama e deixou-se levar pela exaustão, com o corpo enrolado nos lençóis, cobertores e travesseiros, sem se mexer em cima do colchão.

Inferno... talvez esperar até o dia seguinte fosse melhor. Poderia descansar e depois conversar com Butch, para lhe dizer o que estava acontecendo. Desde que não estivesse excitada, seria capaz de se controlar perto dele e aquela conversa era melhor ter pessoalmente: se os humanos apaixonados fossem como vampiros machos, Butch não saberia lidar com o fato de que ela precisava estar com outra pessoa.

Suspirando, pensou em Rehv. E depois no Conselho dos *Princeps*. E então em seu desejo, de modo geral.

Caramba, mesmo que aquele mandado de prisão fosse impedido por algum milagre, não havia lugar para o qual as fêmeas pudessem ir se fossem ameaçadas em casa, certo? Com a desintegração da sociedade dos vampiros e todas as lutas com os *redutores*, não havia serviços sociais para a raça. Não havia segurança. Ninguém para ajudar as fêmeas e seus filhos se o *hellren* da casa fosse violento. Ou se a família rejeitasse a fêmea.

Santo Deus, o que teria acontecido se Beth e Wrath não a tivessem recebido? Ou se ela não tivesse a Rehvenge?

Podia ter morrido.

No centro de treinamento do complexo, John foi o primeiro a entrar no vestiário depois da aula. Trocou de roupa rapidamente, vestindo seu suporte atlético e seu quimono, esperando impacientemente pelo início da aula prática.

– Pra que a pressa, John? Oh, espere, você gosta de ser derrotado.

John olhou para trás. Lash estava em pé diante de um armário aberto, tirando dali uma bela camisa de seda. Seu peito era do tamanho do peito de John e os braços eram igualmente finos, mas quando ele retribuiu o olhar, era intenso como o de um touro.

John olhou diretamente para ele, sentindo o corpo aquecer. Caramba, ele queria que Lash abrisse a boca para dizer algo mais. Só mais uma coisa.

– Vai desmaiar de novo, John? Como o maricas que você é?

Pronto.

John se lançou para cima do cara, mas não foi longe. Blaylock, o ruivo, segurou John e o manteve preso, tentando evitar a briga. Mas Lash não estava com as mãos ocupadas. O bastardo acertou um soco de direita que fez John escapar dos braços de Blaylock e bater na fileira de armários, fazendo um barulho alto.

Assustado, sem fôlego, John tentou reagir às cegas.

Blaylock o segurou de novo.

– *Meu Deus*, Lash...

– O que foi? Ele queria me pegar.

– Porque você o *provocou*.

Lash estreitou os olhos para ele.

– O que disse?

– Você não precisa ser tão idiota.

Quando Lash apontou para Blaylock, seu relógio Rolex brilhou sob as luzes como se fosse uma lanterna movida a pilha.

– Tome cuidado, Blay. Entrar nessa não é uma ideia muito boa – o cara balançou a mão e derrubou a calça. – Cara, isso foi bom. Como foi pra você, John, meu menino?

John ignorou e se libertou. Enquanto seu rosto latejava com as batidas de seu coração, pensou em uma luz de alerta para carros, por mais absurdo que fosse.

Oh Deus... o estrago tinha sido muito grande? Caminhou aos tropeços até as pias e, no espelho comprido que tomava a parede, olhou para sua cara. Ótimo. Excelente. Seu queixo e seus lábios já estavam inchando.

Blaylock apareceu atrás dele com uma garrafa de água gelada.

– Coloque isto em cima.

John pegou a garrafa gelada e a pressionou contra o rosto. Depois, fechou os olhos para não ter de ver a si mesmo nem ao ruivo.

– Quer que eu diga a Zsadist que você não vai treinar hoje à noite?

John balançou a cabeça.

– Tem certeza?

Ignorando a pergunta, John devolveu a água e saiu da academia. Os outros caras o seguiram de modo tenso, passando por cima dos colchonetes azuis e se colocando ao lado dele.

Zsadist saiu da Sala de Equipamentos, olhou para John e se irritou.

– Todo mundo, mostrem as mãos, com as palmas para baixo – ele passou por todos até parar na frente de Lash. – Belos dedos. Encoste na parede.

Lash caminhou pelo ginásio, parecendo satisfeito por não ter de fazer exercícios.

Zsadist parou na frente das mãos de John.

– Vire-as.

John virou. Fez-se silêncio. Então, Zsadist pegou o queixo de John e forçou sua cabeça para cima.

– Está vendo dobrado?

John negou com um movimento de cabeça.

– Está com náuseas?

John negou de novo.

– Isso machuca? – Zsadist virou um pouco seu rosto.

John fez uma careta. Negou.

– Mentiroso. Mas é isso o que quero ouvir – Z. se afastou e se voltou para os aprendizes. – Deem voltas. Vinte. E sempre que passarem por seu colega ali, deitem na frente dele e façam vinte flexões. Estilo militar. Podem começar.

Os gemidos ficaram mais altos.

– Vocês acham que estou me importando? – Zsadist assoviou. – *Comecem*.

John começou com os outros, pensando que aquela seria uma noite muito longa. Mas, pelo menos, Lash não parecia tão satisfeito consigo mesmo...

Quatro horas depois, John percebeu que estava certo.

Ao fim da sessão, todos estavam exaustos. Z. os deixou ali nos colchonetes por mais tempo do que o normal. Bem mais do que o normal. O maldito treinamento era tão puxado que nem mesmo John teve energia de continuar praticando depois que eles pararam para dormir. Foi direto para o escritório de Tohr e caiu na poltrona, sem nem mesmo tomar banho.

Encolhendo as pernas contra o peito, decidiu que descansaria por um minuto e depois se lavaria...

A porta se abriu.

– Você está bem? – Zsadist perguntou.

John não olhou para ele, apenas assentiu com a cabeça.

– Estou recomendando que Lash seja expulso do programa.

John se endireitou e começou a negar com a cabeça.

– Não interessa, John. Já é a segunda vez que ele parte para cima de você. Ou será que preciso lembrá-lo da história dos tchacos alguns meses atrás?

Não, John se lembrava bem. Que droga.

Tendo muito o que dizer para esperar que Z. compreendesse tudo, procurou seu bloco de anotações e escreveu com capricho: *Se ele for expulso, vou parecer fraco para os outros. Quero lutar com esses caras um dia. Como eles podem confiar em mim se pensarem que sou fracote?*

Entregou o bloquinho a Zsadist, que segurou as páginas com cuidado nas mãos grandes. O Irmão abaixou a cabeça e franziu a testa, mexendo os lábios levemente como se estivesse lendo cada palavra.

Quando Z. terminou, jogou o bloquinho em cima da mesa.

– Você não pode ficar com aquele filho da mãe te espancando, John. Não dá. Mas você tem razão. Vou cuidar do Lash e adverti-lo. Mas, se acontecer de novo uma dessas palhaçadas, ele vai ser carta fora do baralho.

Zsadist caminhou até o armário onde estava escondido o acesso para o túnel, e então olhou para trás.

– Escuta só, John. Não quero saber de luta livre durante o treinamento. Por isso, nada de ir atrás do idiota, mesmo sabendo que ele merece. Mantenha a cabeça baixa e as mãos controladas. Phury e eu ficaremos de olho nele para você, tudo bem?

John desviou o olhar, pensando sobre como queria acertar Lash. Como queria fazer aquilo.

– John, estamos entendidos? Nada de brigas.

Depois de um tempo, John assentiu lentamente.

E torceu para conseguir manter sua palavra.

Capítulo 23

Horas, horas e horas depois, o traseiro de Butch estava tão adormecido que ele não mais sabia dizer o que era bunda e o que era o chão. Havia passado o dia todo sentado no corredor diante da porta do quarto de Marissa. Como um cachorrinho.

Não sabia se tinha sido tempo perdido. Havia pensado sobre muitas coisas.

E havia feito um telefonema, a coisa mais certa a se fazer, ainda que difícil: dera o braço a torcer e telefonara para a irmã, Joyce.

Nada em casa havia mudado. Estava claro que sua família, em South Boston, ainda não tinha o menor interesse em saber dele. E aquilo não o incomodava muito, porque as coisas eram como eram. Mas se sentiu mal por Marissa. Ela e seu irmão eram próximos, por isso, ser rejeitada por ele deve ter sido uma surpresa ruim.

– Mestre?

Butch olhou para cima.

– Ei, Fritz.

– Trouxe o que você pediu – o *doggen* fez uma reverência e entregou uma bolsa preta de veludo. – Acredito que combina com suas descrições, mas, se não combinar, posso encontrar outra.

– Tenho certeza de que é perfeita – Butch pegou a bolsa pesada, abriu-a e despejou o conteúdo em sua mão. A cruz de ouro maciço tinha 7,5 centímetros de comprimento e cinco de largura, da grossura de um dedo. Presa a uma corrente comprida e dourada, era exatamente o que queria e a colocou ao redor do pescoço com satisfação.

Tinha exatamente o mesmo peso que pensou que teria, uma proteção real.

– Mestre, o que acha?

Butch sorriu para o rosto enrugado do *doggen* enquanto abria os botões de sua camisa e colocava o colar para dentro.

Sentiu a cruz escorregar por sua pele até pousar bem em cima de seu coração.

– Como eu disse, perfeita.

Fritz sorriu, fez uma reverência e partiu, no mesmo instante em que o relógio de sinos começou a tocar do outro lado do corredor. Uma, duas... seis vezes.

A porta do quarto na frente dele se abriu.

Marissa surgiu em sua frente como uma aparição. Depois de tantas horas pensando nela, seus olhos ficaram temporariamente embaçados, e a via não como um ser real, mas um símbolo de seu desespero, com o vestido não de tecido, mas de éter, o cabelo uma gloriosa aura dourada, o rosto um poço de beleza. Ao olhar para ela, seu coração se transformou em um ícone de sua infância católica, a nossa senhora da salvação e do amor... e ele, seu servo indigno.

Ele se moveu, com a coluna estalando ao tolerar seu peso.

– Marissa.

Droga, suas emoções estavam todas claras naquele tom de voz rouco, a dor, a tristeza, o arrependimento.

Ela levantou a mão.

– Eu quis dizer exatamente a mensagem que passei ontem à noite. Adorei estar com você. Todos os momentos. Você foi embora por outro motivo e gostaria de ter podido me explicar melhor naquele momento. Butch, precisamos conversar.

– Sim, eu sei. Mas você se importa se atravessarmos o corredor primeiro? – porque ele não queria plateia, e independentemente do que ela dissesse, sabia que ela preferiria não ficar dentro de um quarto a sós com ele. Parecia muito tensa.

Ela concordou e eles se dirigiram para a sala de estar no fim do corredor e, no caminho, ele ficou assustado ao ver como estava fraca. Movia-se lentamente, como se não conseguisse sentir as pernas, e estava muito pálida, quase transparente, sem energia.

Dentro da sala cor de pêssego e amarelo, ela se aproximou das janelas, longe dele.

Suas palavras saíram finas.

– Butch, não sei como dizer isso...

– Sei o que está acontecendo.

– Sabe?

– Sim – voltou-se para ela, com os braços esticados. – Você não sabe que eu faria qualquer coisa...

– Não se aproxime mais – ela deu um passo para trás. – Você precisa ficar longe de mim.

Ele soltou os braços ao lado do corpo.

– Você precisa se alimentar, certo?

Ela arregalou os olhos.

– Como você...

– Não há problema algum, linda – ele sorriu. – Está *tudo* muito bem. Conversei com V.

– Então você sabe o que tenho de fazer. E não... se importa?

Ele negou com a cabeça.

– Estou bem em relação a isso. Mais do que bem.

– Oh, graças à Virgem Escriba – ela se aproximou de um sofá e se sentou como se seus joelhos tivessem cedido ao peso do corpo. – Fiquei com muito medo de ofendê-lo. Vai ser difícil para mim também, mas é a única maneira segura. E não posso esperar mais. Precisa ser esta noite.

Ela deu um tapinha no sofá ao seu lado, e ele se aproximou com alívio e se sentou ao lado dela, segurando suas mãos. Deus, estava tão fria.

– Estou muito pronto para isso – ele disse, ansioso. Cara, estava muito ansioso para voltar para o quarto dela. – Vamos.

Ela olhou para ele de modo engraçado.

– Quer assistir?

Ele não soube como reagir.

– Assistir?

– Eu... bem, não acho que seja uma boa ideia.

Ao ouvir aquilo, foi tomado por um grande pavor. Teve a sensação de que alguns de seus órgãos parariam de funcionar.

– O que quer dizer com *assistir*?

– Perguntei se quer ver quando eu estiver com o macho cuja veia irei usar.

De repente, Marissa se afastou, o que fez com que ele percebesse que sua reação ao que ela dissera tinha sido ruim.

Isso ou talvez ela estivesse reagindo ao fato de ele ter começado a rosnar.

– O outro macho – ele disse lentamente, tentando entender. – Aquele com quem você disse que estava se encontrando. Você se alimentou dele.

Ela assentiu lentamente.

– Sim.

Butch ficou em pé.

– Quantas vezes?

– Ah... quatro ou cinco vezes.

– E ele é um aristocrata, claro.

– Bem, sim.

– E ele seria um macho socialmente aceitável para você, certo? – diferentemente de um humano comum. – Certo?

– Butch, não tem afeto envolvido. Eu juro.

Sim, talvez não existisse amor do lado dela. Mas era bem difícil imaginar um macho que não se interessasse por ela. Só se o idiota fosse impotente ou coisa assim.

– Ele está a fim de você, não é? Responda a essa pergunta, Marissa. O carinha com o plasma salvador... ele deseja você, não é? *Não é?*

Deus, de onde estava vindo aquele ciúme animal?

– Mas ele sabe que eu não o desejo.

– Ele a beijou?

Ela não respondeu, e Butch ficou feliz por não saber o nome nem o endereço do macho.

– Você não vai mais usá-lo. Agora tem a mim.

– Butch, não posso me alimentar de você. Vou tomar... aonde vai?

Ele atravessou a sala, fechou as portas duplas e as trancou. Ao voltar para ela, jogou o blazer preto no chão e abriu a camisa, arrebentando os botões. Ajoelhando-se na frente dela, jogou a cabeça para trás e ofereceu seu pescoço e seu corpo a ela.

– *Você vai me usar.*

Fez-se um longo silêncio. E então o cheiro dela, aquela fragrância deliciosa, intensificou-se a ponto de inundar a sala. Seu corpo começou a tremer, e ela abriu a boca.

Ao ver as presas, ele sentiu uma ereção instantânea.

– Oh... sim... – ele disse com a voz rouca. – Use-me. Eu preciso alimentá-la.

– *Não* – ela gemeu, lágrimas molhando seus olhos azuis.

Ela fez um movimento para se levantar, mas ele saltou na sua frente, segurando-a pelos ombros, detendo-a no sofá. Colocou-se entre as pernas dela, unindo os corpos, aproximando-se. Enquanto ela tremia e o empurrava, ele a manteve perto, beijando-a, mordiscando sua orelha, chupando seu queixo. Logo, ela parou de lutar. E começou a unir as duas partes da camisa dele para aproximá-lo ainda mais.

– Isso mesmo, linda – ele gemeu. – Pode me segurar. Quero sentir essas presas bem fundas em mim. *Quero.*

Ele colocou a mão na nuca dela e guiou sua boca até seu pescoço. Quando uma onda de puro desejo sexual explodiu entre eles, os dois começaram a ficar ofegantes, com a respiração e as lágrimas quentes dela na pele dele.

Mas, então, ela voltou a si. Esforçou-se para se livrar, mas Butch fez o que pôde para mantê-la no lugar, apesar de ambos correrem o risco de acabarem feridos. E mesmo assim ele estava prestes a perder a briga. Por ser um simples humano, ela era mais forte, mesmo ele sendo cinquenta quilos mais pesado.

Mas esperava que ela cedesse e o usasse antes que ele ficasse sem energia.

– Marissa, por favor, *use-me* – ele disse, com a voz rouca em decorrência da briga e, naquele momento, por implorar.

– *Não...*

Ele deu um suspiro de tristeza ao ouvi-la chorar, mas não a soltou. Não podia.

– Use o que tenho dentro de mim. Sei que não sou bom o bastante, mas use-me mesmo assim.

– Não me faça fazer isso.

– Não posso parar – puxa, ele sentiu vontade de chorar com ela.

– Butch... – o corpo dela roçava contra o dele, as roupas em contato enquanto eles lutavam. – Não conseguirei me controlar por muito tempo... solte-me... antes que eu machuque você.

– *Nunca.*

Tudo aconteceu muito depressa. Ela gritou o nome dele e então ele sentiu uma picada na lateral do pescoço.

As presas dela cravadas em sua jugular.

– *Oh... isso... sim*! – ele parou de pressioná-la, mas a aconchegou enquanto continuava em seu pescoço. Gemeu o nome dela ao sentir a primeira sugada sensual, o primeiro toque em sua veia, o primeiro gole de sangue. Enquanto ela se reposicionava para obter um ângulo melhor, o prazer o invadiu, com ondas fluindo pelo seu corpo, como se ele estivesse atingindo um orgasmo. Era exatamente daquela maneira que as coisas *tinham* de ser. Ele precisava que ela o usasse para poder viver...

Marissa desfez o contato e se desmaterializou de seus braços.

Butch caiu de cabeça no espaço onde ela estava, caindo de rosto em cima das almofadas do sofá. Em meio ao caos, ficou em pé e girou.

– Marissa! *Marissa*!

Lançou-se às portas e tentou girar a maçaneta, mas não conseguiu se libertar.

E então escutou a voz desesperada do outro lado.

– Vou matá-lo... Deus que me perdoe, mas vou matá-lo... eu o quero tanto!

Ele bateu na porta.

– Quero sair!

– Sinto muito... – ela disse com a voz fraca que ficou mais forte em seguida. E ele temeu sua atitude mais do que tudo. – Sinto muito. Voltarei mais tarde. Depois que terminar.

– Marissa, não faça isso...

– *Eu amo você.*

Ele acertou a porta com os punhos.

– Não me importo se morrer! Não o procure!

Quando ele finalmente conseguiu abrir a porta, saiu pelo corredor e correu até a escada.

Ao conseguir abrir a porta da frente da mansão, ela não estava mais ali.

Do outro lado da cidade, no estacionamento subterrâneo, onde as lutas ocorriam, Van entrou na jaula e girou. O som que fazia ecoou pelos andares de concreto, interrompendo o silêncio.

Naquela noite, não havia muitas pessoas ali, apenas três. Mas não parecia, para ele.

Van foi o único a sugerir o local ao Sr. X, e havia ensinado a eles como invadir o lugar. Como sabia os horários das lutas, tinha certeza de que não haveria ninguém por ali naquela noite e uma grande parte dele desejava ver sua glória, sua ressurreição naquele ringue, não no porão de outra pessoa, em qualquer outro lugar.

Deu alguns chutes, satisfeito com sua força, e então olhou para seu oponente. O outro *redutor* estava tão animado para a luta quanto ele.

Do outro lado da jaula, Xavier disse:

– Só pare quando terminar. E Sr. D, ficar no chão sem se mexer não significa "fim de luta", entendeu?

Van assentiu, já acostumado a ser chamado pela última inicial de seu nome.

– Ótimo – Xavier uniu as palmas das mãos quando a luta começou.

Van e o outro *redutor* giraram ao redor um do outro, mas Van não tinha intenção de deixar a dancinha lenta continuar por muito tempo. Moveu-se primeiro, dando socos, forçando seu oponente contra a jaula. O cara aguentou os socos sem luva como se não passassem de gotinhas de chuva no rosto e então mandou um gancho de direita bem dado. O golpe pegou Van de lado, abrindo seu lábio como se fosse um envelope.

Doeu, mas a dor foi boa, fortaleceu-o, algo que fez com que se concentrasse mais. Van girou e chutou, uma bomba repentina. Sem dúvida aquele golpe derrubou o *redutor*, deixando o cara no chão. Van pulou em cima de seu oponente e o manteve preso, prendendo um de seus braços para trás, de modo que as articulações de seu ombro e cotovelo doessem pelo esforço. Se apertasse mais um pouco, conseguiria acabar com aquele idiota...

O *redutor* conseguiu se desvencilhar, acertando Van nas bolas com seu joelho. Uma troca rápida de posições e Van ficou por baixo. Depois, mais um golpe e os dois voltaram a ficar em pé.

A briga não parou, não houve intervalo, tempo para respirar, e os dois se agrediam sem parar. Foi um milagre. Van sentiu que poderia continuar por horas, independentemente de quanto apanhasse. Era como se tivesse um motor dentro dele, uma força propulsora, um ímpeto que não era diminuído pelo cansaço nem pela dor, como antes acontecia.

Quando finalmente ocorreu uma pausa, o fator decisivo foi a parte especial de Van. Apesar de os dois terem força, Van era o mestre ali, e viu abertura para ganhar. Acertou o outro assassino no pescoço, desferindo-lhe um golpe no fígado que teria deixado um oponente humano completamente sem ar. Então, pegou seu adversário e o jogou no chão do ringue. Ao subir nele e olhar para baixo, o sangue de Van saiu pelos cortes ao redor de seus olhos e caíram no rosto do cara como lágrimas... lágrimas negras.

A cor assustou Van por um momento, e o outro *redutor* tirou vantagem da distração virando-o para cima de suas costas.

Mas ele não perderia, não daquela vez. Van preparou o punho e acertou a têmpora do cara com exatamente a mesma força e no local correto, derrubando o *redutor* estúpido. Rapidamente, Van acertou seu adversário, subiu no peito do assassino e repetiu os golpes, batendo no crânio até sentir os ossos mais moles. E continuou fazendo isso, até que a estrutura do rosto do homem se desfez, com a cabeça se tornando um saco frouxo, o adversário morto.

– Acabe com ele! – Xavier disse na lateral da área.

Van olhou para cima, ofegante.

– Acabei.

– Não... *acabe com ele*!

– Como?

– Você deveria saber o que fazer! – os olhos pálidos de Xavier brilharam de desespero. – Precisa saber!

Van não sabia se podia matar o cara ainda mais, mas agarrou o *redutor* pelas orelhas e girou até seu pescoço quebrar. Depois, soltou o corpo. Apesar de não mais ter coração batendo, seus pulmões ardiam e seu corpo estava deliciosamente relaxado pela letargia... mas a letargia não durou.

Começou a rir. A força já estava voltando a ele, surgindo de algum lugar, como se tivesse se alimentado, dormido e se recuperado por dias.

As botas de Xavier bateram com força no chão e o *Redutor Principal* surgiu no ringue, furioso.

– *Eu disse para você acabar com ele, inferno.*

– Sim. Certo – *Jesus*. Xavier tinha de tirar o triunfo do momento. – Você acha que ele vai escapar?

Xavier tremeu de raiva ao pegar uma faca.

– *Eu disse para você acabar com ele.*

Van ficou tenso e pôs-se em pé. Mas Xavier apenas passou por cima daquele *redutor* morto e acertou a faca no peito dele. Viu-se uma luz e então... nada. Nada além de manchas escuras no tatame.

Van foi para trás até acertar a cerca.

– O que...

Do outro lado, Xavier apontou a faca para o peito de Van.

– Tenho expectativas em relação a você.

– Como... o quê?

– Você deveria ser capaz de fazer isso – ele apontou para a marca da desintegração –, sozinho.

– Então me dê a faca da próxima vez.

Xavier balançou a cabeça, um tipo de pânico esquisito em seu rosto.

– Droga! – ele caminhou e então murmurou: – Isso vem com o tempo. Vamos.

– Mas e o sangue? – cara, aquela coisa preta e oleosa de repente fez com que ele se sentisse zonzo.

– Você acha que eu me importo? – Xavier pegou a mochila do *redutor* morto e partiu.

Enquanto Van o seguia para fora do estacionamento, achou atordoante o fato de o Sr. X estar agindo daquela maneira. A luta tinha sido boa e Van havia vencido. Queria aproveitar a sensação.

Em silêncio, os dois seguiram para a *minivan*, que estava estacionada a alguns quarteirões. Caminhando, Van esfregou o rosto com uma toalha e tentou não xingar. Quando entraram no carro, Xavier sentou-se no assento do motorista.

– Aonde estamos indo? – Van perguntou ao entrar.

Xavier não respondeu, apenas começou a dirigir, e Van olhou pelo vidro, tentando imaginar como poderia se livrar daquele cara. Teve a impressão de que não seria com facilidade.

Ao passarem por um novo arranha-céu que estava sendo construído, olhou para o homem que estava trabalhando à noite. Sob a iluminação de lâmpadas elétricas, os operários estavam trabalhando como formigas, e sentiu inveja deles, ainda que detestasse aquele trabalho.

Caramba, se ainda fosse um deles, não estaria lidando com a atitude ruim do Sr. X.

De repente, Van ergueu a mão direita e olhou para o local onde lhe faltava o mindinho, lembrando como o havia perdido. Que idiota. Ele estava em uma obra, cortando madeira em uma mesa, e decidiu tirar as travas da máquina para agilizar o processo. Um lapso de atenção depois e seu dedo acabou voando pelos ares com facilidade. A perda de sangue parecera enorme, uma hemorragia em cima dele, cobrindo a lâmina do serrote, enchendo o chão. Vermelho, não preto.

Van levou a mão ao peito e não sentiu mais nada batendo dentro de sua caixa torácica.

A ansiedade correu em sua nuca, como aranhas sorrateiras. Olhou para Xavier, o único recurso que tinha.

– Estamos vivos?

– Não.

– Mas aquele cara foi morto, certo? Então devemos estar vivos.

Xavier olhou para o assento.

– Não estamos vivos. Pode acreditar.

– O que aconteceu com ele, então?

O cansaço surgiu no rosto de Xavier, e a queda de suas pálpebras fez com que ele parecesse ter um milhão de anos.

– O que houve com ele, Sr. X?

O *Redutor Principal* não respondeu, apenas continuou dirigindo.

CAPÍTULO 24

Marissa materializou-se na varanda da cobertura de Rehvenge e quase caiu. Ao partir em direção à porta de correr, ele a abriu.

– Marissa, *meu Deus* – ele a envolveu com o braço e a levou para dentro.

Tomada pelo desejo por sangue, ela se segurou no bíceps dele, com uma sede tão forte que podia muito bem mordê-lo onde estava. Para não rasgar sua garganta, afastou-se dele, mas ele a pegou e a girou.

– Venha aqui agora mesmo! – ele quase a lançou no sofá. – Você está prestes a ter um colapso.

Quando ela se deitou sobre almofadas empilhadas, percebeu que ele tinha razão. Seu corpo estava sem equilíbrio, e sua cabeça girava, as mãos e os pés adormecidos. Seu estômago estava vazio, as presas latejavam, e sua garganta estava seca como o inverno e quente como verão.

Mas quando ele tirou a gravata e abriu os botões da camisa, ela resmungou:

– Não da sua garganta. Não vou aguentar... não da sua...

– Você está muito mal para usar o pulso. Não vai conseguir retirar o suficiente e não temos tempo.

Naquele mesmo momento, sua visão ficou escura e ela começou a desmaiar. Escutou quando ele disse um palavrão e a puxou para cima dele, acomodou o rosto dela em seu pescoço e...

A biologia tomou conta do resto. Ela o mordeu com tanta força que sentiu o corpo dele se remexer e sugou sem pensar, por instinto.

Com um rosnado, a força do sangue dele entrou no corpo dela e se espalhou para seus membros, fazendo seu corpo despertar para a vida de novo.

Ao engolir de modo desesperado, as lágrimas correram tão densas como o sangue dele.

Rehvenge segurou Marissa, detestando a fome que tomava conta do corpo dela. Ela era um ser frágil e delicado. Não deveria estar naquele estado desesperado, e ele passou as mãos pelas costas dela, tentando acalmá-la. Enquanto ela chorava baixinho, ele ficou frustrado. Droga, o que havia de errado com aquele macho de quem ela gostava tanto? Como podia forçá-la a procurar outro?

Dez minutos depois, ela levantou a cabeça. Havia uma linha fina de sangue em seu lábio inferior e Rehv precisou se segurar ao sofá para não se inclinar e lamber.

Graciosamente satisfeita, mas com o rosto marcado pelas lágrimas, Marissa recostou-se nas almofadas de couro na outra ponta do sofá e se protegeu com os braços finos. Fechou os olhos e observou a cor voltar para sua face molhada.

Ele prestou atenção em seu cabelo. Tão claro. Tão cheio. Tão perfeito. Queria estar nu e duro feito pedra, com todas aquelas ondas loiras sobre seu corpo. E se não pudesse ter tudo aquilo, queria beijá-la. Naquele instante.

Mas ele pegou seu blazer, procurou o lenço e se inclinou para ela. Marissa deu um salto quando ele secou suas lágrimas, e pegou o lenço de linho de sua mão rapidamente.

Ele voltou para seu canto no sofá.

– Marissa, venha ficar comigo. Quero cuidar de você.

No silêncio que se seguiu, ele pensou em onde ela estava hospedada – e concluiu que o macho que ela queria tinha de estar no complexo da Irmandade.

– Você ainda está apaixonada por Wrath, não é?

Ela arregalou os olhos.

– Como?

– Você disse que não pôde se alimentar do macho que queria. Wrath agora tem uma companheira...

– Não é ele.

– Phury, então? Por ser celibato.

– Não, e eu não quero falar sobre isso, se não se importar – ela olhou para seu lenço. – Rehvenge, eu adoraria ficar um pouco sozinha. Posso ficar um pouco aqui? Sozinha?

Apesar de não estar acostumado a ser dispensado, muito menos em sua própria casa, ele se dispôs a ajudá-la.

– Fique pelo tempo que quiser, *tahlly*. Apenas feche a porta quando sair. Vou ligar o alarme quando você for.

Ao vestir o blazer, ele deixou a gravata frouxa e a gola da camisa aberta porque ela o havia mordido e as marcas estavam sensíveis demais para serem cobertas. Não que ele se importasse muito com aquilo.

– Você é tão gentil comigo – ela disse, olhando para os sapatos dele.

– Na verdade, não sou.

– Como pode dizer isso? Nunca pede nada em troca...

– Marissa, olhe pra mim. *Olhe pra mim* – Santa Virgem, ela era linda. Ainda mais com o sangue dele dentro dela. – Não se engane. Ainda quero que você seja minha *shellan*. Quero você nua em minha cama. Quero que você engravide de mim. Quero... sim, quero tudo com você. Não faço isso para ser gentil, faço isso para ganhá-la. Faço porque espero que um dia você chegue onde quero.

Ela arregalou os olhos, e ele manteve o restante para si. Não era preciso dizer que o *sympatho* nele queria tomar conta dela, de todas as emoções. Ou compartilhar a realidade de que o sexo com ele seria... complicado.

Ah, as alegrias de sua natureza. E sua anomalia.

– Mas quero que você acredite em uma coisa, Marissa. Não ultrapassarei os limites se você não quiser.

Além disso, Xhex provavelmente estava certa. Vampiros de raça impura como ele se davam melhor quando ficavam sozinhos. Apesar de os *sympatho* não serem discriminados e poderem viver como Normais, eles nunca ficavam com alguém que não tivesse defesa contra o lado negro deles.

Ele vestiu o sobretudo.

– Esse seu macho... é melhor ele entrar na linha. Não pode desperdiçar uma fêmea de valor como você – Rehv segurou sua bengala e caminhou em direção à porta.

– Se precisar, me chame.

Butch entrou no ZeroSum, voltou para a mesa da Irmandade e tirou sua capa de chuva. Ficaria ali por um tempo. O que não era uma grande novidade. Caramba, ele devia simplesmente montar uma barraca e passar a morar ali.

Quando a garçonete se aproximou com uma dose de uísque, ele perguntou:

– Existe alguma chance de você me trazer uma garrafa?

– Sinto muito, não posso.

– Certo, venha aqui – ele fez um gesto com o dedo para que ela se aproximasse. Quando ela se inclinou, ele colocou uma nota de cem dólares em sua bandeja. – Isto é só pra você. Quero que me mantenha bem servido.

– Pode deixar.

Sozinho na mesa, Butch passou a mão no pescoço, tocando com a ponta dos dedos em cima das feridas. Quando sentiu onde tinha sido mordido, tentou não imaginar o que Marissa estava fazendo naquele momento com outra pessoa. Com um aristocrata. Um cara bem educado que tinha melhores condições do que ele, superior. Oh, Deus.

Como se fosse um mantra, ele repetiu o que V. havia dito. Que não tinha de ser relacionado a sexo. Que era um imperativo biológico. Que não havia escolha. Que... não tinha de ser relacionado a sexo. Esperava que se escutasse aquilo sem parar, suas emoções o acalmariam de modo que pudesse aceitar a necessidade do que ela tinha de fazer. Afinal, Marissa não estava sendo cruel. Havia ficado tão consternada quanto ele...

Em um flash muito vívido, viu seu corpo nu e não conseguiu deixar de pensar nas mãos de outro homem passando sobre seus seios. Os lábios de outro homem passando por sua pele. Outro homem tirando sua virgindade enquanto a alimentava, seu corpo rígido movendo-se em cima dela, dentro dela.

E o tempo todo ela beberia... beberia até ficar satisfeita, contente, repleta.

Recebendo cuidados. Sendo cuidada por alguém.

Butch bateu seu copo na mesa.

Droga. Explodiria. Ruiria, bem ali, naquele momento, com suas entranhas se esparramando pelo chão, seus órgãos aos pés de desconhecidos, juntamente com guardanapos e notas de compras.

A garçonete, felizmente, chegou com mais uísque.

Quando segurou o segundo copo, disse a si mesmo:

O'Neal, recomponha-se e retome seu orgulho. Acredite um pouco nela também. Ela nunca dormiria com outro cara. Simplesmente não faria isso.

Mas o sexo foi apenas parte daquilo.

Enquanto bebia seu uísque, percebeu que existia outra dimensão àquele pesadelo. Ela teria de se alimentar com regularidade, certo? Eles teriam de fazer aquilo diversas vezes.

Droga. Queria ter certeza de que era um homem grande o bastante, um homem confiante o bastante, para lidar com tudo aquilo, mas era possessivo e egoísta. E da próxima vez em que ela se alimentasse, eles voltariam ao ponto em que estavam agora, com ela nos braços de outro homem, ele bebendo sozinho, prestes a se enforcar. Mas seria pior. E na vez seguinte, pior ainda. Ele a amava tanto e com tanta intensidade, que destruiria os dois rapidamente, não demoraria.

Além disso, que tipo de futuro eles podiam ter? Do modo com que vinha bebendo uísque ultimamente, seu fígado provavelmente tinha mais dez anos de vida e seres da raça dela viviam por séculos. Ele seria apenas uma nota de rodapé na longa vida dela, um obstáculo na estrada até que ela encontrasse um companheiro que fosse bom, que pudesse lhe dar o que precisava.

Quando a garçonete trouxe para ele um terceiro duplo, Butch levantou o dedo para mantê-la a seu lado. Ele bebeu o líquido enquanto ela esperava, entregou-lhe o copo e ela voltou até onde estava o *bartender*.

Ao retornar com um quarto drinque, aquele loiro esquisito com seu trio de seguranças grandalhões começaram a fazer gestos para chamar a atenção dela, duas mesas adiante.

Caramba, parecia que todas as noites o cara estava ali. Ou talvez fosse apenas um idiota chamando a atenção.

– Ei! – o cara chamou. – Precisamos ser atendidos aqui. Mexa-se.

– Já vou – a garçonete disse.

– Agora – o imbecil disse. – Não depois.

– Não vou demorar – ela disse a Butch.

Enquanto ela seguia em direção ao grupo, Butch observou que ficou muito envergonhada. Filhos da mãe exibidos, todos eles. E não melhorariam com o passar da noite.

Mas Butch também não melhoraria.

– Você me parece meio agressivo, Butch O'Neal.

Ele fechou os olhos com força. Quando os abriu de novo, a fêmea com cabelo de homem e corpo de homem ainda estava diante dele.

– Teremos problemas com você hoje, Butch O'Neal?

Queria que ela parasse de dizer seu nome.

– Não, estou numa boa.

Ela olhou para ele de modo sensual.

– Oh, eu sei bem. Mas vamos cair na real. Você vai criar problemas hoje?

– Não.

Ela olhou para ele por muito tempo e de modo fixo.

– Bem... vou ficar de olho em você. Não se esqueça.

Capítulo 25

Joyce O'Neal Rafferty encontrou o marido na porta com o bebê no colo e uma expressão atenta. Mike, no lado frio do tapete de entrada, estava claramente cansado depois de trabalhar por turnos dobrados, mas ela não se importou.

– Recebi um telefonema hoje de meu irmão, Butch. Você contou a ele sobre o batizado, certo?

O marido beijou Sean, mas não tentou beijá-la.

– Querida...

– Isso não é da sua conta!

Mike fechou a porta.

– Por que você o detesta tanto?

– *Não* vou discutir esse assunto com você.

Enquanto ela se afastava, ele disse:

– Ele não matou sua irmã, Jô. Ele tinha doze anos. O que poderia ter feito?

Ela segurou o filho com o outro braço e não se virou.

– Não tem nada a ver com Janie. Butch deu as costas para a família há anos. Escolha dele, não teve nada a ver com o que aconteceu.

– Talvez todos vocês tenham dado as costas para ele.

Ela olhou para trás.

– Por que está defendendo ele?

– Ele era meu amigo. Antes de eu conhecer e me casar com você, ele era meu amigo.

– Um amigo qualquer. Quando foi a última vez que você teve notícias dele?

– Não importa. Ele foi legal comigo quando eu o conheci.

– Você é um coração mole – ela caminhou em direção às escadas. – Vou alimentar o Sean. Deixei o jantar pra você na geladeira.

Joyce foi até o segundo andar, e quando chegou lá, olhou para o crucifixo que ficava pendurado na parede. Virando-se de costas para a cruz, entrou no quarto do filho e sentou-se na cadeira de balanço ao lado do berço.

Abrindo a roupa para expor o seio, colocou o filho para cima e ele se segurou, com a mão apertando a carne que estava ao lado de seu rosto. Enquanto se alimentava, sentiu o corpinho dele quente e saudável, com os cílios resvalando nas faces coradas.

Joyce respirou fundo algumas vezes.

Droga. Agora sentia-se mal por ter gritado. E por ter renunciado à cruz do Salvador. Ela rezou uma Ave-Maria e então tentou se acalmar contando os dedinhos perfeitos dos pés de Sean.

Deus... se alguma coisa acontecesse a ele, ela morreria, seu coração literalmente nunca mais bateria da mesma maneira. Como sua mãe tinha conseguido? Como havia sobrevivido à perda de um filho?

E Odell havia perdido dois, não é mesmo? Primeiro, Janie. Depois, Butch. Felizmente a mulher estava perdendo a memória. Devia ser uma bênção não se lembrar de coisas ruins.

Joyce acariciou os cabelos finos e escuros de Sean e percebeu que sua mãe não conseguiu se despedir de Janie. O corpo estava em condições muito ruins para que fosse feito um velório com caixão aberto, e Eddie O'Neal, como pai, havia feito o reconhecimento no necrotério.

Meu Deus, naquela terrível tarde de outono, se ao menos Butch tivesse sido esperto, corrido até a casa e contado a um adulto que Janie havia saído... talvez eles pudessem tê-la salvado. Janie não tinha permissão para entrar em carros de rapazes e todos conheciam as regras. Butch conhecia as regras. Se ao menos...

Ah, droga. Seu marido tinha razão. A família toda detestava Butch. Não era à toa que ele havia sumido.

Com um suspiro, a boquinha de Sean ficou mole e sua mãozinha escorregou. Mas ele acordou num sobressalto e voltou a sugar.

Por falar em desaparecer... Deus, sua mãe também não conseguiria dizer adeus a Butch, certo? Seus momentos lúcidos eram raros. Ainda que Butch fosse à igreja no domingo, ela podia não reconhecê-lo.

Joyce escutou o marido subindo as escadas, seus passos lentos.

– Mike? – ela chamou.

O homem a quem amava e com quem tinha se casado apareceu na porta. Começava a exibir uma barriga protuberante típica da meia-idade, e estava perdendo os cabelos do topo da cabeça, apesar de ter apenas trinta e sete anos. Mas ao olhar para ele naquele momento, viu sua versão mais jovem: o atleta do ensino médio. O amigo de seu irmão mais velho, Butch. O jogador de futebol, cheio de energia, por quem fora apaixonada por anos.

– Sim? – ele respondeu.

– Peço desculpas. Por ter explodido.

Ele sorriu levemente.

– É meio esquisito. Eu compreendo.

– E você tem razão. Butch provavelmente devia ter sido convidado. É que... eu quero que o dia do batizado seja puro, sabe? Simplesmente puro. É a iniciação do Sean e não quero nenhuma sombra. Butch... ele carrega aquela sombra por todos os lados e todo mundo ficaria tenso, e com a minha mãe tão doente, não quero lidar com isso.

– Ele disse que viria?

– Não. Ele... – ela pensou na conversa com o irmão. Curioso era o fato de ele parecer o mesmo de anos antes. Seu irmão sempre tivera uma voz grave, forte e rouca. Como se sua garganta fosse deformada ou houvesse muita coisa que ele não estivesse dizendo. – Ele disse que estava feliz por nós. Agradeceu a você pelo telefonema. Disse esperar que a mamãe e o papai estivessem bem.

Seu marido olhou para Sean, que havia adormecido de novo.

– Butch não sabe que sua mãe está doente, não é?

– Não – no começo, quando Odell estava apenas se esquecendo das coisas, Joyce e sua irmã haviam decidido esperar saber o que havia de errado para depois contar a Butch. Mas aquilo havia acontecido dois anos antes. E elas sabiam o que estava errado, não é? Ela tinha mal de Alzheimer.

Só Deus sabia por quanto tempo a mãe ainda viveria. A doença progredia implacavelmente.

– Estou errando ao não contar a Butch – ela disse baixinho. – Não estou?

– Amo você – Mike murmurou.

Os olhos dela ficaram marejados quando ela olhou para o rosto do filho e depois para o marido. Michael Rafferty era um bom homem. Um homem forte. Ele nunca seria belo como Hugh Jackman, rico como Bill Gates nem poderoso como o rei da Inglaterra. Mas ele era dela e de Sean, o que era mais do que o suficiente. Principalmente em noites como aquela, durante conversas como aquela.

– Também amo você – ela disse.

Vishous se materializou atrás do ZeroSum e desceu o beco para a parte da frente da casa. Ao ver o Escalade estacionado na rua Dez, ficou aliviado. Phury havia dito que Butch saíra da mansão de mau humor.

V. entrou na casa noturna e seguiu diretamente para a seção VIP. Mas não chegou.

Aquela fêmea da segurança ficou na frente dele, com seu corpo bloqueando a passagem. Ao olhar para ela de cima a baixo, tentou imaginar como seria amarrá-la. Ela provavelmente deixaria marcas depois disso e não seria uma maneira muito agradável para se passar uma ou duas horas.

– Seu amigo precisa ir embora – ela disse.

– Ele está na nossa mesa?

– Sim, e é melhor você tirá-lo daqui. Agora.

– O que houve?

– Ainda não aconteceu nada – os dois seguiram para a área VIP. – Mas não quero que as coisas cheguem a esse ponto, e estamos à beira de problemas.

Ao passarem pelas pessoas, V. olhou para aqueles braços musculosos da mulher e pensou a respeito do trabalho que ela realizava na casa noturna. Coisa pesada para qualquer pessoa, mas principalmente para uma mulher. Tentou imaginar por que ela realizava aquele serviço.

– Você gosta de acabar com os caras? – ele perguntou.

– Às vezes, mas com O'Neal prefiro o sexo.

V. parou abruptamente.

A mulher olhou para trás.

– Algum problema?

– Quando você transou com ele? – ainda que soubesse que tinha sido recentemente.

– A pergunta é quando vou transar com ele de novo – ela fez um gesto na direção da área VIP. – Mas não vai ser hoje à noite. Agora, pegue-o e tire-o daqui.

V. estreitou os olhos.

– Desculpe falar, mas Butch é comprometido.

– Puxa, é mesmo? Por isso que ele vem aqui quase todas as noites para beber? A parceira dele deve ser bem boazinha.

– Não chegue perto dele de novo.

A expressão da mulher ficou mais séria.

– Irmão ou não, você *não* tem de me dizer o que fazer.

V. se inclinou para frente e mostrou as presas.

– Como eu disse, fique longe dele.

Por um segundo, pensou que os dois se atracariam, de verdade. Nunca havia enfrentado uma fêmea antes, mas aquela... bem, ela não parecia uma fêmea. Principalmente porque olhava para a mandíbula dele como se calculasse um golpe.

– Vocês dois querem um quarto ou um ringue de luta?

Vishous se virou e viu Rehvenge em pé a um metro de distância, com os olhos cor de ametista brilhando. À luz, seu moicano era tão escuro quanto o sobretudo que vestia.

– Algum problema? – Rehvenge olhou para eles enquanto tirava seu casaco e o entregava a um dos seguranças.

– Problema nenhum – V. disse. Ele olhou para a fêmea. – Nada de mais, certo?

– Sim – ela disse, cruzando os braços. – Nada.

V. passou pelos seguranças na frente da corda de veludo e foi direto para a mesa da Irmandade... *oh... cara.*

Butch parecia totalmente acabado, não apenas porque estava bêbado. Seu rosto estava sério, os olhos semicerrados. Sua gravata estava torta, a camisa parcialmente aberta... e havia uma marca de mordida em seu pescoço e um pouco de sangue escorrido no colarinho.

E sim, ele estava querendo briga, olhando para uma mesa de encrenqueiros mais à frente. Caramba, o tira estava prestes a pular em cima deles, pronto para a luta.

– Ei, meu amigo – V. se sentou bem devagar, pensando que a melhor coisa seria não realizar movimentos repentinos. – O que está rolando?

Butch bebeu o uísque sem desviar o olhar dos caras ao lado.

– Como você está, V.?

– Bem, bem. Quantos drinques já virou?

– Não em número suficiente ainda. Continuo de pé.

– Quer me contar o que está havendo?

– Não.

– Você foi mordido, amigo.

Quando a garçonete se aproximou para pegar o copo vazio do tira, Butch tocou as marcas de mordida em seu pescoço.

– Só porque eu a forcei. E ela parou. Ela não me quer, na verdade. Por isso está com outro cara. Neste momento.

– Droga.

– Pois é. Enquanto conversamos aqui, minha mulher está com outro cara. É um aristocrata, a propósito. Por que estou contando isso? Um cara arrumadinho está tocando... pois é, deixa quieto. Seja lá quem for, é mais forte do que eu. Está dando a ela o que precisa. Está alimentando minha mulher. Está... – Butch interrompeu o que dizia. – E aí, como está a noite?

– Eu já disse que o fato de ela beber o sangue não precisa envolver sexo.

– Oh, eu sei disso – o tira se recostou quando seu próximo drinque chegou. – Quer um pouco de vodca? Não? Tudo bem... vou beber por nós dois – ele virou metade do uísque antes mesmo de a garçonete se virar. – Não é só o sexo. Não consigo imaginar o sangue de outra pessoa nela. *Eu* quero alimentá-la. *Eu* quero mantê-la viva.

– Isso não tem lógica, cara.

– Que se dane a lógica – ele olhou para o uísque. – Jesus... acabamos de fazer isso.

– O que está dizendo?

– Estou dizendo que estávamos aqui ontem à noite. A mesma bebida. A mesma mesa. Mesmo... tudo. Parece que estou repetindo padrões e estou cansado disso. Estou cansado de mim.

– O que acha de eu levá-lo para casa?

– Não quero voltar para... – Butch parou de falar e ficou tenso, baixando o copo lentamente em direção à mesa.

V. ficou em alerta. Da última vez em que o tira ficara daquele jeito, havia *redutores* escondidos. Mas quando Vishous olhou ao redor, não viu ninguém em especial, apenas Rehvenge entrando na área VIP, indo para o escritório.

– Butch? Cara?

Butch se levantou.

E então se movimentou depressa, e V. não teve tempo de pegá-lo.

Capítulo 26

Butch parecia não ter controle sobre seu corpo, que agiu de modo independente quando ele se lançou na seção VIP, em cima de Rehvenge. Ele só sabia que tinha sentido o cheiro de Marissa e o seguiu até encontrar o macho de moicano. O próximo passo foi se atracar com o cara.

Derrubou o Reverendo com força, com a surpresa a seu favor. Quando caíram no chão, o macho gritou "O que é isso?" e seguranças começaram a surgir de todos os lados. Antes de Butch ser puxado, abriu a gola da camisa de Rehvenge.

Elas estavam lá. Marcas de perfuração bem no pescoço do cara.

– Não... droga, *não*... – Butch lutou contra as mãos pesadas que o seguravam, lutou e chutou até que alguém entrou na frente dele, levantou o punho e o acertou bem no meio do rosto. Ao sentir uma onda forte de dor no olho esquerdo, percebeu que tinha sido a segurança que o acertara.

Rehvenge apoiou a bengala no chão e se levantou, com o olho muito roxo.

– No meu escritório. *Agora*.

Ocorreu uma conversa nesse momento, não que Butch estivesse prestando muita atenção. Só conseguia ver o macho na frente dele e as evidências do sangue sugado. Pensou no corpo grande do macho embaixo do de Marissa, com o rosto dela grudado em seu pescoço, as presas perfurando sua pele.

Não havia dúvidas de que Rehvenge a satisfizera. Dúvida nenhuma.

– Por que tinha que ser com você? – Butch gritou. – *Caramba, eu gosto de você*. Por que tinha de ser *você*?

– Está na hora de ir – V. segurou Butch com uma chave de braço. – Vou levá-lo para casa.

– Não, agora, não – Rehvenge disse. – Ele me derrubou em *minha* casa. Quero saber que *diabos* estava pensando. E depois você pode me dar um bom motivo para não quebrar as duas pernas dele.

Butch disse em alto e bom tom.

– *Você a alimentou.*

Rehvenge hesitou. Ergueu a mão até o pescoço.

– Como é?

Butch rosnou ao olhar para as marcas de mordida, tentando se libertar de novo. Droga, era como se existissem dois lados dele. Um que pensava um pouco racionalmente. E outro totalmente fora da linha. Não era difícil saber qual dos dois estava ganhando.

– Marissa – ele disse. – Você a alimentou.

Rehv arregalou os olhos.

– Então, é você? É por você que ela está apaixonada?

– Isso.

Rehv controlou sua expressão de surpresa. Então, passou a mão no rosto e fechou o colarinho da camisa para esconder as marcas.

– Oh... inferno. Ah... maldito inferno – ele se virou. – Vishous, leve-o daqui e cure o porre dele. Caramba, o mundo está ainda menor esta noite.

Naquele momento, os joelhos de Butch estavam tremendo e ele via a casa noturna girar. Cara, estava muito mais bêbado do que pensara, e aquele soco na cara não tinha ajudado.

Antes de desmaiar, ele gemeu:

– Devia ter sido eu. Ela deveria ter usado a mim...

O Sr. X estacionou a *minivan* em uma rua perpendicular à Rua Trade e saiu. A cidade se preparava para a noite, com os bares tocando música alta e enchendo de pessoas que logo ficariam bêbadas e drogadas.

Hora de sair à caça dos Irmãos.

Quando o Sr. X fechou a porta e ajustou suas armas, olhou por cima do veículo, para Van.

Cara, ainda estava desapontado com o desempenho dele no ringue. Assustado também. Mas demoraria um pouco para que a força crescesse. Nenhum *redutor* saia da introdução com força total, e não havia motivo para pensar que Van seria diferente só porque ele era o escolhido da profecia.

Mas que droga.

– Como sei quem é vampiro? – Van perguntou.

Ah, sim. A tarefa. X pigarreou.

– Os civis vão reconhecê-lo porque podem sentir seu cheiro, e você vai perceber quem são quando se assustarem. Quanto aos Irmãos, não tem como errar. Eles são maiores e mais agressivos do que qualquer outra pessoa que você já viu e são os primeiros a atacar. Partirão atrás de você se o encontrarem.

Saíram da Rua Trade. A noite estava intensa, aquela combinação de frio e umidade que sempre motivava X a brigar antes. Mas naquele momento, seu foco era outro. Precisava estar disposto porque era o *Redutor Principal*, mas tudo com que se importava estava impedindo que ele e Van ficassem na realidade, até que o cara amadurecesse e se tornasse o que realmente era.

Estavam prestes a entrar em uma rua quando o Sr. X parou. Virando a cabeça, olhou para trás. E depois para o outro lado da rua.

– O que...

– Cale-se – o Sr. X fechou os olhos e deixou sua intuição agir. Acalmando-se, prestando atenção, estendeu as antenas.

Ômega estava por perto.

Abriu os olhos, pensando que aquilo só podia ser engano. O mestre não poderia ir para aquele lado sem o *Redutor Principal*.

Mas o Mal estava próximo.

O Sr. X caminhou ali, em sua posição de combate. Quando um carro desceu a Rua Trade, olhou por cima do teto para o ZeroSum, aquela danceteria tecno. O mestre estava ali dentro. Sem dúvida.

Oh, droga, teria havido uma mudança de *Redutor Principal*?

Não, o Sr. X teria sido chamado para casa, nesse caso. Então, talvez Ômega tivesse usando outra pessoa para atravessar? Aquilo podia ocorrer?

O Sr. X atravessou a rua até a discoteca e Van estava bem atrás dele, sem entender nada, mas pronto para tudo.

A fila de espera do ZeroSum estava repleta de humanos com roupas chamativas, remexendo-se, fumando e falando ao telefone. Ele parou. No fundos... o mestre estava nos fundos.

Vishous abriu a porta de incêndio do ZeroSum com o quadril e empurrou Butch para o Escalade. Ao colocar o tira no banco traseiro como se ele fosse uma boneca de pano pesada, torceu para que o idiota não acordasse dando golpes.

V. estava sentando-se no banco do motorista quando percebeu que algo se aproximava, e sua intuição ficou atiçada, sentindo o perigo em seu corpo. Apesar de a Irmandade não fugir de conflitos nem por sua natureza nem por treinamento, seu sexto sentido apontava que ele deveria afastar Butch da casa noturna. *Naquele momento.*

Deu partida no carro e saiu. Ao chegar ao início da rua, viu dois homens partindo em direção ao veículo, um deles de pele clara. *Redutores.* Mas como aqueles dois souberam como chegar ali?

V. acelerou. Livrou a si e a Butch.

Assim que se certificou de que não estavam sendo seguidos, olhou para o tira. Apagado. Frio. Cara, aquela segurança fêmea tinha dado um belo de um soco. Mas o uísque também tinha feito um bom trabalho.

Butch não se mexeu durante todo o trajeto até o complexo. Na verdade, apenas quando V. levou o tira para dentro do Buraco e o deitou na cama, é que ele abriu os olhos.

– O quarto está rodando.

– Aposto que sim.

– Meu rosto dói.

– Vai piorar quando vir o estrago e entender o motivo.

Butch fechou os olhos.

– Obrigado por me trazer para casa.

Vishous estava prestes a ajudar o cara a tirar o casaco quando a campainha tocou.

Xingando, ele foi para a frente da casa de guarda e conferiu os monitores de segurança em cima de sua mesa. Não se surpreendeu ao ver quem era, mas, caramba, Butch não estava preparado para receber visitas naquele momento.

V. entrou no vestíbulo e fechou a porta antes de abrir a de fora. Quando Marissa olhou para ele, V. sentiu o cheiro da tristeza e da preocupação que ela emanava, o cheiro de rosas secas.

A voz dela saiu baixa:

– Eu vi o Escalade estacionar, por isso sei que ele está aqui. Preciso vê-lo.

– Não, não vai vê-lo hoje à noite. Volte amanhã.

O rosto dela ficou sério, endurecendo sua beleza.

– Só vou embora quando ele mandar.

– Marissa...

Os olhos dela brilharam.

– Só quando ele mandar, guerreiro.

V. analisou a atitude dela e viu que não lhe faltava nada – mais ou menos como a musculosa líder da segurança da casa noturna, mas sem a violência.

Pois é, aquela era a noite das fêmeas duronas.

V. balançou a cabeça.

– Pelo menos espere até que eu o limpe, tudo bem?

Seus olhos ficaram tomados de pânico.

– Para que precisa...?

– Meu Deus, Marissa. O que achou que ia acontecer quando você se alimentou de Rehvenge?

Ela se mostrou surpresa.

– Como você sabia...

– Butch foi atrás dele no clube.

– *O quê*? Ele... oh, Deus – de repente, ela semicerrou os olhos. – É melhor me deixar entrar. Bem, agora.

V. ergueu os braços e murmurou, enquanto abria a porta:

– Droga.

Capítulo 27

Marissa passou por Vishous, e o Irmão saiu da frente. E isso provava que ele era tão esperto quanto diziam.

Quando se aproximou da porta do quarto de Butch, parou. Pelo brilho da luz do corredor, viu-o deitado na cama, de barriga para cima. Seu blazer estava todo desarrumado e havia sangue em sua camisa. No rosto também.

Aproximou-se e precisou cobrir a boca com a mão.

– Doce Virgem do Fade...

Um dos olhos dele estava inchado e ficando roxo e azulado de novo, e tinha um corte em cima do nariz, que sangrava. E cheirava a uísque puro.

Da porta, a voz de Vishous estava estranhamente delicada.

– Você deveria voltar amanhã. Ele vai ficar furioso por saber que você o viu nesse estado.

– Quem, exatamente, fez isso com ele? E se você disser que foi só uma briga boba, prepare-se.

– Como eu disse, ele foi atrás de Rehvenge. E Rehv tem um monte de seguranças.

– Devem ser bem grandes – ela disse sem prestar atenção.

– Na verdade, ele foi golpeado por uma mulher.

– Mulher? – oh, de que importava? – Pode me trazer algumas toalhas e um pouco de água com sabão? – ela se voltou para os pés de Butch e tirou seus sapatos. – Quero limpá-lo.

Depois que V. saiu pelo corredor, ela tirou as roupas de Butch, deixando-o apenas de cueca, e se sentou ao lado dele. A cruz pesada e dourada em seu peito foi uma surpresa. Antes, na sala de estar, ela não havia prestado muita atenção nela, mas agora queria saber onde ele a havia conseguido.

Ela olhou mais para baixo, para a cicatriz escura na barriga dele. Que parecia estar igual, nem melhor, nem pior.

Quando V. apareceu com uma bacia e algumas toalhas, ela disse:

– Coloque tudo isso na mesa, onde posso pegá-los, e nos deixe a sós, por favor. E feche a porta ao sair.

Ele fez uma pausa, o que fez sentido. Um membro da Irmandade da Adaga Negra não recebia ordens daquela maneira, muito menos estando em sua própria casa. Mas ela estava com os nervos à flor da pele, seu coração acelerado, e não se importava com o que as pessoas pensavam dela.

Era sua nova regra número um em ação.

Depois de um minuto, as coisas foram colocadas onde queria e então a porta foi fechada. Suspirando profundamente, molhou um dos panos. Ao tocar o rosto de Butch, ele fez uma careta e murmurou alguma coisa.

– Sinto muito, Butch... mas já terminou – ela enfiou a toalha de novo dentro da bacia, submergindo-a, e então apertou para tirar o excesso de água. As gotas caíram com barulho. – E não aconteceu nada além da alimentação. Juro.

Ela tirou o sangue do rosto dele e acariciou seus cabelos, as ondas grossas úmidas depois da limpeza. Como resposta, ele se remexeu e virou o rosto contra a mão dela, mas estava bem claro que estava muito embriagado, sem entender as coisas muito bem.

– Você vai acreditar em mim? – ela sussurrou.

De qualquer modo, ela tinha provas. Quando mostrasse que ainda era uma *inthocada*, ele saberia que nenhum outro macho havia...

– Consigo sentir o cheiro dele em você...

Ela se assustou ao escutar a voz dele.

Os olhos de Butch abriram lentamente e pareciam pretos, não castanhos.

– Consigo sentir o cheiro dele em todo o seu corpo. Porque não foi pelo punho.

Ela não sabia como responder. Principalmente quando ele manteve os olhos em sua boca e disse:

– Eu vi as marcas no pescoço dele. E seu cheiro estava nele também.

Quando Butch esticou a mão, ela fez uma careta. Mas ele só acariciou seu rosto com o indicador, leve como um suspiro.

– Quanto tempo demorou? – ele quis saber.

Ela se manteve em silêncio, com a intuição mostrando que seria melhor quanto menos ele soubesse.

Quando ele afastou a mão, seu rosto estava sério e cansado. Sem emoção.

– Acredito em você. A respeito do sexo.

– Não parece que acredita.

– Sinto muito, estou um pouco estranho. Estou tentando convencer a mim mesmo de que estou bem em relação ao que aconteceu hoje.

Ela olhou para as próprias mãos.

– Eu também achei errado. Chorei o tempo todo.

Butch inspirou, e então toda a tensão se desfez entre eles. Ele se sentou com as mãos nos ombros dela.

– Oh, meu Deus... linda, sinto muito por ser tão idiota...

– Não, eu sinto muito por ter de...

– Shh, não é sua culpa. Marissa, não é sua culpa.

– Parece que é...

– É uma deficiência minha, não sua – os braços dele, aqueles braços lindos e fortes, envolveram-na e a trouxeram mais para perto de seu peito nu. Como resposta, ela se prendeu a ele.

Quando ele beijou sua cabeça, murmurou:

– Não é sua culpa. De jeito nenhum. E gostaria de lidar melhor com isso. De verdade. Não sei por que estou tendo tanta dificuldade com isso.

Ela se afastou de repente, tomada por uma urgência que não questionou.

– Butch, deite-se comigo. Faça amor comigo. Agora.

– Oh... Marissa... eu adoraria, de verdade – ele acariciou seus cabelos. – Mas não deste jeito. Estou bêbado e sua primeira vez deve ser...

Ela o interrompeu com a boca, sentindo o gosto do uísque e do macho enquanto o empurrava no colchão. Quando escorregou a mão entre as pernas dele, ele gemeu e endureceu entre seus dedos.

– Preciso de você dentro de mim – ela disse. – Se não me der seu sangue, quero seu sexo. Dentro de mim. *Agora.*

Ela o beijou de novo e quando a língua dele entrou em sua boca, ela sabia que o tinha. Puxa, ele era tão bom.

Colocou-a por cima dele e passou a mão desde o pescoço até seus seios, e então seguiu o caminho traçado com os lábios. Aos chegar ao seu vestido, parou e voltou a ficar sério. Com um movimento abrupto, segurou a seda e rasgou a parte da frente do vestido dela. E não parou quando o tecido se prendeu no quadril. Continuou, com as mãos grandes e braços fortes trabalhando enquanto rasgava o cetim no meio, até a saia.

– Tire – ele exigiu.

Ela tirou o resto pelos ombros, e então ergueu o quadril, e ele tirou o vestido de baixo dela, reuniu a peça entre as mãos e a lançou para o outro lado do quarto.

Olhando para ela de modo intenso, ele voltou a lhe dar atenção e abriu suas pernas. Olhando para seu corpo, disse:

– Nunca mais use esta coisa.

Ela assentiu, ele colocou a calcinha para o lado e levou a boca até o sexo dela. O orgasmo que a fez atingir foi intenso, uma posse, e fez com que as sensações durassem até que ela ficasse sem forças e tremendo.

Então, ele voltou a fechar suas pernas. Apesar de ela ter tido o orgasmo, ele estava muito mais relaxado ao subir pelo corpo dela. Ainda tomada pelas sensações, ela estava fraca e não resistiu quando ele a deixou nua e depois tirou a cueca boxer.

Quando ela olhou para o tamanho dele e percebeu o que viria em seguida, o medo tomou conta de sua consciência. Mas estava excitada demais para se importar.

Ele estava animalesco e voltou para a cama, com seu sexo rígido e grosso, pronto para penetrá-la. Ela abriu as pernas para ele, mas ele se deitou ao lado dela, e não em cima.

E então ele foi devagar. Beijou-a de modo lento e suave, com a palma grande da mão passando por seus seios, tocando-a com cuidado. Sem fôlego, ela segurou os ombros dele e sentiu os músculos sob sua pele quente e firme crescerem enquanto ele acariciava seu quadril, suas coxas.

Quando ele a tocou no meio das pernas, foi delicado e não teve pressa, e demorou um pouco até penetrar um de seus dedos nela. Parou quando algo dentro dela fez com que franzisse a testa e afastasse o quadril.

– Você sabe o que esperar? – ele perguntou com a cabeça contra seus seios, a voz suave, baixa.

– Hum... sim, acho que sim – então, pensou no tamanho da ereção dele. Como as coisas se encaixariam?

– Serei o mais delicado que conseguir, mas isso... vai doer. Pensei que talvez...

– Sei que faz parte – ela sabia que haveria um pouco de dor, mas também muito êxtase. – Estou pronta.

Ele afastou a mão e rolou para cima dela, com o corpo abrindo espaço entre suas pernas.

De repente, tudo se encaixou em sua mente: a sensação da pele quente dele, seu peso e a força de seus músculos... o travesseiro sob a cabeça dela, o colchão sobre o qual estava deitada e a maneira com que suas pernas estavam abertas. Olhou para cima. Viu luzes se moverem no teto como se um carro tivesse acabado de estacionar no pátio.

Ficou tensa, não conseguiu evitar. Apesar de ser Butch e de amá-lo, a ameaça da experiência, a tensão, fazia com que ficasse assustada. Trezentos anos e de repente tudo estava ali.

Por alguma estúpida razão, lágrimas rolaram.

– Linda, não temos de fazer isto – ele passou os polegares pelo rosto dela e afastou o quadril como se fosse se distanciar.

– Não quero parar – ela pôs as mãos nas costas dele. – Não... Butch, espere. Eu quero. Quero muito.

Ele fechou os olhos. Em seguida, abaixou a cabeça até o pescoço dela e a abraçou. Virando para o lado, abraçou-a contra seu corpo rígido e eles ficaram daquela maneira por muito tempo, com o peso dele posicionado de modo que ela pudesse respirar, sua excitação pressionando a coxa dela. Ela começou a se perguntar se ele faria alguma coisa.

Quando estava prestes a perguntar, ele se mexeu e seu quadril voltou a ser posicionado entre as pernas dela.

Ele a beijou, um beijo profundo, íntimo e cheio de sedução que fez com que ela ficasse extasiada, até se remexer embaixo dele, esfregando-se contra seu quadril, tentando se aproximar dele.

E então aconteceu. Ele se moveu um pouco para a esquerda, e ela sentiu sua ereção em seu corpo, rígida e macia. Sentiu um toque suave e depois um pouco de pressão. Ficou parada, pensando no que a invadia e até onde queria ir.

Butch engoliu em seco e o suor escorreu por seus ombros e por sua espinha. Quando a pressão entre as pernas dela aumentou, ele foi ficando cada vez mais ofegante até gemer a cada vez que soltava o ar. Quando ela fez uma careta, ele se afastou abruptamente.

– O que foi? – ela perguntou.

– Você está apertada demais.

– Bem, você é grande.

Ele riu.

– As coisas mais engraçadas... você diz as coisas mais engraçadas.

– Vai parar?

– Não, a menos que você queira que eu pare.

Como não houve nenhum "não", ele ficou mais tenso e a cabeça de seu pênis encontrou a entrada para o corpo dela mais uma vez. Ele colocou a mão ao lado do rosto dela e prendeu uma mecha de cabelo atrás da orelha.

– Se puder, tente relaxar, Marissa. Vai ficar mais fácil pra você – ele começou a se mexer, com o quadril contra o dela, indo e voltando. Mas sempre que tentava avançar, o corpo dela resistia.

– Você está bem? – ele perguntou um tanto incontido.

Ela assentiu, apesar de estar tremendo. Tudo parecia muito estranho, principalmente por que eles não estavam fazendo progresso...

Ao deslizar de repente, ele passou por uma parte de músculo até chegar à barreira que seu dedo havia encontrado. Marissa ficou tensa, Butch gemeu e afundou o rosto no travesseiro ao lado dela.

Ela sorriu de modo inseguro, sentindo-se invadir repentinamente.

– Eu, há... acho que preciso saber se você está bem.

– Está brincando? Acho que estou prestes a explodir – ele engoliu em seco de novo, desesperadamente. – Mas detesto imaginar que posso estar machucando-a.

– Então, vamos deixar isso para trás.

Ela sentiu, mas não viu quando ele concordou.

– Amo você.

Com um movimento brusco, ele afastou o quadril e foi para frente.

A dor foi forte e ela se assustou, segurando-se nos ombros dele para evitar se movimentar mais. Por instinto, mexeu-se embaixo dele, tentando encontrar uma maneira de escapar ou de, pelo menos, afastar-se um pouco.

Butch levantou o tórax, e suas barrigas roçaram enquanto respiravam de modo ofegante. Com a cruz pesada entre eles, ela soltou um palavrão. A pressão anterior tinha sido apenas um desconforto. Aquilo não. Aquilo machucava.

E ela se sentiu totalmente invadida por ele, dominada. Deus, aquela história que ela conhecia, de como tudo era maravilhoso, de como a primeira vez era mágica, de como tudo era tão fácil – nada daquilo estava acontecendo com ela.

O pânico invadiu seu peito. E se ela realmente estivesse com algum problema? Seria aquele o defeito que os machos da *glymera* haviam percebido? E se...

– Marissa?

... ela não conseguisse relaxar? E se, todas as vezes, doesse daquele jeito? Oh, Jesus... Butch era muito másculo e sexual. E se saísse à procura de outras...

– Marissa, olhe para mim.

Ela olhou para ele, mas só conseguia prestar atenção às coisas de sua mente. Oh, Deus, não podia doer daquele jeito, não é? Oh, ela tinha tantos defeitos.

– Como você está? – ele perguntou de repente. – Fale comigo. Não guarde para você.

– E se eu não aguentar? – ela disse.

Ele ficou totalmente tranquilo, a expressão calma.

– Acho que a maioria das mulheres não gosta da primeira vez. Aquela ideia romântica em torno da perda da virgindade é uma mentira.

Ou talvez não fosse. Talvez ela fosse o problema.

A palavra *defeito* percorreu sua mente com ainda mais rapidez, de modo ainda mais gritante.

– Marissa?

– Eu queria que tudo fosse lindo... – ela disse com desespero.

Fez-se um silêncio terrível... e durante esse tempo ela sentiu a pressão da ereção dele em seu corpo. E então, Butch disse:

– Sinto muito que você esteja desapontada. Mas não estou tão surpreso.

Ele começou a se afastar, e foi então que algo mudou. Enquanto se mexia, a sensação fez com que ela sentisse um arrepio.

– Espere – ela segurou o quadril dele. – Não acabou, certo?

– Acho que o pior passou, só fica mais invasivo.

– Oh... mas você não terminou.

– Não preciso mais.

Quando a ereção dele saiu de seu corpo, ela se sentiu curiosamente vazia. Então, ele se afastou do corpo dela e ela ficou fria no mesmo instante. Enquanto a cobria com um cobertor, ela sentiu a ereção dele contra sua coxa por um momento.

O pênis estava úmido e amolecido.

Ele se deitou de costas ao lado dela, colocando os dois braços sobre a testa.

Caramba... que bagunça. E agora que ela havia se recuperado, queria pedir a ele que continuasse, mas sabia o que ele diria. O "não" estava na rigidez de seu corpo.

Enquanto os dois estavam deitados lado a lado, ela sentiu que deveria dizer alguma coisa.

– Butch...

– Estou muito cansado e sem muita coerência. Vamos dormir, está bem? – ele suspirou longa e profundamente com a cabeça enterrada no travesseiro.

Capítulo 28

Marissa acordou tarde, surpresa por ter conseguido dormir. Mas era assim que agia depois de se alimentar. Independentemente do que acontecia, sempre precisava descansar depois.

Na escuridão, viu a luz vermelha do despertador. Quatro horas até o amanhecer e tinha coisas para fazer e para isso precisava da noite.

Olhou para trás. Butch estava deitado de costas, com a mão em cima do peito nu, os olhos se mexendo sob as pálpebras enquanto dormia profundamente. Sua barba havia crescido, seu cabelo estava todo despenteado, e ele parecia bem mais novo. Mais bonito também.

Tentou imaginar por que as coisas não tinham sido diferentes para eles. Se ao menos tivesse aguentado um pouco mais, se tivesse tido mais chance. E agora ela tinha de partir.

Escorregou para fora do cobertor, sentindo o ar gelado em sua pele. Movendo-se em silêncio, reuniu seu corpete, o vestido... a calcinha, onde estava ela...?

Parando, olhou para baixo, surpresa. Do lado de dentro de uma de suas coxas, viu sangue escorrido. De quando ele a penetrara.

– Venha aqui – Butch disse.

Ela quase derrubou a roupa.

– Eu... não sabia que você estava acordado.

Ele esticou o braço e ela se aproximou dele. Quando se aproximou da cama, ele passou o braço atrás da perna dela e a puxou para o colchão, de modo que ela se apoiasse em um joelho. Depois, ele se aproximou dela, que se surpreendeu ao sentir a língua dele na parte de dentro de sua coxa. Num toque mais quente, ele se aproximou de sua genitália e a beijou, retirando os resquícios de sua virgindade.

Tentou entender onde ele havia aprendido sobre a tradição. Não conseguia imaginar que os machos humanos fizessem aquilo nas fêmeas que desvirginavam.

Mas, para aqueles de sua espécie, era um momento sagrado entre os parceiros.

Droga, sentiu vontade de chorar de novo.

Butch a soltou e deitou, observando-a com um olhar inexpressivo. Por algum motivo, ela se sentia muito nua na frente dele, mesmo com o tecido ao redor de seus seios.

– Pegue meu roupão – ele disse. – Pode vesti-lo.

– Onde está?

– No armário. Pendurado na porta.

Ela se virou. O roupão era vermelho-vivo, marcado com cheiro dele, e ela o pegou sem jeito.

A seda pesada cobriu seu corpo até o chão, por cima dos pés, com a faixa tão longa que ela teria sido capaz de envolver a cintura quatro vezes.

Ela olhou para o vestido arruinado no chão.

– Deixe-o aí – ele disse. – Vou jogá-lo fora.

Ela assentiu. E foi até a porta. Segurou a maçaneta.

O que podia dizer para melhorar a situação? Sentiu-se como se tivesse cometido um erro: em primeiro lugar, sua realidade biológica atrapalhando os dois, depois sua deficiência sexual exposta.

– Está tudo bem, Marissa. Pode ir. Não precisa dizer nada.

Ela abaixou a cabeça.

– Vejo você na primeira refeição?

– Sim, claro.

Assustada, foi até a mansão. Quando o *doggen* abriu a porta do vestíbulo, ela segurou a barra do roupão de Butch para que não tropeçasse, e se lembrou de que não tinha roupa para vestir.

Hora de conversar com Fritz.

Quando encontrou o mordomo na cozinha, perguntou a ele qual era o caminho até a garagem.

– Está procurando pelas suas roupas, senhora? Posso trazer algumas peças a você?

– Eu preferiria buscar algumas coisas sozinhas – ela olhou com ansiedade para a porta do lado direito, e caminhou naquela direção. – Prometo telefonar se precisar de você.

O *doggen* assentiu, sem se alterar.

Quando entrou na garagem, ficou parada e tentou imaginar aonde tinha parado. Não havia carro algum dentro da garagem com seis vagas. Não havia espaço para eles. Santo Deus... caixas, caixas e caixas. Não... não eram caixas. Caixões? O que era aquilo?

– Senhora, suas coisas estão aqui – atrás dela, a voz de Fritz soou de modo respeitoso, mas muito firme, como se todas as caixas de madeira não fossem da conta dela. – Pode me seguir?

Guiou-a para seus quatro baús, malas e caixas.

– Tem certeza de que não posso trazer os vestidos a você?

– Sim – ela tocou o fecho de bronze de uma de suas Vuitton. – Você... me deixaria sozinha?

– Claro que sim, senhora.

Esperou até que a porta se fechasse e então abriu um de seus baús. Ao abrir as duas portas, saias apareceram, em vários tons, viçosas, bonitas. Lembrava-se de ter usado os vestidos para ir a bailes e reuniões do Conselho dos *Princeps,* para os jantares de seu irmão e...

Sentiu a pele arrepiada.

Caminhou até o outro baú. E o outro. E o último. Depois, começou de novo com o primeiro e passou por todos eles de novo. E de novo.

Aquilo era ridículo. Não importava o que vestiria. *Só era preciso escolher alguma coisa.*

Pegou... Não, havia usado aquela roupa ao se alimentar de Rehvenge pela primeira vez. Que tal esse? Não... aquele era o vestido que havia usado na festa de aniversário do irmão. E que tal...

Marissa sentiu a raiva tomar conta dela como fogo. A fúria a invadiu, esquentou sua cabeça, percorreu seu sangue. Pegou os vestidos de modo aleatório e os tirou de seus cabides forrados, procurando por um que não lhe trouxesse lembranças de ter sido humilhada, presa e se sentido frágil em panos finos. Passou para outro baú e viu mais vestidos, remexendo todos eles, sentindo as texturas.

As lágrimas começaram a correr enquanto ela os tirava dali com impaciência... até não conseguir ver mais nada e ter de parar. Cobriu o rosto com as mãos, soltou os braços, em pé no meio da bagunça multicolorida.

Foi então que viu uma porta no canto mais afastado.

Marissa olhou para a neve. E então olhou para a esquerda, para o cortador de grama estacionado perto da porta... e para a lata vermelha no chão ao lado dela. Seus olhos não paravam, analisando os compartimentos do que parecia ser fertilizante, até pararem em uma grelha a gás, que tinha uma caixinha em cima de sua tampa.

Olhou para as centenas e centenas de milhares de dólares em forma de vestidos de alta costura.

Demorou cerca de vinte minutos para levar cada um dos vestidos para o quintal. E tomou o cuidado de incluir os corpetes e lenços à pilha também. Quando terminou, suas roupas pareciam fantasmagóricas à luz da lua, sombras de uma vida para a qual nunca voltaria, uma vida de privilégios... restrição.... e degradações.

Pegou uma faixa em meio às roupas e voltou para a garagem com a fita de cetim rosa claro. Apanhando a lata de gasolina, pegou a caixa de fósforos e não hesitou. Saiu do meio de cetins e sedas caros, molhou tudo com aquele líquido e posicionou-se contra o vento ao pegar um palito de fósforo.

Riscou e o lançou.

A explosão foi maior do que ela esperava, derrubando-a para trás, esquentando seu rosto, transformando-se em uma grande bola de fogo.

Quando as chamas alaranjadas e a fumaça preta subiram, ela gritou.

Butch estava deitado de costas, olhando para o teto, quando o alarme começou a soar. Pulando da cama, vestiu um short e deu um encontrão com Vishous enquanto o Irmão saía de seu quarto para o corredor. Juntos, correram até os computadores.

– Jesus Cristo! – V. disse. – Tem um incêndio no gramado dos fundos!

O sexto sentido de Butch fez com que saísse pela porta imediatamente. Correndo descalço pelo pátio, sem sentir o ar frio ou as pedrinhas sob seus pés, deu a volta na frente da casa principal e entrou na garagem. *Oh, droga!* Pela janela do outro lado, conseguiu ver uma grande chama laranja no quintal.

E então escutou os gritos.

Ao passar pela porta dos fundos, Butch sentiu o calor forte e o cheiro da gasolina e das roupas em chamas. E não estava tão perto quanto a pessoa diante daquele inferno.

– *Marissa!*

O corpo dela estava voltado na direção do fogo, a boca aberta, seu grito ecoando na noite, tão alto quanto as chamas. Ela parecia louca, e andava sem rumo perto da fogueira.

Não! O roupão! Ela ia tropeçar...

Horrorizado, viu tudo acontecer. Seu roupão comprido e vermelho enrolado em uma de suas pernas e sob seus pés. Lançando-se para frente, ela começou a cair de rosto no fogo.

Quando Marissa demonstrou pânico e remexeu os braços, tudo entrou em câmera lenta: Butch correu, mas ainda assim não parecia se mover.

– *Não!* – ele gritou.

Pouco antes de se perder nas chamas, Wrath se materializou atrás dela e a segurou nos braços. Salvando-a.

Butch parou, uma fraqueza paralítica que fez com que suas pernas ficassem moles. Sem ar nos pulmões, ele caiu no chão... simplesmente desmoronou.

E assim ele ficou de joelhos, olhando para cima enquanto Wrath segurava Marissa e ela desabava em cima dele.

– Graças a Deus meu Irmão chegou a tempo – V. disse de algum lugar próximo.

Butch ficou em pé, incerto como se estivesse em um local cheio de pedras.

– Você está bem? – V. perguntou, esticando o braço.

– Sim, ótimo – Butch caminhou de volta para a garagem e continuou, tropeçando pelas portas, batendo nas paredes. Onde estava? Oh, dentro da cozinha. Sem prestar atenção, olhou ao redor... e viu a despensa. Entrando no pequeno cômodo, inclinou-se contra as estantes e fechou-se com todos os alimentos enlatatos e a farinha e o açúcar.

Seu corpo todo começou a tremer até seus dentes baterem, seus braços balançavam como se fossem asas de passarinho. Caramba, só conseguia pensar em Marissa queimando. Pegando fogo. Sem poder fazer nada. Agonizando.

Se apenas ele estivesse ali para ajudá-la, se Wrath não tivesse, de alguma forma, visto o que estava acontecendo e se desmaterializado para salvá-la, ela estaria morta naquele momento.

Butch não teria sido capaz de livrá-la daquilo.

Pensar nisso o levou diretamente ao passado. Com grande precisão, pensou na irmã entrando naquele carro duas décadas e meia antes. Droga, não tinha sido capaz de salvar Janie. Não tinha sido capaz de tirá-la daquele Chevette a tempo.

Inferno, talvez se Wrath estivesse por perto naquela época, o rei poderia ter salvado sua irmã, também.

Butch esfregou os olhos, dizendo a si mesmo que o fato de estarem embaçados era graças aos efeitos de toda aquela fumaça.

Meia hora depois, Marissa estava sentada na cama no quarto azul, tomada pelo susto. Droga, havia levado a regra número um longe *demais*.

– Estou morrendo de vergonha.

Wrath, que estava em pé na entrada, balançou a cabeça.

– Não deveria ficar envergonhada.

– Mas estou – tentou sorrir para ele e não conseguiu. Caramba, seu rosto estava enrijecido, a pele esturricada por ter ficado tão perto de todo aquele calor. E seus cabelos... seus cabelos tinham cheiro de gasolina e fumaça. Assim como o roupão dele.

Olhou para Butch. Ele estava no corredor, recostado na parede. Não havia dito nada desde que aparecera ali alguns minutos antes e não parecia querer sair do quarto. Provavelmente a considerava louca. Que inferno, *ela mesma* pensava ser maluca.

– Não sei por que fiz aquilo.

– Você está passando por muitos momentos de estresse – Wrath disse, apesar de ela não estar olhando para ele.

– Não tem desculpa.

– Marissa, não me entenda mal, mas ninguém se importa. Queremos que você fique segura e bem. Não nos importamos com o quintal.

Quando ela olhou para Butch, o rei olhou para trás.

– Bom, acho que vou deixar vocês dois sozinhos. Procurem dormir um pouco, está bem?

Quando Wrath se virou, Butch disse algo que Marissa não compreendeu. Como resposta, o rei deu um tapinha na nuca do homem. Eles trocaram mais algumas palavras.

Quando Wrath saiu, Butch caminhou para frente, mas não passou da porta.

– Você vai ficar bem?

– Ah sim. Depois de um banho – e de uma lobotomia.

– Certo. Vou voltar ao Buraco.

– Butch, sinto muito por ter feito o que fiz. É que... não consegui encontrar nenhum vestido que não estivesse contaminado de lembranças.

– Consigo entender isso – mas estava claro que não compreendia. Ele parecia totalmente perdido, como se tivesse se desligado de tudo. Principalmente dela. – Então... cuide-se, Marissa.

Ela ficou em pé quando ele se afastou.

– Butch?

– Não se preocupe com nada.

O que ele queria dizer com aquilo?

Ela começou a ir atrás dele, mas Beth apareceu na porta com um pacote nas mãos.

– Hum, olá, meninos... Marissa, tem um minuto?

– Butch, não vá.

Ele balançou a cabeça para Beth, e então olhou para o corredor.

– Preciso ficar sóbrio.

– Butch – Marissa disse –, está se despedindo?

Ele lançou um sorriso assustador para ela.

– Você sempre estará comigo, linda.

Ele se afastou lentamente, como se o chão estivesse escorregadio.

Oh... Meu Deus...

Beth pigarreou.

– Então, quer dizer que Wrath sugeriu que você precisa de roupas? Trouxe algumas peças, se quiser prová-las.

Marissa estava desesperada para ir atrás de Butch, mas já tinha feito uma bela cena aquela noite e ele parecia estar precisando se afastar de todo aquele drama. Cara... sabia exatamente como ele se sentia, mas para ela não havia escapatória. Para todos os lados que olhava, ali estava ela.

Olhou para Beth, sentindo que aquelas possivelmente eram as piores vinte e quatro horas de sua vida.

– Wrath contou que queimei todas as minhas roupas?

– Hum... isso foi citado.

– Também deixei uma cratera no gramado. Parece ter sido o pouso de um OVNI. Não acredito que ele não está chateado comigo.

O sorriso da rainha foi gentil.

– A única coisa com a qual ele não está muito feliz é o fato de você dar a Fritz aquela pulseira para ser vendida.

– Não posso permitir que vocês aluguem um lugar onde eu possa viver.

– Na verdade, gostaríamos que você ficasse aqui.

– Oh... não, vocês já têm sido muito gentis. Na verdade, hoje à noite, eu havia planejado... bem, antes de eu criar problemas com a gasolina e os fósforos, eu estava pensando em ir para a minha nova casa e dar uma olhada. Ver que tipo de mobília precisarei comprar.

Provavelmente teria de comprar tudo.

Beth franziu a testa.

– Em relação à casa para alugar, Wrath quer que Vishous dê uma olhada no sistema de segurança antes de você se mudar. E é provável que V. queira fazer um *upgrade* do que precisar.

– Não acho que precise...

– Isso não vai dar para negociar. Nem tente. Wrath quer que você continue aqui pelo menos até isso ser feito, tudo bem, Marissa?

Pensou em Bella sendo sequestrada. Por mais que a independência fosse algo bom, não existia motivo para ser estúpida.

– Sim... eu... tudo bem. Obrigada.

– Então, você gostaria de experimentar algumas roupas? – Beth fez um gesto para as peças em seus braços. – Não tenho muitos vestidos, mas Fritz pode conseguir alguns.

– Quer saber? – Marissa olhou para a calça jeans que a rainha vestia. – Nunca usei calças.

– Tenho dois pares aqui, se você quiser experimentá-los.

Bem, aquela era uma noite para primeiras vezes. Sexo. Incêndios. Calça.

– Acho que gostaria de...

Mas Marissa começou a chorar. Simplesmente perdeu o controle. E o descontrole foi tamanho que só conseguiu se sentar na cama e chorar.

Quando Beth fechou a porta e se ajoelhou na frente dela, Marissa se controlou rapidamente. Que pesadelo.

– Você é uma rainha. Não deveria estar na minha frente assim.

– Sou a rainha, por isso posso fazer o que quiser – Beth deixou as roupas de lado. – O que há de errado?

Agora havia uma lista de coisas erradas.

– Marissa?

– Acho que... acho que preciso de alguém com quem possa conversar.

– Bem, você tem alguém bem aqui. Quer tentar?

Meus Deus, havia tanto a ser dito, mas uma coisa era mais importante do que todo o resto.

– Um aviso, minha rainha, é um assunto inadequado. Sexo, na verdade. É sobre... sexo.

Beth se ajeitou e sentou-se com as pernas cruzadas.

– Pode mandar.

Marissa abriu a boca. Fechou. Abriu.

– Aprendi a nunca falar sobre nada disso.

Beth sorriu.

– Só estamos você e eu neste quarto. Ninguém precisa saber.

Certo... profundo suspiro.

– Bem... eu era virgem. Até hoje.

– Oh – depois de uma longa pausa, a rainha disse: – E?

– Eu não...

– Gostou? – Marissa não respondeu e Beth disse: – Eu também não gostei da minha primeira vez.

Marissa olhou para ela.

– É mesmo?

– Foi doloroso.

– Sentiu dor também? – a fêmea assentiu e Marissa ficou surpresa. E, depois, um pouco aliviada. – Não foi totalmente doloroso. Quero dizer, o que levou ao ato foi... *é* maravilhoso. Butch faz com que eu... ele é tão... a maneira com que me toca, eu fico... oh, meu Deus, não acredito que estou dizendo isso. E não consigo explicar como são as coisas com ele.

Beth riu.

– Tudo bem. Sei o que quer dizer.

– É mesmo?

– Ah sim – os olhos azuis-escuros da rainha brilharam. – Sei *exatamente* o que está dizendo.

Marissa sorriu, e então voltou a falar.

– Quando estava na hora de... você sabe, quando aconteceu, Butch foi totalmente delicado. E eu queria gostar, de verdade. Eu estava assustada e doeu muito. Acho que existe algo de errado comigo. Dentro.

– Não há nada de errado com você, Marissa.

– Mas eu... doeu muito – ela levou as mãos à barriga. – Butch disse que a maioria das fêmeas tem dificuldades no começo, mas eu não... certamente não é o que a *glymera diz.*

– Não quero ofendê-la, porque você faz parte da aristocracia, mas eu não levaria a sério o que a *glymera* diz.

A rainha provavelmente tinha razão.

– Como você lidou com isso com Wrath quando... ah...

– Minha primeira vez não foi com ele.

– Oh – Marissa ficou vermelha. – Perdoe-me, eu não quis...

– Não há problema. Na verdade, só aprendi a gostar de sexo com Wrath. Eu havia estado com dois caras antes dele e eu simplesmente... não importa. Quero dizer que eu não entendia o que havia de tão especial. Para dizer a verdade, mesmo se Wrath tivesse sido meu primeiro, provavelmente não teria sido mais fácil, em razão do tamanho de seu... – a rainha corou naquele momento. – Bem... você sabe, o sexo é uma invasão para a mulher. Erótico e maravilhoso. Mas é uma invasão mesmo assim, e leva um tempo para se acostumar. E, para mim, a primeira vez foi bem dolorosa. Butch será paciente com você. Ele vai...

– Ele não terminou. Tive a impressão de que ele... não conseguiu.

– Se ele lhe causou dor, consigo entender por que ele parou.

Marissa ergueu as mãos.

– Meu Deus, eu me sinto tão envergonhada. Quando aconteceu, minha mente deu um nó... pensei em mil coisas. E antes de partir, eu quis conversar com ele, mas não encontrei as palavras certas. Eu amo Butch.

– Ótimo. Isso é muito bom – Beth pegou a mão de Marissa. – E vai dar tudo certo, eu prometo. Vocês dois só precisam tentar de novo. Agora que a dor passou, você não deve ter mais problemas.

Marissa olhou dentro dos olhos azuis como o céu da noite da rainha. E percebeu que, em toda a sua vida, nunca havia conversado com ela com tanta sinceridade a respeito de um problema. Na verdade, nunca tivera um amigo antes. E era o que a rainha era para ela... uma amiga.

– Quer saber? – Marissa perguntou.

– O quê?

– Você é muito gentil. Consigo entender por que se dá tão bem com Wrath.

– Como eu disse, faria qualquer coisa para ajudá-la.

– E me ajudou. Esta noite... ajudou muito – Marissa pigarreou. – Posso experimentar a calça?

– É claro que sim.

Marissa pegou as peças, uma calcinha limpa e foi para o banheiro.

Quando saiu, estava usando uma calça preta com uma blusa de gola rolê. E não conseguia parar de olhar para seu corpo. Seu corpo parecia bem menor sem todas as camadas de saia.

– Como se sente? – Beth perguntou.

– Esquisita. Leve. Confortável – Marissa caminhou descalça. – Como se estivesse nua.

– Você é mais magra do que eu, por isso a calça está um pouco larga. Mas está ótima.

Marissa entrou no banheiro e olhou para si mesma no espelho.

– Acho que gosto dela.

Quando Butch voltou para o Buraco, foi para a sua suíte e abriu o chuveiro. Manteve as luzes apagadas porque não queria ver quão embriagado e assustado ainda estava, e se enfiou embaixo da água, que ainda estava gelada, esperando que o banho de água fria o ajudasse a ficar sóbrio.

Com as mãos ágeis, ensaboou-se, e quando chegou à sua parte privada, não olhou para baixo. Não conseguiu. Sabia o que estava lavando de seu corpo, e seu peito ardeu quando ele pensou no sangue que estava na parte interna das coxas de Marissa.

Caramba, ver aquilo tinha sido incrível. E então ficou chocado com o que havia feito. Não fazia ideia do motivo pelo qual colocara a boca na sua área íntima, não sabia de onde tinha vindo aquela ideia. Simplesmente pareceu o mais certo a ser feito.

Oh... inferno. Não conseguia pensar naquilo.

Lavou os cabelos com xampu rapidamente. Enxaguou. E saiu. Não se enxugou, apenas foi pigando até a cama e se sentou. O ar estava muito gelado sobre sua pele molhada, e a sensação era de castigo quando apoiou o queixo no punho e olhou para o outro lado do quarto. À luz fraca que vinha por baixo da porta, viu o monte de roupas que Marissa havia tirado dele antes. E então, o vestido dela no chão.

Foi olhar o que tinha vestido. Aquele terno não era dele, não é mesmo? Nem a camisa... nem as meias, nem os sapatos. Nada que vestia era dele.

Olhou para o relógio em seu pulso. Tirou o acessório. Deixou que caísse no carpete.

Não vivia em sua própria casa. Não gastava o próprio dinheiro. Não tinha emprego, nem futuro. Era um animal de estimação bem cuidado, não um homem. E por mais que amasse Marissa, depois do que havia acontecido no quintal estava claro que as coisas não dariam certo entre eles. O relacionamento era totalmente destrutivo, especialmente para ela, que era desesperada, culpava-se por coisas que não eram sua culpa, sofria, e tudo por causa dele. Droga, ela merecia muito mais. Ela merecia... inferno, ela merecia Rehvenge, aquele aristocrata de sangue denso. Rehv conseguiria cuidar dela, mantê-la socialmente, ser seu parceiro por séculos.

Butch se levantou, caminhou até o armário e pegou uma sacola esportiva Gucci... e então percebeu que não queria levar nada consigo daquela vida quando fosse embora.

Deixando a sacola de lado, vestiu uma calça jeans e uma blusa de moletom, calçou um par de tênis e encontrou a carteira velha e chaves que havia trazido consigo quando foi morar com Vishous. Olhou para as peças de metal em seu anel de prata, e lembrou-se que desde de setembro não havia feito coisa alguma com seu apartamento. Então, depois de todo aquele tempo, o dono da casa já devia ter se desfeito das coisas dele. Tudo bem. Não queria voltar para lá, mesmo.

Deixando as chaves, saiu de seu quarto, e percebeu que não tinha transporte. Olhou para seus pés. Ele teria de descer a Rota 22, e então pegar uma carona ali. Não tinha um plano bem traçado a respeito do que fazer ou aonde ir. Só sabia que estava deixando os Irmãos e Marissa e ponto. Bem, também sabia que, para ter sucesso, teria de sair de Caldwell. Talvez pudesse seguir para oeste, alguma coisa assim.

Quando entrou na sala de estar, ficou aliviado ao ver que V. não estava por perto. Dizer adeus a seu colega seria quase tão terrível quanto deixar sua mulher. Por isso, não havia necessidade de se despedir.

Droga. O que a Irmandade faria quando soubesse de sua fuga? Sabia muita coisa sobre eles... *tanto faz*. Não podia ficar, e se, para isso, medidas precisassem ser tomadas, certamente sairia daquela depressão.

E quanto ao que Ômega fez a ele? Bem, não sabia muito bem o que dizer a respeito de toda a situação com os *redutores*. Mas, pelo menos, não teria de se preocupar com o fato de magoar os Irmãos nem Marissa. Porque não estava planejando vê-los de novo.

Estava com a mão na maçaneta da porta quando V. perguntou:

– Onde você vai, tira?

Butch virou a cabeça e viu V. sair da sombra da cozinha.

– V. ... vou embora – antes de ouvir a resposta, Butch balançou a cabeça. – Se você tiver que me matar, seja rápido e me enterre logo. E não deixe Marissa saber.

– Por que está indo embora?

– É melhor assim, mesmo que por isso eu morra. Droga, você vai me fazer um favor se acabar comigo. Estou apaixonado por uma mulher que não posso ter. Você e a Irmandade são os únicos amigos que eu tenho e também estou abrindo mão de vocês. E o que eu tenho no mundo à minha espera? Nada. Não tenho trabalho. Minha família acha que sou um estorvo. A única coisa boa é que estarei sozinho com pessoas de minha raça.

V. se aproximou, uma sombra grande e assustadora.

Droga, talvez tudo aquilo terminasse aquela noite. Bem ali. Naquele momento.

– Butch, cara, você não pode ir embora. Eu disse pra você desde o começo. Não tem como fugir.

– É como eu acabei de dizer... acabe comigo. Pegue uma adaga e me elimine. Mas escute bem. Não permanecerei neste mundo como um intruso nem mais um minuto.

Ao se entreolharem, Butch não se preparou. Não queria lutar. Partiria naquela noite, eliminado pela mão limpa e honesta de seu melhor amigo.

Havia maneiras piores de partir, pensou. Maneiras bem, bem piores.

Vishous fechou os olhos.

– Pode ser que exista outra maneira.

– Outra... V., amigo, um par de presas de plástico não vai resolver.

– Você confia em mim? – quando se fez silêncio, V. repetiu: – Butch, você confia em mim?

– Sim.

– Então, me dê uma hora. Vou ver o que posso fazer.

Capítulo 29

O tempo demorou a passar e Butch ficou no Buraco esperando pelo retorno de V. Por fim, incapaz de afastar a ressaca de uísque e ainda bastante desorientado, ele entrou e deitou em sua cama. Ao fechar os olhos, esperava muito mais ter um alívio daquela luz do que dormir.

Cercado pelo silêncio, ele pensou na irmã Joyce e em seu novo bebê. Sabia onde o batizado havia sido realizado aquele dia: no mesmo local em que ele tinha sido batizado. O mesmo local de batismo de todos os O'Neal.

O pecado original levado embora.

Ele levou a mão à barriga, em cima daquela cicatriz escura, e pensou que o mal certamente havia voltado para ele. Terminava bem dentro dele.

Segurando sua cruz, apertou o ouro até senti-lo cortando a pele, e decidiu que precisava voltar para a igreja. Com frequência.

Ainda estava segurando o crucifixo quando a exaustão tomou conta dele, afastando seus pensamentos, substituindo-os por um vazio com o qual teria ficado aliviado se estivesse consciente.

Um tempo depois, acordou e olhou para o relógio. Havia dormido por duas horas direto, e agora estava na fase da ressaca, com a cabeça dolorida, os olhos muito sensíveis à luz que vinha por baixo da porta. Ele rolou para o lado e se espreguiçou, com as costas estalando.

Um gemido veio do corredor.

– V.? – ele perguntou.

Mais um gemido.

– Tudo bem aí, V.?

Do nada, um som de batida foi ouvido, como se algo pesado tivesse sido derrubado. E, em seguida, vieram os sons de engasgo, parecidos com aqueles emitidos quando as pessoas se sentem magoadas demais para chorar alto e muito assustadas. Butch pulou da cama e correu para a sala de estar.

– Meu Deus!

Vishous havia se lançado do sofá e caído de cara em cima da mesinha de centro, espatifando garrafas e copos. Ao se debater, seus olhos estavam bem fechados e a boca aberta segurava os gritos não expressados.

– Vishous! Acorde! – Butch segurou aqueles braços fortes, mas percebeu que V. havia retirado sua luva: aquela mão horrorosa estava brilhando como o sol, queimando a madeira da mesa e o couro do sofá.

– *Droga!* – Butch saiu da frente quando quase foi atingido.

Ele só podia chamar pelo nome de Vishous enquanto o Irmão lutava com o monstro que o segurava. Por fim, algo aconteceu. Talvez tenha sido o som da voz de Butch. Talvez V. tivesse se debatido com força suficiente para acordar.

Quando Vishous abriu os olhos, estava ofegante e trêmulo, totalmente suado.

– Cara? – quando Butch se ajoelhou e tocou o ombro do amigo, V. se retraiu, morrendo de medo. E essa foi a parte mais assustadora.

– Ei, fique tranquilo. Você está em casa. Está seguro.

O olhar de V., geralmente frio e calmo, estava vidrado.

– Butch... oh, meu Deus. Butch... a morte. A morte... O sangue na parte da frente de minha camisa. Uma camisa minha...

– Certo, pega leve. Vamos nos acalmar aqui, grandão.

Butch passou a mão por baixo do braço direito de V. e puxou o Irmão de volta para o sofá. O coitado deitou nas almofadas de couro como se fosse uma boneca de pano.

– Vou buscar uma bebida.

Butch seguiu em direção à cozinha, pegou um copo razoavelmente limpo no balcão e o enxaguou. Encheu o copo com água fria, ainda que V. preferisse que fosse vodca.

Quando voltou, Vishous estava acendendo uma cigarrilha com as mãos tremulantes, como bandeiras contra o vento.

Quando V. pegou o copo, Butch disse:

– Quer uma coisa mais forte?

– Não, está bom. Obrigado, cara.

Butch sentou-se na outra ponta do sofá.

– V., acho que está na hora de fazermos alguma coisa a respeito desse pesadelo.

– Não vou fazer coisa alguma – V. inspirou profundamente e deixou a fumaça escapar por entre seus lábios. – Além disso, tenho boas notícias. Mais ou menos.

Butch preferiria ter ficado nas ilusões de V., mas claramente não poderia.

– Então, pode falar. E você deveria ter me acordado assim que...

– Eu tentei. Você estava desmaiado. Mas, então... – mais um suspiro. Dessa vez, normal. – Você sabe que pesquisei seu passado, certo?

– Imaginei.

– Eu tinha de saber o que estava fazendo, se você ia viver comigo... conosco. E liguei suas origens à Irlanda. Tem bastante conexão com as pessoas de pele clara em suas veias, tira.

Butch ficou parado.

– Você descobriu... mais alguma coisa?

– Não quando pesquisei nove meses atrás. E não quando refiz a pesquisa há uma hora.

Oh. Que coisa. Mas, meu Deus, o que ele estava pensando? Ele não era um vampiro.

– Então, por que estamos falando sobre isso?

– Tem certeza de que não tem nenhuma história esquisita em sua família? Nem mesmo na Europa? Sabe como é, alguma fêmea sendo perturbada à noite? Talvez uma gravidez do nada? Como a filha que desapareceu e que talvez tenha voltado com um filho?

Na verdade, não tinha muito o que contar sobre os O'Neal. Nos seus primeiros doze anos, sua mãe se ocupou criando seis filhos e trabalhando como enfermeira. Então, depois do assassinato de Janie, Odell ficou triste demais para contar histórias. E o pai dele? Até parece. O fato de ele trabalhar das nove da manhã às cinco da tarde na empresa de telefonia e depois assumir o turno da noite como segurança não lhe dava muito tempo para curtir os filhos. Quando Eddie O'Neal estava em casa, sempre bebia ou dormia.

– Não sei de nada.

– Bem, aqui está a questão, Butch – V. tragou, e falou em meio à fumaça enquanto expirava. – Quero saber se você tem algo de nós dentro de você.

Caramba.

– Mas você conhece minha árvore genealógica, não é? E será que meus exames de sangue na clínica, ou mesmo ao longo de minha vida, não mostraram alguma coisa?

– Não necessariamente e eu tenho uma maneira muito certeira de descobrir. Chama-se regressão ancestral – V. aproximou sua mão brilhante e cerrou o punho. – Droga, detesto isso, mas é assim que fazemos.

Butch olhou para a mesinha de centro.

– Você vai arrancar de mim.

– Vou conseguir meu propósito. Não estou dizendo que vai ser divertido para você, mas não vai matá-lo. Resultado? Aquela droga que aconteceu com a Marissa, a alimentação e a maneira como você reagiu? O fato de estar me dizendo que libera odores perto dela? Além disso, só Deus sabe, você é bem agressivo. Ninguém sabe o que descobriremos.

Butch sentiu algo quente em seu peito. Algo parecido com esperança.

– E se eu tiver um parente vampiro?

– Então, poderemos... – V. tragou demoradamente. – Poderemos tentar transformá-lo.

Uau. *Caramba.*

– Pensei que não pudessem fazer isso.

V. fez um gesto de cabeça na direção de uma pilha alta de livros com capa de couro ao lado dos computadores.

– Há algo nas Crônicas. Se você tiver um pouco do sangue, pode tentar. É muito arriscado, mas podemos tentar.

Cara, Butch estava *muito* interessado no plano.

– Vamos fazer a regressão. Agora.

– Não dá. Mesmo que você tenha o DNA, precisamos obter permissão da Virgem Escriba antes de pensarmos em começar uma transformação. Esse tipo de coisa não é simples, e a complicação aumenta por causa do que os *redutores* fizeram com você. Se ela não nos der permissão para continuar, não interessa se você tem parentes com presas, e não quero que você passe por uma regressão ancestral se não pudermos fazer coisa alguma a respeito.

– Em quanto tempo saberemos?

– Wrath disse que conversaria com ela esta noite.

– Jesus, V. Eu espero...

– Quero que você pense um pouco sobre isso. A regressão é algo muito difícil pelo qual se passar. Seu cérebro vai ferver e eu compreendo que a dor não é brincadeira. E você também deve conversar com Marissa sobre isso.

Butch pensou nela.

– Oh, eu vou conseguir superar. Não se preocupe com isso...

– Não se faça de forte...

– Não estou fazendo isso. Mas tem de dar certo.

– Mas pode ser que não dê – V. olhou para a ponta acesa da cigarilha. – Se você sair da regressão sem problemas, e conseguirmos encontrar um parente seu para usar como base para a transição, você pode morrer no meio dela. Só existe uma pequena chance de você sobreviver.

– Vou conseguir.

V. riu.

– Não sei se você tem muita coragem ou vontade de morrer.

– Nunca subestime o poder do ódio por si mesmo, V. É um baita motivador. Além disso, sabemos bem qual opção me restaria.

Quando eles se entreolharam, Butch sabia que V. estava pensando a mesma coisa que ele: independentemente de quais fossem os riscos, qualquer coisa era melhor do que Vishous ter de matá-lo ali porque ele queria fugir.

– Vou procurar Marissa agora.

Butch fez uma pausa enquanto atravessava a porta para o túnel.

– Tem certeza de que não podemos fazer nada a respeito desses seus sonhos?

– Você já tem bastante coisa com que se preocupar.

– Sou ótimo em realizar várias tarefas ao mesmo tempo, amigo.

– Vá ver sua fêmea, tira. Não se preocupe comigo.

– Você é um chato.

– Olha só quem fala.

Butch disse um palavrão e atravessou o túnel, tentando não ficar muito ansioso. Quando chegou à mansão, foi para o segundo andar e passou pelo escritório de Wrath. Por impulso, bateu. Depois que o rei respondeu, Butch ficou ali dez minutos, no máximo, antes de ir para o quarto de Marissa.

Estava prestes a bater quando alguém disse:

– Ela não está aí.

Ele se virou e viu Beth saindo da sala de estar no fim de corredor, carregando um vaso de flores.

– Onde ela está? – ele perguntou.

– Ela foi com Rhage conhecer sua nova casa.

– Que nova casa?

– Ela quis alugar uma casa para morar. Cerca de doze quilômetros daqui.

Droga. Ela iria se mudar. E não havia contado a ele.

– Onde fica, exatamente?

Quando Beth deu a ele o endereço e garantiu que o aluguel era seguro, sua primeira vontade foi correr até lá, mas ele não seguiu seu desejo. Wrath estava indo para a Virgem Escriba naquele momento. Talvez eles conseguissem concluir a regressão e haveria boas notícias para contar do outro lado.

– Ela vai voltar esta noite, certo? – cara, ele desejou que ela tivesse contado a respeito da mudança.

– Com certeza. E Wrath vai pedir a Vishous para cuidar do sistema de segurança, e ela vai ficar aqui até que tudo esteja resolvido – Beth franziu a testa. – Ei... você não me parece muito bem. Por que não desce e come um pouco comigo?

Ele assentiu, mesmo sem saber por que ela havia dito aquilo para ele.

– Você sabe que eu a amo, certo? – ele perguntou, sem saber por que estava fazendo isso.

– Sim, eu sei. E ela ama você.

Então, por que não tinha conversado com ele?

Certo, e por acaso ele tinha facilitado as coisas? Ele havia surtado com a questão da alimentação. Havia tirado sua virgindade enquanto estava bêbado. E a havia ferido fazendo isso. Deus.

– Não estou com fome – ele disse. – Mas vou acompanhá-la.

No Buraco, Vishous saiu do chuveiro e gritou, batendo na parede de mármore.

Wrath estava em pé no banheiro, um homem grande vestido com peças de couro, do tamanho do maldito Escalade.

– *Cristo* do céu. Por que me assustou desse jeito?

– Você está meio assombrado, hein, V.? – Wrath entregou uma toalha a ele. – Acabei de voltar da Virgem Escriba.

V. parou com a toalha embaixo de um braço.

– O que ela disse?

– Ela não me recebeu.

– Caramba, por que não? – ele enrolou o quadril.

– Alguma coisa a respeito de "rodas em movimento". Sei lá. Uma das Escolhidas me atendeu.

A mandíbula de Wrath ficou tão tensa, que era surpreendente o fato de ele conseguir falar.

– Bem, eu volto amanhã à noite. Recomponha-se, não está muito bem.

Conforme a frustração aumentou, V. sentiu sua pálpebra começar a tremer.

– Droga.

– Sim – fez-se uma pausa. – E por falar em coisas ruins, falemos sobre você.

– Sobre mim?

– Você está super tenso e seu olho está saltando.

– Sim, porque você quis interpretar uma cena do *Sexta-feira 13* comigo – V. passou pelo rei e entrou no quarto.

Ao vestir a luva, Wrath recostou-se no batente.

– Olhe só, Vishous...

Oh, ele não entraria naquele jogo.

– Estou bem.

– Claro que está. Então, vamos ao plano. Dou a você até o fim da semana. Se ainda não estiver bem até lá, vai sair de cena.

– *O quê?*

– Férias. Entende, meu Irmão?

– Você enlouqueceu? Sabe que somos apenas quatro agora que Tohr se foi, não sabe? Não pode...

– Perder você. Sim, eu sei. E então você não vai ser morto por causa das coisas que estão passando pela sua mente agora. Ou que não estão passando, como deve ser o caso.

– Olha, estamos todos no limite, o que...

– Butch chegou um pouco antes. E me contou a respeito dos seus pesadelos, que não param de ocorrer.

– Aquele idiota – cara, ele ia arrebentar seu amigo por dedurá-lo.

– Ele fez o certo ao me contar. *Você* deveria ter me contado.

V. foi até a a cômoda, onde a seda e o tabaco estavam. Enrolou um depressa, por precisar tragar alguma coisa. Ou isso ou continuaria dizendo palavrões.

– Você precisa ir ao médico, V.

– Que médico? Havers? Nenhum exame de ressonância magnética vai mostrar o que está errado, porque não é físico. Olhe, vou me recuperar – ele olhou para trás e exalou. – Sou o mais esperto, lembra? Vou dar um jeito.

Wrath baixou seus óculos escuros, com os olhos verdes queimando como luzes de néon.

– Você tem uma semana para consertar isso, ou conversarei com a Virgem Escriba a seu respeito. Agora, vista-se. Eu preciso conversar com você a respeito de outra coisa envolvendo o tira.

Quando o rei saiu em direção à sala de estar, V. tragou com força sua cigarrilha e olhou ao redor, procurando por um cinzeiro. Droga. Ele havia deixado o objeto lá na frente.

Estava prestes a seguir para a sala de estar quando olhou para a própria mão. Levando o pesadelo com luva para perto de sua boca, tirou o couro com os dentes e olhou para aquela maldição brilhante.

Droga. A iluminação estava ficando cada vez mais forte.

Segurando o fôlego, ele apertou a cigarrilha acesa na palma da mão. Quando a ponta acesa entrou em contato com sua pele, o brilho branco por baixo ficou ainda mais forte, iluminando os avisos tatuados até parecerem estar em 3D.

A cigarrilha foi consumida em uma explosão de luz, com a ponta atiçando suas terminações nervosas. Quando sobrou apenas cinzas, ele as soprou ao ar, observando a pequena nuvem se desintegrar.

Marissa passeou pela casa vazia e terminou voltando para a sala de estar, onde ela havia começado. O local era muito maior do que ela pensara, principalmente com as suítes subterrâneas. Caramba, ela havia fechado negócio porque a casa parecia muito menor do que a de seu irmão – do que a de Havers –, mas tamanho era algo muito relativo. Aquela casa colonial parecia enorme. E muito vazia.

Ao se imaginar mudando para ali, percebeu que nunca havia estado sozinha dentro de uma casa antes. Em sua casa anterior, sempre havia criados, Havers, os pacientes e os funcionários. E a casa da Irmandade era igualmente repleta de pessoas.

– Marissa? – Rhage e seus passos de botas pesadas foram ouvidos atrás dela. – Está na hora de irmos.

– Ainda não medi os cômodos.

– Peça a Fritz que volte para fazer isso.

Ela negou com a cabeça.

– Esta é a minha casa. Eu quero medir.

– Nesse caso, pode fazer isso amanhã à noite. Mas precisamos ir agora.

Ela olhou mais uma vez ao redor e partiu em direção à porta.

– Tudo bem. Amanhã.

Os dois se desmaterializaram de volta à mansão, e quando entraram no vestíbulo, ela sentiu o cheiro de carne assada e escutou a conversa que vinha da sala de jantar. Rhage sorriu para ela e começou a se desarmar, tirando o coldre da adaga dos ombros enquanto chamava por Mary.

– Oi.

Marissa se virou. Butch estava nas sombras da sala de bilhar, recostado na mesa, segurando um copo de cristal. Vestia um terno fino e uma gravata azul-clara... mas quando ela olhou para ele, só conseguia vê-lo nu e apoiado em seus braços em cima dela.

Quando o calor chegou, ela desviou o olhar.

– Você está diferente de calça.

– O que... ah. É de Beth.

Ele bebeu um gole de seu copo.

– Soube que você vai alugar uma casa.

– Sim, acabei de vir de...

– Beth me disse. Quanto tempo ainda tem aqui? Uma semana? Menos? Provavelmente menos, certo?

– Provavelmente. Eu ia dizer a você, mas acabei de alugar, e com todos os outros problemas, não tive tempo de contar. Não estava escondendo essa informação, nada disso – ele não respondeu e ela perguntou: – Butch, você está... nós estamos bem?

– Sim... – ele olhou para o uísque. – Ou pelo menos ficaremos bem.

– Butch... olhe, o que aconteceu...

– Você sabe que não me importo com o incêndio.

– Não, estou falando sobre o quarto.

– O sexo?

Ela corou e desviou o olhar.

– Quero tentar de novo.

Ele não respondeu e ela olhou para cima.

Os olhos dele, castanhos, pareciam intensos.

– Sabe o que quero? Só uma vez, quero ser suficiente para você. Apenas... uma vez.

– Você é...

Ele abriu os braços e olhou para seu corpo.

– Não, assim não sou. Mas vou dar um jeito de ser. Vou cuidar desse meu problema.

– Do que está falando?

– Você me permite acompanhá-la no jantar? – como se quisesse distraí-la, ele foi para frente e ofereceu seu braço.

Ela não o pegou e Butch disse:

– Confie em mim, Marissa.

Depois de um longo instante, ela aceitou a gentileza, pensando que pelo menos ele não havia se afastado. E ela jurava que ele faria isso depois do incêndio.

– Ei, Butch, espere.

Ela e Butch olharam para trás. Wrath estava se aproximando pela porta escondida embaixo da escada e Vishous estava com ele.

– Boa noite, Marissa – o rei disse. – Tira, preciso de você um segundo.

Butch assentiu.

– O que houve?

– Pode nos dar licença, Marissa?

A expressão dos Irmãos era calma, e eles pareciam relaxados. Mas ela não acreditou que estavam sendo verdadeiros. Entretanto, não tinha como ficar ali.

– Esperarei por você na mesa – disse a Butch.

Ela se dirigiu para a sala de jantar, fez uma pausa e olhou para trás. Os três machos estavam juntos. Vishous e Wrath, mais altos, inclinados para Butch enquanto conversavam. Butch pareceu surpreso, erguendo as sobrancelhas. Então, ele assentiu e cruzou os braços sobre o peito como se estivesse se preparando.

Ela sentiu medo. Coisas da Irmandade. Sabia.

Quando Butch voltou para a mesa dez minutos depois, ela disse:

– O que Wrath e V. queriam?

Ele soltou o guardanapo do prendedor e colocou-o sobre o colo.

– Querem que eu vá à casa de Tohr para investigar. Para ver se o cara voltou ou se ele deixou pistas de onde pode ter ido.

Oh.

– Isso é... bom.

– Foi o que fiz para sobreviver por muitos anos.

– Vocês só farão isso?

Quando um prato de comida foi colocado diante dele, Butch terminou de beber seu uísque.

– Isso. Bem...os Irmãos começarão a patrulhar as áreas rurais, por isso me pediram para encontrar um caminho para eles. Vou com V. para fazer isso quando o sol se puser esta noite.

Ela assentiu, dizendo a si mesma que tudo ficaria bem. Desde que ele não lutasse. Desde que ele não...

– Marissa, o que foi?

– Eu... ah, só não quero que você se machuque. Sei lá, você é humano e...

– Hoje eu preciso fazer uma pesquisa. – Interrompeu Butch.

Bem... aquilo ali era um fora. E se ela insistisse, faria com que ele acreditasse que ela o considerava um fraco.

– Que pesquisa?

Ele pegou o garfo.

– A respeito do que aconteceu comigo. V. já leu as Crônicas, mas disse que eu poderia tentar também.

Marissa assentiu, percebeu que eles não passariam o dia dormindo juntos, lado a lado, na cama dele. Nem na dela.

Ela tomou um gole de seu copo de água e tentou entender como podia estar tão perto de alguém e, ao mesmo tempo, tão longe.

CAPÍTULO 30

Na tarde seguinte, John sentou-se na sala de aula, impaciente, esperando que as coisas começassem. O cronograma de aulas era de três dias de presença e um de folga, e ele estava pronto para voltar ao trabalho.

Enquanto analisava suas anotações a respeito de explosivos plásticos, os outros aprendizes entravam e sentavam-se, com o barulho normal de sempre... até que todos ficaram em silêncio.

John olhou para frente. Havia um homem na porta, um homem que parecia um tanto incerto, ou talvez embriagado. Que diabos...

Ficou boquiaberto ao ver o rosto dele e o cabelo ruivo. *Blaylock*. Era... Blaylock, só que melhor.

O cara olhou para baixo e caminhou sem jeito para o fundo. Na verdade, mais se arrastava do que caminhava, como se não conseguisse controlar os braços e pernas muito bem. Depois de se sentar, ele remexeu os joelhos embaixo da mesa até que se encaixaram, e então se curvou como se tentasse parecer menor.

Precisaria tentar muito para conseguir, porque ele era... enorme.

Caramba. Havia passado pela transição.

Zsadist entrou na sala, fechou a porta e olhou para Blaylock. Depois de um breve balanço de cabeça, Z. começou a lecionar.

– Hoje, faremos uma introdução às armas químicas. Falaremos sobre o gás lacrimejante e o gás mostarda... – o Irmão fez uma pausa. E então disse um palavrão porque obviamente percebeu que ninguém estava prestando atenção, porque estavam olhando para Blay.

– Bem... droga, Blaylock, quer contar a eles como foi? Não conseguiremos avançar, a menos que você conte logo.

Blaylock ficou muito corado e negou com a cabeça, cruzando os braços.

– Certo, aprendizes, deem uma olhada aqui – todos olharam para Z. – Se querem saber como é, posso contar.

John prestou muita atenção. Z. generalizou, sem revelar nada de si mesmo, mas tudo aquilo era boa informação. E quanto mais o Irmão falava, mais o corpo de John vibrava.

Isso aí, ele pensou. *Façam anotações e logo.*

Ele estava *tão* pronto para ser um homem.

Van saiu da *minivan*, fechou a porta do lado do passageiro sem barulho e se manteve nas sombras. O que viu a poucas centenas de metros fez com que se lembrasse de onde havia crescido: uma casa caindo aos pedaços com um teto fino e um carro apodrecendo no quintal do lado. A única diferença era que aquele lugar ficava no meio do nada, e seu bairro era mais próximo da cidade. Mas eram duas cenas de pobreza da mesma maneira.

Ao analisar a área, a primeira coisa que percebeu foi um som esquisito que tomava conta da noite. Uma batida rítmica... como se alguém cortasse lenha? Não... era mais parecida com pancadas. Alguém estava batendo no que, provavelmente, era a porta de trás da casa que ele via.

– Esse é o alvo perfeito para esta noite – o Sr. X disse enquanto dois outros *redutores* saíam da *minivan*. – Os detalhes deste lugar têm sido analisados desde a semana passada. Nenhuma atividade antes do anoitecer. Barras de ferro nas janelas. Cortinas sempre fechadas. O objetivo é a captura, mas matem se vocês acharem que eles escaparão...

O Sr. X parou e franziu a testa. E então olhou ao redor.

Van fez a mesma coisa e não viu nada de estranho.

Até que um Escalade negro desceu a estrada. Com seus vidros escurecidos e rodas cromadas, o veículo parecia valer mais do que a casa. O que ele estaria fazendo ali, na mata?

– Pegue sua arma – o Sr. X disse. – *Agora.*

Van pegou sua Smith & Wesson 40, sentindo o peso tomar a palma da mão. Enquanto seu corpo se preparava para o combate adiante, sentiu-se pronto para se atracar com um adversário.

Mas o Sr. X o repreendeu com o olhar rígido.

– Você fica parado. Não quero que se envolva. Apenas observe.

Seu filho da mãe, Van pensou, passando a mão pelos cabelos pretos. *Seu filho da mãe miserável.*

– Estamos combinados? – a expressão do Sr. X era de frieza. – *Não* entre.

O máximo que Van conseguiu fazer em resposta foi baixar a cabeça e teve de desviar o olhar para não xingar em voz alta.

Com os olhos fixos no Escalade, ele viu o veículo chegar ao fim da estrada e parar.

Certamente era um tipo de patrulha. Mas não havia tiras. Pelo menos, nenhum tira humano.

O motor do Escalade foi desligado e os dois homens saíram. Um deles tinha um tamanho relativamente normal, mas desenvolvido. O outro era *enorme.*

Jesus Cristo... um Irmão. Tinha de ser. E Xavier tinha razão. Aquele vampiro era maior do que qualquer coisa que Van já tinha visto... e ele já havia enfrentado caras do tamanho de monstros.

De repente, o Irmão sumiu. Puf! Desapareceu. Antes que Van conseguisse perguntar o que estava acontecendo, o parceiro do vampiro virou a cabeça e olhou diretamente para o Sr. X. Apesar de todos estarem nas sombras.

– Oh meu Deus... – Xavier disse. – Ele está vivo. E o mestre... está com...

O *Redutor Principal* foi para frente, continuou caminhando. Em direção à luz da lua. Para o meio da estrada.

Que diabos ele estava querendo?

O corpo de Butch tremeu quando ele olhou para o *redutor* de cabelos claros que surgiu da escuridão. Sem dúvida aquele tinha sido o cara que havia sequestrado ele. Ainda que Butch não tivesse lembranças conscientes da tortura, seu corpo parecia saber quem o havia maltratado, lembrando muito bem na carne que tinha sido ferida e espancada pelo imbecil.

Butch estava seco para partir para cima do *Redutor Principal.*

Mas as coisas deram erradas antes de conseguir atacá-lo.

De algum ponto atrás da casa, uma serra elétrica foi acionada com um ronco. E, naquele exato momento, um segundo *redutor* de cabelos claros saiu da mata com a arma apontada para Butch.

Quando a semiautomática começou a ser disparada e as balas passaram rente à sua cabeça, Butch segurou a própria Glock e procurou se esconder atrás do Escalade. Protegido, ele voltou a se concentrar, atirando, com a Glock pulando em sua mão enquanto ele mantinha os órgãos vitais fora da linha de fogo. Quando teve a chance, olhou pelo vidro à prova de balas. O atirador estava atrás de uma carcaça enferrujada de carro, sem dúvida recarregando a arma. Assim como Butch.

E, ainda assim, o primeiro assassino, o torturador de Butch, ainda não estava armado. O cara estava apenas em pé no meio da estrada, olhando para Butch.

Como se quisesse levar tiro.

Pronto para agir, Butch se esquivou pelo canto do veículo, puxou o gatilho e acertou o cara bem no peito. Com um rosnado, o *Redutor Principal* foi para trás, mas não caiu. Parecia apenas irritado, aguentando o impacto das balas como se elas não fossem nada além de picadas de abelhas.

Butch não sabia o que pensar, mas aquele não era o momento certo para tentar entender por que as balas não derrubavam aquele assassino. Apontando a arma, ele começou a atirar de novo, com as balas saindo do pente de modo sucessivo. Por fim, o *redutor* mergulhou, rolando por uma ladeira...

No mesmo instante em que um barulho alto foi ouvido atrás de Butch, tão alto que ele pensou que outra arma estava sendo utilizada.

Ele se virou, segurando a Glock com as duas mãos para mantê-la no alto e firme. *Oh, droga.*

Uma fêmea com uma criança nos braços atirava da casa, em pânico. E ela tinha bons motivos para estar com medo.

Bem atrás dela havia um macho grande com expressão de raiva e uma serra elétrica sobre o ombro. O maluco estava prestes a atacá-los com aquela serra, pronto, disposto e com vontade de matar.

Butch levantou a arma cerca de cinco centímetros, mirou na cabeça do homem e puxou o gatilho...

E Vishous apareceu atrás do cara, pegando a serra.

– Droga! – Butch tentou evitar o tiro, mas a arma foi acionada e a bala saiu...

E alguém segurou Butch com uma chave de braço: o segundo *redutor* com a arma havia se movido com velocidade.

Butch foi lançado e caiu sobre o capô do Escalade como se fosse um taco de beisebol. Com o impacto, ele perdeu a arma, que caiu, batendo no chão.

Mas que se danasse. Ele enfiou a mão no bolso do casaco e procurou o canivete que sempre levava consigo. Felizmente estava ali, e ele o sentiu na palma da mão, deixando o braço livre. Usando a lâmina, virou o corpo para a esquerda do assassino que o segurava.

Grito de dor. Ele foi solto.

Butch atacou com força contra o peito acima do dele, afastando o *redutor*.

Enquanto o idiota ficava no meio do ar por um milésimo de segundo, Butch virou a lâmina num movimento em arco com o braço. O canivete acertou a garganta do *redutor* abrindo uma fonte de sangue preto.

Butch derrubou o assassino e virou-se para a casa.

Vishous estava lutando contra o cara com a serra elétrica, evitando a lâmina com movimentos de corpo. Enquanto isso, a fêmea que segurava a criança corria feito louca pelo quintal lateral enquanto outro *redutor* de cabelos claros vinha da direita.

– Já chamei Rhage – V. ainda disse.

– Vou vencê-lo – Butch gritou ao partir para cima. Saiu correndo, com os pés em pisadas firmes, os joelhos chegando ao peito. Ele torceu para chegar a tempo, torceu para que fosse rápido o bastante... *Por favor, só dessa vez...*

Ele interceptou o *redutor* com um golpe voador espetacular. Quando eles caíram, ele gritou para que a fêmea não parasse.

Foram ouvidos tiros, mas ele estava ocupado demais com a briga para prestar atenção. Ele e o *redutor* rolaram no chão de neve, empurrando e esganando um ao outro. Ele sabia que perderia se continuasse daquela maneira, por isso, num momento de desespero, e seguindo seus instintos, ele parou de lutar, deixou o assassino dominá-lo... e então olhou fixamente para o morto-vivo.

Aquele elo, aquela comunhão horrível, aquele contato entre eles ocorreu em um instante, fazendo com que ambos ficassem sem ação. E com o elo veio o desejo de Butch concluir tudo aquilo.

Ele abriu a boca e começou a inspirar.

Capítulo 31

Deitado no meio da estrada, sangrando muito, o Sr. X manteve o olhar no humano que deveria estar morto. O cara tinha se saído bem, especialmente ao derrubar um *redutor* no quintal lateral, mas ele seria dominado. E foi mesmo. Quando o assassino o deitou de costas no chão, seria morto...

Mas os dois pararam, e a dinâmica mudou, as regras de força e fraqueza foram trocadas. O assassino podia estar em cima, mas o humano estava no comando.

O Sr. X ficou sem fôlego. Algo estava acontecendo ali... alguma coisa...

Mas então o Irmão de cabelos loiros se materializou no ar bem ao lado dos dois. O guerreiro deu um salto e tirou o *redutor* de cima do humano, desfazendo qualquer elo que tivesse sido estabelecido.

Pelas sombras, Van se aproximou e bloqueou a visão do Sr. X.

– Quer sair daqui?

Talvez fosse o caminho mais seguro. Ele estava prestes a desmaiar.

– Sim... e rápido.

Quando o Sr. X foi erguido e levado às pressas para a *minivan*, sua cabeça ia de um lado a outro, como a de uma boneca de pano meio sem estofo, e ele observou enquanto o Irmão loiro desintegrava o outro *redutor* e depois se ajoelhou para ver o humano.

Malditos heróis.

O Sr. X ficou mais tranquilo. Agradeceu a um Deus no qual não cria por Van Dean ser um recruta tão novato que não sabia que os *redutores* não levavam seus feridos de volta para casa com eles.

Geralmente, o assassino ferido era deixado onde caía para que os Irmãos o levassem de volta a Ômega ou para que ele, aos poucos, apodrecesse.

O Sr. X sentiu quando foi colocado dentro da *minivan*; o carro deu partida e saiu dali. Deitando-se de costas, levou a mão ao peito, avaliando o estrago. Ele ia se recuperar. Demoraria, mas seu corpo não estava tão ferido a ponto de não conseguir se regenerar.

Quando Van realizou uma entrada brusca à direita, X foi lançado contra a porta.

Quando gemeu de dor, Van olhou para trás.

– Desculpe.

– Dane-se. Leve-nos daqui.

Quando o motor voltou a fazer mais barulho, o Sr. X fechou os olhos. Cara, aquele ser humano apareceu vivo e bem? Problema sério. Problema *sério*. O que havia acontecido? E por que Ômega não sabia saber o que o ser humano ainda estava vivo? Principalmente se o cara sentia a presença do mestre?

Droga, não tinha como saber os motivos. O mais importante era saber o que, agora que X tinha consciência de que o homem estava vivo, ele diria a Ômega? Ou aquelas notícias seriam o que acionariam outra mudança na liderança e faria com que X fosse condenado para sempre? Ele havia jurado para o mestre que os Irmãos haviam matado aquele cara. Ele faria papel de idiota quando descobrisse que não era verdade.

A verdade é que ele estava vivo e daquele lado agora, e tinha de se manter ali até Van Dean entrar em seu poder. Então, não... não diria nada sobre o humano.

Mas o cara era perigoso. E precisava ser eliminado o mais rapidamente possível.

Butch ficou deitado no chão coberto de neve, tentando se recuperar, ainda assustado com o que tinha acontecido, fosse o que fosse, quando ele e um dos *redutores* se atracaram.

Ele sentiu o estômago revirar e tentou imaginar onde Rhage estava. Depois que Hollywood havia cortado o elo com o *redutor* e matado o idiota, ele havia partido para a mata para ter certeza de que não havia outros por perto.

Por isso, provavelmente era uma boa ideia ficar em pé e ter a arma preparada para o caso de mais coisas acontecerem.

Quando Butch se apoiou nos braços para se levantar, viu a mãe e a criança no gramado. Estavam assustadas ao lado de um galpão, abraçadas, bem próximas uma da outra. Droga... ele as reconheceu; já as tinha visto no Havers. Eram as duas com quem Marissa estava sentada no dia em que ele finalmente havia deixado o quarto de quarentena.

Sim, com certeza eram elas. A pequena tinha um gesso na parte inferior da perna.

Coitadas, ele pensou. Assustadas como estavam, elas se pareciam com todas as outras vítimas humanas que ele já tinha visto, com as características dos traumas ultrapassando as linhas de espécies: os olhos arregalados da mãe, pele pálida e ilusões desfeitas de que a vida era boa eram coisas com que ele já havia lidado antes.

Ele ficou em pé e se aproximou delas lentamente.

– Sou um... – ele quase disse *detetive de polícia*. – Sou um amigo. Sei quem vocês são e vou cuidar das duas.

Os olhos dilatados da mãe se ergueram dos cabelos embaraçados da filha.

Mantendo o volume da voz e sem dar um passo adiante, ele apontou para o Escalade.

– Gostaria que vocês duas se sentassem naquele carro. Vou verificar as coisas rapidamente com meu parceiro, tudo bem? Depois, vocês irão ao Havers.

Ele esperou enquanto a mulher o analisava de modo muito atento: ela queria saber se ele machucaria a ela ou a sua filha. Podia confiar em alguém do sexo oposto? Quais eram suas outras opções?

Mantendo a filha bem segura em seus braços, ela se esforçou para ficar em pé, e esticou a mão. Ele se aproximou e colocou a chave na mão dela, sabendo que V. tinha uma cópia e que eles conseguiriam entrar no Escalade se precisassem.

De repente, a mulher ficou em pé e correu, carregando a filha com dificuldade.

Enquanto Butch observava as duas se afastando, soube que não conseguiria dormir pensando no rosto da menininha. Diferentemente da mãe, ela estava totalmente calma. Como se aquele tipo de violência fosse a coisa mais comum.

Dizendo um palavrão, ele correu até a casa e gritou:

– V., vou entrar.

Ele escutou a voz de V. vinda do segundo andar.

– Não tem mais ninguém aqui. E não peguei a placa da *minivan* que partiu.

Butch conferiu o corpo na porta. Um vampiro macho, que parecia ter 34 anos, aproximadamente. Mas todos pareciam ter a mesma idade, até que começassem a envelhecer.

Com o pé, Butch cutucou a cabeça do cara. Estava mole como um laço de fita.

V. desceu a escada com pisadas fortes de bota.

– Ele ainda está morto?

– Sim. Você acabou com ele... droga, você está sangrando! Atirei em você?

V. levou a mão ao pescoço e então olhou para o sangue na palma.

– Não sei. Ele e eu fomos para o fundo da casa e ele me acertou com a serra, então este ferimento pode ser de qualquer coisa. Cadê o Rhage?

– Bem aqui – Hollywood se aproximou. – Vasculhei a mata. Tudo limpo. O que aconteceu com a mãe e a criança?

Butch acenou com a cabeça em direção à porta da frente.

– Estão no Escalade. Mas precisam ir à clínica. A mãe está um pouco ferida.

– Vamos levá-las – V. disse. – Rhage, por que não vai encontrar com os gêmeos?

– Boa. Eles estão indo para o centro caçar. Cuidem-se vocês dois.

Quando Rhage se desmaterializou, Butch perguntou:

– O que você quer fazer com o corpo?

– Vamos colocá-lo nos fundos. O sol vai subir em algumas horas e vai se encarregar dele.

Os dois pegaram o macho, caminharam com ele pela casa e o colocaram ao lado de uma velha poltrona.

Butch fez uma pausa e olhou para a porta dos fundos.

– Então o cara aparece e dá uma de Jack Nicholson com a esposa e tal. Enquanto isso, os *redutores* rondam o local e por sorte eles escolhem esta noite para atacar.

– Bingo.

– Você enfrenta muitos problemas domésticos como esse?

– No Antigo País, sim, mas aqui não tenho encontrado muitos.

– Talvez eles simplesmente não estejam sendo relatados.

V. esfregou o olho direito, que estava saltando.

– Talvez... é, talvez.

Eles passaram pelo que restava da porta dos fundos e a trancaram da melhor maneira que conseguiram. A caminho da porta da frente, Butch viu um bicho de pelúcia velho no canto da sala de estar, como se tivesse sido deixado ali. Ele pegou o tigre e franziu a testa. O bichinho pesava muito.

Ele o colocou embaixo do braço, pegou seu celular e fez dois telefonemas rápidos enquanto V. cuidava da porta da frente para fechá-la. Depois, eles caminharam até o Escalade.

Butch se aproximou cuidadosamente do lado do motorista com as mãos esticadas, segurando o bichinho de pelúcia. E Vishous deu a volta no carro da mesma maneira tranquila de sempre, parando a cerca de um metro da porta do passageiro. Nenhuma delas se mexeu.

O vento soprou do norte, uma brisa fria e úmida que fez com que Butch sentisse as dores da luta.

Depois de um momento, as portas do carro foram abertas, fazendo um barulho.

John não conseguia parar de olhar para Blaylock. Principalmente no chuveiro. O corpo do cara era enorme, com músculos por todas as partes, surgindo de sua coluna, tomando suas pernas e ombros, em seus braços. Além disso, ele estava, facilmente, quinze centímetros mais alto. Caramba, ele devia ter dois metros agora.

Mas a questão é que não parecia muito feliz. Movia-se de modo desajeitado, olhando para a parede de azulejos enquanto se lavava. E pelo que sentia, o sabonete que estava usando parecia irritar sua pele, ou talvez sua pele em si fosse o problema. Além disso, ele continuava enfiando-se embaixo da água, mas voltava e ajustava a temperatura.

– Você também vai se apaixonar por ele agora? Os Irmãos podem ficar com ciúmes.

John olhou assustado para Lash. O cara sorria enquanto lavava o peito, com uma corrente grossa no pescoço.

– Aí, Blay, cuidado pra não derrubar o sabonete. O espertinho do John aqui está de olho em sua carne.

Blaylock ignorou o comentário.

– Ei, Blay. Você me ouviu? Ou está sonhando com o John ajoelhado na sua frente?

John ficou em pé na frente de Lash, bloqueando sua visão para o outro cara.

– Oh, por favor, você vai protegê-lo? – Lash olhou para Blaylock. – Blay não precisa mais de proteção, não é? Ele é um cara graaaaaande, certo, Blay? Conte-me uma coisa, se o John aqui quiser pegá-lo, você deixa? Aposto que deixa. Aposto que está ansioso. Vocês dois formarão um...

John se lançou para frente, empurrou Lash contra a parede molhada e... bateu no cara até cansar.

Foi como se ele estivesse ligado no piloto automático. Ele não parava de acertar socos na cara do rapaz com os punhos cerrados até o chão do banheiro ficar cheio de sangue. E por mais que os outros tentassem segurar John, ele não parava de bater.

Mas, de repente, foi arrancado de cima de Lash.

Lutou contra quem o segurou, lutou e se debateu, mesmo tendo percebido, de relance, que o restante da sala havia se retraído de medo.

E John continuou brigando e gritando sem emitir um som até ser arrancado do chuveiro. Para fora do vestiário. Para o corredor. Continuou dando socos até ser lançado contra os colchonetes azuis da sala de ginástica e até ficar sem fôlego.

Por um momento, só conseguiu olhar para as luzes do teto, mas então percebeu que estava sendo mantido no chão, a luta interrompida. Mostrando os dentes, ele mordeu o pulso grosso mais próximo de sua boca.

Repentinamente, ele foi virado de barriga para baixo e um peso grande se alojou em suas costas.

– Wrath! Não!

O nome foi ouvido ao longe. A voz da rainha soou ainda mais distante. John estava mais do que irritado, com a ira fora de controle, debatendo-se.

– Você o está machucando!

– Fique fora disso, Beth! – a voz do rei entrou pelo ouvido de John. – Já terminou, filho? Ou quer mais uma luta com esses seus dentes?

John se esforçou, apesar de não conseguir se mexer, e sua força terminava.

– Wrath, por favor, coloque-o de pé.

– Isto é entre ele e mim, *leelan*. Quero que você volte ao vestiário e enfrente a outra parte dessa bagunça. O cara caído no banheiro terá de ser levado ao Havers.

Ouviu-se um palavrão e então o som de uma porta sendo batida.

A voz de Wrath soou bem perto da cabeça de John.

– Você acha que acertar um daqueles caras vai fazer com que você se torne um homem?

John se esforçou para escapar do peso de suas costas, sem se importar que era o rei quem estava ali. Só o que importava, só o que sentia, era a fúria que percorria suas veias.

– Acha que fazer aquele idiota sangrar fará com que você entre para a Irmandade? É o que acha?

John lutou ainda mais. Pelo menos até uma mão pesada pousar em sua nuca e seu rosto ser encostado nos colchões do chão.

– Não preciso de caras durões. Preciso de soldados. Quer saber a diferença? Os soldados pensam – mais pressão em seu pescoço até John não conseguir mais piscar. – Soldados *pensam*.

De repente, o peso sumiu e John respirou profundamente, fazendo o ar passar pelos dentes da frente, descendo pela garganta.

Mais ar. Mais ar.

– Levante-se.

Vá se ferrar, John pensou. Mas ele tentou se erguer. Infelizmente, seu corpo idiota e fraco parecia preso ao chão. Literalmente, ele não conseguia se erguer.

– *Levante-se.*

Vá se ferrar.

– O que você disse para mim? – John foi arrancado do chão pelas axilas e ficou cara a cara com o rei, que estava muito irritado.

O medo tomou conta de John, e ele percebeu como havia estragado as coisas.

Wrath mostrava as presas que pareciam tão compridas quanto as pernas de John.

– Acha que não posso escutá-lo só porque não consegue falar?

John foi erguido do chão por um momento, e largado em seguida. Quando seus joelhos tremeram, ele caiu no colchonete.

Wrath olhou para baixo com raiva.

– É muito bom o Tohr não estar por perto agora.

Não é justo, John queria gritar. *Não é justo.*

– Você acha que Tohr teria ficado impressionado com isto?

John se levantou do chão e tentou ficar em pé, olhando para Wrath.

Não diga esse nome, ele mexeu os lábios. *Não diga o nome dele.*

De repente, ele sentiu dor nas têmporas. Então, em sua mente, ouviu a voz de Wrath repetindo a palavra *Tohrment* sem parar. Levando as mãos aos ouvidos, ele tropeçou.

Wrath o seguiu, indo para a frente, o nome cada vez mais alto até se tornar um grito, um cântico.

E então John viu o rosto, o rosto de Tohr, claro como se estivesse diante dele. Os olhos escuros. O cabelo escuro cortado em estilo militar. Os traços fortes.

John abriu a boca e começou a gritar. Não se ouviu som, mas ele continuou até cansar. Tomado pela dor, sem o único pai que tinha conhecido, ele cobriu os olhos e curvou os ombros, recolhendo-se enquanto chorava.

O instante se foi: sua mente silenciou. A visão desapareceu.

Braços fortes o pegaram.

John começou a gritar de novo, dessa vez com agonia, não raiva. Sem lugar aonde ir, ele segurou os enormes ombros de Wrath. Ele só queria que a dor parasse... Queria que a dor dele, tudo que tentava esconder, fosse embora. Ressentia-se das perdas de sua vida e das tragédias das circunstâncias, estava cansado de tantas marcas por dentro.

– Droga... – Wrath o acalentou. – Está tudo bem, filho... Puxa... que droga.

Capítulo 32

Marissa saiu da Mercedes e voltou a entrar.

– Por favor, Fritz, pode esperar? Quero ir à casa que aluguei depois daqui.

– Claro, senhora.

Ela se virou e olhou para a entrada da clínica de Havers, tentando imaginar se ele permitiria que ela entrasse.

– Marissa.

Ela se virou.

– Oh, Deus... Butch – ela correu até o Escalade. – Fiquei tão contente com o telefonema. Você está bem? Elas estão bem?

– Sim, elas estão sendo examinadas.

– E você?

– Bem. Estou bem. Pensei que deveria esperar do lado de fora, porque... você sabe.

Sim, Havers não ficaria muito feliz em vê-lo. Provavelmente também não gostaria de encontrá-la.

Marissa olhou para a porta dos fundos da clínica.

– A mãe e a filha... elas não podem voltar para casa depois disso, certo?

– De jeito nenhum. Os *redutores* sabem a respeito da casa, por isso, não é seguro. E, francamente, não havia muita coisa ali, mesmo.

– E o *hellren* da mãe?

– Já... cuidamos dele.

Deus, ela não devia estar aliviada por ter ocorrido uma morte, mas estava. Pelo menos, até imaginar Butch na área.

– Eu amo você – ela disse. – É por isso que não quero que você lute. Se eu o perdesse por qualquer motivo que fosse, minha vida acabaria.

Os olhos dele ficaram arregalados, e ela percebeu que não falavam sobre amor havia muito tempo. Mas estava seguindo a regra número um. Detestava passar horas do dia longe dele, detestava a distância entre eles, e não estava mais abrindo mão das coisas.

Butch se aproximou, com as mãos no rosto dela.

– Meu Deus, Marissa... você não sabe o que significa para mim escutar você dizer isso. Preciso saber. Preciso sentir.

Ele a beijou suavemente, sussurrando coisas bonitas contra os lábios dela, e Marissa tremia, enquanto Butch a abraçava com cuidado. Ainda havia coisas não definidas entre eles, mas nenhuma delas importava naquele momento. Ela apenas precisava se reconectar a ele.

Quando se afastou um pouco, disse:

– Vou entrar, mas pode esperar? Gostaria de mostrar minha casa nova a você.

Ele passou a ponta do dedo delicadamente pelo rosto dela. Apesar de seus olhos tristes, ele disse:

– Sim, vou esperar. E adoraria ver onde você vai morar.

– Não vou demorar.

Ela o beijou de novo e então seguiu pela entrada da clínica. Sentiu-se uma intrusa, era uma surpresa ser recebida sem problemas, mas sabia que isso não significava que as coisas seriam simples. Enquanto descia pelo elevador, remexeu em seu cabelo. Estava nervosa com a possibilidade de ver Havers. Haveria algum problema?

Quando entrou na área de espera, os funcionários souberam exatamente para que ela estava ali e a levaram para o quarto de um paciente. Ela bateu na porta e ficou tensa.

Havers virou o rosto enquanto conversava com a criança com o gesso e seu rosto ficou pálido. Parecendo perder a linha de raciocínio, ele empurrou os óculos, pigarreou e tossiu.

– Você veio! – a criança disse a Marissa.

– Olá – ela disse, levantando a mão.

– Por favor, com licença – Havers disse à mãe. – Providenciarei seus documentos de alta. Mas, como eu disse, não é preciso ter pressa para ir embora.

Marissa olhou para seu irmão quando este se aproximou dela, tentando descobrir se ele perceberia sua presença. E ele percebeu, de certo modo. Ele olhou rapidamente para a calça que ela vestia e fez uma careta.

– Marissa.

– Havers.

– Você parece... bem.

Palavras gentis. Mas ele queria dizer que ela estava diferente. E não aprovou a mudança.

– Estou bem.

– Por favor, com licença.

Ele partiu sem esperar por uma resposta, deixando-a com a raiva fervendo na garganta, mas ela não permitiu que as palavras feias que lhe ocorreram fossem ditas. Foi até a cama e se sentou. Enquanto segurava a mão da menina, tentou pensar no que dizer, mas sua vozinha alegre saiu primeiro.

– Meu pai morreu – a menina disse. – Minha *mahmen* está assustada. E não temos onde dormir se formos embora daqui.

Marissa fechou os olhos brevemente, agradecendo à bendita Virgem Escriba por pelo menos ter uma resposta para um de seus problemas.

Ela olhou para a mãe.

– Sei exatamente aonde você deveria ir. E vou levá-la lá em breve.

A mãe começou a negar com a cabeça.

– Não temos dinheiro...

– Mas posso pagar o aluguel – a criança disse, segurando seu tigre velho. Ela soltou o laço nas costas, enfiou a mão ali dentro e tirou um pratinho.

– Isto é de ouro, certo? Então é dinheiro... certo?

Marissa respirou profundamente e disse a si mesma que não deveria chorar.

– Não, este é um presente para você, dado por mim. E não há aluguel a ser pago. Eu tenho uma casa vazia que precisa de pessoas para preenchê-la – ela olhou mais uma vez para a mãe. – Eu adoraria se vocês duas pudessem ficar ali comigo assim que minha casa nova estiver pronta.

Quando John finalmente voltou para o vestiário depois da confusão, estava sozinho. Wrath havia voltado para a casa principal, Lash havia sido levado para a clínica e os outros caras tinham ido para casa.

E isso era bom. No silêncio, ele tomou o banho mais demorado de sua vida, ficou embaixo da água quente, deixando a água escorrer por seu corpo. Seu corpo estava dolorido. Estranho.

Jesus Cristo. Ele tinha mesmo mordido o rei? Surrado um colega de classe?

John se recostou no azulejo. Apesar de toda a água em cima dele e do sabonete que havia usado, nada o limpava. Ele ainda parecia estranhamente... sujo. Mas é isso mesmo que a tristeza e a vergonha fazem com uma pessoa.

Xingando, ele olhou para baixo, para os músculos esparsos de seu peito, nas partes mais fundas de sua barriga e nos ossos pontudos de seu quadril, olhou para o sexo inexpressivo. E então seguiu o azulejo, até o ralo, onde o sangue de Lash havia escorrido.

Ele poderia ter matado o cara, percebeu. Havia se descontrolado muito.

– John?

Ele levantou a cabeça. Zsadist estava em pé na porta do chuveiro, impassível.

– Termine e venha para a casa principal. Estaremos no escritório de Wrath.

John assentiu e fechou a água. Era bem possível que ele fosse expulso do programa de treinamento. Talvez da casa. E não podia culpar ninguém. Mas, para onde iria?

Quando Z. saiu, John se secou com a toalha, vestiu as roupas e atravessou o corredor até o escritório de Tohr. Ele teve de manter o olhar baixo ao atravessar o caminho até o túnel. Não conseguiria lidar com as lembranças de Tohrment naquele momento. Não saberia lidar com nenhuma delas.

Alguns minutos depois, estava na entrada da mansão, observando a grande escadaria. Subiu os degraus de tapete vermelho lentamente, sentindo-se insuportavelmente cansado, e a exaustão piorou quando ele chegou ao topo: as portas duplas para o escritório de Wrath estavam abertas e ele ouviu vozes, a do rei e a dos outros. Pensou que sentiria falta de todas elas.

A primeira coisa que percebeu ao entrar na sala foi a poltrona de Tohr. O monstro feio e verde tinha sido mudado de lugar e agora estava atrás e à esquerda do trono. Estranho.

John caminhou para frente e esperou ser reconhecido.

Wrath estava inclinado em uma pequena e luxuosa mesa repleta de papéis, com uma lupa na mão aparentemente ajudando-o a ler. Z. e Phury estavam apoiando o rei, um de cada lado, os dois inclinados sobre o mapa que Wrath analisava.

– Foi aqui onde encontramos o primeiro campo de tortura – Phury disse, apontando para uma grande área verde. – Foi aqui que Butch foi encontrado. Foi aqui onde fui pego.

– Grande distância entre todos eles – Wrath disse. – Muitos quilômetros.

– Precisamos de um avião – Z. disse. – Uma vista aérea seria muito mais eficiente.

– Isso é verdade – Wrath balançou a cabeça. – Mas teríamos de ser cuidadosos. Se chegarmos perto demais do chão, a Administração Federal de Aviação iria nos descobrir.

John se aproximou um pouco da mesa. Virou a cabeça.

Num movimento suave, Wrath puxou a grande folha de papel para frente como se tivesse terminado de analisá-la. Ou talvez... estivesse incentivando John a olhar. Mas, em vez de olhar para o mapa topográfico, John olhou para o braço do rei. A marca de mordida naquele pulso grosso o assustou e ele deu um passo para trás.

Beth entrou com uma caixa de couro com rolos de pergaminhos amarrados com fitas vermelhas.

– Certo, Wrath, o que acha de explicarmos um pouco. Eu dei prioridade a todos estes.

Wrath se recostou quando Beth colocou a caixa em cima da mesa. Então, o rei segurou o rosto dela, beijando sua boca e também a lateral do pescoço.

– Obrigado, *leelan*. No momento está ótimo, mas V. e Butch estão vindo com Marissa. Oh droga, eu disse que o Conselho dos *Princeps* teve uma brilhante ideia? *Ehnclausuramento* obrigatório para todas as fêmeas sem parceiros.

– Você está brincando.

– Os tolos ainda não determinaram, mas, de acordo com Rehvenge, a votação ocorrerá em breve – o rei olhou para Z. e para Phury. – Vocês dois precisam checar a situação do avião. Temos alguém aqui que sabe pilotar?

Phury deu de ombros.

– Eu pilotava. E poderíamos colocar V. nisso.

– Colocar-me no quê? – V. perguntou ao entrar no escritório.

Wrath olhou para os gêmeos.

– O que acha de um Cessna, Irmão?

– Bacana. Vamos voar aqui?

Butch e Marissa chegaram atrás de V. E eles estavam de mãos dadas.

John deu um passo para o lado e analisou tudo: Wrath conversando com Beth enquanto V., Butch e Marissa começaram a conversar e Phury e Z. saíram.

Caos. Movimento. Propósito. Aquela era a monarquia, a Irmandade em ação. E John se sentia privilegiado por estar na sala... pelo tempo que ele ainda tivesse antes que o chutassem para fora.

Esperando que talvez tivessem esquecido que ele estava por perto, procurou por um lugar para se sentar e olhou para a poltrona de Tohr. Mantendo-se num canto, ele se aproximou e se sentou na velha poltrona de couro. Dali, ele podia ver tudo: a parte de cima da mesa de Wrath e tudo o que estava em cima dela, a porta por onde as pessoas entravam e saíam, todos os cantos da sala.

John encolheu as pernas e se inclinou para a frente, escutando enquanto Beth e Wrath conversavam a respeito do Conselho dos *Princeps*. Uau. Eles trabalhavam muito bem juntos. Ela estava dando a ele um ótimo conselho e o rei o estava seguindo.

Quando Wrath assentiu sobre algo que ela havia dito, seu cabelo preto e comprido escorregou sobre seu ombro e caiu sobre a mesa. Ele o colocou para trás, inclinou-se para o lado e abriu uma gaveta, tirando dali um bloco de folhas e uma caneta.

Sem olhar, ele os estendeu para trás, na frente de John.

John aceitou o presente com mãos trêmulas.

– Bem, *leelan*, é isso o que acontece quando lidamos com a *glymera*. Um monte de porcarias – Wrath assentiu e então olhou para V., Butch e Marissa. – O que foi, vocês três?

John ouviu palavras sendo trocadas, mas estava muito emocionado para concentrar-se. Meu Deus, talvez os Irmãos não o estivessem expulsando... talvez.

Ele prestou atenção de novo e escutou quando Marissa disse:

– Elas não têm aonde ir, por isso ficarão na casa que acabei de alugar. Mas, Wrath, precisam de assistência por muito tempo e temo que existam outras por aí como elas, fêmeas sem ninguém para ajudá-las, ou porque seus parceiros foram pegos pelos *redutores* ou morreram de causas naturais ou porque, Deus que me perdoe, seus parceiros são agressores. Gostaria que existisse um tipo de programa...

– Sim, definitivamente precisamos de um desses. E de mais cerca de oito mil outras coisas – Wrath esfregou os olhos e então olhou para Marissa. – Certo, vou colocá-la no comando disso. Descubra o que os humanos fazem com seus semelhantes. Descubra o que nós precisamos para a raça. Pode me dizer quanto precisa de dinheiro, ajuda e recursos. E faça o que tem de ser feito.

Marissa ficou boquiaberta de novo.

– Meu senhor?

Beth assentiu.

– Essa ideia é maravilhosa. E você sabe, Mary trabalhava com serviços sociais quando ela era voluntária na Linha de Atendimento para Prevenção de Suicídios. Pode começar com ela. Acredito que está bem familiarizada.

– Eu... sim... vou fazer isso – Marissa olhou para Butch e, em resposta, o cara sorriu com a expressão muito máscula de respeito. – Sim, eu... vou fazer isso... eu... – surpreendida a fêmea atravessou a sala, e parou à porta. – Espere, meu senhor? Nunca fiz nada disso antes. Quero dizer, já trabalhei na clínica, mas...

– Você vai lidar bem com isso, Marissa. E, como um amigo me disse certa vez, vai pedir ajuda quando precisar. Entendeu?

– Ah... sim, obrigada.

– Você tem muito trabalho.

– Sim... – ela fez uma reverência, apesar de estar vestindo calça.

Wrath sorriu levemente, e então olhou para Butch, que estava indo atrás de sua fêmea.

– Ei, tira, você, V. e eu vamos nos reunir hoje à noite. Voltem em uma hora.

Butch pareceu empalidecer. Mas, então, assentiu e partiu, com Vishous o seguindo.

Quando Wrath se reconcentrou em sua *shellan*, John rapidamente escreveu algo no bloco de anotações e o mostrou a Beth. Depois de ela ler em voz alta para o rei, Wrath inclinou a cabeça.

– Continue, filho. E sim, sei que sente muito. Aceito seu pedido de desculpa. Mas você deve dormir lá em cima de agora em diante. Não me importa se vai ser nessa poltrona ou em uma cama no fim do corredor, mas você dorme aqui agora – John assentiu e o rei disse: – E mais uma coisa. Todas as noites, às quatro da manhã, vai passear com Zsadist.

John assoviou.

– Por quê? Porque estou mandando. Todas as noites. Caso contrário, você estará fora do programa de treinamento e estará fora daqui. Entende? Assovie duas vezes se compreendeu e se concorda.

John obedeceu.

Então, sem jeito, escreveu *obrigado*. E partiu.

Capítulo 33

Quarenta minutos depois, Butch estava na porta da cozinha, observando Marissa com Mary e John. Os três estavam debruçados sobre um diagrama explicando as agências de serviços humanos do Estado de Nova York. Mary estava ensinando a Marissa como tudo funcionava, e John havia se oferecido para ajudar.

Caramba, o cara tinha passado por poucas e boas. Nasceu no banheiro de uma rodoviária. Foi encontrado por um faxineiro e levado a um orfanato católico. Então foi criado por pais que não estavam nem aí com ele. E as coisas pioraram: ele largou os estudos aos dezesseis anos. Fugiu do sistema. Viveu na imundície enquanto trabalhava para se sustentar como ajudante de garçom no centro da cidade. Tinha sorte por estar vivo.

E Marissa claramente ajudaria crianças como ele.

Conforme a conversa continuava, Butch percebeu que a voz dela mudava. Ficava mais grave. Mais direta. Seus olhos estavam mais aguçados e as perguntas eram mais objetivas. Era, como ele percebeu, extremamente esperta, e se sairia bem naquilo.

Deus, como ele a amava. E queria ser desesperadamente o que ela precisava. O que ela merecia.

Como se já estivesse esperando, ele ouviu passos e sentiu o cheiro do tabaco turco de V.

– Wrath está esperando, tira.

Butch olhou para a fêmea dele por mais um momento.

– Vamos lá.

Marissa olhou para frente.

– Butch? Adoraria conversar com você sobre questões relacionadas à polícia – ela apontou para o diagrama. – Já estou imaginando diversas situações nas quais precisaremos da intervenção e reforço da lei. Wrath vai precisar começar a pensar em um tipo de proteção civil.

– O que você quiser, minha linda – seus olhos memorizaram o rosto dela. – Espere só um pouco, tudo bem?

Marissa assentiu, sorriu de modo distraído e voltou para o que estava fazendo.

Sem conseguir resistir, ele se aproximou e tocou seu ombro. Quando ela olhou para cima, ele beijou seus lábios e sussurrou.

– Eu amo você.

Os olhos dela brilharam, e Butch lhe deu mais um beijo e se virou. Cara, ele queria muito que a regressão ancestral desse certo e que ele tivesse algum parente de pele clara irlandês.

Ele e Vishous subiram as escadas até o escritório e encontraram a sala em estilo francês vazia, apenas Wrath estava ali... em pé diante da lareira, com um dos braços fortes apoiados em cima da lareira. O rei parecia distraído enquanto olhava para as chamas.

– Meu senhor? – V. disse. – Agora é uma boa hora?

– Sim – Wrath fez um gesto para que eles entrassem, com seu anel de diamante negro brilhando em seu dedo médio. – Fechem as portas.

– O senhor se importa se eu convocar um pouco de força? – V. fez um gesto para o corredor. – Quero que Rhage fique aqui segurando o tira.

– Tudo bem – quando Vishous saiu, Wrath olhou para Butch com tanta intensidade, que seus olhos pareciam tochas ardendo. – Não pensei que a Virgem Escriba permitiria que fizéssemos isso.

– Fico feliz por ela ter permitido – bem feliz.

– Você compreende o que está fazendo aqui? Vai doer muito e você pode virar um vegetal no fim das contas.

– V. já me contou tudo o que pode ocorrer. Estou disposto a continuar.

– Olhe só – Wrath murmurou aprovando. – Você está tão certo em relação a isso.

– Quais são as opções se eu quero saber o que vai dar? Nenhuma. Ficar imaginando apenas não vai adiantar.

As portas duplas se fecharam e o olhar de Butch atravessou o escritório. Rhage tinha os cabelos úmidos e estava vestindo uma calça *jeans* surrada, uma blusa preta, descalço e sem meias. De maneira absurda, Butch percebeu que até mesmo os pés do cara eram bonitos. Pois é, nada de dedos peludos e unhas feias em Hollywood. O cara era lindo da cabeça aos pés.

– Caramba, tira... – o Irmão disse. – Você vai mesmo fazer isso?

Butch assentiu e Vishous ficou em pé na frente dele e começou a tirar sua luva.

– Você precisa tirar a camisa, amigo.

Butch ficou com o peito nu, jogando sua camisa Turnbull & Asser no sofá.

– Posso continuar com a cruz?

– Sim, não deve derreter. Muito – V. enfiou a luva no bolso de trás, tirou o cinto preto da cintura e ofereceu a tira de couro a Rhage. – Quero que você enfie isto na boca dele e a mantenha firme para que ele não quebre os dentes. Mas não faça nenhum contato com ele. Você já vai ficar queimado, só por estar tão perto.

Rhage se aproximou por trás, mas batidas na porta interromperam tudo.

A voz de Marissa foi ouvida do outro lado.

– Butch? Wrath? – mais batidas. Mais altas. – Meu senhor? Está acontecendo alguma coisa?

Wrath ergueu a sobrancelha para Butch.

E ele respondeu:

– Deixem-me falar com ela.

Quando Wrath abriu as portas, Marissa entrou às pressas no aposento. Ela olhou para a mão sem luva de V. e o peito nu de Butch e empalideceu.

– O que vão fazer com ele?

Butch se aproximou dela.

– Vamos descobrir se tenho alguma coisa de vampiro dentro de mim.

Ela ficou boquiaberta. E então se virou para Wrath.

– Diga que não. Diga que eles não podem fazer isso. Diga que...

– É uma escolha dele, Marissa.

– Mas isso vai matá-lo.

– Marissa – Butch disse –, vale a pena o risco para descobrirmos coisas sobre mim.

Ela se dirigiu a ele, furiosa, iluminada. Fez-se uma pausa. Em seguida, ela lhe deu um tapa no rosto.

– Isso é por não cuidar de si mesmo – sem esperar, ela lhe deu outro tapa, com eco. – E este é por não me contar o que pretendia fazer.

A dor percorreu seu rosto e latejou no ritmo de seu coração.

– Vocês podem nos dar um minuto? – ele perguntou de modo delicado, sem desviar o olhar do rosto pálido dela.

Quando os Irmãos desapareceram, Butch tentou segurar as mãos de Marissa, mas ela afastou o toque, cruzando os braços.

– Marissa... esta é a única maneira de eu saber.

– Saber o quê?

– Existe uma chance de eu ser quem você precisa que eu seja.

– Quem eu *preciso* que você seja? Eu preciso que você seja quem é! E preciso que você fique vivo!

– Isso não vai me matar.

– Oh, você diz como se já tivesse feito isso antes e pudesse ter certeza. Estou tão aliviada.

– Preciso fazer isso.

– Você não precisa...

– *Marissa* – ele disse. – Quer se colocar no meu lugar, por favor? Pode tentar entender que você me ama, mas precisa estar com outro homem, alimentar-se de outra pessoa, enquanto eu fico de mãos atadas, todos os meses, todos os anos? Quer tentar imaginar como é saber que vai morrer antes de quem ama? Você gostaria de ser coadjuvante em minha vida?

– Então está dizendo que prefere estar morto a estar comigo?

– Eu já disse que não vou...

– Mas o que acontece depois? Acha que não sei ligar os pontos? Se você descobrir que tem ascendência vampírica, está tentando me dizer que não vai tentar fazer algo *bem* idiota?

– Amo você demais...

– Que nada! Se você me amasse, não faria isso a si mesmo. Se me amasse... – a voz de Marissa ficou embargada. – Se me amasse...

Seus olhos ficaram marejados e com um movimento brusco, ela cobriu o rosto com as mãos e tremeu. Seu corpo todo tremeu.

– Minha linda... vai ficar tudo bem – graças a Deus ela permitiu que ele a abraçasse. – Minha linda...

– Estou tão irritada com você agora – ela disse contra o peito dele. – Você é um cara arrogante e orgulhoso que está me magoando.

– Sou um homem que quer cuidar de sua mulher.

– Como eu disse... um maldito idiota. E você prometeu que não ia mais me proteger sem me contar as coisas.

– Sinto muito, mas queria contar quando tudo terminasse. E confio muito em V., de verdade. Não vou bater as botas – ele ergueu o queixo dela e afastou suas lágrimas com os polegares. – Mas não paro de pensar no futuro. Tenho trinta e sete anos e tenho levado a vida bebendo e fumando muito. Posso morrer em dez anos, vai saber?

– E se morrer agora, vou perder essa década. Quero esses anos com você.

– Mas eu quero séculos. Eras. E quero que você pare de se alimentar de... Rehvenge.

Ela fechou os olhos e balançou a cabeça.

– Eu já disse que não existe nada romântico...

– Da sua parte. Mas sabe, honestamente, se ele não quer nada com você? – ela não respondeu e ele disse: – Pois é, foi o que pensei. Não o culpo, mas não gosto disso. Mas... droga, você provavelmente deveria estar com alguém como ele, alguém de sua classe.

– Butch, não me importo mais com a *glymera*. Estou afastada daquela vida, e sabe de uma coisa? É melhor assim. Na verdade, eu deveria agradecer a Havers por me forçar a ser independente. Ele me fez um favor.

– Bem, não quero ofender, mas ainda quero acabar com ele.

Quando Butch a abraçou com mais força, Marissa suspirou.

– O que você vai fazer se houver traços da raça em você?

– Falaremos sobre isso depois.

– Não – ela o afastou. – *Não* tente fazer isso. Quer fazer isso por nós? Então também posso opinar, droga. Vamos falar sobre isso *agora*.

Ele passou a mão pelos cabelos dela e se preparou.

– Eles tentarão realizar a transição.

Ela abriu a boca lentamente.

– Como?

– V. afirma que pode fazer isso.

– *Como?*

– Não sei. Não chegamos a esse ponto.

Marissa olhou para ele por muito tempo, e Butch percebeu que estava pronta para rebater o que ele dissesse. Depois de um instante, ela disse:

– Você quebrou sua promessa quando me manteve alheia a tudo isso.

– Eu... é, eu sei. – colocou a mão no peito. – Mas eu juro, Marissa, eu ia contar assim que soubesse se havia uma chance. Nunca pensei em passar pela transição sem conversar com você antes. Juro.

– Não quero perder você.

– Não quero me perder.

Quando ela olhou para a porta, o silêncio ficou ainda maior na sala, a ponto de Marissa pensar que ele havia se transformado em algo palpável, uma parede fria.

Por fim, disse:

– Se você vai fazer a regressão, quero estar presente.

Butch suspirou.

– Venha cá, preciso abraçá-la por um segundo.

Puxando-a para si, envolveu o corpo dela com o seu. Ela manteve os ombros parados, mas com os braços o envolveu na cintura. Com força.

– Butch?

– Sim?

– Sinto muito pelos tapas.

Ele abaixou a cabeça até o pescoço dela.

– Eu mereci.

Ao beijar a pele de Marissa, respirou profundamente, tentando manter o perfume dela não apenas dentro dos pulmões, mas em seu sangue. Ao se afastar, ele olhou para a veia que percorria o pescoço dela e pensou. *Oh, Deus, permita que eu seja mais do que sou.*

– Vamos acabar com isso – ela disse.

Ele a beijou e chamou Wrath, V. e Rhage de volta.

– Vamos fazer? – Vishous perguntou.

– Sim, vamos.

Butch fechou as portas e então ele e V. voltaram para a lareira.

Quando Rhage movimentou-se por trás e colocou o cinto em posição, Butch olhou para Marissa.

– Tudo bem, minha linda. Eu te amo – em seguida, olhou para Wrath. Como se o rei lesse mentes, ele se aproximou de Marissa e ficou ao seu lado. Pronto para contê-la. Para segurá-la.

V. ficou muito perto, tão perto que os peitos dos dois quase se tocavam. Com cuidado, ele reposicionou a cruz de modo que ela ficasse nas costas de Butch.

– Está preparado, tira?

Butch assentiu, procurando morder o couro da maneira mais confortável possível. Preparou-se quando V. levantou um braço.

Mas quando a mão de seu colega de quarto pousou em seu peito nu, só sentiu o calor normal. Butch franziu a testa. Era aquilo, então? Só aquilo? Assustar Marissa daquele jeito pra nada?

Ele olhou para baixo, irritado.

Oh, mão errada.

– Quero que você relaxe por mim, amigo. – V. disse, movendo a palma da mão lentamente em círculo, bem acima do coração de Butch.

– Respire profundamente algumas vezes. Quanto mais calmo ficar, mais fácil para você.

Que engraçado. Era o que Butch havia dito a Marissa quando...

Sem querer se alterar, ele deixou de pensar naquilo e tentou soltar os ombros. Não conseguiu.

– Vamos apenas respirar juntos por um minuto, tira. Isso. Inspire e expire. Respire comigo. Isso, bom. Temos todo o tempo do mundo.

Butch fechou os olhos e se concentrou na sensação reconfortante em seu peito. O calor. O movimento de rotação.

– Pronto, tira. Isso aí. Está bom, certo? Tranquilo...

O movimento em círculo ficou cada vez mais lento. E a respiração de Butch ficou cada vez mais profunda e tranquila. Seu coração começou a parar entre as batidas, com intervalos mais longos entre uma e outra. E o tempo todo com a voz de V... as palavras tranquilas fazendo com que ele se sentisse seduzido, entrando em sua mente, comandando.

– Certo, Butch. Olha para mim. Quero ver seus olhos.

Butch ergueu as pálpebras pesadas e se esforçou para olhar no rosto de V.

E ficou tenso. A pupila do olho direito de V. estava se expandindo até não haver mais parte branca, apenas preta.

A íris sumiu. Que m...

– Nada, está tudo bem, Butch. Sinta minha mão em seu peito. Isso... agora quero que você se deixe levar por mim. Deixe-se levar. Entre... em... mim...

Butch se concentrou na parte escura e voltou a olhar para a palma que se movia acima de seu coração. Pelo canto do olho, ele viu a mão brilhante subir, mas estava passado demais para prestar atenção. Estava entrando na viagem mais interessante pelo ar, deixando-se levar por Vishous...

Entrando...

Na escuridão...

O Sr. X acordou e levou a mão ao peito, tocando suas feridas. Estava feliz com a rapidez com que cicatrizavam, mas estava longe de recuperar a força normal.

Erguendo a cabeça com cuidado, olhou o que antes era um espaço confortável para uma família. Agora que a Sociedade Redutora ocupava a casa, no entanto, a sala tinha apenas as quatro paredes, um carpete e cortinas simples.

Van entrou vindo da cozinha alegre e vazia e parou de repente.

– Você está acordado. Jesus, pensei que tivesse de cavar uma cova no quintal.

O Sr. X tossiu levemente.

– Traga meu laptop.

Quando Van trouxe o aparelho, o Sr. X se levantou de modo a ficar recostado na parede. Pelo menu de inicialização do Windows XP, ele entrou em Meus Documentos e abriu um arquivo do Word chamado "Anotações operacionais".

Ele rolou a página até o título, onde se lia "Julho" e analisou os registros feitos nove meses antes. Havia um para cada dia, desde quando ele tinha sido um *Redutor Principal* pela primeira vez. Quando ele se importava.

Enquanto pesquisava, escutou Van se aproximar.

– Temos um novo propósito, você e eu – O Sr. X disse de modo distraído.

– É mesmo?

– Aquele ser humano que vimos hoje à noite. Vamos encontrá-lo – X parou nas anotações do décimo sétimo dia do mês, mas elas não mostraram o que ele queria encontrar. – Vamos encontrar aquele humano, e vamos pegá-lo. Encontrá-lo... pegá-lo...

O cara tinha de morrer de modo que a má interpretação que o Sr. X fizera da situação se tornasse um fato e que Ômega nunca soubesse que seu cavalo de Troia humano não tinha sido morto pelos Irmãos.

Mas o assassinato do cara teria de ser realizado por outro *redutor*, no entanto. Depois do problema daquela noite, o Sr. X não correria mais riscos. Não podia correr o perigo de se ferir com seriedade de novo.

Julho... julho... talvez o mês fosse errado, mas ele podia jurar que foi nesse mês em que um tira parecido com aquele humano havia aparecido na Academia de Artes Marciais de Caldwell, antigo quartel-general da Sociedade... sim. Bons registros ajudavam. Assim como o fato de que ele havia exigido ver o distintivo do cara.

O Sr. X começou a falar.

– O nome dele é Brian O'Neal. O número do distintivo da polícia é oito, cinco, dois. O endereço era no conjunto residencial Cornwell, mas tenho certeza de que ele se mudou. Nasceu no Hospital Maternidade de Boston, Massachusetts, filho de um Sr. Edward e de uma Sra. Odell O'Neal – o Sr. X olhou para Van e sorriu levemente. – Quer apostar quanto que os pais deles continuam em Boston?

Capítulo 34

A chuva estava caindo no rosto de Butch. Estaria ele do lado de fora? Tinha de estar.

Cara... provavelmente teve um ataque ou qualquer coisa, porque estava de costas no chão e a cabeça pesava, e apenas abrir os olhos parecia ser um esforço grande demais.

Talvez devesse ter ficado ali esperando. Sim... devia dormir um pouco.

Mas, caramba, aquela chuva era irritante. Batia em suas faces, correndo até o pescoço. Ele levantou um braço para cobrir o rosto.

– Ele está vindo.

De quem era aquela voz grave? De V. ... sim, e V. era... seu colega de casa? Ou algo assim. Ele gostava muito de V.

– Butch? – agora, uma mulher. Uma mulher muito assustada. – Butch, você consegue me escutar?

Oh, ele a conhecia. Ela era... o amor de sua vida... *Marissa*.

Os olhos de Butch se abriram, mas ele não tinha certeza de sua realidade e do que não era real. Até ver o rosto da mulher.

Marissa se inclinou e ele estava deitado em seu colo. Eram as lágrimas dela que caíam em seu rosto. E V. ...

V. estava bem ao lado dela, agachado, com os lábios pressionados em meio à seu cavanhaque.

Butch teve dificuldades para falar, mas havia algo em sua boca. Quando ele se concentrou, tentando falar, Marissa foi ajudá-lo.

– Não, ainda não – V. disse. – Acho que ele ainda vai ter mais.

Mais o quê?

Do nada, Butch escutou passos.

Ergueu a cabeça um pouco e ficou surpreso ao ver que era o único fazendo barulho. Seus sapatos iam de um lado a outro, e ele sentiu os espasmos subindo-lhe pelas pernas. Tentou conter o progresso, mas o problema tomou conta, passando para seu quadril e seu peito, deixando seus braços soltos, fazendo com que as costas batessem no chão.

Controlou a onda da melhor maneira, tentando manter a consciência até quase não conseguir.

Quando voltou, estava tonto.

– Esse não durou muito tempo – Marissa disse, acariciando os cabelos dele. – Butch, consegue me escutar?

Ele assentiu e tentou levantar o braço para ela. Mas então seus pés começaram a se remexer de novo.

Depois de mais três viagens no parque das convulsões, tiraram o cinto de sua boca. Quando tentou falar, percebeu que estava muito embriagado. Seu cérebro mal funcionava, ele estava mal. Mas... espere... não se lembrava de ter bebido uísque.

– Marissa... – ele murmurou, segurando a mão dela. – Não quero ver você bebendo tanto. – ei, espere, não era bem isso que quis dizer. – Ah... não quero que você me veja beber tanto... quero.

Não era isso também. Caramba, ele estava muito confuso.

V. sorriu levemente, mas era o tipo de sorriso falso que os médicos mostravam aos pacientes que estavam prestes a vomitar.

– Ele vai precisar de algo doce. Rhage, você tem um pirulito aí?

Butch olhou para o lado quando um cara loiro e bonito se ajoelhou.

– Eu conheço você – Butch disse. – Ei... cara.

– Ei, meu amigo – Rhage procurou no bolso da blusa e tirou dali um pirulito. Depois de retirar a embalagem, enfiou o doce na boca de Butch.

Butch gemeu. Uau, aquela era a coisa mais gostosa que ele já tinha experimentado em toda a sua vida. Uva. Doce. Aaaah...

– Outra convulsão? – Marissa perguntou.

– Acho que ele está gostando – Rhage disse. – Está bom, tira?

Butch assentiu e quase perdeu o pirulito, por isso Rhage segurou o doce pelo cabo, mantendo-o no lugar.

Cara, eles eram tão bons com ele. Marissa acariciando seus cabelos e segurando sua mão. A palma da mão de V. pesando sobre a perna dele. Rhage cuidando para que o pirulito não caísse...

De repente, o raciocínio e a memória recente voltaram rapidamente, como se seu cérebro estivesse sendo encaixado de novo dentro da cabeça. Ele não estava bêbado. A regressão. A regressão ancestral. A mão de V. em seu peito. A escuridão.

– Qual foi o resultado? – ele perguntou em pânico. – V. ... o que você descobriu? O que foi...

Todos ao redor respiraram fundo e alguém murmurou:

– *Que bom que ele realmente voltou.*

Naquele momento, dois coturnos com ponta de aço se aproximaram da direita. Butch olhou para eles e continuou subindo, observando pernas cobertas por uma calça de couro, e um corpo enorme.

Wrath estava ali.

O rei levou a mão ao rosto e retirou os óculos, mostrando olhos brilhantes e verdes. Como não pareciam ter pupilas, aquele olhar era como ser atingido por luzes ofuscantes.

Wrath abriu um amplo sorriso, com as presas muito brancas.

– Como está... *primo*?

Butch franziu a testa.

– O quê...?

– Você tem um pouco de mim em você, tira – Wrath sorriu ao colocar os óculos de novo. – É claro que eu sempre soube que você era da realeza. Só não sabia que era da parte boa.

– Você... está falando sério?

Wrath assentiu.

– Você é da minha linhagem, Butch. Um dos meus.

Butch sentiu um aperto no peito e se preparou para mais uma convulsão. Assim como todos os outros Rhage tirou o pirulito de sua boca e pegou o cinto. Marissa e V. ficaram tensos.

Mas o que saiu dele foi uma risada. Uma histeria extremamente ridícula, feliz, de doer a barriga.

Butch riu, riu novamente, e beijou a mão de Marissa. E então riu mais um pouco.

Marissa sentiu a satisfação e a animação pelo corpo de Butch enquanto ele se soltava. Mas quando ele sorriu em sua direção, ela não conseguiu sentir a mesma alegria.

Ele deixou de sorrir.

– Linda, vai ficar tudo bem.

Vishous ficou em pé.

– Por que vocês não ficam um pouco a sós?

– Obrigada – ela disse.

Quando os Irmãos partiram, Butch se sentou.

– Esta é nossa chance...

– Se eu pedisse, você não faria a transição?

Ele ficou parado. Como se ela o tivesse estapeado de novo.

– Marissa...

– Sim ou não?

– Por que você não me quer com você?

– Eu quero. E eu escolheria o futuro que temos agora e não os supostos séculos que teremos um dia. Não consegue entender isso?

Ele soltou o ar longamente, deixando a mandíbula mais tensa.

– Cristo, eu amo você.

Certo, então ele claramente não se interessava pela lógica que ela via.

– Butch, se eu pedisse, você continuaria como é?

Ele não respondeu e ela cobriu os olhos, apesar de não ter mais lágrimas para chorar.

– Eu amo você – ele repetiu. – Então, sim, se você me dissesse para não fazer, eu não faria.

Ela abaixou a mão, contendo-se.

– Jure. Aqui e agora.

– Juro pela minha mãe.

– *Obrigada*... – ela o abraçou. – Oh, Deus... obrigada. E podemos resolver a questão da... alimentação. Mary e Rhage resolveram. Eu só... Butch, podemos ter um bom futuro.

Eles ficaram em silêncio por um momento, sentados no chão. Então, de repente, ele disse:

– Eu tenho três irmãos e uma irmã.

– O que disse?

– Nunca contei a você sobre minha família. Tenho três irmãos e uma irmã. Bem, antes eram duas irmãs, mas uma delas faleceu.

– Oh – ela disse, pensando que o tom de voz dele estava muito esquisito.

E a voz grave dele fez com que ela se assustasse ainda mais quando disse:

– Minha mais antiga lembrança é de minha irmã Joyce voltando para casa, vinda do hospital, quando era pequena. Eu queria vê-la, e corri até o berço dela, mas meu pai me afastou para que meu irmão e minha irmã pudessem vê-la. Eu bati na parede e meu pai segurou meu irmão no colo, para que ele pudesse tocá-la. Nunca me esquecerei da voz de meu pai... – o sotaque de Butch mudou, com as vogais carregadas. – "*Esta é sua irmã, Teddy. Você vai amá-la e cuidar dela*". Eu pensei: *mas e eu*? Eu disse *Papai, também quero ajudar*. Ele nem olhou para mim.

Marissa percebeu que estava segurando a mão de Butch com tanta força que devia estar apertando seus ossos, mas ele não parecia se importar. E ela não conseguiu soltar.

– Depois disso – ele continuou –, comecei a observar meu pai e minha mãe, observei como eles são diferentes com os outros filhos. O principal acontecia nas noites de sexta e de sábado. Meu pai gostava de beber, e era a mim que ele procurava quando precisava descontar a raiva – Marissa se assustou, mas Butch balançou a mão como se não desse importância. – Não, está tudo bem. Foi bom. Eu consigo me defender de golpes, isso me ajudou. Por isso, num 4 de Julho... caramba, eu tinha quase doze anos na época... – ele esfregou a mandíbula, sua barba crescendo. – Sim, o 4 de Julho veio e estávamos reunidos como uma família na casa de meu tio. Meu irmão pegou algumas cervejas do refrigerador e ele e os amigos foram para a garagem para beber. Eu me escondi nos arbustos porque queria participar. Você sabe... pensei que meu irmão... – ele pigarreou. – Quando meu pai saiu à procura deles, os outros meninos fugiram e meu irmão quase morreu de medo. Meu pai só riu. Disse a Teddy para não contar à minha mãe. Quando meu pai me viu abaixado entre os arbustos, ele se aproximou, me puxou pela gola da camisa e me bateu com as costas da mão, tão forte que eu cuspi sangue.

Butch sorriu com dificuldade, e Marissa olhou para as pontas tortas dos dentes da frente dele.

– Ele me disse que me agrediu porque eu estava espionando. Jurei que eu estava apenas olhando e que não ia contar a ninguém. Ele me bateu de novo e me chamou de pervertido. Meu irmão... pois é, meu irmão só observou tudo acontecer. Não disse nada. E quando eu passei pela minha mãe com minha boca sangrando e o dente quebrado, ela simplesmente segurou minha irmãzinha Joyce com mais força e desviou o olhar – ele mexeu a cabeça lentamente. – Em casa, fui ao banheiro, me lavei e fui para o quarto onde dormia. Eu não me importava nem um pouco com Deus, mas fiquei de joelhos, uni as mãos e rezei como um bom católico deve rezar. Implorei a Deus para que aquela não fosse a minha família. *Por favor*, não permita que esta seja a minha família. *Por favor*, mostre outro lugar aonde eu possa ir...

Ela teve a sensação de que ele não sabia que havia mudado para o presente. Ou que tinha levado a mão à cruz de ouro de seu pescoço como se sua vida dependesse dela.

Ela esboçou um sorriso.

– Mas Deus, devia saber que eu não acreditava Nele, porque não adiantou eu ter rezado. E então, naquele outono, minha irmã Janie foi assassinada – Marissa respirou fundo e ele apontou para as costas. – É a tatuagem que tenho nas minhas costas. Conto os anos desde que ela se foi. Eu fui o último a vê-la viva, antes de ela entrar no carro com aqueles caras que... a agrediram atrás da nossa escola.

Ela esticou a mão para tocá-lo.

– Butch, estou tão...

– Não, espere eu colocar tudo para fora, tudo bem? Essa porcaria é como um trem, agora que está em movimento, não dá para parar – ele soltou a cruz e passou a mão nos cabelos. – Depois que Janie desapareceu e eles encontraram seu corpo, meu pai nunca mais encostou o dedo em mim. Não chegava perto. Não olhava para mim. Minha mãe ficou louca depois de um tempo e teve de ser internada em um manicômio. Foi mais ou menos nessa época que eu comecei a beber. E corria pelas ruas. Usava drogas. Eu me metia em brigas. A família simplesmente sobreviveu. Mas nunca compreendi a mudança de meu pai, que dizer... por anos ele me bateu, e então... nada.

– Fico muito feliz por ele ter parado de agredir você.

– Não faz diferença para mim. A vontade de ser incluído era tão ruim quanto apanhar. E sem saber o motivo... mas descobri. Na despedida de solteiro de meu irmão mais velho. Eu tinha cerca de vinte anos e tinha mudado de South Boston para cá porque estava começando a trabalhar como tira na polícia daqui. Pois então, voltei para casa para participar da festa. Estávamos na casa de um cara com um monte de *strippers*. Meu pai estava bebendo muita cerveja. Eu estava aspirando carreiras de cocaína e bebendo uísque. A festa estava no fim e eu, fora de controle. Usei muita droga... cara. Eu estava muito drogado aquela noite. E então meu pai estava indo embora... ia pegar carona com alguém, e de repente eu senti necessidade de conversar com o filho da mãe.

– Acabei indo atrás dele na rua, mas ele estava me ignorando. Assim, na frente de todos os outros caras, eu o segurei. Eu estava mais do que irritado. Comecei a atacá-lo, perguntando por que ele tinha sido um pai ruim, falando que eu estava surpreso por ele ter parado de me bater, porque ele gostava muito de fazer aquilo. Continuei, até que meu velho olhou pra mim. Eu fiquei parado. Os olhos dele demonstravam terror. Ele estava totalmente assustado comigo. E então ele disse: *Eu parei de perturbá-lo porque não queria que você matasse outro de meus filhos*. Eu não acreditei no que escutei. Ele começou a chorar e disse *Você sabia que ela era a minha favorita... sabia disso e por isso a colocou dentro do carro com aqueles caras. Você fez isso, sabia o que ia acontecer* – Butch balançou a cabeça. – Cara, todo mundo escutou. Todos os caras. Meu irmão mais velho também... Meu pai pensou que eu tinha deixado minha irmã ser assassinada para me vingar dele.

Marissa tentou abraçá-lo, porém mais uma vez ele a afastou e respirou fundo.

– Não visito mais a minha família. Nunca mais. A última coisa que soube é que meus pais estavam passando um tempo na Flórida todos os anos, mas continuavam morando na casa na qual cresci. O fato de o filho de minha irmã Joyce ter sido batizado, por exemplo. Só soube disso porque o marido de minha irmã telefonou para mim por culpa.

– Então, essa é a minha história, Marissa. Sempre tive um pedaço faltando, por toda a minha vida. Sempre fui diferente das outras pessoas, não apenas em minha família, mas quando eu estava trabalhando aqui na polícia também. Eu nunca me encaixei... até conhecer a Irmandade. Conheci as pessoas de sua espécie e, droga, agora eu sei por quê. Eu era um desconhecido entre os humanos – ele xingou. – Eu queria passar pela transição não apenas por sua causa, mas por mim. Porque eu senti que, assim, poderia ser quem devo ser. Quer dizer, que droga, vivi às margens a vida toda. Eu queria saber como é ser importante.

Rapidamente, ele se levantou do chão.

– Então é por isso que quero... porque eu *queria* fazer isso. Não tinha que ver apenas com você.

Ele foi até uma janela e puxou a cortina azul-clara de veludo. Ao olhar para a noite, o brilho de uma lâmpada iluminou seu rosto, a curva de seus ombros, seu peito. E a cruz dourada em cima de seu coração.

Deus, ele desejou olhando pela janela. Desejou com tanta força, que seus olhos quase brilharam.

Ela pensou nele na noite em que havia se alimentado de Rehvenge. Triste, magoada, paralisada pela biologia.

Butch deu de ombros.

– Mas... você sabe, às vezes não se pode ter o que se quer. Assim, é preciso lidar com isso e seguir adiante – ele olhou para ela. – Como eu disse, se você não quiser que eu faça, não farei.

Capítulo 35

Butch desviou o olhar de Marissa e ficou olhando para a escuridão. Contra a tela negra e densa da noite, ele viu imagens de sua família, uma cena que fez seus olhos arderem. Caramba, nunca havia contado aquela história. Não esperava contar.

Não era uma situação muito bonita tudo aquilo.

E tinha sido outro motivo pelo qual queria passar pela transição. Queria outra coisa da vida, e a transição seria como um nascimento, certo? Um novo começo, no qual ele fosse outra coisa... melhor. E purificado também. Um tipo de batizado de sangue.

E puxa, como queria começar tudo do zero: as coisas com sua família, as coisas que havia feito na fase adulta, aquela história com Ômega e os *redutores*.

Ele fez uma careta, pensando que tinha chegado muito perto.

– Isso... ah, vou contar a Wrath e dizer a eles que não...

– Butch, eu...

Ele a interrompeu aproximando-se da porta e abrindo-a. Ao olhar para o rei e para V., seu peito queimou.

– Desculpem, amigos. Mudança nos planos...

– O que vocês vão fazer com ele? – a voz de Marissa saiu alta e cortante.

Butch olhou para trás. Do outro lado do escritório, ela parecia tão séria quanto ele.

– E então? – ela quis saber. – O que vocês vão fazer com ele?

Wrath fez um movimento para a esquerda.

– Vishous, você cuida dessa.

A resposta de V. foi certeira, direta ao ponto. Péssima.

Inferno, qualquer plano que terminava com "e então rezaremos" não era brincadeira de criança.

– Onde vocês fariam? – ela perguntou.

– No centro de treinamento – V. respondeu. – A Sala de Equipamentos tem uma área à parte para os primeiros socorros e os tratamentos.

Fez-se um longo silêncio, durante o qual Butch olhou fixamente para Marissa. Certamente, ela não podia...

– Certo – ela disse. – Tudo bem. Quando vai ser?

Butch arregalou os olhos.

– Linda...?

Ela olhou fixamente para Vishous.

– Quando?

– Amanhã à noite. Ele terá melhores chances se tiver um pouco de tempo para se recuperar da regressão.

– Amanhã à noite, então – Marissa disse, cruzando os braços.

V. assentiu e então olhou para Butch.

– Imagino que vocês dois vão querer um pouco de privacidade hoje. Ficarei aqui na casa principal, de modo que possam ficar a sós no Buraco.

Butch estava tão surpreso que não conseguiu entender nada.

– Marissa, você...

– Sim, tenho certeza. E estou morrendo de medo – ela passou por ele, em direção à porta. – Agora, quero ir para a casa, se você não se importa.

Ele pegou a camisa e foi atrás dela.

Enquanto caminhavam, ele segurou o cotovelo dela... mas teve a impressão de que ela o guiava.

Quando chegaram ao Buraco, Butch não conseguiu decifrar o humor de Marissa. Ela estava quieta, mas atravessara o quintal como um soldado, com força e concentração.

– Quero beber alguma coisa – ela disse enquanto ele fechava a porta.

– Tudo bem – aquilo, pelo menos, ele conseguia providenciar. Desde que tivessem alguma coisa que não fosse bebida em casa.

Ele entrou na cozinha e abriu o refrigerador. Oh, cara... embalagens de Taco Bell e Arby's com alimentos em decomposição. Sachês de mostarda. Dois litros de leite azedo.

– Não sei bem o que temos. Hum... água...

– Não, quero uma *bebida*.

Ele olhou para a parte das bebidas.

– Certo... temos uísque e vodca.

– Vou tomar vodca.

Enquanto ele servia a ela um pouco de Grey Goose com gelo, observou-a caminhar por ali. Ela conferiu os computadores de V. A mesa de futebol. A TV de plasma.

Ele se aproximou dela. Queria abraçá-la; deu a ela o copo.

Ela o levou à boca, inclinou a cabeça para trás, bebeu um gole longo... e tossiu até ficar com os olhos marejados. Enquanto estava engasgada, ele a levou para o sofá e se sentou ao seu lado.

– Marissa...

– Cale-se.

Certo. Ele uniu as mãos enquanto ela bebia. Depois de ingerir mais um pouco, colocou o copo na mesa de centro fazendo uma careta.

Ela o atacou com muita rapidez, a ponto de Butch não perceber o que estava acontecendo. Num segundo, ele estava olhando para os dedos dela. No outro, estava sendo pressionado no sofá, com ela em cima dele e... oh, meu Deus, a língua dela dentro de sua boca.

Ela se sentia tão bem, mas a situação parecia errada. O desespero, a raiva e o medo não eram música de fundo adequados. Eles acabariam ainda mais distantes se continuassem.

Ele a afastou, apesar de seu membro protestar.

– Marissa...

– Quero fazer sexo.

Ele fechou os olhos. Nossa, ele também queria. A noite toda. Mas não daquela maneira.

Ele suspirou, tentando encontrar as palavras certas... e quando abriu os olhos, ela havia retirado a blusa e estava abrindo o fecho de um sutiã preto que deixou Butch maluco.

Ele apertou a cintura dela com as mãos quando seus seios foram libertados e os mamilos começavam a enrijecer com o ar frio. Ele foi para frente, pronto para beijar o corpo dela, mas parou. Não queria tê-la daquela maneira. O clima estava pesado entre eles.

Ele segurou as mãos dela enquanto tentava abrir sua calça.

– Marissa... não.

– Não diga isso.

Ele se sentou, afastando-a de seu corpo.

– Eu amo você.

– Então não me interrompa.

Ele balançou a cabeça.

– Não vou fazer isso. Não como estamos neste momento.

Ela olhou para ele sem acreditar. Em seguida, livrou-se dele e virou o rosto.

– Marissa...

Ela afastou as mãos dele.

– Não consigo acreditar nisso. Uma noite para nós dois juntos e você diz não.

– Espere... Cristo... deixe-me abraçá-la. Venha aqui, Marissa.

Ela esfregou os olhos. Riu de repente.

– Estou destinada a morrer virgem, é isso? Tudo bem, tecnicamente eu não sou, mas...

– Eu não disse que não vou ficar com você – ela olhou para ele, com lágrimas nos olhos. – É que... não com raiva. Vai estragar tudo. Quero que seja... especial.

E daí se aquilo parecesse coisa de adolescente? Era a verdade.

– Linda, vamos ao meu quarto, para que possamos ficar deitados no escuro – ele lhe entregou sua blusa e ela a colocou sobre os seios nus. – Se não fizermos nada além de olhar para o teto a noite toda, pelo menos estaremos juntos. E se alguma coisa acontecer? Não estaremos irritados e frustrados. Tudo bem?

Ela secou as duas lágrimas que tinham escorrido. Vestiu a blusa. Olhou para a vodca que tinha tentado beber.

Ele ficou em pé e estendeu a mão.

– Venha comigo.

Depois de um momento, ela lhe deu a mão e ele a puxou e a levou para seu quarto. Quando fechou a porta, tudo ficou escuro, então ele acendeu a luminária que estava em cima da cômoda. A lâmpada de baixa potência parecia carvão estalando numa lareira.

– Venha aqui – ele a levou para a cama, deitou-a e se acomodou próximo a ela, de modo que ele ficou de lado e ela deitada de costas.

Quando ele acariciou seus cabelos, ela fechou os olhos e suspirou. Aos poucos, foi ficando menos tensa.

– Você tem razão. Aquilo não teria dado certo.

– Não é porque eu não queira você – enquanto ele a beijava no ombro, ela virou o rosto para a mão dele e deu um beijo.

– Está assustado? – ela perguntou. – A respeito do que vai acontecer amanhã?

– Não – ele só se preocupava com ela. Não queria que ela o visse morrer. Torceu para que isso não ocorresse.

– Butch... a respeito de sua família humana. Você quer que eles saibam se...

– Não, não precisa dizer nada. E não fale assim. Vou ficar bem – *por favor, Deus, não permita que ela me veja morrer.*

– Mas eles não vão se importar? – ele negou com a cabeça e Marissa demonstrou tristeza. – Seus familiares deveriam sofrer por você.

– Outras pessoas sofrerão. A Irmandade – os olhos dela ficaram marejados e ele a beijou. – E chega de falar de sofrimento. Isso não faz parte do plano. Pode esquecer.

– Eu...

– Shh... não vamos falar sobre isso. Você e eu ficaremos aqui.

Ele encostou a cabeça na dela e continuou passando a mão por seus lindos cabelos loiros. Quando a respiração dela se tornou mais profunda e equilibrada, ele se aproximou mais, acomodou-a contra seu peito nu e fechou os olhos.

Deve ter adormecido também, porque acordou um pouco mais tarde. Da melhor maneira possível.

Beijava o pescoço dela e sua mão passava pela lateral de seu corpo, em direção aos seios dela. Havia passado uma das pernas por cima de seu corpo, e sua ereção podia ser sentida contra o quadril dela. Resmungando, afastou-se, mas ela foi atrás dele, mantendo-se grudada nele até ficar meio em cima de seu corpo.

Ela abriu os olhos.

– Oh...

Ele passou as mãos pelo rosto dela e afastou seus cabelos. Seus olhos se encontraram.

Levantando a cabeça do travesseiro, ele a beijou de modo delicado no rosto. Uma vez. Duas vezes. E... de novo.

– Alguma coisa... está acontecendo? – ela perguntou.

– Sim, acho que uma coisa está acontecendo.

Ele a beijou, e entrou em sua boca com a língua, encontrando a dela. Os corpos dos dois começaram a se mover juntos, numa imitação do ato sexual, com o quadril dele indo para frente e para trás, e o dela absorvendo os movimentos, esfregando-se contra ele.

Não houve pressa, porque ele fez tudo lentamente, despindo-a com atenção. Quando ela ficou nua, ele a afastou e analisou seu corpo.

Oh... meu Deus. Toda aquela pele macia. Os seios perfeitos com mamilos enrijecidos. Os segredos. E o rosto era a melhor parte: não demonstrava medo, apenas uma expressão erótica de ansiedade, o que significava que ele iria até o fim. Se houvesse um sinal de dúvida nos olhos dela, ele simplesmente lhe daria prazer e pronto. Mas ela queria a mesma coisa que ele, e ele tinha certeza de que ela não sentiria dor dessa vez.

Butch ficou em pé e tirou os sapatos, um por um. Ela observou com olhos arregalados quando ele segurou a cintura da calça, escorregando os dedos para abrir os botões, depois descer o zíper. A cueca desceu ao chão com a calça e a ereção dele se mostrou. Ele se cobriu com a mão, mantendo o pênis junto à barriga, para não deixá-la inquieta.

Ao se deitar, ela rolou para cima dele.

– Oh, meu Deus – ele sussurrou quando os corpos deles se encontraram.

– Você está tão nu – ela disse contra o ombro dele.

Ele sorriu com o rosto entre os cabelos dela.

– Você também.

Ela passou as mãos pela lateral do corpo dele, e ele sentiu o calor dentro de seu corpo atingir a temperatura máxima, principalmente quando ela passou um dos braços entre os corpos deles e escorregou a mão para baixo. Quando ela chegou à parte inferior da barriga, sua ereção pulsou, mostrando o desespero de ser tocada, acariciada, apertada até explodir.

Mas ele segurou seu pulso e afastou sua mão.

– Marissa, quero que faça algo para mim.

– O quê?

– Quero fazer tudo por você, está bem? Vamos deixar que este momento seja só seu.

Antes que ela pudesse argumentar, ele cobriu os lábios dela com os seus.

Butch a tratava com muito carinho, Marissa pensou. E com muita atenção. Todos os toques eram delicados, todos os beijos eram tranquilos, sem pressa. Mesmo quando sua língua estava em sua boca e sua mão entre suas pernas e ela enlouquecia com as carícias, ele continuava no controle.

Assim, quando ele rolou para cima dela e colocou a coxa entre as dela, Marissa não hesitou. Seu corpo estava pronto para recebê-lo. Sabia disso pela sensação causada pelos dedos dele quando a tocava. Sabia também pela vontade que estava sentindo.

Ao acomodar seu corpo de maneira confortável, a parte gloriosamente rígida de seu corpo fez com que ela sentisse um forte calor. Movimentando-se, ele endireitou os ombros e levou a mão entre o corpo dos dois. A cabeça de seu pênis encontrou a entrada de sua vagina.

Butch se apoiou nos braços fortes e olhou dentro dos olhos de Marissa enquanto se movimentava da forma como ela se lembrava antes. Ela relaxou, tentando ficar mais à vontade, apesar de estar um pouco nervosa.

– Você é tão linda – ele gemeu. – Está bem?

Ela passou as mãos sobre as costelas dele, sentindo todos os ossos embaixo da pele.

– Sim.

Pressão e relaxamento, pressão e relaxamento, um pouco mais fundo a cada vez. Ela fechou os olhos, sentindo o corpo dele em cima dela, dentro dela. Dessa vez, a sensação de invasão, a maneira com que o corpo dela o recebia, foi deliciosa, não assustadora. Por instinto, ela se arqueou e, ao colocar o corpo no mesmo nível que o dele, percebeu que suas pélvis estavam encaixadas.

Ela ergueu a cabeça e olhou para baixo. Ele estava totalmente dentro.

– Como está se sentindo? Tudo bem? – a voz de Butch estava rouca e seus músculos se contraíam sob a pele molhada de suor.

E a ereção pulsava.

Uma sensação boa surgiu dentro dela e a fez gemer.

– Minha Virgem do Fade... faça isso de novo. Sinto você quando faz isso.

– Tenho uma ideia melhor.

Enquanto ele afastava o quadril, ela se segurou nos ombros dele para impedi-lo de se afastar.

– Não, não pare...

Ele se movimentou para frente, invadindo seu corpo, preenchendo-a ainda mais.

Marissa arregalou os olhos e estremeceu, principalmente quando ele mais uma vez se afastou e avançou.

– Isso... – ela disse. – Melhor. Isso é ainda melhor.

Ela o observou enquanto faziam amor, seu peito e braços flexionados, os músculos da barriga enquanto se movimentava.

– Oh... Butch – vê-lo, senti-lo. Ela fechou os olhos de modo que pudesse se concentrar em todos os detalhes.

Caramba, ela não esperava que sexo fosse tão prazeroso. Com os olhos fechados, escutou a respiração dele, o barulho na cama, o roçar dos lençóis enquanto ele se ajeitava.

Com cada movimento, ela ficava mais excitada. Ele também. Em pouco tempo, a pele dele começou a ficar muito quente e começou a respirar em breves intervalos.

– Marissa?

– Sim... – suspirou.

Ela sentiu a mão dele entre seus corpos.

– Goze para mim, linda. Quero sentir.

Ele começou com um toque curto, enquanto continuava com o leve bombear. Até que, ela explodiu num orgasmo, prendendo-o em uma série de contrações.

– Oh... isso – ele disse com a voz rouca. – Me prenda. É disso que eu gosto... *nossa*.

Quando ela finalmente parou, abriu os olho, ele a olhava totalmente surpreso... e com uma certa preocupação.

– Foi tudo bem? – ele perguntou.

– Maravilhoso – o alívio no rosto dele fez com que ela se sentisse aliviada também. E então percebeu algo. – Espere... e você?

Ele engoliu em seco.

– Adoraria ir até o fim dentro de você.

– Então faça isso.

– Não vou demorar muito – ele disse, sem fôlego.

Quando começou a se movimentar de novo, ela ficou parada e apenas absorveu as sensações.

– Linda? – ele perguntou com a voz rouca. – Está tudo bem? Você está tão quieta.

– Quero ver como é com você.

– O paraíso – ele disse dentro de seu ouvido. – Com você, é o paraíso.

Ele se abaixou, o corpo pesado roçando contra o dela. Ela abriu as pernas o máximo que conseguiu, levantando e abaixando a cabeça no travesseiro. Caramba, ele era forte.

Com propriedade, ela passou as mãos pelos ombros dele, e então desceu pelas costas, até o ponto de movimento de entrada e saída. Ela percebeu quando ele se aproximava do orgasmo. O ritmo ficou mais forte, o intervalo entre os avanços mais curto, a velocidade aumentou. O corpo todo dele enrijeceu, indo para frente e para trás, sem parar.

Ele suspirou e raspou a boca no ombro dela, com o suor de sua pele molhando a dela. Ele segurou os cabelos dela em seu punho e ela sentiu uma pontada de dor, mas não se importou. Principalmente porque ele levantou o rosto e fechou os olhos como se estivesse em agonia.

Então, ele parou de respirar. As veias apareceram na lateral de seu pescoço quando ele jogou a cabeça para trás e gemeu. Ali dentro, ela sentiu a ereção dele, sentiu um líquido quente em espasmos que chacoalharam seu corpo todo.

Ele caiu em cima dela, úmido, quente, ofegante. Com os músculos relaxando.

Ela o abraçou com os braços e as pernas, e o manteve dentro dela, abrigando-o.

Ele era muito bonito, ela pensou. Tão bonito... tudo aquilo.

CAPÍTULO 36

Marissa acordou com o som das cortinas sendo abertas e mãos passando por sua barriga, seios e pescoço. Ela estava deitada de lado, com Butch com o peito em suas costas... e seu corpo musculoso em um ritmo erótico.

Sua ereção se mostrava e procurava por ela, em meio a suas nádegas, querendo se posicionar ali. Ela colocou a mão para trás e envolveu seu membro, fazendo com que ficasse mais interessado, e ele entendeu o recado. Sem nada dizer, ele rolou para cima das costas dela, com seu corpo pressionando o rosto dela contra os travesseiros. Ela os tirou do caminho de modo que pudesse respirar enquanto ele abria suas pernas com os joelhos.

Ela gemeu. E isso, evidentemente, fez com que ele despertasse.

Ele se afastou.

– Marissa... eu... não quis...

Quando ele se afastou, ela ficou de joelhos, tentando manter contato com ele.

– Não pare.

Fez-se um momento de pausa.

– Você deve estar dolorida.

– Nem um pouco. Volte aqui. Por favor.

Ele disse com a voz rouca:

– Caramba... eu estava torcendo para que você quisesse fazer tudo de novo. Aceito facilmente, juro.

Deus, era bom escutar aquela voz grave logo cedo.

Ele passou a mão forte pela coluna dela, e seus lábios roçaram a parte superior do quadril, depois a base da coluna e então foram mais para baixo, para a pele de suas nádegas.

– Você está tão linda assim. Quero tê-la assim.

Seus olhos brilharam.

– Consegue?

– Ah sim. Irei mais fundo. Quer tentar?

– Sim...

Ele levantou o quadril e a colocou de quatro, com a cama fazendo barulho enquanto ele posicionava os corpos. Ao se colocar na frente dele, Marissa olhou pelo meio das pernas. Só conseguiu ver as coxas grossas, e seu saco pesado, além de sua ereção. Ela ficou totalmente úmida, como se seu corpo soubesse exatamente o que viria em seguida.

Seu peito pousou sobre as costas dela, e uma de suas mãos posicionou-se ao lado da cabeça de Marissa, pressionada contra o colchão. Ele flexionou o braço e suas veias ficaram mais grossas quando inclinou-se para o lado e colocou a ponta de sua ereção contra a pele macia entre as pernas dela. Com um pouco de provocação, fez movimentos de vaivém do lado de fora e ela sabia que estava procurando por seu sexo enquanto fazia aquilo.

Pela maneira com que começou a tremer, estava gostando muito do que via.

– Marissa... eu quero... – ele interrompeu a si mesmo dizendo algo que ela não compreendeu.

– O quê? – ela se contorceu um pouco para poder olhar os olhos intensos que ele mostrava quando estava envolvido no sexo, mas havia mais alguma coisa neles, uma necessidade pungente que nada tinha a ver com os corpos. Em vez de se explicar, ele afundou a outra mão na cama, encostou nas costas dela e empurrou o quadril para a frente, sem penetrá-la. Surpresa, ela abaixou a cabeça e observou a ereção dele entre suas pernas. A ponta se alongou quase até o umbigo.

Caramba, agora ela sabia por que ele gostava de olhar. Porque... sim, ela também gostava de vê-lo excitado.

– O que você ia dizer? – ela perguntou.

– Linda... – sua respiração estava quente no pescoço dela, a voz grave, intensa em seu ouvido. – Ah, droga, não consigo falar deste jeito.

Ele beijou o ombro dela, mordeu. Quando ela gritou, soltou-se na cama, mas ele a segurou antes que encostasse no colchão, segurando-a com um braço entre os seios.

– Pode falar... – ela disse sem fôlego.

– Eu perguntaria... se conseguisse parar... mas ah, Deus...

Ele se afastou e então a penetrou, indo tão fundo quanto disse que iria, com o desejo fazendo com que ela arqueasse as costas e dissesse o nome dele. Ele começou com aquele ritmo que a deixava maluca, mas ainda assim foi gentil, movendo-se com menos força do que pensava poder.

Ela estava adorando senti-lo, aquela completude, aquele preenchimento e movimento, quando se deu conta de que eles mexeriam em seu corpo dentro de uma hora.

E se aquela fosse a última vez deles?

As lágrimas se acumularam. Molharam seus cílios. Cegaram seus olhos. E quando ele segurou o queixo dela para poder beijá-la, viu que ela queria chorar.

– Não pense nisso – ele disse ao beijá-la. – Fique comigo neste momento. Fique comigo aqui.

Lembrar-se deste momento. Lembrar-se dele aqui...

Ele se afastou, virou-a e os dois ficaram cara a cara, e ele beijava seu rosto enquanto continuava fazendo sexo. Eles chegaram ao ápice ao mesmo tempo, um prazer tão grande que ele deixou a cabeça pender, como se o pescoço não mais tivesse força para sustentá-la.

Depois disso, ele rolou para o lado e a apertou contra o peito. Enquanto ela escutava as batidas de seu peito, torceu para que fosse tão forte quanto parecia.

– O que você ia dizer? – ela sussurrou na escuridão.

– Quer se casar comigo?

Ela levantou a cabeça. Os olhos castanhos dele estavam muito sérios e ela teve a sensação de que ele estava pensando a mesma coisa que ela: por que não tinham se conhecido antes?

Ela respondeu com um suspiro:

– Sim...

Ele a beijou delicadamente.

– Quero que seja das duas maneiras. Do seu jeito e em uma igreja católica. Tudo bem?

Ela tocou a cruz que ele usava.

– Claro que sim.

– Gostaria que houvesse tempo para...

O despertador tocou. Com um movimento repentino, ele o desligou.

– Acho que precisamos levantar – ela disse, movendo-se um pouco.

Ela não foi muito longe. Ele a puxou de volta para a cama, prendendo-a com seu corpo, e escorregou a mão entre suas pernas.

– Butch...

Ele a beijou e então disse:

– Mais uma vez para você. Mais uma vez, Marissa.

Seus dedos talentosos percorreram sua umidade, sua pele e carne derretendo-se para ele enquanto, com a boca, ele envolvia o seio e puxava o mamilo com os lábios. Ele a deixou descontrolada, até ficar corada e ansiosa, arqueando-se para ele, encantada.

Uma pressão forte se acumulou e soltou-se como se fosse uma corrente. Muito amoroso, ele a fez atingir o orgasmo como uma pedra na água, batendo na superfície do prazer e voando de novo, para resvalar e ricochetear mais uma vez.

Durante todo o tempo, ele permaneceu em cima dela, observando-a com olhos castanhos que a acompanhariam pelo resto da vida.

Ele ia morrer naquela noite. Ela sabia disso com total certeza.

John sentou-se no fundo da sala de aula vazia, ocupando o espaço de sempre no canto em sua mesa. O treinamento costumava começar às quatro, mas Zsadist havia enviado um e-mail avisando que a aula começaria três horas mais tarde aquela noite. Não havia problemas. John já tivera a chance de observar Wrath em ação por mais tempo.

Quando o relógio marcava quase sete horas, os outros aprendizes chegaram. Blaylock foi o último. Ele ainda estava se movendo com lentidão, mas já conversava mais facilmente com os caras, como se estivesse se acostumando consigo mesmo. Sentou-se na parte da frente, remexendo as pernas compridas para encaixar-se.

Abruptamente, John percebeu que havia alguém faltando. Onde estava Lash? Meu Deus... e se ele tivesse morrido? Mas não... alguém teria dado essa informação.

Na parte da frente, Blaylock sorriu para um dos aprendizes, depois se inclinou para colocar a mochila no chão.

Ao ficar em pé de novo, ele e John se entreolharam.

John corou e desviou o olhar.

– Ei, John – Blaylock chamou. – Quer vir aqui e se sentar comigo?

A classe toda ficou em silêncio. John olhou para cima.

– A vista é melhor daqui – Blaylock fez um gesto para a lousa.

Fez-se silêncio. E todo mundo parecia estar esperando algo.

Sem saber o que mais fazer, John pegou seus livros, atravessou o corredor e sentou-se em uma cadeira vazia. Ao estacionar, a conversa começou de novo, enquanto mais livros eram colocados nas mesas e papéis eram organizados.

O relógio na parede fez um barulho, com os ponteiros indicando que eram sete em ponto. Como Zsadist ainda não estava ali, todos começaram a conversar mais alto na sala.

John fez círculos em uma página em branco, sentindo-se esquisito com todo o entra-e-sai e tentando entender o que estava acontecendo ali na frente. Talvez fosse uma pegadinha com ele? Caramba, era melhor que tivesse ficado...

– Obrigado – Blaylock disse com a voz baixa. – Por me defender ontem.

Uau... talvez aquilo não fosse uma piada.

John sorrateiramente passou seu caderno adiante para que Blaylock pudesse vê-lo. E então, escreveu *Eu não queria que tivesse sido tão grave*.

– Eu sei. E não vai ter de fazer isso de novo. Afinal, eu posso lidar com ele.

John olhou para seu amigo. *Sem dúvida*, ele escreveu.

Do lado esquerdo, um dos caras começou a cantarolar o tema de *Jornada nas Estrelas*, e só Deus sabia por quê. Outros cochicharam. Alguém deu uma de William Shatner:

– Não sei por que... por que eu tenho de... falar desta maneira, Spock.

No meio do caos, o som de botas pesadas atravessando o corredor chegou à sala. Caramba, era como se tivesse um exército inteiro no corredor. Franzindo a testa, John olhou para cima e viu Wrath passando pela porta para a sala de aula. Então, Butch e Marissa chegaram logo depois. E então Vishous.

Ele queria saber por que todos pareciam tão sérios.

Blaylock pigarreou.

– Então, John, quer fazer alguma coisa comigo e com Qhuinn esta noite? Vamos à minha casa. Beber umas cervejas, nada especial.

John confirmou, e então tentou esconder sua surpresa. Mas, puxa. Era a primeira vez que um deles sugeria que eles se reunissem depois da aula.

Legal, John escreveu quando Zsadist entrou na sala e fechou a porta.

No centro da cidade, na delegacia de Caldwell, Van Dean sorriu ao ver a placa na frente dele, tomando o cuidado de manter a expressão tranquila.

– Sou um velho amigo de Brian O'Neal.

O detetive de homicídios José de la Cruz mediu-o com seus olhos castanhos e alertas.

– Qual é mesmo seu nome?

– Bob. Bobby O'Connor. Eu cresci em South Boston com Brian. Ele se mudou. Eu também mudei. Depois voltei para o leste recentemente e alguém me disse que ele estava trabalhando como policial em Caldwell, por isso acreditei que devia vir aqui. Mas quando telefono para a central, não encontro nenhum Brian O'Neal. Só me disseram que ele não trabalha mais aqui.

– Por que você acha que aparecer aqui pessoalmente pode mudar a resposta?

– Pensei que alguém pudesse me contar o que aconteceu com ele. Eu telefonei para os pais deles. O pai disse que não conversa com Brian há muito tempo, mas a última notícia que teve foi de que seu filho ainda estava trabalhando como policial. Olha, cara, não tenho segundas intenções, não. Só quero algumas respostas.

De la Cruz tomou um gole grande de sua xícara de café puro.

– O'Neal tirou licença administrativa em julho. Não voltou para a polícia.

– Só isso?

– Por que não deixa um número de telefone? Se eu me lembrar de mais alguma coisa, posso telefonar para você.

– Claro – Van disse um número qualquer, que De la Cruz anotou. – Obrigado, e gostaria de receber um telefonema. Ei, você foi parceiro dele, certo?

O outro homem negou.

– Não, não fui.

– Oh, foi isso o que o cara do atendimento disse.

De la Cruz pegou um arquivo de sua mesa repleta de papéis e o abriu.

– Bem, terminamos.

Van sorriu brevemente.

– Com certeza. Mais uma vez, obrigado, detetive.

Ele estava quase saindo quando De la Cruz disse:

– A propósito, você está mentindo.

– Como?

– Se você fosse amigo dele, teria citado o nome Butch. Agora saia daqui e torça para que eu esteja ocupado demais para ir atrás de você.

Droga. Tinha sido pego.

– Nomes mudam, detetive.

– Não esse. Adeus, Bobby O'Connor. Ou quem quer que seja.

Van saiu do escritório, sabendo que tinha muita sorte por não existir lei que prendesse quem apenas fizesse perguntas sobre alguém. Porque com certeza De la Cruz o teria algemado na hora, se pudesse.

Que mentira que aqueles dois não tinham sido parceiros. Van havia lido sobre eles em uma matéria do *Caldwell Courier Journal*. Mas estava óbvio que se De la Cruz soubesse o que havia acontecido com Brian... Butch... ou O'Neal, ele não passaria informações.

Van saiu da delegacia e pegou uma garoa típica do mês de março, e correu até a *minivan*. Graças à sua pesquisa, tinha uma boa ideia do que havia ocorrido a O'Neal nos últimos nove meses. O último endereço do cara tinha sido um apartamento de um quarto em um edifício qualquer a dois quarteirões dali. O gerente do local dissera que quando as correspondências começaram a se acumular e o aluguel não foi pago no prazo certo, eles tinham entrado no apartamento. O local, antes, era repleto de móveis e coisas, mas tinha sido esvaziado, como se estivesse sem moradores há algum tempo. O pouco de comida ali havia apodrecido, e a TV a cabo e o telefone tinham sido cortados por falta de pagamento. Era como se O'Neal tivesse saído normalmente um dia... e nunca mais voltado.

Porque tinha entrado para o mundo dos vampiros.

Devia ser como participar da Sociedade Redutora, Van pensou enquanto ligava a *minivan*. Quando alguém entrava para a sociedade, todos os laços eram desfeitos. E não havia como voltar.

Mas o cara continuava em Caldwell.

E isso significava que, mais cedo ou mais tarde, O'Neal seria encontrado, e Van queria encontrá-lo. Estava na hora de começar a matar e aquele ex-tira seria uma ótima pedida.

Exatamente como o Sr. X havia dito. Encontre o cara. Acabe com ele.

Quando Van chegou a um semáforo vermelho, franziu a testa, pensando que aquela caça poderia incomodá-lo antes. Mas desde que tinha entrado para a Sociedade, ele parecia ter perdido parte de sua... humanidade. E mais coisas acabariam também. Não sentia mais saudade de seu irmão.

Aquilo devia tê-lo incomodado também, certo? Mas não incomodou.

Porque ele conseguia sentir um tipo sombrio de poder crescendo dentro dele, tomando o espaço deixado pela saída de sua alma. A cada dia ficava mais... forte.

Capítulo 37

Butch caminhou pelos colchonetes azuis da academia, tendo como destino uma porta de aço do outro lado, na qual se lia SALA DE EQUIPAMENTOS. Enquanto caminhava, seguindo Wrath e V., ele segurava a mão fria de Marissa. Ele queria animá-la de alguma maneira, mas ela era esperta demais para aquele papo de *tudo-vai-ficar-bem*. A verdade era que ninguém sabia o que iria acontecer, e tentar acalmá-la naquela situação era evidenciar ainda mais o perigo que ele corria.

Ao final dos colchonetes, V. destrancou a porta reforçada e eles entraram em uma selva de equipamentos de ginástica, indo em direção à sala de terapia e primeiros socorros. V. permitiu que eles entrassem e tocou o interruptor, fazendo os tubos fluorescentes acenderem-se.

O lugar parecia uma cena de um episódio de *Plantão Médico*, com paredes de azulejos brancos e armários de aço inoxidável, portas de vidro repletos de frascos e produtos médicos. No canto, havia uma banheira de hidromassagem, uma maca terapêutica e um carrinho com um desfibrilador, mas nada daquilo chamou a atenção. Butch estava mais interessado no centro da sala, onde o espetáculo aconteceria: como se fosse um palco à espera de Shakespeare, havia uma maca com um tipo de luminária *high-tech* acima dela. E embaixo... um ralo no chão.

Ele tentou imaginar a si mesmo naquela maca sob aquelas luzes. E teve a sensação de afogamento.

Quando Wrath fechou a porta, Marissa disse num tom sério:

– Deveríamos estar fazendo isso na clínica de Havers.

V. balançou a cabeça.

– Sem querer ofender, mas eu não levaria Butch para o seu irmão nesse caso. E quanto menos pessoas souberem disso, melhor.

– Ele caminhou até a maca e conferiu se a trava estava acionada.

– Além disso, sou um médico muito bom. Butch, tire as roupas e vamos lá.

Butch tirou a bermuda, e sua pele estava arroxeada pelo frio.

– Podemos mudar um pouco a temperatura dessa geladeira?

– Sim – V. caminhou até o corredor. – Queremos que fique quente aqui para a primeira parte. Depois, vou ligar o ar condicionado no máximo e você vai me adorar.

Butch foi até a maca e subiu. Ao escutar um barulho e sentir o ar quente vindos de cima, ele esticou os braços na direção de Marissa. Depois de fechar os olhos brevemente, ela se aproximou, e Butch se refugiou no calor de seu corpo, abraçando-a com força. Ela chorou em silêncio, e quando ele tentou conversar, Marissa simplesmente balançou a cabeça.

– Você escolheria se unir a alguém hoje?

Todos da sala se viraram.

Uma figura pequena, trajando roupas pretas apareceu. A *Virgem Escriba*.

O coração de Butch acelerou. Ele a havia visto apenas uma vez antes, na cerimônia de união de Wrath e Beth, e estava naquele momento como ela tinha sido antes: uma presença para respeitar e temer, poder encarnado, uma força da natureza.

E então percebeu o que ela havia perguntado.

– Eu, sim, sim... Marissa?

Marissa abaixou os braços como se estivesse prestes a segurar o saiote de um vestido que não estava usando. Depois, ela soltou os braços de modo desajeitado, mas, ainda assim, fez uma reverência graciosa. Mantendo a pose, disse:

– Se não for ofensivo, ficaríamos extremamente honrados se fôssemos unidos por Vossa Santidade.

A Virgem Escriba se aproximou, sua risada tomando a sala. Ao colocar a mão na cabeça baixa de Marissa, ela disse:

– Belos modos, menina. Sua linhagem sempre teve um comportamento perfeito. Agora, levante-se e olhe para mim – Marissa levantou-se e olhou para frente. Ao fazer isso, Butch podia jurar que a Virgem Escriba suspirou levemente. – Linda. Simplesmente linda. Você é muito bonita.

E então a Virgem Escriba olhou para Butch. Apesar de haver um véu preto e opaco cobrindo-lhe o rosto, o impacto de seu olhar fez com que a pele dele ficasse arrepiada. Como se estivesse prestes a ser atingido por um raio.

– Qual é o nome de seu pai, humano?

– Eddie. Edward O'Neal. Mas se a senhora não se importar, gostaria de deixá-lo fora disso, tudo bem?

Todos na sala ficaram tensos e V. sussurrou:

– Vá com calma com os pedidos, tira. *Muita calma*.

– E por que, humano? – a Virgem Escriba perguntou. A palavra *humano* era pronunciada com certo *desprezo*.

Butch deu de ombros.

– Ele não significa coisa alguma para mim.

– Os humanos são sempre tão mal agradecidos com sua linhagem?

– Meu pai e eu não nos damos bem, só isso.

– E, assim, os laços de sangue têm pouca importância para você, é isso?

Não, Butch pensou, olhando para Wrath. Os laços de sangue eram *tudo*.

Butch olhou para a Virgem Escriba.

– Tem ideia de como estou aliviado...

Quando Marissa se assustou, V. se intrometeu e bateu com a mão enluvada na boca de Butch, puxando-o para trás e sussurrando em seu ouvido:

– Quer ser frito como um ovo, cara? Nada de perguntas...

– Solte-o, guerreiro – a Virgem Escriba disse. – Eu quero ouvir o que ele tem a dizer.

V. o soltou.

– Fique esperto.

– Peço desculpas pela pergunta – Butch disse para a figura de roupa preta. – Mas só estou... feliz por saber o que existe em minhas veias. E, sinceramente, se eu morrer hoje, sou grato por finalmente saber o que sou – ele segurou a mão de Marissa. – E quem amo. Se minha vida me trouxe para cá depois de todos aqueles anos perdidos, diria que meu tempo aqui não foi desperdiçado.

Fez-se longo silêncio. E, então, a Virgem Escriba disse:

– Você se arrepende por ter abandonado sua família humana?

– Não. Esta é a minha família. Estão aqui comigo agora e em todos os cantos do complexo. Por que precisaria de qualquer outra coisa? – os resmungos na sala indicavam que ele tinha feito outra pergunta. – Oh... sinto muito...

A Virgem Escriba riu baixo e de modo feminino.

– Você é bastante destemido humano.

– Ou bem estúpido.

Wrath abriu a boca, e Butch esfregou o rosto.

– Me desculpe, estou tentando. De verdade. Sabe como é, estou tentando ser respeitoso.

– Sua mão, humano.

Ele estendeu a ela a mão esquerda, a que estava livre.

– Palma para cima – Wrath disse.

Ele virou a mão.

– Diga-me, humano – falou a Virgem Escriba –, se eu pedisse a você que me oferecesse a mão com que segura essa moça, você a me ofereceria também?

– Sim, eu simplesmente daria a ela o meu "amiguinho" aqui embaixo – quando a Virgem Escriba riu de novo, ele disse: – Sabe, o som de sua risada é agradádel. Gostei.

À esquerda, Vishous levou as mãos à cabeça.

Fez-se um longo silêncio.

Butch respirou profundamente.

– Acho que não posso dizer isso.

A Virgem Escriba levou a mão ao rosto e ergueu o véu.

Jesus... Cristo... Butch apertou a mão de Marissa ao ver o que foi revelado.

– A senhora é um anjo – ele sussurrou.

Lábios perfeitos formaram um sorriso.

– Não. Sou Eu Mesma.

– É linda.

– Eu sei – sua voz voltou a assumir o tom de autoridade. – A palma de sua mão direita, Butch O'Neal, descendente de Wrath, filho de Wrath.

Butch soltou Marissa, voltou a segurá-la com a mão esquerda e esticou a direita. Quando a Virgem Escriba o tocou, ele fez uma careta. Apesar de não ter sentido uma dor insuportável, a força dela era grande. Ela conseguiria reduzi-lo a picadinho se quisesse.

A Virgem Escriba se virou para Marissa.

– Criança, dê-me a sua mão agora.

No instante em que aquela ligação foi feita, uma onda de calor tomou o corpo de Butch. A princípio, pensou se tratar do sistema de aquecimento no quarto, que estava muito alto, mas, então, percebeu que tinha sido um calor por dentro de seu corpo.

– Ah, sim. Essa é uma união muito boa – a Virgem Escriba disse. – E vocês têm minha permissão para ficarem juntos por quanto tempo quiserem – ela soltou as mãos e olhou para Wrath. – A apresentação, para mim, está completa. Se ele viver, vocês podem concluir a cerimônia assim que tiver condições físicas.

O rei baixou a cabeça.

– Que assim seja.

A Virgem Escriba voltou a olhar para Butch.

– Agora, veremos quão forte você é.

– Espere – Butch disse, pensando na *glymera*. – Marissa tem um companheiro agora, certo? Pergunto porque quero saber se, mesmo que eu morra, ela terá tido um companheiro, certo?

– Você está pedindo pra morrer – V. disse baixinho. – Desse jeito, você está pedindo para morrer agora.

A Virgem Escriba pareceu surpresa.

– Eu deveria matá-lo agora.

– Sinto muito, mas isso é *importante*. Eu não quero que ela seja submetida àquela lei do *ehnclausuramento*. Quero que ela seja minha viúva para que não tenha de se preocupar com a possibilidade de outra pessoa cuidar de sua vida.

– Humano, você é *surpreendentemente* arrogante – a Virgem Escriba disse. Mas, então, sorriu. – E totalmente corajoso, certo?

– Minha intenção não é ser rude, eu juro. Só preciso saber que ela será bem cuidada.

– Você usou o corpo dela? Você a teve como um macho faz?

– Sim – Marissa corou e Butch aconchegou-a em seu ombro. – E foi... bem, com amor.

Ao acalmar Marissa, a Virgem Escriba mostrou-se tocada, com a voz quase gentil.

– Então ela pode ser, como você diz, sua viúva, não sendo submetida a nenhuma lei que afeta as fêmeas sem parceiros.

Butch suspirou aliviado e acariciou as costas de Marissa.

– Graças a Deus.

– Sabe de uma coisa, humano? Se aprendesse bons modos, você se daria bem comigo.

– Se eu prometer aprender a ter modos, a senhora me ajuda a sair vivo do que me espera?

A Virgem Escriba jogou a cabeça para trás e riu alto.

– Não, não vou ajudá-lo. Mas desejo que tudo dê certo, humano. Muito certo, na verdade – de repente, ela olhou para Wrath, que sorria e chacoalhava a cabeça. – Não pense que essa falta de etiqueta pode ser adotada por outros que me procuram.

Wrath escondeu o riso.

– Eu tenho plena consciência do que é adequado, assim como meus Irmãos.

– Ótimo – ela voltou a usar o véu, que escondeu o seu rosto sem que ela usasse as mãos. Um pouco antes de seu rosto ser coberto, ela disse:

– Tragam a rainha para esta sala antes de começar.

E, então, a Virgem Escriba desapareceu.

Vishous assoviou e secou a sobrancelha com o braço.

– Butch, cara, você tem *muita* sorte por ela ter gostado de você, sabia?

Wrath abriu seu telefone celular e começou a teclar.

– Droga, pensei que nós íamos perder você antes mesmo de começarmos... Beth? Ei, minha *leelan*, pode vir à academia?

Vishous pegou um carrinho de metal e o empurrou para perto de um armário. Quando ele começou a colocar instrumentos esterelizados em cima, Butch remexeu as pernas e se esticou na maca.

Olhou para Marissa.

– Se as coisas não derem certo, esperarei por você no Fade – ele disse, não porque achava que era o que aconteceria, mas porque queria confortá-la.

Ela se inclinou e o beijou, e manteve o rosto contra o dele até V. pigarrear baixinho. Marissa deu um passo para trás e começou a falar no Antigo Idioma, uma onda de palavras desesperadas, uma oração que mais parecia uma respiração ofegante do que voz.

V. aproximou o carrinho da maca e, então, foi até os pés de Butch. Ele se movimentava segurando algo, mas não mostrava o que era, sempre mantendo o braço oculto. Houve um tilintar metálico e a extremidade da mesa subiu. No calor da sala, Butch sentiu o sangue subir à cabeça.

– Está pronto? – V. perguntou.

Butch olhou para Marissa.

– De repente, parece que isso está acontecendo muito rapidamente.

A porta se abriu e Beth entrou. Ela disse olá e foi até Wrath, que a abraçou e a puxou para si.

Butch olhou para Marissa, cujas orações estavam sendo ditas de modo mais rápido, até se tornarem uma confusão de palavras.

– Eu amo você – ele disse. Então, olhou para V. – Pode começar.

Vishous levantou a mão. Segurava um bisturi e antes que Butch pudesse perceber o movimento, a lâmina cortou um de seus pulsos profundamente. Duas vezes. O sangue vazou, um vermelho-vivo e brilhante, e ele ficou nauseado ao vê-lo escorrer por seu braço.

Outro par de cortes foi feito em seu outro pulso.

– Oh... Jesus – a frequência cardíaca dele aumentou, e o sangue vazou mais depressa.

O medo o invadiu e ele precisou abrir a boca para respirar.

À distância, ouviu vozes, mas não conseguia compreender o que era dito. E a sala começou a escurecer. Conforme a realidade desaparecia, ele fixou os olhos no rosto de Marissa, em seus olhos azuis e no cabelo loiro.

Ele fez o que pôde para controlar o pânico para não assustá-la.

– Está tudo bem – ele disse. – Está tudo bem... tudo bem, estou bem...

Alguém segurou seus tornozelos e ele estremeceu de surpresa... mas era apenas Wrath. E o rei o segurou enquanto V. inclinava a cama ainda mais para que o sangue escorresse mais depressa. Então, Vishous deu a volta e delicadamente tirou os braços de Butch da mesa, deixando-os pendendo para fora. Mais perto do ralo.

– V.? – Butch chamou. – Não saia, ok?

– De jeito nenhum – V. passou a mão nos cabelos de Butch para trás com um gesto tão delicado que não combinava com a atitude de um macho.

De alguma forma, tudo ficou assustador. Com um tipo de instinto de sobrevivência, Butch começou a tentar sair dali. V. se aproximou e o manteve no lugar.

– Calma, tira. Estamos todos bem aqui com você. Relaxe, se conseguir...

O tempo passou. Tempo... *Meu Deus*, o tempo estava passando, certo? As pessoas continuavam falando com ele, mas ele só conseguia escutar a voz de Marissa... apesar de ela estar rezando, não sabia o que estava dizendo.

Ele ergueu a cabeça e olhou para baixo, mas não conseguia mais ver os pulsos para controlar o que...

De repente, começou a tremer sem controle.

– Estou com frio.

V. assentiu.

– Eu sei. Beth, aumente o aquecimento, certo?

Butch olhou para Marissa, sentindo-se impotente.

– Estou ficando com mais... frio.

As orações dela pararam.

– Consegue sentir minha mão em seu braço? – ele assentiu. – Está sentindo como ela está quente? Ótimo... imagine esse calor em seu corpo todo. Estou segurando você... te abraçando. Você está contra meu corpo. Eu estou contra o seu corpo.

Ele sorriu. Gostava daquilo.

Mas, então, seus olhos tentaram se fechar, a imagem dela estremecendo como fosse um filme em uma tela, e o projetor estivesse quebrado.

– Frio... ligue o aquecimento – a pele dele se arrepiou toda. Seu estômago parecia um saco pesado. Seu coração parecia não mais bater em seu peito.

– Frio... – bateu os dentes e ouviu o barulho, mas não conseguiu escutar mais nada depois disso. – Amo... você...

Marissa observou enquanto a poça de sangue vivo e brilhante de Butch ficava maior e maior ao redor do ralo, a ponto de sujar seus pés. Oh, Deus... ele estava sem cor, com a pele pálida. Não parecia estar respirando mais.

V. se aproximou com um estetoscópio e o colocou sobre o peito de Butch.

– Ele está quase lá, agora. Beth, venha aqui. Preciso de você – ele entregou o estetoscópio à rainha. – Escute o coração dele. Quero que me diga quando ficar sem escutar as batidas por dez segundos ou mais – ele apontou para o relógio na parede. – Confira pelo relógio, pelo ponteiro dos segundos. Marissa, venha segurar os tornozelos de seu macho, ok? Wrath vai ficar ocupado.

Ela hesitou e V. balançou a cabeça.

– Precisamos de alguém que o mantenha na mesa e Wrath e eu temos de trabalhar. Você vai continuar com ele, pode conversar com ele.

Ela se inclinou para frente, beijou os lábios de Butch e disse que o amava. Depois, substituiu Wrath, assumindo a tarefa de segurar o corpo pesado de Butch para que ele não caísse da maca.

– Butch? – ela perguntou. – Estou bem aqui, *nallum*. Consegue sentir minha presença? – ela apertou a pele fria de seus tornozelos. – Estou bem aqui.

Continuou conversando com ele de modo calmo, apesar de estar morrendo de medo do que aconteceria em seguida. Principalmente quando Vishous trouxe o carrinho de equipamentos de ressuscitação cardiorrespiratória.

– Está pronto, Wrath? – O Irmão perguntou.

– Onde quer que eu fique?

– Bem aqui, perto do peito dele – Vishous pegou uma embalagem comprida e fina e abriu-a. A agulha que retirou tinha cerca de quinze centímetros de comprimento e parecia grossa como uma caneta. – Como está a frequência cardíaca, Beth?

– Está baixando. Meu Deus, está muito baixa.

– Marissa? Vou pedir a você que fique calada para ela conseguir escutar melhor, tudo bem?

Marissa calou-se e continuou rezando mentalmente.

Nos minutos que se passaram, eles se tornaram uma parede congelada ao redor de Butch, parados. A única coisa em movimento ali era o sangue dele, que jorrava daqueles ferimentos profundos em seus pulsos e que escorria pelo ralo. O barulho que produzia ao fazê-lo fazia com que Marissa sentisse vontade de gritar.

– Ainda está batendo – Beth sussurrou.

Vishous começou a falar, olhando para o corpo de Butch:

– Vai acontecer o seguinte: quando Beth me der o sinal, levantarei a mesa. Enquanto eu trabalho com Wrath, quero que vocês duas fechem os pulsos de Butch. Os segundos são importantes. É preciso que fechem os cortes com rapidez, entenderam?

Ambas assentiram.

– Está mais lento – Beth disse. Seus olhos azuis-escuros focaram o relógio enquanto ela erguia a mão para pressionar uma das pontas do estetoscópio ao ouvido. – Mais lento...

Os segundos, de repente, pareceram durar para sempre, e Marissa entrou em um tipo de trabalho em piloto automático, com seu medo e pânico escondidos atrás de uma concentração que não sabia de onde vinha.

Beth franziu a testa. Ela se inclinou para frente, como se aquilo pudesse ajudar.

– Agora!

V. nivelou a mesa e Marissa procurou um dos pulsos de Butch, enquanto Beth procurava o outro.

Enquanto fechavam os ferimentos, V. enfiou aquela agulha grossa na dobra do braço de Wrath.

– Afastem-se! – V. disse quando retirou a agulha da veia do rei.

Ele trocou a posição da mão, de modo a segurar a seringa com o punho fechado, e se inclinou sobre Butch. Com movimentos rápidos, tocou o ombro com as pontas dos dedos. Em seguida, enfiou a seringa no coração de Butch.

Marissa tombou para trás ao ver aquilo. Alguém a segurou. Wrath.

V. retirou a seringa e a jogou em cima da mesa. Em seguida, ele pegou as placas do equipamento do carrinho e a máquina fez um barulho.

– Para trás! – V. gritou. E encostou as placas de metal no peito de Butch.

Ele deu um pulo e V. colocou os dedos na jugular do macho.

– Para trás! – tentou de novo.

Marissa se encolheu nos braços de Wrath quando V. largou as placas em cima do carrinho, apertou as narinas de Butch, e soprou dentro de sua boca duas vezes. Então, o Irmão começou a fazer compressões no peito dele. Enquanto fazia o procedimento de ressuscitação cardiorrespiratória, ele gemeu, com as presas à amostra como se estivesse nervoso com Butch.

Cuja pele estava ficando acinzentada.

– ... três... quatro... cinco...

Enquanto V. continuava a contar, Marissa se afastou de Wrath.

– Butch? Butch... não nos deixe... fique conosco. Fique comigo.

– ... nove... dez – V. se afastou, soprou dentro da boca de Butch, depois colocou o dedo na garganta do macho.

– Por favor, Butch – ele pediu.

V. pegou o estetoscópio. Moveu o equipamento, à procura.

– Nada. *Droga*.

Capítulo 38

Dois minutos depois, Marissa segurou o ombro de V. quando este interrompeu a ressuscitação cardíaca.

– Você não pode parar!

– Não vou parar. Dê-me o braço – ela obedeceu e Vishous cortou a pele de seu punho. – Coloque na boca dele. *Agora.*

Marissa correu até a cabeça de Butch, separou-lhe os lábios e dentes e posicionou o braço ali, enquanto Vishous voltava a fazer as compressões no peito. Ela segurou a respiração, rezando para que Butch começasse a sugar, esperando que uma parte de seu sangue ajudasse...

Mas não... ele estava morto... *Butch estava morto.* Alguém estava gemendo. Ela. Sim, ela estava fazendo aquele barulho.

Vishous parou e sentiu a pulsação de Butch em seu pescoço. Procurou o estetoscópio. Estava soltando o equipamento quando Marissa pensou ter visto o peito de Butch se mexer. Ou talvez não.

– Butch? – ela perguntou.

– Eu senti uma coisa – Vishous reposicionou o equipamento. – Sim... senti alguma coisa.

As costelas de Butch se expandiram quando ele puxou o ar pelo nariz. Então, mexeu a boca sobre o pulso dela.

Ela reposicionou seu braço de modo que o corte se encaixasse melhor nos lábios dele.

– Butch?

O peito de Butch inflou mais profundamente, com a boca afastando-se da veia dela enquanto puxava ar para os pulmões. Fez uma pausa e voltou a puxar o ar. Mais profundamente...

– Butch? Você consegue...

Butch abriu os olhos. E ela ficou com medo.

O macho a quem ela amava não estava naquele olhar. Não havia nada ali. Apenas uma fome cega.

Com um ronco, ele segurou o braço de Marissa, com tanta força que ela se assustou. Não havia como escapar quando Butch começou a beber em goles ferozes. Remexendo-se na mesa, ele alimentou-se dela, com os olhos arregalados, de maneira animal, enquanto respirava pelo nariz e engolia grandes goles.

Junto com a dor, ela sentiu muito medo e repulsa.

Diga que você continua aí, ela pensou. *Diga que ainda está conosco...*

Logo, Marissa ficou zonza.

– Ele está bebendo demais – Vishous disse, alarmado.

Antes que ela pudesse responder, ficou ciente de um cheiro na sala, um odor sombrio... sim, de macho vinculado. Proveniente de Wrath.

Mas para que ele sentiria a necessidade de estabelecer seu território ali e naquele momento?

Ela fraquejou e os dedos fortes de Vishous seguraram seu braço.

– Marissa, acabou.

Mas Butch estava com fome, voraz.

– Não! Não...

– Deixe-me continuar.

Marissa olhou para Beth... e então se concentrou em Wrath. Em pé ao lado de sua *shellan*, o rosto de Wrath estava sério, seu corpo recolhido como se ele estivesse prestes a lutar com alguma coisa.

– Marissa? Permite que eu o alimente? – Beth perguntou.

Marissa olhou para a rainha. Meu Deus, aquelas palavras, aquelas mesmas palavras que tinham sido ditas em julho... quando o corpo de Wrath esteve no limite da morte e a veia de Marissa tinha sido o que ele precisou.

– Permite, Marissa?

Ela assentiu atordoada e Wrath começou a rosnar, com seus lábios mostrando longas presas brancas e pontudas.

Oh, meu Deus, aquela situação era muito perigosa. Os machos vinculados não compartilhavam. *Nunca.* Na verdade, lutavam até a morte antes de deixarem outro macho chegar perto de suas fêmeas, quando o assunto era alimentação.

Beth olhou para seu *hellren*. Antes de dizer alguma coisa, Wrath disse:

– V., venha aqui e me segure.

Enquanto Vishous se aproximava do rei, desejou que Rhage estivesse com ele.

Droga... era uma ideia ruim. Um vampiro macho de sangue puro prestes a ver sua *shellan* alimentar outra pessoa. Droga, quando a Virgem Escriba sugeriu que Beth participasse, V. havia pensado que seria apenas por motivos cerimoniais, não para que pudesse ser uma veia. Mas ela tinha escolha? Butch acabaria secando Marissa sem ter se saciado, e não havia outra fêmea na casa que pudesse realizar a tarefa: Mary ainda era humana e Bella estava grávida.

Além disso, seria mais fácil lidar com Rhage ou Z.? Para a besta, eles precisariam de uma arma do tamanho de um canhão e Z... bem, droga.

Beth esticou o braço e acariciou o rosto de seu *hellren*.

– Acho que você não deveria ver.

Wrath a segurou pelo pescoço e a beijou com intensidade. Em seguida, aproximou-a dele e cortou a carne de seu braço, expondo a veia.

– Vá até ele. Agora – ele a afastou, e então bateu o corpo contra a parede. – Vishous, é melhor você me segurar bem. Ou a coisa vai ficar feia.

O corpanzil de Wrath tremia, com os músculos tensos, a pele suada. Seus olhos brilhavam com uma luz tão intensa que era possível vê-la totalmente.

V. segurou seu rei e encontrou resistência instantânea. Meus Deus, seria como segurar um touro.

– Por que você... não vai embora? – V. resmungou, enquanto tentava conter o corpo de Wrath.

– Teria de... passar por eles... para chegar à porta. De jeito... nenhum.

V. virou a cabeça e olhou para a mesa.

Caramba, Marissa cairia no chão se não conseguisse se livrar de Butch. E o tira lutaria muito se aquela fonte de sangue saísse de sua boca.

– Beth! – V. gritou enquanto ele e Wrath lutavam. – Aperte as narinas do tira. Aperte-as e segure a testa dele. É a única maneira de fazer com que ele consiga soltá-la.

Quando Beth segurou o nariz de Butch, o tira emitiu um som que em nada lembrava um ser humano, como se ele soubesse o que estava prestes a acontecer. E ele se remexeu na mesa como se estivesse preparado para lutar contra quem queria pegar sua comida.

Oh, meu Deus, por favor, não permita que ele ataque Beth, V. pensou. Wrath estava tão irado, que podia muito bem se libertar e matar o cara. *Por favor...*

As fêmeas lidaram muito bem com a situação. Marissa afastou o pulso e segurou Butch pelos ombros, segurando-o enquanto Beth colocava o pulso em sua boca. Quando começou a beber da nova veia, Butch sugou o sangue como um bebê e gemeu ao sentir o gosto.

O que fez com que Wrath ficasse maluco.

O rei fez um movimento em direção à mesa, e Vishous foi arrastado junto.

– Marissa! – V. segurou o rei de outra maneira, de modo a prendê-lo pela cintura. – Preciso de ajuda aqui!

Ela olhou para Wrath... e ela era boa... caramba, a fêmea era boa.

Sem dúvida, queria estar ao lado de Butch. Mas se lançou contra o corpo de Wrath, que estava prestes a se soltar. O rei foi para trás com o impacto e V. se reposicionou, com a cabeça virada num ângulo ruim, mas seus braços estavam bem onde precisavam estar, um nas costas de Wrath e o segurando pelo pescoço, e outro ao redor de sua cintura. Para garantir, V. passou uma das pernas entre as coxas de Wrath, de modo que se o macho se lançasse para frente, tropeçaria.

Como se tivesse sido combinado, Marissa fez a mesma coisa, envolvendo uma de suas pernas entre as de Wrath e passando um dos braços por seu peito.

Oh... droga. Ela estava sangrando muito no corte de seu pulso.

– Marissa... estique seu braço na minha direção... – V. pediu sem fôlego, com os músculos tremendo. – Marissa...

Aparentemente, ela não o escutou. Estava ocupada demais observando o que estava acontecendo naquela maca.

– *Marissa...* você está sangrando muito. Abaixe seu pulso.

Ela mudou a posição de seu cotovelo e deixou o braço pender, mas não estava preocupada consigo mesma.

E V. levou os lábios à sua pele. Em seguida, ela se assustou e olhou para baixo.

Eles se entreolharam. Os olhos de Marissa estavam arregalados.

– Só quero impedir que você continue sangrando – ele disse com os lábios em seu pulso.

Quando Butch emitiu um som, ela olhou para seu parceiro.

E, de repente, o tempo parou para V. apesar do peso que estava contendo. Ele olhou para o perfil perfeito de Marissa enquanto lambia seu pulso, fechando as feridas, diminuindo a dor, começando o processo de cura. Levado por algo que não sabia como chamar, passou a língua pela pele dela várias vezes, sentindo o gosto de seu sangue e... da boca de Butch.

Vishous repetiu as lambidas mais vezes do que o necessário. E, na última vez, quando sabia que tinha de parar porque já havia passado do limite... quando soube que perderia o controle de Wrath a menos que prestasse atenção... na última lambida, ele olhou para Butch. E pressionou os lábios contra aquela pele, em um beijo.

Teve a sensação mais estranha de todas, como se estivesse dizendo adeus a seu amigo.

Butch acordou em um redemoinho. Uma confusão. Um... liquidificador.

Sentiu um ressoar ao longo de seu corpo, algo que fez com que seus músculos se contraíssem. Ele estava... bebendo alguma coisa. Algo tão bom que deixava seus olhos marejados... algo denso e delicioso em contato com sua língua, um vinho escuro. Ao engolir sem parar, pensou que já havia sentido aquele gosto antes. Não exatamente aquilo, mas...

Seus olhos se entreabriram e ele quase desmaiou.

Droga, ele estava *vivo* e do outro lado e...

Espere, aquela não era Marissa. Havia cabelos pretos em cima de seu rosto.

Ele disse:

– *Marissa*?

Quando escutou a resposta dela, olhou para quem falava. E se assustou.

Meu... Deus. Não era exatamente quem ele esperava ver e não era algo muito adequado para sua nova vida. De jeito nenhum.

Wrath parecia saído de um filme de terror, um vampiro macho, grande, com as presas à mostra, os olhos brilhando. E ele queria atacar Butch.

O bom era que estava sendo contido por Vishous e Marissa. O ruim é que eles pareciam estar prestes a perder o controle.

Butch olhou para Beth, que estava sugando a ferida no próprio pulso para fechá-la.

– Oh... droga – ele havia bebido muito dela, não é? Oh... *droga*.

Deixou a cabeça bater contra a mesa. Wrath iria matá-lo. Com certeza. Quando eles o soltassem, o rei acabaria com ele.

Butch disse um palavrão e mediu a distância para a porta quando Beth chegou até o trio.

– Wrath? – com a voz mais baixa ela disse. – Continuem segurando-o.

Butch se virou para o lado e olhou para Marissa, torcendo para que não morresse naquele momento. E estava impaciente para chegar perto de sua fêmea, mas aquela era uma situação que precisava ser enfrentada com cuidado.

– Wrath? – Beth repetiu.

Os instintos de Wrath estavam tão acesos, que ela precisou conversar com ele por um tempo para que o rei se concentrasse nela e não em Butch.

– Terminou, está bem? – ela tocou o rosto dele. – Acabou, terminou.

Com um gemido de desespero, Wrath pressionou os lábios na palma dela, e então fechou os olhos em agonia.

– Peça a eles... peça a eles que me soltem devagar. E Beth, vou para cima de você. Não consigo... me controlar. Mas será melhor do que matar o outro...

– Sim... muito melhor – Butch concordou.

Beth deu um passo para trás e se preparou.

– Soltem-no.

Foi como soltar um tigre. Marissa saiu do caminho enquanto Wrath derrubava Vishous com tanto força que fez o Irmão bater em um armário.

Em um movimento coordenado, o rei partiu para cima de Beth e a mordeu no pescoço. Quando ela se assustou e deu um passo para trás em êxtase, Wrath deu a volta e olhou para Butch com raiva.

Ficou óbvio que o rei havia bebido o sangue não para se manter, mas para demarcar, e seu odor foi um alerta que tomou conta da sala. Assim que sentiu que havia deixado as coisas bem claras, ele pegou sua *shellan* nos braços e saiu. Não havia dúvidas do lugar para onde ele a levaria: a sala mais próxima com porta, para que ele pudesse penetrá-la.

Butch esticou os braços na direção de Marissa, e ela se aproximou dele com esperança: calor, uma promessa de futuro que valesse a pena ser vivido, uma benção amorosa. Ao se inclinar para ele e abraçá-lo, Butch a beijou com carinho e disse muitas bobagens, deixando as palavras saírem de modo descontrolado e sem pensar.

Quando eles se separaram um pouco para respirar, ele olhou para Vishous. O Irmão estava em pé, de modo desajeitado, ao lado da porta aberta e olhando para o chão, com seu corpo tremendo levemente.

– V.?

V. olhou para cima e piscou rapidamente.

– Ei, cara – quando Butch esticou a mão, Vishous balançou a cabeça. – Fico feliz por ver você de volta, tira.

– Cara, venha aqui. V. ... venha aqui já.

V. enfiou as mãos nos bolsos e lentamente se aproximou da maca. Marissa foi quem uniu os dois, pegando o braço de Vishous de modo que Butch pudesse ver a palma do Irmão.

– Você está bem? – Butch perguntou, apertando.

Por um segundo, o toque foi retribuído. Depois, V. bateu uma de suas botas como se fosse um cavalo e rompeu o contato.

– Sim, estou bem.

– Obrigado.

– De nada.

V. estava tão inquieto, que Butch ficou com pena e mudou de assunto.

– Então, terminou? Só isso?

V. mexeu em seu cavanhaque e conferiu o relógio. Depois, olhou para o corpo de Butch.

– Vamos esperar mais dez minutos.

Certo, tudo bem. Butch passou esse tempo acariciando os braços de Marissa. Ombros. E rosto. E cabelo.

Por fim, V. murmurou:

– Acho que terminou.

Apesar de haver uma decepção curiosa na voz do Irmão, Butch sorriu.

– Bom, não foi tão ruim. Tirando a parte da morte, claro. Aquilo não foi... – ele não terminou a frase e franziu a testa.

– O que foi? – Marissa perguntou.

– Não sei. Eu... – alguma coisa estava acontecendo... algo em seu ventre...

Vishous se aproximou da cama.

– O que foi, tira?

– Eu... – a grande onda de dor tomou conta dele, envolvendo seu corpo, afetando-o de todas as maneiras. Ele se remexeu, a visão turvando-se e depois voltando ao normal. – Oh, droga. *Estou morrendo...*

Vishous apareceu na frente dele. E o cara estava sorrindo... um sorriso enorme.

– Isso é a transição, meu amigo. Agora... agora você está na transição.

– O que... – ele não terminou a frase. Só conseguiu sentir dor e se fechou dentro de si mesmo, sofrendo aquela tortura. Quando a dor ficou ainda maior, ele torceu para desmaiar. Mas não teve sorte.

Depois de cento e cinquenta anos-luz de sofrimento, a mudança começou: os ossos de suas coxas foram os primeiros a aumentar e ele gemeu, mas não teve tempo de prestar atenção àquela parte, porque logo foram seus braços. Em seguida, os ombros. A coluna... as pernas... os mãos... os pés... seu crânio e sua mandíbula doeram. Ele rolou... cuspiu dois dentes...

Ao longo do furacão da transição, Marissa estava com ele, falando com ele. Butch se manteve preso à voz e à imagem dela em sua mente, a única coisa certa em seu mundo de sofrimento.

Capítulo 39

Do outro lado da cidade, em uma casa muito bonita e distante, John terminou de beber a primeira cerveja. E bebeu a segunda. E a terceira. Ficou surpreso por conseguir aguentar todas, mas elas desceram bem e continuaram assim.

Blaylock e Qhuinn estavam no chão na frente da cama, vidrados em uma TV de tela de plasma, jogando *Counter Strike*, aquele jogo legal que estava em todas as partes. Mas, por sorte de principiante, John havia derrotado os dois, de modo que eles disputavam o segundo lugar.

Quando John estava confortável no edredom de Blaylock, levou a garrafa de cerveja Corona à boca, percebeu que ela estava vazia, e olhou para o relógio. Fritz o buscaria dentro de cerca de vinte minutos e isso poderia ser um problema. Ele estava de porre. Bêbado.

Aquilo era bem legal.

Blaylock riu e deitou no chão.

– Não acredito que você me venceu, imbecil.

Qhuinn pegou a cerveja e encostou a garrafa na perna de Blay.

– Sinto muito, grandalhão, mas você é ruim.

John apoiou a cabeça na mão, aproveitando a sensação de estar agradavelmente sem controle e meio mole. Estava irritado havia tanto tempo, que não conseguia se lembrar de como era se sentir relaxado.

Blay olhou para ele sorrindo.

– Claro, fortão, mas o caladão ali é o cara. Eu detesto você, sabia?

John sorriu e caiu em cima do rapaz. Com os dois no chão e rindo, um BlackBerry tocou.

Qhuinn atendeu. Escutou o que diziam a ele. Desligou.

– Caramba... o Lash não vai voltar pras aulas por enquanto. Parece que você... – ele olhou para John – assustou o cara pra valer.

– Cara, aquele lá sempre foi um idiota – Blay disse.

– É verdade.

Eles ficaram em silêncio por um tempo apenas ouvindo "Nasty", de Too Short.[1] Depois, Qhuinn ficou sério.

Seus olhos, um azul e outro verde, se estreitaram.

– Pois é, Blay... então, como foi?

Blay olhou rapidamente para o teto.

– Perder no *Counter* para você? Foi de matar, obrigado por perguntar.

– Você sabe que não estou perguntando isso.

Com um palavrão, Blay se aproximou de um pequeno refrigerador, pegou outra cerveja e abriu-a. O cara já tinha tomado sete e parecia bem sóbrio. Sim, também tinha comido quatro Big Macs, duas porções grandes de batata frita, um milkshake de chocolate e duas tortas de maçã. Além de tudo isso, um saco de Ruffles.

– Blay? Vamos lá... o que aconteceu?

Blay virou a garrafa e tomou um gole grande.

– Nada.

– Ah, vá se ferrar.

– *Certo*, vamos lá – Blay tomou mais um gole. – Eu... ah, eu queria morrer, tá? Estava convencido de que morreria. E, então, eu... você sabe... – ele pigarreou. – Eu... ah, peguei a veia dela. E ficou pior depois. Muito pior.

– De quem era a veia?

– De Jasim.

– Uau. Ela é gostosa.

– Tanto faz – Blay se inclinou para o lado, pegou uma blusa de moletom e colocou sobre o quadril. Como se tivesse algo de valor para cobrir ali.

---

[1] Todd Anthony Shaw, conhecido como Too $hort, é um famoso *rapper* americano.

Qhuinn acompanhou o movimento. E John também.

– Você a pegou, Blay?

– Não! Pode acreditar, quando a transição acontece, você nem *pensa* em sexo.

– Mas eu soube depois...

– Não, não fiz com ela.

– Certo, legal – mas estava na cara que Qhuinn considerava o amigo um maluco. – Mas e a transição? Como foi?

– Eu... quase morri e voltei – Blay continuava bebendo. – E só.

Qhuinn abriu as mãos pequenas, e então cerrou os punhos.

– Você se sente diferente?

– Sim.

– Como?

– Droga, Qhuinn.

– O que você tem para esconder? Vamos todos passar por isso. Sei lá... droga, John, a gente quer saber, certo?

John olhou para Blay e assentiu, esperando que os dois continuassem a conversar.

No silêncio que se seguiu, Blaylock esticou as pernas. Pela calça *jeans* nova que vestia, foi possível ver seus músculos definidos e relaxados.

– Como se sente agora? – Qhuinn quis saber.

– Normal. Apenas... sei lá, muito mais forte.

– Legaaaaal – Qhuinn riu. – Mal posso esperar.

Blaylock olhou para ele.

– Não deve ficar ansioso por isso. Pode acreditar.

– Qhuinn balançou a cabeça.

– Você está bem enganado em relação a isso – fez uma pausa. – Você fica muito excitado agora?

Blay ficou pálido:

– *O quê?*

– Ah, diga, você já devia saber que eu ia perguntar. E aí? Sim ou não? – fez-se um longo silêncio. – Oi? Blay? Responda. Fica ou não?

Blaylock passou a mão no rosto.

– Hum... sim.

– Com frequência?

– Sim.

– Você se sacia, certo? Sei lá... precisa. E aí, como é?

– Você ficou maluco, cara? Não vou...

– Só nos conte uma vez. Não vamos perguntar de novo. Juro. Certo, John?

John assentiu lentamente, ciente de que estava ansioso. Ele havia tido sonhos, sonhos eróticos, mas não eram a realidade. E nem era melhor do que ouvir a realidade em primeira mão.

Infelizmente, Blaylock não queria responder.

– Caramba, Blay... como é? *Por favor*. Tenho esperado pelo que você passou desde sempre. Não posso perguntar a mais ninguém... você acha que vou perguntar isso para o meu pai? Vai falando. Como é gozar?

Blay retirou o rótulo de sua cerveja.

– Forte. É assim. É simplesmente... uma onda forte que aumenta e então... você explode.

Qhuinn fechou os olhos.

– Cara, eu quero isso. Quero ser macho.

Caramba. Aquilo era exatamente o que John desejava.

Blay tomou sua Corona e depois limpou a boca.

– É claro que agora... agora eu quero fazer isso com alguém.

Qhuinn sorriu levemente.

– E a Jasim?

– Não. Não é meu tipo. E terminamos o papo. Chega.

John olhou para o relógio, e então se sentou na beira da cama. Rapidamente, escreveu em seu bloquinho e o mostrou. Blay e Qhuinn assentiram.

– Beleza – Blay disse.

– Quer encontrar a gente amanhã à noite? – Qhuinn perguntou.

John assentiu e ficou em pé... mas, bambeou e teve de se segurar no colchão.

Qhuinn riu.

– Olhe só você, cara. Está bêbado.

John apenas deu de ombros e concentrou-se em sair dali. Ao abrir a porta, Blay disse:

– Ei, J.

John olhou para trás e ergueu uma sobrancelha.

– Onde podemos aprender a língua dos sinais?

Qhuinn assentiu e abriu outra cerveja.

– Isso. Onde?

John hesitou e então escreveu no bloco: *Na Internet. Procurem por Língua de Sinais Americana.*

– Beleza. E você pode nos ajudar, certo?

John assentiu.

Os dois voltaram para a TV e começaram outro jogo. Quando John fechou a porta, escutou os dois rindo e começou a sorrir. Mas sentiu uma tristeza em seguida.

Tohr e Wellsie estavam mortos, ele pensou. Ele não podia... estar curtindo a vida. Um homem de verdade não se esqueceria de seu objetivo, de seus inimigos... apenas para aproveitar a companhia dos amigos.

John atravessou o corredor, esticando um braço para se equilibrar.

O problema era que... era gostoso fazer parte de um grupo. Ele sempre quisera ter amigos. Não muitos. Mas poucas e fortes... amizades.

Daquelas nas quais se podia confiar até a morte. Como Irmãos.

Marissa não compreendeu como Butch sobreviveu ao que aconteceu ao seu corpo. Simplesmente parecia impossível, mas era, evidentemente, pelo que os machos passavam, principalmente os guerreiros. E como era da linhagem de Wrath, ele tinha aquele sangue dentro dele.

Quando tudo terminou, horas depois, Butch permaneceu deitado, na sala agora fria, apenas respirando. Sua pele estava suada, como se ele tivesse competido em uma dúzia de maratonas. Suas pernas estavam para fora da maca. Seus ombros tinham quase o dobro do tamanho, e a cueca boxer estava apertada nas coxas.

Mas o rosto dele a deixava consolada. Era o mesmo de antes, proporcional ao novo corpo, mas o mesmo. E quando ele abriu os olhos, estavam castanhos, aqueles olhos que ela conhecia tão bem, com o espírito dele em seu interior.

Butch estava grogue demais para falar, mas tremia, por isso ela trouxe um cobertor e o cobriu. Ao suave contato, fez uma careta, como se sua pele fosse sensível demais, mas, então, disse *eu te amo* e adormeceu.

De repente, ela se sentiu cansada como nunca.

Vishous terminou de limpar o sangue do chão com um spray e disse:

– Vamos comer.

– Não quero deixá-lo.

– Eu sei. Pedi a Fritz que trouxesse algo para nós e ele deixou do lado de fora.

Marissa seguiu o Irmão até a Sala de Equipamentos e eles se sentaram em um banco duplo perto da parede. Comeram o pequeno lanche trazido por Fritz em meio a estantes de equipamentos, espadas e armas. Os sanduíches estavam gostosos, assim como o suco de maçã e os biscoitos de aveia. Depois de um tempo, Vishous acendeu outra cigarrilha e se recostou.

– Ele vai ficar bem, você sabe.

– Não sei como ele passou por isso.

– A minha foi assim.

Ela parou de comer seu segundo sanduíche de atum.

– Sério?

– Pior, na verdade. Eu era menor do que ele quando aconteceu.

– Mas ele continua o mesmo por dentro, certo?

– Sim, ainda é seu garoto.

Quando terminou o sanduíche, ela colocou as duas pernas no banco e se recostou na parede.

– Obrigada.

– Pelo quê?

– Por ter fechado meu ferimento – ela mostrou o pulso.

Ele desviou o olhar de diamante.

– Sem problemas.

No silêncio, ela começou a sentir sono, mas logo se forçou a acordar.

– Não, fique à vontade – Vishous disse. – Vou ficar de olho e, assim que ele acordar, eu aviso. Vá... deite-se.

Ela se espreguiçou e então se encolheu de lado. Não esperava dormir, mas fechou os olhos mesmo assim.

– Levante a cabeça – Vishous disse. Ela obedeceu, e ele enfiou uma toalha enrolada embaixo de sua cabeça. – Assim fica melhor para o seu pescoço.

– Você é muito gentil.

– Está brincando? O tira acabaria comigo se eu a deixasse numa situação desconfortável.

Ela podia jurar que Vishous passou a mão por seus cabelos, mas pensou ser coisa de sua cabeça.

– Mas, e você? – ela perguntou delicadamente quando ele se sentou no outro banco. Caramba, ele devia estar tão cansado quanto ela.

Ele sorriu.

– Não se preocupe comigo, fêmea. Apenas durma.

Surpreendentemente, ela dormiu.

V. observou Marissa dormir de exaustão. Em seguida, inclinou a cabeça e olhou dentro da sala de primeiros socorros.

Pelo ângulo em que estava, conseguiu ver a sola dos pés muito maiores do tira. Caramba... Butch era mesmo um deles agora.

Um guerreiro macho com presas fortes, que parecia ter dois metros ou mais. A linhagem de Wrath definitivamente corria no sangue daquele cara... e V. tentou imaginar se eles conseguiriam descobrir a razão.

A porta da Sala de Equipamentos se abriu e Z. entrou, com Phury bem atrás dele.

– O que houve? – os dois perguntaram em uníssono.

– Shh – V. fez um gesto para mostrar Marissa. Depois, em voz baixa, ele disse:

– Vejam com seus próprios olhos. Ele está ali dentro.

Os dois foram até a porta.

– Caramba... – Phury disse.

– É bem grande – Z. disse baixinho. E, então, respirou fundo. – Sinto o odor de marcação de Wrath em todas as partes... ou estou imaginando?

V. ficou em pé.

– Venham aqui para a academia, não quero acordar nenhum deles.

Os três caminharam sobre os colchonetes azuis e V. fechou a porta.

– Onde está Wrath? – Phury perguntou quando eles se sentaram. – Pensei que ele estivesse aqui para testemunhar tudo.

– Ele está ocupado. – Sem dúvida.

V. olhou para a porta.

– Aquele tira é grande, V. Aquele tira é *bem* grande.

– Eu sei – V. ficou deitado de costas e inspirou profundamente. Ao soltar o ar, não olhou para seus Irmãos.

– V., ele é grande *de verdade*.

– Nem me fale. É cedo demais para saber como ele será.

Z. passou a mão na cabeça raspada.

– Só estou dizendo. Ele é...

– Eu sei.

– E tem sangue de Wrath dentro dele.

– *Eu sei*. Mas olhe, é cedo demais, Z. É cedo demais. Além disso, a mãe dele não é uma *Escolhida*.

Z. parecia irritado.

– Que regra mais idiota, se quer saber.

Capítulo 40

Butch acordou na maca enquanto respirava profundamente pelo nariz. Estava... sentindo o cheiro de alguma coisa. Algo que o agradava muito. Algo que fazia com que se sentisse forte. *Minha*, dizia uma voz em sua cabeça.

Tentou afastar aquela palavra, mas a voz apenas gritava mais alto. A cada respiração, o som se repetia em sua mente até parecer a batida de seu coração: involuntário. A fonte de sua vida. A essência de sua alma.

Gemendo, ele se sentou na mesa, mas perdeu o equilíbrio e quase caiu no chão. Ao se segurar, olhou para seus braços. O que... não, aquilo estava errado. Aqueles não eram seus braços... ou... caramba, nem suas pernas. Suas coxas estavam *enormes*.

Este não sou eu, ele pensou.

Minha, escutou a voz de novo.

Ele olhou ao redor. Meu Deus, enxergava tudo no quarto da clínica com mais clareza, como se seus olhos fossem janelas que tinham sido limpas. E seus ouvidos... ele olhou para as luzes fluorescentes. Conseguia escutar a eletricidade passando pelos cabos.

Minha.

Ele inspirou de novo. Marissa. Aquele odor era de Marissa. Ela estava por perto...

Ele abriu a boca sem querer, e emitiu um ronronar profundo e rítmico que terminou em um rosnado: *Minha*.

Seu coração bateu com força ao perceber que a torre de controle de sua mente tinha sido totalmente tomada. Não conseguindo mais ser lógico, ele estava sendo comandado por um instinto possessivo que fez aquilo que havia sentido por Marissa antes parecer algo passageiro.

Minha!

Ele olhou para seu quadril e viu o que estava surgindo em sua roupa íntima pequena demais. Seu pênis havia crescido juntamente com o restante de seu corpo, e estava saindo pelo tecido. O membro pulou quando ele olhou para baixo, como se quisesse atenção.

Oh... Deus. Seu corpo queria acasalar. Com Marissa. *Naquele instante.*

Como se tivesse chamado o nome dela, Marissa apareceu na porta.

– Butch?

Sem esperar, ele se tornou um torpedo, lançando o corpo na direção dela, do outro lado da sala. Ele a deitou no chão e a beijou com força, subindo nela enquanto segurava a parte da frente de sua blusa e descia o zíper da calça. Rosnando, ele arrancou a calça dela por suas pernas macias, separou suas coxas e enfiou o rosto no meio delas.

Como se fosse outra pessoa, ele assistiu a si mesmo agindo, vendo suas mãos abrir a blusa dela, pegando seus seios enquanto a lambia. Logo ele partiu para frente, mostrando as presas que de algum modo sabia usar, mordendo a parte da frente de seu sutiã. Tentou parar, mas estava dominado por um tipo de força gravitacional, e Marissa... ela era o corpo que tanto o atraía.

No meio daquele turbilhão, ele gemeu:

– Sinto muito... oh, Deus... *não consigo parar...*

Ela colocou as mãos no rosto dele... e o controlou totalmente. Foi inevitável e ele não entendeu como ela fez aquilo, mas... o corpo dele parou de repente. E isso fez com que percebesse que ela tinha total controle sobre ele. Se ela dissesse não, ele pararia. Na hora. Pronto.

Mas ela não estava controlando. Seus olhos brilharam de modo erótico.

– Pode me dominar. Faça com que eu seja sua fêmea.

Ela virou o quadril para ele e Butch voltou a ficar excitado. Ele arrancou a cintura de sua boxer e a penetrou. Foi tão fundo, e a esticou tanto, que ele sentiu que ela recebia cada centímetro de seu corpo.

Ela gemeu e cravou as unhas no traseiro dele, e ele começou a ir mais depressa. E enquanto faziam sexo, ele sentiu as duas partes dele se unindo. Enquanto agia de modo selvagem, a voz que ele conhecia como sendo sua e aquela nova que falava em sua mente se tornaram uma só.

Ele olhou no rosto dela enquanto gozava, e as ejaculações que saiam eram diferentes de antes. Mais fortes, intensas, e duravam muito mais, como se ele tivesse uma série infinita daquilo com que a preenchia. E ela estava adorando aquilo, jogando a cabeça para trás de tanto prazer, as pernas ao redor da cintura dele, com seu centro aceitando tudo o que ele lhe dava.

Quando terminou, Butch deitou-se, ofegante, suado, zonzo. Foi naquele momento que ele percebeu que os dois se encaixavam de uma maneira diferente: ele estava mais alto, seu quadril precisava de mais espaço entre as pernas dela e suas mãos estavam maiores perto de seu rosto.

Ela beijou o ombro dele. Lambeu sua pele.

– Hum... e você tem um cheiro muito bom também.

Sim, era verdade. O cheiro forte e apimentado que exalou dele antes era agora um odor vibrante na sala. E a marcação estava impregnada por toda a pele e cabelos de Marissa... e dentro dela também.

E aquilo era *certo*. Ela era *sua*.

Butch saiu de cima dela.

– Linda... não sei ao certo por que tive de fazer isso – bem, ele não entendia totalmente. Mas uma parte dele queria fazer tudo de novo.

– Estou feliz que tenha feito. – Seu sorriso foi radiante. Tão brilhante quanto o sol do meio-dia.

E ver aquele sorriso fez com que Butch percebesse, com satisfação, que ele também era seu homem: era uma relação de reciprocidade. Eles pertenciam um ao outro.

– Amo você, linda.

Ela repetiu as palavras, mas parou de sorrir.

– Fiquei com medo de você morrer.

– Mas não morri. Terminou e eu estou do outro lado. Estou com você do outro lado.

– Não posso passar por aquilo de novo.

– Não vai precisar.

Ela relaxou um pouco e acariciou o rosto dele. E então franziu a testa.

– Está um pouco frio aqui, não acha?

– Você deve se vestir e voltar para a casa principal. – Ele esticou o braço para baixar a camisa dela... e olhou para seus seios com mamilos perfeitos e rosados.

Ele ficou excitado de novo. Pronto para recomeçar. Desesperado para atingir o ápice de novo.

Aquele sorriso dela reapareceu.

– Volte aqui, *nallum*. Deixe meu corpo acalmar o seu.

Ela não teve de pedir duas vezes.

Do lado de fora da Sala de Equipamentos, V., Phury e Zsadist pararam de falar e escutaram. A julgar pelos sons abafados, Butch estava em pé, acordado e... ocupado. Enquanto os Irmãos riam, V. fechou a porta, pensando que estava muito feliz pelo casal ali dentro. Muito... feliz.

Ele e os gêmeos continuaram a falar bobagens, com V. fumando de vez em quando e bebendo água em uma garrafa. Uma hora depois, a porta foi aberta e Marissa e Butch apareceram. Marissa estava usando um quimono de artes marciais, Butch usava uma toalha ao redor do quadril e o cheiro de acasalamento tomava conta dos dois. Ambos estavam muito bem e pareciam muito, muito saciados.

– Hum... ei, pessoal – o tira disse corando. Ele parecia bem, mas se movimentava com dificuldade. Na verdade, estava usando sua fêmea como bengala.

V. sorriu.

– Você me parece mais alto.

– É. Eu... ah, não estou conseguindo andar por aí muito bem. Isso é normal?

Phury assentiu.

– Claro que sim. Demorei muito tempo para me acostumar com o corpo novo. Você terá um pouco de controle sobre ele daqui a alguns dias, mas vai ser meio esquisito por um tempo.

Quando o casal deu um passo para frente, parecia que Marissa estava tendo dificuldades em sustentar o corpo de seu macho e Butch parecia meio mole, como se estivesse tentando se escorar nela para conseguir ficar em pé.

V. levantou-se.

– Quer ajuda para voltar ao Buraco?

Butch assentiu.

– Isso seria ótimo. Estou quase derrubando Marissa.

V. se aproximou de Butch e colocou o tira em pé.

– Para casa, tira?

– Sim, por favor. Seria ótimo tomar um banho.

Butch segurou a mão de Marissa e os três seguiram quietos ao Buraco.

O trajeto pelo túnel foi feito em silêncio quase total, exceto pelos pés trôpegos de Butch. E conforme caminhavam, V. se lembrou de quando havia passado pela transição, e quando acordou com tatuagens de alerta em todo o rosto, mãos e partes íntimas. Pelo menos Butch estava seguro e tinha pessoas para protegê-lo enquanto reunia forças.

V. havia sido levado para fora e deixado para morrer no meio de uma floresta além de um acampamento de guerreiros.

Butch também tinha outra vantagem: uma fêmea de valor que o amava. Marissa brilhava ao lado dele e V. tentou não olhar muito para ela... mas não conseguia se controlar. Era tão calorosa a maneira com que ela olhava para Butch. Tão calorosa.

V. tentou imaginar como seria sentir aquilo.

Quando entraram no Buraco, Butch suspirou. Claramente estava sem energia, suando sem parar enquanto tentava se manter em pé.

– Quer ir para cama? – V. perguntou.

– Não... banho. Preciso de um banho.

– Está com fome? – Marissa perguntou.

– Sim... meu Deus, sim. Eu quero... bacon. Bacon e...

– Chocolate – V. disse enquanto levava o tira para o quarto.

– Oh... chocolate. Caramba, eu seria capaz de matar para ter tudo isso. – Butch franziu a testa. – Mas não gosto de chocolate.

– Agora gosta. – V. abriu a porta do banheiro e Marissa entrou no box e abriu o chuveiro.

– Mais alguma coisa? – ela perguntou.

– Panquecas. E waffles com mel e manteiga. E ovos...

V. olhou para a fêmea.

– Simplesmente traga alguma coisa comestível. Ele comeria até seus próprios sapatos a essa altura.

– ...e sorvete e peru recheado...

Marissa beijou Butch na boca.

– Volto já...

Butch a segurou pela cabeça e a pressionou contra seus lábios gemendo. Quando o odor surgiu de novo, ele a encostou na parede e a prendeu com seu corpo, passando as mãos por seu corpo e empurrando o quadril para frente.

Ah, sim, V. pensou. *O macho após a transição*. Durante um tempo, Butch estaria soltando faíscas a cada quinze minutos.

Marissa riu, totalmente maravilhada com seu macho.

– Depois. Primeiro a comida.

Butch se controlou imediatamente, como se ela tivesse ordenado que se comportasse e ele a obedeceu para ser bonzinho. Quando ela saiu, o tira acompanhou seus movimentos com olhos famintos e adoração.

V. balançou a cabeça. – Você é um maluco.

– Cara, e eu achava que a amava antes...

– Esse negócio de vinculação é algo poderoso mesmo. – V. tirou a toalha de Butch e o enfiou embaixo do chuveiro. – Foi o que ouvi por aí.

– Ai! – Butch olhou para o chuveiro. – Não gostei disso.

– Sua pele vai ficar muito sensível por uma semana, mais ou menos. Pode me chamar, se precisar.

V. estava no corredor quando escutou um grito. Ele voltou, espiando pela fresta. – O que foi?

– Estou ficando careca!

V. afastou a cortina do box e franziu a testa. – Do que está falando? Ainda tem muito cabelo...

– Não na minha cabeça! No meu corpo, idiota! Estou perdendo os pelos!

Vishous olhou para baixo. O peito e as pernas de Butch estavam derramando um mar de pelos castanho-escuros ao redor do ralo.

V. começou a rir.

– Analise as coisas assim: pelo menos não precisa se preocupar em raspar as costas quando ficar velho, certo? Não vai mais precisar se depilar!

Não se surpreendeu quando um sabonete foi lançado em sua direção.

Capitulo 41

Uma semana depois, Van descobriu algo importante a respeito de si mesmo.

Sua humanidade já não existia mais.

Com um gemido ecoando pelo porão vazio, ele olhou para o vampiro civil que estava preso em uma cama. O Sr. X o torturava e Van observava. Como se fosse alguém apenas cortando o cabelo.

Ele devia ter pensado que aquilo estava errado. Em todos os seus anos como lutador, havia causado dor em oponentes, mas havia evitado ferir os inocentes e desprezava as pessoas que iam atrás dos fracos. Mas, e agora? Sua única reação àquela crueldade era a irritação... porque não estava dando certo. Eles só tinham descoberto, a respeito de O'Neal, que um ser humano que se encaixava na descrição tinha sido visto entre os machos suspeitos de pertencerem a Irmandade em alguns dos clubes do centro da cidade – principalmente o Screamer's e o ZeroSum. Mas eles já sabiam disso.

Ele estava começando a suspeitar que o *Redutor Principal* estava agora apenas colocando suas frustrações para fora. O que era uma grande perda de tempo. Van queria ir atrás de vampiros, não brincar de espectador numa situação como aquela.

Mas, droga, ele ainda nem teve a oportunidade de matar um daqueles sugadores de sangue. Graças ao fato de o Sr. X tê-lo mantido fora do campo, ele só havia enfrentado idiotas redutores, desde que entrara para a *Sociedade*. Todos os dias, o Sr. X os colocavam uns contra os outros. E, todos os dias, Van controlava o seu oponente, e então derrotava o cara. E, a cada dia, o Sr. X ficava cada vez menos impressionado. Era como se Van estivesse decepcionando o *Redutor Principal*, mas era difícil saber exatamente a razão.

Ao ouvir sons guturais no ambiente tomado pelo cheiro de sangue, Van disse um palavrão em voz baixa.

– Estou deixando você entediado? – Sr. X perguntou.

– Nem um pouco. É *ótimo* ver isso.

Fez-se um curto silêncio. E então Van deixou escapar um gemido de repugnância.

– Não seja fraco – disse o Sr. X.

– Caramba... Sou um guerreiro, cara. Não gosto dessa coisa de prender e bater, principalmente se não está adiantando.

Aqueles olhos azuis sérios brilharam.

– Então vá fazer a patrulha com os outros. Porque se eu tiver de continuar olhando pra você, vou colocá-lo no lugar dele.

– Finalmente – Van caminhou na direção da escada.

Quando desceu o primeiro degrau, o Sr. X disse:

– Seu estômago fraco é uma desgraça.

– Meu estômago não é o problema aqui, pode acreditar – Van disse e desceu.

Butch desceu da esteira da academia e secou o suor de seu rosto com a camiseta. Ele havia acabado de correr doze quilômetros. Em quinze minutos. O que significava uma média de 800 metros por minuto. Caramba.

– Como se sente? – V. perguntou enquanto levantava pesos.

– Como o maldito Lee Majors.[1]

Com um barulho, os quase trezentos quilos foram pousados na base.

– Citar *O Homem de seis milhões de dólares* faz você parecer velho, tira.

---

[1]Lee Majors foi o ator principal da série dos anos 1970 *O Homem de seis milhões de dólares*, que contava a história de um ex-astronauta com implantes biônicos que possuía habilidades sobrehumanas. (N. T.)

– Nasci nos anos 1970. E daí? – Butch bebeu um pouco de água e olhou rapidamente para a porta. Logo após recuperar seu fôlego, Marissa entrou.

Meu Deus, ela estava linda com uma calça preta e um blazer bege, formal, mas feminino. E seus olhos brilhavam.

– Quis passar aqui antes de ir embora – ela disse.

– Que bom, linda. – Ele fez o melhor que pôde para se secar ao se aproximar dela, mas ela não parecia se importar com seu suor. Nem um pouco. Ela levou a mão ao queixo dele quando se inclinou e lhe beijou.

– Você está bonito – sussurrou, correndo a mão por seu pescoço e sobre seu peito nu. Passou os dedos de leve por seu abdômen. – Muito bonito.

– É mesmo? – Ele sorriu ao ficar excitado, lembrando que, uma hora atrás, ele a havia possuído. – Bem, não tão bonito quanto você.

– Não concordo. – Ele gemeu quando ela grudou seu corpo no dele.

Ansioso, ele olhou ao redor, tentando pensar para onde eles podiam escapar por dez minutos. Ah... sim, havia uma sala de aula ali perto com uma tranca forte.

Perfeito.

Ele olhou para V., prestes a lhe dizer que *logo voltaria*, e ficou surpreso ao ver o Irmão olhando para os dois, olhos entreabertos, expressão indecifrável. Vishous desviou o olhar rapidamente.

– Bem, preciso ir – Marissa disse, dando um passo para trás. – Teremos uma grande noite.

– Não pode ficar por mais um tempo? Cinco minutos, talvez?

– Adoraria, mas... não.

Espere aí, ele pensou. Havia algo de diferente na maneira com que ela falava com ele. Na verdade, olhava fixamente para seu pescoço e mantinha a boca levemente aberta. Em seguida, passou a língua rapidamente pelo lábio inferior, como se estivesse sentindo o gosto de algo bom. Ou talvez quisesse experimentar algo.

Ele sentiu um desejo louco.

– Linda? – ele chamou. – Precisa de alguma coisa de mim?

– Sim... – Ela ficou na ponta dos pés e disse em seu ouvido. – Eu lhe dei tanto quando você estava passando pela transição, que estou um pouco fraca. Preciso de sua veia.

Caramba... ele esperava por aquilo havia muito tempo. *A chance de alimentá-la.*

Butch a segurou pela cintura, levantou-a do chão e a levou em direção à porta como se a sala de musculação estivesse em chamas.

– Ainda não, Butch – ela riu. – Coloque-me no chão. Não se passou nem uma semana desde a sua transição.

– Não.

– Butch, coloque-me no chão.

O corpo dele obedeceu a ordem, ainda que sua mente quisesse ir contra. – Quanto tempo terei que esperar?

– Pouco.

– Estou forte agora.

– Posso esperar alguns dias. E vai ser melhor se esperarmos.

Ela o beijou e olhou em seu relógio. Era o favorito da coleção dele, o Patek Philippe com a pulseira de couro de jacaré. Butch gostava de saber que ela o usava sempre.

– Estarei no Abrigo a noite toda – ela disse. – Uma nova fêmea e duas jovens estão a caminho, e quero estar lá quando elas chegarem. Vou realizar minha primeira reunião de funcionários. Mary vai participar e vamos realizá-la juntas. Por isso só voltarei de madrugada.

– Estarei aqui. – Ele a segurou enquanto ela se virava para ir embora e a trouxe de volta para seus braços. – Tome cuidado por aí.

– Pode deixar.

Ele a beijou profundamente, abraçando-a. Caramba, mal podia esperar pelo seu retorno. E sentiu saudades assim que ela saiu.

– Sou um besta – ele disse quando a porta foi fechada.

– Eu disse. – V. saiu do aparelho e pegou dois pesos. – Os machos vinculados são assim.

Butch balançou a cabeça e tentou se concentrar no resto dos exercícios na academia aquela noite. Nos últimos sete dias, enquanto Marissa saía para trabalhar, ele ficara no complexo e se esforçava para se adaptar a seu novo corpo. A curva de aprendizado era grande. No começo, ele teve de aprender as coisas mais simples, como comer e escrever. Agora, estava tentando conferir quais eram seus limites físicos para ver quanto... se... dava conta. A boa notícia era que, até aquele momento, tudo estava dando certo. Bem, quase tudo. Uma de suas mãos estava meio esquisita, mas nada de grave.

E as presas estavam ótimas.

Assim como a força e a resistência que ele tinha. Independentemente de quanto se esforçava na academia, seu corpo aceitava o peso e respondia com crescimento. Nas refeições, ele comia como Rhage e Z., ingerindo cerca de cinco mil calorias a cada dia... e mesmo assim ainda sentia fome. E isso fazia sentido. Seus músculos cresciam como se ele estivesse usando esteroides.

Duas dúvidas continuavam existindo. Ele seria capaz de se desmaterializar? E conseguiria aguentar a luz do sol? V. havia sugerido que ele esperasse por um mês, mais ou menos, para ver se conseguia aqueles feitos, e ele aceitou.

Já havia bastante coisa com que se preocupar enquanto isso.

– Você não vai parar, não é? – V. perguntou enquanto fazia exercícios para os bíceps. O peso em cada uma de suas mãos devia ter uns cem quilos.

Butch também conseguia puxar o mesmo peso.

– Não, ainda estou animado. – Ele foi até a bicicleta e subiu para pedalar um pouco.

Caramba, por falar em ânimo... ele estava total e completamente excitado. O tempo todo. Marissa havia se mudado para seu quarto no Buraco e ele não conseguia ficar longe dela. Ele se sentia muito mal a respeito disso e tentava esconder a vontade, mas ela sempre sabia quando Butch a desejava e nunca o rejeitava, mesmo que fosse apenas para satisfazê-lo.

Ela parecia gostar do controle sexual que exercia sobre ele. E ele também.

Droga, estava ficando excitado de novo. Só precisava pensar nela e ficava pronto mesmo que já tivesse feito sexo quatro, cinco vezes no dia. E, curiosamente, o que tornava sua sede de sexo tão boa era que não envolvia apenas a necessidade de se aliviar: não era apenas sexo por sexo, mas... bem... era fazer amor. Com ela.

Cara, aquilo era totalmente maluco.

Mas por que se reprimiria? Aquela tinha sido a melhor semana de toda sua vida. Ele e Marissa ficavam sempre tão bem juntos... e não só na cama. Além de frequentar a academia, ele havia passado muito tempo ajudando Marissa com o projeto social, e isso havia feito com que eles ficassem ainda mais próximos.

O Abrigo, nome que ela havia dado à casa, estava pronto para que o atendimento começasse. V. havia arrumado a fiação, e apesar de ainda haver muita coisa a ser feita, pelo menos eles podiam começar a aceitar as pessoas. Naquele momento, havia apenas a mãe e a criança com a perna engessada, mas pelo visto chegariam mais pessoas.

Cara, em meio a tudo, a todas as mudanças, a todas as coisas novas, a todos os desafios, Marissa era maravilhosa. Esperta. Capaz. Carinhosa. Ele teve que admitir que sua natureza vampírica, aquela parte que anteriormente estava enterrada, havia escolhido sua fêmea de modo muito sábio.

Mas ele ainda se sentia um pouco culpado por ter se envolvido com ela. Não parava de pensar em tudo que ela tinha deixado: seu irmão, sua vida anterior, toda aquela coisa da *glymera*. Ele sempre se sentiu um órfão depois de deixar sua família e o local onde tinha sido criado, e não queria que a mesma coisa acontecesse com ela. Mas não abriria mão de Marissa.

Felizmente, eles poderiam concluir a cerimônia de acasalamento em breve. V. havia dito que não seria uma boa ideia cortar sua pele na primeira semana, o que ele compreendeu, mas eles fariam o entalhe o mais rápido possível. E então ele e Marissa subiriam ao altar também.

O engraçado era que ele havia começado a participar de missas semanais, à meia-noite. Usando seu boné do Sox, e mantendo a cabeça abaixada, ele se sentava no fundo da igreja Nossa Senhora e ficava em silêncio, conectando-se com Deus e com a Igreja. A missa o acalmava muito, de uma maneira diferente de tudo.

Porque a escuridão ainda existia dentro dele. Butch não estava sozinho dentro de seu próprio corpo.

Por dentro, havia uma sombra, algo que se escondia entre o espaço de suas costelas e os discos de sua coluna. Ele sentia aquela sombra durante todo o tempo, sondando, observando. Às vezes chegava a tomar seus olhos e era nesses momentos em que ele mais sentia medo de si mesmo.

Mas ir à igreja ajudava. Gostava de imaginar que a bondade do local infiltrava-se nele. Gostava de acreditar que Deus o escutava. Precisava saber que existia uma força fora dele que o ajudava a se manter conectado com sua humanidade e alma. Porque, sem aquilo, ele estaria morto, ainda que seu coração continuasse batendo.

– Ei, tira?

Sem perder a concentração na bicicleta, Butch olhou para a porta da sala de musculação. Phury estava ali, com seus cabelos ruivos, loiros e castanhos brilhando sob a luz fluorescente.

– O que foi, Phury?

O Irmão entrou, quase sem mancar.

– Wrath quer que você participe de nossa reunião de hoje antes de sairmos.

Butch olhou para V., que estava levantando pesos e olhando para os colchenetes.

– Para quê?

– Simplesmente quer você lá.

– Tudo bem.

Depois que Phury partiu, ele disse:

– V., você sabe para que isso?

O colega de quarto deu de ombros.

– Simplesmente participe das reuniões.

– Reuniões, no plural? Todas as noites?

Vishous continuou puxando peso, com os bíceps mostrando as veias saltadas com todo aquele peso.

– Sim, todas as noites.

Três horas depois, Butch e Rhage saíram no Escalade... e Butch ficou tentando entender o que havia acontecido. Estava vestido com uma jaqueta de couro preta e uma Glock embaixo de cada braço, além de uma faca de dezenovo centímetros na cintura.

Naquela noite, era um guerreiro.

Era apenas um teste e ele teve que conversar com Marissa, mas queria que desse certo. Ele queria... sim, ele queria lutar. E os Irmãos também queriam que ele lutasse. Eles tinham conversado bastante, principalmente a respeito do seu lado negro. Concluíram que Butch era capaz e queria matar *redutores*, e a Irmandade precisava de mais pessoas do seu lado na guerra. Por isso dariam uma chance a ele.

Enquanto Rhage dirigia para o centro, Butch olhava pela janela e desejou que V. não estivesse de folga naquela noite. Teria gostado que seu colega estivesse com ele para aquela missão inaugural, mas pelo menos Vishous estava fora porque era sua vez no rodízio, e não porque estava ficando louco. Caramba, V. parecia estar muito melhor com os sonhos; não gritou mais no meio do dia.

– Está pronto para o campo? – Rhage perguntou.

– Sim. – Na verdade, seu corpo queria ser usado, especificamente daquela maneira, na batalha.

Cerca de quinze minutos depois, Rhage estacionou atrás do Screamer's. Ao saírem e caminharem em direção à Rua Dez, Butch parou no meio do caminho e se virou para a lateral do prédio.

– Butch?

Pensando em sua história, ele esticou o braço e tocou mais uma vez a marca escura que a explosão do carro de Darius deixou na parede. Sim... tudo havia começado ali no último verão... naquele lugar. Mas ao sentir a marca grossa na palma de sua mão, ele percebeu que o verdadeiro começo era naquele momento. Sua verdadeira natureza havia acabado de surgir. Ele era quem precisava ser... naquele momento.

– Você está bem, meu amigo?

– Totalmente, Hollywood. – Ele se virou para o guerreiro. – Totalmente. – Quando o Irmão demonstrou não entender, Butch sorriu e começou a caminhar de novo.

– E então, como isto costuma ocorrer? – perguntou quando saíram do beco.

– Numa noite comum, cobrimos um raio de vinte e cinco quarteirões duas vezes. É uma busca. Os *redutores* procuram por nós, nós procuramos por eles. Lutamos assim que...

Butch parou e girou a cabeça, com o lábio superior cobrindo suas novas presas.

– Rhage – ele disse suavemente.

O irmão riu com satisfação.

– Onde eles estão, tira?

Butch começou a se concentrar no sinal que havia sentido, e conforme caminhava, sentiu a força de seu corpo, que parecia um carro com um motor potente; não era mais um Ford, mas uma Ferrari. E ele se soltou ao acelerar na rua escura com Rhage atrás dele, os dois movendo-se em harmonia.

Eles se moviam como matadores.

Depois de seis quarteirões, encontraram três *redutores* no início de uma rua. Juntos, os assassinos se viraram e no momento em que Butch os viu, teve a horrível sensação de reconhecimento. A conexão era inevitável, marcada por terror do seu lado, e confusão do outro. Os *redutores* pareciam reconhecer que Butch era ao mesmo tempo um vampiro e alguém como eles.

Na rua escura, a batalha surgiu como uma tempestade de verão, com a violência crescendo, explodindo em chutes e socos. Butch levou golpes na cabeça e no corpo e ignorou todos eles. Nenhum golpe doeu o suficiente para que se incomodasse, como se sua pele fosse uma armadura e seus músculos fossem de aço.

Por fim, ele derrubou um dos assassinos no chão, dominou o cara e pegou a faca na cintura. Mas então ele parou, tomado por uma necessidade que não conseguia controlar. Deixando a faca onde estava, ele se inclinou, ficou cara a cara e dominou com o olhar. Os olhos do *redutor* se arregalaram de medo quando Butch abriu a boca.

Ele escutou a voz de Rhage ao longe.

– Butch? O que está fazendo? Peguei os outros dois, por isso só precisa esfaquear o outro. Butch? Use a faca!

Butch apenas se aproximou dos lábios do *redutor*, sentindo uma onda de poder que nada tinha a ver com seu corpo e tudo a ver com sua parte sombria. Começou lentamente, com a respiração quase tranquila... e a respiração não parou mais, uma respiração profunda que ficava mais forte até que a escuridão passou do *redutor* para dentro dele, a transferência da real essência do mal, a natureza de Ômega. Quando Butch inspirou a nuvem negra e a sentiu em seu sangue e ossos, o *redutor* se dissolveu em uma névoa acinzentada.

– *Que diabos foi isso*? – Rhage perguntou assustado.

Van parou de correr na entrada da rua e seguiu sua intuição, que dizia que deveria se embrenhar nas sombras. Ele estava preparado para lutar, chamado por um *redutor* que alertou sobre a briga com os dois Irmãos. Mas ali, viu algo que sabia não ser normal.

Um vampiro enorme estava em cima de um *redutor*, os dois se olhando quando ele... droga, quando ele *sugou* o assassino.

Quando as cinzas caíram na calçada suja, o Irmão loiro disse: "*Que diabos foi isso?*".

Naquele momento, o vampiro que havia consumido o outro ergueu a cabeça e olhou diretamente para Van, mesmo ele estando oculto pelas sombras.

Droga... era por ele que procuravam. O tira. Van já tinha visto a foto do cara na Internet naqueles artigos do jornal de Caldwell. Acontece que ele era humano naquela época, mas agora, com toda a certeza não era mais.

– Tem mais um... – o vampiro disse de modo rouco. Ele ergueu o braço e apontou para Van. – Bem ali.

Van começou a correr, pois não estava a fim de ser tragado.

Estava na hora *exata* de procurar o Sr. X e contar sobre aquilo.

Capítulo 42

Cerca de 800 metros dali, em sua cobertura com vista para o rio, Vishous pegou uma garrafa fechada de vodca Grey Goose e a abriu. Enquanto servia a si mesmo outro copo da bebida, ele olhou para as duas garrafas vazias que estavam no bar.

Elas logo ganhariam outra companheira.

Enquanto um rap tocava num volume alto, ele pegou o copo de cristal e a garrafa recém-aberta e caminhou até a porta de vidro da sacada. Com a mente, abriu a trava e depois a porta.

Um vento frio o atingiu e ele riu ao sair, analisou o céu da noite e bebeu outro gole.

Que belo mentiroso ele era. Um mentiroso muito bom.

Todo mundo acreditava que ele estava bem porque havia camuflado seus pequenos problemas. Ele usava um boné para esconder as contrações dos seus olhos. Acertou o relógio para que tocasse a cada meia hora e o impedisse de sonhar. Comia apesar de não ter fome. Ria apesar de não achar graça de nada.

E sempre fumava como uma chaminé.

Tinha até chegado ao ponto de mentir para Wrath. Quando o rei perguntou como ele estava, V. olhou nos olhos do Irmão e disse a ele, depois de pensar e refletir, que apesar de continuar a "ter dificuldades" para dormir, o pesadelo tinha "passado" e ele se sentia muito mais "estável".

Bobagens. Ele era uma porta de vidro com milhões de rachaduras. Com um toque de leve, ele despedaçaria.

O problema não era apenas a ausência de visões ou seus sonhos violentos. Sim, aquelas porcarias pioravam a situação, mas ele sabia que estaria onde estava mesmo sem esses problemas.

Acontece que ver Butch com Marissa o estava matando.

Inferno, V. não se ressentia da felicidade deles. Estava muito feliz por ver as coisas indo bem para o casal, e estava até começando a gostar de Marissa um pouco. Mas doía ficar perto deles.

A verdade era que... apesar de ser totalmente inadequado e assustador, ele considerava Butch... *dele*. Vishous havia colocado aquele homem no mundo. Havia vivido com ele por meses. Havia saído para buscar o cara depois de os *redutores* acabarem com ele. E o havia curado. E suas mãos o transformaram em vampiro.

Dizendo um palavrão, Vishous caminhou até o muro de pouco mais de um metro que cercava o terraço da cobertura. A garrafa de bebida tilintou ao tocar o muro, e ele se inclinou ao levar o copo à boca. Oh... ele precisava de mais uma dose. V. pegou a vodca e derrubou um pouco ao servir. Mais uma vez a garrafa tilintou quando a colocou de volta em cima do muro.

Ele bebeu o líquido, depois se inclinou e olhou para os trinta andares abaixo. A vertigem fez com que tudo ao redor girasse e se transformasse em uma grande bagunça. Estava de coração partido.

Droga... que confusão.

Sem se dar conta, ele riu de si mesmo, e o som de sua risada foi levado pelo vento forte e amargo de março.

Colocou um dos pés descalços na pedra fria. Ao tentar se equilibrar, olhou para sua mão sem luva. E ficou aterrorizado.

– Oh... Jesus... *não*...

O Sr. X olhou para Van. E então balançou a cabeça lentamente.

– O que você disse?

Os dois estavam em pé em uma parte com sombra do canto das ruas Commerce e Quatro, e o Sr. X estava feliz por estarem sozinhos, porque não conseguia acreditar no que estava escutando e não queria se mostrar muito assustado na frente dos outros.

Van deu de ombros.

– Ele é um vampiro. Parecia um vampiro. Agia como um vampiro. E me reconheceu imediatamente, apesar de eu não fazer ideia de como ele me viu. Mas o assassino que ele abateu? Veja, isso foi o esquisito. O cara simplesmente... sumiu. Bem diferente do que acontece quando alguém nos esfaqueia. E o Irmão loiro ficou totalmente chocado. Esse tipo de coisa acontece com frequência?

Nada daquilo acontecia com frequência. Principalmente a parte a respeito do cara que era humano, mas, aparentemente, agora tinha presas. Aquilo era contra a natureza, assim como a parte da inalação.

– E eles deixaram você partir? – O Sr. X perguntou.

– O loiro estava todo preocupado com seu amigo.

Lealdade. Deus. Sempre a lealdade com aqueles Irmãos.

– Você percebeu alguma coisa a respeito de O'Neal? Além do fato de ele ter, aparentemente, passado pela transição?

Talvez Van estivesse enganado...

– Hum... a mão dele estava esquisita. Havia algo de estranho com ela.

O Sr. X sentiu um arrepio em seu corpo, como se fosse um sino que tivesse sido tocado. Manteve o tom de voz calmo.

– O que, exatamente, deu errado?

Van levantou a mão e encolheu o dedo mindinho contra a palma.

– Está meio curvada assim, como se ele não conseguisse mexê-la.

– Qual mão?

– Ah... a direita. Isso, a direita.

Surpreso, o Sr. X se recostou na lateral do prédio da lavanderia. E a profecia lhe ocorreu:

Haverá alguém que será o fim do mestre,
Um guerreiro da era moderna encontrado no sétimo do vigésimo primeiro,
E será reconhecido pelos números que carrega:
Percebe um a mais do que a bússula indica;
Embora só consiga apontar quatro pontos com a direita,
Três vidas tem,
Dois sinais na frente,
E com um único olho negro, em uma fonte ele nascerá e morrerá.

A pele do Sr. X ficou tensa. Droga. *Droga.*

Se O'Neal conseguia sentir os *redutores*, talvez aquilo fosse "*um a mais do que a bússola indica*". E a questão da mão se encaixava se ele não conseguia apontar usando o mindinho. Mas e os dois sinais na frente?... espere... o corte onde Ômega havia colocado uma parte de si dentro de O'Neal... incluindo seu umbigo, seriam dois "sinais". E talvez a marca preta que tinha sido deixada fosse o olho que os Pergaminhos tinham mencionado. E quanto à parte de nascer e morrer, O'Neal tinha nascido em Caldwell como vampiro e provavelmente morreria ali em algum momento, também.

A conta batia, mas o mais importante não era isso. Era que ninguém, mas ninguém mesmo, havia visto um *redutor* ser exterminado daquela maneira.

O Sr. X olhou para Van, percebendo as coisas e realinhando as ideias:

– Você não é o escolhido.

– Você devia ter me deixado – Butch disse quando ele e Rhage pararam do lado de fora do prédio de V. – Devia ter me deixado e ido atrás daquele outro *redutor*.

– Sim, certo. Você parecia que tinha sido atropelado, e havia mais assassinos por ali, eu garanto – Rhage balançou a cabeça quando os dois saíram. – Quer que eu o acompanhe? Ainda parece que está mal.

– Deixa pra lá. Volte e lute com aqueles idiotas.

– Adoro quando você dá uma de machão para cima de mim. – Rhage sorriu levemente e depois ficou sério. – Olha, sobre o que aconteceu...

– É sobre isso que vou conversar com V.

– Ótimo. V. sabe de tudo. – Rhage colocou as chaves do Escalade nas mãos de Butch e lhe deu um apertão no ombro. – Telefone para mim se precisar de alguma coisa.

Quando o Irmão desapareceu, Butch entrou na recepção, acenou para o segurança e pegou o elevador. A subida durou uma eternidade e ele passou o tempo sentindo o mal em suas veias. Seu sangue estava preto de novo. Ele sabia. E estava cheirando a talco de bebê.

Quando saiu do elevador, sentindo-se um leproso, escutou música tocando. *Chicken N Beer*, de Ludacris, tomava conta do lugar.

Butch bateu na porta.

– V.?

Ninguém respondeu. Droga. Ele já tinha invadido o apartamento do Irmão uma vez...

Por algum motivo, a porta fez um barulho e se entreabriu. Butch a empurrou, com seus instintos de tira em alerta enquanto a música ficava mais alta.

– Vishous? – Ao entrar, um vento frio passou vindo da cobertura, correndo por uma porta de vidro que estava aberta. – Ei... V.?

Butch olhou para o bar. Havia duas garrafas vazias de Goose e três copos no balcão de mármore. Hora da festa.

Em direção à varanda, ele esperava encontrar V. desmaiado no sofá.

Mas Butch encontrou algo bem diferente: Vishous estava em cima do muro que cercava a construção: nu, balançando ao vento e... brilhando completamente.

– Jesus Cristo... V.

O Irmão se virou e abriu os braços brilhantes. Com um sorriso débil, lentamente girou.

– Legal, não é? Está no meu corpo todo. – Ele levou a garrafa de Goose aos lábios e tomou um gole. – Ei, você acha que eles vão querer me amarrar e tatuar meu corpo todo?

Butch lentamente atravessou a varanda.

– V., cara... o que acha de descer daí?

– Por quê? Aposto que sou esperto o suficiente para voar. – V. olhou para trás, para os trinta andares abaixo. Enquanto se movia de um lado a outro ao vento, seu corpo iluminado estava surpreendentemente bonito. – Sim, sou tão esperto que aposto que consigo vencer a gravidade. Quer ver?

– V... – *Droga.* – V., meu amigo, desça daí.

Vishous olhou para frente e de repente pareceu ficar sóbrio, franzindo a testa. – Você tem cheiro de *redutor*, amigo.

– Eu sei.

– Por quê?

– Vou contar quando você descer.

– Chantagem, chantagem... – V. bebeu mais um gole. – Não quero descer, Butch. Quero voar... voar. – Ele levantou a cabeça para o céu... e então se segurou balançando a garrafa. – Opa. Quase caí.

– Vishous... *Jesus*...

– Então, tira... o Ômega está dentro de você de novo. E seu sangue está preto dentro de suas veias. – V. afastou os cabelos de seus olhos, e as veias em sua testa apareceram, destacadas pelo brilho sob sua pele. – Mas você não é intrinsecamente mau. Como foi que ela disse mesmo? Ah... sim... o lugar do mal está na alma. E você... você, Butch O'Neal... você tem uma boa alma. Melhor que a minha.

– Vishous, desça, agora mesmo...

– Eu gosto de você, tira. Desde que o conheci... Não... não desde o primeiro momento. Eu quis matá-lo quando o vi pela primeira vez. Mas depois gostei de você. Muito. – Caramba, o rosto de V. estava muito diferente. Triste... carinhoso... mas, acima de tudo, desesperado. – Eu observei você com ela, Butch. Eu observei você... fazendo amor com ela.

– O quê?

– Com Marissa. Eu vi você, em cima dela, na clínica. – V. mexeu a mão brilhante de um lado a outro. – Foi errado, eu sei, sinto muito... mas não consegui deixar de olhar. Vocês dois estavam tão bonitos juntos e eu queria aquilo... droga, eu queria o que quer que fosse. Eu queria sentir aquilo. Sim, só uma vez... eu queria saber como era fazer sexo normalmente, se importar com a pessoa com quem você estivesse. – Ele riu de modo assustador. – Bem, o que eu quero não é exatamente normal, certo? Você perdoa a minha perversão? Pode perdoar minha depravação vergonhosa? Droga... eu degenero a nós dois...

Butch estava preparado para dizer qualquer coisa para tirar seu amigo dali, mas teve a sensação de que V. estava assustado consigo mesmo. O que não era necessário. Era impossível evitar os sentimentos, e Butch não se sentiu mal com a revelação. De certa forma, não se surpreendeu.

– V., meu amigo, tudo bem. Você e eu... estamos bem.

V. perdeu aquela expressão triste, e seu rosto se tornou uma máscara fria que assustava por causa da situação.

– Você foi o único amigo que tive. – Mais uma vez a risada assustadora. – Apesar de eu ter meus Irmãos, você era a única pessoa de quem eu era próximo. Não sei levar relacionamentos muito bem, sabe. Mas você foi diferente.

– V., a mesma coisa para mim. Mas vamos tirar você daí...

– E você não era como os outros, você nunca se importou por eu ser diferente. Os outros... eles me odiavam por eu ser diferente. Não que isso importe. Todos estão mortos agora. Mortos, mortos...

Butch não fazia ideia a respeito do que V. estava falando, mas o conteúdo não importava. O problema era o uso dos verbos no passado.

– Ainda sou seu amigo. Sempre seu amigo.

– Sempre... que palavra engraçada, sempre. – V. começou a se abaixar, tentando manter o equilíbrio.

Butch se moveu para frente.

– Não faça isso, tira. Pode ficar onde está. – V. colocou a garrafa de vodca no muro e passou as pontas dos dedos de leve sobre a ponta da garrafa. – Esta droga cuidou de mim.

– Podemos beber juntos?

– Não, mas você pode beber o que restou. – V. olhou para cima e o olho esquerdo começou a se expandir até tomar a parte em branco. Fez-se uma longa pausa, e então V. riu. – Sabe, não consigo ver nada... mesmo quando me abro, mesmo quando tento, sou cego. Estou com o futuro perdido. – Ele olhou para o próprio corpo. – Mas continuo sendo um maldito farol. Sou como aquelas lâmpadas noturnas, sabe? Aquelas que se acendem na tomada.

– V...

– Você é um bom irlandês, certo? – Butch assentiu e V. disse: – Irlandês, irlandês... deixe-me pensar. Pois é... – os olhos de Vishous ficaram mais sóbrios, e com a voz embargada, ele disse: – Que a estrada seja boa. Que o vento esteja sempre a seu favor. Que o sol esquente seu rosto e a chuva molhe seus campos. E... meu querido amigo... até nos encontrarmos de novo, espero que o Senhor o proteja.

Com um salto, V. jogou-se de costas no ar.

Capítulo 43

– John, preciso conversar com você.

John olhou de onde estava, na poltrona de Tohr, quando Wrath entrou no escritório e fechou a porta. A julgar pela expressão preocupada do rei, aquilo devia ser bem sério, independente do que fosse.

Deixando de lado sua lição do Antigo Idioma, John se preparou. Oh, Deus, e se fossem as notícias que ele passara três meses temendo?

Wrath deu a volta na mesa e moveu a poltrona de modo a ficar de frente para John. Depois, sentou-se e respirou profundamente.

Sim, era aquilo. Tohr estava morto e eles tinham encontrado o corpo.

Wrath franziu a testa.

– Consigo sentir o cheiro de seu medo e de sua tristeza, filho. E consigo entender os dois, nesta situação. O enterro vai acontecer em três dias.

John engoliu em seco e envolveu o corpo com os braços, sentindo uma nuvem negra ao seu redor e o mundo sendo revirado.

– A família de seu colega pediu que todos os aprendizes estejam presentes.

John levantou a cabeça. *O quê?*, perguntou.

– Seu colega, Hhurt. Ele não sobreviveu à transição. Morreu ontem à noite.

Então Tohr não estava morto?

John se recuperou de um susto, mas havia sido tomado por outro.

Um dos aprendizes havia *morrido* na transição?

– Pensei que você já soubesse.

John balançou a cabeça e pensou em Hhurt. Não conhecia muito bem o cara, mas mesmo assim.

– Às vezes acontece, John. Mas não quero que você se preocupe com isso. Vamos cuidar bem de você.

Uma pessoa havia *morrido* durante a transição? Droga...

Fez-se longo silêncio. Em seguida, Wrath apoiou os cotovelos nos joelhos e se inclinou para frente. Os cabelos brilhantes escorregaram pelo ombro, chegando à coxa coberta pela calça de couro.

– Olha, John, precisamos começar a pensar em quem vai cuidar de você na hora de sua transição. Sabe, quem vai alimentá-lo.

John pensou em Sarelle, a quem os *redutores* haviam levado com Wellsie. Sentiu um aperto no peito. Ela deveria ser a pessoa que usaria.

– Podemos fazer isso de duas maneiras, filho. Podemos tentar chamar alguém de fora. Bella conhece algumas famílias que têm filhas e uma delas... bem, uma delas pode até ser uma boa parceira para você. – Quando John ficou tenso, Wrath disse: – Mas preciso ser honesto... não gosto muito dessa solução. Pode ser meio difícil conseguir uma pessoa de fora para você a tempo. Fritz teria de ir buscá-la e minutos contam na hora da transição. Mas se quiser...

John colocou a mão no braço tatuado de Wrath e balançou a cabeça. Não conhecia as outras opções, mas tinha certeza de que não queria chegar perto de uma fêmea disponível. Sem pensar, ele disse "*Sem parceira. Qual é minha outra opção?*".

– Podemos escolher um membro das Escolhidas.

John inclinou a cabeça.

– Elas formam o círculo interno de fêmeas da Virgem Escriba e vivem do outro lado. Rhage usa uma delas, Layla, para se alimentar, porque não consegue se manter com o sangue de Mary. Layla é uma opção segura e podemos trazê-la para cá rapidamente.

John deu um tapinha no braço de Wrath e assentiu.

– Quer usá-la?

Sim, fosse quem fosse.

– Certo, tudo bem. Combinado, filho. O sangue dela é muito puro e isso vai ajudar.

John se espreguiçou na poltrona de Tohr, escutando o couro ranger. Pensou em Blaylock e Butch, que tinham sobrevivido à transição... pensou mais em Butch. O tira estava muito feliz agora. E forte.

A transição valia o risco, John disse a si mesmo. Além disso... que alternativa ele tinha?

Wrath continuou dizendo:

– Vou pedir para a diretriz das Escolhidas, mas é apenas uma formalidade. Engraçado, era assim que as coisas costumavam ser, com guerreiros sendo fortalecidos por aquelas fêmeas. Caramba, elas ficarão entusiasmadas. – Wrath passou a mão pelos cabelos, alisando-os para trás. – Certamente você vai querer conhecê-la.

John assentiu. E depois ficou nervoso.

– Oh, não se preocupe. Layla vai gostar de você. Depois, se você quiser, ela pode até deixar que você a possua. As Escolhidas são muito boas em iniciar os machos dessa maneira. Algumas delas, como Layla, são treinadas para isso.

John percebeu que ficou com uma expressão idiota no rosto. Wrath não estava falando de sexo, estava?

– Sim, sexo. Dependendo de como a transição for para você, é possível que queira fazer sexo logo depois. – Wrath riu. – Pergunte ao Butch.

Em resposta, John só ficou olhando para o rei.

– Então é isso – Wrath ficou em pé e moveu a grande poltrona sem esforço. De repente franziu a testa. – Sobre o que pensou que eu queria conversar com você?

John abaixou a cabeça e, distraidamente, mexeu no braço da poltrona de Tohr.

– Pensou que fosse sobre Tohrment?

Ao ouvir o nome do macho, os olhos de John arderam, e ele se recusou a olhar para Wrath quando este suspirou.

– Pensou que eu estava aqui para dizer que ele tinha morrido?

John deu de ombros.

– Bem... não acho que ele foi ao Fade.

John olhou para ele.

– Ainda consigo sentir seu eco em meu sangue e sei que é ele. Quando perdemos Darius, eu não conseguia mais senti-lo em minhas veias. Por isso, sim, acredito que Tohr está vivo.

John sentiu alívio, mas voltou a mexer no braço da poltrona.

– Acha que ele não se importa com você porque não telefonou nem voltou?

John assentiu.

– Olha, filho, quando um macho perde sua parceira... ele perde a si mesmo. É a pior separação que se pode imaginar... pior ainda, pelo que sei, do que perder uma filha para um macho. Sua parceira é sua vida. A Beth é a minha. Se alguma coisa acontecesse a ela... sim, como eu disse uma vez a Tohr, não consigo nem imaginar o que faria. – Wrath esticou o braço e apoiou a mão no ombro de John. – Vou dizer uma coisa: se Tohr voltar, será por sua causa. Ele o considerava como um filho. Talvez ele seja capaz de se afastar da Irmandade, mas não seria capaz de deixar você. Tem minha palavra.

John sentiu os olhos marejarem, mas não ia chorar na frente do rei. Ao se posicionar e cerrar os dentes, as lágrimas secaram, e Wrath assentiu como se aprovasse o esforço.

– Você é um macho de valor, John, e vai deixar Tohr orgulhoso. Agora, vou procurar Layla.

O rei caminhou em direção à porta, e então olhou para trás.

– Z. me disse que vocês dois saem todas as noites. Ótimo. Quero que continue assim.

Quando Wrath saiu, John recostou-se na poltrona. Caramba, aqueles passeios com Z. eram tão estranhos. Nada era dito, os dois simplesmente vestiam jaquetas e caminhavam pela mata antes do amanhecer. Ele achava que o Irmão iria fazer perguntas e vasculhar sua mente para tentar obter respostas. Mas ainda não havia acontecido nada disso. Só os dois, caminhando em silêncio sob altos pinheiros.

Mas era engraçado... ele havia passado a contar com aquilo, e depois dessa conversa sobre Tohr, precisaria mesmo de um passeio naquela noite.

Butch gritou a plenos pulmões enquanto correu pela varanda até o muro. Ele se inclinou na borda e olhou para baixo, mas não conseguiu ver nada porque o local era muito alto e não havia iluminação daquele lado do prédio. Mas e o som do impacto do corpo? Acontece que estava gritando alto o suficiente para abafar aquele som distante.

– *Vishous*!

Oh, Deus... talvez se descesse com rapidez, pudesse... droga, levar V. a Havers ou coisa assim... *qualquer coisa*.

Ele se virou, pronto para correr para o elevador...

Então Vishous materializou-se diante dele como um fantasma brilhante, um reflexo perfeito do que seu Irmão tinha sido, uma visão etérea do único amigo verdadeiro de Butch.

Butch se assustou, gritando de susto.

– V...

– Não consegui fazer aquilo – o fantasma disse.

Butch franziu a testa.

– V.?

– Por mais que eu me deteste... não quero morrer.

Butch ficou assustado. E então se lançou em cima do amigo.

– Seu filho da mãe! – Butch se jogou sem pensar e agarrou Vishous pelo pescoço. – Seu maldito bastardo! Você quase me matou de medo!

Ele lançou o braço para trás e acertou V. bem no meio do rosto, com o punho contra o maxilar do amigo. Ao se preparar para uma reação, ficou totalmente pálido. Em vez de reagir, V. abraçou Butch, abaixou a cabeça e só... se rendeu. Tremia todo. O máximo da fragilidade.

Amaldiçoando o Irmão, Butch sustentou o peso de Vishous, segurando o corpo nu e brilhante de seu amigo enquanto o vento frio envolvia os dois.

Quando parou de xingar, disse no ouvido de V.:

– Tente fazer isso de novo e eu mesmo vou matá-lo. Entendeu?

– Estou perdendo minha sanidade – V. disse contra o pescoço de Butch. – A única coisa que me salvava e agora estou perdendo... eu perdi... estou louco. É a única coisa que me salvou e agora não tenho nada...

Quando Butch apertou com mais força, percebeu uma sensação de alívio e cura que crescia em seu interior.

Mas ele não teve muito tempo de pensar, porque algo quente e úmido escorreu por seu pescoço. Ele teve a impressão de que eram lágrimas, mas não queria chamar atenção para isso. V., sem dúvida, estava totalmente horrorizado com sua demonstração de fraqueza, isso se o cara estivesse mesmo chorando.

Butch apoiou a mão na nuca do amigo e sussurrou:

– Vou ajudá-lo até você se recompor, o que acha? Vou mantê-lo seguro.

Vishous assentiu depois de um tempo e Butch percebeu uma coisa. Droga... ele estava em contato com o brilho, totalmente... Mas não estava queimando nem sentindo dor. Na verdade... sim, ele conseguia sentir a escuridão saindo de sua pele e de seus ossos, indo em direção à luz branca de Vishous: aquele era o alívio que percebera naquele momento.

Mas por que não estava queimando?

De um lugar desconhecido, uma voz de fêmea foi ouvida:

– Porque é assim que deve ser, a luz e a escuridão juntas, duas metades formando um todo.

Butch e V. olharam para o lado. A Virgem Escriba flutuava acima da varanda, com as roupas pretas impecáveis apesar do vento gelado a seu redor.

– É por isso que você não foi consumido – ela disse. – E por isso que ele o percebeu desde o começo. – Ela sorriu brevemente, apesar de Butch não entender como ela sabia. – É por isso que o destino trouxe você a nós, Butch, descendente de Wrath, filho de Wrath. O Destruidor chegou e você é ele. Agora começa a nova era na guerra.

Capítulo 44

Marissa assentiu ao trocar o telefone celular de uma orelha à outra e reviu a lista de pedidos sobre sua mesa.

– Isso mesmo. Precisamos de um tipo industrial, seis bocas, no mínimo.

Ao perceber a presença de alguém na porta, ela olhou para frente. E esqueceu completamente o que ia dizer.

– É possível... posso ligar mais tarde? – Ela não esperou pela resposta, simplesmente desligou. – Havers, como nos encontrou?

Seu irmão fez uma reverência. Ele estava vestido como sempre, com um casaco da Burberry, calça cinza e uma gravata-borboleta. Seus óculos de aros grossos eram diferentes daqueles com que ela estava acostumada a vê-lo. Mas eram iguais, ao mesmo tempo.

– Meus funcionários me disseram onde você estava.

Ela se levantou da cadeira e cruzou os braços.

– E por que você veio aqui?

Em vez de responder, seu irmão olhou ao redor e ela percebeu que ele não estava impressionado. Seu escritório não tinha nada além de uma mesa, uma cadeira, um *laptop* e muito espaço vazio no piso de madeira. Bem... e milhares de folhas de papel, cada uma com algo de que ela precisava cuidar. O consultório de Havers, por outro lado, era um local de aprendizado e distinção do Velho Mundo, com o chão coberto por tapetes Aubusson, as paredes repletas de diplomas da faculdade de Harvard, além de uma parte de sua coleção de quadros da Escola do Rio Hudson.

– Havers?

– Você tem feito coisas incríveis aqui neste estabelecimento.

– Estamos apenas começando, e é uma casa, não um estabelecimento. Mas por que está aqui?

Ele pigarreou.

– Eu vim a pedido do Conselho dos *Princeps*. Vamos votar a lei do *ehnclausuramento* na próxima reunião e o *lídher* disse que tem tentado entrar em contato desde a semana passada. E que você não retorna os telefonemas.

– Estou ocupada, como pode ver.

– Mas eles não podem votar a menos que todos os membros estejam presentes.

– Então acho que eles deveriam me excluir. Na verdade, me surpreende o fato de ainda não terem pensado nisso.

– Você faz parte das seis primeiras linhagens. Não pode ser excluída ou liberada diante da situação de agora.

– Ah, puxa, muito conveniente para eles. Mas você vai compreender, no entanto, se eu não puder comparecer.

– Eu ainda não disse a data.

– Como eu disse, estou ocupada.

– Marissa, se não concorda com a lei, pode fazer sua justificativa no momento da fase de testemunhos da reunião. Poderá ser ouvida.

– Então todos vocês que possuem o direito do voto estão a favor?

– É importante manter as fêmeas em segurança.

Marissa mostrou frieza.

– Mas, mesmo pensando assim, você me expulsou da única casa que eu tinha trinta minutos antes do amanhecer. Isso quer dizer que você mudou de ideia a respeito do meu sexo? Ou simplesmente não me vê como fêmea?

Ele corou.

– Eu estava passando por uma fase muito complicada emocionalmente.

– Você me parecia bem calmo.

– Marissa, sinto muito...

Ela o interrompeu com um movimento da mão.

– Pare. Não quero escutar.

– Que seja. Mas você não deveria faltar apenas para se vingar de mim.

Enquanto ele mexia em sua gravata-borboleta, ela viu o anel da família em seu dedo mínimo. Deus... como as coisas tinham terminado daquela maneira? Ela conseguia se lembrar de quando Havers nascera, lembrava-se dele nos braços da mãe. Um bebê tão lindo. Um...

Marissa ficou séria ao pensar em algo. E então rapidamente escondeu o choque que certamente ficou evidente em seu rosto.

– Certo. Vou à reunião.

Havers ficou mais tranquilo e informou quando e onde seria.

– Obrigado. Obrigado por isso.

Ela sorriu friamente.

– De nada.

Fez-se um longo silêncio, tempo durante o qual ela olhou para sua calça, blusa e mesa cheia de papel.

– Você me parece muito diferente.

– E estou.

E ela soube pela expressão séria e esquisita em seu rosto que ele continuava o mesmo. Com certeza ainda preferia que ela continuasse nos moldes da *glymera*: uma fêmea distinta cuidando de uma casa de respeito. Bem, seria difícil. Agora tinha uma regra: certa ou errada, seria ela mesma quem tomaria as decisões de sua vida. E ninguém mais.

Marissa pegou o telefone.

– Agora, se me dá licença...

– Eu ofereço meus serviços a você. Os da clínica, quero dizer. Sem cobrar nada. – Ele puxou os óculos mais para cima em seu nariz afilado. – As fêmeas e seus filhos que ficarem aqui precisarão de cuidados médicos.

– Obrigada. Obrigada... por isso.

– Também vou dizer aos funcionários que eles devem procurar por sinais de abuso. Contaremos a você qualquer caso que descobrirmos.

– Isso seria ótimo.

Ele inclinou a cabeça.

– Ficamos felizes por sermos úteis.

Quando seu telefone celular tocou, ela disse:

– Adeus, Havers.

Ele arregalou os olhos e ela percebeu que era a primeira vez que o dispensava.

Mas a mudança era boa... e era melhor que ele se acostumasse com a nova ordem das coisas.

O telefone voltou a tocar.

– Feche a porta ao sair, se não se incomodar.

Quando ele saiu, ela olhou para o identificador de chamadas de seu telefone e suspirou de alívio: Butch, felizmente. Ela precisava muito escutar a voz dele.

– Olá – ela disse. – Não vai acreditar em quem...

– Pode voltar para casa? Agora?

Ela segurou o telefone com força. – O que foi? Está ferido?...

– Estou bem. – Sua voz estava muito controlada. Uma calma dissimulada. – Mas preciso que você venha para casa. Agora.

– Vou sair agora mesmo.

Ela pegou seu casaco, enfiou o telefone no bolso e procurou por sua única funcionária.

Quando encontrou sua *doggen* mais velha, ela disse:

– Preciso ir.

– Senhora, parece chateada. Posso fazer alguma coisa?

– Não, obrigada. E volto já.

– Cuidarei de tudo em sua ausência.

Ela apertou a mão da fêmea e saiu correndo para fora. Em pé no gramado naquela noite de primavera, ela tentou se acalmar o suficiente para se desmaterializar. Ao ver que não funcionaria, pensou que teria de telefonar para que Fritz a buscasse: não apenas estava preocupada, mas também precisava se alimentar, por isso era possível que não conseguisse chegar.

Mas sentiu a si mesma entregando-se. Assim que se materializou na frente do Buraco, entrou no vestíbulo. A trava interna se abriu antes mesmo de ela colocar o rosto na frente da câmera, e Wrath estava do outro lado das pesadas portas de madeira e aço.

– Onde está Butch? – ela quis saber.

– Estou bem aqui. – Butch se colocou diante dela, mas não se aproximou.

No silêncio que se seguiu, Marissa se aproximou lentamente, sentindo que o ar havia se tornado um obstáculo que ela tinha de se esforçar para transpor. Sem prestar atenção, escutou Wrath fechar a porta e do canto do olho viu Vishous ficar em pé atrás de seus computadores. Quando V. deu a volta na mesa, os três machos se entreolharam.

Butch esticou o braço.

– Venha aqui, Marissa.

Quando ela pegou sua mão, ele a levou aos computadores e apontou para um dos monitores. Na tela havia... texto. Muitos textos. Na verdade, havia duas seções de documentos que dividiam a tela ao meio.

– O que é isso? – ela perguntou.

Butch fez com que Marissa se sentasse na cadeira e ficou atrás dela, com as mãos apoiadas em seus ombros.

– Leia o trecho em itálico.

– De que lado?

– Qualquer um. Eles são idênticos.

Ela franziu a testa e passou os olhos por algo que parecia quase um poema:

> *Haverá alguém que será o fim do mestre,*
> *Um guerreiro da era moderna encontrado no sétimo do vigésimo primeiro,*
> *E será reconhecido pelos números que carrega:*
> *Percebe um a mais do que a bússola indica,*
> *Embora só consiga apontar quatro pontos com a direita,*
> *Três vidas tem,*
> *Dois sinais na frente,*
> *E com um único olho negro, em uma fonte ele nascerá e morrerá*

Confusa, ela analisou o que estava ao redor, e viu frases horríveis: "*Sociedade Redutora*", "*Iniciação*", "*Mestre*". Ela olhou para o título na página e estremeceu.

– Meu Deus... isto tem a ver com os... *redutores.*

Quando Butch percebeu o pânico em sua voz, ele ficou de joelhos ao lado dela.

– Marissa...

– O que estou lendo aqui?

Boa pergunta. Ele próprio estava tendo dificuldades para entender tudo aquilo.

– Parece que... eu sou isso. – Ele deu um toque na tela plana e olhou para seu dedo mínimo deformado, aquele que estava mais próximo de sua palma... aquele que não se esticava... ou com o qual não conseguia apontar.

Marissa se afastou dele cautelosamente.

– E *isto*... é o quê?

Graças a Deus V. falou.

– O que você está vendo são duas traduções diferentes dos Pergaminhos da Sociedade Redutora. Uma que já tínhamos antes. A outra é do laptop que eu peguei dos assassinos há cerca de dez dias. Os Pergaminhos são o manual da Sociedade e a parte que está vendo é a que chamamos de Profecia do Destruidor. Temos conhecimento dela há gerações, desde que a primeira cópia dos Pergaminhos veio parar em nossas mãos.

Quando Marissa levou a mão ao pescoço, obviamente ela já estava percebendo aonde eles chegariam. Ela começou a balançar a cabeça.

– Mas são apenas enigmas. Com certeza...

– Butch tem todas as características. – V. acendeu uma cigarrilha e tragou. – Ele consegue sentir a presença de *redutores*, por isso pode perceber mais do que norte, sul, leste ou oeste. Seu dedo mínimo ficou deformado depois da transição, por isso só tem quatro dedos com os quais pode apontar. Ele teve três vidas: infância, fase adulta e agora é vampiro. E pode-se dizer que ele nasceu aqui em Caldwell quando passou pela transição. Mas o indício mais forte é a cicatriz em sua barriga. Ela é o olho negro e um dos dois sinais de sua frente. Isso se você contar o umbigo como o primeiro.

Ela olhou para Wrath.

– Então o que isso quer dizer?

O rei respirou profundamente.

– Quer dizer que Butch é nossa melhor arma na guerra.

– Como... – Marissa começou a perguntar.

– Ele faz um atalho para o retorno de um *redutor* a Ômega. Veja, durante a iniciação, Ômega divide uma parte de si com cada assassino e essa parte volta ao mestre quando o *redutor* é morto. Como o Ômega é um ser finito, esse retorno é essencial. Ele precisa receber de volta o que coloca neles se quiser continuar a criar guerreiros. – Wrath fez um sinal na direção de Butch. – O tira quebra essa parte do círculo. Assim, quanto mais *redutores* Butch consumir, mais fraco Ômega se tornará até que não reste nada dele. É como escavar uma mina até os recursos se esgotarem.

Marissa olhou para Butch de novo.

– Consumir exatamente como?

Cara, ela não ia gostar daquela parte. – Eu simplesmente... inalo todos eles. Coloco todos para dentro de mim.

Ele sofreu ao ver o terror nos olhos dela.

– Mas então você vai se tornar um deles? O que o impede de ser totalmente dominado pela escuridão?

– Não sei. – Butch se preparou, com medo de que ela corresse dali. Mas ele não a culparia. – Acontece que Vishous me ajuda. Da maneira com que me curou com sua mão antes.

– Quantas vezes você já fez... isso com eles?

– Três. Incluindo hoje à noite.

Ela fechou os olhos.

– E quando foi a primeira vez?

– Cerca de duas semanas atrás.

– Então vocês não conhecem os efeitos a longo prazo, certo?

– Mas estou bem...

Marissa se levantou da cadeira e saiu de trás da mesa, olhando para o chão, os braços ao redor do peito. Quando parou na frente de Wrath, olhou fixamente para ele.

– E você quer usá-lo?

– Estamos falando da sobrevivência da raça.

– Mas e a sobrevivência dele?

Butch ficou em pé.

– Eu quero ser usado, Marissa.

Ela olhou para ele com seriedade.

– Preciso lembrá-lo de que você quase morreu com a contaminação do Ômega?

– Aquilo foi diferente.

– Será? Se você está falando sobre colocar cada vez mais coisa ruim dentro de seu corpo de novo, o que tem de diferente?

– Eu já disse, o V. me ajuda a processar aquilo. A escuridão não fica comigo. – Mas ele não obteve resposta. Ela simplesmente ficou em pé e parada no meio da sala, na defensiva, a ponto de ele não saber como se aproximar. – Marissa, estamos falando de propósito de vida. Meu propósito.

– Engraçado, você me disse na cama, hoje de manhã, que *eu* era a sua vida.

– Você é, mas isto é diferente.

– Ah, sim, tudo é diferente quando você quer que seja. – Ela balançou a cabeça. – Não conseguiu salvar sua irmã, mas agora... agora você tem a chance de salvar milhares de vampiros. Seu complexo de herói deve estar em alta.

Butch cerrou os dentes, tenso.

– Isso foi um golpe baixo.

– Mas é verdade. – De repente, ela se irritou. – Sabe, estou bem cansada de violência. E de brigas. E de pessoas se ferindo. E você me disse que não se envolveria nessa guerra.

– Eu era humano quando disse isso.

– Oh, por favor...

– Marissa, você viu o que aqueles *redutores* podem fazer. Você estava na clínica de seu irmão quando os corpos foram levados. Como eu poderia não lutar?

– Mas você não está apenas falando sobre combate físico. Está falando sobre levar as coisas a outro patamar. *Consumir* assassinos. Como pode ter certeza de que não vai se tornar um deles?

Do nada, o medo tomou conta dele enquanto os olhos dela se concentraram em seu rosto, e Butch soube que não conseguiu esconder a ansiedade a tempo.

Ela balançou a cabeça.

– Você também está preocupado com isso, certo? Não tem certeza de que não vai se tornar um deles.

– Não é verdade. Não vou me deixar levar. Eu sei disso.

– É mesmo? Então por que está segurando seu crucifixo dessa maneira, Butch?

Ele olhou para baixo. Droga, sua mão estava presa no crucifixo, segurando com força, com a camisa toda amassada. Ele se forçou a soltar o objeto.

Wrath interrompeu.

– Precisamos dele, Marissa. A raça precisa dele.

– *Mas e a sua segurança*? – ela perguntou chorando, mas rapidamente se recompôs. – Sinto muito, mas não consigo sorrir e dizer para ir pegá-los. Passei dias em quarentena observando ele. – Ela se virou para Butch. – Vendo você prestes a morrer. Isso quase me matou. E acontece que antes não era uma escolha sua, mas agora... *é* sua escolha, Butch.

Ela tinha razão. Mas ele não conseguiria se controlar. Ele era quem era, e tinha de acreditar que era forte o suficiente para não cair na escuridão.

– Não quero ser um bichinho de estimação, Marissa. Quero um propósito...

– Você tem um propó...

– ... e esse propósito *não* será ficar em casa esperando você voltar de sua vida. Sou um homem, não uma peça de mobília. – Ela apenas olhou para ele, que disse: – Não posso ficar sentado sabendo que existe algo que eu posso fazer para ajudar a raça... a minha raça. – Ele se aproximou dela. – Marissa...

– Não posso... não posso fazer isso. – Ela encolheu os braços e se afastou. – Já vi você quase morrer muitas vezes. Não vou... Não consigo mais, Butch. Não posso viver assim. Sinto muito, mas você está sozinho. Não vou ficar sentada observando você destruir a si mesmo.

Ela se virou e saiu do Buraco.

Na casa principal, John esperava na biblioteca, ansioso. Com o barulho do relógio, ele olhou para seu peito magro e para a gravata que estava pendurada em seu pescoço. Ele tentou se vestir bem, mas parecia que estava pronto para uma foto de escola.

Quando escutou passos, olhou para as portas duplas abertas. Marissa entrou, seguindo na direção da escada e aparentemente desolada. Butch estava atrás dela, com uma expressão ainda pior.

Oh, não... ele esperava que os dois se entendessem. Gostava muito dos dois juntos.

Quando a porta no andar de cima foi fechada com força, ele caminhou até as janelas de vidros em forma de losango e olhou para fora. Ao colocar a mão no vidro, pensou no que Wrath havia dito: que Tohr estava vivo em algum lugar.

Ele queria muito acreditar naquilo.

– Senhor? – Quando se virou ao escutar a voz de Fritz, o homem sorriu. – Sua convidada chegou. Devo trazê-la para dentro?

John hesitou. E então assentiu. Fritz desapareceu e um momento depois uma mulher apareceu na porta. Sem olhar para John, ela fez uma reverência e permaneceu inclinada, olhando para o chão em súplica. Parecia ter cerca de um metro e oitenta e estava usando um tipo de toga branca. Seu cabelo loiro estava enrolado no topo de sua cabeça, e apesar de não conseguir ver seu rosto, o olho que havia conseguido ver por um milésimo de segundo ficou em sua lembrança.

Ela era mais que linda. Era um anjo.

Fez-se um longo silêncio, durante o qual ele só conseguiu ficar observando.

– Meu amo – ela disse delicadamente. – Permite-me olhar em teus olhos?

Ele abriu a boca. E então começou a balançar a cabeça confirmando sem parar.

Mas ela continuou como estava. Bem, é claro, pois não conseguia vê-lo. Droga.

– Meu amo? – Agora ela titubeou um pouco. – Talvez... você deseje outra de nós?

John se aproximou dela e levantou a mão para tocá-la suavemente. Mas onde? Aquela toga era curta e tinha cortes nas mangas e na parte da frente da saia... Caramba, ela tinha um perfume bom.

Constrangido, ele a tocou no ombro, e ela inspirou como se a tivesse surpreendido.

– Meu amo?

Com uma leve pressão em seu braço, ele a colocou em pé. Uau... os olhos dela eram mesmo verdes. Como uvas maduras. Ou a parte de dentro de um limão.

Ele fez um gesto para sua garganta e um movimento de corte com a mão.

O rosto perfeito dela se inclinou para o lado.

– Você não fala, meu amo?

Ele balançou a cabeça, um pouco surpreso por Wrath não ter contado. Mas o rei tinha muitas coisas nas quais pensar.

Como resposta, os olhos de Layla brilharam e quando ela sorriu, ele ficou desarmado. Seus dentes eram perfeitos e suas presas eram... incrivelmente adoráveis.

– Meu amo, o voto de silêncio precisa ser valorizado. Um ato de autodisciplina. Você deve ser um guerreiro de grande poder, você que vem de Darius, filho da linhagem de Marklon.

Meu Deus. Ela estava realmente impressionada com ele. E caramba, se ela queria pensar que havia feito um voto, tudo bem. Não era preciso dizer que ele tinha um defeito.

– Talvez queira saber sobre mim? – ela perguntou. – De modo que possa ter certeza de que terá o que quer quando precisar?

Ele assentiu e olhou para o sofá, pensando que estava feliz por ter levado um bloco de anotações. Talvez os dois pudessem se sentar ali por um momento para que se conhecessem...

Quando ele olhou para trás, ela estava gloriosamente nua, com a toga a seus pés.

John sentiu os olhos arregalarem. Caramba.

– Você aprova, meu amo?

Jesus, Maria e José. Ainda que pudesse falar, estaria sem palavras.

– Meu amo?

Quando John começou a assentir, pensou que mal podia esperar para contar sobre aquilo para Blaylock e Qhuinn.

Capítulo 45

Na noite seguinte, Marissa saiu do andar subterrâneo do Abrigo e tentou fingir que seu mundo não tinha ruído.

– Mastimon quer conversar com você – alguém de voz fina disse.

Marissa se virou e viu a criança com o gesso na perna. Forçando um sorriso, ela se abaixou e ficou de frente para o tigre de pelúcia.

– É mesmo?

– Sim. Ele disse que você não deve ficar triste, porque ele está aqui para nos proteger. E quer abraçar você.

Marissa pegou o brinquedo velho e o abraçou.

– Ele é forte e gentil.

– É mesmo. E você deve ficar junto com ele por enquanto. – A expressão da criança era séria. – Preciso ajudar a *mahmen* a preparar a primeira refeição.

– Vou cuidar dele.

Assentindo de modo solene, a criança partiu, batendo as muletas no chão.

Enquanto Marissa segurava o tigre, pensou em como tinha sido fazer as malas e deixar o Buraco na noite anterior. Butch havia tentado convencê-la a não fazer aquilo, mas a decisão que ele havia tomado estava em seus olhos, e as palavras que disse não fizeram diferença.

A verdade era que o amor de Marissa não o tinha curado de sua imprudência ou de sua vontade de aceitar riscos. E por mais dolorosa que a separação fosse, se ela continuasse com ele, seria insustentável:

todas as noites ficaria ao lado do telefone esperando a notícia de sua morte. Ou talvez algo ainda mais trágico: que ele havia se transformado em algo maligno.

Além disso, quanto mais pensava na situação, menos acreditava que ele estaria seguro. Não depois de sua tentativa de suicídio na clínica. E a regressão que ele havia decidido fazer. E a transição pela qual havia passado. E agora a batalha... consumindo *redutores*. Sim, os resultados tinham sido positivos até então, mas a tendência não era boa: ela via um padrão constante de autoabuso que sabia muito bem que mais cedo ou mais tarde faria com que ele se prejudicasse com seriedade.

Ela o amava demais para vê-lo se matar.

Ao sentir os olhos marejados, ela secou as lágrimas e olhou para o céu. Depois de um tempo, um pensamento inconstante, como um eco, surgiu em sua mente. Mas o que quer que fosse, desapareceu rapidamente.

Forçando-se a ficar em pé, ela se sentiu momentaneamente perdida. Literalmente não conseguia se lembrar do que estava fazendo ou do motivo pelo qual estava no corredor. Por fim, ela foi para seu escritório porque sempre havia algo a fazer por lá.

Uma verdade sobre ser um ex-tira era o fato de nunca perder a atenção nos detalhes.

Butch parou no beco ao lado do ZeroSum. No caminho, na saída de emergência do clube, estava aquele loiro invocado e esquentadinho que maltratou a garçonete na semana anterior. Ao seu lado estava um dos seus colegas e os dois acenderam cigarros.

Agora, por que eles estavam fumando ali num beco frio ninguém sabe.

Butch ficou observando. E aproveitou o tempo para pensar um pouco. O que era ruim, como sempre. Cara, assim que as coisas ficavam quietas, ele só conseguia pensar em Marissa entrando no Mercedes de Fritz e o carro desaparecendo pelos portões.

Dizendo um palavrão, Butch esfregou seu peito e torceu muito para encontrar um *redutor*. Precisava lutar com alguma coisa para parar de pensar em sua dor. E tinha que ser naquele instante.

Vindo da Rua Trade, um carro entrou no beco e se aproximou rapidamente. Ao passar e parar na lateral do clube, o Infiniti preto mostrava peças cromadas suficientes para parecer uma bola espelhada de discoteca. E, veja só o que temos aqui, o cretino loiro se aproximou para cumprimentar o motorista.

Quando eles começaram a conversar, Butch não soube dizer exatamente o que estava acontecendo, mas tinha certeza de que eles não estavam trocando receitas de biscoitos.

Quando o Infiniti saiu de ré, Butch saiu das sombras, pensando que só existia uma maneira de saber se sua intuição estava correta: presumir que estava e ver o que acontece.

– Não me diga que vai vender essa coisa ali dentro? O Reverendo odeia *freelancers*.

O loiro virou-se todo irritado.

– Quem diabos é você... – Ele parou de falar. – Espere aí... já te vi antes... mas...

– Pois é, dei uma mudada na lataria. Eu funciono melhor agora. Bem melhor. O que você... – Butch parou ao sentir seus instintos em alerta.

Redutores. Por perto. Droga.

– Garotos – ele disse com calma. – Vocês precisam ir embora agora. E não podem entrar novamente por aquela porta.

O loiro voltou a ficar nervosinho.

– Quem você pensa que é?

– Confie em mim e suma daqui. *Agora*.

– Vá se danar. Podemos ficar aqui a noite toda se nós... – O cretino parou e empalideceu ao sentir um cheiro doce trazido pelo vento. – Oh, meu Deus...

Hum, então o loiro era um vampiro que ainda não tinha passado pela transição.

– Bom, como eu disse... suma daqui, cara.

A dupla partiu, mas não foram rápidos o bastante: um trio de *redutores* apareceu no final do beco, bloqueando o caminho.

Ótimo. Excelente.

Butch ativou seu novo relógio de pulso, mandando um aviso e coordenadas. Poucos minutos depois, V. e Rhage se materializaram ao lado dele.

– Usem a estratégia que combinamos – Butch disse. – Eu termino com eles.

Os dois concordaram quando os *redutores* se aproximaram.

Rehvenge ficou em pé e pegou seu casaco.

– Vou nessa, Xhex. Reunião do Conselho dos *Princeps*. Vou me desmaterializar, por isso não preciso do carro, e espero voltar em uma hora. Mas antes que eu parta, qual é a situação do cara que teve uma overdose?

– Está no Hospital Saint Francis. Provavelmente vai sobreviver.

– E quanto ao traficante?

Xhex abriu a porta para ele, como se o incentivasse a sair.

– Ainda não o encontrei.

Rehv xingou, pegou sua bengala e se aproximou dela.

– Não estou feliz com essa situação.

– Não brinca – ela disse. – E eu pensando que você estivesse contente.

Ele olhou para ela com seriedade.

– Não brinque comigo.

– Não estou, chefe – ela respondeu na hora. – Estamos fazendo tudo o que podemos. Você acha que gosto de ligar para a polícia por causa desses tolos?

Ele respirou profundamente e tentou se acalmar. Caramba, tinha sido uma semana difícil no clube. Os dois estavam com pouca paciência, e o restante dos funcionários do ZeroSum estavam prestes a se enforcar devido à tensão.

– Sinto muito – ele disse. – Estou cansado.

Ela passou a mão em seu corte de cabelo masculino.

– Sim... eu também.

– O que está acontecendo com você?

Ele não esperava que ela fosse responder. Mas respondeu.

– Ficou sabendo do humano? O'Neal?

– Sim. Agora é um de nós. Quem poderia imaginar, certo? – Rehv ainda tinha de ver o cara com os próprios olhos, mas Vishous havia contado sobre o milagre ocorrido.

Rehv sinceramente desejava tudo de bom para o tira. Gostava daquele cara que falava grosso. Mas também tinha consciência de que seus dias de alimentação com Marissa haviam terminado, e portanto não tinha mais esperança de ficar com ela. Era uma grande droga tudo aquilo, com certeza, apesar de saber que se envolver com ela seria uma ideia muito ruim.

– É verdade? – Xhex perguntou. – A respeito dele e de Marissa?

– Sim, ele já não é mais um partido livre.

A expressão de Xhex foi esquisita... tristeza? Sim, era o que parecia.

Ele franziu a testa.

– Não sabia que você estava tão a fim dele.

No mesmo instante, ela voltou ao normal, com o olhar penetrante, mostrando sua determinação. – Só porque gosto de transar com ele não quer dizer que o desejo como parceiro.

– Certo, tudo bem. Que seja.

Suas presas apareceram.

– Eu pareço o tipo de mulher que precisa de um parceiro?

– Não e graças a Deus. A ideia de você se tornar mais tranquila viola a ordem natural do mundo. Além disso, você é a única pessoa de quem posso me alimentar, por isso preciso que esteja descomprometida. – Ele passou por ela. – Volto em duas horas, no máximo.

– Rehvenge. – Quando ele olhou para trás, ela disse: – Preciso que você continue solteiro também.

Os dois se entreolharam. Caramba, que belo casal eles eram. Dois mentirosos vivendo entre Normais... duas serpentes rastejando na grama.

– Não se preocupe – ele disse. – Nunca terei uma *shellan*. Marissa foi... um sabor que eu queria experimentar. Nunca teria dado certo a longo prazo.

Quando Xhex assentiu, como se eles tivessem fechado um acordo, Rehv saiu.

Ao caminhar pela área VIP, ele se manteve nas sombras. Não gostava de ser visto com sua bengala, e se tivesse de usá-la, gostava de dar a impressão de que se tratava de uma vaidade, por isso tentava não depender muito dela. O que era um pouco perigoso, a julgar por sua falta de equilíbrio.

Ele chegou à porta lateral, realizou algum tipo de truque mental com o alarme e acionou a abertura da barra. Saiu, pensando que ele...

Caramba! Estava ocorrendo uma confusão na rua. *Redutores*. Irmãos. Dois civis agachados e tremendo no meio. E um grande e malvado Butch O'Neal.

Quando a porta se fechou atrás de Rehv, ele se surpreendeu e tentou imaginar por que as câmeras de segurança não tinham... oh, *mhis*. Estavam cercados por *mhis*. Bem pensado.

Em pé na lateral, ele observou a luta, escutando os golpes entre os corpos, ouvindo os gemidos e o bater de peças de metal, sentindo o cheiro do suor e do sangue de sua raça misturado com o odor adocicado de talco de bebê dos assassinos.

Droga, ele também queria brincar. E não conseguia entender por que não podia brincar.

Quando um *redutor* tropeçou em sua direção, ele pegou o infeliz, o bateu contra a parede e sorriu enquanto olhava dentro daqueles olhos pálidos. Há muito tempo Rehv não matava algo e seu lado negro sentia falta da experiência. Desejava. Cara, tirar a vida de algo era o que seu lado ruim estava precisando.

E ele ia alimentar sua fera. Bem ali, naquele momento.

Apesar da dopamina em seu organismo, as habilidades de *sympatho* de Rehv surgiram após seu despertar, surfando naquela onda de agressão, cobrindo sua visão com a cor vermelha. Mostrando as presas em um sorriso, ele se entregou a sua metade sinistra com o êxtase de um viciado em crise de abstinência.

Com mãos invisíveis, ele entrou no cérebro do *redutor*, e acionou todos os tipos de lembranças divertidas. Era como tirar tampas de garrafas, e o que surgia deixava sua presa debilitada, desgastando tanto o *redutor* que o tornava indefeso. Caramba, havia tantas coisa ruins dentro da cabeça daquele idiota – aquele assassino em especial havia passado por momentos realmente sádicos, e conforme cada um de seus atos ruins e abusos tomava sua mente, ele começou a gritar, batendo as mãos nos ouvidos e caindo no chão.

Rehv ergueu sua bengala e a tirou de sua capa, revelando uma peça comprida e letal de metal, uma lâmina vermelha como o sangue que ele desejava. Mas quando ele se preparou para atacar, Butch segurou seu braço.

– É aqui que entro.

Rehv olhou para o cara.

– Dane-se, essa é minha presa...

– Não, não é. – Butch ficou de joelhos ao lado do *redutor* e...

Rehv ficou sem palavras enquanto olhava fascinado Butch inclinar-se e começar a sugar algo de dentro do assassino. Mas não houve tempo para aproveitar aquela cena de *Além da imaginação*. Outro *redutor* se aproximou de Butch, e Rehv precisou dar um salto para trás enquanto Rhage derrubava o cara.

Rehv escutou mais passos e viu outro *redutor*. Ótimo, pois este *ele* conseguiria enfrentar, pensou sorrindo.

Caramba, *sympathos* adoravam lutar, de verdade. E ele não era uma exceção à sua natureza.

O Sr. X desceu o beco onde a luta estava acontecendo. Mesmo sem conseguir ver ou escutar o que quer que fosse, sentiu a pressão ali, por isso sabia se tratar do local correto.

Van disse um palavrão atrás dele.

– Que droga é esta? Consigo sentir a briga, mas não vejo nada...

– Estamos prestes a entrar no *mhis*. Prepare-se.

Os dois continuaram correndo e bateram no que parecia ser um muro de água fria. Ao passarem pela barreira, a briga se revelou: dois Irmãos. Seis assassinos. Dois civis com medo. Um macho muito grande com um casaco de pele... e Butch O'Neal.

O ex-tira estava se erguendo do chão, parecendo forte como o diabo e exalando sua conexão com Ômega. Quando o Sr. X olhou para O'Neal, o *Redutor Principal* parou, como se tivesse entrado em harmonia com o tira.

E, ironia das ironias, naquele instante, quando a ligação foi estabelecida, naquele exato momento em que houve uma troca de reconhecimento, o Ômega chamou do outro lado.

Coincidência? Quem se importa? O Sr. X virou-se para Van e exigiu, ignorando a irritação em sua pele:

– Van – disse delicadamente –, está na hora de você mostrar a que veio. Vá pegar O'Neal.

– Já estava mais do que na hora. – Van partiu para cima do vampiro recém-nascido, e os dois se analisaram, girando um ao redor do outro, como os gladiadores faziam. Até Van parar de se mexer, tornando-se nada além de uma estátua que respirava.

Porque o Sr. X havia feito aquilo acontecer.

Cara, ele teve de sorrir ao ver a expressão de pânico no rosto de Van. Sim, perder o controle de todos os seus grupos musculares devia ser assustador para um homem, certo?

E O'Neal também ficou surpreso. Ele se aproximou com cuidado, assustado, mas obviamente pronto para tirar vantagem da situação que o Sr. X impunha a seu subordinado. O ataque aconteceu rapidamente. Com um movimento repentino, O'Neal segurou Van com uma chave de braço, derrubando-o, e o manteve no chão.

O Sr. X não se importava em sacrificar um membro valioso como Van. Ele precisava saber o que acontece quando... *caramba!*

O'Neal... O'Neal havia aberto a boca e estava inalando e... Van Dean foi sugado e desapareceu, sendo absorvido, engolido, possuído. Virou pó.

O alívio tomou conta do Sr. X. Sim... *sim*, a profecia havia se cumprido. A profecia havia se tornado realidade na pele de um irlandês que passou pela transição. *Obrigado, Deus.*

O Sr. X deu um passo desesperado para frente. Agora... agora seria a hora de ter a paz que buscava, sua liberdade garantida. *O'Neal era o escolhido.*

Mas o Sr. X, de repente, foi interceptado por um Irmão com cavanhaque e tatuagens no rosto. O grande cretino surgiu do nada como uma rocha, batendo em X com tanta força que suas pernas fraquejaram. Eles começaram a lutar, mas o Sr. X sentiu medo de ser esfaqueado e não consumido por O'Neal. Assim, quando outro *redutor* entrou em cena e segurou o Irmão, o Sr. X se libertou e desapareceu.

O chamado de Ômega era uma exigência agora, uma tremenda irritação na pele do Sr. X, mas ele não estava respondendo. Ele iria morrer naquela noite. Mas do jeito certo.

Butch levantou a cabeça da pilha de cinzas da última vítima e começou a ter espasmos, contraindo violentamente o torso. Sentiu seu corpo da mesma maneira com que o sentira na clínica quando acordou pela primeira vez após ter sido resgatado por V.: contaminado. Manchado. Irremediavelmente imundo.

Meus Deus... e se ele tivesse exagerado? E se tivesse chegado a um ponto sem volta?

Ao vomitar, ele sentiu, mesmo sem ver, a aproximação de V. Forçando sua cabeça para cima, Butch resmungou:

– Ajude-me...

– Vou fazer isso, *trahyner*. Me dê sua mão. – Quando Butch estendeu a mão em desespero, Vishous tirou a luva e segurou com firmeza. A energia de V., aquela luz bela e branca, entrou no braço de Butch e o tomou de maneira rejuvenescedora, limpando-o.

Unidos pelas mãos, eles se tornaram, mais uma vez, as duas metades, a luz e a escuridão. O Destruidor e o Salvador. Um todo.

Butch aceitava tudo que V. tinha para dar. E quando terminou, ele não queria soltar, com medo de que, uma vez desfeita a conexão, o mal pudesse voltar de alguma forma.

– Você está bem? – V. perguntou suavemente.

– Agora estou. – Meu Deus, sua voz estava rouca pela inalação. Talvez também por gratidão.

V. puxou sua mão e Butch ficou em pé. Ao encostar na parede de tijolos, ele percebeu que a briga havia terminado.

– Belo trabalho para um civil – Rhage disse.

Butch olhou para o lado, pensando que o Irmão estivesse falando com ele, mas então viu Rehvenge. O macho estava, lentamente, se inclinando e pegando um objeto do chão. Com um movimento elegante, ele pegou a adaga de lâmina vermelha e a guardou de novo na bainha. Ah... aquela bengala também era uma arma.

– Obrigado – Rehv disse. E então seus olhos ametistas se voltaram para Butch.

Enquanto os dois se olhavam, Butch percebeu que eles não tinham se encontrado desde aquela noite com Marissa.

– E aí, cara – Butch disse, mostrando a palma da mão.

Rehvenge se aproximou, apoiando-se em sua bengala. Enquanto os dois trocaram um aperto de mão, os outros prenderam a respiração.

– E então, tira – Rehv disse. – Você se importa se eu perguntar o que estava fazendo com aqueles assassinos?

Antes que Butch pudesse responder, um som veio da lixeira ao lado, chamando a atenção deles.

– Podem sair, garotos – Rhage disse. – A barra está limpa.

O loiro e seu parceiro se remexeram e apareceram à luz. Os dois pareciam saídos de uma máquina de lavar: estavam molhados de suor apesar do frio, com os cabelos e roupas todos desarrumados.

A expressão séria de Rehvenge não demonstrou surpresa.

– Lash, por que não está em treinamento agora? Seu pai vai ficar uma fera quando descobrir que você estava aqui em vez de...

– Ele está tirando umas férias das aulas – Rhage disse secamente.

– Para traficar drogas – Butch acrescentou. – Confira os bolsos dele.

Rhage se aproximou e Lash estava chocado demais para protestar. O resultado foi um bolo grande de dinheiro e alguns pacotinhos de papel celofane.

Os olhos de Rehv brilharam de raiva.

– Passe tudo para cá, Hollywood. O pó, não o dinheiro.

Quando Rhage entregou o que foi pedido, Rehv abriu um dos pacotes, lambeu seu dedo mínimo e o enfiou ali. Depois de levar o dedo à língua, fez uma careta e cuspiu. E então movimentou a bengala na direção do garoto.

– Você não é mais bem-vindo aqui.

Aquela notícia pareceu ter assustado Lash:

– Por que não? Esse é um país livre.

– Em primeiro lugar, esta é a *minha* boate. Em segundo, apesar de não precisar de outro motivo, a droga desses sacos está contaminada e por isso acredito que você é o responsável pelas muitas overdoses que tivemos ultimamente. Então, como eu disse, você não é mais bem-vindo aqui. Não quero que idiotas como você estraguem o fluxo do comércio. – Rehv colocou os pacotinhos dentro do bolso de seu casaco e olhou para Rhage. – O que você vai fazer com ele?

– Vou levá-lo para casa.

Rehv sorriu de modo frio.

– Muito conveniente para todos nós.

De repente, Lash começou a implorar.

– Mas não vamos contar ao meu pai...

– Vamos contar tudo – Rehvenge disse. – Pode apostar que seu pai vai ficar sabendo de *toda* essa palhaçada.

Lash sentiu os joelhos tremerem. Então o garotão desmaiou.

Marissa chegou à reunião do Conselho dos *Princeps* sem se preocupar com o fato de todos estarem olhando para ela.

Ninguém nunca a vira com calça nem com os cabelos presos com um rabo de cavalo. Surpresa, grande surpresa.

Ela sentou-se, abriu sua pasta nova em folha, e começou a olhar os currículos para diretor-residente. Mas... não estava prestando muita atenção. Estava exausta, não apenas por causa do trabalho ou do estresse, mas porque precisava se alimentar. Logo.

Oh, droga. Aquela ideia a deixava triste, e ela mergulhou em pensamentos sobre Butch. Ao pensar nele, aquele eco persistente em sua mente retornou. Aquilo parecia o tocar de um sino, que fazia com que ela se lembrasse de... o quê?

Alguém colocou a mão em seu ombro. Ela se assustou e Rehv se sentou ao seu lado.

– Sou eu. – Seus olhos cor de ametista passaram sobre seu rosto e cabelos. – É muito bom ver você.

– Bom ver você também. – Ela sorriu levemente, e então desviou o olhar, tentando imaginar se teria de voltar a usar a veia dele... ah ... droga. É claro que sim.

– O que está fazendo, *tahlly*? Está bem? – ele questionou. A pergunta foi tão casual que ela teve a impressão de que Rehv sabia exatamente quão chateada ela estava, e de certa forma sabia a razão. Por algum motivo, ele sempre foi capaz de compreendê-la muito bem.

Quando ela abriu a boca, o martelo do *lídher* do conselho foi batido do outro lado da mesa.

– Gostaria de pedir ordem.

As vozes na biblioteca sumiram depressa, e Rehv se inclinou na cadeira com uma expressão de tédio tomando seu rosto. Com mãos elegantes e fortes, ele dobrou seu casaco de pele sobre as pernas, como se estivesse frio dentro da sala, e não uma temperatura confortável.

Marissa fechou a pasta e a deixou de lado, percebendo que estava adotando uma postura parecida com a dele, mas sem o casaco. *Meu Deus*, ela pensou. *Como as coisas mudaram*. Ela já tinha sentido muito medo de vampiros. Já tinha se sentido muito intimidada. Naquele momento, ao olhar ao redor, para as fêmeas e os machos formalmente vestidos, ela se sentiu... entediada com tudo. Naquela noite, a *glymera* e o Conselho dos *Princeps* pareciam não passar de um pesadelo social antiquado não mais importante para a sua vida. Graças a Deus.

O *lídher* sorriu e sinalizou para que um *doggen* se aproximasse. O criado trazia uma folha de pergaminho esticada sobre uma tábua de madeira. Várias fitas compridas de seda estavam penduradas no documento, com as diversas cores refletindo cada uma das famílias de origem. A linha de Marissa era azul-clara.

O *lídher* olhou ao redor, com os olhos atentos evitando Marissa.

– Agora que o conselho todo está aqui, gostaria de abordar a primeira ordem do dia, ou seja, a questão criada pelo rei a respeito do *ehnclausuramento* obrigatório de todas as fêmeas sem parceiros. Em primeiro lugar, como manda o procedimento padrão, daremos espaço à opinião dos membros sem direito ao voto.

Todos assentiram... menos Rehvenge, que demonstrava claramente como se sentia.

Na pausa depois de sua rejeição à lei, Marissa percebeu que Havers olhava para ela. Manteve-se calada.

– Muito bem, conselho – o *lídher* disse. – Agora chamarei os seis *princeps* votantes. – Conforme cada nome era lido, o *princeps* correspondente se levantava, dava o consentimento de sua linhagem e colocava o selo da família no pergaminho. Isso se repetiu sem problemas por cinco vezes. Até que o último nome foi chamado. – Havers, filho de sangue de Wallen, neto de sangue de...

Quando seu irmão ficou em pé, Marissa bateu os dedos na mesa. Todos se viraram para ela.

– Nome errado.

O *lídher* arregalou tanto os olhos que ela teve certeza de que poderia enxergar através dele. E estava tão surpreso com a interrupção dela, que não teve o que dizer quando Marissa sorriu brevemente e olhou para Havers.

– Você pode se sentar, médico – ela disse.

– Como? – o *lídher* gaguejou.

Marissa ficou em pé.

– Já faz tempo desde que fizemos uma dessas votações... desde que o pai de Wrath morreu.

Ela se inclinou apoiada nas mãos ao olhar secamente para o rosto do *lídher*. – E no passado, séculos antes, quando meu pai ainda era vivo, era ele quem decidia os votos de nossa família. Obviamente, vocês se esqueceram desse fato.

O *lídher* olhou para Havers em pânico.

– Talvez você possa informar a sua irmã que ela está indo longe demais...

Marissa interrompeu.

– Não sou mais sua irmã, como ele mesmo me disse. Mas acredito que todos concordam com o fato de que a linhagem é imutável. Assim como a ordem de nascimento. – Ela sorriu tranquilamente. – Acontece que eu nasci onze anos antes de Havers. E, assim, sou mais velha do que ele. O que significa que ele deve se sentar, pois, como o membro sobrevivente mais velho de minha família, o voto de nossa linhagem cabe a mim. E neste caso, o meu voto é, definitivamente, *não*.

O caos se fez. Um verdadeiro pandemônio.

No meio da confusão, Rehv riu e bateu palmas.

– Caramba, mulher. Você é fogo.

Marissa não estava contente por causa do jogo de forças, e sentiu-se mais aliviada do que qualquer outra coisa. O voto tinha de ser unânime ou aquela lei não seria aprovada. E, graças a ela, não seria.

– Oh... meu Deus – alguém disse.

Como se um ralo tivesse sido aberto no meio do chão, todo o barulho foi sugado para fora da sala. Marissa se virou.

Rhage estava na porta da biblioteca segurando um macho em pré-transição pelo pescoço. Atrás dele estavam Vishous... e Butch.

Capítulo 46

Na entrada da biblioteca, Butch fez o que pôde para não olhar fixamente para Marissa, mas foi difícil.

Principalmente porque ela estava sentada ao lado de Rehvenge.

Ele tentou se distrair olhando ao redor. A reunião da qual ela participara estava cheia de pessoas importantes. Cristo, parecia uma reunião de políticos, mas na verdade todos estavam muito bem vestidos, principalmente as fêmeas. Cara, as joias de Elizabeth Taylor não eram nada perto daquelas mulheres.

E então a bomba foi lançada.

O homem na cabeceira da mesa olhou para eles, viu Lash e ficou completamente pálido. Levantando-se lentamente, parecia que havia perdido a voz. Como todas as outras pessoas da sala.

– Precisamos conversar, senhor – Rhage disse enquanto sacudia Lash. – A respeito das atividades extracurriculares do seu garoto.

Rehvenge ficou em pé.

– Pode apostar que sim.

Aquilo interrompeu a reunião como um machado em um cubo de gelo. O pai de Lash saiu da biblioteca e apressou Rhage, Rehvenge e o garoto para dentro de uma sala de espera, como se estivesse totalmente assustado. Enquanto isso, as pessoas bem vestidas se levantaram da mesa e começaram a caminhar. Ninguém parecia feliz, e a maioria olhava com seriedade para Marissa.

E isso fez com que Butch sentisse vontade de ensinar a eles como demonstrar respeito. Até arrancar-lhes sangue.

Ele cerrou os punhos, suas narinas se alargaram e farejou o odor de Marissa e o absorveu com todos os seus poros. Naturalmente, seu corpo se excitou por estar tão perto dela, com o calor, com o desejo. Caramba, ele tinha que se controlar. Principalmente ao sentir que ela olhava para ele.

Quando um vento frio passou pela casa, Butch percebeu que a enorme porta de entrada ainda estava aberta depois da chegada deles com o garoto. Ao olhar para a noite, percebeu também que seria melhor que fosse embora. Seria mais limpo. Mais organizado. Menos perigoso também, tendo em vista como queria socar aqueles esnobes por tratarem Marissa com frieza.

Ele saiu da casa e caminhou pelo jardim da frente, vagando através da grama molhada antes de dar a volta e se aproximar novamente da casa. Mas ele parou ao encontrar o Escalade porque sabia que não estava mais sozinho.

Marissa saiu detrás do carro.

– Oi, Butch.

Caramba, ela estava linda. Principalmente estando tão perto como naquele momento.

– Oi, Marissa. – Ele enfiou as mãos nos bolsos de seu casaco de couro. E pensou sobre como sentiu sua falta. O quanto a queria. Quanto desejava. E não apenas pelo sexo.

– Butch... eu...

De repente, ele ficou tenso, captando algo que atravessava o jardim. Um homem... um homem de cabelos brancos... um *redutor*.

– Droga – Butch disse. Rapidamente, ele segurou Marissa e começou a carregá-la de volta em direção à casa.

– O que está fazendo?... – Assim que ela viu o *redutor*, parou de relutar.

– Corra – ele disse. – Corra e peça a Rhage e a V. que venham para cá. E tranque aquela maldita porta. – Ele fez o pedido e se virou, prendendo a respiração até escutar a porta sendo fechada e trancada.

Olha só, quem diria. Era o *Redutor Principal* se aproximando.

Caramba, ele queria estar sozinho. Porque antes de matar o cara, queria estraçalhar com ele. Olho por olho, dente por dente, por assim dizer.

Quando o idiota se aproximou, o assassino ergueu as mãos se rendendo, mas Butch não acreditou naquela atitude. Também não acreditou que o cara estivesse sozinho. Ele usou seus instintos, esperando encontrar uma legião de assassinos ao redor. Surpreendentemente, não havia nenhum.

Ainda assim, ele se sentiu mais seguro quando V. e Rhage se materializaram atrás dele, com seus corpos movendo o ar frio.

– Acho que só ele está aqui – Butch disse, seu corpo preparando-se para a briga. – E não preciso dizer isso... mas ele é *meu*.

Quando o assassino se aproximou, Butch se preparou para o salto, mas as coisas ficaram esquisitas. Caramba, ele só podia estar vendo coisas. O *redutor* não podia estar chorando, certo?

Com a voz angustiada, ele disse:

– Você, o tira. Pode me pegar... acabe comigo. Por favor...

– Não acredite nisso – Rhage disse à esquerda.

O *redutor* olhou para o Irmão e depois para Butch.

– Só quero que isto termine. Estou preso... por favor, me mate. Tem de ser você. Não eles.

– Com todo o prazer – Butch disse.

Ele se lançou em cima do cara, esperando uma reação, mas o idiota não resistiu, apenas caiu de costas como se fosse um saco de areia.

– Obrigado... obrigado... – O agradecimento saiu da boca do *redutor* como uma onda sem fim, marcada por alívio.

Quando Butch sentiu a vontade de inalar, segurou o pescoço do *Redutor Principal* e abriu a boca, totalmente ciente dos olhos da *glymera* observando seus movimentos através das janelas da mansão. Quando ele começou a sugar, só conseguia pensar em Marissa. Não queria que ela visse o que aconteceria em seguida.

Mas... nada aconteceu. Não houve troca. Um tipo de bloqueio impedia que o mal fosse transferido.

Os olhos do *Redutor Principal* se arregalaram de pânico.

– Funcionou... com os outros. Funcionou! Eu vi você...

Butch continuou inspirando até ficar claro que, por algum motivo, ele não conseguiria consumir aquele. Talvez porque fosse um *Redutor Principal*? Não importava.

– Com os outros... – o *redutor* estava dizendo. – Com os outros, funcionou.

– Mas parece que não vai funcionar com você. – Butch levou a mão à cintura e tirou a adaga da bainha. – Mas o bom é que existe outra maneira. – Ele se afastou, erguendo a lâmina acima da cabeça.

O *redutor* gritou e começou a se debater.

– Não! Ele vai me torturar! Nãooooo...

O grito parou quando o assassino foi atingido.

Butch suspirou aliviado, feliz por terminar aquilo...

Mas sentiu uma onda de maldade passar por ele, queimando como os extremos do frio e do calor juntos. Ao se assustar, uma risada estranha surgiu do nada e tomou a noite, o tipo de som sem origem que fazia um homem pensar na morte.

Ômega.

Butch pegou sua cruz e ficou em pé quando uma aparição do Mal surgiu diante dele. O corpo de Butch se contorceu, mas ele não recuou. Vagamente, sentiu Rhage e V. se aproximarem dele, dando-lhe apoio e proteção.

– O que foi, tira? – V. perguntou. – O que está vendo?

Caramba, eles não podiam ver o Ômega.

Antes que Butch pudesse explicar, a voz distinta do Mal ecoou junto com o vento, para dentro e para fora de sua mente.

– Então é você o escolhido? Meu... filho, por assim dizer.

– Nunca.

– Butch? Com quem está falando? – V. perguntou.

– Então não o criei? – O Ômega riu um pouco mais. – Não dei a você uma parte de mim? Sim, dei. E sabe o que dizem sobre mim, não sabe?

– Não quero saber.

– Pois deveria. – O Ômega esticou a mão fantasmagórica e apesar de não ter encostado em Butch, este a sentiu em seu rosto. – Eu sempre reivindico o que é me *pertence*... Meu filho.

– Sinto muito, mas a vaga de meu pai já está preenchida.

Butch tirou seu crucifixo para fora da camisa e deixou-o pendurado na corrente. Ao longe, ele achou que escutou V. dizer um palavrão, como se o Irmão tivesse compreendido o que acontecia, mas sua atenção estava voltada apenas para o que havia diante de si.

O Ômega olhou para a peça de ouro. E então olhou para Rhage, V. e para a casa atrás.

– Amuletos não me assustam. Nem os Irmãos. Nem as travas e portas mais fortes.

– Mas eu assusto.

Ômega se virou.

A Virgem Escriba se materializou atrás dele, totalmente nua e brilhando como um sol.

O Ômega mudou de forma no mesmo instante, tornando-se um buraco negro no tecido da realidade, não mais uma aparição, mas um abismo escuro e sombrio.

– Oh, droga – V. disse, como se agora ele e Rhage fossem capaz de ver tudo.

A voz de Ômega surgiu das profundezas escuras.

– Irmã, como está hoje?

– Eu ordeno que você retorne para *Dhunhd*. Vá agora. – O brilho dela aumentou até começar a envolver Ômega.

Um urro foi ouvido.

– Acha que essa proibição acaba com minha presença? Você é simples demais.

– Vá agora. – Uma série de palavras fluiu dela pela noite, nem no Antigo Idioma nem em qualquer outra língua que Butch conhecesse.

Antes de Ômega desaparecer, Butch sentiu o olhar do Mal sobre ele e a voz assustadora ecoou.

– Você me inspira, meu filho. E eu digo que seria inteligente de sua parte procurar pelo seu sangue. As famílias devem ficar unidas.

E então Ômega sumiu numa luz branca. Assim como a Virgem Escriba.

Desapareceram. Os dois. Não restou nada além do vento muito frio que afastou as nuvens do céu como cortinas puxadas por uma mão.

Rhage pigarreou.

– Certo... não vou dormir por uma semana e meia. E vocês dois?

– Você está bem? – V. perguntou a Butch.

– Sim. – *Não.*

Jesus Cristo... ele não podia ser filho do Ômega. Podia?

– Não – V. disse. – Você não é. Ele só quer acreditar que você é. E quer que você acredite nisso também. Mas isso não quer dizer que seja verdade.

Fez-se um longo silêncio. E então a mão de Rhage pousou no ombro de Butch.

– Além disso, você não se parece nada com ele. Afinal...veja só. Você é um cara branco e irlandês. Ele é... fumaça de escapamento ou algo assim.

Butch olhou para Hollywood.

– Você é doente, sabia?

– Sim, mas você me ama, certo? Vamos, eu sei que você me ama.

Butch foi o primeiro a começar a rir. Depois os outros dois o acompanharam, e o peso daquela situação surreal e assustadora foi sumindo.

Mas quando pararam de rir, Butch levou a mão à barriga.

Virou-se e olhou para a mansão, procurando entre os rostos pálidos e assustados do outro lado da janela. Marissa estava bem na frente, com os cabelos loiros e brilhantes refletindo o luar.

Ele fechou os olhos e se virou.

– Quero levar o Escalade de volta. Pessoalmente. – Se não ficasse um pouco sozinho, começaria a gritar. – Mas antes, será que precisamos fazer algo a respeito da *glymera* e de tudo que viram?

– Wrath certamente vai ouvir muita reclamação por parte deles – V. disse. – Mas por mim, eles que se virem. Além disso, podem pagar um terapeuta para ajudá-los a lidar com essa confusão. Não é nossa obrigação acalmá-los.

Quando Rhage e V. se desmaterializaram novamente para dentro do complexo, Butch caminhou em direção ao Escalade. Ao desativar o alarme do carro, escutou alguém correndo.

– Butch! Espere!

Ele olhou para trás. Marissa corria em sua direção, e quando ela parou, estava tão perto que ele conseguiu escutar seu coração aos pulos.

– Você está ferido? – ela perguntou, olhando para ele.

– Não.

– Tem certeza?

– Sim.

– Aquele era o Ômega?

– Sim.

Ela respirou profundamente, como se quisesse fazer mais perguntas, mas sabendo que ele não falaria sobre o que havia acontecido com o Mal. Não do jeito que as coisas estavam entre eles.

– Ah, antes dele chegar, vi você matando aquele assassino. Aquela luz... é assim que você...

– Não.

– Oh. – Ela olhou para as mãos dele. Não... estava olhando para a adaga em sua cintura. – Você estava lutando antes de vir aqui.

– Sim.

– E salvou aquele garoto... Lash, certo?

Ele olhou para o carro. Sabia que estava a poucos centímetros de se lançar contra ela, para abraçá-la com força e implorar que fosse para casa com ele. Como um completo idiota.

– Olhe, preciso ir embora, Marissa. Se cuida...

Ele deu a volta no lado do motorista e entrou. Quando ela o seguiu, ele fechou a porta na sua frente, mas não ligou o veículo.

Droga, mesmo através do vidro e metal do Escalade, ele conseguia senti-la tão vivamente como se estivesse encostada contra seu peito.

– Butch... – O som do nome dele foi abafado. – Quero pedir desculpas por algo que disse a você.

Ele segurou o volante com força e olhou através do vidro da frente. E, tolo, destravou a porta e a abriu.

– Por quê?

– Sinto muito por ter mencionado a história de sua irmã. Lá no Buraco. Aquilo foi cruel.

– Eu... caramba, você tem razão. Por toda a minha vida eu tenho tentado salvar pessoas por causa de Janie. Portanto, não se sinta mal.

Fez-se uma longa pausa, e ele sentiu algo forte vindo dela, algo... ah, sim, era sua necessidade de se alimentar. Ela estava faminta por uma veia.

E, naturalmente, seu corpo queria dar a ela todas as veias que tinha.

Para se manter dentro do maldito veículo, ele prendeu o cinto de segurança e olhou pela última vez para o rosto dela. Estava pálido e... aparentava a fome que ela sentia. Marissa realmente estava lutando contra sua necessidade, tentando escondê-la para que eles pudessem conversar.

– Preciso ir – ele disse. *Agora.*

– Sim... eu também. – Ela corou e deu um passo para trás, olhando para ele e desviando o olhar. – Bem, nos vemos depois. Por aí.

Ela se virou e começou a caminhar depressa de volta para a casa. E quem apareceu na porta para recebê-la? Rehvenge.

Rehvenge... tão forte... tão poderoso... tão completamente capaz de alimentá-la.

Marissa não conseguiu caminhar mais nenhum metro.

Butch saiu do carro, agarrou Marissa pela cintura e a levou de volta para dentro do veículo. Ela não relutou. Nem um pouco.

Ele abriu a porta traseira do Escalade e quase a jogou lá dentro. Quando ia entrar, olhou para Rehvenge. O olhar violeta do cara brilhava, como se quisesse se envolver, mas Butch olhou para o macho nos olhos e apontou para seu peito, o sinal universal que dizia "fique bem onde está para poder conservar seus dentes". Rehvenge disse um palavrão, mas fez uma reverência e se desmaterializou.

Butch entrou na parte de trás do carro, bateu a porta e já estava em cima de Marissa antes de a luz do teto se apagar. Havia pouco espaço, suas pernas se dobraram em ângulos esquisitos, seus ombros batiam em algo, provavelmente a parte de trás do banco ou algo assim. Não se importou e ela também não. Marissa estava hipnotizada por ele, envolvendo seu quadril com as pernas e abrindo a boca para ele, enquanto a beijava de modo selvagem.

Butch a girou para que ela ficasse por cima, agarrou seus cabelos e a levou à sua garganta.

– Morda! – ele disse.

Caramba, e que mordida.

Ele sentiu uma dor pungente quando as presas dela rasgaram sua pele, e quanto mais ele era penetrado, mais seu corpo se retorcia, fazendo a carne ser dilacerada. Oh, mas era bom. Muito bom. Ela sugava com força sua veia e a satisfação de alimentá-la era eletrizante.

Butch levou sua mão até o meio das pernas de Marissa e começou a acariciá-la. Ela soltou um grande gemido, e com a outra mão ele abriu violentamente sua blusa. Ela interrompeu o contato com o pescoço dele por tempo suficiente para terminar de tirar a blusa e também o sutiã.

– A calça – ele disse com a voz rouca. – Tire a calça.

Enquanto ela se despia no pouco espaço, ele desceu seu zíper e deixou sua ereção livre. Não quis nem tocá-lo, pois estava muito próximo do orgasmo.

Ela subiu nele totalmente nua, com seus olhos azuis-claros brilhando na escuridão. Havia uma mancha do sangue de Butch nos lábios de Marissa, e ele se ergueu para beijar sua boca, se posicionando para que ela se encaixasse totalmente. Ele jogou a cabeça para trás quando se uniram e ela perfurou seu pescoço mais uma vez. Quando ele começou a acelerar as estocadas, ela se apoiou nos joelhos para ficar estável enquanto sugava.

O orgasmo dele foi forte.

Mas assim que terminou, ele estava pronto para outra.

E foi o que fez.

Capítulo 47

Quando Marissa terminou de sugar tudo o que precisava, ela saiu de cima de Butch e deitou ao seu lado. Ele estava deitado de costas, olhando para o teto do Escalade, com um braço sobre o peito. Respirava ofegante, com as roupas amassadas e desalinhadas, a camisa erguida até o peito. Seu sexo estava brilhante e exausto sobre sua barriga firme, e os ferimentos em seu pescoço ainda escorriam mesmo depois de Marissa tê-los lambido.

Ela o havia usado com uma intensidade que não sabia possuir, e suas necessidades levaram os dois a um completo frenesi selvagem. E agora sentia seu corpo começando a trabalhar no que ele havia dado a ela, com seus olhos ficando sonolentos.

Muito bom. Tinha sido muito bom.

– Você vai me usar de novo? – a voz de Butch, rouca como nunca, quase não saiu.

Marissa fechou os olhos, com o peito batendo tão forte que era difícil até respirar.

– Porque quero que seja comigo e não com ele – Butch disse.

Oh... então aquilo tinha sido um ato de agressão em relação a Rehvenge, não para alimentá-la. Ela devia saber. Tinha visto o olhar que Butch lançara a Rehvenge antes de entrar no carro. Obviamente ainda estava ressentido.

– Deixa pra lá – Butch disse, vestindo a calça e subindo o zíper. – Não é da minha conta.

Ela não tinha o que responder, mas ele não parecia esperar respostas. Entregou a ela suas roupas e não olhou para seu corpo enquanto se vestia, e assim que sua nudez foi coberta, Butch abriu a porta do carro.

O ar frio entrou... e foi quando ela percebeu algo. A parte de dentro do carro tinha cheiro de paixão e alimentação – fragrâncias fortes e inebriantes que excitavam. Mas não havia odor de vinculação. Nem um pouco.

Ela não suportou olhar para Butch enquanto se afastava.

Já era quase manhã quando Butch finalmente entrou no complexo. Depois de estacionar entre o GTO de Rhage e o Audi de Beth, ele foi até o Buraco.

Depois que ele e Marissa se separaram, Butch dirigiu pela cidade por horas, entrando em ruas que não eram de seu caminho, passando por casas não habitadas e parando nos faróis quando se lembrava. Ele havia ido para casa apenas porque a luz do dia ia começar a surgir em breve e era preciso se recolher.

Olhou para o leste, onde viu os primeiros sinais da luz matutina.

Andando até o centro do pátio, ele se sentou na beira da fonte de mármore e observou as cortinas sendo fechadas nas janelas da casa principal e do Buraco. Ele piscou um pouco com a claridade que surgia. E então piscou muito.

Quando seus olhos começaram a arder, pensou em Marissa e se lembrou de tudo a respeito dela, desde o contorno de seu rosto e o brilho de seus cabelos, até o som de sua voz e o perfume de sua pele. Ali, em privacidade, deu vazão a seus sentimentos, entregando-se ao amor dolorido e ao desejo que não desapareciam.

E quando menos esperava, o odor da vinculação apareceu de novo. Ele havia conseguido de alguma maneira controlá-lo quando estava com ela, sentindo que marcá-la não seria justo. Mas ali? Sozinho? Não tinha motivo para esconder.

Quando o nascer do sol começou a ganhar força, seu rosto ardeu como se tivesse uma queimadura, e seu corpo tremeu alarmado. Forçou-se a ficar porque precisava ver o sol, mas suas coxas estremeciam com o desejo de fugir, e não conseguiria se conter por muito tempo.

Droga... nunca mais sentiria a luz do dia, não é mesmo? E com Marissa fora de sua vida, não haveria nenhum sol. Nunca mais.

A escuridão agora o possuía.

Ele se soltou porque era o que precisava fazer e, no mesmo instante, suas pernas levaram seu corpo correndo através do pátio. Entrando no vestíbulo do Buraco, ele bateu a porta e respirou ofegante.

Não estava tocando rap, mas a jaqueta de couro de V. estava jogada na cadeira atrás dos computadores, por isso soube que seu amigo estava por perto. Provavelmente estava na casa principal, relatando a luta que tiveram para Wrath.

Ao ficar sozinho na sala de estar, o familiar desejo de beber chegou com força e ele não viu motivos para se conter. Deixando de lado seu casaco e suas armas, saiu em busca de uísque, serviu-se de uma dose dupla e levou a garrafa da cozinha com ele. Sentando-se em seu sofá predileto, levou o copo aos lábios e, bebendo, olhou para a edição mais recente da revista *Sports Illustrated* que estava em cima da mesa. Havia uma foto de um jogador de beisebol na capa junto com a manchete em letras garrafais: HERÓI.

Marissa tinha razão. Ele tinha complexo de herói. Mas não tinha nada a ver com ego. Acontece que, se conseguisse salvar muitas pessoas, talvez pudesse ser... perdoado.

Era exatamente o que ele buscava: absolvição.

Momentos de sua juventude começaram a surgir em sua mente, como num filme, mas infelizmente não se tratavam de ficção. E no meio daquilo, ele olhou para o telefone. Havia apenas uma pessoa que poderia acalmá-lo no momento, e ele duvidava que ela aceitasse fazer aquilo. Mas, caramba, se pudesse ligar e escutar de sua mãe que ela o perdoava por ter permitido que Janie entrasse naquele carro...

Butch se sentou no sofá de couro e colocou o copo de uísque de lado.

Esperou ali por horas, até as nove da manhã. Então, pegou o telefone e discou um número que começava com o código de área 617. Seu pai atendeu.

A conversa foi tão horrível quanto Butch esperava que fosse. Mas o pior de tudo? As notícias que recebeu.

Ao terminar a chamada no telefone sem fio, viu que o tempo de duração, contando os seis toques do começo, tinha sido de um minuto e trinta e quatro segundos. E aquela foi, ele sabia, provavelmente a última vez que conversou com Eddie O'Neal.

– E aí, tira?

Ele deu um salto e olhou para Vishous. Não viu motivos para mentir.

– Minha mãe está doente. Há dois anos, parece. Tem mal de Alzheimer. Está mal. É claro, ninguém pensou em me contar. E eu nunca teria sabido se não tivesse acabado de telefonar.

– Droga... – V. se aproximou e se sentou. – Quer vê-la?

– Não. – Butch balançou a cabeça e pegou seu uísque. – Não tenho motivos. Aquelas pessoas não são mais da minha conta.

Capítulo 48

Na noite seguinte, Marissa trocou um aperto de mãos com a nova diretora residente. A fêmea era perfeita para o cargo. Esperta. Gentil. Tinha um tom de voz suave. Especializada em saúde pública na Universidade de Nova York – estudava à noite, claro.

– Quando gostaria que eu começasse? – a fêmea perguntou.

– O que acha de começar esta noite? – disse Marissa. Quando recebeu uma resposta afirmativa e animada, sorriu um pouco. – Ótimo... o que acha de conhecer seu escritório?

Quando Marissa voltou do quarto do andar de cima, que havia reservado à diretora, foi até seu laptop, entrou no site de anúncios de Caldwell e começou a procurar por algumas propriedades à venda dentro da comunidade.

Logo ela se distraiu. Butch era uma pressão constante em seu peito, um peso invisível que dificultava sua respiração. E se ela não estivesse ocupada com alguma coisa, as memórias dele acabavam consumindo-a.

– Senhora?

Ela olhou para a *doggen* do Abrigo.

– Sim, Phillipa?

– Havers indicou um caso para nós. A fêmea e seu filho serão trazidos para cá amanhã depois que ele estiver estável, mas o histórico do caso será enviado por e-mail dentro de uma hora.

– Obrigada. Pode preparar um quarto para eles no andar de baixo?

– Sim, senhora. – A *doggen* fez uma reverência e partiu.

Então Havers estava mantendo sua palavra, certo?

Marissa franziu a testa, e aquela sensação constante de que faltava alguma coisa voltou a atacá-la. Por algum motivo, uma imagem de Havers surgiu em sua mente e não ia embora... e foi aquilo que finalmente fez ela entender o que estava sentindo.

Do nada, ela se lembrou do que tinha falado para Butch: "*não vou ficar sentada observando você destruir a si mesmo*".

Santo Deus. As mesmas palavras ditas por seu irmão quando ele a expulsou de casa. Oh, santa Virgem Escriba, ela estava fazendo com Butch exatamente o que Havers havia feito com ela: tentando controlá-lo com a nobre desculpa de que estava apenas cuidando dele. Mas, na verdade, não estaria ela apenas tentando protejer a si mesma do medo que sentiria e da falta de controle sobre o homem que amava?

Mas como lidaria com a vida violenta de Butch?

A visão dele enfrentando um *redutor* na frente da mansão do *lhíder* veio à sua mente: Butch foi cuidadoso naquela ocasião. Cauteloso. Não imprudente. E ele havia agido com habilidade, e não com uma fúria descontrolada.

Oh... *droga*, pensou. E se ela estava errada? E se Butch pudesse lutar? E se ele *devesse* lutar?

Mas e quanto ao Mal? E quanto a Ômega?

Bem, a Virgem Escriba havia intercedido para proteger Butch. E ele ainda era... o mesmo Butch depois que Ômega desapareceu. E se...

Ela escutou alguém batendo na porta e se levantou prontamente.

– Minha rainha!

Beth sorriu, erguendo a mão.

– Olá.

Atrapalhada, Marissa fez uma reverência, que fez Beth balançar a cabeça rindo.

– Você, um dia, vai parar de fazer isso?

– É provável que não... É a força do hábito. – Marissa tentou se concentrar. – Você... Você viu o que fizemos aqui nos últimos...

Bella e Mary apareceram atrás da rainha.

– Queremos falar com você – Beth disse. – É sobre Butch.

Butch se remexeu na cama. Abriu um dos olhos. Resmungou ao olhar o relógio. Havia dormido demais, provavelmente pelo esforço da noite anterior. Era demais abater três *redutores* em uma noite, certo? Ou talvez fosse a alimentação...

Oh, inferno, não. Ele não queria pensar naquilo. Não queria lembrar.

Ele se deitou de costas...

E saltou repentinamente do colchão.

– Ah... *droga*!

Cinco figuras com roupões pretos de capuz cercaram sua cama.

A voz de Wrath foi a primeira a ser ouvida, no Antigo Idioma, depois em inglês.

– Não há como voltar atrás da pergunta que será feita a você esta noite. Tal pergunta será feita apenas uma vez, e a resposta valerá por toda a sua vida restante. Está preparado para ela?

A Irmandade. Santa Maria, mãe de Deus!

– Sim – Butch respondeu, segurando seu crucifixo.

– Então devo questionar-te agora, Butch O'Neal, descendente de meu próprio sangue, e do sangue de meu pai, irá se unir a nós?

Oh... droga. Aquilo era real? Um sonho?

Ele olhou para cada uma das pessoas de capuz.

– Sim. Irei me unir a vocês.

Um roupão preto foi lançado a ele.

– Cubra sua pele com isso, e a cabeça com o capuz. Em nenhum momento você deve dizer coisa alguma, a menos que lhe perguntem. Deve olhar sempre para baixo. Suas mãos devem ficar para trás. Sua coragem e a honra da linhagem que dividimos deve ser medida em todas as ações tomadas.

Butch ficou em pé e vestiu o roupão. Desejou ir ao banheiro...

– Você pode esvaziar seu corpo. Agora.

Quando Butch saiu, tomou o cuidado de abaixar a cabeça e unir as mãos nas costas.

Quando uma mão pesada pousou em seu ombro, ele sabia que era de Rhage. Ninguém mais tinha uma mão tão pesada.

– Venha conosco agora – Wrath disse.

Butch foi levado para fora do Buraco, diretamente para o Escalade, com o veículo estacionado praticamente na porta, como se eles não quisessem que ninguém soubesse o que estava acontecendo.

Depois de Butch ir para a parte detrás, o Escalade foi ligado e as outras portas fechadas. Com um tranco, eles lentamente atravessaram o que acreditava ser o pátio, até começarem a dar solavancos como se estivessem em direção ao gramado detrás e para dentro da mata. Ninguém dizia nada, e naquele silêncio Butch não conseguia deixar de imaginar o que fariam com ele. Sem dúvida aquele não seria um passeio comum.

Por fim, o veículo parou e todos saíram. Tentando seguir as regras, Butch deu um passo para o lado e ficou olhando para o chão, esperando que alguém o guiasse. Alguém o fez enquanto o Escalade era levado embora.

Caminhando, Butch conseguiu ver a luz da lua refletida no chão, mas de repente a fonte de luz foi abruptamente interrompida e ficou totalmente escuro. Eles estavam em uma caverna? Sim... estavam. O cheiro da terra úmida tomou conta de suas narinas e sob os pés descalços ele conseguia sentir as pedrinhas espetando suas solas.

Cerca de quarenta passos depois, ele foi interrompido. Escutou um sussurrar e voltaram a caminhar, agora descendo uma ladeira. Mais uma parada. Mais sussurros.

Depois, calor e luz. Um piso polido de... mármore. Mármore preto. Enquanto caminhavam, ele teve a impressão de que estavam em um local de teto alto, porque os poucos sons que eram feitos ecoavam. Houve mais uma pausa, seguida por roçar de tecidos... os Irmãos se despindo, ele pensou.

Sentiu uma mão em sua nuca e a voz grave de Wrath em seu ouvido.

– Você não é digno de entrar aqui da maneira que se apresenta. Confirme com a cabeça.

Butch assentiu.

– Diga que é indigno.

– Sou indigno.

As vozes da Irmandade de repente soltaram outro grito forte e alto no Antigo Idioma, como se estivessem protestando.

Wrath continuou:

– Apesar de não ser digno, você deseja se tornar digno esta noite. Confirme.

Ele confirmou.

– Diga que deseja se tornar digno.

– Desejo me tornar digno.

Houve outro grito da Irmandade, dessa vez como se fosse um incentivo.

Wrath continuou:

– Existe apenas uma maneira de se tornar digno, e é a maneira certa e apropriada. Carne de nossa carne. Confirme.

Ele confirmou.

– Diga que deseja se tornar carne de nossa carne.

– Eu desejo me tornar carne de sua carne.

Um canto baixo teve início, e Butch teve a impressão de que uma fila havia se formado na frente e atrás dele. Sem avisar, eles começaram a se mover, e a cadência das fortes vozes masculinas denunciaram o movimento para frente e para trás. Butch se esforçou para entrar no ritmo, batendo de frente no que ele acreditava ser Phury, pelo leve odor de fumaça vermelha, e levando uma batida nas costas, que ele sabia ser de Vishous, simplesmente sabia. *Caramba*, ele estava estragando tudo...

E então aconteceu. Seu corpo entrou no ritmo e ele começou a se mover junto com o grupo... sim, eles se uniram em uma só voz entoando e se movimentando... para frente e para trás... para a esquerda... para a direita... as vozes, não os músculos de suas pernas, faziam os pés se moverem.

De repente, ouviu-se uma explosão acústica, com os sons do cântico se fragmentando e voltando a se formar em milhares de direções diferentes: eles haviam entrado em um vasto espaço.

Uma mão em seu ombro fez com que parasse.

O canto parou de repente, e os sons ricochetearam por um tempo, afastando-se.

Ele foi segurado pelo braço e levado adiante.

A seu lado, Vishous disse baixinho:

– Escadas.

Butch titubeou um pouco, mas desceu. Quando chegou ao final, teve a sensação de ter sido colocado na frente de algo grande, com os dedos do pé contra algo que parecia ser uma parede.

No silêncio que se seguiu, ele sentiu uma gota de suor escorrer por seu nariz e parar entre seus pés no chão brilhoso.

V. apertou seu ombro como se quisesse confortá-lo. E então se afastou.

– Quem propõe este macho? – a Virgem Escriba perguntou.

– Eu, Vishous, filho do guerreiro da Adaga Negra conhecido como Bloodletter.

– Quem rejeita este macho? – Silêncio. Graças a Deus.

A voz da Virgem Escriba se tornou incrivelmente alta, tomando o espaço ao redor e todos os centímetros entre os ouvidos de Butch, até ele só conseguir escutar o que ela dizia.

– Com base no testemuho de Wrath, filho de Wrath, e com a proposta de Vishous, filho do guerreiro da Adaga Negra conhecido como Bloodletter, eu reconheço que este macho que está diante de mim, Butch O'Neal, descendente de Wrath, filho de Wrath, um membro adequado da Irmandade da Adaga Negra. Por estar em meu poder fazer isso, e por ser adequado para a proteção da raça, aceito o pedido da linha materna neste caso. Vocês podem começar.

Wrath falou.

– Vire Butch. Tire o capuz dele.

Butch foi reposicionado de modo a ficar de frente, e Vishous tirou o roupão preto. E então, o irmão virou o crucifixo de modo a deixá-lo pendurado nas costas de Butch, e se afastou.

– Olhe para frente – Wrath mandou.

Butch prendeu a respiração ao olhar para frente.

Ele estava em cima de uma plataforma de mármore preto, de frente para uma caverna subterrânea iluminada por centenas de velas negras. Na frente dele, havia um altar feito com uma enorme rocha equilibrada sobre dois pilares... e em cima destes havia uma caveira antiga. Mais adiante, organizada diante dele, estava a Irmandade em toda a sua glória, cinco machos cujos rostos estavam sérios e cujos corpos eram fortes.

Wrath se afastou e ficou em pé no altar.

– Recoste-se na parede e se segure nas alças.

Butch obedeceu, sentindo a pedra lisa e fria contra seus ombros e traseiro, e segurou as duas alças com força. Wrath ergueu a mão e... droga, ela estava coberta por uma luva antiga de prata que tinha farpas no punho. E segurava o cabo de uma adaga negra.

Esticando o braço, o rei fez um corte no pulso e posicionou a ferida sobre o crânio, que tinha um recipiente de prata em seu topo. O que saiu da veia de Wrath foi captado e mantido, com uma poça vermelha que refletia a luz da vela.

– Minha carne – Wrath disse. Então, ele lambeu a ferida para fechá-la, abaixou a adaga e se aproximou de Butch.

Butch engoliu a seco.

Wrath colocou a palma da mão no queixo de Butch, jogou a cabeça para trás e mordeu seu pescoço com força. O corpo todo de Butch estremeceu e ele rangeu os dentes para não gritar, apertando as alças até ter a sensação de que seus pulsos se romperiam. Então, Wrath deu um passo para trás e limpou a boca.

Ele sorriu de modo intenso.

– Sua carne.

O rei cerrou o punho dentro da luva de prata, colocou o braço para trás e acertou Butch no peito. As farpas entraram em sua pele enquanto soltou o ar pelos pulmões, e o grito ecoou pela caverna.

Quando se recuperou, Rhage se aproximou e pegou a luva. O Irmão realizou o ritual da mesma maneira com que tinha sido realizada por Wrath: cortando o pulso, segurando-o sobre o crânio, dizendo as mesmas duas palavras. Depois de fechar a ferida, ele se aproximou de Butch. As duas palavras seguintes foram ditas e então as presas de Rhage perfuraram o pescoço de Butch, com a mordida posicionada abaixo da de Wrath. O golpe de Rhage foi rápido e forte, bem onde Wrath havia feito o dele, no lado esquerdo.

Em seguida, foi a vez de Phury. E depois Zsadist.

Quando terminaram, o pescoço de Butch estava tão fraco que ele tinha certeza de que sua cabeça sairia rolando dos ombros, quicando nos degraus. E estava tonto pelos golpes no peito, com o sangue escorrendo por sua barriga, indo parar nas coxas.

E então foi a vez de V.

Vishous se aproximou da plataforma, olhando para baixo. Aceitou a luva de prata de Z. e a colocou por cima do couro preto que já usava na mão. E então se feriu com um corte rápido da adaga negra e olhou para o crânio enquanto seu sangue entrava no recipiente, unindo-se aos dos outros.

– Minha carne – ele sussurrou.

Ele pareceu hesitar antes de se virar para Butch. E eles se entreolharam. Quando a luz das velas iluminou o rosto sério de V. e refletiu em suas íris, Butch sentiu a respiração mais difícil: naquele momento, seu amigo parecia tão poderoso quanto um deus... talvez até tão bonito.

Vishous se aproximou e passou a mão no ombro de Butch, até sua nuca.

– Sua carne – V. disse. E então parou, como se pedisse alguma coisa.

Sem pensar, Butch ergueu o queixo, consciente de que estava oferecendo a si mesmo, ciente de que ele... oh, droga. Ele parou de pensar, totalmente assustado com a vibração que havia surgido não sabia de onde.

Em movimentos lentos, Vishous abaixou a cabeça e Butch sentiu um leve roçar de sua barba em seu pescoço. Com deliciosa precisão, as presas de V. perfuraram a veia que saía do coração de Butch, e então, lenta e implacavelmente, perfurou sua pele. Os peitos deles se uniram.

Butch fechou os olhos e sentiu tudo, o calor de seus corpos tão próximos, a sensação dos cabelos de V. em seu queixo, o escorregar de um braço forte de macho ao redor de sua cintura. De modo voluntário, as mãos de Butch se soltaram das alças e pousaram no quadril de V., apertando aquela carne rígida, unindo os dois da cabeça aos pés. Um tremer passou entre eles. Ou talvez... caramba... parecia que os dois tinham estremecido.

E terminou. Pronto. Para nunca mais acontecer.

Eles não se entreolharam quando V. se afastou... e a separação foi total e irreversível. Um caminho que não poderia ser percorrido de novo. Nunca.

A mão de V. foi colocada para trás e depois jogada contra o peito de Butch, a força maior do que a dos outros, mais forte até que o toque de Rhage. Quando Butch estremeceu com o impacto, Vishous se virou e voltou para perto dos outros da Irmandade.

Depois de um instante, Wrath caminhou até o altar e pegou o crânio, erguendo-o, apresentando-o aos Irmãos.

– Este é o primeiro de nós. Vamos saudá-lo, o guerreiro que deu início à Irmandade.

Os Irmãos deram um grito de guerra que tomou conta da caverna, e Wrath se virou para Butch.

– Beba e una-se a nós.

Butch aceitou com boa vontade, segurando o crânio, jogando a cabeça para trás, bebendo o sangue.

Os Irmãos cantaram enquanto ele bebia, com as vozes cada vez mais altas. Ele sentiu o gosto de cada um deles. O poder e a majestade de Wrath. A força imensa de Rhage. A lealdade protetora de Phury. A selvageria de Zsadist. A inteligência de Vishous.

O crânio foi tirado de suas mãos e ele foi empurrado de novo contra a parede.

Wrath ergueu a cabeça.

– É melhor se segurar.

Butch segurou as alças ao sentir a onda de energia tomar conta de seu corpo. Ele se conteve para não gritar e percebeu que os Irmãos urravam em aprovação. Conforme seu grito aumentou, seu corpo começou a bater contra as alças como se ele tivesse levado um soco forte. E então perdeu o controle, todos os neurônios de seu cérebro em ebulição, todas as veias e vasos tomados. Com o coração aos pulos, a cabeça desnorteada e o corpo sem forças, ele...

Butch, acordou no altar, nu e deitado de lado. Sentia uma queimação no peito e quando levou a mão ao local, sentiu algo grosso. Sal?

Ao tentar entender e ao olhar ao redor, percebeu que estava na frente de um muro de mármore preto com o que devia ser nomes no Antigo Idioma. Caramba, havia centenas deles. Assustado com o que via, ele se sentou e depois ficou em pé. Quando caminhou para frente, retomou o equilíbrio antes de tocar o que sabia ser sagrado.

Olhando para os nomes, ele teve certeza de que todos tinham sido entalhados pela mesma mão, cada um deles, porque todos os símbolos eram idênticos, feitos da mesma maneira cuidadosa.

Vishous havia feito aquilo tudo. Butch não entendia como sabia... mas, ele sabia. Havia certos ecos em sua mente... ecos das vidas de seus... Irmãos? Sim... e todos aqueles machos cujos nomes ele lia eram seus... Irmãos. Ele, de certa forma, agora conhecia a todos.

Com os olhos arregalados, seguiu as colunas com inscrições até... ali... ali estava, à direita, embaixo. Aquele último. Era o dele?

Escutou palmas e olhou para trás. Os Irmãos estavam usando os roupões, mas sem os capuzes. E sorriam, de modo positivo, até mesmo Z.

– É você – Wrath disse. – Você será chamado de guerreiro *Dhestroyer* da Adaga Negra, descendente de Wrath, filho de Wrath.

– Mas sempre será Butch para nós – Rhage interrompeu. – Espertão. Sabichão. Um pé no saco. Sabe como é, o que vier na hora. Qualquer coisa que tire sarro de você tá valendo.

– Que tal chamá-lo de pentelho também? – Z. sugeriu.

– Excelente. De acordo.

Todos começaram a rir e o roupão de Butch apareceu na frente dele, entregue pela mão encoberta de Vishous.

V. não olhou para ele ao dizer:

– Tome.

Butch aceitou o roupão, mas não queria que seu amigo fosse embora. Disse com urgência:

– V.? – Vishous arqueou as sobrancelhas, mas manteve o olhar afastado. – Vishous? Vamos, cara. Você vai ter de olhar para mim em algum momento. V...?

Vishous respirou fundo... e seu olhar lentamente se encontrou com o de Butch. Com intensidade.

E então V. esticou o braço e reposicionou o crucifixo de modo que mais uma vez ficasse sobre o coração de Butch.

– Você foi bem, tira. Parabéns.

– Obrigada por me ajudar... *trahyner*. – V. ficou surpreso e Butch disse: – Sim, eu procurei o significado dessa palavra. Quer dizer "querido amigo" e se encaixa perfeitamente para você.

V. corou. Pigarreou.

– Ótimo, tira. Ótimo...

Quando Vishous se afastou, Butch vestiu o roupão e olhou para o peito. A cicatriz redonda no lado esquerdo de seu peito estava ardendo em sua pele, uma marca permanente, como aquela que os Irmãos tinham. Um símbolo do elo que eles possuíam.

Ele passou a ponta do dedo sobre a cicatriz fechada e os grãos de sal caíram no chão. Olhou para a parede e se aproximou dela. Agachando-se, tocou o ar acima de seu nome. Seu novo nome.

Agora realmente nasci, ele pensou. *Dhestroyer*, descendente de Wrath, filho de Wrath.

Sua visão ficou embaçada e ele piscou com rapidez, mas não manteve as pálpebras abertas. Quando as lágrimas escorreram por seu rosto, ele rapidamente as secou com a manga. E foi então que sentiu as mãos em seus ombros. Os Irmãos – *seus* Irmãos – o cercaram e ele conseguiu sentir todos eles, conseguiu... percebê-los.

Carne de sua carne. Reciprocamente.

Wrath pigarreou, mas a voz do rei estava um pouco rouca.

– Você é o primeiro a entrar em setenta e cinco anos. E você... é digno do sangue que eu e você dividimos, Butch de minha linhagem.

Butch abaixou a cabeça e chorou sem impedimentos... mas não foi de felicidade, como eles devem ter pensado.

Ele chorou pelo vazio que sentia.

Porque por mais maravilhoso que aquilo fosse, sentia um grande vazio.

Sem sua parceira com quem dividir a vida, ele era apenas uma tela para os acontecimentos e circunstâncias. Ele não estava vazio, pois não era um recipiente nem mesmo para o ar.

Ele vivia sem estar realmente vivo.

Capítulo 49

Ao voltar para a mansão, todos estavam repletos de energia e conversando no Escalade: Rhage estava falando bobagens como sempre. Wrath estava rindo dele. Então V. começou a também fazer provocações, e logo todos estavam rindo uns dos outros. Como irmãos fazem.

Butch se afundou no banco, sabendo que aquela volta para casa, assim como uma cerimônia antecipada, era motivo de grande alegria para a Irmandade. E mesmo que não sentisse aquilo, estava muito feliz por todos.

Eles estacionaram na frente da mansão e, quando Butch saiu, as grandes portas do vestíbulo se abriram e a Irmandade formou um meio-círculo atrás dele. O canto começou de novo, e eles foram até o colorido saguão quando as palmas começaram: os *doggens* estavam ali esperando, todos os vinte, e na frente dos servos estavam as três fêmeas do complexo com vestidos lindos. Beth estava usando o vestido vermelho-sangue com o qual havia se casado; Mary usava o vestido azul-real, e Bella vestia o prateado-brilhante.

Butch queria muito que Marissa estivesse ali, e por isso não conseguia olhar para as *shellans*, pois sentia dor no coração. Estava prestes a sair correndo até o Buraco quando as pessoas abriram caminho e...

Marissa apareceu com um vestido cor de pêssego vibrante, uma cor tão linda e viva que ele pensou que talvez os raios de sol tivessem se ajustado a seu corpo. E o canto parou quando ela se aproximou.

Confuso, sem conseguir entender o motivo de sua aparição, Butch esticou o braço na direção dela.

Mas ela se ajoelhou na frente dele, com o vestido todo recolhido ao redor dela em grandes ondas de cetim.

Sua voz estava embargada pela emoção e ela abaixou a cabeça.

– Eu ofereço a você, guerreiro, a promessa de sorte na batalha. – Ela ergueu as mãos e segurava uma trança de seu próprio cabelo amarrada nas duas pontas com uma fita azul-clara. – Seria um grande orgulho para mim que guardasse isto com você na batalha. Seria meu orgulho ter meu... *hellren* servindo nossa raça. Se você... ainda me aceitar.

Totalmente emocionado pelo gesto, Butch se abaixou e ergueu o queixo trêmulo dela. Ao afastar suas lágrimas com o polegar, ele pegou a trança de sua mão e apertou sobre seu peito.

– É claro que aceito – ele sussurrou. – Mas o que mudou?

Ela olhou para as três fêmeas da casa com seus vestidos majestosos. E então, com a voz igualmente delicada, ela disse:

– Eu conversei com algumas amigas. Ou melhor, elas conversaram comigo.

– Marissa... – foi só o que pôde dizer.

Como sua voz parecia ter sumido, ele então a beijou e, enquanto se abraçavam, todos começaram a aplaudir.

– Sinto muito por ter sido fraca – ela disse em seu ouvido. – Beth, Mary e Bella vieram me ver. Nunca ficarei em paz com o perigo que você enfrenta sendo membro da Irmandade. Vou me preocupar todas as noites. Mas elas confiam que seus machos são cuidadosos e... eu acredito que você me ama. Acredito que você não me deixaria se tivesse outra opção. Eu... eu acredito que você terá cuidado e que vai parar se o Mal ameaçar tomar conta de você. Se elas conseguem lidar com o medo da perda, também consigo.

Ele a apertou com ainda mais força.

– Tomarei cuidado. Eu juro. Eu *juro*.

Eles ficaram no chão, unidos, por um tempo. E então Butch levantou a cabeça e olhou para Wrath, que havia abraçado Beth.

– Irmão – Butch disse. – Você tem uma faca e um pouco de sal? Está na hora de concluir uma certa união, se é que você me entende...

– Temos tudo aqui, cara.

Fritz se aproximou com a mesma vasilha e jarra que foram usadas na cerimônia de Wrath e Beth. E de Rhage e Mary. E de Zsadist e Bella.

Butch olhou dentro dos olhos azuis de sua *shellan* e disse:

– A escuridão nunca vai tomar conta de mim... porque eu tenho você. Luz da minha vida, Marissa. É o que você é.

Capítulo 50

Na noite seguinte, Marissa sorriu ao levantar o olhar enquanto trabalhava em sua mesa. Butch estava parado na porta de seu escritório, com aquele seu corpo enorme.

Deus, apesar de seu pescoço ainda estar se curando dos ferimentos, ele estava ótimo. Forte. Poderoso. Era seu parceiro.

– Oi – ele disse, mostrando aquele dente quebrado da frente. Assim como as presas.

Ela sorriu.

– Você está adiantado.

– Não consegui ficar longe nem mais um minuto. – Ele entrou e fechou a porta... e quando lentamente girou a chave e fechou a tranca, o corpo de Marissa se aqueceu.

Ele deu a volta na mesa e virou sua cadeira para ficar de frente para ele, e então se ajoelhou no chão. Ao abrir suas pernas, Butch chegou mais perto, seu odor de vinculação tomando o ar enquanto beijava seu pescoço. Com um suspiro, ela o abraçou pelos ombros grandes e beijou a pele macia atrás de sua orelha.

– Como você está, *hellren*?

– Melhor agora, minha esposa.

Enquanto ela o abraçava, olhou para a mesa. Ali, entre os papéis, pastas e canetas, havia uma pequena estátua. A peça muito bem entalhada era uma escultura de uma fêmea sentada com as pernas cruzadas com uma adaga de lâmina dupla na palma de uma mão e uma coruja pousada no outro pulso.

Beth havia encomendado a estátua. Uma para Mary. Uma para Bella. Uma para Marissa. E a rainha havia guardado uma delas para si. O significado da adaga era óbvio. A coruja branca era um elo com a Virgem Escriba, um símbolo das orações para a proteção de seus machos guerreiros.

A Irmandade era forte, uma unidade, uma força poderosa em seu mundo para sempre. Assim como suas fêmeas. Fortes. Coesas. Também uma força poderosa em seu mundo.

Unidas tão fortemente quanto a união dos guerreiros.

Butch levantou a cabeça e olhou para Marissa com total adoração. Com a cerimônia de união concluída, e seu nome nas costas dele, ela tinha domínio sobre seu corpo tanto pela lei como pelo instinto, um controle que ele entregava de bom grado, com amor. Ele era dela para ser comandado e, assim como a *glymera* sempre dizia, é realmente lindo ter um verdadeiro parceiro. A única coisa que aqueles tolos entendiam direito.

– Marissa, quero levar você para conhecer uma pessoa, tudo bem?

– Claro. Agora?

– Não, amanhã, quando anoitecer.

– Tudo bem. Quem...

Ele a beijou.

– Você verá.

Olhando profundamente nos olhos castanhos dele, ela acariciou seu cabelo espesso e escuro. E então contornou as sobrancelhas dele com o polegar. Passou a ponta do dedo por seu nariz cheio de calos por ter sido quebrado tantas vezes. Passou o dedo de leve em seu dente lascado.

– Estou meio acabado por causa das lutas, não é? – ele disse. – Mas, olha, com um pouco de cirurgia plástica e uns dentes postiços, posso até ficar bonitão igual ao Rhage.

Marissa olhou para a estátua e pensou em sua vida. E na vida de Butch.

Balançou a cabeça lentamente e se inclinou para beijá-lo.

– Eu não mudaria nada em você. Nem uma coisinha.

Epílogo

Joyce O'Neal Rafferty estava com pressa e reclamando ao entrar na casa de repouso. Seu filho Sean havia passado a noite vomitando e ela teve de enfrentar três horas de espera no consultório do pediatra até o médico permitir a entrada deles. E então Mike deixou uma mensagem de que ia trabalhar até tarde, por isso não tinha tempo de ir ao mercado na volta para casa.

Droga, eles não tinham nada na geladeira nem no armário para jantar.

Joyce pegou Sean no colo e atravessou o corredor rapidamente, driblando carrinhos de comida e diversas cadeiras de roda. Pelo menos Sean estava dormindo e não vomitava havia horas. Lidar com um bebê doente e enjoado e também com sua mãe era mais do que Joyce conseguia enfrentar de uma vez. Principalmente depois de um dia como aquele.

Ela bateu na porta do quarto de sua mãe e entrou. Odell estava sentada na cama, folheando uma revista *Reader's Digest.*

– Ei, mamãe, como está se sentindo? – Joyce se aproximou da cama ao lado da janela. Ao se sentar, a almofada fez um barulho. Assim como Sean quando despertou.

– Estou bem. – O sorriso de Odell era agradável. Seus olhos eram vagos.

Joyce olhou para o relógio. Ela permaneceria por dez minutos e então passaria no mercado ao voltar para casa.

– Uma pessoa veio me visitar ontem à noite.

– É mesmo, mamãe? – E sem dúvida, ela teria assunto para uma semana inteira. – Quem?

– Seu irmão.

– Teddy veio aqui?

– Butch.

Joyce se assustou. E então concluiu que a mãe estava tendo alucinações.

– Que bom, mamãe.

– Ele veio quando não havia ninguém aqui. Depois que escureceu. Trouxe a esposa. Ela é tão linda. Ele disse que os dois vão se casar em uma igreja. Eles já são marido e mulher, mas foi na religião dela. Engraçado... não perguntei qual era a religião. Luterana, talvez?

Realmente foi uma alucinação. – Que bacana.

– Ele está parecido com o pai agora.

– É mesmo? Pensei que ele fosse o único filho que não se parecesse com o papai.

– O pai dele. Não o seu.

Joyce franziu a testa.

– Como?

A mãe assumiu uma expressão sonhadora e olhou pela janela.

– Eu já lhe contei a respeito da nevasca de 1969?

– Mãe, volte a falar de Butch.

– Nós ficamos presos no hospital. Nós, as enfermeiras e os médicos. Não dava para entrar nem sair. Eu estava trabalhando ali havia dois dias. Meu Deus, seu pai ficou tão irritado por ter de cuidar de vocês sem mim. – De repente, Odell pareceu anos mais jovem e muito esperta, com os olhos brilhando. – Havia um cirurgião lá. Oh, ele era tão... diferente de todos os outros. Ele era o chefe da ala cirúrgica. Era muito importante. Ele era... bonito e diferente, muito importante. Assustador, também. Ainda vejo seus olhos em meus sonhos. – De repente, todo aquele entusiasmo sumiu e sua mãe ficou desanimada. – Eu era uma esposa ruim... muito ruim.

– Mamãe... – Joyce balançou a cabeça. – Do que está falando?

Lágrimas começaram a rolar pelo rosto enrugado de Odell.

– Eu me confessei quando cheguei em casa. Rezei. Rezei com devoção. Mas Deus me puniu por meus pecados. Até mesmo o parto... o parto de Butch foi terrível. Quase morri, sangrei muito. Todos os meus outros partos foram bons. Mas não o de Butch...

Joyce abraçou o filho com tanta força, que o bebê começou a resmungar. Quando ela tentou acalmá-lo, sussurrou:

– Continue, mamãe. Continue falando.

– A morte de Janie foi meu castigo por ter sido infiel e por ter tido o filho de outro homem.

Sean chorou e Joyce não acreditava que aquilo podia ser...

Oh, o que ela estava pensando? Sua mãe estava maluca. Não estava bem da cabeça.

O problema é que parecia muito lúcida naquele momento.

Odell começou a assentir como se respondesse a uma pergunta que alguém tivesse feito.

– Oh, sim, eu amo Butch. Na verdade, amo mais a ele do que meus outros filhos, porque ele é especial. Mas não podia deixar que percebessem. O seu pai aguentou muita coisa de mim. Favorecer Butch de alguma forma era um insulto a Eddie e eu não conseguia... não podia envergonhar meu marido desse jeito. Não depois de ele ter me aceitado.

– O papai sabe...? – No silêncio que se fez em seguida, as coisas começaram a fazer sentido, um quebra-cabeça se encaixando. Droga... aquilo era verdade. É claro que seu pai sabia. Era por isso que detestava Butch.

A mãe ficou mais inquieta.

– Butch estava tão feliz com a esposa. Minha nossa, ela é linda. Eles formam um casal perfeito. Ela é especial como o pai dele era. Como Butch é. São todos especiais. Foi uma pena eles não terem ficado. Ele disse... ele disse que tinha vindo se despedir.

Odell começou a chorar, e Joyce segurou o braço da mãe.

– Mamãe, para onde Butch foi?

A mãe olhou para a mão da filha. E então franziu a testa.

– Quero uma bolacha. Pode me dar uma bolacha?

– Mamãe, olha pra mim. Aonde ele foi? – Ela não sabia exatamente por que aquilo parecia importante agora.

Sua mãe assumiu um olhar vago.

– Com queijo. Quero uma bolacha. Com queijo.

– Nós estávamos falando sobre o Butch... mamãe, concentre-se.

Meu Deus, aquilo era um choque, mas, ao mesmo tempo, também não era. Butch sempre foi diferente, não é mesmo?

– Mamãe, onde está o Butch?

– Butch? Oh, obrigada por perguntar. Ele está tão bem... ele parecia tão feliz por ter se casado. – A mãe hesitou. – Mas quem é você? Uma enfermeira? Eu já fui enfermeira...

Por um momento, Joyce quase insistiu no assunto.

Mas enquanto a mãe continuava falando, ela olhou pela janela e respirou fundo. As loucuras que Odell falava agora até pareceram reconfortantes, pois... Sim, era tudo um absurdo. Apenas absurdo.

Esqueça, Joyce disse a si mesma. Esqueça.

Quando Sean parou de chorar e se aconchegou em seu colo, Joyce envolveu o corpo do menino. No meio de todo aquele absurdo sem sentido que sua mãe falava, ela pensou em como amava seu filho. E como sempre amaria.

Ela beijou a cabecinha dele. A família, afinal, era o que importava.

Só o que importava.

A SEGUIR, UMA PRÉVIA DO QUINTO ROMANCE DA IRMANDADE DA ADAGA NEGRA, *AMANTE LIBERTO*.

Vishous acordou lentamente, tornando-se totalmente consciente, ainda que estivesse preso dentro de um corpo dolorido que não respondia aos seus comandos. Sem conseguir mexer os braços e as pernas, e com as pálpebras pesadas, como se suas lágrimas fossem de cimento, parecia que sua audição era a única função corporal em pleno funcionamento: pessoas conversavam perto dele.

(...)

Seu plano de fuga foi interrompido quando seus instintos se mostraram e assumiram o controle da situação.

Mas não era o guerreiro que estava se mostrando. Eram todos aqueles impulsos possessivos de macho que sempre permaneceram adormecidos, aqueles sobre os quais ele havia lido, ouvido falar ou visto nos outros, sem o qual acreditava ter nascido. O que acionou seus instintos foi um odor na sala, o cheiro de um macho que queria sexo... com a fêmea, com sua cirurgiã.

Minha.

A palavra surgiu do nada com intensidade. Ele estava tão irritado que arregalou os olhos.

Virando a cabeça, viu uma mulher alta com cabelos loiros e curtos. Usava óculos sem armação, estava sem maquiagem e sem brincos. Em seu jaleco branco, estava escrito "Dra. Jane Whitcomb, Divisão de Traumas" em letras pretas e cursivas.

– Manny – ela disse –, isto é maluquice.

V. olhou para um homem, ser humano, de cabelos pretos. O cara também estava usando um jaleco branco, no qual estava escrito "Dr. Manuel Manello, Cirurgião Chefe", na aba direita da lapela.

– Não há maluquice nenhuma nisso. – A voz do homem era grave e forte, e ele olhava fixamente para a cirurgiã de V. – Eu sei o que quero.

Minha, V. pensou. *Não sua. MINHA!*

– Nós brigamos a toda hora, Manny – ela disse.

– Eu sei. – o idiota sorriu. – E gosto disso. Ninguém me enfrenta além de você, Jane.

As presas de V. apareceram no lábio superior. Quando ele começou a rosnar, aquela palavra surgiu em sua mente de novo, impetuosa como um tiro: *Minha*.

O humano olhou para baixo e pareceu surpreso.

– Alguém acabou de acordar.

Pode acreditar que sim, V. pensou. *E se tocar nela, vou arrancar seu braço com os dentes.*

Jane Whitcomb olhou para seu paciente sem acreditar no que via. Apesar de todos os sedativos que tinham sido administrados, seus olhos estavam abertos e observava atentamente, com aquele rosto de expressão séria e repleto de tatuagens.

Meu Deus... aqueles olhos. Eram diferentes de tudo que já tinha visto, com as íris brancas, muito mais claras do que o normal, com contornos escuros. Enquanto observava, podia jurar que eles brilhavam.

Aquilo não estava certo, ela pensou. A maneira com que olhava para ela não era natural. Aquele coração com seis câmaras dentro de seu peito não estava certo. Aqueles dentes compridos na boca não estavam certos.

Ela concluiu, ao ver aquelas características, que não havia outra coisa a se pensar. Ele não era um ser humano.

Mas aquilo seria ridículo. Talvez estivesse completamente maluca. Mas não importava, porque ela e seus colegas passariam a estudá-lo totalmente enquanto ele fosse curado.

– Vou deixar você cuidando dele – Manny disse. – Mas pense nisso, Jane. Pense em mim.

Quando a porta foi fechada, ela se mostrou indignada com aquela confusão e olhou para o homem na cama do hospital. Ele olhou para ela, conseguindo se comunicar apesar de estar com tubos e de ter saído de uma cirurgia havia menos de duas horas.

Como aquele cara podia estar consciente?

– Você consegue me ouvir? – ela perguntou. – Mexa a cabeça em caso afirmativo.

Ele levou a mão do braço cheio de tatuagens ao pescoço, então pegou o tubo que entrava por sua boca e começou a puxar.

– Pare. Isso deve ficar onde está. – Quando ela se inclinou para detê-lo, ele afastou o braço o máximo que conseguiu. – Isso mesmo. Não me faça amarrar você.

Com aquela ameaça, ele arregalou os olhos, aterrorizado, e o corpo começou a tremer. Ele mexeu os lábios ao redor do tubo como se estivesse gritando.

O medo que ele sentia fez com que ela sentisse pena dele, de certa maneira. Provavelmente porque havia algo de animalesco nele, da mesma maneira com que um lobo olharia para a própria perna se ela fosse presa em uma armadilha. *Ajude-me, e talvez eu não a mate quando estiver livre.*

Pena que ela era péssima em demonstrar compaixão.

Ela deu um tapinha em seu braço de modo esquisito. – Certo, certo... apenas pare...

A porta da sala se abriu e Jane se assustou quando dois homens entraram. Os dois vestiam roupas de couro pretas e pareciam o tipo de pessoa que levava uma arma escondida. Um deles tinha um gorro do Red Sox puxado até os olhos. O outro provavelmente era o maior e mais bonito homem loiro que já tinha visto.

Ao ver a dupla, a primeira coisa que Jane pensou era que eles tinham ido ali por causa de seu paciente, mas não apenas para uma visita.

A segunda coisa que pensou foi que precisaria de segurança.

– Saiam – ela disse. – Agora mesmo.

O cara da frente, com gorro, a ignorou totalmente. Foi até o lado da cama e segurou a mão do paciente. Quando os dois se olharam, ele disse: – Vamos levar você para casa. Agora mesmo.

Jane não quis mais ser tranquila. Lançou-se em direção ao botão de emergência, aquele que sinalizava um problema cardíaco e que atrairia metade do quadro de funcionários.

Mas não conseguiu.

O loiro bonito foi tão rápido que ela não conseguiu detê-lo. Em um instante, ele estava na porta; no instante seguinte, estava segurando Jane pela cintura. Quando ela começou a gemer, ele tampou sua boca com a mão e a conteve, como se fosse apenas uma criança.

Enquanto isso, bem diante dela, o cara de gorro tirou tudo do paciente: os tubos, as agulhas, o cateter, os fios dos aparelhos cardíacos, o monitor de oxigênio.

Jane ficou maluca. Quando os alarmes começaram a soar nas máquinas, ela se remexeu e chutou a perna do homem que a segurava. O homem resmungou e apertou seu peito, dificultando sua respiração, impedindo-a de agredi-lo.

Pelo menos o alarme...

A máquina ficou em silêncio, apesar de ninguém tê-la tocado. E ela teve a péssima sensação de que ninguém a ajudaria.

Jane lutou, com tanta força a ponto de seus olhos ficarem marejados.

– Fique tranquila – o loiro sussurrou no ouvido dela. – Vamos deixá-la em paz já, já. Relaxe.

Ela não se entregaria. Eles acabariam matando seu paciente...

Mas ele respirou profundamente sozinho. Mais uma vez. E outra.

E então aqueles olhos brilhantes se voltaram para ela, que ficou paralisada, como se ele tivesse motivado aquela reação.

Fez-se um momento de silêncio. E então, com a voz rouca, o paciente disse três palavras que mudaram tudo... mudaram sua vida, mudaram seu destino:

– Ela. Vem. Comigo.

Sobre a autora

J. R. Ward vive no Sul dos Estados Unidos com o marido incrivelmente solidário e o seu amado golden retriever. Depois de se formar em Direito, começou sua vida profissional na área da saúde, em Boston, e passou muitos anos como chefe de gabinete de um dos mais importantes centros médicos acadêmicos do país. Conheça mais sobre a autora e a Irmandade da Adaga Negra no site *www.jrward.com*.

HR Gráfica e Editora

Rua Serra de Paracaina, 716 – Moóca - São Paulo – SP – CEP 03107-020
Fone/Fax: (11) 3341-6444 - Email: vendas@hrgrafica.com.br
www.hrgrafica.com.br